Soggettività e Quarto Stato

Il secolo lungo
Letteratura italiana (1796–1918) n°6

Guido Scaravilli

Soggettività e Quarto Stato

Modalità della rappresentazione interiore nella narrativa realista e naturalista

PETER LANG

Bruxelles - Berlin - Chennai - Lausanne - New York - Oxford

Information bibliographique publiée par *Die Deutsche Nationalbibliothek.*
Die Deutsche Nationalbibliothek répertorie cette publication dans la *Deutsche Nationalbibliografie* ;
les données bibliographiques détaillées sont disponibles sur le site http://dnb.d-nb.de.

En couverture / In copertina: *Arnaldo Ferraguti, "Alla vanga", 1890, olio su tela, cm 280 x 650, dono di Silvio Della Valle di Casanova*

ISSN 2034-564X
ISBN 978-3-0343-5110-2
ePDF 978-3-0343-5111-9
ePUB 978-3-0343-5112-6
DOI 10.3726/b22081
D/2024/5678/72

Esse est percipi
  G. Berkeley, *A Treatise Concerning the Principles of Human Knowledge*

L'aspetto più profondamente sociale della letteratura
è la sua forma, come disse spavaldamente il giovane Lukács
(che poi diventò grande, e se ne dimenticò).

F. Moretti, *Il romanzo di formazione*

Je conviens que ces analyses techniques ne
sont pas élégantes, on conviendra peut-être
qu'elles ne sont pas inutiles.

A. Thibaudet, *Flaubert*

Sommario

Premesse teoriche

I più grandi artisti in ogni campo non sono certo quelli che hanno più spesso sulle labbra le idee generali intorno alla loro arte – quelli che maggiormente abbondano in precetti, apologie, formule, e che possono meglio dirci le ragioni e la filosofia delle cose. Di solito, invece, li riconosciamo dalla loro pratica vigorosa, dalla costanza con cui applicano i loro principî, dalla serenità con cui ci lasciano cercare da soli il loro segreto nell'illustrazione, nell'esempio concreto[1].

La massima di Henry James non ha carattere negativo, ma al contrario mette a fuoco un prezioso principio metodologico. Non si tratta cioè della stigmatizzazione dell'autoesegesi e del suo statuto conoscitivo (se così fosse, si svuoterebbe di senso l'impianto architettonico della sua stessa teoria del romanzo), ma di un monito fondamentale per il lettore: l'importanza dell'osservazione diretta della forma, della tecnica narrativa, dell'estetica.

Su tale impostazione si fonda il seguente lavoro, che riserva un'attenzione massimale ai testi. Perché se è vero, come pensava Stevenson, che nessun esercizio è più deprimente di quello che induce a «perlustrare le molle e i congegni meccanici su cui si basa qualsiasi forma artistica», allora ogni approccio formalistico sarebbe inesorabilmente condannato in partenza[2]. L'idea invece da cui prende vita tale trattazione è che la conoscenza delle «molle» e dei «congegni meccanici» non distrugga ma incrementi il «piacere della lettura». Esse consentono di scoprire come

---

[1] H. James, *Guy de Maupassant*, in Id., *L'arte del romanzo. Saggi sulla scrittura e ritratti di autori*, Milano, PGRECO, 2013, p. 137.

[2] R.L. Stevenson, *On Some Technical Elements of Style in Literature*, in «Contemporary Review», Aprile 1885; tr. it. *Alcuni elementi tecnici dello stile nella letteratura*, in *L'isola del romanzo*, a cura di G. Almansi, Palermo, Sellerio, 1987, p. 179. Le opere narratologiche saranno sempre citate col titolo in lingua originale. Quanto alle citazioni, esse verranno riportate in italiano facendo riferimento alla traduzione corrispondente; in caso di assenza di una traduzione italiana, la citazione verrà riportata in lingua originale.

sono fatte (secondo quali espedienti, quali sotterfugi, quali codici e accorgimenti) le grandi opere, qual è il loro "segreto". Lo stile, Gustave Flaubert insegna, è lavoro artigianale, procedimento tecnico, capacità di scegliere e concatenare le parole.

Non è certo un caso che la più efficace e la più illuminante teoria letteraria sia nata spesso nelle officine degli scrittori che – giorno per giorno – si sono misurati con una serie di problemi tecnici e di enigmi costruttivi, risolvendoli grazie alla loro consapevolezza artigianale e alla luce della tradizione entro cui hanno lavorato, e di cui in molte occasioni hanno minato consapevolmente i paradigmi. Né stupisce che la nascita della disciplina che comunemente prende il nome di Narratologia venga convenzionalmente ricondotta alle riflessioni di James e dei suoi epigoni, iniziatori della tradizione anglosassone. Ma l'operazione teoretica jamesiana non si cristallizza per partenogenesi. Al contrario, essa germina su un *humus* fertilissimo, che lo scrittore aveva avuto modo di conoscere nella sua ricca formazione intellettuale[3]: la Francia di Émile Zola, in cui la teoria estetica degli autori (su cui il romanziere avrebbe a più riprese scritto nella sua prolifica attività critica[4]) non di rado costituiva preludio e alimento dell'intuizione creativa, talora sollevando molte delle questioni che avrebbero caratterizzato le speculazioni dei più evoluti narratologi contemporanei.

1. *Soggettività e personaggio: per una narratologia oltre Genette*

1. È fra i tardi anni Sessanta e primi anni Ottanta del Novecento che vengono pubblicati i testi più importanti di Roland Barthes e Gérard Genette, cioè di alcuni degli autori che ancora oggi sono considerati gli antesignani degli studi narratologici sull'intreccio. Come infatti ricorda Seymour Chatman, la distinzione cruciale da operare, preliminare ad ogni approccio al testo narrativo (quantomeno per la narratologia *classica*), è quella tra "storia" e "discorso", tra il "che cosa" un testo racconta

---

[3] Al riguardo cfr. A. Fabris, *Henry James e La Francia*, Roma, Edizioni di Storia e Letteratura, 1969.

[4] Oltre ai saggi su Guy de Maupassant e Zola (ricchi di rilievi tecnici), James sviluppa riflessioni estensive sullo stile di Flaubert. Egli dedica all'autore di *Madame Bovary* quattro saggi (1874, 1876, 1893, 1903), numerose pagine sparse e alcuni accenni nelle sue lettere.

e il "come" lo racconta. Esistono quindi, per schematizzare la questione in due facili formule, una "narratologia della storia" e una "narratologia del discorso": per la prima si ricordano i nomi di Henri Bremond, Algirdas Julien Greimas, Tvetan Todorov, che prendono le mosse dalla *Morfologia della fiaba* di Propp; per la seconda (che si è progressivamente avviata su un percorso parallelo e indipendente), tutta la tradizione anglosassone che si è occupata del "punto di vista", nonché la tradizione di cultura francese. In effetti non è la *fabula* che fa sì che un testo narrativo sia tale. Ciò che contraddistingue una narrazione è il suo carattere *mediato*: l'interposizione della voce di un narratore tra gli eventi della storia e i destinatari.

Sulla presenza e i modi di articolarsi di questa voce – e la dialettica tra il narratore e l'istanza dei personaggi – i narratologi hanno riflettuto distesamente; e conta poco che col tempo i principali presupposti degli studi sul racconto degli anni Sessanta, tempo del fervore dello strutturalismo (a cui la narratologia è di norma associata in maniera riduttiva), siano stati contestati. Sarebbe infatti fuorviante circoscrivere la stagione narratologica a un singolo ventennio, perché tale interesse, in Europa (e oltreoceano), non è mai scemato: soprattutto a partire dalla metà degli anni Novanta molte scuole si sono imposte, propiziando un mutamento di paradigma. In particolare, nel 1999 David Herman ragionava sul fatto che la narratologia stesse passando da una fase strutturalista a una fase *postclassica*, e precisava che la «postclassical narratology [...] contains classical narratology as one of its 'moments'», essendo caratterizzata da molte ipotesi e metodologie di ricerca eterogenee[5]. La più nota è quella cognitivista, rappresentata da studi in cui i testi sono esaminati tenendo conto dei concetti elaborati nell'ambito delle scienze della mente, che riportano in auge la figura del lettore, relegata ai margini dalla critica di impostazione strutturalista[6].

L'Italia, ostile per tradizione agli studi teorici (e sensibilmente in ritardo nella ricezione di narratologie alternative a quella genettiana), ha

---

[5]   D. Herman, *Introduction. Narratologies*, in *Narratologies. New Perspectives on Narrative Analysis*, Columbus, Ohio State University Press, 1999, pp. 2-3. Già nel 1997, Herman aveva parlato di una narratologia postclassica (cfr. Id., *Scripts, Sequences, and Stories. Elements of a Postclassical Narratology*, in «PMLA», n. 5, pp. 1046-1059).

[6]   È all'interno del cosiddetto *cognitive turn* che si inseriscono infatti studi che esaminano in diverso modo quel «processo di attribuzione di coscienza» che è al centro dell'«approccio analogico» degli studi cognitivi (cfr. M. Bernini-M. Caracciolo, *Letteratura e scienze cognitive*, Roma, Carocci, 2013). Per una panoramica

seguito le ramificazioni del dibattito solo distrattamente (a causa peraltro dell'assenza della traduzione di alcuni testi fondamentali nella storia della critica novecentesca *tout court*)[7]. Ma una prospettiva laica sui nuovi sviluppi della disciplina è fondamentale per chiunque intenda occuparsi della manifestazione della coscienza dei personaggi nella *fiction*, a cui i narratologi di professione hanno offerto risposte illuminanti, che sarebbe infruttuoso ignorare sulla base di limitanti pregiudizi ideologici[8].

2. È noto che l'ascesa del *novel* portò «la cultura europea a un'attenzione nuova» alla «vita privata»; la proliferazione degli individui nella diegesi (designati con un nome proprio e collocati in uno spazio che li determina) «moltiplica la varietà delle storie personali e delle coscienze che esibiscono il proprio mondo attraverso la scrittura»[9]. D'altra parte, secondo un diffuso *topos* critico, di cui Käte Hamburger è stata la più convincente e radicale sostenitrice, l'attenzione alla vita intima è un elemento costitutivo della *fiction* nel suo complesso: la dimensione narrativa è «l'unico luogo conoscitivo in cui è possibile parlare di persone terze non solo in quanto oggetti ma anche in quanto soggetti», in cui «l'io di una terza persona può essere presentato nella sua soggettività»[10].

Se nei generi referenziali e storici, continua Hamburger, la possibilità di accesso diretto alla coscienza altrui (e dunque la possibilità di assumere il punto di vista dell'altro) è preclusa, lo specifico della *fiction* è la possibilità di rendere trasparente l'interiorità di un eroe romanzesco,

---

della narratologia postclassica cfr. M. Fludernik, *Toward a Natural Narratology*, London-New York, Taylor & Francis e-Library, 2003.

[7] È sufficiente leggere il *Nuovo discorso del racconto* di Genette, in cui si ritrovano molti dei grandi assenti dallo scaffale narratologico italiano: Franz Karl Stanzel, Dorrit Cohn, Ann Banfield e Mieke Bal.

[8] In Italia, il tema è stato recentemente oggetto di studio approfondito. Sui modi della rappresentazione della vita psichica si incentra ad esempio il numero monografico di «Allegoria» (cfr. A. Baldini (a cura di), *Narrativa e vita psichica*, in «Allegoria», n. 60, luglio/dicembre 2009). Specificamente sull'indiretto libero, cfr. F. Pennacchio, M. Beltrami e S. Sullam (a cura di), *La mente in-diretta*, in «Il Verri», n. 56, 2014, pp. 87-107. In questo numero monografico, a cui rinvio per un approccio ai più recenti dibattiti narratologici, sono stati tradotti in italiano per la prima volta importanti saggi di Gilles Philippe, Dorrit Cohn, Monika Fludernik, Lisa Zunshine, Fredric Jameson e Alan Palmer.

[9] G. Mazzoni, *Teoria del romanzo*, Bologna, Mulino, 2011, p. 177.

[10] K. Hamburger, *Die Logik der Dichtung*, Stuttgart, Klett, 1957; tr. it. *Logica della letteratura*, a cura di E. Caramelli, Bologna, Pendragon, 2015, p. 106.

permettendo al lettore di partecipare alla soggettività dei personaggi; conseguentemente, la studiosa si spinge alla teorizzazione di un linguaggio distintivo della narrativa di finzione, individuando dei *patterns* linguistici che sono correlati all'emersione delle menti finzionali[11]. Sono questi gli assunti più importanti di *Die Logik der Dichtung* (1957), ed è a tali riflessioni che Dorrit Cohn si rifà in *Transparent Minds* (1978)[12], in cui la comparatista di origini austriache, individuando una lacuna nella teoria genettiana del *Discours du récit* (1972), prende pionieristicamente in esame, in maniera empirica, le forme testuali volte a restituire i pensieri dei personaggi, distinguendo tra narrazione in prima persona e narrazione in terza persona (ciascuna caratterizzata dalle sue specificità categoriali e mimetiche); approccio *in toto* formalistico, che tuttavia avrebbe dato involontariamente l'abbrivio, con brillanti intuizioni, alla stagione postclassica, sovente incline alle forzature e alle strumentalizzazioni del suo pensiero[13].

Effettivamente, in *Transparents Minds* non viene elaborata una compiuta teoria sul personaggio, autentica *crux* teorica – e luogo di molti equivoci e «confusioni», a dire dello stesso Todorov[14] – nella poetica degli strutturalisti, propensi a ridurre questa istanza, in maniera più o meno netta, a una funzione dell'intreccio (a causa anche del loro impegno per un'ideologia che decentra l'uomo e va contro la nozione di individualità e profondità psicologica)[15]. Del resto anche Genette sembra appartenere a questa schiera con la radicalità della posizione. È sufficiente pensare

---

[11]   Si tratta delle cosiddette marche di finzionalità. Sull'argomento si rimanda a D. Cohn, *Signposts of Fictionality. A Narratological Perspective*, in *The Distinction of Fiction*, Baltimore and London, Johns Hopkins University Press, 1999, pp. 109-31.

[12]   Dopo aver ammesso il suo debito nei confronti della *Logica della letteratura*, Cohn afferma che per Hamburger «the representation of characters' inner lives is the touchstone that simultaneously sets fiction apart from reality and builds the semblance [...] of another non-reality» (D. Cohn, *Transparent Minds. Narrative Modes for Presenting Consciousness in Fiction*, Princeton, Princeton University Press, 1978, p. 7).

[13]   Della traduzione in italiano di questo capolavoro si sente particolarmente la mancanza, sebbene sia stato recentemente tradotto in italiano il capitolo conclusivo del libro (Id., *Il monologo autonomo. «Penelope» di Joyce e le sue varianti*, traduzione e cura di G. Scarfone, Pisa, Pacini, 2022). Sul metodo di Cohn cfr. G. Scarfone, *Rigore ed empiria: la narratologia di Dorrit Cohn*, in *ivi*, pp. 9-42.

[14]   T. Todorov, *Personnage*, in *Dictionnaire encyclopédique des sciences du langage*, a cura di O. Ducrot e T. Todorov, Paris, Seuil, 1972; tr. it. *Dizionario enciclopedico delle scienze del linguaggio*, a cura di G. Caravaggi, Milano, ISEDI, 1972, pp. 246-251.

[15]   Cfr. S. Rimmon-Kenan, *Narrative Fiction*, cit., pp. 30-31.

al *Nouveau discours du récit*, in cui il critico, dopo aver definito il personaggio uno «*pseudo-oggetto*», un «"essere vivente senza viscere"»[16], un «effetto testuale» costituito da un insieme di segni e strutture linguistiche – e aver avallato l'idea aristotelica secondo la quale l'essenziale del racconto risiede nelle azioni –, si pronuncia così sulla «*caratterizzazione*», aspetto dell'intreccio che aveva tralasciato (come gli aveva rimproverato Shlomith Rimmon-Kenan in un denso articolo del 1976) in *Discours du récit*[17]:

> Osservo d'altronde che Shlomith Rimmon[-Kenan] stessa, dopo aver consacrato al personaggio come oggetto un capitolo piuttosto interrogativo (*Story: characters*), deve poi tornare sull'argomento un po' dopo, e in modo questa volta più deciso, trattando del discorso (*Text: characterization*). La *caratterizzazione* è evidentemente proprio la tecnica di costituzione del personaggio da parte del testo narrativo. Il suo studio mi pare la più grande concessione che la narratologia, almeno in senso stretto, possa fare alla considerazione del personaggio. Ma non rimpiango di averla respinta, o meglio di non averci neppure pensato, nella mia prospettiva: infatti essa mi pareva dar *troppo* spazio a un semplice «effetto» fra tanti altri, concedendogli il privilegio di avere ritagliato uno spazio a parte, e quindi di guidare l'analisi del discorso narrativo. Trovo decisamente, anche se relativamente, preferibile (più «narratologico») dissolvere lo studio della «caratterizzazione» in quello dei suoi mezzi costitutivi (che non sono tutti specificamente suoi): nominazione, descrizione, focalizzazione, racconto di parole e/o di pensieri, relazione con l'istanza narrativa, ecc[18].

---

[16]   G. Genette, *Nouveau discours du récit*, Paris, Seuil, 1972; trad. it. *Nuovo discorso del racconto*, Torino, Einaudi, 1987, p. 116. Il critico cita *Tel Quel* di Valéry: «Superstizioni letterarie – così chiamo tutte quelle convinzioni che concordi dimenticano la condizione verbale della letteratura. Quindi esistenza e psicologia dei personaggi, queste creature vive senza viscere». Tale frase è posta come epigrafe in P. Hamon, *Pour un statut sémiologique du personnage*, in «Littérature», 1972, n. 6, pp. 86-110; tr. it., *Per uno statuto semiologico del personaggio*, *Semiologia lessico leggibilità del testo narrativo*, Parma, Pratiche, 1972, p. 85. La medesima citazione è riportata, sempre incipitariamente, in una monografia posteriore di Hamon, avente lo stesso impianto teorico (Id., *Le Personnel du roman, Le système des personnages dans «Les Rougon-Macquart»*, Paris, Droz, 1983, p. 9). Genette ci rimanda a tali studi in nota. In Italia, ha dedicato importanti riflessioni sulla concezione genettiana sul personaggio A. Stara, *L'avventura del personaggio*, Firenze, Le Monnier, 2004.

[17]   S. Rimmon-Kenan, *A Comprehensive Theory of Narrative. G. Genette's «Figures III» and the Structuralist Study of Fiction*, in «PTL», vol. I, n. 1, 1976, pp. 33-62.

[18]   G. Genette, *Nuovo discorso del racconto*, cit., pp. 116-117.

Per Genette (che in queste pagine sposa implicitamente la teoria attanziale), non essersi soffermato sulla «caratterizzazione» non è motivo di rimpianto. Nella sua ottica non si tratta di un'«omissione»; piuttosto, una maggiore attenzione al tema sarebbe stata «concessione» eccessiva. Alla disamina organica proposta da Rimmon-Kenan in *Narrative Fiction*, trova preferibile un'ipotesi di lavoro minore: «dissolvere lo studio della "caratterizzazione" in quello dei suoi mezzi costitutivi». Il personaggio viene così ridotto a un oggetto assolutamente ipotetico, da posporre all'analisi dei procedimenti del «discorso costituente», nell'ambito dei quali gli sarà negato non solo un ruolo di primo piano, ma anche il «privilegio di aver ritagliato uno spazio a parte».

È chiaro che con una simile impostazione – stupefacente se si ricorda che l'impianto del *Discours du récit* viene concepito sulla base dell'analisi de *La Recherche du temps perdu* (laddove Marcel non è evidentemente la somma totale delle sue azioni, quanto piuttosto l'insieme dei suoi ricordi) – la soggettività non può che essere considerata un effetto collaterale dei vettori del racconto. Invece, per Cohn i personaggi non sono degli *pseudo-oggetti*, ma dei *soggetti* dotati di tridimensionalità[19]. Non che per lei la loro psicologia non sia fittizia come ogni altra componente della *fiction*; tuttavia, essa non può essere ridotta a una funzione. Non per nulla la narratologa teorizza la necessità di trattare separatamente i discorsi dei personaggi dai loro pensieri: nella mente non ci sono solo parole, esiste una «non-verbal dimension of cousciousness»[20]; anche le coscienze d'invenzione sono abitate, oltre che da discorsi, da emozioni, sentimenti, visioni…[21]

È un punto cruciale. Per Genette la distinzione tra discorsi e pensieri è superflua. Lo si evince nel *Nouveau discours du récit*, in cui il narratologo,

---

[19]   Insinuandosi nel solco hamburgeriano, Cohn afferma che «the most real, the "roundest" characters of fiction are those we know most intimately, precicely in ways we could never know in real life» (D. Cohn, *Transparent Minds*, cit., p. 5). Il riferimento, naturalmente, è alla celebre distinzione tra personaggi «piatti» e «a tutto tondo» di Edward Morgan Forster.

[20]   *Ivi*, p. 7.

[21]   In effetti, la maggiore innovazione di *Transparent Minds* è l'annessione al dominio delle tecniche di rappresentazione della vita psichica della «psychonarration», ovvero la resa narratoriale indiretta e non drammatizzata della coscienza del personaggio.

confutando le obiezioni mosse al suo sistema dai contemporanei, dopo essersi espresso favorevolmente su *Transparent Minds* (interpretato, forse imperialisticamente, come un'utile integrazione alla tassonomia del *Discours du récit*)[22], replica in maniera piccata alle critiche della studiosa. Nello specifico, egli sostiene che «il racconto conosce solo avvenimenti oppure discorsi», che la vita psichica dei personaggi «può essere solo o l'uno o l'altro»[23], che della soggettività, se si tolgono le azioni, gli avvenimenti e i discorsi, non resta nulla: da qui, con tutta probabilità, le ragioni della non adeguata collocazione e rappresentazione dell'indiretto libero nel suo sistema. Il disaccordo di Genette da Hamburger e da Cohn (entrambe prosecutrici, a suo giudizio, di una linea formalista), più che su «nuances de detail» – come aveva affermato, minimizzando con disinvoltura, in un'intervista del 2010 inclusa nel suo ultimo libro, *Postscript* – verte insomma su una questione essenziale per la genealogia del romanzo contemporaneo, perché le due studiose muovono da un principio teorico incompatibile con la concezione strutturalista del personaggio: l'idea hamburgeriana che l'accesso all'interiorità dei personaggi sia un carattere distintivo della finzione narrativa[24].

2. Narratologia e storia: il sistema stanzeliano

1. A Genette non era presumibilmente sfuggita la «surprising underestimation», da parte di Cohn, della griglia analitica del *Discours du*

---

[22] In *Nuovo discorso del racconto*, tra l'altro, si elogia Cohn per aver dato «alla "rappresentazione della vita psichica" il posto che merita» (G. Genette, *Nuovo discorso del racconto*, cit., p. 49).

[23] *Ivi*, p. 52.

[24] Id., *Postscript*, Paris, Seuil, 2016, p. 255. Tale prospettiva è sideralmente distante dal lavoro di molti narratologi cognitivisti. A partire dagli studi, fra gli altri, di Fludernik e Palmer, il personaggio assume infatti un ruolo centrale, e ciò avviene in nome di un aspetto che Genette non ha mai ritenuto fondamentale, vale a dire il modo in cui il lettore avvicina i testi da un punto di vista cognitivo ed emotivo, 'costruendo' i personaggi, empatizzando con loro, e mettendone in secondo piano le azioni. Sulla concezione cognitivista del personaggio cfr. J. Phelan, *Living to Tell about it: a Rhetoric and Ethics of Character*, New York, Cornell University Press, 2004 e J. Eder-F. Jannidis-R. Schneider, *Characters in Fictional Worlds. An Introduction*, in Ead., *Characters in Fictional Worlds. Understanding Imaginary Beings in Literature, Film, and Other Media*, Berlin, De Gruyter, 2010, pp. 3-44.

récit[25]: soprattutto per i racconti in terza persona, la studiosa riprende la terminologia di Franz Karl Stanzel, con cui anche Genette discute a lungo in *Nouveau discours du récit*.

Stanzel e Cohn convergevano specialmente nella concezione del personaggio, al quale il primo aveva conferito un rilievo inedito nella sua complessa teoria, concepita nel 1955 in *Die typischen Erzählsituationen im Roman* e poi variamente rielaborata fino alla pubblicazione di *Theorie des Erzählens*, del 1979, e alla traduzione in inglese, revisionata dall'autore, del 1984 (*A Theory of Narrative*)[26]. Questa teoria si impernia sul concetto di *mediacy*, termine che designa l'atto o la facoltà di un'istanza narrativa di mediare un contenuto finzionale. Per determinare come la *mediacy* agisca in un testo, è necessario, per Stanzel, intrecciare tre parametri (la *persona*, il *modo* e la *prospettiva*), dalla combinazione organica dei quali discendono le tre *situazioni narrative*, forme idealtipiche di racconto a cui può essere ricondotta la maggior parte dei testi narrativi. Esse sono: la *situazione narrativa in prima persona*, dove il narratore è un personaggio della storia; la *situazione narrativa autoriale* (che corrisponde alla categoria genettiana di onniscienza)[27], che s'incentra su un *teller-character*: il lettore ha l'impressione di una *voce*, di qualcuno che gli parla e gli spiega un mondo e gli racconta una storia, guidandolo con mano sicura nell'avventura; la *situazione narrativa figurale* – quella che qui più interessa – che si realizza quando il narratore dissimula la sua presenza, affidandosi alla sensibilità di un personaggio *riflettore*, attraverso la cui prospettiva i contenuti vengono filtrati[28].

---

[25] B. McHale, *Islands in the Stream of Consciousness. Dorrit Cohn's «Transparent Minds»*, in «Poetics Today», n. 2, 1981, p. 7.

[26] A quest'ultima edizione che mi rifarò qui. Le opere di Stanzel non sono mai state tradotte in Italia. Sta mediando nei nostri studi le idee stanzeliane Paolo Giovannetti, di cui si veda *Il racconto. Letteratura, cinema, televisione*, Roma, Carocci, 2012, dove è incluso l'utile *Approfondimento* di F. Pennacchio, *La teoria del racconto di Franz Karl Stanzel*, alle pp. 217-238. I termini in italiano della teoria stanzeliana saranno sempre tratti da questo studio.

[27] Come spiega Pennacchio, «l'aggettivo *autoriale* [...] è da Stanzel utilizzato» per «indicare un narratore che gode di tutte quelle facoltà spesso associate alla figura dell'autore reale. [...] Per esempio, il narratore autoriale è in grado di muoversi nel tempo, retrocedendo nel passato o spostandosi nel futuro tramite slanci prolettici; ha il potere di comprimere, selezionare ed eventualmente commentare la materia narrativa; soprattutto ha la facoltà di leggere nella mente dei personaggi (*mindreading*)» (*ivi*, pp. 224-225).

[28] Nella sua accezione pura, la nozione di figuralità è rigorosamente unipersonale: a un solo fuoco, a un unico personaggio riflettore può essere, per Stanzel, demandata la

Non è solo dunque il narratore ad avere la facoltà di mediare un racconto: anche al soggetto finzionale può essere concesso un simile privilegio. E con questo personaggio il lettore può *simpatizzare*, provando un'esperienza diretta degli eventi narrati, come se il racconto si facesse da sé: «It is a genre-specific feauture of narrative that the presentation of the consciousness can create the *illusion of immediacy*»; «Interior monologue, free indirect style and figural narrative situation [...] suggests *immediacy, that is, the illusion of direct insight into the character's thoughts*; «Presentation of consciousness and inside view are effective means of controlling the reader's sympathy [...]. The more a reader learns about the innermost motives for the behaviour of a characther the more inclined he tends to feel understanding, forbearance, tolerance, and so on, in respect to the conduct of this character»[29].

La sintonia tra Cohn e Stanzel è evidente: per entrambi il personaggio, quantomeno nei romanzi o nei racconti più significativi della modernità, non è solo un elemento di raccordo tra le componenti dell'intreccio, ma un'istanza fondamentale, senza la quale le dinamiche profonde della narrativa non potrebbero intendersi[30]. È attraverso la *soggettività* di un personaggio che si "vivono" gli eventi e si dà un senso alla storia;

---

mediacy: «In the novel with a predominantly figural narrative situation the dynamics of the alternation of basic forms and of narrative situations are reduced, since there is a tendency to retain the point of view of *one* character of the novel which inhibits the frequent change of the narrative situation» (F.K. Stanzel, *Theorie des Erzählens*, Göttingen, Vandenhoeck & Ruprecht, 1979; *Theory of Narrative*, Cambridge, Cambridge University Press, 1984, p. 72. Il corsivo è mio). Tuttavia, diversi studiosi hanno proposto un'estensione di tale categoria, tra cui Giovannetti, che annette al dominio della narrazione figurale anche la possibilità della personalizzazione percettiva pluriprospettica e corale (P. Giovannetti, *Da «I Malavoglia» a «Mastro-Don-Gesualdo»: progressi della figuralità verghiana*, in Id., *Spettatori del romanzo. Saggi per una narratologia del lettore*, Milano, Ledizioni, 2016, pp. 67-124). *I Malavoglia* ne sarebbero, in quest'ottica, un caso esemplare.

[29] F.K Stanzel, *A Theory of Narrative*, cit., pp. 126-128. Il corsivo è mio.

[30] Stanzel afferma che «Cohn's study is especially important for the application» della sua «theory, because she analyzes techniques employed in the rendering of consciousness which are compatible whith third and first-person forms of narration» (F.K. Stanzel, *A Theory of Narrative*, cit., p. 127). Cohn ha trattato analiticamente il sistema di Stanzel, condividendone grossomodo l'impianto, in un densissimo articolo (D. Cohn, *The Encirclement of Narrative. On Franz Stanzel's «Theorie des Erzählens»*, in «Poetics Today», n. 2, 1981, 157-82).

è simpatizzando col suo universo psicologico e morale che il lettore può orientarsi nel mondo finto nel testo – ciò che Doležel ha definito *storyworld*[31].

2. Come gli accade quando si misura con Cohn (la cui teoria divergerebbe dalla sua solo per aspetti secondari o terminologici), Genette non sembra cogliere la portata alternativa della proposta dell'altro autore di cui riconosce il valore[32]. Trova un'unica vera differenza tra il proprio metodo e quello di Stanzel: mentre *Discours du récit* è animato da uno spirito «analitico» (rivendicato con fierezza), che tende a distinguere le categorie piuttosto che a ibridarle, il metodo di *A Theory of Narrative* è definito, in maniera velatamente riduttiva, «sintetico»[33]. Per Genette le «situazioni narrative» nascono dall'«intuizione globale di un certo numero di fatti complessi» – «osservazione empirica» in sé «incontestabile» – in seguito alla quale, però, l'analisi delle specificità diegetiche (cioè *l'ésprit de géométrie* di marca genettiana, s'intende) è comunque necessaria[34]. Ciò che invece Genette oscura dell'operazione stanzeliana è la messa a punto di un sistema in cui *l'abbandonarsi* del lettore alla sensibilità del personaggio gioca un ruolo centrale. Ma è proprio tale *abbandono* che Genette, anche per una forma di resistenza viscerale, un'insensibilità al fascino delle finzioni narrative *tout court* (come ho argomentato altrove), non è disposto a concedere[35].

Non solo: col definire «sintetico» l'approccio stanzeliano, il critico francese strategicamente sorvola su uno dei maggiori pregi della sua teoria del racconto, la versatilità. Accanto alla *situazione narrativa in prima persona*, l'*autoriale* e la *figurale* – cioè le invarianti del racconto, sistemate nel celebre cerchio tipologico delle forme narrative (il *Typenkreis*) – Stanzel contempla infatti delle possibilità intermedie e delle anomalie. Il narratologo precisa che la coerenza oltranzista, da parte di un autore, nel realizzare un tipo puro senza alcuna infrazione, è di difficile rinvenimento non solo nel caso dei racconti personali: egli considera le

---

[31]   L. Doležel, *Heterocosmica: Fiction and Possible Worlds*, Baltimora, Hopkins University Press, 1997; tr. it. *Fiction e mondi possibili*, Milano, Bompiani, 1999.

[32]   Cfr. G. Genette, *Nuovo discorso del racconto*, cit. pp. 98-111.

[33]   *Ivi*, pp. 98-99.

[34]   *Ivi*, p. 99.

[35]   Cfr. G. Scaravilli, *Genette e il personaggio*, in S. Ballerio e F. Pennacchio (a cura di), *Il conoscibile nel cuore del mistero*, Milano, Ledizioni, 2020, pp. 115-118.

variazioni come un elemento costitutivo della narratività, e l'avvicen-
damento delle modalità diegetiche un arricchimento dell'opera, che è
generalmente difficile da ricondurre a una singola categoria lungo tutta
la sua estensione; concezione 'olistica' molto efficace per l'interpretazione
della narrativa ottocentesca, e in particolare per la produzione realista e
naturalista (oggetto della seguente trattazione), giacché essa si impernia
su tali variazioni, che il lettore è chiamato a riconoscere e decodificare.

Ma è forse «la capacità di cogliere lo stretto legame che intercorre tra le forme
ideal-tipiche» – le *situazioni narrative*, appunto – «e i testi che nel concreto le
realizzano il principale motivo di interesse della teoria del racconto proposta
da Stanzel»[36]. In un pezzo pubblicato recentemente, Giovanni Maffei nota che
il «mirifico rosone» stanzeliano, come Genette ironizza in *Nouveau discours
du récit* («l'incastro di assi, di frontiere, di mozzi, di raggi, di punti cardinali,
di cerchi e di involucri»)[37], «è stato un tentativo generoso di mettere lo spirito
schematico dello strutturalismo al servizio della diacronia»[38], ovvero di conciliare *Poetica e storia*, per citare il titolo di un importante saggio incluso in
Figures III; invito a una convergenza virtuosa tra i due saperi cui tuttavia l'o-
pera di Genette, al contrario del narratologo austriaco (e in parte di Monika
Fludernik, non per caso allieva stanzeliana) mai avrebbe dato effettivamente
attuazione[39].

Al di là del fatto che *A Theory of Narrative*, ricco di dettagli anali-
tici e osservazioni particolari, inviti implicitamente a una «storia delle
forme considerate come parti di insiemi organici, o per dirla altrimenti
a una storia morfologica»[40], è infatti possibile notare che il cerchio tipologico è animato da una pulsione diacronica; il *Typenkreis* mostra come
certi tipi ideali siano stati attualizzati nel corso del tempo, e come alcune
porzioni si siano "riempite" solo con il procedere della storia della letteratura: la storia sintetica di un genere, e dei confini di volta in volta da
esso attraversati[41]. La cognizione più importante che se ne ricava è che

---

[36]   F. Pennacchio, *La teoria del racconto di Franz Karl Stanzel*, cit., p. 237.

[37]   G. Genette, *Nuovo discorso del racconto*, cit., p. 100.

[38]   G. Maffei, *Per una storia narratologica della letteratura*, in C.M. Pagliuca, F. Pennacchio (a cura di), *Narratologie. Prospettive di ricerca*, Atti del seminario permanente di narratologia, Napoli, 20-21 ottobre 2020, Biblion, Napoli, 2021, p. 26.

[39]   Penso soprattutto a M. Fludernik, *Toward a Natural Narratology*, cit., pp. 9-166.

[40]   G. Maffei, *Per una storia narratologica della letteratura*, cit., p. 26.

[41]   In Italia, ha tra i primi insistito sulla pulsione diacronica della narratologia di Stanzel P. Giovannetti, *Spettatori del romanzo*, cit., pp. 32-51.

in Italia, come nelle altre letterature europee, a un tipo dominante ne è subentrato un altro (Stanzel li chiama *prototipi*); alla situazione narrativa autoriale, pervasiva nella prima metà del XIX secolo, è subentrata l'altra specie della situazione narrativa figurale; e corollario di tale transizione è l'*inward turn* della narrativa, ovvero la svolta interiore, nell'accezione che ne dà Erich Kahler[42]: la parte essenziale del racconto non si consuma più nel segmento di realtà che tutti possono vedere e udire, «ma si trasferisce nella sfera inapparente che l'eroe e gli eroi custodiscono come un territorio nascosto, come la loro intimità»[43]. Adoperando il lessico stanzeliano, si può pertanto affermare che l'accesso all'interiorità di un narratore intrusivo lascia spazio ad una rappresentazione diretta delle menti dei personaggi, rese opportunamente trasparenti con la *riflettorizzazione*[44].

Si è soliti associare tale rivoluzione alla stagione modernista; ma si dimentica spesso che il superamento dell'‘autorialità’ si verifica già nel secondo Ottocento: Flaubert per primo decide di rinunciare ad un narratore che accompagni per mano il lettore nello *storyworld*. Da *Madame Bovary* (1857) in poi, l'autore sempre più spesso si occulta nel retroscena del testo, affidando a una soggettività diversa dalla sua il compito di mediare al lettore i sensi del racconto. Il mondo esibito dal testo è il mondo quale appare a tale personaggio, osservato dal suo punto di vista, tinteggiato dalle sue emozioni: molti ritrovati di stile sono adoperati dall'autore a rendere queste percezioni, la realtà quale si riflette nello sguardo di questo *terzo*, da Stanzel appunto definito *riflettore*. Ma tale processo di transizione è nei fatti più sfumato; tracciare una netta linea di demarcazione tra le due polarità è complesso: non è infrequente che testi spiccatamente ‘autoriali’ (anteriori alla pubblicazione di *Madame Bovary*) contengano momenti – ancorché imperfettamente – figuralizzati, o quantomeno ‘prospettivizzati’, in cui il narratore rinuncia ai suoi privilegi, assecondando l'ottica del personaggio e dando corpo alle sue sensazioni.

---

[42] Cfr. E. Kahler, *The Inward Turn of Narrative*, Princeton, Princeton University Press, 1973.

[43] G. Mazzoni, *Teoria del romanzo*, cit., p. 334.

[44] Si ha riflettorizzazione quando il narratore si eclissa e asseconda per larghi tratti la prospettiva del personaggio. Secondo Stanzel sono esistiti storicamente nei testi narrativi tassi diversi di figuralità: solo di rado, e solo dall'inizio del Novecento, si darebbero casi in cui la *mediacy* di un intero testo è affidata a un unico personaggio riflettore (cfr. F.K. Stanzel, *A Theory of Narrative*, cit., p. 72).

3. *Situazioni narrative, soggettività e Quarto Stato: una storia possibile*

> According to Max Weber, it is the essence of the ideal type that it remains an abstraction which can never be realized by an actual work [...]. The recalcitrance of the work in part or as a whole to fit conveniently into a category is as much one of its essential features as conceptual consistency and comprehensiveness are essential features of the ideal type.
>
> [...] Deviation from the ideal type of a narrative situation generally occurs unconsciously, since the author as a rule is not familiar with the system of the typical narrative situations. Deviation from the prototype, however, may be interpreted as the conscious reaction of the author to the most common narrative model in popular literature[45].

1. Sono le parole di Stanzel, che, rifacendosi alle riflessioni weberiane (alla base del suo impianto narratologico tripartito), solleva una questione capitale: a differenza della deviazione autoriale dall'*ideal-tipo* (consustanziale alla sua operazione teoretica, che presuppone norme implicite del *medium* narrativo di cui gli scrittori sono inconsapevoli), il distanziamento dal *prototipo* – ovvero dalla situazione narrativa dominante nel momento storico nel quale un'opera s'inscrive – è di norma intenzionale, e contraddice l'«orizzonte di attesa» del lettore. Conseguentemente, diviene per il narratologo imprescindibile, ragionando sulla nozione di «point of view» (e sulla dialettica tra *modo* e *voce*, tra chi vede e chi parla, nei termini genettiani), il recupero della teoria formalistica dello straniamento:

> Shklovsky's definition that "art exists that one may recover the sensation of life; it exists to make one feel things, to make the stone *stony*" can most easily be met by transferring the point of view from "a speaker of the narration words" to a "knower of the narrative story," from the report of a narrator to the perception experienced by a fictional character. The estranging effect of the experience of unfamiliar perceptions [...] can be attained by concentrating on the point of view of characters from the fringes of society. The number of outsiders, of outcasts and declassés who are entrusted with this function in the modern novel [...] is an extreme form of the tendency toward estrangement. In all these cases it is precisely the complete shift of the point of view into an outsider which produces the estrangement by

---

[45] F. K. Stanzel, *A Theory of Narrative*, cit., p. 8.

causing the reader to see a reality which is familiar to him with entirely "other" eyes[46].

Si comprende perché la transizione dalla situazione narrativa autoriale a quella figurale sia *marcata*. Ciò non solo nei momenti (pure semioticamente centrali) in cui un *outsider* o un *déclassé* osserva un universo sconosciuto attraverso le sue percezioni sensoriali, ma anche quando viene data espressione alla dimensione invisibile del personaggio: pensieri, monologhi etc… Un assunto prezioso per ogni atto interpretativo che intenda coniugare il dato formale alla ricerca del significato. Perché con l'emersione di un *reflector-character* (similmente alla situazione narrativa in prima persona) il lettore è affidato al personaggio[47]. Sembra che entrambi, lettore e personaggio, «abbiano lo stesso problema: dare un senso all'avventura, guadagnarsi con qualche spesa questo senso, un senso che niente garantisce, un senso […] che nessuno conosceva prima che il racconto cominciasse»[48].

2. Ricerca del senso e centralità del personaggio, genealogie formali e infrazioni al paradigma dominante. Tenendo a mente tali presupposti – l'idea di coniugare una prospettiva di lunga durata e il testo considerato nella sua irriducibile *singolarità* (che dei *prototipi* storici costituisce esempio di una sintomatica deviazione) – è possibile sviluppare il tema cardinale della trattazione: l'analisi delle modalità della rappresentazione della soggettività del Quarto Stato nella narrativa realista e naturalista; aspetto che necessita di essere inquadrato nell'evoluzione del romanzo moderno nel suo complesso, nell'ambito della quale la mimesi del popolo (non solo della sua psicologia) è epifenomeno della vocazione sociologica – e della tensione totalizzante – del romanzo ottocentesco.

Nel corso dell'Ottocento, infatti, le strutture di senso millenarie del romanzo si dissolvono; si registra «un allargamento enorme del mondo narrabile»[49]. Tale estensione riguarda la mimesi «di quello che è esteriormente oggettivo nell'accidentalità della sua forma»[50]: è il racconto

---

46   *Ivi*, p. 10.

47   La situazione narrativa in prima persona si fonda però sulla dialettica tra io narrante e io narrato, che talora – specie quando prevale la prima istanza, lo sguardo retrospettivo di chi racconta da un tempo *ulteriore* (con la sua conoscenza approfondita dei fatti) – riduce l'illusione di immediatezza. Al riguardo *ivi*, pp. 79-104.

48   G. Maffei, *Per una storia narratologica della letteratura*, cit., p. 26.

49   G. Mazzoni, *Teoria del romanzo*, cit., p. 230.

50   G.W.F. Hegel, *Estetica*, a cura di D. Giugliano, Torino, Einaudi, 2017, p. 102.

del mondo esterno, il Realismo: con l'impulso alla democratizzazione e alla secolarizzazione che deriva dalla Rivoluzione francese, Honoré de Balzac concepisce l'ambizioso proposito di dipingere, nel progetto de *La Comédie humaine*, la società in tutte le sue componenti: occorreva annettere nel dominio del romanzo ogni classe, ogni carattere, ogni costume della Francia contemporanea. Materia narrativa privilegiata non sono più «gli eroi dell'*epos* o del *romance* serio» (vicende straordinarie di uomini fuori dal comune) o «gli uomini di condizione disperata che subiscono i rivolgimenti della sorte» (gli eroi del *romance comico*, come i picari), ma la «*middle station of life*», la «*medietas* della condizione sociale borghese», le scene di vita quotidiana[51]; e il raggio d'azione viene presto esteso, con modalità differenti a seconda dei casi, al Quarto Stato, ai proletari dell'universo rurale e cittadino: al «monde sous un monde», alla «canaille» (come l'avrebbero spregiativamente definito Edmond et Jules de Goncourt), un ceto sconosciuto, la cui emersione silenziosa destava nelle alte sfere interrogativi e perplessità (e più frequentemente sgomento), ma non poteva essere ignorato da chi ambiva a dipingere la totalità della vita. L'incontro e la scoperta dell'*altro*; la nascita dell'impegno sociale. Il rapporto con il popolo (in Italia e in Europa) diventa per molti «scelta ideologica», «e comporta una nozione precisa e consapevole dei compiti assegnati allo scrittore nel quadro di un ceto dirigente nazionale»[52].

Da tale rivoluzione epistemologica scaturiscono dei corollari estetici e ideologici. Più in particolare, le novità decisive (e generalissime) che si affermano nella narrativa realista all'inizio dell'Ottocento sono tre. Innanzitutto la centralità del «paradigma ambientale»[53]: le azioni e i pensieri dei personaggi sono determinati dal *milieu* (storicamente e geograficamente dettagliato); in secondo luogo, si afferma la polifonia narrativa. Nel racconto fanno irruzione e si intrecciano voci discordanti; i valori si relativizzano. Infine, e soprattutto, la mescolanza e la contaminazione degli stili. Nella filosofia della storia letteraria che Erich Auerbach propone in *Mimesis*, la narrativa del XIX secolo si presenta come una forma che distrugge le gerarchie fra le classi, i tipi di azione, gli stili, e rende possibile narrare in modo serio la vita ordinaria delle persone comuni. Cose notissime.

---

[51] G. Mazzoni, *Teoria del romanzo*, cit., p. 235.

[52] A. Asor Rosa, *Introduzione*, in *Scrittori e popolo*, Roma, Savelli, 1976, p. 4.

[53] G. Mazzoni, *Teoria del romanzo*, cit., pp. 268-271.

Meno ovvio è un aspetto secondario del problema, su cui non mi pare sia stata gettata luce dalla critica (quantomeno sistematicamente): la possibilità della rappresentazione «seria» della *coscienza* popolare. Tale interrogativo si pone nella sua urgenza se si considera la produzione naturalista e di fine secolo *tout court*. Da uno sguardo d'insieme, sembra infatti che in essa la delega narrativa (la *mediacy*) si presti a una lettura politica. Era quasi canonico che alla soggettività – all'ˈanimaˈ – avessero diritto i nobili e i ricchi; al massimo, diversamente modulata, i piccoli borghesi. Alle «passioni del Quarto Stato si riservava invece tendenzialmente il ghetto dell'osservazione *in vitro*, dall'esterno, comportamentista», o «un'irriflessa e discontinua psicologia delle masse; tutt'al più una delega non troppo sul serio, a una soggettività centrale ma solo idillica o comica, a rinnovo e perpetuazione dell'aurebachiana separazione degli stili»[54]. Singolarmente, solo in pochi si sono mossi sulle tracce dei punti di discontinuità di questo sistema, né tantomeno esistono studi che affrontino la questione da un'ottica diacronica: partendo dagli albori del realismo ottocentesco (italiano e francese) per approdare all'esperienza verghiana e zoliana. Mi è parso proficuo tentare, con un percorso scandito in tappe distinte.

La prima parte del volume è dedicata a *I promessi sposi*: l'atto fondativo, nella letteratura italiana, della rappresentazione romanzesca degli umili. È infatti noto che la scelta manzoniana di incentrare il *plot* su due contadini ebbe un grande effetto di rottura con le convenzioni letterarie ottocentesche. Sicché non stupisce che l'accesso alla dimensione interiore costituisca un aspetto primario nell'economia del romanzo, nel quale essa è attributo di personaggi eterogenei, e tutt'altro che interdetta agli umili protagonisti: scelta dalla portata rivoluzionaria, solo in parte attenuata dalla proiezione della vicenda in un passato lontano e dimenticato.

La seconda area monografica, divisa in due sezioni, è dedicata alla narrativa campagnola italiana e francese, alla quale i nostri scrittori si ispirarono quanto a modelli tematici e strategie espressive. Dopo una ricostruzione storico-critica del racconto campagnolo europeo, è stato effettuato un approfondimento sulle modalità della rappresentazione interiore nella produzione campestre di Balzac e George Sand: scrittori che furono interpreti, in maniera profondamente diversa, di tale stagione

---

[54]   G. Maffei-F. De Cristofaro *La mente arredata. Un'introduzione*, in «Status Quaestionis», n. 12, 2017, pp. 5-6. La rivista è consultabile in rete.

letteraria. Mentre la seconda sezione è occupata dalla narrativa «rusticale», che si diffuse nel Lombardo-Veneto durante la lunga vigilia del «decennio di preparazione», in cui si faceva urgente, perché subordinata al fine dell'unificazione politica, il problema della riforma dei rapporti sociali delle campagne; tematica su cui anche Giulio Carcano e Caterina Percoto – nei loro racconti campagnoli – come Ippolito Nievo (nella produzione rusticale e tangenzialmente ne *Le confessioni d'un italiano*) si espressero attraverso il dispositivo letterario.

L'ultima area monografica prende in esame la narrativa naturalista e verista. Dopo un attraversamento della teoresi dei naturalisti, che nelle loro prefazioni ragionarono, con un'inedita attenzione sociologica, sulla possibilità della rappresentazione interiore, è stata proposta una disamina di alcuni testi francesi reputati tipicamente rappresentativi quanto alla soggettività del Quarto Stato: da *Germinie Lacerteux* ai romanzi zoliani sul popolo. Nell'ultima sezione viene infine condotta una ricognizione della narrativa di Giovanni Verga, Luigi Capuana e Federico De Roberto; un percorso che prende l'abbrivio dai prodromi dell'esperienza verista per approdare al *Marchese di Roccaverdina* (1901) e alle novecentesche novelle belliche di De Roberto, in cui l'autore nuovamente si lanciò, con maggiore spregiudicatezza espressiva, a rappresentare la diversità sociale delle psicologie e la pluralità degli antagonismi sociali, ma su un nuovo (promettentissimo) sfondo narrativo.

4. *Avvertenza e ringraziamenti*

Questo libro rielabora la mia tesi di dottorato, discussa nel 2023 alla Scuola Normale Superiore di Pisa. Alcuni paragrafi riducono o fondono tra di loro, rimaneggiandoli in maniera sostanziale, saggi già apparsi in volume o in rivista dal 2017 in poi. Ne riporto di seguito gli estremi bibliografici: *La narratologia dei naturalisti e le classi sociali*, in «Status Quaestionis», 12, 2017, pp. 176-209; *Genette e il personaggio*, in S. Ballerio e F. Pennacchio (a cura di), *Il conoscibile nel cuore del mistero*, Milano, Ledizioni, 2020, pp. 99-120; *Strategie narrative e rappresentazione della soggettività in «Jeli il pastore»*, in C.M. Pagliuca, F. Pennacchio (a cura di), *Narratologie. Prospettive di ricerca*, Atti del seminario permanente di narratologia, Napoli, 20-21 ottobre 2020, Biblion, Napoli, 2021, pp. 203-226; *Due umili verghiani. Strategie della soggettivazione in «Rosso Malpelo» e «Jeli il pastore»*, in «Status Quaestionis», n. 24, 2023; *«Una specie di smarrimento»: soggettività e Quarto Stato ne «Il Mastro-don*

Gesualdo» e «Il Marchese di Roccaverdina», in «Esperienze letterarie», Anno XLVIII/2, 2024, pp. 42-84; *De Roberto e il Quarto Stato: i compromessi della soggettivazione da «La Sorte» a «I Viceré»*, in «Italianistica», LVIII, n. 1, 2024, pp. 97-113.

Desidero ringraziare Claudio Gigante, correlatore della mia tesi, per avermi incoraggiato a continuare il lavoro nonostante le difficoltà, e per avermi ospitato nella sua collana (codiretta con il professor Dirk Vanden Berghe, che ha accettato di buon grado la proposta e mi ha subito mostrato la sua disponibilità); ringrazio inoltre il professore Giovanni Maffei (il mio maestro), a cui devo molte delle idee di questo libro, e Pierluigi Pellini, dispensatore di consigli preziosi. Un grazie speciale va infine alla mia famiglia, a cui il libro è dedicato, che mi ha confortato nei momenti più bui e che mi ha offerto un supporto indispensabile senza il quale questa monografia non avrebbe potuto vedere la luce.

5. *Abbreviazioni*

Le opere di alcuni autori sono citate in modo abbreviato con le seguenti sigle:

PS = A. Manzoni, *I promessi sposi*, a cura di E. Raimondi e L. Bottoni, Milano, Principato, 1987.

CH = H. de Balzac, *Les Chouans*, in *La Comédie humaine*, a cura di M. Bouteron, vol. 7, *Études des mœurs. Scènes de la vie parisienne*, Paris, Gallimard, 1950.

SC = Id., *La Comédie humaine*, a cura di M. Bouteron, vol. 8, *Étuedes des mœurs. Scènes de la vie de campagne*, cit.

MD = G. Sand, *La Mare au Diable*, in id., *Romans*, a cura di J.-L. Diaz, vol. 1, Paris, Gallimard, 2019.

FC = Id., *François le champi*, in id, *Romans*, cit.

AM = G. Carcano, *Angiola* Maria, Firenze, Le Monnier, 1852.

NV = Id., *Novelle*, in *Opere Complete*, vol. 3, Milano, Cogliati, 1893, p. 362.

DM = Id., *Damiano. Storia di una povera famiglia*, vol. 1, Milano, Borroni e Scotti, 1850, p. 54.

RP = C. Percoto, *Racconti*, a cura di A. Chemello, Roma, Salerno, 2011.

CP = I. Nievo, *Il conte pecorajo*, a cura di S. Casini, Venezia, Marsilio, 2010.

NC = Id., *Il novelliere campagnuolo*, a cura di I. De Luca, Torino, Einaudi, 1956.

GL = E. et J. de Goncourt, *Œuvres complètes*, Œuvres romanesques a cura di A. Montandon, t. IV: *Germinie Lacerteux*, edizione critica a cura di S. Thorel-Cailleteau, Paris, Champion, 2011.

DP = É. Zola, *La Fabrique des Rougon-Macquart. Éditions des dossiers préparatoires*, a cura di C. Becker, vol. 1, Paris, Champion, 2003.

FR = Id., *La Fortune des Rougon*, in *Les Rougon-Macquart. Histoire naturelle et sociale d'une famille sous le Second Empire*, a cura di A. Lanoux e H. Mitterand, vol. 1, Paris, Gallimard, 1960.

AM = Id., *L'Assommoir*, in *Les Rougon-Macquart. Histoire naturelle et sociale d'une famille sous le Second Empire*, vol. 2, cit.

GM = Id., *Germinal*, in *Les Rougon-Macquart. Histoire naturelle et sociale d'une famille sous le Second Empire*, vol. 3, cit.

TR = Id., *Les Rougon-Macquart. Histoire naturelle et sociale d'une famille sous le Second Empire*, vol. 4, cit.

TN = G. Verga, *Tutte le novelle*, a cura di C. Riccardi, Milano, Mondadori, 1979.

RM = Id., *Rosso Malpelo*, in *Vita dei campi*, edizione critica a cura di C. Riccardi, Firenze, Le Monnier, 1987.

Tr[1] = Id., *Jeli il pastore*, in *Vita dei campi*, edizione critica a cura di C. Riccardi, cit.

MV = Id., *I Malavoglia*, a cura di R. Luperini, Milano, Mondadori, 1988.

MG = Id., *Mastro-don Gesualdo*, a cura di G. Mazzacurati, Torino, Einaudi, 1992.

SR = F. De Roberto, *La Sorte*, Palermo, Sellerio, 1997.

PV = Id., *Processi verbali*, Palermo, Sellerio, 1976.

VR = Id., *I Viceré*, a cura di M. Novelli, Milano, Mondadori, 2012.

NG = Id., *«La paura» e altri racconti di guerra*, a cura di G. Pedullà, Milano, Garzanti, 2015.

RC = *Racconti. Luigi Capuana*, a cura di E. Ghidetti, vol. 2, Roma, Salerno, 1973-1974.

MV = L. Capuana, *Il Marchese di Roccaverdina*, Milano, Mondadori, 1991.

Contaminazioni e interferenze: forme della soggettivazione ne «I promessi sposi»

1. *Per un attraversamento narratologico de* «*I promessi sposi*»

1. Nel capitolo VII de *I promessi sposi*, dopo essersi precipitato nella casa di don Abbondio – e aver pronunciato, davanti a lui, le formule previste dal rito – Renzo, animato da un proposito di vendetta (enfaticamente enunciato) contro Don Rodrigo, convince Lucia a ricorrere al matrimonio di forza; sicché il narratore interviene in prima persona, sostenendo la difficoltà di chiarire le ragioni che hanno effettivamente guidato i comportamenti del protagonista:

> In mezzo a quella sua gran collera, aveva Renzo pensato di che profitto poteva esser per lui lo spavento di Lucia? E non aveva adoperato un po' d'artifizio a farlo crescere, per farlo fruttare? Il nostro autore protesta di non ne saper nulla; e io credo che nemmen Renzo non lo sapesse bene. Il fatto sta ch'era realmente infuriato contro don Rodrigo, e che bramava ardentemente il consenso di Lucia; e quando due forti passioni schiamazzano insieme nel cuor d'un uomo, nessuno, neppure il paziente, può sempre distinguer chiaramente una voce dall'altra, e dir con sicurezza qual sia quella che predomini[55].

Ezio Raimondi e Luciano Bottoni commentano così il brano: «Nella prospettiva realistica del romanzo le forti passioni "schiamazzano", si confrontano irragionevoli, indecifrabili e mistificatorie nel cuore di quegli umili "pazienti" che la tragedia eroica aveva sempre ignorato»[56]. Lo scrittore, sgomento dinanzi ad un enigma irrisolvibile, che sarebbe chiamato a decriptare, si limita a sottolineare uno scompiglio a cui non dà

---

[55] A. Manzoni, *I promessi sposi*, a cura di E. Raimondi e L. Bottoni, Milano, Principato, 1987, pp. 249-50 (d'ora in poi citato PS).

[56] *Ivi*, p. 114.

un'univoca soluzione; ma resta «l'eco di una coscienza popolata da moti indisciplinati, ciascuno dei quali ha una propria ragione di esistere, e tutti insieme rimbalzano, più o meno travestiti, nelle azioni di Renzo»[57].

In tale passaggio lo scrittore rivela un intento programmatico della sua prosa d'invenzione, che non è circoscrivibile al caso dei contadini che Manzoni ha prescelto (rivoluzionariamente) come attori protagonisti del *plot*: lo sforzo di comprendere le emozioni umane, di illuminarne la parte complessa e caotica, di penetrare la scorza superficiale dei fatti alla ricerca di «ce que ils [les hommes] ont pensé, les sentiments qui ont accompagné leurs délibérations et leur projets»[58]. Se allo storico, come si legge nella *Lettre à monsieur Chauvet* (un «punto d'arrivo di notevole centralità nell'evoluzione del pensiero teorico manzoniano»)[59], spetta il compito di raccontare la catena degli avvenimenti («qui ne sont [...] connus que par leurs dehors»)[60], prerogativa esclusiva della poesia – nel significato tecnico con cui l'autore intende il termine nella *Lettre* – è la capacità di svelare il «secret» dell'anima dei personaggi, riportando la vasta gamma di pensieri, sentimenti e passioni che li animano. Al poeta spetta la più difficile delle creazioni: «Tout ce que la volonté humaine a de fort ou de mystérieux, le malheur de religieux et de profond» – scrive un lucido Alessandro Manzoni (che quasi sembra precorrere le riflessioni hamburgeriane sugli universali del racconto) – «le poëte peut le deviner; ou pour mieux dire, l'apercevoir, le saisir et le rendre»[61]. D'altra parte, che ne *I promessi sposi* esista un modo di rappresentare i pensieri nascosti dei personaggi è assunto persino ovvio. Meno banale è comprendere di

---

[57]   M. Palumbo, *Umili e realismo cristiano ne «I promessi sposi»*, in Id., *La varietà delle circunstanze. Esperimenti di lettura dal Medioevo al Novecento*, Roma, Salerno, 2016, p. 256.

[58]   A. Manzoni, *Tutte le opere*, a cura di M. Martelli, Firenze, Sansoni, 1973, vol. 2, p. 1692; cfr. Id., *Scritti di teoria letteraria*, a cura di A. Sozza Casanova, Milano, Rizzoli, 1981, p. 111. Per un inquadramento della lettera nel sistema estetico manzoniano cfr. C. Riccardi, *Introduzione*, in A. Manzoni, *Lettre à M. C*** sur l'unité de temps et de lieu dans la tragédie*, a cura di C. Riccardi, Roma, Salerno, 2008, pp. XI-XLVIII. Per una contestualizzazione della *Lettre* nello sfondo dei dibattiti coevi sul romanzo storico cfr. C. Gigante, *il romanzo di fronte alla Storia*, in *Il romanzo in Italia*, Vol. 2, *L'Ottocento*, Roma, Carocci, 2018, pp. 57-72.

[59]   C. Riccardi, *Un grande intreccio teorico: «La lettre à M. Chauvet». Premessa a un saggio di commento*, in «Nuova rivista di Letteratura italiana», III, 2000, p. 461.

[60]   A. Manzoni, *Tutte le opere*, cit., p. 1690.

[61]   *Ivi*, p. 1693.

quali mezzi l'autore si avvalse per esplorare i recessi della coscienza dei suoi eroi[62].

Non sarà superfluo affrontare la questione con un taglio narratologico, interrogandosi dapprima sulle modalità generali con cui la psicologia dei personaggi è riprodotta, per poi soffermarsi sul rapporto che intercorre tra l'emersione dei processi di soggettivazione e la classe sociale dei personaggi a cui tale privilegio viene concesso.

2. La versatile teoria di Stanzel – con le opportune integrazioni – risulta particolarmente efficace per l'interpretazione del capolavoro manzoniano, che si impernia sulle variazioni strutturali. In conformità con il modello dominante nella narrativa europea del primo Ottocento, I *promessi sposi* costituiscono infatti un esempio tipico di racconto condotto da un narratore eterodiegetico, onnisciente e attendibile[63]: da un narratore che osserva i fatti dall'esterno e dall'alto, che ha il potere di comprimere, selezionare e commentare la materia narrativa, di muoversi nel tempo con analessi e prolessi, e che soprattutto ha la facoltà di leggere nella mente dei personaggi[64]. In altre parole, la modalità diegetica prevalente è

---

[62] Sulla questione esiste una valida bibliografia di riferimento. Per ciò che concerne l'uso dell'indiretto libero ne I *promessi sposi* cfr. A. Chiavacci, *Il 'parlato' ne «I promessi sposi»*, Firenze, Sansoni, 1962, pp. 119-153 e R.O.J. Van Nuffel, *Il discorso indiretto libero ne «I promessi sposi»*, in C. Ballerini (a cura di), *Atti del convegno manzoniano di Nimega*, Firenze, Libreria Editrice Fiorentina, 1974, pp. 255-271. Sulla dialettica tra voce e personaggio si veda G. Baldi, *Renzo e la sommossa: voce e prospettiva del racconto*, in Id., *Narratologia e critica. Teoria ed esperimenti di lettura da Manzoni a Gadda*, Napoli, Liguori, 2003, pp. 33-74. Sulla rappresentazione della soggettività dei personaggi con una prospettiva narratologica aggiornata cfr. R. Castellana, *Narratologia e interpunzione. Le virgolette de «I promessi sposi»*, in *Narratologie. Prospettive di ricerche*, cit., pp. 143-158. Sulla rappresentazione psicologica dei personaggi si veda anche A. Bosco, *Il romanzo indiscreto. Epistemologia del privato ne «I promessi sposi»*, Macerata, Quodlibet, 2013 e D. Brogi, *Un romanzo per gli occhi. Manzoni, Caravaggio e la fabbrica del realismo*, Roma, Carocci, 2018.

[63] Per la definizione di tale narratore si rimanda a W.C. Booth, *Raccontare come rappresentare: narratori attendibili e inattendibili*, in *Retorica della narrativa*, cit., pp. 175-213.

[64] Sulla fisionomia del narratore nel *Fermo e Lucia* e ne «I promessi sposi» cfr. M. Columni Camerino, *Strategie realiste del narratore. Da Manzoni a Nievo*, in F. Fiorentino (a cura di), *Realismo ed effetti di realtà nel romanzo dell'Ottocento*, Roma, Bulzoni, 1993; M. Barenghi, *Diciture per un inedito del secolo decimosettimo. L'autorità narrativa nel «Fermo e Lucia» e ne «I promessi sposi»*, in *Ragionare alla carlona. Studi su «I promessi sposi»*, Milano, Marcos y Marcos, 1993, pp. 11-55 (dello stesso cfr. anche *L'autorità dell'autore*, Lecce, Milella, 1992); H. Grosser, *Osservazioni sulla

la situazione narrativa autoriale. Ma sono numerosi i momenti in cui si verifica una temporanea abdicazione al privilegio dell'onniscienza, con la delega al personaggio della centralità della 'visione'; e con tale personaggio, con il suo universo psicologico e morale, il lettore è invitato a simpatizzare: «ad eccezione dei capitoli storici» è sempre «possibile ascoltare», con «la presenza di un dialogo» o di un affondo interiore, la «voce» dei protagonisti[65].

L'avvicendarsi degli effetti di avvicinamento e allontanamento della voce rispetto al punto di vista del personaggio, delle «restrizioni di campo» (come le definirebbe George Blin)[66], comporta un complesso gioco «tra le diverse ottiche con cui sono presentati i fatti»[67], per quanto al personaggio venga in realtà concesso di rado di emanciparsi dalla regia autoriale. Sarebbe infatti fuorviante parlare di narrazione personale, giacché la transizione alle modalità figurali del *récit* è minata costantemente dalla sovrapposizione della voce. Nei passaggi prospettivizzati permangono residuali screziature di autorialità: un conflitto che interessa e che pare meritevole d'analisi, giacché le interferenze tra la zona del narratore e le isole di soggettivazione dei personaggi sono la spia di una dimensione dialettica de *I promessi sposi*. La volontà dell'autore di plasmare il mondo secondo la sua ideologia convive con la tensione alla dialogicità polifonica.

Di tale dinamica tenterò di dar ragione, senza timore di schematizzare (correndo l'inevitabile rischio di parzialità e arbitrarietà tendenziosa), con una tipizzazione ideale delle principali possibilità formali del romanzo. Sorvolerò tuttavia, per la scarsa attinenza col tema trattato, su

---

tecnica narrativa e sullo stile ne «I promessi sposi», in «Giornale storico della letteratura italiana», n. 503, 1981, pp. 409-410; Id., *Narrativa*, Milano, Principato, 1985, pp. 48-52 e 89-81; A. Illiano, *Morfologia della narrazione manzoniana. Dal «Fermo e Lucia» a «I promessi sposi»*, Firenze, Cadmo, 1993. Proprio in relazione a *I promessi sposi*, Stefano Agosti, rifacendosi alle categorie di Greimas, ha proposto sottilissime distinzioni tra varie figure di «enunciatori» (S. Agosti, *Per una semiologia della voce narrativa ne «I promessi sposi»*, in Id., *Enunciazione e racconto. Per una semiologia della voce narrativa*, Bologna, Il Mulino, 1989, pp. 107-153; Id., *Enunciazione e punto di vista ne «I promessi sposi»*, in *Leggere «I promessi sposi»*, a cura di G. Manetti, Milano, Bompiani, 1989, pp. 133-144; Id., *Derealizzazioni narrative: da Manzoni a Gadda e da Stendhal a Svevo*, in *Critica della testualità*, Bologna, Il Mulino, 1999, pp. 39-62).

[65] A. Chiavacci, *Il 'parlato' ne «I promessi sposi»*, cit., p. 5.

[66] La formula è proposta in un saggio datato da G. Blin, *Stendhal et les problèmes du roman*, Paris, Corti, 1954, pp. 115-176.

[67] G. Baldi, *Renzo e la sommossa*, cit., p. 39.

un livello diegetico – i rapporti sternianamente intransitivi tra scrittore e Anonimo, le ripetizioni del racconto, le pause, le digressioni, gli atti metanarrativi etc. – sul quale si è tra gli altri espresso Pino Fasano[68]; come solo tangenzialmente l'analisi affronterà il problema – su cui il fermento degli studi narratologici ha portato nuova linfa – dell'intrecciarsi dei piani di documento e invenzione: fonte per l'autore di dubbi e nevrosi creative (che lo stesso Manzoni esplicitò nel saggio *Del romanzo storico*, 1850), e di cui la diegesi reca traccia a partire dall'*Introduzione* (con l'espediente del manoscritto ritrovato, e «l'opera di legittimazione del genere umile e vilipeso del romanzo»)[69]. Rovello autoanalitico cui non per caso seguì, con l'inserimento della *Storia della colonna infame* in appendice a *I promessi sposi*, lo scioglimento delle parte storica da quella finzionale[70].

1.1 Prospettiva

1.1.1 La situazione narrativa autoriale

Conviene prendere le mosse dall'incipit, o per meglio dire dalle sequenze di apertura del capitolo I, e dal novenario che lo ha reso celebre:

> Quel ramo del lago di Como, che volge a mezzogiorno, tra due catene non interrotte di monti, tutto a seni e a golfi, a seconda dello sporgere e del rientrare di quelli, vien, quasi a un tratto, a ristringersi, e a prender corso e figura di fiume, tra un promontorio a destra, e un'ampia costiera dall'altra parte; e il ponte, che ivi congiunge le due rive, par che renda ancor più sensibile all'occhio questa trasformazione, e segni il punto in cui il lago cessa, e l'Adda rincomincia, per ripigliar poi nome di lago dove le rive, allontanandosi di nuovo, lascian l'acqua distendersi e rallentarsi in nuovi golfi e in nuovi seni[71].

---

[68] Cfr. P. Fasano, *Imbroglio romanzesco. La teoria della comunicazione ne «I promessi sposi»*, Firenze, Le Monnier, 2007. Sugli influssi sterniani nella scrittura di Manzoni cfr. S. Nigro, *La tabacchiera di don Lisander. Saggio su «I promessi sposi»*, Torino, Einaudi, 1996.

[69] G. Tellini, *Manzoni*, Roma, Salerno, 2007, p. 190.

[70] Faccio riferimento soprattutto allo studio di Castellana sulla *biofiction* (cfr. R. Castellana, *Finzioni biografiche*, Roma, Carocci, 2019, pp. 93-98). Sul connubio tra istanze referenziali e finzionali nel romanzo si veda anche F. De Cristofaro-M. Viscardi, *L'ora della verità. Storia e romanzo nell'Ottocento*, in R. Castellana (a cura di), *Fiction e non-fiction*, Roma, Carocci, 2021, pp. 61-81.

[71] PS, pp. 8-9.

Un'esemplificazione prototipica della situazione narrativa autoriale. S'impone da subito il primato dello sguardo e della rappresentazione visuale (immanente quasi a ogni pagina de *I promessi sposi*, come notato da Ezio Raimondi), e tendente a esautorare gli altri sensi, o comunque a conceder loro spazi ridotti nell'ambito della sua economia semiotica[72]. Non per nulla la descrizione – osservava già De Sanctis – «pare scritta da un geografo o da un naturalista che descrive dal vero quello che gli è innanzi» con la paziente curiosità di un «intelligente osservatore». La natura è «guardata e disposta da una mente superiore»[73]; il narratore, «come Dio in persona»[74], squaderna gli elementi del paesaggio e li ordina su diverse coordinate orizzontali e verticali, guidando il lettore di valle in valle e di paese in paese. Il narratore vede tutto: borghi, villaggi, case di campagna ecc.; e la sua conoscenza non ha limiti. Dopo aver fornito le coordinate storico-cronologiche della vicenda, commentando, con un'antifrasi sarcastica, i soprusi dei soldati spagnoli, il narratore riprende la descrizione, adeguando il suo sguardo mobile alla varietà del paesaggio. La scrittura mette gradualmente a fuoco il luogo dell'azione: l'ingresso di don Abbondio – e l'apparizione dei bravi – è imminente.

1.1.2 Concessioni

A tale modalità dominante – in cui il narratore è onnisciente, onnipotente e onniveggente – si alternano zone nelle quali la voce si sottopone a delle *contraintes*, *concedendo* spazio all'orizzonte percettivo dei soggetti finzionali.

Con la comparsa sulla scena del curato, ovvero con l'inizio del *plot*, si verifica la prima *parziale* «restrizione di campo»:

[Don Abbondio] Diceva tranquillamente il suo ufizio, e talvolta, tra un salmo e l'altro, chiudeva il breviario, tenendovi dentro, per segno, l'indice

---

[72]   Cfr. E. Raimondi, *Verso il realismo*, in *Il romanzo senza idillio*, Torino, Einaudi, 2000, pp. 4-56.

[73]   F. De Sanctis, *Manzoni: studi e lezioni*, a cura di G. Gentile, Bari, Laterza, 1922, pp. 55-56. Secondo Gianfranco Contini, il nuovo attacco del romanzo ha «un aspetto di schema: ci sono le due rive, ci sono i tre torrenti sulla sinistra»; lo spazio risulta «in qualche modo aritmetizzato» (il testo, trascrizione del nastro di una conferenza del 1974, è ripreso in G. Orelli, *Quel ramo del lago di Como*, Bellinzona, Edizioni Casagrande, 1982, p. 87).

[74]   G. Genette, *Figures III. Discours du récit*, Paris, Seuil, 1972; tr. it. *Discorso del racconto*, Torino, Einaudi, 2006, p. 257.

della mano destra, e, messa poi questa nell'altra dietro la schiena, proseguiva il suo cammino, guardando a terra, e buttando con un piede verso il muro i ciottoli che facevano inciampo nel sentiero [...]. Aperto poi di nuovo il breviario, e recitato un altro squarcio, giunse a una voltata della stradetta, dov'era solito d'alzar sempre gli occhi dal libro, e di guardarsi dinanzi: e così fece anche quel giorno[75].

È presentato il carattere pacifico e abitudinario del personaggio. Alla voce non sfugge nulla: dall'«indice della mano destra» di don Abbondio al suo piede che scalcia i ciottoli verso il muro del sentiero. La prospettiva del narratore, inizialmente 'esterna' e lontana, si allinea a quella del curato; ma quando ciò avviene («poi alzava il viso, e girava oziosamente gli occhi [...]»), la voce non occulta la sua presenza: con l'inserimento di un inserto esplicativo («dov'era solito d'alzar sempre gli occhi dal libro»), l'illusione scenica è interrotta. Il narratore *si sovrappone* al personaggio.

Un altro caso di sovrapposizione, tratto dal capitolo XI:

La strada era allora tutta sepolta tra due alte rive, fangosa, sassosa, solcata da rotaie profonde [...]. A que' passi, un piccol sentiero erto, a scalini, sulla riva, indicava che altri passeggieri s'eran fatta una strada ne' campi. Renzo, salito per un di que' valichi sul terreno più elevato, *vide* quella gran macchina del duomo sola sul piano, come se, non di mezzo a una città, ma sorgesse in un deserto; e si *fermò* su due piedi, dimenticando tutti i suoi guai, a contemplare anche da lontano quell'ottava maraviglia, di cui aveva tanto sentito parlare fin da bambino. Ma dopo qualche momento, voltandosi indietro, *vide* all'orizzonte quella cresta frastagliata di montagne, *vide* distinto e alto tra quelle il suo Resegone, [...] *stette* lì alquanto a guardar tristamente da quella parte, poi tristamente si *voltò*, e *seguitò* la sua strada. A poco a poco *cominciò* poi a scoprir campanili e torri e cupole e tetti [...][76].

Colpisce la fittissima rete di verbi di percezione che trama queste pagine (in corsivo). Il narratore presenta del quadro solo ciò che rientra nel campo visivo del personaggio. Il montanaro ignorante contempla in lontananza la sagoma del Duomo («quell'ottava maraviglia»), e, poco dopo, il suo antagonista ideale: il Resegone, ultima immagine del perduto 'Eden' paesano. Il narratore, occultato dietro il personaggio, dà forma alle sue confuse reazioni; ma la sua presenza è avvertibile. A denunciarla è l'artificio della reduplicazione dell'avverbio «tristamente», che, privando il termine del suo neutro valore descrittivo e denotativo e innescando un

---

[75] PS, p. 10.

[76] *Ivi*, p. 214. Il corsivo è mio.

processo di connotazione, ha la funzione di manifestare il giudizio e la partecipazione emotiva della voce al dramma lacerante del montanaro che si inurba.

1.1.3 Espropriazioni

Ai segmenti in cui il narratore *concede* spazio all'orizzonte percettivo dei personaggi, se ne affiancano altri in cui la riflettorizzazione viene esplicitamente *negata*.

Si consideri la descrizione della vigna di Renzo, nel capitolo XXXIII:

> E andando, [Renzo] passò davanti alla sua vigna; e già dal di fuori poté subito argomentare in che stato la fosse. Una vetticciola, una fronda d'albero di quelli che ci aveva lasciati, non si vedeva passare il muro [...]. S'affacciò all'apertura del cancello [...]; diede un'occhiata in giro: povera vigna! [...]. Viti, gelsi, frutti d'ogni sorte, tutto era stato strappato alla peggio, o tagliato al piede. [...] Era una marmaglia d'ortiche, di felci, di logli, di gramigne [...]. Era un guazzabuglio di steli, che facevano a soverchiarsi l'uno con l'altro nell'aria [...].
>
> [...]
>
> *Ma questo* [Renzo] *non si curava d'entrare in una tal vigna; e forse non istette tanto a guardarla, quanto noi a farne questo po' di schizzo. Tirò di lungo*[77].

Un autentico enigma, questa vigna, o meglio, come propende la critica più recente, un'allegoria di straordinaria modernità. A ragione Raimondi-Bottoni parlano di «un'antitesi violenta, una stasi descrittiva che riempie di colore squillante un crepuscolo già grigio: una stasi che rappresenta insieme un rapporto conflittuale, una tensione silenziosa tra l'uomo e la terra nello spazio vivente della storia»[78].

Una stasi descrittiva: ma «lo schizzo» è abbozzato dal narratore. Il personaggio, preso da altri pensieri, prosegue nel suo cammino senza indugi. Pertanto è il narratore a interrogarsi sul mistero del frutteto di Renzo: l'istanza enunciativa si *appropria* integralmente della *mediacy*, che viene *sottratta* al soggetto finzionale.

La medesima situazione si verifica nel primo incontro di Lucia con la monaca di Monza:

---

[77]   *Ivi*, p. 663. Il corsivo è mio.

[78]   *Ibid.*

> Lucia, che non aveva mai visto un monastero, quando fu nel parlatorio, guardò in giro dove fosse la signora a cui fare il suo inchino, e, non iscorgendo persona, stava come incantata; quando, visto il padre e Agnese andar verso un angolo, guardò da quella parte, e vide una finestra d'una forma singolare, con due grosse e fitte grate di ferro [...]; e dietro quelle una monaca ritta. Il suo aspetto, che poteva dimostrar venticinque anni, faceva a prima vista un'impressione di bellezza, ma d'una bellezza sbattuta, sfiorita e, *direi* quasi, scomposta[79].

Viene espresso l'incantamento, la sorpresa e la misteriosa suggestione dinanzi all'apparizione della monaca. Il regime della focalizzazione interna, ad eccezione di una (trascurabile) intrusione della voce («direi»), è rispettato con rigore. Ma la «restrizione di campo» è temporanea:

> Ma quella fronte si raggrinzava spesso, come per una contrazione dolorosa; e allora due sopraccigli neri si ravvicinavano, con un rapido movimento. Due occhi, neri neri anch'essi, si fissavano talora in viso alle persone, con un'investigazione superba; talora si chinavano in fretta, come per cercare un nascondiglio [...]. Nel vestire stesso c'era qua e là qualcosa di studiato o di negletto [...].
>
> Queste cose non facevano specie alle due donne, non esercitate a distinguer monaca da monaca [...][80].

Prende forma il ritratto morale e fisico di Gertrude, uno fra i "medaglioni" più celebrati del romanzo. Non è una scena figuralizzata: viene detto a chiare lettere che Lucia e Agnese non sono «esercitate a distinguere monaca da monaca». Ne consegue che non sono le donne a filtrare gli eventi, giacché non potrebbero cogliere simili dettagli e sottigliezze psicologiche. Ancora una volta, il narratore autoriale si riappropria dei propri poteri, verbalizzando le informazioni di cui è a conoscenza.

1.2 La soggettività

Ci siamo fin qui interrogati sui modi con cui il narratore limita il raggio della sua visione, calandosi nell'orizzonte percettivo dei personaggi. Ne è emerso un quadro variegato, in cui affiora una costante: l'impossibilità (o la non intenzionalità), da parte del narratore, di occultare

---

[79] *Ivi*, p. 159. Il corsivo è mio.
[80] *Ivi*, p. 160.

completamente la sua presenza. L'istanza enunciativa è sempre percepibile: di riflettorizzazione in senso puro, salvo rari casi, non è mai lecito parlare.

È ormai tempo di affrontare il problema della rappresentazione della vita psichica dei personaggi. Ma sono imprescindibili dei chiarimenti: quando parlo di "interiorità", mi riferisco a una nozione molto precisa, formalizzata da Cohn in *Transparent Minds*. Per la studiosa, il romanzo eterodiegetico dispone sostanzialmente di tre modalità attraverso le quali si può rendere "trasparente" la coscienza del personaggio: la *psiconarrazione* («psycho-narration»), cioè la rielaborazione dei pensieri più intimi del personaggio effettuata dal narratore, il quale descrive i contenuti della coscienza ma si astiene dall'imitare l'andamento dei suoi processi psichici[81]; il *monologo citato* («quoted monoloque»): la citazione letterale (con o senza virgolette) del discorso mentale altrui, così come esso prende forma nella psiche del personaggio[82]; il *monologo narrato* («narrated monologue»): l'indiretto libero di pensieri, che mescola la voce del narratore e la voce del personaggio[83].

Sono tre potenti dispositivi, che rendono possibile quella immersione completa del lettore nel personaggio che è propria del romanzo in terza persona; varianti che Manzoni adopera e alterna con maestria, in un *continuum* di variegate possibilità combinatorie. Procediamo con ordine.

1.2.1 La psiconarrazione

La psiconarrazione è il dispositivo col maggior numero di occorrenze. Ho individuato quattro macrocategorie, che presento in ordine progressivo: dal massimo gradiente d'autorialità alla maggiore 'prossimità' – strutturale, più che emotiva – tra narratore e personaggio.

1.2.1.1 *Distanza*

Era costei nata in quello stesso castello, da un antico custode di esso, e aveva passata lì tutta la sua vita. Ciò che aveva veduto e sentito fin dalle fasce, le aveva impresso nella mente un concetto magnifico e terribile del potere de' suoi padroni; e la massima principale che aveva attinta dall'istruzioni e

---

[81]   Cfr. D. Cohn, *Transparent Minds*, cit., pp. 21-57.

[82]   Cfr. *ivi*, pp. 58-98.

[83]   Cfr. *ivi*, pp. 99-140.

dagli esempi, era che bisognava ubbidirli in ogni cosa, perché potevano far del gran male e del gran bene. L'idea del dovere, deposta come un germe nel cuore di tutti gli uomini, svolgendosi nel suo, insieme co' sentimenti d'un rispetto, d'un terrore, d'una cupidigia servile, s'era associata e adattata a quelli. [...] Col tempo, s'era avvezzata a ciò che aveva tutto il giorno davanti agli occhi e negli orecchi: la volontà potente e sfrenata d'un così gran signore, era per lei come una specie di giustizia fatale[84].

È un campione del capitolo XX, nel quale è abbozzato il profilo della serva dell'Innominato. Attraverso le psiconarrazioni («le aveva impresso nella mente», «aveva attinta», «ne provò»), il narratore interpreta i pensieri confusi del personaggio. Ma è un passo mediato dall'istanza diegetica: in primo luogo, il linguaggio è narratoriale; secondariamente, non è una scena singolativa, bensì un ritratto psicologico, in cui la voce non esita a formulare giudizi di valore. La sensazione di autorialità non potrebbe essere maggiore.

1.2.1.2 *Psiconarrazioni e percezioni*

In determinati momenti del romanzo, la psiconarrazione è adoperata da un narratore che compartecipa emotivamente l'orizzonte ideologico del personaggio, e che ne riporta in presa diretta i pensieri, pur non rinunciando alla sua opera di mediazione:

Lucia stava immobile in quel cantuccio, tutta in un gomitolo, con le ginocchia alzate, con le mani appoggiate sulle ginocchia, e col viso nascosto nelle mani. Non era il suo né sonno né veglia, ma una rapida successione, una torbida vicenda di pensieri, d'immaginazioni, di spaventi. Ora, più presente a se stessa, e rammentandosi più distintamente gli orrori veduti e sofferti in quella giornata, s'applicava dolorosamente alle circostanze dell'oscura e formidabile realtà in cui si trovava avviluppata [...][85].

Reclusa nel castello dell'Innominato, Lucia vive un'altalena di pensieri che la portano dall'orrore alla pena e alla speranza. Alla «formidabile» realtà del rapimento, su cui la fanciulla appunta la sua attenzione agitata («si applicava dolorosamente»), si mescolano paure provenienti da una «regione ancor più oscura»: una dimensione invisibile che il narratore riporta alla luce; quand'ecco, nel buio e nella solitudine della notte, un'apparizione:

---

[84] PS, p. 381.
[85] *Ivi*, p. 395. Il corsivo è mio.

Ma tutt'a un tratto si risentì, come a una chiamata interna, e provò il bisogno di risentirsi interamente [...]. Tese l'orecchio a un suono: era il russare lento, arrantolato della vecchia; spalancò gli occhi, e vide un chiarore fioco apparire e sparire a vicenda: era il lucignolo della lucerna, che, vicino a spegnersi, scoccava una luce tremola, e subito la ritirava, per dir così, indietro, come è il venire e l'andare dell'onda sulla riva: e quella luce, fuggendo dagli oggetti, prima che prendessero da essa rilievo e colore distinto, non rappresentava allo sguardo che una successione di guazzabugli. Ma ben presto le recenti impressioni, ricomparendo nella mente, l'aiutarono a distinguere ciò che appariva confuso al senso[86].

Le percezioni e le psiconarrazioni si mescolano in maniera organica. Nel teatro della mente di Lucia la luce appare come «una successione di guazzabugli»[87]: il linguaggio è del narratore, che con una similitudine spiega al lettore, dandovi un ordine, le sensazioni frammentarie avvertite dalla contadina («come è il venire e l'andare dell'onda sulla riva»).

1.2.1.3 *Incubi*

La psiconarrazione è lo strumento privilegiato per la rappresentazione della sfera onirica dei personaggi. Celeberrimo il caso del capitolo XXXIII, nel quale vediamo Don Rodrigo prendere progressivamente consapevolezza di aver contratto la peste. Il malato si addormenta inerme, e, con la psiconarrazione, si entra nella spazialità magica di un incubo:

Dopo un lungo rivoltarsi, finalmente s'addormentò, e cominciò a fare i più brutti e arruffati sogni del mondo. E d'uno in un altro, gli parve di trovarsi in una gran chiesa, in su, in su, in mezzo a una folla; di trovarcisi, ché non *sapeva* come ci fosse andato, come gliene fosse venuto il pensiero, in quel tempo specialmente; e n'era arrabbiato. *Guardava* i circostanti; *eran*

---

[86] *Ibid.*

[87] Ha scritto pagine importanti sul valore della luce nella costruzione della mentalità moderna E. Raimondi, *Il romanzo senza idillio*, cit., pp. 4-56. «Guazzabuglio» è una parola chiave del lessico manzoniano. La definizione migliore che la connoti si trova in un momento della storia di Renzo, in fuga da Milano verso l'Adda: «i suoi pensieri erano, come ognuno può immaginarsi, un *guazzabuglio* di pentimenti, d'inquietudini e di rabbie, di tenerezze; era uno studio faticoso di raccapezzare le cose dette e fatte la sera avanti, di scoprire la parte segreta della sua dolorosa storia» (PS, p. 296; il corsivo è mio). Commentando questo passo, Matteo Palumbo scrive: «Proprio questo termine [...] suggerisce l'ondeggiare dei soggetti tra i poli estremi del discernimento e dell'inconsapevolezza. Intacca l'idea di una coscienza sempre trasparente e richiama l'ambivalenza delle motivazioni che presiedono alle scelte» (M. Palumbo, *Umili e realismo cristiano ne «I promessi sposi»*, cit., p. 256).

tutti visi gialli, distrutti, con cert'occhi incantati, abbacinati, con le labbra spenzolate; tutta gente con certi vestiti che cascavano a pezzi; e da'rotti si *vedevano* macchie e bubboni. «Largo canaglia» gli *pareva* di gridare, guardando alla porta, ch'era lontana lontana, e accompagnando il grido con un viso minaccioso, senza però moversi, anzi ristringendosi, per non toccar que'sozzi corpi, che già lo *toccavano* anche troppo da ogni parte[88].

La transizione nel mondo interiore del personaggio è graduale. Ne è prova l'alternanza dell'aoristo e la trama degli imperfetti onirici[89]. L'orrore si moltiplica in mille volti anonimi e disfatti, invasi dal colore lacerante del «giallo». L'ossessione della folla in rivolta diviene panico nel momento in cui il personaggio nota, sulle carni dei suoi aggressori, le stimmate del morbo. Assediato dalla calca di appestati, proiezione fantasmatica delle sue sofferenze corporali, don Rodrigo grida impotente («Largo canaglia»). E l'incubo si fa sempre più ossessivo e claustrofobico, fino al risveglio di soprassalto del personaggio.

1.2.1.4 *Contagio*

La psiconarrazione è spesso impiegata per conferire una tonalità ironica alla rappresentazione. In questi casi, la voce del narratore e la voce del personaggio si mescolano. Si tratta di un procedimento narrativo che è proprio del narratore *dissonante*, come lo definisce Cohn: ovvero quel narratore che rimane «emphatichally distanced from the consciousness he narrates»[90], e che, anche quando restringe il suo *focus* sul personaggio, non vi entra mai pienamente in simbiosi.

Le pagine dell'incontro tra donna Prassede e Lucia sono rappresentative di tale confusione tra voci e punti di vista:

Perché, fin da quando aveva sentito la prima volta parlar di Lucia, [donna Prassede] s'era subito persuasa che una giovine la quale aveva potuto promettersi a un poco di buono, a un sedizioso, a uno scampaforca in somma, qualche magagna, qualche pecca nascosta la doveva avere. Dimmi chi pratichi, e ti dirò chi sei. La vista di Lucia aveva confermata quella persuasione.

---

[88]   PS, p. 648. Il corsivo è mio.

[89]   Per l'imperfetto onirico cfr. H. Weinrich, *Tempus: Besprochene und Erzählte Welt*, Stuttgart, W. Kolhammer, 1964; tr. it. *Tempus. Le funzioni dei tempi nel testo* (1972), Il Mulino, Bologna, 1978, pp. 128-129.

[90]   D. Cohn, *Transparent Minds*, cit., p. 26.

Non che, in fondo, come si dice, non le paresse una buona giovine; ma c'era molto da ridire[91].

È messo in scena il moralismo egocentrico di donna Prassede, che, con la sua presunzione di fare del bene, travisa i fatti di Renzo e Lucia. Si assiste alla dissociazione critica del narratore dalle idee di donna Prassede. Tale effetto è ottenuto attraverso la tecnica che i narratologi di lingua inglese chiamano «principio dello zio Charles», che corrisponde a quanto Stanzel definisce *contagio*[92]. Si tratta di un uso peculiare dello stile indiretto libero, che consiste nell'utilizzazione di singole parole o sintagmi apparentemente anomali ma coerenti con la messa a fuoco dominante nel contesto. La voce si 'appropria' delle parole di donna Prassede («sedizioso», «scampaforca», «qualche pecca nascosta»). Mediante tale contaminazione, il narratore getta una «slightly ironical light»[93] sul personnaggio, sollecitando il lettore, che conosce la vera storia di Renzo e Lucia, a giudicare i comportamenti della donna.

1.2.2 Il monologo citato

La tecnica del contagio viene da Manzoni adoperata principalmente con finalità ironiche, e per la mimesi delle *parole*; alla sfera psicologica, invece, si accede di rado. E quando ciò avviene, non è semplice distinguere i pensieri dei personaggi dai discorsi del narratore. Non è invece infrequente che la *voce* interiore di un soggetto finzionale si isoli con un soliloquio. Il monologo citato ha infatti numerose occorrenze, assumendo diverse sfumature di significato in relazione al contesto narrativo. Ne conto principalmente due.

1.2.2.1 *Ironia*

Specie nel caso di don Abbondio, il monologo citato ha la funzione di accentuare il carattere grottesco della rappresentazione. I soliloqui rappresentano il modo con cui questo personaggio dalle mille paure, circondato da grandi e terribili compagni di viaggio, esprime direttamente se stesso: cercando «di sopravvivere alla 'burrasca'» e difendere «la verità fisica del proprio egoismo»[94].

---

[91]   PS, p. 490.

[92]   Cfr. F.K. Stanzel. *A Theory of Narrative*, cit., pp. 192-193.

[93]   *Ivi*, p. 192.

[94]   E. Raimondi, *Il romanzo senza idillio*, cit., p. 299.

Il monologo citato emerge nell'incontro con i bravi del primo capitolo:

Lo spavento di que' visacci e di quelle parolacce, la minaccia d'un signore noto per non minacciare invano, un sistema di quieto vivere, ch'era costato tant'anni di studio e di pazienza, sconcertato in un punto, e un passo dal quale non si poteva veder come uscirne: tutti questi pensieri ronzavano tumultuariamente nel capo basso di don Abbondio. – Se Renzo si potesse mandare in pace con un bel no, via; ma vorrà delle ragioni; e cosa ho da rispondergli, per amor del cielo? E, e, e, anche costui è una testa: un agnello se nessun lo tocca, ma se uno vuol contraddirgli... ih! E poi, e poi, perduto dietro a quella Lucia, innamorato come... Ragazzacci [...]. Oh povero me! [...] Che c'entro io? Son io che voglio maritarmi? [...][95].

Ha inizio il lungo ed esilarante soliloquio del personaggio[96]. La paura del curato, scrivono Viscardi-De Cristofaro, «trasforma l'impaccio del monologo in una stizza grottesca», e il «pensiero si impantana spesso nel monosillabismo, nella coazione a ripetere, nel borborigmo gaglioffo»[97]. La comicità della scena è amplificata dalla voce narrante, che si serve della tecnica del contagio (in corsivo).

1.2.2.2 *Pathos*

Il monologo citato ha spesso la funzione di drammatizzare i tormenti e le angosce del personaggio, mettendo in scena le sue crisi di coscienza. Non è raro che simili monologhi compaiano nei momenti di svolta dell'intreccio, come ad esempio nella notte insonne dell'Innominato, antecedente alla sua conversione:

Partito, o quasi scappato da Lucia, dato l'ordine per la cena di lei [...], sempre con quell'immagine viva nella mente [...], il signore s'era andato a cacciare in camera [...]. Ma quell'immagine, più che mai presente, parve che in quel momento gli dicesse: tu non dormirai.

– Che sciocca curiosità da donnicciola, – pensava, – m'è venuta di vederla? Ha ragione quel bestione del Nibbio; uno non è più uomo; è vero, non è più uomo!... Io?... io non son più uomo, io? Cos'è stato? che diavolo m'è venuto

---

[95]   PS, p. 23. Il corsivo è mio.

[96]   Nel primo periodo, i sostantivi «visacci» e «parolacce» riproducono l'ottica affettiva di Don Abbondio.

[97]   Manzoni, *I promessi sposi*, a cura di F. De Cristofaro e G. Alfano, M. Palumbo, M. Viscardi, saggio linguistico di N. De Blasi, Milano, Rizzoli, 2014, p. 110.

addosso? che c'è di nuovo? Non lo sapevo io prima d'ora, che le donne strillano? Strillano anche gli uomini alle volte, quando non si possono rivoltare.
Che diavolo! non ho mai sentito belar donne? –

[…]

– La libererò, sì; appena spunta il giorno, correrò da lei, e le dirò: andate,
andate[98].

Il monologo mette in scena la crisi d'identità del personaggio (e la
finale risoluzione: «La libererò, sì; appena spunta il giorno»), riprodu-
cendo efficacemente, con una sintassi franta, il flusso ininterrotto del suo
pensiero.

1.2.3 Il Monologo narrato

Al fine di evitare sovrapposizioni di categorie distinte, bisogna comprendere con esattezza cosa intenda Cohn per monologo narrato:

> A transformation of figural thought-language into the narrative language of
> third-person fiction is precisely what characterizes the technique for rende-
> ring consciousness that […] I call the narrated monologue. It may be most
> succinctly defined as the technique for rendering a character's thought in
> his own idiom while maintaining the third-person reference and the basic
> tense of narration[99].

Stabilire se ai personaggi manzoniani sia consentito di esprimersi con
il loro idioletto è problema complesso, che si intreccia inevitabilmente
con la questione della lingua. Sappiamo infatti che le teorie linguistiche
del Manzoni, la sua progressiva scelta del toscano e quindi del fiorentino
come lingua letteraria e come modello di lingua parlata nazionale portavano all'esclusione nel romanzo del dialetto; anche di una presenza a
livello meramente impressionistico. È stato anche osservato che in virtù
di questo proposito, i personaggi de *I promessi sposi* non usano linguaggi
tanto differenziati quanto implicherebbe il dislivello di classe e di condizione sociale in cui vengono posti, e mantenuti, per tutto il corso della
narrazione[100]. Perché Renzo, il filatore di seta e contadino di Lecco,

---

[98] PS, pp. 398-400.

[99] D. Cohn, *Transparent Minds*, cit., p. 100.

[100] Sul livello linguistico che è proprio di Renzo in rapporto a quello del narratore e
dei personaggi di classe più elevata cfr. S. Romagnoli, *Lingua e società ne «I promessi
sposi»*, in Id., *Manzoni e i suoi colleghi*, Firenze, Sansoni, 1984, pp. 37-61, ripreso
da R. Dombroski, *L'apologia del vero. Lettura e interpretazione de «I promessi sposi»*,

lombardissimo, che sa leggere (un pochino, come ammette nel capitolo terzo alla richiesta di Azzeccagarbugli), ma che non sa scrivere (ci è detto nel capitolo XXVII), viene fatto parlare in buona lingua toscana nell'edizione definitiva, come del resto, insieme con lui, tutti gli altri personaggi umili e, ovviamente, tutti i personaggi illustri[101].

In tal senso, l'uso «del lessico toscano e poi fiorentino imposto a Renzo perpetua quell'impressione di eccessiva vicinanza linguistica tra classe contadina, tra 'genti meccaniche' e personaggi illustri»[102]. Ne consegue che individuare i tratti caratteristici dell'idioletto nel monologo narrato diviene arduo; non per caso, in passato, sull'uso dell'indiretto libero ne *I promessi sposi* sono state avanzate dalla critica molte riserve, riconoscendo nel romanzo la presenza di presagi, di accenni più o meno consapevoli al costrutto[103]. In realtà, del monologo narrato Manzoni si avvale con cognizione, ancorché meno assiduamente rispetto agli altri dispositivi.

Esso compare in via preferenziale nelle sezioni dedicate a Renzo. È quanto accade ad esempio nel capitolo II, dopo che don Abbondio ha rivelato al montanaro il motivo per cui il matrimonio non può celebrarsi:

> *Ma il pensiero di Lucia, quanti pensieri tirava seco!* Tante speranze, tante promesse, un avvenire così vagheggiato, e così tenuto sicuro, e quel giorno così sospirato! E come, con che parole annunziarle una tal nuova? E poi,

---

Padova, Liviana, 1984. Più in generale sul rapporto tra il parlato dei personaggi e il discorso del narratore cfr. E. Testa, *«Le parole mute» del romanzo*, in Id., *Lo stile semplice. Discorso e romanzo*, Torino, Einaudi, 1997, pp. 19-57. Testa tuttavia prende in considerazione solo il parlato diretto, escludendo dall'analisi le forme oblique, soprattutto l'indiretto libero.

[101] Ciò lasciò perplesso più di un critico sin dalle prime recensioni, tra cui Tommaseo: «Certo è che gli uomini del volgo e della villa, il più delle volte parlano e pensano in modo, da non doversi, da non potersi ritrarre le loro parole, i loro pensieri. La cultura, è vero, dell'intelletto e del cuore viene a poco a poco nobilitando e appurando quel corpo di sensazioni, ove la fantasia dell'affetto tien luogo della ragione: ma questa cultura non è ancora tanto penetrata negli ultimi seni della nostra, come suol dirsi, *società*; e se non ancora, che direm del secento? Il parlare, gli atti, e tutta la persona e la vita di un villano lombardo di quella età dovea certo esser qualcosa di goffo, e a descriverlo veracemente, di intollerabile. Tanto è ciò vero, che quando l'autore discende alla pittura fedele degli atti villani, comincia a spiacere un poco» (N. Tommaseo, *«I promessi sposi». Storia milanese del secolo XVII, scoperta e rifatta da Alessandro Manzoni*, in «Antologia», tomo XXVIII, ottobre 1827, p. 111).

[102] S. Romagnoli, *Lingua e società ne «I promessi sposi»*, cit., p. 41.

[103] V. Lugli, *Il discorso indiretto libero in Flaubert e Verga*, in *Dante e Balzac*, Napoli, Edizioni scientifiche italiane, 1952, pp. 221-239.

che partito prendere? Come farla sua, a dispetto della forza di quell'iniquo potente? E insieme a tutto questo, non un sospetto formato, *ma un'ombra tormentosa gli passava per la mente*. Quella soverchieria di don Rodrigo non poteva esser mossa che da una brutale passione per Lucia. E Lucia? Che avesse data a colui la più piccola occasione, la più leggiera lusinga, non era un pensiero che potesse fermarsi un momento nella testa di Renzo. Ma n'era informata? Poteva colui aver concepita quell'infame passione, senza che lei se n'avvedesse? [...] E Lucia non ne aveva mai detta una parola a lui! al suo promesso[104]!

È riprodotta la rabbia e il sospetto del personaggio; ma il narratore non si dilegua. Si avvertono cioè insieme, nel mondo finzionale, la voce del personaggio e un'altra voce, quella del narratore, che s'integra con la prima e l'arricchisce (in corsivo): è la dinamica della «dual voice», come l'ha definita Roy Pascal[105]. Come ha infatti notato Cohn, l'emersione del monologo narrato ingenera spesso un effetto di indeterminatezza; un'ambiguità che gli è propria e che lo differenzia dagli altri dispositivi della soggettivazione:

> Imitating the language a character uses when he talks to himself, it casts that language into the grammar a narrator uses in talking about him, thus superimposing two voices that are kept distinct in the other two forms. And this equivocation in turn creates the characteristic indeterminateness of narrated monologue's relationship to the language of consciousness, suspending it between the immediacy of quotation and the mediacy of narration[106].

Malgrado tale indeterminatezza, il lettore ha la sensazione di essere *con* Renzo, di assistere al suo flusso emotivo; ma sono isolabili anche elementi che caratterizzano grammaticalmente l'indiretto libero: dalle marche dell'oralità (segni di interpunzione e segnali di intonazione: punti esclamativi, punti interrogativi ecc.) alla soppressione dei *verba dicendi* e *sentiendi* all'imperfetto[107]. Differentemente dal monologo citato, in cui è

---

[104]   PS, p. 40. Il corsivo è mio.

[105]   R. Pascal, *The Dual Voice. Free Indirect Speech and its Functions in the Nineteenth Century European Novel*, Manchester, Manchester University Press, 1977, p. 26: «We hear in free indirect speech a dual voice, which, through vocabulary, sentence structure, and intonation subtly fuses the two voices of the character and the narrator». Per l'uso ironico dello stile indiretto libero cfr. *ivi*, pp. 41-44.

[106]   D. Cohn, *Transparent Minds*, cit., pp. 106-107.

[107]   Per la grammatica dell'indiretto libero francese si veda C. Bally, *Le Style indirect libre en français moderne II*, in «Germanisch–Romanische Monatsschrift», 1912, pp. 549-556 e 597-606; M. Lips, *Le Style indirect libre*, Paris, Payot, 1926

il meccanismo della citazione crea un *distanziamento* tra narratore e personaggio, con il monologo narrato la simbiosi è maggiore, e la narrazione ne guadagna in fluidità[108]. È però vero che in certi momenti il lessico sembra riflettere la cultura del narratore: «vagheggiato», «quell'iniquo potente», «la più leggera lusinga» non rispecchiano con ogni probabilità la sfera linguistica di Renzo. Ma non possiamo averne la certezza; e soprattutto l'ambiguità tra narratore e personaggio è un elemento caratteristico dell'indiretto libero anteriore alla codifica flaubertiana.

Nelle sezioni dedicate alla monaca di Monza, la commistione dei linguaggi è invece pervasiva. Specialmente nel capitolo dieci, essa raggiunge il grado estremo:

> Ma quanto meno ne parlava, tanto più ci pensava. Quante volte al giorno l'immagine di quella donna [Lucia] veniva a cacciarsi d' improvviso nella sua mente, e si piantava lì, e non voleva moversi! Quante volte avrebbe desiderato di vedersela dinanzi viva e reale, piuttosto che averla sempre fissa nel pensiero, piuttosto che dover trovarsi, giorno e notte, in compagnia di quella forma vana, terribile, impassibile! Quante volte avrebbe voluto sentir davvero la voce di colei [...], e sentirne parole ripetute con una pertinacia, con un'insistenza infaticabile, che nessuna persona vivente non ebbe mai[109]!

È verosimile ritenere che il narratore non riporti né traduca il dettato interiore di Gertrude, che pensa con ambascia all'infausto destino di Lucia, che ha preso a cuore; piuttosto, la voce descrive gli stati d'animo

---

e G. Philippe, *Le Débat sur le style indirect libre*, in Id., *Sujet, verbe, complement. Le moment grammatical de la littérature française (1890-1940)*, Paris, Gallimard, 2002, pp. 23-46 e G. Philippe-J. Sufferey, *Le Style indirect libre. Naissance d'une categorie (1894-1914)*, Limoges, Lambert-Lucas, 2018. Per l'indiretto libero in Italia cfr. G. Herczeg, *Lo stile indiretto libero in italiano*, Firenze, Sansoni, 1963. Sulla meccanica dell'indiretto libero è sempre fondamentale lo studio di H. Weinrich, *Tempus*, cit., pp. 232-237. Una prospettiva alternativa sulla questione è quella di A. Banfield, *Narrative Style and the Grammar of Direct and Indirect Speech*, in «Foundations of Language», 10, 1973, pp. 1-39. Per ciò che concerne l'uso dei tempi verbali nell'indiretto libero – e nella narrativa italiana dell'Ottocento *tout court* – cfr. P.M. Bertinetto, *Tempi verbali e narrativa italiana dell'Otto/Novecento. Quattro esercizi di stilistica della lingua*, Alessandria, Edizioni dell'Orso, 2003. Infine, una posizione originale sull'indiretto libero e sulle sue valenze sociologiche si si rinviene in F. Moretti, *«Una traposizione dell'oggettivo nel soggettivo»*, in *Il borghese*, Torino, Einaudi, 2017, pp. 78-82.

[108] Sulla maggiore sensazione di immediatezza del monologo narrato cfr. D. Cohn, *Transparent Minds*, cit., pp. 137-140.

[109] PS, p. 198.

della donna, drammatizzando i suoi tormenti: con lo stile nominale, la predilezione di sostantivi astratti che denotano una mobilità sentimentale, e una prosa aggettivale, Manzoni restituisce un'atmosfera sognante, forse «avvertita dall'autore come il correlativo oggettivo di un'anima»[110].

1.2.4 Combinazioni

I tre dispositivi – psiconarrazione, monologo citato e monologo narrato – possono essere combinati nel *continuum* della narrazione.

Un esempio, estrapolato dal capitolo XXXIII:

> Col tornar della vita, risorsero più che mai rigogliose nell'animo suo le memorie, i desidèri, le speranze, i disegni della vita; val a dire che pensò più che mai a Lucia. *Cosa ne sarebbe di lei, in quel tempo, che il vivere era come un'eccezione? E, a così poca distanza, non poterne saper nulla? E rimaner, Dio sa quanto, in una tale incertezza* [...]. – Anderò io, anderò a sincerarmi di tutto in una volta, – disse tra sé, e lo disse prima d'essere ancora in caso di reggersi. – Purché sia viva! Trovarla, la troverò io; sentirò una volta da lei proprio, cosa sia questa promessa, le farò conoscere che non può stare, e la conduco via con me, lei e quella povera Agnese, se è viva[111]!

La centralità prospettica di Renzo in questo capitolo è dominante, preludendo al finale, in cui il campagnolo ha la possibilità di orientare il «senso» etico della storia (il «sugo», la «conclusione», condivisibile «benché trovata da povera gente»). Dopo l'orrore della peste, subentra in Renzo un senso di rinascita; i suoi pensieri sono rivolti a Lucia, che spera presto di riabbracciare. Vediamo nell'ordine: una psiconarrazione, un monologo narrato – che restituisce una temperatura psicologica febbrile (in

---

[110] C.M. Pagliuca, *Lo stile dell'anima*, in «Status Quaestionis», 12, 2017, pp. 168-169. Pagliuca adotta questa efficace formula per descrivere la strategia stilistica adottata da Verga per riprodurre l'universo interiore di Isabella Trao in *Mastro-don Gesualdo*. Nell'analisi condotta dalla studiosa, emerge infatti che a Isabellina, differentemente dal protagonista, il monologo narrato non è quasi mai concesso. Alla fanciulla sono invece riservate numerose percezioni indirette libere e psiconarrazioni dal tono lirico-sentimentale. Sull'analisi psicologica condotta dal Manzoni nel capitolo sulla Monaca di Monza si rimanda a D. Brogi, *Vivere per uno sguardo*, in *Un romanzo per gli occhi*, cit., pp. 73-94.

[111] PS, pp. 655-656. Il corsivo è mio.

corsivo) – e un monologo citato. È un caso di 'progressione ascendente' della soggettivazione del personaggio nella narrazione in terza persona[112].

2. *La psicologia esteriorizzata e i personaggi storici*

Altrettanto rilevanti sono i punti del romanzo in cui il *focus* non è sulla dimensione invisibile dei personaggi, bensì sul loro agire e sulle loro parole. Del resto lo spostamento d'accento sul *fare* è l'aspetto peculiare della concezione tradizionale della *mimesis*, nella misura in cui essa è, per Aristotele, *mimesis praxeos*, imitazione di azioni e non di individui.

È utile far riferimento alla sezione della sommossa popolare: pagine famose, in cui Milano appare al campagnolo Renzo – «una coscienza *naïve*, dotata di naturale buon senso»[113] – in una luce straniata, violando sistematicamente i suoi parametri di giudizio. In particolare, si pensi al momento in cui si materializzano sulla pagina le prime creature umane, l'uomo, la donna e il ragazzotto carichi di farina e pani sottratti al forno saccheggiato, che dell'immane sconvolgimento del tumulto di San Martino recano i segni inquietanti:

> L'uomo reggeva a stento sulle spalle un gran sacco di farina, il quale, bucato qua e là, ne seminava un poco, a ogni intoppo, a ogni mossa disequilibrata. Ma più sconcia era la figura della donna: un pancione smisurato, che pareva tenuto a fatica da due braccia piegate: come una pentolaccia a due manichi; e di sotto a quel pancione uscivan due gambe, nude fin sopra il ginocchio, che venivano innanzi barcollando[114].

È l'ottica del personaggio che fa apparire strani e incomprensibili il contegno, i gesti, le parole delle tre persone, arrivando a deformare, con la strategia narrativa della *percezione indiretta libera* (nella terminologia di Seymour Chatman)[115], il loro aspetto fisico: la figura della donna assume forme mostruose, perché tale appare a Renzo; ma che l'accesso alla mente finzionale sia interdetto a tali caratteri è rilevante. Il lettore,

---

[112] Per la progressione ascendente, e le possibilità di combinazione delle tre tecniche (psiconarrazione, monologo citato e monologo narrato) nella narrazione figurale, cfr. D. Cohn, *Transparent Minds*, cit., pp. 134-140.

[113] G. Baldi, *Renzo e la sommossa*, cit., pp. 37-74.

[114] PS, p. 218.

[115] Per la percezione indiretta libera si veda Seymour Chatman, *Storia e discorso*, cit., p. 219.

ancorché condizionato dall'eroe campagnolo, è chiamato a ricostruire, per via d'induzioni o abduzioni, il loro essere facendo affidamento ai soli segni visibili, ai loro *corpi* che sono eloquenti come parole.

Si tratta di riflessioni essenziali per comprendere il trattamento riservato dall'autore ai personaggi storici, e in particolare al cardinale Borromeo. Si prenda come riferimento il passaggio – intorno al quale riflette Castellana – del suo incontro risolutivo con l'Innominato: se di quest'ultimo, in procinto di convertirsi e mutar vita, il lettore ha modo di apprendere le ambasce e i tormenti, per il cardinale «il massimo di penetrazione psicologica consiste [...] in un esercizio di cinesica, di decodificazione dei segni corporei, delle espressioni del volto e dello sguardo del personaggio»[116]. Della sua vita psichica il narratore non possiede alcuna chiave di accesso: ne *I promessi sposi*, la sfera interiore di Federico Borromeo non è *mai* presentata al lettore. Si opta per il silenzio. E nondimeno, il cardinale è un personaggio ideologicamente centrale, uno dei più 'profondi' dell'opera: sappiamo che è un letterato, che ha una grande statura morale; nel capitolo XXII, il narratore ne esalta le caratteristiche intellettuali, soffermandosi a lungo, per esempio, sull'istituzione della Biblioteca Ambrosiana.

Effettivamente, è la dimensione dell'agire – il comportamento degno di santità – a caratterizzare il personaggio. Non si tratta pertanto di una *deminutio*, ma di una diversa strategia narrativa, che ha la funzione di mettere in risalto il carattere straordinario delle sue azioni, e alimentare il mistero intorno alla sua persona, che vieppiù spicca per la sua grandezza; scelta peraltro imposta, continua Castellana (che riprende le riflessioni di Cohn in *The Distinction of Fiction*), da una «delle regole non scritte del romanzo storico ottocentesco», che non prevedeva (fino al Napoleone di *Guerra e pace*) che la mente dei personaggi storici potesse essere resa trasparente al pari di quella dei personaggi fittizi[117]; e a tale principio Manzoni, che fece di necessità virtù, si attiene scrupolosamente per *tutti* i personaggi storici del romanzo (incluso Ferrer, cui è al limite concesso lo stratagemma teatrale dell'*'a parte'*: la verbalizzazione di parole, dunque, e non di pensieri)[118].

---

[116] R. Castellana, *Finzioni biografiche*, cit., p. 96.

[117] *Ivi*, p. 97.

[118] Lo ha dimostrato ancora Castellana, che si è soffermato sull'incontro tra Renzo e Ferrer del capitolo XII (Cfr. R. Castellana, *Narratologia e interpunzione*, cit., pp. 143-151).

3. *Gli umili*

A Renzo e Lucia, agli umili, il privilegio di mettere a nudo i loro cuori è, al contrario dei personaggi storici, ampiamente accordato: è sufficiente tener conto, nella ricognizione appena proposta, del numero di frammenti che vedono tali personaggi al centro dell'enunciazione. Anche perché sospinto dal suo cattolicesimo – per cui il popolano può essere considerato l'essere umano più caro a Dio, perché più sventurato sulla terra – l'autore optò per una soluzione autenticamente rivoluzionaria[119]. È infatti noto che la scelta manzoniana di incentrare il *plot* su due «villanucci» – per dirla con Niccolò Tommaseo – ebbe un grande effetto di rottura con le convenzioni letterarie ottocentesche. Essa fu accolta tutt'altro che pacificamente dai lettori di professione dell'epoca, che a prescindere dal loro schieramento estetico-ideologico reagirono tutti con un malcelato senso di fastidio[120]. E la questione è inesauribile fonte di dibattiti.

È stato sostenuto che ai suoi umili Manzoni non conceda mai una sostanziale autonomia; essi sarebbero senza scampo subordinati al narratore, e in ultima analisi strumento – anche per Alberto Moravia – dell'ideologia che lo scrittore pone alla base della costruzione narrativa, immagine della propaganda di un Manzoni quietista, presunto aedo della non-rivoluzione, cioè della paura conservatrice identificata nella corruzione borghese della società italiana e cattolica[121]. È una lettura sospettosa e interessante, per l'opera di quel signore milanese che «per

---

[119] Al riguardo cfr. almeno A.R. Pupino, *Manzoni. Religione e romanzo*, Roma, Salerno, 2005 e P. Frare, *La religione*, in *Manzoni*, a cura di P. Italia, cit., pp. 221-264.

[120] N. Tommaseo, *I Promessi Sposi*, cit., p. 106. Come ha scritto Elena Sala Di Felice, i lettori del tempo, tra cui Tommaseo e lo Zaiotti, furono tutti «concordi nel rifiutare il ruolo protagonistico dei due contadini-operai, dal quale essi capivano che dipendeva la lettura diseroizzata della Storia, tale da non concedere alcuna illusione di umana *grandeur*» (E.S. Di Felice, *«I promessi sposi» e la delusione del lettore*, in R. Bruscagli e R. Turchi (a cura di), *Teorie del romanzo nel primo Ottocento*, Roma, Bulzoni, 1991, pp. 69-103). Recentemente, Alessandro Bosco ha ricostruito tale dibattito, sostenendo che gli interpreti ottocenteschi furono disposti ad ammettere la scelta manzoniana solo in «un'ottica che riducesse i due personaggi ad una funzione meramente strumentale» (A. Bosco, *Il romanzo indiscreto*, cit., p. 142). Sulla questione è imprescindibile il riferimento a C. Gigante, *Il romanzo di fronte alla Storia*, cit., pp. 57-72.

[121] Cfr. A. Moravia, *Introduzione*, in *I promessi sposi*, Torino, Einaudi, 1961, pp. IX-XLV.

primo» ha «romanzato [...] nei poveri, negli umili, negli incorrotti o nei fatalmente oppressi i risorgenti protagonisti della storia umana, della salvezza biologica»[122]; una linea interpretativa che nondimeno annovera nelle sue file diversi nomi autorevoli, tra cui spicca, per il carattere apodittico della sua riflessione, Antonio Gramsci, che con il cattolico Manzoni era stato durissimo.

In passaggi famosi dei *Quaderni del carcere*, che riguardano il tema generale dell'esistenza di una letteratura popolare e delle modalità con cui la sua difficile storia si è sviluppata, sia pure adottando una prospettiva differente rispetto alle riserve avanzate da Giovita Scalvini nel 1829, e riprese da Benedetto Croce nel 1922[123], Gramsci giudica assolutamente negativo l'influsso che il mondo morale di Manzoni esercita sulla riproduzione delle passioni: il cattolicesimo agirebbe come un filtro monocromatico, colorando di una luce parziale la potenza dei desideri. Rappresentando il mondo degli umili, continua Gramsci, Manzoni era stato costretto a negare loro una «vita interiore», una «personalità morale profonda», trattandoli come personaggi ridicoli e macchiette da commedia:

> i popolani, per il Manzoni, non hanno "vita interiore", non hanno personalità morale profonda; essi sono "animali", e il Manzoni è "benevolo" verso di loro, propri della benevolenza di una cattolica società di protezione degli animali. In un certo senso il Manzoni ricorda l'epigramma su Paolo Bourget che per il Bourget occorre che una donna abbia 100.000 franchi di rendita per avere una psicologia. Da questo punto di vista, il Manzoni (e il Bourget) sono schiettamente cattolici; niente in loro dello spirito "popolare" di Tolstòj, cioè dello spirito evangelico del cristianesimo primitivo. L'atteggiamento del Manzoni verso i suoi popolani è l'atteggiamento della Chiesa cattolica verso il popolo: di condiscendente benevolenza, non di medesimezza umana[124].

---

[122] C.E. Gadda, *Manzoni diviso in tre dal bisturi di Moravia*, in id., *Saggi giornali e favole*, Milano, Garzanti, 1991, p. 1179.

[123] Basta ricordare l'incipit del saggio di Croce: «Giovita Scalvini, nel suo saggio del 1829 sui *Promessi Sposi*, notava che in questo romanzo c'è dell'uniforme, e dell'insistente, non ci si sente 'spaziare liberi entro la grande varietà del mondo morale', e spesso si avverte di essere 'non sotto la gran volta del firmamento', che copre 'tutte le multiformi esistenze', ma sotto quella del 'tempio che copre i fedeli e l'altare' (B. Croce, *Alessandro Manzoni*, in *Poesia e non poesia*, Bari, Laterza, 1950, p. 127). Sulla centraltà degli umili nell'opera manzoniana si rimanda a A. Zottoli, *Umili e potenti nella poetica del Manzoni*, Roma, Tumminelli, 1942.

[124] A. Gramsci, *Quaderni del carcere*, a cura di F. Gerratana, Torino, Einaudi, 1975, p. 249. Per il confronto Gramsci-Manzoni cfr. almeno A. Leone de Castris, *Il

Animali, nei confronti dei quali il «distacco sentimentale» è misura inevitabile: «gli umili sono per il Manzoni un [...] un problema teorico che egli crede di poter risolvere col "romanzo storico" [...]. Perciò gli "umili" sono spesso presentati come "macchiette" popolari, con bonarietà ironica [...]»[125].

Per quanto sia riduttivo definire, per la complessità dei motivi che Manzoni vi affronta, *I promessi sposi* un'opera populistica, c'è del vero in quel che afferma Gramsci: sereno di fronte alla sventura, cauto nella gioia e nell'allegrezza, mite, laborioso, pacifico, il popolano cattolico manzoniano trova nella propria fede la soddisfazione di tutte le esigenze. Lungi dal «pretendere che la sua condizione materiale subisca un miglioramento, che non sia quello concesso dalla Provvidenza», egli ha cara la propria umiltà, «perché sa che in essa c'è la garanzia infallibile di un premio altissimo, di fronte al quale impallidiscono tutti i beni del mondo»[126]. Quando si ribella a questa legge, ne subisce le conseguenze e impara a sue spese a prestare più attenzione alle parole della dottrina; depositari dell'ingenuità evangelica, attraverso la quale si va più facilmente al regno dei cieli, gli umili «hanno bisogno di una guida (in molti casi, d'un freno): quella della religione cattolica, della Chiesa»[127]. Ed è vero che Renzo e Lucia, limitandoci ai protagonisti, non possiedono la contraddittorietà psicologica di Gertrude o la statura morale di fra' Cristoforo. Ma non si può dire che essi manchino di «vita interiore», né che siano realtà comica, materia dimessa e negletta. In sintonia con il realismo cristiano descritto da Auerbach – lo ha mostrato Matteo Palumbo – gli umili «possono essere assunti nella massima serietà e guardati nella loro umana grandezza»[128]. Un personaggio come Lucia «può diventare causa di pentimento e di redenzione»[129]: l'asse semico lungo il quale procede la storia della contadina protagonista è infatti l'asse dei grandi conflitti morali, del peccato e della virtù, l'asse dell'etica[130]; e quando la fanciulla

---

Manzoni di Gramsci, in V. Calzolaio (a cura di), *Gramsci e la modernità. Letteratura e politica tra Ottocento e Novecento*, Napoli, CUEN, 1991, pp. 29-36.

[125] *Ibid.*

[126] A. Asor Rosa, *Scrittori e popolo*, cit., p. 37.

[127] *Ivi*, p. 38.

[128] M. Palumbo, *Umili e realismo cristiano ne «I promessi sposi»*, cit., pp. 256-263.

[129] Cfr. E. Raimondi, *Il romanzo senza idillio*, cit., pp. 175-176.

[130] Sull'interiorità di Lucia nel romanzo cfr. A. Bosco, *Il romanzo indiscreto*, cit., pp. 95-148.

è prigioniera nel castello tetro dell'Innominato, Manzoni dà forma alla complessità delle emozioni che attraversano il personaggio: l'orrore, la pena e infine la speranza, che la luce le conferisce, rischiarando l'oscurità della notte[131]. Ma è appunto lo *scrittore*, o per meglio dire la sua proiezione finzionale, il narratore autoriale, a scrutare nei recessi della coscienza di Lucia. In altre parole, la funzione guida della voce, quantomeno per la contadina, è *sempre* fondamentale.

Lo si evince in maniera cristallina nella descrizione della monaca di Monza (che difatti non è mediata dalla protagonista)[132], ma anche nel celeberrimo Addio ai monti:

> Addio, monti sorgenti dall'acque, ed elevati al cielo; cime inuguali, note a chi è cresciuto tra voi, e impresse nella sua mente, non meno che lo sia l'aspetto de' suoi più familiari; torrenti, de' quali distingue lo scroscio, come il suono delle voci domestiche; ville sparse e biancheggianti sul pendìo, come branchi di pecore pascenti; addio! Quanto è tristo il passo di chi, cresciuto tra voi, se ne allontana!
>
> [...]
>
> *Di tal genere, se non tali appunto, erano i pensieri di Lucia*[133].

Si potrebbe parlare di «*discorso indiretto sostituito*», adoperando il lessico di Michail Bachtin-Valentin N. Vološinov: sulla base della «solidarietà nelle valutazioni» e nelle «intonazioni» tra la voce e il personaggio, il narratore parla *al posto* di Lucia, che non ha gli strumenti (linguistici e culturali) per esprimere i suoi sentimenti[134]. L'emersione della voce interiore del personaggio è preclusa. Del monologo citato e del monologo narrato si hanno infatti, nel romanzo, pochissime occorrenze: quando emergono, sono riportati pochi tratti e battute. Delle notazioni fulminee. Poi il flusso s'arresta, il narratore riemerge, e la storia riprende il suo corso.

Molto diverso il caso di Renzo. È degna di nota la scelta dell'autore di assecondare per ampi tratti la prospettiva del suo 'eroe': in molti di questi momenti il narratore non è né un giudice, né un paterno protettore, ma in piena partecipazione sentimentale ed emotiva con il suo personaggio:

---

[131] Cfr. *supra*, p. 26.

[132] Cfr. *supra*, p. 23.

[133] *Ivi*, p. 152. Il corsivo è mio.

[134] M. Bachtin, V.N. Vološinov, *Parola propria e sintassi altrui nella sintassi dell'enunciazione*, a cura di A. Ponzio, Lecce, Pensa, 2010, p. 135.

Tre sole immagini gli si presentavano non accompagnate da alcuna memoria amara, nette d'ogni sospetto, amabili in tutto; e due principalmente, molto differenti al certo, ma strettamente legate nel cuore del giovine: una treccia nera e una barba bianca. Ma anche la consolazione che provava nel fermare sopra di esse il pensiero, era tutt'altro che pretta e tranquilla. Pensando al buon frate, sentiva più vivamente la vergogna delle proprie scappate, della turpe intemperanza, del bel caso che aveva fatto de' paterni consigli di lui; e contemplando l'immagine di Lucia! non ci proveremo a dire ciò che sentisse: il lettore conosce le circostanze; se lo figuri. E quella povera Agnese, come l'avrebbe potuta dimenticare[135]?

È rappresentata la massa confusa di immagini, ricordi e sentimenti che si agita in Renzo durante la notte della fuga verso l'Adda. I confini tra realtà e percezione, sogno e fantasmagoria sfumano. Man mano che si avvicina il punto culminante della presa di coscienza e della redenzione, la visione del personaggio si afferma: «nella mente del fuggiasco le immagini amabili», scrivono Raimondi-Bottoni, «si presentano in forma di reticente e allusiva sineddoche»[136]; appare fra Cristoforo (figura paterna) e l'intraprendente comare, proiettata nella dimensione affettuosa di quelle «amorevoli attenzioni» che la nobilitano. Non che il narratore rinunci, anche in questi passaggi, alle consuete impennate didattiche, volte a rischiarare il senso della vicenda;[137] tuttavia, esse non sono risparmiate, come ampiamente mostrato, a nessun personaggio del *plot*. E nella finzione strutturale il protagonista si configura come «il protonarratore», la fonte da cui l'Anonimo ha desunto la storia («[Renzo] soleva raccontar la sua storia molto per minuto, lunghettamente anzi che no, *e tutto conduce a credere che il nostro anonimo l'avesse sentita da lui più d'una volta*»)[138] che Manzoni adopera per sviluppare allusivamente il tema (per lui fonte di angosce e nevrosi) della comunicazione letteraria[139].

Un alter ego del narratore, deputato a interpretare i segni e la complessità del reale: la propensione della voce a cedere la visione a questo soggetto finzionale è marcata. Se c'è un personaggio in tutti *I promessi sposi* che dà l'impressione di essere 'ascoltato' dal Manzoni, questi è Renzo; ed è nelle sezioni a lui dedicate che il racconto accenna a figuralizzarsi.

---

135 PS, pp. 321-322. Il corsivo è mio.

136 *Ivi*, p. 319.

137 Cfr. G. Baldi, *Renzo e la sommossa*, cit., pp. 67-72.

138 PS, pp. 378-379.

139 Cfr. P. Fasano, *L'imbroglio romanzesco*, cit., pp. 62-94.

L'emersione del monologo narrato (di rara evenienza nella prosa manzoniana) è sintomatico. Perché l'indiretto libero, chiarisce Pierpaolo Pasolini, non è semplice opzione di stile. Esso testimonia l'«insorgere di una coscienza sociologica» dello scrittore, segnala la cognizione di «un personaggio *altro* psicologicamente»[140], diviene conduttore di un messaggio politico; e poco importa, scrive Gadda in pagine appassionate, che questi umili non sappiano né leggere né scrivere (*I promessi sposi* è anzitutto «il romanzo» di «due illetterati»)[141], o che siano proiettati in un seicento lombardo, spagnolesco, lanzichenesco e borromaico e sinodale e cattolico: noi «amiamo *anche* il passato, e leggiamo talora nel passato più veramente che nel futuro. Una storia ci può appassionare e incitare più che un'utopia»[142].

Certo. Ma Renzo non è semplicemente un campagnolo. Egli è protagonista di una crescita psicologica e di una mutazione: un contadino filatore di seta per la prima volta protagonista del romanzo, un uomo gettato in un mondo imprevisto di insidie che è costretto, nel suo viaggio fra il contado e Milano, a una sorta di paradossale *Bildungsroman*: da montanaro a piccolo imprenditore. E nondimeno, egli non subisce un cambiamento di *status* individuale, un'acculturazione che lo estranei dal suo strato sociale d'origine e lo liberi dalla sua ingenuità. Perché dalle sue traversìe, Renzo, «da un punto di vista individuale», «non ci ha guadagnato granché»[143]. Del resto, all'inizio del romanzo, egli è presentato dal narratore come un campagnolo relativamente benestante: «poteva dirsi agiato, [...] si trovava provvisto bastatamente, e non aveva a contrastar con la fame»; alle risorse della professione di filatore di seta Renzo aggiunge la condizione di proprietario terriero, in grado di assumere braccianti: «possedeva Renzo un poderetto, che faceva lavorare e lavorava egli stesso»[144]. Sicché la sua *fabula* è sintomatica di una transizione epocale: dall'economia agricola naturale al modo di produzione borghese. Due modi diversi di concepire e interpretare la realtà. Un cammino simbolico, da proiettare sullo sfondo di una società stravolta da mutamenti epocali, di cui la

---

[140] P. Pasolini, *Intervento sull'indiretto libero*, in Id., *Empirismo eretico*, Milano, Garzanti, 1977, p. 8.

[141] I. Calvino, *«I promessi sposi»: Il romanzo dei rapporti di forza*, in *Una pietra sopra*, Torino, Einaudi, 1980, pp. 267-278.

[142] C.E. Gadda, *Manzoni diviso in tre dal bisturi di Moravia*, cit., p. 1180.

[143] P. Fasano, *L'imbroglio romanzesco*, cit., p. 54.

[144] PS, p. 24.

storia di Renzo è esemplificazione estetica: dalla campagna all'industria, dall'idillio alle ragioni del capitale, con il quale il protagonista infine entra nella categoria dei «nuovi padroni»[145]. Un personaggio socialmente ibrido, sospeso tra due mondi: una caratterizzazione ricorrente, come si vedrà, nella storia del romanzo realista ottocentesco *tout court*.

---

[145] *Ibid.* Per una trattazione esaustiva della questione si rimanda a P. Fasano, *Renzo: il capitale e l'industria*, in *L'imbroglio romanzesco*, cit., pp. 53-61.

Forme della soggettività umile. Balzac e Sand nel racconto campagnolo europeo

1. *Il racconto campagnolo europeo*

La narrativa d'argomento campagnolo si diffuse, riscuotendo notevole consenso, intorno alla metà del secolo diciannovesimo. Ancorché maturata nell'ambito di una concezione della natura – e del paesaggio – di stampo romantico, tale produzione condusse a un superamento dei moduli tradizionali, «in direzione di una più attenta sensibilità al dato sociale e di una sia pur limitata e parziale fedeltà al vero»[146].

L'ascesa del *roman rustique* fu un fenomeno internazionale, che trovò un terreno d'incontro nella diffusione di temi e modelli narrativi paradossalmente traversali, e in aree culturali tra loro anche molto distanti, a dispetto di influenze esterne trascurabili[147]: numerosi romanzi e racconti ispirati alla vita agreste videro la luce in Francia, Germania, Svizzera, Russia e Italia. Tale produzione rispondeva verosimilmente a un bisogno – conscio o inconscio – degli scrittori coevi. Particolarmente interessanti le riflessioni di Émile Pouvillon, autore di diversi racconti campagnoli nell'ultimo quarto dell'800, che, guardando retrospettivamente all'origine del movimento letterario (nella prefazione a *Le Crucifié de Keraliès*, 1892), si pronuncia così sulla questione:

C'est un instinct puissant, une loi intime et mystérieuse de notre être qui oblige à nous délecter ainsi dans la possession de choses limitées, concrètes,

---

[146] G. Carnazzi, *La narrativa campagnuola e l'opera di Ippolito Nievo*, in A. Balduino (a cura di), *Storia letteraria d'Italia. L'Ottocento*, II, Padova-Milano, Piccin-Vallardi, 1990-1997, p. 1428.

[147] Lo ha osservato Rudolf Zellweger nella sua datata quanto capitale monografia: «Cette sorte de récits jaillit et s'épanouit dans chaque pays indépendamment» (R. Zellweger, *Les Débuts du roman rustique. Suisse, Allemagne, France* [1836-1856], Paris, Droz; Slatkine, Génève, 1978, p. 58).

faciles à embrasser du regard, à tenir dans la main. Le patriotisme en découle peut-être pour une bonne part, et aussi, par voie de conséquence, le roman rustique.

La personnalité humaine dépouillée de toute complication, ramenée aux passions et instincts des premier âges, faisant contraste avec l'extrême raffinement, avec la complexité douloureuse de l'âme moderne; la fixité traditionnelle de la vie provinciale opposée à la mobilité de la vie cosmopolite; voilà, ce me semble, le dessous, la raison d'être du mouvement littéraire dont la première et décisive étape a été *La Mare au Diable*[148].

Una «loi intime et mystérieuse». Secondo il romanziere, *La Mare au Diable* (1846) di Sand è l'archetipo del *roman rustique*, il manifesto programmatico di un nuovo «mouvement littéraire», caratterizzato da due tratti essenziali: la rappresentazione di contadini e popolani (equiparati, per la loro elementarità e mancanza di raffinatezze, al «bon sauvage» rousseuaiano); e la focalizzazione sulle realtà provinciali, contrapposte polarmente alla «vie cosmopolite» delle città.

Si tratta di due rilievi cruciali, tra loro correlati, che necessitano di essere inquadrati in un orizzonte più ampio. Non deve infatti sfuggire il significato storico e culturale della letteratura campagnola, che prescinde dai risultati effettivi e pertiene alle grandi trasformazioni socio-politiche del vecchio continente. Si pensi innanzitutto a quel «fenomeno nuovo e misterioso che fu l'emersione silenziosa del mondo contadino», nella prima metà dell'Ottocento, «sulla scena letteraria artistica» internazionale[149]. Non che i personaggi del contado fossero precedentemente esclusi dalla finzione; anzi, essi sono stati oggetto privilegiato della storia letteraria. Ma i villani erano rappresentati esclusivamente in chiave idillica, satirica o burlesca, in ottemperanza all'auerbachiana separazione degli stili, e relegati più spesso ai margini, come elemento di contorno contingente o necessario. Invece, nel corso del XIX secolo, di pari passo con l'evoluzione del romanzo europeo, tale paradigma mutò sensibilmente: gli sconvolgimenti storici – e la vertiginosa accelerazione degli eventi – causati dalle rivoluzioni politiche ed economiche di fine Settecento determinarono «un frattura irreversibile [...] fra gli attori della modernità e quelli rimasti legati alla tradizione»[150].

---

[148] É. Pouvillon, *Préface*, in *Le Crucifié de Keraliès*, Paris, Lemerre, 1892, pp. VI-VII.

[149] Cfr. S. Casini, *Introduzione* a I. Nievo, *Il conte pecorajo*, Venezia, Marsilio, 2010, pp. 18-19.

[150] *Ivi*, pp. 18-19.

I contadini diventano portatori di caratteri e valori propri, di volta in volta interessanti o indifferenti o ridicoli. Non più voci o maschere decontestualizzate, come negli idilli settecenteschi, ma figure minuziosamente connotate, e organiche al loro sfondo antropologico, di cui gli autori forniscono chiare coordinate, conformemente al codice della narrativa realista. Approcciarsi seriamente al *paysan*, con sguardo obiettivo e impassibile, cogliendone la specificità antropologica e sociale, era dunque doveroso. E non esisteva genere letterario più indicato del romanzo realista, con la sua vocazione descrittiva e sociologica, e la sua attenzione sempre maggiore alla caratterizzazione dei personaggi, per l'analisi obiettiva del mondo rurale. Non per nulla la narrativa campagnola nasce insieme ai primi studi sociologici e alle prime inchieste sull'agricoltura, condotte dal punto di vista «della cultura cittadina e progressista», che «proiettava non soltanto un impegno conoscitivo, […] ma anche le ansie, le attese e i sensi di colpa propri di una modernità impetuosa che aveva sconvolto per sempre gli equilibri tradizionali»[151]. Una narrativa imperniata sull'opposizione manichea tra città e campagna, tra il mondo popolare idealizzato, e quello corrotto delle metropoli, e sovente esposta al rischio del moralismo. Ma al di sotto della superficie, variamente declinato a seconda delle circostanze, era celato un messaggio ideologico preciso, che gli scrittori affidavano alle loro opere. L'esigenza della narrativa campagnola è infatti fortemente legata a un momento dello sviluppo economico, sociale e politico dei paesi europei. Prima o poi, dove più rapidamente dove meno, il processo di capitalizzazione agricolo e l'estendersi della proprietà terriera borghese causavano l'espropriazione dei piccoli coltivatori diretti e la loro trasformazione in braccianti, che si aggiungevano ai numerosi già esistenti; fenomeno che contribuiva «ad aumentare la miseria di un ceto la cui sorte era esposta ai frequenti cattivi raccolti e disastrose carestie»[152].

---

[151] *Ivi*, p. 19.

[152] Cfr. P. De Tommaso, *Il racconto campagnolo*, Ravenna, Longo, 1973, p. 13. Nel 1847 si verificò una terribile carestia che, come ricorda Marx, fu il triste seguito della «malattia delle patate» e dei «cattivi raccolti del 1845 e del 1846», che «aumentarono il generale fermento nel popolo» (C. Marx, *La lotta di classe in Francia*, Torino, Einaudi, 1948, p. 40). Gli effetti della carestia ebbero una ripercussione nel settore industriale con fallimenti a catena, la chiusura degli opifici tessili e la sospensione della costruzione delle ferrovie. La conseguente riduzione dei salari e la disoccupazione esasperarono il proletariato urbano, sospingendolo all'insurrezione armata del 1848 (Cfr. P. De Tommaso, *Il racconto campagnolo nell'Ottocento italiano*, cit. p. 13).

Si comprende dunque perché siano stati cruciali, per l'affermazione del «genre champêtre», i moti del 1848: con l'ascesa definitiva della borghesia e il consolidamento del suo dominio, le ripercussioni sulle classi rurali furono tangibili: a causa delle crisi politiche e dei cattivi raccolti, cominciò la grande migrazione delle popolazioni verso la città. Il processo d'industrializzazione rivoluzionò «la vie paysanne»[153]: con la nascita delle ferrovie e l'istituzione del servizio militare – e il miglioramento della rete stradale – il borghese e il villano, il cittadino e l'uomo della provincia, iniziarono ad avvicinarsi e a conoscersi reciprocamente. E su tale mondo altro – come sulle trasformazioni in atto – le classi dirigenti e l'opinione pubblica erano chiamate a riflettere, ricercando soluzioni che potessero influire sull'incremento produttivo e sul miglioramento delle condizioni sociali delle plebi rurali, che andavano rese organiche alla *Weltanschauung* borghese. Una visione *ex cathedra* e tendenziosa. Ovviamente, i problemi agricoli costituivano oggetto di speciale attenzione anche per gli intellettuali, generalmente conservatori o filomonarchici, che si fecero interpreti di tali istanze, trasponendole obliquamente, in maniera più o meno strumentale, nella diegesi[154]. La produzione campagnola non è infatti una letteratura *per* il popolo, ma *sul* popolo: quella che senza coinvolgerlo come destinatario lo prende a oggetto della rappresentazione, e che si rivolge un lettore che sia in grado di captare le sollecitazioni lanciate dagli scrittori.

1.1 *La Francia*

1. I *roman rustiques* di Berthold Auerbach e di Jeremias Gotthelf (gli antesignani del genere in Germania e Svizzera), agli inizi degli anni '50, non erano ancora stati recepiti in Francia. La prima mediazione, tardiva, si deve al cenacolo dei Realisti, e in particolare al loro promotore, Jules Champfleury, che ebbe il merito di mettere in parallelo, in maniera inedita, i *Schwarzwälder* con i racconti rustici di Sand e *Les Paysans* (1844)

---

[153] Cfr *ivi*, p. 43.

[154] Per il contesto storico e culturale francesce si veda almeno M. Bloch, *I caratteri originali della storia rurale francese*, Torino, Einaudi, 1997; G. Duby-A. Wallon, *Histoire de la France rurale*, vol. 3, *1789-1914*, Paris, Seuil, 1992; M. Agulhon, *La République au village*, Paris, Seuil, 1979.

di Balzac[155]. Di tale gruppo faceva infatti parte Max Buchon, autore, tra il 1850 e il 1854, di diverse traduzioni in francese delle opere di Gotthelf e Auerbach, che affiorarono a Berna, Neuchâtel e Ginevra, e che si diffusero presto a Parigi[156]. Pertanto in Francia la nascita del *roman rustique* fu un fenomeno principalmente endogeno, dovuto a un concorso di fattori – storici, socio-politici e letterari – favorevoli.

I *romans champêtres* riscossero un sucesso immediato. Le ragioni sono facilmente intuibili: ancora nel 1860, il 75 % della popolazione viveva del lavoro della terra. La «société française» era «ataviquement paysanne»[157]. L'analisi oggettiva dei rapporti di forza e di classe nelle campagne nasceva da un'esigenza concreta, oltre che da un interesse genuino per la questione, che era stato originariamente alimentato dalla circolazione delle idee fisiocratiche. Esse concorsero alla «révolution agricole, économique et technique» del XVIII secolo, che cominciò a trasformare la gran parte delle campagne francesi[158]. Ma l'agricoltura rimase per lo più rudimentale, intrappolata in un sistema signorile molto gravoso e in un comunitarismo rurale.

Un punto di svolta fu la Rivoluzione Francese, nella quale i *paysans* giocarono un ruolo attivo[159]: con l'abolizione dei diritti feudali e la nuova spartizione delle terre – e le riforme agrarie (1793) e legislative che si susseguirono dopo il terremoto politico – la questione era diventata di massima urgenza. Nondimeno, il periodo che va dal 1789 al 1830 offre un numero esiguo di scritti a carattere campestre: il Romanticismo cercò il colore locale nei paesi esotici e nel remoto passato, e la stagione del 1840 prelevò i soggetti pittoreschi dai bassifondi delle città contemporanee[160].

---

[155] Cfr. J. Champfleury, *Intelligences d'aujourd'hui. Le message de l'assemblée*, in «La nouvelle école littéraire», 4 mar 1851. Al riguardo si veda Zellweger, *Auerbach et Gotthelf en France*, in *Les Débuts du roman rustique*, cit., pp. 140-183.

[156] Cfr. *ivi*, pp. 152-155.

[157] P. Vernois *Le Roman rustique de George Sand à Ramuz, Ses tendances et son évolution (1860-1925)*, Paris, Nizet, 1962, p. 20.

[158] Cfr. M. Bloch, *I caratteri originali della storia rurale francese*, cit., pp. 46-47.

[159] Il primo a mettere in luce il carattere autonomo – e i sentimenti anticapitalistici – della rivoluzione contadina, oltre alla complessa articolazione della comunità rurale alla fine del XVIII secolo, è stato Georges Lefebvre (cfr. G. Lefebvre, *La Grande peur de 1789*, Paris, Armand Colin 1932 e Id., *La Révolution française et les paysans*, in *Les Caractères originaux de l'histoire rurale de la Révolution française*, réédition d'articles publiés dans les Annales Historiques de la Révolution Française, a cura di F. Gauthier e C. Wolikow, Paris, Centurion, 1999, pp. 330-349).

[160] Né i *Mystères* né i *feuilletons* danno infatti generalmente spazio ai *paysans*.

Più in generale: «la Rivoluzione, l'Impero e anche l'epoca della Restaurazione, sono assai povere di letteratura realistica»[161]: questa generazione di intellettuali conservò dell'opera di Rousseau – assimilata precocemente, e divenuta seminale – «solo l'intima frattura, la tendenza alla fuga alla società»; mentre l'altra «faccia» – quella «rivoluzionaria e battagliera» – «era andata perduta»[162].

Determinante per l'ascesa dei racconti campagnoli fu invece, secondo Rudolf Zellweger, la proliferazione dei romanzi storici, in Francia e in Europa: il romanzo storico – con l'idea della «peinture exacte des milieux sociaux»[163] che recava con sé – ritagliò un ruolo di primo piano alle popolazioni delle campagne. Il *paysan* era visto, dai maggiori interpreti del genere, come il custode delle antiche tradizioni perdute nelle altre classi sociali. Ma, soprattutto, la forma romanzo (il genere più diffuso e largamente popolare), dopo aver recepito la lezione di Walter Scott, era ormai pronta: dal 1820 – data della prima traduzione in francese di *Ivanhoe* – le opere dell'autore inglese esercitarono «leur influence sur tous les esprits», inclusi i futuri protagonisti del racconto campagnolo europeo[164]. Era tuttavia necessario un ultimo passo: proiettare lo studio sociologico ed etnografico in un contesto contemporaneo, e isolare la sfera rurale come problema a sé stante, degno di un approfondimento singolativo; e la grande spinta liberale in politica, unita al clima della Monarchia di luglio – e all'incremento dei dibattiti sui problemi agronomici nella prima metà del XIX secolo – furono elementi predisponenti. Inoltre, la grande mobilitazione interna delle plebi rurali verso le città contribuì allo spostamento dello sguardo degli intellettuali sulle realtà provinciali, da cui il flusso migratorio proveniva; realtà allotrie che erano

---

[161] E. Auerbach, *Mimesis. Il realismo nella letteratura occidentale*, Torino, Einaudi, 2000, vol. 2, pp. 236-237. Secondo Auerbach, l'influenza di Rousseau è cruciale per la «politicizzazione del concetto idillico di natura; essa creò un ideale utopistico di vita, che notoriamente esercitò una grande suggestione e che si poté credere di potere immediatamente attuabile» (*ibid.*)

[162] *Ivi*, p. 238.

[163] Zellweger, *Les Débuts du roman rustique*, p. 238.

[164] *Ivi*, p. 30. Gotthelf lesse Walter Scott a *Göttingen,* mentre Auerbach lo imitò nei suoi primi romanzi; oltretutto, sia Balzac che George Sand avevano familiarità con la sua opera.

rimaste a lungo «emarginate da un perimetro culturale che coincideva sostanzialmente con la cinta daziaria parigina»[165].

Di queste istanze si fecero soprattutto interpreti, sebbene in maniera profondamente diversa, Honoré de Balzac e George Sand, che furono dei primi attori del racconto campagnolo europeo. Si tratta di un passaggio cruciale: ancorché limitati dalle cautele dell'ideologia, e con intenti spesso tendenziosi, tali scrittori iniziarono a dar forma alle ragioni interiori degli umili; ad avvalersi, non senza incertezze linguistiche, dell'ingegneria dell'indiretto libero, del filtro percettivo, delle tecniche indirette della rappresentazione: a darci modo, in altre parole, di abitare una soggettività del basso ceto, e di conoscerne i pensieri, i desideri, le emozioni, le visioni… E che i letterati in Italia guardassero anche da questo punto di vista, in qualche misura, alle proposte dei più consapevoli narratori d'Oltralpe, non è ipotesi da eslcludersi a *priori*: la narrativa d'argomento campagnolo di Balzac e la Sand de *Les Veillées du chanvreur* potevano offrire, per un occhio attento, un vasto campionario di soluzioni, che sarà opportuno trattare, prima di addentrarsi nello scenario italiano, in maniera esemplificativa, iniziando dall'autore della *Comédie Humaine*.

2. *Un privilegio negato: contadini e soggettività nella «Comédie Humaine»*

Che Balzac spartisca il suo colossale spettacolo secondo le differenziazioni ambientali, ed operi la distinzione tra *vie parisienne* e *vie de province*, è solo l'aspetto più appariscente, sul piano letterario, di quella «peculiare situazione tutta francese che contrappone alla capitale una generica 'provincia', sunto e non somma delle diverse entità territoriali, livellate nel loro distanziarsi da Parigi»[166], città capitale d'uno stato precocemente centralizzato. Provincia cui si guardava sempre con sospetto, e immaginata come serbatoio d'intelletti attardati o vivaio di *paysan parvenus*, che tuttavia non poteva essere ignorata da un romanziere che ambiva a realizzare una storia dei costumi della società francese del secolo XIX. Né si potevano tralasciare le realtà rurali, cui Balzac riservò

---

[165] F. Garavini, *«La petite patrie». Provincia e letteratura in Francia*, in «Paragone», n. 284, ottobre 1973, p. 30.

[166] *Ibid.*

uno spazio esiguo già nel romanzo storico *Les Chouans*, apparso nel 1829, l'ultimo anno della Restaurazione, al termine di un'intricatissima vicenda compositiva (durante la quale l'autore si trasferì personalmente in Bretagna per scrupolo documentario). Dopo ben tre revisioni (*Le Dernier Chouan ou la Bretagne en 1800, Les Chouans ou la Bretagne en 1799, Les Chouans*), il romanzo confluì nella sezione *Scènes de la vie militaire* de *La Comédie humaine*[167]. Si tratta dell'esito di una lunga fase di apprendistato, segnata dall' «angoscia dell'influenza» del modello scottiano, e in particolare di *Ivanhoe*, che Balzac aveva letto nel 1820, ammirandone la grande forza illusionistica, nonché la capacità dell'autore scozzese di «ricreare il passato a partire dai costumi, gli ambienti, le atmosfere»,[168] con la tematizzazione di elementi diversi «che presente e passato condividono in profondità»[169].

2.1 «Les Chouans»

1. Sin dall'esordio, *Les Chouans* è animato dalla dialettica tra lo scrupolo realistico e la tensione al pittoresco tipicamente romantica:

> Dans les premiers jours de l'an VIII, au commencement de vendémiaire, ou, pour se conformer au calendrier actuel, vers la fin du mois de septembre 1799, une centaine de paysans et un assez grand nombre de bourgeois, partis le matin de Fougères pour se rendre à Mayenne, gravissaient la montagne de la Pèlerine, située à mi-chemin environ de Fougères à Ernée, petite ville où les voyageurs ont coutume de se reposer. Ce détachement, divisé en groupes plus ou moins nombreux, offrait une collection de costumes si bizarres et une réunion d'individus appartenant à des localités ou à des professions si diverses, qu'il ne sera pas inutile de décrire leurs différences caractéristiques

---

[167] Faccio riferimento all'edizione Furne della *Comédie humaine* (1842-1848), che va sotto la dizione «Furne corrigé». Sull'inter compositivo dell'opera (cfr. M. Bardèche, *Balzac Romancier*, Paris, Plon, 1947, pp. 152-153).

[168] F. De Cristofaro-M. Viscardi, *L'ora della verità. Storia e Romanzo nell'Ottocento*, in *Fiction e non-fiction*, cit., p. 68.

[169] *Ivi*, p. 69. Sull'ascendente di Scott in Balzac si veda R. Guise, *Introduction* a H. de Balzac, *Les Chouans*, Paris, Librairie Général Française, 1972, pp. V-XXI; M.B. Bertini, *Balzac dall'antiromanzo alla «Comédie humaine»*, in *Poetica del romanzo: prefazioni e altri scritti teorici*, Milano, Sansoni, 2000, pp. XI-XL e E.C. Smith, *Honoré de Balzac and the «Genius» of Walter Scott: Debt and Denial*, in «Comparative Literature Studies», vol. 36, n. 3, 1999, pp. 209-225.

pour donner à cette histoire les couleurs vives auxquelles on met tant de prix aujourd'hui [...][170].

È la classica apertura *emic*[171]. Il narratore *autoriale* governa il racconto con mano sicura, e gestisce in prima persona la descrizione, fornendo al lettore le indicazioni temporali della vicenda: si materializza una realtà determinata, nominabile e circoscritta. Sono disposti sulla pagina una serie d'«effets de réel» storici: ad es. «Dans les premiers jours de l'an VIII, au commencement de vendémiaire» (invece di: "i primi giorni dell'ottobre del 1799"). Parliamo di un lessico politico-militare, conforme al tempo in cui sono ambientati i fatti, di cui Balzac si avvale per dare credibilità alla finzione.

È subito inquadrata, all'orizzonte, la marcia di una colonna di soldati; un gruppo misto di contadini e borghesi, di cui il narratore intende descrivere, conferendo così colore alla datità referenziale, la «collection de costumes [...] bizarres» (già un giudizio di valore), e le «différences caractéristiques»:

> Quelques-uns des paysans [...] allaient pieds nus, ayant pour tout vêtement une grande peau de chèvre qui les couvrait depuis le col jusqu'aux genoux, et un pantalon de toile blanche très grossière, dont le fil mal tondu accusait l'incurie industrielle du pays. Les mèches plates de leurs longs cheveux s'unissaient si habituellement aux poils de la peau de chèvre et cachaient si complètement leurs visages baissés vers la terre, qu'on pouvait facilement [...] confondre, à la première vue, *ces malheureux avec les animaux dont les dépouilles leur servaient de vêtement*[172].

La «trasmutazione semantica»[173] tra figurato umano e figuranti bestiali («ayant pour tout vêtement une grande peau de chèvre») rende

---

[170] H. de Balzac, *Les Chouans*, in *La Comédie humaine*, a cura di M. Bouteron, vol. 7, *Études des mœurs. Scènes de la vie parisienne*, Paris, Gallimard, 1950, p. 765. D'ora in poi citato CH.

[171] Secondo Stanzel (ma è una terminologia ormai condivisa) si definiscono *emic* (da *phonemic*) gli incipit di romanzo più tradizionali in cui un narratore spesso autoriale (ma anche in prima persona) introduce il mondo della storia in modo progressivo; sono invece *etic* (da *phonetic*) gli incipit di romanzi in situazione narrativa figurale che inevitabilmente rinviano a qualcosa che precede l'inizio del testo, suggerendo un mondo della storia in cui il lettore 'entra' in modo improvviso. Cfr. Stanzel, *A Theory of narrative*, cit., pp. 164-68.

[172] CH, pp. 5-6. Il corsivo è mio.

[173] F. De Cristofaro, *Gli ossi di Cuvier*, in *Zoo di romanzi: Balzac, Manzoni, Dickens e altri bestiari*, Napoli, Liguori, 2002, p. 87.

un'«estraneità d'ordine sociologico»[174], che è peraltro enfatizzata con una similitudine (in corsivo). Il confine tra organico e disorganico sembra sparire in una descrizione mossa e davvero animistica, che sottrae al *récit* «la froide neutralité scientifique»[175]. Un'apparizione perturbante: i contadini bretoni sono «plus pauvres de combinaisons intellectuelles que ne le sont les Mohicans»[176]; selvaggi in simbiosi col paesaggio circostante. Il simbolo del sottosviluppo di una regione, in cui «les coutumes féodales sont encore respectées», e «le génie de la civilisation moderne s'effraie de pénétrer»[177]: è il «realismo atmosferico» balzachiano, secondo la celebre definizione di Erich Auerbach[178].

Una rappresentazione 'esotica del popolo', che diviene il mitema assoluto dell'altro-da-sé. Balzac ricorre ai princìpi della pseudoscienza di Johann Caspar Lavater, che dall'apparenza esteriore risaliva all'essenza interiore: la realtà è composta di dettagli che sollecitano la ricostruzione indiziaria di un tutto ordinato[179]. Nel caso specifico, è il narratore onnisciente a interrogare e decrittare i *segni*. Si osservi l'imperfetto descrittivo «accusait», tipico del vocabolario fisiognomico balzachiano: il pantalone «de toile blanche» dei contadini diventa simbolo dell'«incurie industrielle» del paese intero.

Osservando con attenzione, si nota tuttavia che la colonna è eteroclita e differenziata al suo interno, giacché vi figurano, isolati nella loro

---

[174] *Ivi*, p. 71. Come ha scritto Barbéris, ne *Les Chouans* «il n'y a description des habitants qu'en référence à la région et à ses problèmes»: «l'écriture pittoresque est en fait celle d'une sociologie» (P. Barbéris, *Balzac et le Mal du Siècle*, Paris, Gallimard, 1970, p. 791). L'opera è stata infatti negli anni oggetto di numerose interpretazioni d'orientamento marxista. Al riguardo, cfr. V. Troubetskoy, *«Les Chouans» de Balzac: essai de lecture idéologique*, in «Le Pluriel», 1977, n. 10, pp. 7-26; L. Derla, *«Les Chouans»: forme narrative et personnages*, in «Studi Francesi», n. 59, 1976, pp. 231-247 e M.C. Vanbremeersch, *Sociologie d'une représentation romanesque*, Paris, Harmattan, 1997, pp. 28-57.

[175] P. Barbéris, *Lecture et contre-lecture: l'exemple des «Chouans»*, in «Pratique», n. 3-4, 1972, p. 34.

[176] CH, p. 766.

[177] *Ibid.*

[178] E. Auerbach, *Mimesis*, cit., p. 244.

[179] Cfr. M.B. Bertini, *Introduzione*, in H. de Balzac, *La Commedia umana*, vol.1, Milano, Mondadori, 2013, pp. XXVI-XXXVIII e V. Carofiglio, *Magia e divinazione*, in *Oltre i labirinti del romanzo*, Roma, Carocci, 1980, pp. 103-144. Per la tecnica descrittiva di Balzac mi rifaccio alle osservazioni di P. Pellini, *La descrizione*, Bari, Laterza, 1998, pp. 50-52.

diversità, quasi a demarcare il limite estremo con «ces hommes demi sauvages», i personaggi della *middle class*: «Quelques citadins apparaissaient au milieu de ces hommes demi sauvages, comme pour marquer le dernier terme de la civilisation de ces contrées»[180]. Nondimeno, essi si trovano a marciare insieme, accomunati dal medesimo destino (e una medesima espressione: «Bourgeois et paysans, tous gardaient l'empreinte d'une mélancolie profonde»)[181], verso il distretto di Fougères, cui la Repubblica ha infatti destinato un contingente di coscritti, allo scopo di domare i ribelli filoborbonici dei dipartimenti dell'Ovest.

Prende forma una lunga disgressione: sul contesto e le ragioni della guerra, e sulle contraddizioni – e le lungaggini burocratiche e la crisi degli ideali – della Repubblica, incapace di fronteggiare efficientemente la crisi. Essa termina con un ritratto di Hulot, suo puro e virtuoso rappresentante, e la presentazione dei suoi fedeli ufficiali, intenti ad osservare, al pari del loro comandante, la vallata del Couesnon dalla cima della Pèlerine. Il colonnello è turbato per l'insolita lentezza con cui procede la colonna, e per l'eccessivo distanziamento dei coscritti dalla testa del gruppo: teme un tradimento, e un'imboscata degli *Chouans*. La *suspense* è alimentata dal moltiplicarsi degli indizi inquietanti; quando la tensione è al colmo, compare sulla scena un sinistro personaggio, senz'altro legato ai ribelli, cui segue una «restrizione di campo»:

> En entendant des sons [...], le commandant se retourna brusquement [...], et vit à deux pas de lui un personnage encore plus bizarre qu'aucun de ceux emmenés à Mayenne pour servir la République. Cet inconnu, homme trapu, large des épaules, lui montrait une tête presque aussi grosse que celle d'un bœuf [...]. Des narines épaisses faisaient paraître son nez encore plus court qu'il ne l'était. Ses larges lèvres retroussées par des dents blanches comme de la neige, ses grands et ronds yeux noirs garnis de sourcils menaçants, ses oreilles pendantes et *ses cheveux roux appartenaient moins à notre belle race caucasienne qu'au genre des herbivores*. Enfin l'absence complète des autres caractères de l'homme social rendait sa tête nue plus remarquable encore[182].

Si tratta della descrizione di una creatura ctonia, che stride col miraggio, lo splendore fragile – il «rêve» – del paesaggio osservato dalla sommità della montagna; il ritratto di un uomo-bovino, filtrato dal prisma

---

[180] CH, p. 770.
[181] *Ivi*, p. 768.
[182] *Ivi*, p. 774.

percettivo di Hulot, che provoca «un pervertimento del grottesco in orribile»[183]. Prende forma una prolungata similitudine d'ordine fisiognomico, che assume chiare valenze figurali, e che concorre a una progressiva disantropomorfizzazione del personaggio. Ma al personaggio sono attribuiti anche tratti 'ovini' («les oreilles pendantes»), che sono ribaditi nella caratterizzazione del suo orripilante vestiario: «À partir du cou, il était enveloppé d'un sarreau, espèce de blouse en toile rousse plus grossière encore que celle des pantalons des conscrits les moins fortunés»[184]. Al pari di un semiologo, il colonnello cerca di «deviner les secrets de ce visage impénetrable»[185], di interrogare i caratteri cifrati del reale alla ricerca delle ragioni profonde della sommossa, di cui l'uomo coperto di «sarreau» e di pelli di «bique» si fa portavoce. In altri termini, Hulot (e con lui il lettore) è impegnato in un'operazione di *mindreading*, secondo la terminologia di Alan Palmer: tenta di desumere lo stato interiore – e le intenzioni – di *Marche-à-terre* (il soprannome bretone del nemico) dalle sue azioni e dai suoi comportamenti[186]. Similmente a quanto visto per i *Promessi Sposi*, l'istanza diegetica si sovrappone al personaggio: è infatti l'occhio del narratore che, alle sue spalle, conduce la descrizione, e che interviene a più riprese con giudizi sferzanti (in corsivo); e tuttavia, il focalizzatore prescelto è un borghese del mondo 'civilizzato': mentre l'uomo-bovino *è osservato* da una prospettiva altrui, e da una macchina diegetica tendenziosa nel suo complesso.

Oltre che segnale di sventura – che il navigato Hulot prontamente coglie (inutile dire che l'imboscata avrà luogo) – *Marche-à-terre* è la rappresentazione sommamente «tipica» di un popolo dimenticato,

---

[183]   F. De Cristofaro, *Gli ossi di Cuvier*, cit., p. 69.

[184]   CH, pp. 774-775. Il corsivo è mio.

[185]   *Ivi*, pp. 775.

[186]   Cfr. A. Palmer, *Fictional minds*, Lincoln, University of Nebraska Press, 2004, pp. 39-40. La narratologia di Palmer si impernia sulla centralità del lettore, cui è demandato il compito di costruire, attraverso l'insieme dei dati e degli elementi del testo, l'immagine e l'identità dei personaggi dell'opera. La caratterizzazione è infatti un processo continuo, e si fonda sulla successione di operazioni individuali che consistono in «a continual patterning and repatterning until a coherent fictional personality emerges» (ivi. p. 40). Ricostruiremmo cioè i personaggi che compaiono in romanzi e racconti non solo in base alle forme dirette della rappresentazione interiore (indiretti liberi, monologhi interiori ecc), ma anche in base a quello che non dicono: quindi osservando i loro atteggiamenti o mentre si rapportano ad altri personaggi, ma anche ascoltando quanto di essi viene detto.

superstizioso e incolto[187]; ma al contempo questo personaggio si caratterizza per una grandezza quasi epica che lo distingue dai semplici *paysans*: agli occhi del colonnello, egli è «*une sorte de demi-dieu barbare*»[188], la personificazione della Bretagna intera (meglio: del suo lato oscuro e nascosto), che si oppone a dei soldati precariamente uniti dalla sola disciplina militare, simbolo a loro volta di una Repubblica che ha perduto la missione originaria. Il difensore delle antiche tradizioni contro i portatori della civiltà, intenzionati a imporre la rivoluzione con la forza negli stessi luoghi che essi hanno relegato all'oblio.

Si tratta di un tema cruciale del romanzo, di cui tale episodio è epitome, che è ripreso, poche pagine dopo, dalla voce narrante, in occasione di un'ulteriore digressione sul mondo bretone:

> Les efforts tentés par quelques grands esprits pour conquérir à la vie sociale et à la prospérité cette belle partie de la France [...] meurt au sein de l'immobilité d'une population vouée aux pratiques d'une immémoriale routine. Ce malheur s'explique assez par la nature d'un sol encore sillonné de ravins, de torrents, de lacs et de marais [...]; puis, par l'esprit d'une population ignorante, livrée à des préjugés [dangereux] et qui ne veut pas de notre moderne agriculture[189].

Il narratore sembra allinearsi, con il suo commento, alla prospettiva dei repubblicani, e condividerne le istanze: ma come spesso accade nel sistema della *Comédie*, «l'atto del giudizio sia in senso conoscitivo che in senso normativo non è [...] una vera conclusione»[190]; le massime del narratore *autoriale*, lungi dal coronare il racconto e definirne il senso, sono parte della polifonia immanente del testo. Ne *Les Chouans* la *doxa* del narratore è infatti indirettamente problematizzata da Marie de Verneuil, una repubblicana di nobili origini. È un emissario del capo della polizia, lanciata sulle tracce del comandante dell'esercito nemico, Alphonse de Montauran (il Gars), con l'incarico segreto di consegnarlo alle forze dell'ordine, dopo averlo adescato con le sue attrattive fisiche e intellettuali; ma di quest'uomo tuttavia s'innamora, sicché le sue intenzioni diventano opache: il lettore è portato a dubitare, ogni attimo, della

---

[187] Viene specificato che *Marche-à-terre* ha «une assez grande difficulté de parler français» (CH, p. 773).

[188] *Ivi*, p. 756.

[189] *Ivi*, p. 778.

[190] F. Moretti, *Il romanzo di formazione*, Torino, Einaudi, 1999, p. 180.

sua fedeltà alla missione (e della sua ideologia): il romanzo si fonda su quest'ambiguità. Nella costruzione del racconto, la donna svolge infatti «il ruolo di punto di vista repubblicano»: il lettore ha modo di conoscere gli eventi attraverso la sua sensibilità; ed è per mezzo del suo sguardo che la natura della regione penetra nella sfera della soggettività[191].

Ciò si verifica soprattutto nella seconda sezione del libro. Marie si addentra, accompagnata dai repubblicani Merle e Gérard (e dalla sua serva Francine), nel castello del Gars, luogo di ritrovo degli Sciuani, dove dovrebbe teoricamente manovrare alle sue spalle, e agevolare la soppressione dei rivoltosi. Nondimeno, dopo essere stato avvisato del pericolo da una sua complice (Madame de Gua), che scopre il piano di Fouché, Montauran, sentitosi tradito, fugge per le campagne della Bretagna. La donna è in pericolo, ma *Marche-à-terre*, assecondando il volere di Francine, di cui è innamorato, la salva dalle grinfie dei bruti compagni, pronti ad ucciderla.

Marie fugge a Fougères, dove ritrova gli altri repubblicani. Ribadisce la sua fedeltà, promettendo la testa del Gars; così si muove alla sua ricerca, inseguendolo in un lungo viaggio, composto da tappe idealmente significative, nel quale scopre il fascino incontaminato della Bretagna. È incantata dalle vallate e i tramonti e le notti di luna piena; e si sofferma ad ammirare, nelle soste lungo il cammino, le bellezze del paesaggio rurale. Uno scenario edenico. Ma dietro le bellezze della natura, comprende gradualmente la parigina, si cela una regione povera e sofferente. Ne è prova la capanna di Barberinne e *Galope-chopine* (soldato sciuano), in cui il personaggio s'imbatte lungo il percorso: alla visione idillica della capanna, osservata da lontano – processo alimentato dalla fervida fantasia di Marie – segue il duro impatto col reale[192]. Avvicinandosi all'abitazione, la donna è infatti colpita dal tetto precario (coperto da sole ginestre, e per metà da tavole di legno), dal cortile fangoso, dalle finestre grossolane, dall'insalubrità dell'aria, dall'indigenza dei contadini, osservati con occhio benevolo e commosso... Ed è sulla

---

[191] V. Carofiglio, *Balzac e la dialettica del romanzo*, cit., p. 53. Non per nulla, Carofiglio nota che gli interventi correttivi di Balzac, di edizione in edizione, riguardano per lo più le scene filtrate dalla sensibilità di Marie: l'autore aveva con tutta evidenza compreso la funzione di questo personaggio. A ciò si aggiunga che la donna ha una certa familiarità con la Bretagna, giacché vi ha trascorso parte della sua infanzia.

[192] Si ripresenta il motivo duale nella descrizione del paesaggio: è cioè riproposto lo schema narrativo del panorama della Pèlerine.

strada per Saint-James, luogo di ritrovo della *chouannerie*, che Madame de Verneuil comprende davvero lo stato di abbandono della popolazione locale, giacché si imbatte in una campagna dura e paludosa, luogo di sofferenza e di malattie. Ciò induce il personaggio alla pietà e alla sospensione del giudizio, e forse – per un attimo – all'assenso per la causa controrivoluzionaria.

Ma i dubbi riaffiorano quando Marie, arrivata a Saint-James, si unisce a una truppa di Chouans, assistendo a una messa clandestina e tribale celebrata tra i boschi dall'abbé Gudin, che si serve della propaganda cattolica e monarchica per fomentare gli animi dei soldati:

> Au centre de cette salle qui semblait avoir eu le déluge pour architecte, s'élevaient trois énormes pierres druidiques [...]. Une centaine d'hommes agenouillés, et la tête nue, priaient avec ferveur dans cette enceinte où un prêtre, assisté de deux autres ecclésiastiques, disait la messe. [...] Cette messe dite au fond des bois, ce culte renvoyé par la persécution vers sa source, la poésie des anciens temps hardiment jetée au milieu d'une nature capricieuse et bizarre, ces Chouans armés et désarmés, cruels et priant, à la fois hommes et enfants, tout cela ne ressemblait à rien de ce qu'elle avait encore vu ou imaginé[193].

Malgrado sia qui verbalizzata l' «admiration» di Madame de Verneuil per un culto estraneo e perduto, incarnazione della poesia dei tempi antichi, a predominare è il biasimo per l'arretratezza, la barbarie dei costumi e la superstizione di «ces Chouans armés et désarmés, cruels et priant», che rifiutano con la forza ogni forma di progresso e civilizzazione[194].

2. Da uno sguardo complessivo a *Les Chouans*, si nota una correlazione stretta tra la posizione dei personaggi nella scala sociale e la possibilità di

---

[193] *Ivi*, p. 976.

[194] Nonostante le sensibili diferenze tra le singole redazioni del testo, sembra tuttavia rimanere inalterata una sostanziale preferenza del narratore per le posizioni del fronte repubblicano, un tratto sorprendente per il legittimista Balzac. Ma ciò è solo apparentemente una contraddizione: come ha scritto Barbéris, nell'opera si riscontra infatti «l'impossibilité de s'engager totalement dans l'un des deux camps en présence» (P. Barbéris, *Balzac et le mal du siécle*, cit., p. 787). In altri termini, Balzac preferisce provvisoriamente i soldati della Repubblica, che combattono al servizio della Rivoluzione, ma che non sono dei ribelli, agli Sciuani, che, pur servendo la corona e la Resistenza, sono dei contadini in rivolta, e per giunta in combutta con una nobiltà dissoluta e corrotta: «une des pires configurations qui puissent se concevoir» per lo scrittore (cfr., M. Andréoli, *Lectures et Mythes. «Les Chouans» et «Les Paysans» d'Honoré de Balzac*, Paris, Champion, 2000, p. 321).

riprodurre estensivamente i loro pensieri: se infatti a borghesi e aristocratici – Hulot, Marie de Verneuil ecc. – Balzac concede alcune modalità
della rappresentazione soggettiva, affidandosi a più riprese al loro punto
di vista, ai soldati sciuani e ai contadini tale privilegio è *negato*: essi sono
osservati essenzialmente dall'esterno, per mezzo di un narratore autoriale; o dall'ottica dei soggetti altolocati, a riprova di un discrimine sociologico netto.

L'unica eccezione è la campagnola Francine, una donna del popolo
che non appartiene né allo schieramento controrivoluzionario né ai
repubblicani, e che condivide molte delle superstizioni della sua provincia natale, la Bretagna: un ideale punto mediano tra le due parti in lotta.

La singolarità di questo personaggio è rimarcata sin dall'ingresso
in scena:

> La jeune campagnarde frémit. *Elle seule connaissait le caractère bouillant et*
> *impétueux de sa maîtresse. Elle seule était initiée aux mystères de cette âme riche*
> *d'exaltation, aux sentiments de cette créature qui, jusque-là, avait vu passer la*
> *vie comme une ombre insaisissable, en voulant toujours la saisir.* Après avoir
> semé à pleines mains sans rien récolter, cette femme était restée vierge, mais
> irritée par une multitude de désirs trompés. [...] Semblable à un ange ter-
> restre, Francine veillait sur cet être en qui elle adorait la perfection, croyant
> accomplir un céleste message si elle le conservait au chœur des séraphins
> d'où il semblait banni en expiation d'un péché d'orgueil[195].

Non è un passo figuralizzato: in questa psiconarrazione (in corsivo) la
"distanza" tra narratore e personaggio è massima; inoltre, dopo il breve
resoconto indiretto, il macchinista si appropria della *mediacy*. In altre
parole, non è riprodotto drammaticamente il pensiero di Francine, perché è il narratore che accede ai contenuti della coscienza del personaggio,
riportandoli poi al lettore, come si evince dalle similitudini («Semblable
à un ange terrestre») e il linguaggio autoriale. E tuttavia, a Francine è
riservata una funzione narrativa peculiare: la possibilità di accedere ai
segreti dell'anima della sua padrona, che agli occhi altrui risulta ambigua
e impenetrabile. Non per nulla le due donne sono legate da un rapporto
particolare («nous vivons quasiment comme deux sœurs»)[196]: Madame de
Verneuil mangia in compagnia della sua serva, discutendo amabilmente
di qualsiasi argomento; l'ammira per la sua virtù e per il sentimento

---

[195] CH, p. 829. Il corsivo è mio.
[196] *Ivi*, p. 876.

religioso autentico; la reputa sua amica e confidente, prendendosi cura di lei come un genitore compassionevole («cette belle et noble demoiselle est ma bienfaitrice»)[197], provvedendo altresì al suo benessere economico. Doppio angelico della sua benefattrice, che la eleva dal suo umile stato, Francine è oltretutto capace di amare; e come Marie prova dei sentimenti per un uomo pericoloso, di cui teme – ma essendone al contempo attratta – la natura fiera e selvaggia:

> Pour la première *fois la pauvre fille apercevait de la férocité dans les regards de Marche-à-terre*. La lueur de la lune semblait être la seule qui convînt à cette figure. Ce sauvage Breton tenant son bonnet d'une main, sa lourde carabine de l'autre, ramassé comme un gnome et enveloppé par cette blanche lumière dont les flots donnent aux formes de si bizarres aspects, appartenait ainsi plutôt à la féerie qu'à la vérité.
>
> [...]
>
> Cette grimace le rendit sans doute plus hideux à madame du Gua, *mais l'éclair de ses yeux devint presque doux pour Francine*, qui, devinant par ce regard qu'elle pourrait faire plier l'énergie de ce sauvage sous sa volonté de femme, espéra régner encore, après Dieu, sur ce cœur grossier[198].

In tale passo, la sensazione di autorialità non svanisce: i passati remoti – singolativi e oggettivi, nonché i giudizi e l'uso dei deittici («Ce sauvage») – confermano la presenza del *teller-character*; ma nel complesso è restituito il mondo interiore della campagnola: solo dalla prospettiva di Francine gli occhi del selvaggio *Marche-à-terre* possono sembrare dolci e amorevoli; ed è del suo sentimento – che collima con una missione civilizzatrice («devinant par ce regard qu'elle pourrait [...] sous sa volonté de femme») – che si fa interprete il narratore.

In certi momenti la *sintonia* tra narratore e personaggio è più evidente:

> Occupée à contempler, sur la surface des eaux, les lignes noires qu'y projetaient les têtes de quelques vieux saules, Francine observait assez insouciamment l'uniformité de courbure qu'une brise légère imprimait à leurs branchages. Tout à coup elle crut apercevoir une de leurs figures remuant sur le miroir des eaux par quelques-uns de ces mouvements irréguliers et spontanés qui trahissent la vie[199].

---

197 *Ibid.*
198 *Ivi*, pp. 875-876. Il corsivo è mio.
199 *Ivi*, p. 898.

Di notte, dopo essere fuggita dal castello di Vivetière, Francine osserva il riflesso dei salici – e lo stormire delle fronde – sulle acque del lago: affiorano gli imperfetti, che propiziano il coinvolgimento emotivo il lettore. Un movimento sospetto sulla superficie del lago: il confine tra percezione e fantasmagoria diventa sottile, e la fanciulla crede a un abbaglio della luce lunare; ma d'un tratto, sull'altra sponda della riva, appare un gruppo di figure sospette, guidate da un'ombra, che avanza in primo piano. Così, nella totale oscurità, Francine riconosce a prima vista, col sicuro intuito del cuore, le sembianze di *Marche-à-Terre*:

> mais bientôt une seconde tête se montra; puis d'autres apparurent encore dans le lointain. Les petits arbustes de la berge se courbèrent et se relevèrent avec violence. Francine vit alors cette longue haie insensiblement agitée comme un de ces grands serpents indiens aux formes fabuleuses. Puis, çà et là, dans les genêts et les hautes épines, plusieurs points lumineux brillèrent et se déplacèrent. En redoublant d'attention, l'amante de Marche-à-terre crut reconnaître la première des figures noires qui allaient au sein de ce mouvant rivage. Quelque indistinctes que fussent les formes de cet homme, le battement de son cœur lui persuada qu'elle voyait en lui Marche-à-terre[200].

Pur con l'assistenza del narratore, che restringe il suo campo visuale ma che non rinuncia alle sua funzione mediatrice, si dà agio a Francine di mostrare il suo mondo interiore; e ai suoi pensieri è conferita una tonalità elegiaca, come un sentire *poetico*: Balzac ha selezionato due soggetti di umile rango per rappresentare l'amore nella sua versione più pura e idealizzata[201].

2.2 «*Le Médecin de campagne*» e «*Le Curé de village*»

Estensivamente rurali (e di ambientazione contemporanea) sono invece i romanzi che Balzac inserisce in *Scènes de la vie de campagne*. Escludendo *Le Lys dans la vallée* (1836), gli altri episodi del ciclo sembrano infatti anticipare certe tendenze del genere rusticale.

Ne *Le Médecin de campagne* la strategia rappresentativa del Quarto Stato non presenta particolari variazioni rispetto a *Les Chouans*: si registra

---

[200] *Ivi*, p. 900.

[201] In effetti, anche *Marche-à-Terre* si distingue in qualche misura dagli altri sciuani per la purezza dei suoi sentimenti, che nondimeno non gli sottraggono una ferocia a tratti inaudita. Nell'epilogo del romanzo, dopo la guerra, egli diventa un mercante di bestiame.

un'analoga dialettica tra narratore autoriale e personaggi borghesi, cui è sovente demandato il filtro degli eventi; e i contadini sono osservati costantemente dall'esterno. È però differente l'impostazione dell'opera: più spiccatamente didattica, e con una significativa estensione delle parti dialogiche. Il romanzo può essere infatti considerato un'esposizione ragionata, ad opera dei protagonisti, dei problemi relativi all'amministrazione e alla morale; ma non sono trascurabili le sezioni descrittive, per cui si è potuto parlare a ragione di realismo etnografico[202].

Il *plot* è semplice: Genestas, ex capitato dell'esercito, giunge in Savoia, per affidare un giovane ragazzo malato alle cure sapienti del dottor Benassis: un benefattore della popolazione locale, che ha ridato vita e prosperità a un villaggio, risollevandolo dalla miseria grazie a un vasto programma di ingegneria sociale e organizzazione economica, e sviluppandovi arti e mestieri che si integrano a vicenda, in una comunità felice e virtuosa. Il narratore orienta l'itinerario del visitatore dalla pianura (geograficamente denotata come quella di Greboble) fino al villaggio di montagna (che ha come quadro naturale la Grande Chartreuse). Dall'apparizione di Genestas, e per tutta la prima sezione, che si conclude con la spiegazione delle finalità del viaggio, il *primum movens* della narrazione è la storia e la morfologia del paese, e i costumi dei suoi abitanti della comunità rurale, osservati *in itinere* dai protagonisti in una serie di tappe simboliche.

Degno di nota – e celebre – è l'incontro di Genestas con un personaggio giunto oltre la soglia dell'abbrutimento; un uomo affetto da cretinismo, morbo endemico della zona fino all'avvento di Benassis, che ha obbligato con la forza gli abitanti a emigrare verso un luogo più sano:

Malgré les innombrables spectacles de sa vie militaire, le vieux cavalier ressentit un mouvement de surprise accompagné d'horreur en apercevant une face humaine où la pensée ne devait jamais avoir brillé, face livide où la souffrance apparaissait naïve et silencieuse, comme sur le visage d'un enfant qui ne sait pas encore parler et qui ne peut plus crier, enfin la face tout animale d'un vieux crétin mourant. Le crétin était la seule variété de l'espèce humaine que le chef d'escadron n'eût pas encore vue. À l'aspect d'un front dont la peau formait un gros pli rond, de deux yeux semblables à ceux d'un poisson cuit, d'une tête couverte de petits cheveux rabougris auxquels la nourriture manquait, tête toute déprimée et dénuée d'organes sensitifs, qui

---

[202] Cfr. E. Le Roy Ladurie, *Préface*, in *Le Médecin de campagne*, Paris, Folio, 1974, pp. 264-266 e V. Carofiglio, *Oltre i labirinti del romanzo*, cit., 1993, p. 163.

n'eût pas éprouvé, comme Genestas, un sentiment de dégoût involontaire pour une créature qui n'avait ni les grâces de l'animal ni les privilèges de l'homme [...][203].

Superfluo insistere sul lessico fisiognomico e sul carattere classista della rappresentazione; ma è notevole che questo malato sia «assai peggiore della bestia, «una sorta di *automaton*»:[204] entità incapace di provare emozioni e di strutturare pensieri, figura del degrado della popolazione originaria di Grenoble, di cui tuttavia Benassis si prende pietosamente cura.

Più tenue – e complessivamente votata all'idillio – è la descrizione di due vecchi contadini della comunità montana:

> Genestas aperçut alors un pauvre vieillard qui cheminait de compagnie avec une vieille femme. L'homme paraissait souffrir de quelque sciatique, et marchait péniblement, les pieds dans de mauvais sabots. [...] Ses jambes semblaient déjetées. Son dos, voûté par les habitudes du travail, le forçait à marcher tout ployé; aussi, pour conserver son équilibre, s'appuyait-il sur un long bâton. [...] C'était une sorte de ruine humaine à laquelle ne manquait aucun des caractères qui rendent les ruines si touchantes. Sa femme, un peu plus droite qu'il ne l'était, mais également couverte de haillons, coiffée d'un bonnet grossier, portait sur son dos un vase de grès rondet aplati, tenu par une courroie passée dans le sanses. Ils levèrent la tête en entendant le pas des chevaux, reconnurent Benassis et s'arrêtèrent [...][205].

Le fatiche e il lavoro sovrumano di una vita, impresso nei corpi dei due personaggi, ingenerano un moto di repulsione in Genestas («C'était une sorte de ruine humaine»); subito dopo, il generale nota però la semplicità e la freschezza dei loro volti, e subentra l'ammirazione per questo esempio di vita semplice e laboriosa, così distante dalla corruzione cittadina. Balzac, ormai è chiaro, fa degli umili una categoria da illuminare e da tenere sotto tutela dalla Monarchia, la Chiesa cattolica e le classi dominanti *tout court*, cui è idealmente assegnata la funzione maieutica e la missione civile.

---

[203] H. de Balzac, *Le Médecin de campagne* in *La Comédie humaine*, a cura di M. Bouteron, vol. 8, *Étuedes des mœurs. Scènes de la vie de campagne*, cit., p. 333. D'ora in poi, questo volume sarà citato con la sigla SC.

[204] F. de Cristofaro, *Gli ossi di Cuvier*, cit. p. 84.

[205] *Ivi*, p. 393.

Interprete romanzesco privilegiato di questa concezione, oltre il dottor Benassis, è Veronique Graslin, protagonista de *Le Curé de village*:

> Sa pensée y habita le monde fantastique que se construisent toutes les jeunes filles [...]. Elle passa de plus longues heures à sa croisée, en regardant passer les artisans, les seuls hommes auxquels, d'après la modeste condition de ses parents, il lui était permis de songer. Habituée sans doute à l'idée d'épouser un homme du peuple, elle trouvait en elle-même des instincts qui repoussaient toute grossièreté. Dans cette situation, elle dut se plaire à composer quelques-uns de ces romans que toutes les jeunes filles se font pour elles seules. *Elle embrassa peut-être avec l'ardeur naturelle à une imagination élégante et vierge, la belle idée d'ennoblir un de ces hommes, de l'élever à la hauteur où la mettaient ses rêves*[206].

In questa fantasticheria, alimentata dalla lettura di *Paul et Virginie*, la fanciulla sogna di sposare un popolano, ma non prima di averlo elevato e dirozzato. Però il destino ha per lei altri piani: vittima di una volontà sociale complessa e organizzata (e di una famiglia repressiva), Veronique è costretta a sposare un banchiere facoltoso che non ama. Infelice e insoddisfatta, ha una relazione con l'affascinante contadino Jean-François, che subisce un trattamento diegetico analogo a quello dei suoi simili:

> Jean-François, alors âgé de vingt-cinq ans, était petit, mais bien fait. Ses cheveux crépus et durs, plantés assez bas, annonçaient une grande énergie. Ses yeux, d'un jaune clair et lumineux, se trouvaient trop rapprochés vers la naissance du nez, défaut qui lui donnait une ressemblance avec les oiseaux de proie. [...] Un trait de sa physionomie confirmait une assertion de Lavater sur les gens destinés au meurtre, il avait les dents de devant croisées. Néanmoins sa figure présentait les caractères de la probité, d'une douce naïveté de mœurs; aussi n'avait-il point semblé extraordinaire qu'une femme eût pu l'aimer avec passion. Sa bouche fraîche, ornée de dents d'une blancheur éclatante, était gracieuse. Le rouge des lèvres se faisait remarquer par cette teinte de minium qui annonce une férocité contenue, et qui trouve chez beaucoup d'êtres un champ libre dans les ardeurs du plaisir. Son maintien n'accusait aucune des mauvaises habitudes des ouvriers[207].

La descrizione non si fossilizza all'interno di una struttura figurale univoca: la deformazione espressionistica (i canini bianchi) si associa ad attributi nobilitanti: la bocca fresca, graziosa, una vera delizia per donne appassionate; ma Jean-François è descritto immancabilmente

---

[206] Id., *Le Curé de village*, in SC, p. 549. Il corsivo è mio.

[207] *Ivi*, p. 628.

dall'esterno. Né stupisce la menzione esplicita di Lavater, a riprova di un processo ermeneutico in atto: è il narratore autoriale a scorgere, tra le pieghe del volto del personaggio, i segni di un'ambivalenza inquietante.

Un'icastica prefigurazione. Ancorché capace d'amare, il contadino si rende infatti protagonista di un crimine scellerato: l'uccisione del marito di Veronique, che imprime una svolta all'intreccio. È per espiare la sua colpa che la donna investe la sua fortuna, attuando una serie di opere d'irrigazione per fertilizzare le terre aride del paese; è per il suo pentimento che si trasforma in riformatrice sociale e benefattrice degli oppressi.

2.3 *«Les Paysans»*

1. Nel prologo de *La Fille aux yeux d'or* – novella apparsa nel 1835, terza parte dell'*Histoire des Treize*, che raggruppa anche *Ferragus* e *La Duchesse de Langeais* – Balzac dedica pagine importanti alla distribuzione interna della popolazione parigina. Una folgorante *ouverture* in cui tutti gli attori che compongono l'organismo sociale sono animati da un'unica mira: la ricerca dell'«or e le plaisir»[208], nonché divisi, secondo il modello della dantesca «città dolente»[209], in sei categorie distinte: «l'ouvrier, le prolétaire»; i bottegai; la piccola borghesia dedita al commercio; gli uomini d'affari, «avoués, médecins, notaires, avocats, banquiers, gros commerçants, spéculateurs, magistrats»; gli artisti e infine «la gent aristocratique» e «la haute propriété». Sfere autonome della vita parigina, o cerchi «de l'enfer social», che si integrano in una metafora d'insieme, come scrive Henri Mitterand: «celle de l'immeuble, étageant les unes au dessus des autres les familles des locataires»[210].

Si tratta di una rappresentazione gerarchica, che tiene conto delle differenze sociali di ciascun livello: di fatto, ognuna delle classi si trasforma nella successiva, nell'ordine genealogico come nell'ordine locativo, «en s'élevant d'un degré dans la richesse et la considération»[211]. E

---

[208] H. de Balzac, *La Fille aux yeux d'or*, in *Histoire des treize. Ferragus, La duchesse de Langeais, La fille aux yeux d'Or*, Paris, Garnier, 2014, p. 371.

[209] «Peu de mots suffiront pour justifier physiologiquement la teinte presque infernale des figures parisiennes, car ce n'est pas seulement par plaisanterie que Paris a été nommé un enfer» (*ibid.*); un inferno «qui peut-être un jour aura son DANTE» (*ivi*, p. 380).

[210] H. Mitterand, *Le Prologue de «La fille aux yeux d'Or»*, in Id., *Le Discours du roman*, Paris, Puf, 1980, p. 36.

[211] *Ivi*, p. 40.

tuttavia, benché non sia escluso il movimento interno dei personaggi tra i singoli piani, che anzi è necessario per la stabilità del sistema, Balzac dispone le categorie «sur une échelle paradigmatique, classificatoire, suivant le modèle zoomorphique qui inspire l'*Avant-propos* à *La Comédie humaine*»[212], e non in una visione dialettica dei rapporti sociali; a governare il movimento dei personaggi verso la sommità della struttura – dove è maggiore l'ambizione e la bramosia – sono le leggi imperscrutabili del fato[213].

Il livello più basso del metaforico edificio è occupato dal proletariato, descritto dallo sguardo onnisciente del narratore – con una scrittura che non rifugge stilizzazioni estetizzanti – come una massa brulicante e amorfa:

> Alors ces quadrumanes se sont mis à veiller, pâtir, travailler, jurer, jeûner, marcher; tous se sont excédés pour gagner cet or qui les fascine. Puis, insouciants de l'avenir, avides de jouissances, comptant sur leurs bras comme le peintre sur sa palette, ils jettent, grands seigneurs d'un jour, leur argent le lundi dans les cabarets, qui font une enceinte de boue à la ville; ceinture de la plus impudique des Vénus, incessamment pliée et dépliée, où se perd comme au jeu la fortune périodique de ce peuple, aussi féroce au plaisir qu'il est tranquille au travail. Pendant cinq jours donc, aucun repos pour cette partie agissante de Paris! [...] Vulcain, avec sa laideur et sa force, n'est-il pas l'emblème de cette laide et forte nation, sublime d'intelligence mécanique, patiente à ses heures, terrible un jour par siècle, inflammable comme la poudre, et préparée à l'incendie révolutionnaire par l'eau-de-vie, enfin assez spirituelle pour prendre feu sur un mot captieux qui signifie toujours pour elle: or et plaisir! [...][214].

Una potenza misteriosa sottomessa al giogo dei capitalisti, una «laide et forte nation» preparata «à l'incendie révolutionnaire par l'eau-de-vie»; la classe pericolosa per eccellenza, non per caso sottoposta a una deformazione degradante e 'scimmiesca' («Alors ces quadrumanes se sont mis à veiller, pâtir, jurer [...]»), che è tuttavia frenata dalla sua stessa dissolutezza, che le impedisce di tener fede ai suoi propositi eversivi: «Sans les cabarets, le gouvernement ne serait-il pas renversé tous les mardis?

---

[212] *Ibid.*

[213] Più che la volontà e l'iniziativa individuale dei personaggi, è infatti l'«hasard» che rende «un ouvrier économe» e «le gratifie d'une pensée» (H. de Balzac, *La Fille aux yeux d'or*, cit., p. 374).

[214] *Ivi*, p. 373.

Heureusement, le mardi, ce peuple est engourdi, cuve son plaisir, n'a plus le sou, et retourne au travail, au pain sec, stimulé par un besoin de procréation matérielle qui, pour lui, devient une habitude»[215]. Da un lato, prendere atto dell'emersione del proletariato è inevitabile, in quanto la produzione dei beni materiali si fonda sul suo lavoro; d'altra parte, esso è relegato inesorabilmente ai margini della città – e della cultura – dal narratore: la sua «frénésie de débauche»[216] del lunedì e la libertà lasciata a certi suoi esponenti d'insinuarsi nella piccola borghesia sono dei dispositivi di prevenzione atti ad incanalarne la violenza, esorcizzandone così il potenziale rivoluzionario: ogni ipotesi di conflitto tra le classi è esclusa *a priori*, e l'ordine della società è destinato a rimanere invariato.

2. Il sentimento di sicurezza sulla tenuta del sistema sociale che permea il prologo de *La Fille aux yeux d'or* era progressivamente venuto meno nel giro di pochi anni: l'orizzonte politico era infatti sensibilmente mutato, giacché i borghesi avevano iniziato a intravedere «les premiers grondements d'un orage» che poteva minacciare le loro ricchezze[217]. Un evento spartiacque fu lo sciopero degli operai, verificatosi alla fine dell'agosto del 1840, a cui la popolazione parigina aveva assistito con sgomento, e che aveva indotto Balzac a riflettere compiutamente sulla questione: «l'émeute des ouvriers», scrive in *Sur les ouvriers* (articolo comparso sulla «Revue parisienne» nel settembre del 1840), «n'est pas un fait isolé, c'est une maladie»[218]; grossi nubi nere si addensano all'orizzonte della Storia: «Le jour où les deux cent cinquante mille ouvriers qui campent dans Paris, et qui vont arriver au chiffre de trois cent mille [...] seront sans ouvrage, vous n'aurez aucune force morale pour repousser leur agression. [...] Les ouvriers sont l'avant-garde des barbares»[219].

Un'inquietante profezia, che trovò presto compimento, sebbene con soggetti diversi da quelli previsti dall'autore: appena un anno dopo, nel settembre del 1841, il proletariato agricolo manifestò a sua volta il suo sentimento ribellistico. Opponendosi al censimento decretato dal ministro delle finanze, numerosi contadini fecero irruzione nei sobborghi di

---

[215]   *Ivi*, p. 374.

[216]   H. Mitterand, *Le Prologue de «La Fille aux Yeux d'Or»*, cit., p. 46.

[217]   J.-H. Donnard, *Introduction*, in *Les Paysans*, Paris, Garnier, 2014, p. XXVII.

[218]   H. de Balzac, *Sur les ouvriers*, in «Revue parisienne», 25 settembre 1840, p. 370.

[219]   *Ivi*, p. 380.

Clermont, «saccageant une église, lapidant des hôtels particuliers, incendiant les barrières de l'octroi»[220], e atterrendo l'opinione pubblica.

Un'«avant-garde des barbares», una rivoluzione antiborghese: è forse a quest'episodio – oltre all'assassinio del pamphlettista Paul-Louis Courier, su cui ha insistito Thierry Bodin, e alle suggestioni letterarie coeve (tra cui l'opera di Théodore Leclercq, comparsa nel 1823, e intitolata appunto *Les Paysans*)[221] – che Balzac si ispirò per la composizione del suo romanzo (rimasto incompiuto nel 1844, e pubblicato postumo nel 1855 dalla vedova Eveline de Balzac. che si limitò a confezionare il finale a partire dal materiale diegetico esistente). Non più passivo e obbediente, il proletariato è definito, nella dedica a Gauvault, l'«élément insocial créé par la révolution»[222], che è destinato ad assorbire «la bourgeoisie comme la bourgeoisie a dévoré la noblesse»[223]; ed è instaurando un implicito dialogo coi precedenti romanzi campestri – specialmente *Les Chouans*, la cui primitiva Bretagna ha più di qualche affinità con la Borgogna de *Les Paysans* –[224], che l'autore diede vita ai barbarici contadini (anch'essi in rivolta, come gli Sciuani) che popolano le pagine della finzione. Personaggi che non paiono discostarsi di molto – per la dissolutezza e la piaga dell'alcolismo che li consuma – dagli operai del prologo de *La Fille aux yeux d'or*; ma a differenza di questo remoto tentativo di caratterizzazione – e in diretta continuità con gli altri episodi di *Scènes de la vie de campagne* – la visione di Balzac non si limita alla dimensione collettiva, alle masse indifferenziate, bensì si focalizza sulle figure individuali, cui è concesso un peculiare rilievo.

---

[220] J.-H. Donnard, *Introduction*, cit., p. XXIX.

[221] Cfr. T. Bodin, *L'Arcadie n'est pas en Bourgogne*, in Victor del Litto (a cura di), *Stendhal-Balzac: réalisme et cinéma*, Actes du onzième Congrès international stendhalien, Grenoble, Presses Universitaires de Grenobles et Paris, 1978, pp. 67-80. Il critico mette in luce diversi parallelismi tra questo episodio di cronaca – molto noto al tempo – e la rivolta dei contadini, nel romanzo, contro il generale Montcornet, che culmina appunto con l'omicidio della sua guardia Michaud.

[222] SC, p. 4.

[223] *Ibid.*

[224] La scelta della Borgogna (regione «ignorante» e «sauvage»), nota Andréoli, «tient à ce qu'elle répond aux critères requis: la vie y est aisée, les paysans y sont indociles, car la proximité de Paris, de la ville, de la vie moderne, les incite à la révolte sans les urbaniser; le romancier a pu, par maints intermédiaires, recueillir les renseignements indispensables pour produire l'effet de réel» (M. Andréoli, *Lectures et mythes*, cit., pp. 306-07).

Ciò si rileva nell'esordio del secondo capitolo, *Une bucolique oubliée par Virgilie*. Successivamente alla «formidable lettre» del giornalista Blondet a Monsieur Nathan, che costituisce l'incipit del romanzo, in cui il parigino descrive estasiato i parchi e i villaggi di Ronquerolles e di Soulanges, la valle delle Aigues e soprattutto il seducente castello di proprietà del generale Montcornet in cui egli soggiorna come ospite (espressione raffinata d'una civiltà che gioisce della bellezza delicata dell'illusione), il narratore autoriale si appropria della *mediacy*, sostituendo il narratore omodiegetico, e offrendone quasi un controcanto, un'implicita parodia; e i primi entusiasmi del turista svaniscono presto, lasciando spazio alla noia di chi alla monotonia e ai silenzi della campagna non è avvezzo. Dopo la lunga descrizione del parco delle Aigues – e dei fiumi, i boschi, le vallate e de La-Ville-Aux Fayes – il narratore asseconda progressivamente la prospettiva del personaggio, seguendolo nella sua passeggiata mattutina.

L'attenzione dello scrittore è sollecitata dall'apparizione di una figura sospetta e curiosamente abbigliata (immagine antitetica al castello delle Aigues), che sembra provenire da un altro mondo:

> Il reconnut dans cet humble personnage un de ces vieillards affectionnés par le crayon de Charlet, qui tenait aux troupiers de cet Homère des soldats, par la solidité d'une charpente habile à porter le malheur, et à ses immortels balayeurs, par une figure rougie, violacée, rugueuse, inhabile à la résignation [...] À la manière dont les joues rentraient en continuant la bouche, on devinait que le vieillard édenté s'adressait plus souvent au tonneau qu'à la huche. Sa barbe blanche, clairsemée, donnait quelque chose de menaçant à son profil par la roideur des poils coupés court. Ses yeux, trop petits pour son énorme visage, inclinés comme ceux du cochon, exprimaient à la fois la ruse et la paresse; mais en ce moment ils jetaient comme une lueur, tant le regard jaillissait droit sur la rivière. [...]. Tout citadin aurait frémi de lui voir aux pieds des sabots cassés, sans même un peu de paille pour en adoucir les crevasses[225].

---

[225] SC, pp. 33-34. Andréoli ha sottolineato le evidenti analogie tra lo schema narrativo del primo capitolo de *Les Paysans* e l'incipit de *Les Chouans*: «Blondet contemple le paysage magnifique et serein, mais ombré de fantastique, qu'offre la vallée des Aigues, avec ses villages naïfs, respirant le bien-être: on saura plus tard ce que dérobe cette vision idyllique. Et comment ne pas relever le parallélisme de ce début de roman avec celui des *Chouans*, où la mythique Bretagne "réelle" vient détruire la Bretagne "rêvée" depuis le sommet de la Pèlerine» (M. Andréoli, *Lectures et mythes*, cit., p. 309).

Si ripresenta il consueto motivo dell'alterità, che induce Blondet a una riflessione istintiva, resa attraverso la psiconarrazione e il monologo citato:

En examinant ce Diogène campagnard, Blondet admit la possibilité du type de ces paysans qui se voient dans les vieilles tapisseries[...]. Il ne condamna plus absolument l'école du laid en comprenant que, chez l'homme, le beau n'est qu'une flatteuse exception, une chimère à laquelle il s'efforce de croire. –*Quelles peuvent être les idées, les mœurs d'un pareil être, à quoi pense-t-il?* se disait Blondet pris de curiosité. *Est-ce là mon semblable? Nous n'avons de commun que la forme, et encore!...*

[...]

Voilà les Peaux-Rouges de Cooper, se dit-il, *il n'y a pas besoin d'aller en Amérique pour observer des sauvages*[226].

Il contadino Fourchon è assimilabile ai selvaggi di Cooper, senza apparente discontinuità con *Les Chouans*: il borghese non intravede nessuna profondità di pensiero in «ce Diogène campagnard» («*Quelles peuvent être les idées, les mœurs d'un pareil être, à quoi pense-t-il?*»)[227]. Ma è un'analisi sommaria: sottovalutando il suo interlocutore, Blondet cade nel suo tranello, con cui egli è solito gabbare gli ignari forestieri: cioè la vendita fraudolenta – per una cifra ingente – di una lontra immaginaria, che il vecchio finge infruttuosamente di pescare, con l'aiuto del nipote Mouche, tra le acque dell'Avonne. Una recita degna di un attore consumato, che è sintomo non solo della proverbiale furbizia contadina – subito rilevata da Blondet – ma anche di una prontezza d'ingegno non comune tra i suoi simili. Sebbene Fourchon impeghi infatti gran parte del suo tempo a vivere di espedienti – e ad annegare i suoi dispiaceri nell'alcool (è un vedovo inconsolabile) – egli si diletta a suonare il clarinetto in diverse fiere e matrimoni del villaggio; ma soprattutto è stato, in un tempo anteriore al presente della narrazione, fattore della tenuta di Ronquerolles, oltre che maestro di scuola a Blangy, prima di perdere il posto per cattiva

---

[226] SC, p. 34. Il corsivo è mio.

[227] La «sauvagerie à l'état brut des *Chouans*» diventa, ne *Les paysans*, «la sauvagerie "civilisée"» (M. Andréoli, *Lectures et Mythes*, cit., p. 276; il corsivo è mio); e «les masses populaires qui menaçaient le pouvoir républicain en 1799 menacent de même le pouvoir de la bourgeoisie» (SC, p. 332). Il titolo definitivo della prima edizione de *Les Chouans*, pubblicata per Urbain a Canel nel 1829, è infatti *Le Dernier Chouan ou la Bretagne en 1800*: probabile omaggio a Fenimore Cooper (*Le Dernier des Mohicans*, tradotto in francese, era apparso nel 1826), con la cui produzione Balzac si era imbattuto già nel 1820.

condotta, ed essere declassato a postino e infine a fabbricante (possiede una corderia). Sicché è dotato di una rudimentale cultura (sa leggere e scrivere lettere anche elaborate), e occupa un posto di spicco – insieme al genero Tonsard, *parvenu* corrotto e senza scrupoli, nonché proprietario dell'osteria *Grand-I-Vert*, luogo di ritrovo degli operai e della *paysanne-rie*[228] – nella congiura ordita ai danni di Montcornet dalla rapace borghesia di provincia, capeggiata da Gaubertin e Rigou: rispettivamente l'ex intendente del castello delle Aigues, e il sindaco di Blangy, l'usuraio che angaria i contadini con i piccoli prestiti[229].

Non si tratta di una fronda antiaristocratica *stricto sensu*, giacché il generale non ha sangue nobile nelle vene: figlio di un tappezziere parigino, ma reso celebre dalle sue gesta nella battaglia di Essling e insignito del titolo di conte da Napoleone, egli ha rilevato il castello delle Aigues – e le terre che lo circondano – da Madame Laguerre, un'ex artista dell'Opera di Parigi, del tutto inetta nell'amministrazione (e perciò raggirata dal suo stesso intendente), che aveva acquistato il bene col desiderio di trascorrere gli ultimi anni della sua vita in campagna; inettitudine che aveva dato adito ai depredamenti dei contadini, e all'arricchimento di numerosi personaggi della provincia, che avevano tratto vantaggio dal clima postrivoluzionario e dalle nuove riforme. Dopo il passaggio di proprietà, Montcornet, amministratore ben più vigile, inizia a porre un freno alle razzìe dei *paysans*, e, intuendo la sua corruzione, congeda bruscamente Gaubertin, alimentando così la sua sete di vendetta. Ma occupato nel compiacere i desideri mondani della nobile moglie, di cui è follemente innamorato, il conte non si preoccupa di ostacolare l'ascesa

---

[228] Anche nel ritratto di Tonsard, emerge il massimo livore politico dell'autore nei confronti del ceto contadino. Il giovane Tonsard ha ottenuto un pezzo di terra grazie alla signorina Laguerre, il precedente proprietario delle Aigues. Una volta in possesso del suo campo, egli ha costruito da solo la sua bottega, sgraffignando al castello il materiale di scarto, per poi sposare opportunisticamente la figlia di Fourchon, in possesso di una ricca dote ma al contempo in rovina per le scelleratezze del padre, che aveva fatto deperire la fattoria.

[229] È notissimo che il romanzo fu oggetto di attenzione di Marx e Lukács, secondo il quale Balzac descrisse, al di là dei suoi stessi convincimenti, e con innato senso sociologico, una classe contadina gretta ma isolata: in balia di una piccola borghesia rapace e senza scrupoli, di cui si denunciano le angherie e le nefandezze. Si veda al riguardo il celebre saggio di G. Lukács, «*Les Paysans*», in *Saggi sul realismo*, Torino, Einaudi, 1950, pp. 35-66. Ha ripreso e sfumato questa posizione critica F. Jameson, *Realismo e desiderio. Balzac e il problema del soggetto*, in Id., *L'inconscio politico. Il testo narrativo come atto socialmente simbolico*, Milano, Garzanti, 1981, pp. 187-230.

dell'ex intendente, che gli inimica tutta la società rurale, potendo contare sull'apporto di Rigou e di numerosi amici e parenti – una cricca di strozzini – disseminati nella provincia (e piazzati in ruoli strategici). Pertanto i contadini sono soggiogati dai borghesi, che li sfruttano più di quanto non facesse l'aristocrazia, fomentando al contempo il loro odio verso Montcornet, ma sono altresì vogliosi di emularli: l'alleanza con il capitalismo usuraio, a discapito del latifondo aristocratico, è inevitabile[230].

Sommo rappresentante dell'intelligenza del popolo minuto della valle è Fourchon, il quale esprime le rivendicazioni dei contadini in un'accesa invettiva contro le classi dominanti, nel momento in cui raggiunge, all'interno del castello – e in compagnia di Mouche – Montcornet e i suoi sodali durante il pranzo, al fine di vendere la sua fantomatica lontra per venti franchi. Dopo una nuova descrizione del personaggio, condotta dal punto di vista dei commensali (il generale, la contessa, il ministro delle finanze Sibilet, l'abate Brosset e Blondet), il cordaio prende la parola, giustificando la sua richiesta (e manifestando altresì il suo livore contro i possidenti):

> Eh! mon cher monsieur... s'écria le vieillard, je sais si peu le français, que je vous les demanderai, si vous voulez, en Bourguignon, pourvu que je les aie, ça m'est égal, je parlerai latin: *latinus, latina, latinum!*... Après tout, c'est ce que vous m'avez promis ce matin. D'ailleurs, mes enfants m'ont déjà pris votre argent, que j'en ai pleuré dans le chemin en venant. [...] Mais voilà les enfants aujourd'hui!... C'est ce que nous avons gagné à la Révolution; il n'y a plus que pour les enfants, on a supprimé les pères! [...][231].

Più del disincanto sulle effettive conquiste ottenute con la Rivoluzione – e l'accusa all'egoismo prevaricatorio dei borghesi («Vous nous faites bien du mal [...]! Vous dites que nous sommes des tas de brigands, et vous êtes cause»)[232] – interessa la scarsa familiarità del personaggio con

---

[230] Ma è un'alleanza che ha per presupposto l'odio comune verso colui che è considerato un usurpatore: Montcornet è a sua volta un *déclassé*; il vero ceto aristocratico rimane sullo sfondo, attore non protagonista del dramma. Del resto i contadini, pur alleandosi con la borghesia in questa violenta sommossa, nutrono una sorta di rispetto verso l'aristocrazia "legittima". Ciò è espresso chiaramente da Courtecuisse, la guardia generale delle Aigues: «Ah! monsieur le comte, ils sont anciens dans le pays, eux! On respecte leurs biens» (SC, p. 143).

[231] *Ivi*, p. 79.

[232] *Ibid.*

l'idioma francese (da lui stesso ammessa), che ha per effetto una peculia-rissima fenomenologia linguistica:

> Je ne veux pas vous démentir, monsieur l'abbé, car vous êtes plus savant que moi, et vous saurez peut-être m'expliquer *c'te* chose-ci. Me voilà, n'est-ce pas? Moi le paresseux, le fainéant, l'ivrogne, le propre à rien de pare Fourchon, qui a eu de l'éducation, qu'a été farmier, qu'a tombé dans le malheur et ne s'en est pas *erlevé*! Eh bien! qué différence y a-t-il donc entre moi et ce brave, *s't*'honnête père Niseron, un vigneron de soixante-dix ans, car il a mon âge, qui, pendant soixante ans a pioché la terre, qui s'est levé tous les matins avant le jour pour aller au labour, qui s'est fait un corps *ed* fer, et *eune* belle âme! Je le vois tout aussi pauvre que moi. [...]. Ce pauvre bonhomme est donc récompensé de ses *vartus* de la même manière que je suis puni de mes vices[233]?

Le asserzioni di Fourchon sono perfettamente intellegibili, ma egli parla «avec des mots et des tournures paysannes, des locutions popu-laires»[234], che sono registrati in maniera sottilmente ironica dall'autore implicito («erlevé», «eune»), accentuando l'estraneità sociologica del per-sonaggio. Si tratta di un punto cruciale. Sebbene l'*accusatio* del conta-dino si protragga infatti così a lungo da essere assimilabile, per funzione e morfologia, a un monologo – quasi una perorazione da intellettuale conservatore, un discorso 'gattopardesco' *ante litteram* («J'ai vu l'ancien temps et je vois le nouveau [...]; l'enseigne est changée, c'est vrai, mais le vin est toujours le même! [...] Nous appartenons toujours au même vil-lage, et le seigneur est toujours là, je l'appelle travail»)[235] – tale monologo

---

[233] *Ivi*, p. 80.

[234] M. Andréoli, *Lectures et mythes*, cit., p. 248. Ne *Les paysans*, precisa la linguista Anne-Marie Perrin-Naffakh, «l'authenticité est faible»: il lessico «est pour une part argotique [...]», ma «semé de quelques archaïsmes [...] tandis que les éléments patoi-sants sont transposés du parler berrichon» (A.-M. Perrin-Naffakh, *Parler paysan et prose romanesque*, Actes du quatrième Colloque international organisé à l'E.N.S., Paris, Presses de l'E.N.S., 1989, p. 138).

[235] «Ce que nous avons de mieux à faire est donc de rester dans nos communes, où nous sommes parqués comme des moutons par la force des choses, comme nous l'étions par les seigneurs» (SC, p. 82). A tale posizione essenzialmente fatalista – ribadita nel capitolo quattro da Fourchon: «Comment! depuis trente ans que le père Rigou vous suce la moelle de vos os, vous n'avez pas *core* vu que les bourgeois seront pires que les seigneurs? [...] Le paysan sera toujours le paysan!» (*ivi*, p. 61) – si oppone quella del figlio di Tonsard, Jean-Louis, destinata poi a prevalere: «Faut tout de même chasser avec eux [...] puisqu'ils veulent allotir les grandes terres, et après nous nous retournerons contre les Rigou» (*ibid.*).

è come screditato dalla cifra comica che la mimesi linguistica produce, un coefficiente tutt'altro che marginale per l'ingenerarsi della *simpatia* del lettore; oltretutto, è la stessa istanza diegetica a minare l'autorevolezza dell'oratore, ritraendolo impietosamente ubriaco («Personne n'interrompit le père Fourchon, qui paraissait devoir son éloquence au vin bouché [...]»)[236].

Al pari dei precedenti episodi del ciclo, ne *Le Paysans* la rappresentazione interiore è dunque preclusa ai personaggi del Quarto Stato. Ma il caso di Péchina – nipote del repubblicano Niseron, vecchio legnaiuolo che era stato presidente del circolo dei Giacobini durante la Rivoluzione (ma successivamente caduto in disgrazia) – costituisce un'interessante anomalia.

Figlia di Auguste Niseron, soldato morto in battaglia in Dalmazia, e di una ragazza montenegrina di montagna (deceduta dopo il parto), Péchina, nient'altro che «une pauvre paysanne»[237], presenta tuttavia i segni di una costitutiva diversità, dovuta al miscuglio del sangue di due diverse etnie:

Péchina [...] offrait le spectacle d'une effrayante précocité, comme beaucoup de créatures destinées à finir prématurément, ainsi qu'elles ont fleuri. Produit bizarre du sang monténégrin et du sang bourguignon, conçue et portée à travers les fatigues de la guerre, elle s'était sans doute ressentie de ces circonstances. Mince, fluette, brune comme une feuille de tabac, petite, elle possédait une force incroyable, *mais cachée aux yeux des paysans, à qui les mystères des organisations nerveuses sont inconnus. On n'admet pas les nerfs dans le système médical des campagnes*[238].

In aggiunta a un organismo pieno di vitalità, l'orfana è dotata di una straordinaria energia nervosa, ignota ai suoi compaesani (in corsivo); inoltre, nonostante mostri un «air» insolitamente «vieux» per la sua età,

---

[236] L'ebbrezza è un tratto che ricorre con frequenza nei discorsi politici del ceto contadino. È esemplare il dodicesimo capitolo, in cui i mali arnesi del paese si riuniscono al *Grand-I-Vert* per discutere sul da farsi. In tale episodio, Jean-Louis Tonsard manifesta idee autenticamente rivoluzionarie, ma l'orazione non ottiene gli effetti sperati, giacché essa «était d'une politique trop profonde pour être saisie par des gens ivres» (*ibid.*). In ogni caso, è rilevante che il narratore insinui dei dubbi sui natali di Jean-Louis, che potrebbe essere in realtà «un peu fils de Gaubertin» (*ivi*, p. 187), e non di un contadino.

[237] *Ivi*, p. 174.

[238] *Ivi*, pp. 174-175. Il corsivo è mio.

questa ragazzina si distingue per una bellezza folgorante e luminosa: «La lumière passait si facilement à travers la conque des oreilles, qu'elle semblait rose en plein soleil»[239]. Che Balzac rinunci alle modalità teratologiche non è un caso: presa in custodia inizialmente dal nonno, Péchina diviene una protetta della contessa, che, impietosendosi per la sua condizione (e la sua miseria), la affida alle cure della guardia delle Aigues e di sua moglie, i Michaud[240]. E del suo salvatore la precoce montenegrina, una volta adolescente, si invaghisce:

> En ce moment, la Monténégrine se trouvait dans l'état où le corps et l'âme fument, pour ainsi dire, après l'incendie d'une colère qui a fait lancer à toutes les forces intellectuelles et physiques leur somme de force. C'est une splendeur, inouïe, suprême, qui ne jaillit que sous la pression d'un fanatisme, la résistance ou la victoire, celle de l'amour ou du martyre. [...]. En sentant ses cheveux déroulés, elle chercha son peigne. Ce fut dans ce premier mouvement de trouble que Michaud, également attiré par les cris, se rendit sur le lieu de la scène. En voyant son Dieu, la Péchina retrouva toute son énergie.
>
> – Il ne m'a seulement pas touchée, monsieur Michaud ! s'écria-t-elle.
>
> [...]
>
> La Péchina, quoique brisée, puisa dans sa passion assez de force pour marcher; *son maître adoré la regardait*[241]!

Salvata dal tentato stupro di Nicolas Tonsard da Michaud, Péchina è traumatizzata, e il narratore ne restituisce lo stato d'animo con la psiconarrazione («la Monténégrine se trouvait dans l'état où le corps et l'âme fument»); e riemerge il *teller-charater* con le sue massime al presente gnomico («C'est une splendeur, inouïe, suprême, qui ne jaillit que sous la pression d'un fanatisme»). Ma il *focus* ritorna sul personaggio: ripresasi dallo spavento, l'orfana si accorge della vicinanza del suo innamorato («En voyant son Dieu»), e ritrova «toute son énergie», non prima di averlo rassicurato sulla sua inalterata purezza; cosicché emerge la sua vanità con l'indiretto libero di pensieri (in corsivo).

---

[239] *Ivi*, p. 175. Ma il narratore non nasconde le sproporzioni del suo viso: «Vous eussiez prêté des âmes à ces petits os, brillants, vernis, bien coupés, transparents, et que laissaient facilement voir une bouche trop fendue»; la sua bellezza è un «mélange d'imperfections diaboliques et de beautés divines» (*ibid.*).

[240] Del resto, il vero nome della fanciulla è Geneviève, mentre "Péchina" è il soprannome datole dalla contessa.

[241] *Ivi*, p. 180. Il corsivo è mio.

Amore, prospettivizzazione del racconto e accesso alle forme della soggettivazione; tratti tanto più marcati se li si colloca nella cornice di riferimento, ossia in un romanzo a nettissima dominante autoriale, pieno di digressioni storiche, informazioni di contesto e squarci paesaggistici: Balzac ha voluto conferire un particolare rilievo a questo personaggio, che per caratterizzazione si distingue macroscopicamente – insieme al nonno Niseron[242] – da ogni suo simile. Ma non si tratta, con tutta evidenza, di una semplice contadina, bensì ancora di un carattere socialmente ibrido: come Francine de *Les Chouans,* Péchina è stata accudita da padroni onesti e caritatevoli: ha ricevuto un'educazione che l'ha ingentilita, che le ha instillato un forte credo religioso; che l'ha persuasa della necessità di una rigida gerarchia sociale, nel tempo in cui l'empio proletariato agricolo, disconoscendo ogni valore e guida, è pronto a unirsi a qualsiasi alleato per consumare la sua efferata vendetta[243].

Occorre solo la miccia che faccia esplodere la rabbia repressa negli anni; ed è l'incauto Montcornet, mal consigliato da un intendente corrotto, a offrire il pretesto ai suoi nemici: tentando di contrastare il potere di Gaubertin – e di difendere il patrimonio delle Aigues – il generale nega il diritto di raccolta di frasche nella foresta e di spigolatura nei campi, di cui i *paysans* sono soliti abusare. Più precisamente, egli accorda tale possibilità solo a quei contadini che abbiano ottenuto un certificato di povertà, e prende tutte le disposizioni consone affinché la spigolatura sia più magra possibile. Un affronto, il punto di non ritorno. Accorso ai campi con Michaud, in una torrida mattina d'agosto, per verificare di persona l'efficacia del suo provvedimento, il conte s'imbatte in una turba cenciosa, intenta a lavorare la terra indurita e riarsa.

---

[242] Niseron è il prototipo dell'uomo retto, virtuoso e imbevuto di ideali. Pur incutendo rispetto, per la sua austerità, nei contadini, egli rimane inascoltato e ai margini della vicenda; un uomo fuori dal tempo e sconfitto dalla Storia. Egli è menzionato come modello morale antitetico – e perciò perdente – a quello di Fourchon

[243] Si trova un'ulteriore conferma della mia tesi nella descrizione di Olympe Chazet, la modista della contessa Montcornet: «Olympe Chazet, jolie Normande, d'un blond à tons dorés, légèrement grasse, d'une figure animée par un œil spirituel et remarquable par un nez de marquise, fin et courbé, par un air virginal malgré sa taille cambrée à l'espagnole, offrait toutes les distinctions *qu'une jeune fille née immédiatement au-dessus du peuple peut gagner dans le rapprochement que sa maîtresse daigne permettre*» (*ivi*, p, 204. Il corsivo è mio).

La prospettiva si restringe, ed ecco, in fondo ai campi falciati, l'apparizione di alcune figure minacciose, che nei gesti, negli sguardi e negli inquietanti silenzi rivelano i loro bellicosi propositi:

> Au bout des champs moissonnés, sur lesquels étaient les charrettes où s'empilaient les gerbes, il y avait une centaine de créatures qui, certes, laissaient bien loin les plus hideuses conceptions que les pinceaux de Murillo, de Téniers, les plus hardis en ce genre, et les figures de Callot, ce poète de la fantaisie des misères, aient réalisées; leurs jambes de bronze, leurs têtes pelées, leurs haillons déchiquetés, leurs couleurs, si curieusement dégradées, leurs déchirures humides de graisse, leurs reprises, leurs taches, les décolorations des étoffes, les trames mises à jour, enfin leur idéal du matériel des misères était dépassé, de même que les expressions avides, inquiètes, hébétées, idiotes, sauvages de ces figures [...][244].

Questi lavoratori, abbrutiti dal lavoro e consumati dall'odio, non hanno più nulla di umano. Le due parti in lotta, schierate l'una contro l'altra, sono pronte a darsi battaglia; la tempesta si preannuncia fragorosa: «Tous les yeux étaient ardents, les gestes menaçants; mais tous gardaient le silence en présence du comte, du garde champêtre et du garde général. La grande propriété, les fermiers, les travailleurs et les pauvres s'y trouvaient représentés [...]»[245]. L'incolpevole Michaud, l'unico uomo fedele all'odiato generale, sarà presto assassinato; ma l'intreccio s'interrompe, lasciando al lettore il compito di immaginare un epilogo che Balzac non seppe – o non volle – trovare, per problemi di linguaggio, o forse come forma di inconscia autodifesa, al più controverso dei suoi romanzi.

3. *Effetti d'autore: i compromessi della soggettivazione ne* *«Les Veillées du chanvreur»*

1. Nello stesso anno dell'apparizione, sulla rivista «La Presse», della sezione più importante de *Les Paysans*[246], Sand pubblicava il primo dei

---

[244] *Ivi*, pp. 288-289.

[245] *Ivi*, p. 345.

[246] Balzac ottenne nel settembre 1844 l'accordo con «La Presse», e intensificò il ritmo della stesura. Nonostante alcune interruzioni del lavoro dovute al suo cattivo stato di salute, riuscì a far comparire sul giornale, oltre alla *Dédicace* dell'11 novembre, la prima parte dell'opera in sedici *feuilleton*, e in tredici capitoli, dal titolo *Qui terre a, guerre a*, dal 3 al 21 dicembre.

suoi *roman rustiques, Jeanne* (1844), che Balzac lesse con interesse[247]. In realtà, la scrittrice si era cimentata nella mimesi dell'universo contadino, benché in maniera episodica, sin dalle prime prove d'ispirazione romantica, a testimonianza di un interesse istintivo e connaturato per le sorti degli ultimi[248].

Nell'attenzione di Sand alla realtà rurale giocò un ruolo importante la lettura, in età adolescenziale, di Rousseau (in particolare *Les Confessions* e *Du contrat social*)[249]; ma l'impulso fondamentale fu l'amore per il paese natale, il Berry, nel quale la scrittrice rimase i due terzi della sua vita, e che dipinse lungo tutto l'arco della sua parabola creativa[250]. Differentemente dal parigino Balzac, che aveva una conoscenza superficiale dell'universo campagnolo e delle sue dinamiche, Sand era indotta alla sensibilità per la vita dei campi da ragioni biografiche: di estrazione popolare era la madre, con cui la scrittrice ebbe un rapporto intenso e controverso, che influì profondamente sul suo immaginario[251]. La fede per il popolo fu corroborata dall'incontro con l'ideologo del socialismo messianico, Pierre Leroux, con cui nacque un'amicizia nel dicembre del 1836[252]. Per

---

[247] Cfr. R. Zellweger, *Les Débuts du roman rustique*, cit., p. 119.

[248] In *Valentine* (1832) si descrivono le bellezze della Valle Nera e il ritratto idealizzato dei contadini in un *tableau di* vita contemporanea; in *André* (1835) è narrata la storia d'amore tra il figlio di un marchese e una fioraia ambientata nel Berry e Simon, protagonista del romanzo eponimo (1835), è figlio di un contadino; e in *Mauprat* (1836) la narrazione è delegata a un personaggio organico all'universo rurale, che è prefigurazione del canapaio degli idilli rusticani della fase maggiore.

[249] Cfr. A. Lo Giudice, *George Sand: Romanticismo e modernità*, Roma, Bulzoni, 1990, p. 90. Sull'influenza di Rousseau nell'opera di Sand si veda A. Thibaudet, *George Sand, la fille de Rousseau*, in *Histoire de la littérature française*, Marabout, Paris, 1953, pp. 241-244.

[250] Cfr. G. Lupin, *George Sand et le Berry*, Paris, Hachette, 1967.

[251] «Sin dall'adolescenza George Sand si sente popolo, che identifica con la figura della madre. Il primo amore passionale lo conosce sin da bambina, con le sue ansie, i suoi strazi, le sue crudeli separazioni, proprio nei confronti della madre. Rimasta orfana di padre, la piccola Aurore sarà per lungo tempo oggetto di contesa fra le due donne di uguale forza caratteriale: la madre e la nonna paterna. Sarà la madre a dichiararsi vinta, forse anche per una forma di egoismo, lasciando la figlia a Nohant, sotto la tutela di Aurore Dupin» (Cfr. A. Lo Giudice, *George Sand: Romanticismo e modernità*, cit., p. 83). Non per nulla l'amore incestuoso tra genitori e figli è un tema ricorrente nell'opera della scrittrice. Sulla vita di Sand cfr. J. Barry, *Infamous Woman: the Life of George Sand*, Doubleday, New York, 1977.

[252] M. Hirsch, *Sand e la religione umanitaria*, in *George Sand o la fede sociale*, Roma, Istituto della Enciclopedia italiana, 1987, pp. 133-161. Fu Sainte-Beuve a mettere in contatto i due scrittori, che si incontrarono per la prima volta nel giugno del 1835.

la scrittrice, la scoperta del suo pensiero fu una folgorazione, in quanto ella ritrovò, compiutamente espressi e sistematicamente elaborati, i suoi più profondi convincimenti: la fede nell'umanità in costante progresso, l'idealismo ottimista e filantropico, la missione umanitaria vissuta come una mistica ecc. Del resto il comunismo sandiano non rappresentava una minaccia alla legittimità della proprietà privata: la scrittrice tentò sempre di coniugare, nell'arte e nella vita, religiosità e politica, invitando le classi sociali a perseguire solidali un unico scopo, senza alimentare l'odio di classe. Un'utopia: il sogno di una Repubblica fondata sull'accordo e la collaborazione tra i ceti; una prospettiva paternalista e interclassista, priva di carattere eversivo e distante da qualsiasi soluzione violenta[253]. E delle idee di Leroux è animata la produzione della seconda fase, in cui la scrittrice affrontò più estesamente la tematica popolare, dedicandosi con la stessa simpatia al proletariato urbano e alle plebi rurali[254].

Erede della grande tradizione rousseuaiana, Sand vede nel mondo contadino – e nel Berry – un'alternativa radicale, un ideale di vita in armonia con la natura e il ciclo delle stagioni: un'oasi dove il lettore può trarsi fuori dal tumulto della città[255]. La proposta di Sand «consiste nel farsi avvocato degli umili, degli oppressi, non già rivendicando i loro diritti, ma suscitando la commozione e l'interesse dei potenti»[256]. È quanto emerge nell'appello dell'autore al lettore, importante manifesto di poetica contenuto ne *La Mare au Diable*, autentica svolta nella produzione sandiana:

---

[253] Cfr. A. Lo Giudice, *Religione della politica*, in *George Sand: Romanticismo e modernità*, cit., p. 72-83.

[254] Degno di nota è *Le Péché de M. Antoine* (1845), in cui Sand introduce nella sua letteratura «le type de l'ouvrier» (E. Thomas, *George Sand*, Paris, Éditions Universitaires, 1959, p. 49).

[255] «Je l'ai dit, et dois le répeter ici, le rêve de la via champêtre a èté de tout temps l'idéal des villes et même celui des cours. Je n'ai rien fait de neuf en suivant la pente qui ramène l'homme civilisé aux charmes de la vie primitive [...]. Voyez donc la simplicité, vous autres, voyez le ciel et les champs, et les arbres, et les paysans surtout dans ce qu'ils ont de bon e de vrai: vous les verrez un peu dans mon livre, vous les verrez beaucoup mieux dans la nature» (G. Sand, *Notice*, in *La Mare au Diable*, in Id., *Romans*, a cura di J.-L. Diaz, vol. 1, Paris, Gallimard, 2019, pp. 1162-1163. D'ora in poi citato MD).

[256] A. Castoldi, *George Sand: gli equivoci dei sentimenti*, in *Il Realismo borghese*, Roma, Bulzoni, 1976, p. 235.

Nous croyons que la mission de l'art est une mission de sentiment et d'amour, que le roman d'aujourd'hui devrait remplacer la parabole et l'apologue des temps naïfs, et que l'artiste a une tâche plus large et plus poétique que celle de proposer quelques mesures de prudence et de conciliation pour atténuer l'effroi qu'inspirent ses peintures. Son but devrait être de faire aimer les objets de sa sollicitude, et, au besoin, je ne lui ferais pas un reproche de les embellir un peu. L'art n'est pas une étude de la réalité positive; c'est une recherche de la vérité idéale, et *Le Vicaire de Wakefield* fut un livre plus utile et plus sain à l'âme que *Le Paysan perverti* et *Les Liaisons dangereuses*[257].

«L'art [...] est une recherche de la vérité idéale»: l'affermazione è perentoria. Il bersaglio della polemica non è *Les Paysans*: il manoscritto de *La Mare au Diable* era ultimato quando uscì la prima parte del romanzo di Balzac;[258] piuttosto, l'attacco è rivolto a Paul Féval, e alla cupa letteratura romanzesca di Eugène Sue («cette littérature de mystères d'iniquité, que le talent e l'immagination ont mise à la mode»)[259], che stava ottenendo al tempo un successo prodigioso[260]. Una narrativa avvezza a «peindre la douleur, l'abjection de la misère»[261], da cui la scrittrice si discosta radicalmente: nei suoi racconti campagnoli, similmente ad Auerbach, non si indugia sulle piaghe della società, e si ricorre ad una rappresentazione edulcorata delle classi subalterne.

Il desiderio d'evasione, dopo le circostanze politiche e sociali del '48, che avevano visto Sand in prima linea (con il dolore e la delusione che ne scaturì)[262], divenne ancor più marcato. Delle giornate parigine la scrittrice non conserva nella memoria che raccapriccio e orrore per lo spettacolo del sangue, e non esita a dichiarare, nella seconda prefazione a *La Petite Fadette* (1849), datata 21 dicembre 1851, il suo disimpegno politico in quanto artista:

Les allusions directes aux malheurs présents, l'appel aux passions qui fermentent, ce n'est point là le chemin du salut: mieux vaut une douce chanson, un son de pipeau rustique, un conte pour endormir les petits enfants

---

257 MD, pp. 1165-1166.

258 Cfr. R. Zellweger, *Les Débuts du roman rustique*, cit., p. 119.

259 MD, p. 19.

260 I *Mystères de Paris* erano apparsi nel 1842-1843, e *Le Juif errant* nel 1844-1845.

261 G. Sand, *Indiana*, Garnier, Paris, 1962, p. 6.

262 È noto che Sand aveva aderito con slancio alla rivoluzione del 1848, e protestato con veemenza contro la feroce repressione messa in opera da Cavaignac.

sans frayeur et sans souffrance, que le spectacle des maux réels renforcés et rembrunis encore par les couleurs de la fiction[263].

La scrittura è paragonata a un canto consolatorio: il *pharmakon* per una società ferita. Da questo atteggiamento deriva la riproposta, in funzione conservatrice, di temi classici e comunque facilmente reperibili nella produzione settecentesca, come l'elogio della vita agreste, la sanità morale del contadino, la semplicità dei costumi popolari, il fascino del folklore, presenti sin da *La Mare au Diable*. D'altronde, non è difficile ritrovare nei romanzi rustici la struttura narrativa tipica delle fiabe – con eroi, antagonisti, ostacoli, ribaltamenti improvvisi di situazione ecc. La metodologia realistica convive con gli ingredienti del fantastico, con il meraviglioso delle visioni e delle credenze popolari: il contadino «possiede la capacità poetica di personificare l'astratto», la facoltà innata di estrinsecare, attraverso la musica, i suoi timori e le sue allucinazioni «in fantasmi quasi tangibili»[264].

Opponendo alla brutale visione balzachiana una rappresentazione idillica sostanziata di passione sociale e umanitaria, la 'bonne dame de Nohant' offre agli amici del popolo una confortante alternativa. I buoni contadini del «Berry» divengono il simbolo della mediazione sociale, proiezioni del medesimo *rêve* dove nascono gli altri elementi che compongono i suoi quadri di vita campestre: una poetica pienamente in linea con la politica del secondo Bonaparte, a cui la scrittrice aderì dopo la caduta della Seconda Repubblica[265]. E tuttavia, pur mostrandosi reticente, per sincera modestia o scarsa consapevolezza teorica, ad enfatizzare la novità del suo tentativo[266], Sand non si limitò a trasfigurare liricamente la realtà

---

[263] G. Sand, *Notice*, in *La Petite Fadette*, in Id., *Romans*, a cura di J.-L. Diaz, vol. 1, cit., pp. 1165-1166.

[264] A. Lo Giudice, *George Sand: Romanticismo e modernità*, cit., p. 151. La musica riveste un ruolo fondamentale nell'opera della scrittrice, che fu sempre molto sensibile al tema anche per l'influenza di Fryderyk Chopin, con cui ebbe un'importante relazione. Al riguardo cfr. M.-P. Rambeau, *Chopin dans la vie et l'oeuvre de George Sand*, Paris, Les Belles Lettres, 1985.

[265] Cfr. P. De Tommaso, *Il racconto campagnolo nell'Ottocento italiano*, cit., p. 24.

[266] Nella *Notice* a *La Mare au diable*, in cui la scrittrice annuncia la sua serie di romanzi campestri da riunire sotto il titolo *Les Veillées du chanvreur*, Sand afferma di non vedere una sostanziale differenza tra l'idillio antico e i suoi romanzi rustici: «Quand j'ai commencé, par *La Mare au Diable*, une série de romans champêtres, que je me proposais de réunir sous le titre de *Les veillées du chanvreur*, je n'ai eu aucun système, aucune prétention révolutionnaire en littérature. Personne ne fait une révolution à soi tout seul, et il en est, surtout dans les arts, que l'humanité accomplit sans trop

sul modello dell'idillio antico: all'arcadia fittizia, alla pastorale settecentesca glorificante un'anodina vita campestre si è sostituita una campagna meglio individuata. L'attenzione della sua narrativa si rivolge, contrariamente a Balzac, a ciò che non è «tipico», al «caratteristico» in senso regionale e folklorico. I romanzi rustici sono contraddistinti da una precisione topografica e geografica. Sand descrive il Berry da vera specialista: dettagli di luoghi e paesaggi sono tratteggiati con perizia, come pure gli usi locali. Ma la componente folkloristica è di rado estremizzata: ancorché relegati generalmente a letteratura per ragazzi, i *romans champêtres* contengono preoccupazioni politiche e sociali ben definite: in *François le champi* (1848), ad esempio, l'attacco è rivolto al meccanismo perverso della speculazione terriera, nonché all'insensibilità della popolazione del tempo, che abbandonava gli orfani al loro destino, costringendoli all'umiliazione. Al fine di rendere una maggior impressione di vita reale, occorreva tuttavia liberarsi, per questo romanzo specialmente, delle cattive influenze della cultura cittadina, immedesimandosi col mondo contadino evocato nello *storyworld*:

> Je voudrais être, du moins, ce que la société actuelle permet à un grand nombre d'hommes d'être, du berceau à la tombe, je voudrais être paysan; le paysan qui ne sait pas lire, celui à qui Dieu a donné de bons instincts, une organisation paisible, une conscience droite; et je m'imagine que, dans cet engourdissement des facultés inutiles, dans cette ignorance des goûts dépravés, je serais aussi heureux que l'homme primitif rêvé par Jean-Jacques[267].

Il desiderio di 'regressione' manifestato nell'*Avant-propos* a *François le champi* si traduce nella teorizzazione di un narratore interno alla vicenda, le *chanvreur*: l'immaginario novellatore a cui Sand mette in bocca il *patois* del Berry; novità in verità introdotta, in forma compromissoria (come si vedrà), già nel primo episodio delle *Veillées du chanvreur*, *La Mare au Diable* (e poi riproposta nei successivi episodi del ciclo: *La Petite*

---

savoir comment, parce que c'est tout le monde qui s'en charge. Mais ceci n'est pas applicable au roman de mœurs rustiques: il a existé de tout temps et sous toutes les formes, tantôt pompeuses, tantôt maniérées, tantôt naïves. Je l'ai dit, et dois le répéter ici, le rêve de la vie champêtre a été de tout temps l'idéal des villes et même celui des cours. Je n'ai rien fait de neuf en suivant la pente qui ramène l'homme civilisé aux charmes de la vie primitive. Je n'ai voulu ni faire une nouvelle langue, ni me chercher une nouvelle manière» (MD, p. 1262).

[267] G. Sand, *François le champi*, in Id., *Romans*, a cura di J.-L. Diaz, vol. 1, Paris, Gallimard, 2019, p. 1199. Il corsivo è mio. D'ora in poi citato FC.

Fadette e *Les Maîtres sonneurs*), che avrebbe reso celebre il nome di Sand in tutta Europa.

2. Unito dalla figura del canapaio, il ciclo de *Les Veillées du chanvreur* si presenta come un'esperienza apparentemente regressiva. La pluralità di livelli e la necessità di legittimare l'atto narrativo indurrebbero ad assimilare le opere sandiane a «une forme archaïque de récit»[268]: la creazione di una cornice, dove si descrive la veglia contadina, serve infatti a conferire credibilità al nucleo della finzione, ossia al secondo livello del racconto, che prevede il racconto orale del narratore intradiegetico. Tali romanzi sembrerebbero cioè insinuarsi, senza nette discontinuità, nel solco della stagione romantica, che in generale rifiutava di «disqualifier l'oralité pure comme une forme brute d'expression infra-littéraire», e che al contrario la erigeva a «modèle poétique privilégié, proche de l'enfance et de la nature»[269]. Ma dietro la nostalgia per le forme di comunicazione dirette presenti in campagna – e la volontà di simularle senza artifici – si cela una strategia tutt'altro che immediata: nel concreto della scrittura, il narratore popolare si trova in un rapporto di subordinazione funzionale con l'istanza prima che presiede la narrazione, e che ne garantisce il corretto svolgimento. Più precisamente, si instaura un gioco di associazioni e dissociazioni «entre le conteur représenté et le narrateur effectif», il quale, anziché occultarsi nel retroscena del testo, diventa «une figure suprême de contrôle sur le récit et l'agent de l'harmonisation ultime de ses strates»[270]; ed è spesso tale narratore, in modalità differenti per ciascun episodio, a dar forma ai pensieri dei soggetti finzionali. Si tratta insomma di una scrittura affatto «intransitiva», supportata peraltro da rilievi metadiegetici non banali, che impone di esaminare l'opera di Sand con cautela e giudizio, al fine di evitare semplificazioni analitiche, che non permetterebbero di cogliere gli elementi innovativi di una produzione che sarebbe ingeneroso derubricare a mera letteratura d'evasione.

---

[268] V. Feuillebois, *Du conteur au narrateur. L'immaginaire de la veillée chez Nikolaï Gogol et George Sand*, in «Chaiers de littérature orale», n. 75-76, 2014, p. 1. La rivista è consultabile in rete.

[269] *Ivi*, p. 2.

[270] *Ibid.*

3.1 *«La Mare au Diable»*

1. I primi due capitoli de *La Mare au Diable*, «L'Auteur au lecteur» e «Le Labour», precedono la storia propriamente detta, e fungono nel loro insieme da prefazione. Nell'esordio, il narratore extradiegetico, proiezione finzionale della scrittrice, legge una quartina di rievocazione biblica («A la sueur de ton visaige/Tu gaigneras ta pauvre vie. /Après long travail et usaige/Voicy la mort qui te convie»)[271], posta al di sotto di un'incisione di Holbein: con la rappresentazione della giornata di lavoro di un umile contadino ricoperto di stracci – in uno scenario lugubre (su cui incombe lo spettro della morte) – l'opera tematizza la miseria della vita rurale, cui Sand intende contrapporre, conformemente alla sua teoria dell'arte, una visione positiva e idealizzata della vita campestre, da poter offrire come dono di speranza al lettore[272].

Percorrendo la campagna, il narratore raffronta le condizioni precarie dei *paysans*, impossibilitati ad apprezzare le gioie del creato perché oberati di lavoro, con quelle dei proprietari terrieri, che avrebbero la possibilità di goderne ma che di fatto rinunciano a tale privilegio; fatta eccezione per brevi sopralluoghi in campagna, essi preferiscono infatti vivere in città. Ne deriva che solo l'artista ha «des jouissances [...] dans la contemplation [...] des beautés de la nature»[273]. La riflessione diviene un'argomentazione serrata: mentre i poeti, per quanto estranei al mondo rurale, possiedono gli strumenti per poterne apprezzare le bellezze (e ritrarle per mezzo della facoltà immaginativa), i lavoratori dei campi non hanno una coscienza sufficientemente matura per cogliere tali sfumature. Non

---

[271] MD, p. 1163. La quartina ricalca un verso della *Genesi* (3:19): «Con il sudore del tuo volto mangerai il pane; / finché tornerai alla terra, / perché da essa sei stato tratto: / polvere tu sei e in polvere tornerai!» (*La Sacra Bibbia*, a cura della Conferenza episcopale italiana, Bologna, EDB, 2008, p. 82). Per l'interpretazione di tali versi – e la contestualizzazione nel disegno complessivo dell'opera – cfr. J.F. Hamilton, *Sand's «La Mare au Diable» Awakening through «Evil» and the Hero's Journey*, in «Nineteenth-Century French Studies», vol. 36, n. 1-2, 2007-2008, pp. 45-60.

[272] Nondimeno, ha ragione Richard Grant quando sostiene che «*La Mare au diable* really cannot be considered a protest novel at all»: in effetti nella prefazione «Sand neglected entirely to mention the downtrodden lot of the farmer»; oltretutto, «after the first two chapters one finds hardly tary, and the story itself looks like a standard romance love of a man and a young woman who marry happily after overcoming obstacles» (R.B. Grant, *George Sand's «La Mare au Diable»: a Study in Male Passivity*, in «Nineteenth-Century French Studies», vol. 13, n. 4, 1985, pp. 211-212).

[273] MD, p. 1167.

che ciò corrisponda a una preclusione di tale privilegio ai lavoratori dei campi, perché poeti e contadini sono invece accomunati del medesimo sentimento artistico. L' «instinct» del bello è una prerogativa naturale del contadino, che è un poeta a suo modo: «Celui qui puise de nobles jouissances dans le sentiment de la poésie est un vrai poète, n'eût-il pas fait un vers dans toute sa vie»[274]. Ma si stratta di un potenziale latente, che necessita di un riassetto radicale della società per poter affiorare; un mondo in cui il contadino «travaillera modérément et utilement»[275], e per padroni tolleranti e virtuosi, che sapranno emanciparsi dalla contemporanea febbre del guadagno, permettendo ai loro sottoposti una vita dignitosa e secondo natura.

Il ragionamento s'arresta, e si materializza la descrizione del paesaggio agreste, condotta con ritrovati di stile di segno romantico, e incentrata su un robusto e giovane contadino, di nome Germain, che guida, con l'ausilio dell'angelico figlioletto, quattro paia di potenti buoi che trainano un aratro: la risposta della scrittrice al paesaggio a tinte fosche di Holbein[276]. Ma la contemplazione silenziosa s'interrompe, nel momento cruciale, per «le chant solennel et mélanconique»[277] intonato dal lavoratore, che incita il bue nell'opera di dissodamento; una specie di recitativo della tradizione locale, che «aucun chanteur autre qu'un *fin laboureur* de cette contrée ne saurait [...] redire», e che in quanto tale è «intraduisible»[278]. Ma tale canto non manca di grazia e armonia; anzi, ha una «puissance» e un fascino senza pari, che inducono il narratore a provare «une pitié profonde»[279] per questo vigoroso figlio dei campi, e, per un attimo, anche il desiderio di ritirarsi in campagna e mutar vita.

Significativamente, in questa fantasia regressiva il lavoro non si accompagna all'intorpidimento delle facoltà intellettive, che il narratore

---

[274] *Ivi*, p. 1168.

[275] *Ibid.*

[276] La comparazione con il *tableau* è resa esplicita dal narratore: «Il se trouvait donc que j'avais sous les yeux un tableau qui contrastait avec celui d'Holbein, quoique ce fût une scène pareille. Au lieu d'un triste vieillard, un homme jeune et dispos; au lieu d'un attelage de chevaux efflanqués et harassés, un double quadrige de bœufs robustes et ardents; au lieu de la mort, un bel enfant; au lieu d'une image de désespoir et d'une idée de destruction, un spectacle d'énergie et une pensée de bonheur» (*ivi*, p. 1171).

[277] *Ivi*, p. 1170.

[278] *Ibid.*

[279] *Ibid.*

intende gelosamente preservare: egli vuole farsi contadino, ma «sans que mes yeux cessassent de voir et mon cerveau de comprendre l'harmonie des couleurs et des sons»; e soprattutto «sans que mon cœur cessât d'être en relation avec le sentiment divin qui a présidé à la création immortelle et sublime»[280]. D'altronde Germain «n'a jamais compris le mystère du beau»[281], e sembra fatalmente condannato a «une éternelle enfance», perché vittima di un sistema oppressivo che lo ha privato della sua sensibilità: «Mais il manque à cet homme une partie des jouissances que je possède, jouissances immatérielles qui lui seraient bien dues, à lui [...]. Il lui manque la connaissance de son sentiment»[282].

Nondimeno, benché «simple laboureur», Germain ha contezza dei suoi doveri e dei suoi affetti, ed è in grado di verbarlizzarli nel suo linguaggio, dandovi ordine e disponendoli in un rapporto di causa-effetto. Così, il narratore diviene ascoltatore della sua storia esemplare; una storia semplice e scarna come «le sillon qu'il traçait avec sa charrue»[283], ma non priva di interesse per il cittadino, nonché per lo stesso poeta, che ha una conoscenza parziale e imperfetta dell'universo rurale.

2. Coerentemente con le rilessioni sviluppate ne «Le Labour», il narratore popolare de *La Mare au Diable* non ha totale autonomia: è infatti la proiezione finzionale della scrittrice, il narratore exatradiegetico, a 'tradurre', riportandola poi al lettore, la storia di Germain ascoltata nei campi, come affermato da Sand nell'appendice «Les Noces de Campagne»: «Ici finit l'histoire du mariage de Germain, telle qu'il me l'a racontée lui-même, le fin laboureur qu'il est! Je te demande pardon, lecteur ami, de n'avoir pas su te la traduire mieux; car c'est une véritable traduction qu'il faut au langage antique et naïf des paysans de la contrée que *je chante* (comme on disait jadis)»[284]. Con l'inizio del *plot*, la 'traduzione' del narratore prende infatti la forma di una canonica narrazione eterodiegetica. L'incipit del sesto capitolo costituisce un buon punto di riferimento:

> La Grise était jeune, belle et vigoureuse. Elle portait sans effort son double fardeau, couchant les oreilles et rongeant le frein, comme une fière et

---

[280] *Ivi*, p. 1171.

[281] *Ibid.*

[282] *Ivi*, p. 1172.

[283] *Ibid.*

[284] *Ivi*, p. 1233.

ardente jument qu'elle était. [...]. La vieille Grise approcha de la haie en faisant résonner ses *enferges*, essaya de galoper sur la marge du pré pour suivre sa fille; puis, la voyant prendre le grand trot, elle hennit à son tour, et resta pensive, inquiète, le nez au vent, la bouche pleine d'herbes qu'elle ne songeait plus à manger.

– Cette pauvre bête connaît toujours sa progéniture, dit Germain pour distraire la petite Marie de son chagrin.

– Moi, je l'ai vu, dit la petite Marie [...][285].

La performatività della dimensione orale è quasi del tutto assente. L'unico elemento distintivo di questo *récit* è la mimesi di alcune parole *berrichonnes*[286]. Inoltre il canapaio che dà nome al ciclo compare solo nella sezione folkloristica dedicata alla descrizione delle nozze campagnole, cioè nell'epilogo, in cui egli esercita il suo mestiere a supporto dell'intelligenza collettiva: una descrizione condotta dall'istanza diegetica. Ne la *Mare au Diable* la figura del narratore orale serve quindi a legittimare il testo, ma «elle est censée disparaître au fil des récits, au profit d'un narrateur détaché et surplombant»[287], che è il *deus absconditus* della narrazione[288]. Converrà dunque, in sede analitica, relegare il narratore orale sullo sfondo, e trattare il *récit* alla stregua di un racconto eterodiegetico canonico.

3. Ambientata nei primi anni del XIX secolo, la storia de *La Mare au Diable* si incentra su Germain, un contadino di ventotto anni che vive nel Berry. Venuta a mancare prematuramente la moglie, egli è rimasto vedovo e con tre figli da accudire; il suocero Maurice (proprietario terriero e capo di famiglia) e la consorte si prendono cura dei più piccoli, mentre il più grande, Pierre, lo affianca nel lavoro dei campi.

Il racconto si apre con un confronto serrato: Maurice si rivolge al protagonista, osservando che dopo due anni di lutto è tempo di risollevare economicamente la famiglia allargata, trovando una nuova madre per i tre bambini. Secondo il fattore, considerando l'età (quasi trent'anni), la sua buona etica del lavoro a la mancanza di interesse per le questioni economiche e amministrative, Germain necessita di una donna riflessiva

---

[285] *Ivi*, p. 1183.

[286] Al riguardo cfr. M.-L. Vincent, *La Langue et le style rustiques de George Sand dans les romans champêtres*, Genève, Slaktine, 1978.

[287] V. Feuillebois, *Du conteur au narrateur*, cit., p. 10.

[288] *Ibid*.

e facoltosa; del resto, egli non è proprietario di una fattoria: il terreno su cui lavora è stato acquistato con la dote dell'ex moglie, e sarà ereditato dai figli. Maurice individua la soluzione: il genero sarà a destinato una ricca vedova, figlia di un vecchio amico che vive in una contea limitrofa.

Per gratitudine e senso del dovere, Germain accetta passivamente la proposta del suocero, e si appresta a partire per un lungo viaggio, in cui, con il pretesto di comprare dei buoi, potrà fare la conoscenza della futura promessa; ma è una decisione sofferta, giacché egli vive come un'imposizione il «froid projet de mariage» del pragmatico fattore[289]:

> Néanmoins il était triste. Il se passait peu de jours qu'il ne pleurât sa femme en secret, et, quoique la solitude commençât à lui peser, il était plus effrayé de former une union nouvelle que désireux de se soustraire à son chagrin. Il se disait vaguement que l'amour eût pu le consoler, en venant le surprendre, car l'amour ne console pas autrement. On ne le trouve pas quand on le cherche; il vient à nous quand nous ne l'attendons pas[290].

La psiconarrazione ritrae un personaggio segnato dal dolore: depresso per il lutto, Germain dubita della possibilità di trovare una donna virtuosa come la prima moglie, e preferirebbe farla finita: «je n'en'ai guère plus d'envie que de me noyer»[291]; sicché il romanzo va letto anche come un percorso di ritrovamento dell'identità[292]. Del resto non è casuale che ad accompagnarlo nella spedizione (peraltro per ordine dello stesso Maurice) sia Marie, contadina di sedici anni costretta per povertà a lasciare la madre, e a diventare una pastorella in una fattoria a Ormeaux; ma successivamente anche Pierre si unisce ai pellegrini, seppur per sua iniziativa e capriccio: è la chiave per la rigenerazione spirituale del protagonista.

Durante il percorso, Germain si innamora dell'innocente fanciulla, che mostra un naturale istinto materno, instaurando una simbiosi perfetta con il figlio: è la composizione del nuovo nucleo familiare, che induce il bifolco a preferire Marie alla vedova, rivelatasi all'inverso

---

[289] Sulla passività di Germain cfr. R.B. Grant, *George Sand's «La Mare au Diable»*, cit., pp. 211-223.

[290] MD, p. 1179.

[291] *Ivi*, p. 1174.

[292] In effetti sono diversi i critici che si sono cimentati in letture psicoanalitiche dell'opera, segnatamente di impostazione junghiana. Al riguardo si veda soprattutto J.F. Hamilton, *The Problem of Evil in Sand's «La Mare au Diable» and Carl Jung. The Ideology of Sentiment*, in «Romance Quarterly», n. 57, 2010, pp. 158-167.

egoista, orgogliosa e vana[293]. Tali personaggi sono dunque «piatti», e riconducibili ai ruoli attanziali che ricoprono nel *plot*. E delle forme della rappresentazione soggettiva il racconto è significativamente parco; nondimeno, esse affiorano nei punti nodali dell'intreccio, segnalando una svolta e un'evoluzione del protagonista, cui sono attribuite in maniera esclusiva: d'altra parte, malgrado gli artifici, si finge che Germain sia il narratore della *sua* storia.

Interessa, e pare meritevole di analisi, la sezione in cui i viaggiatori giungono nella *Brande*, una brughiera incolta che segna chiaramente una «soglia» del testo. Dopo aver lasciato la strada principale, i viaggiatori si perdono, mentre il paesaggio assume connotazioni sempre più diaboliche: la luna velata, la nebbia fitta, il terreno paludoso... Inoltratisi in un bosco popolato da querce imponenti, nelle cui profondità si cela un lago spettrale – la «Mare au Diable», appunto – i personaggi entrano in un mondo altro, in cui le leggi della realtà sembrano sovvertite, e dove essi, come fossero stregati, girano in cerchio per ore, ritornando fatalmente al punto di partenza. Ed è nella notte passata nel bosco con Marie che Germain prende coscienza dei suoi sentimenti, risvegliandosi dal torpore in cui era sprofondato:

> Mais [...] il ne put ni s'endormir, ni songer à autre chose qu'à ce qu'il venait de dire. Il tourna vingt fois autour du feu, il s'éloigna, il revint; enfin, se sentant aussi agité que s'il eût avalé de la poudre à canon, il s'appuya contre l'arbre qui abritait les deux enfants et les regarda dormir. – Je ne sais pas comment je ne m'étais jamais aperçu, pensait-il, que cette petite Marie est la plus jolie fille du pays!... Elle n'a pas beaucoup de couleurs, mais elle a un petit visage frais comme une rose de buissons! Quelle gentille bouche et quel mignon petit nez!... Elle n'est pas grande pour son âge, mais elle est faite comme une petite caille et légère comme un petit pinson!... Je ne sais pas pourquoi on fait tant de cas chez nous d'une grande et grosse femme bien vermeille... La mienne était plutôt mince et pâle, et elle me plaisait par-dessus tout... Celle-ci est toute délicate, mais elle ne s'en porte pas plus mal, et elle est jolie à voir comme un chevreau blanc[294]!

La fanciulla si addormenta. È restituito lo stato d'animo del contadino («enfin, se sentant aussi agité que s'il eût avalé de la poudre à

---

[293] Sulla topografia e lo schema di narrativo del viaggio – che corrisponde, per tipologia, a «une quête», o al «voyage héroïque» – Cfr. B. Lane, *Voyage et initiation dans «La Mare au Diable»*, in «Études françaises», vol. 4, n. 1, 1988, pp. 71-83.

[294] MD, p. 1204.

canon»), che gradualmente mette a fuoco, con un *quoted monologue*, le ragioni del suo tormento: è Marie – la sua bellezza pura e incontaminata – l'oggetto fisso del suo pensiero. La sintassi parattattica e le marche dell'oralità (con i segni interpuntivi ed esclamativi), come il ricorso alle similitudini con il mondo naturale («est jolie à voir comme un chevreau blanc», «comme une rose de buissons»), mirano a simulare, non senza impennate retoriche (proprie del linguaggio autoriale), il sentimento amoroso di Germain, che teme di non essere ricambiato; e il monologo si fa più concitato:

> Mais qu'ai-je à m'occuper de tout cela? reprenait Germain, en tâchant de regarder d'un autre côté. Mon beau-père ne voudrait pas en entendre parler, et toute la famille me traiterait de fou!... D'ailleurs, elle-même ne voudrait pas de moi, la pauvre enfant!... Elle me trouve trop vieux, elle me l'a dit... Elle n'est pas intéressée [...].
> Plus Germain cherchait à raisonner et à se calmer, moins il en venait à bout[295].

Mosso dalla passione – e dalla *libido*, che si risveglia dopo anni di rimozione – Germain prova a dare un bacio alla fanciulla dormiente accanto al fuoco; ma Marie si sveglia in tempo, arrestandone involontariamente l'impeto. Il contadino si giustifica con una scusa pretestuosa, a cui lei ingenuamente crede, riaddormentandosi poco dopo. Turbato dal suo atto sconsiderato, egli si limita a vegliarla in silenzio; e dopo qualche ora, nel silenzio e la solitudine della notte, cerca una risposta interrogando la volta celeste:

> Enfin, vers minuit, le brouillard se dissipa, et Germain put voir les étoiles briller à travers les arbres. La lune se dégagea aussi des vapeurs qui la couvraient et commença à semer des diamants sur la mousse humide. *Le tronc des chênes restait dans une majestueuse obscurité; mais, un peu plus loin, les tiges blanches des bouleaux semblaient une rangée de fantômes dans leurs suaires. Le feu se reflétait dans la mare; et les grenouilles, commençant à s'y habituer, hasardaient quelques notes grêles et timides;* les branches anguleuses des vieux arbres, hérissées de pâles lichens, s'étendaient et s'entre-croisaient comme de grands bras décharnés sur la tête de nos voyageurs [...][296].

Il fascino della notte lunare – come l'atmosfera perturbante e mortuaria della foresta – è filtrata dall'ottica straniata di Germain: una *percezione*

---

[295] *Ivi*, pp. 1204-1205.
[296] *Ivi*, p. 1205. Il corsivo è mio.

indiretta libera. Nel cuore di un luogo ignoto e sinistro, oggetto di spaventose leggende e racconti orrorosi, il contadino ritrova una parte di sé che aveva smarrito. Le nubi si diradano e compaiono le stelle: un bagliore inaspettato, che infonde al pellegrino l'energia necessaria per poter proseguire, con nuova speranza, il suo irto cammino.

3.2 «*François le champi*»

1. L'*Avant-propos* a *François le champi* riprende le riflessioni sul rapporto tra natura ed arte sviluppate ne «L'Auteur au lecteur», sebbene in questo caso proposte in forma dialogica, attraverso il dibattito tra l'emanazione diegetica di Sand e un suo amico, R. (dietro cui si cela la figura reale dell'avvocato François Rollinat). Il discorso si sviluppa su due serie di opposizioni, che comprendono da una parte l'uomo «civilisé», il poeta – dotato di un'«intelligence qui agit trop», immagine della vita sviluppata e complicata della civiltà: «*la vie factice*»[297] – dall'altro il lavoro dei campi, l'istinto e la sensazione, il contadino – che incarna la «*vie primitive*»[298].

Come ne *La Mare au Diable*, il narratore equipara il *paysan* all'artista: «Car le paysan le plus simple et le plus naïf est encore artiste»; anzi, essendo in simbiosi con la natura, il contadino gli è per certi versi superiore, ma diversi sono i canali espressivi della sua sensibilità: «et moi, je prétends même que leur art est supérieur au nôtre. C'est une autre forme»[299]. Allora si ripropone – ma sottilmente problematizzata – la questione della «traduction»: una mediazione – anzi, un'autentica «œuvre de transformation»[300] – che sarà per definizione imperfetta, ma essenziale al poeta che voglia cimentarsi con una materia a lui estranea.

La riflessione si concentra sulla questione della lingua. Il narratore esterna un dubbio che concerne la fruibilità dell'opera e la verosimiglianza della finzione, segnatamente della rappresentazione del vissuto interiore dei contadini:

la forme me manque, et le sentiment que j'ai de la simplicité rustique ne trouve pas de langage pour s'exprimer. Si je fais parler l'homme des champs

---

[297] FC, p. 1260.

[298] *Ibid.*

[299] *Ivi*, p. 1272.

[300] *Ibid.*

comme il parle, il faut une traduction en regard pour le lecteur civilisé, *et si je le fais parler comme nous parlons, j'en fais un être impossible, auquel il faut supposer un ordre d'idées qu'il n'a pas*[301].

R. si allinea con l'opinione di Sand, e porta alle estreme conseguenze il suo ragionamento: «Et puis, quand même tu le ferais parler comme il parle, ton langage à toi ferait à chaque instant un contraste désagréable»[302]. Mette inoltre a fuoco gli errori delle precedenti esperienze della scrittrice: se in *Jeanne*, Sand aveva infatti dipinto «une fille des champs», a cui sono attribuite parole d'autore (con il narratore che non esita a paragonarla «à une druidesse, à Jeanne d'Arc»)[303], il risultato de *La Mare au Diable* non è di molto più convincente: «*l'auteur* y montre encore de temps en temps le bout de l'oreille; il s'y trouve *des mots d'auteur*»[304].

In contrapposizione a tali modelli – in cui la contaminazione dei registri linguistici inficia il risultato estetico – R. propone un modello virtuoso: «une veillée rustique»[305], a cui egli ha assistito, in compagnia di Sand, il giorno antecedente al presente della narrazione, quando il canapaio («un paysan inculte, mais heureusement doué et fort éloquent à sa manière»), supportato dalla perpetua del curato («une paysanne un peu cultivée»), ha raccontato, fino alle due del mattino, una storia «qui avait l'air d'un roman intime»[306].

Ma anche questo *récit*, per essere divulgato, necessita di una traduzione. Ciò scoraggia Sand, e R., rammaricatosi per il suo sconforto, la incoraggia nell'impresa, indicandole la via più facilmente percorribile:

Tiens, commence, raconte-moi l'histoire du Champi, non pas telle que je l'ai entendue avec toi. C'était un chef-d'œuvre de narration pour nos esprits et pour nos oreilles du terroir. Mais raconte-la-moi comme si tu avais à ta droite un Parisien parlant la langue moderne, et à ta gauche un paysan devant lequel tu ne voudrais pas dire une phrase, un mot où il ne pourrait pas pénétrer. Ainsi tu dois parler clairement pour le Parisien, naïvement pour le paysan. L'un te reprochera de manquer de couleur, l'autre d'élégance[307].

---

[301] *Ivi*, p. 1275. Il corsivo è mio.

[302] *Ibid.*

[303] *Ibid.*

[304] *Ivi*, p. 1276.

[305] *Ibid.*

[306] *Ibid.*

[307] *Ivi*, pp. 1276-1277.

Una formazione di compromesso: «raconte-la-moi comme si tu avais à ta droite un Parisien parlant la langue moderne, et à ta gauche un paysan». La centralità della figura mediatrice permane, sebbene in modalità differenti rispetto a *La Mare au Diable*: l'idioma vernacolare attribuito alla perpetua (e al canapaio, nelle parti a lui delegate) si affianca alla lingua della cultura parigina, col risultato di un ibridismo più spiccato[308]. Un fattore di cui occorrerà tener conto nello studio della soggettivazione: perché con tali premesse il lettore sarà sempre portato a ipotizzare che i pensieri dei personaggi popolari siano travisati strumentalmente da un'istanza occulta; un'opera di contraffazione valoriale che nuoce alla vitalità mimetica dei soggetti finzionali e che getta un'ombra sulla credibilità della *fiction*.

2. Rievocando qualche anno dopo, nella prefazione a *La Petite Fadette*, l'atmosfera della veglia contadina cui Sand e R. hanno assistito (il nucleo generativo di *François le champi*), la scrittrice pronuncia una frase che rivela una grande consapevolezza metanarrativa:

> – Te souviens-tu, me dit-il, que nous passions ici, il y a un an, et que nous nous y sommes arrêtés tout un soir? Car c'est ici que tu me racontas l'histoire du *Champi*, et que je te conseillai de l'écrire dans le style familier dont tu t'étais servi avec moi.
>
> – Et que j'imitais de la manière de notre Chanvreur. Je m'en souviens, et il me semble que, depuis ce jour-là, nous avons vécu dix ans[309].

François le champi non è stato 'raccontato', bensì realmente 'scritto' – e disposto in forma di racconto – da Sand; l'invenzione del «conteur» passa invece sorprendentemente in secondo piano. Un'omissione significativa, che da un lato testimonia la «séparation progressive», nei lavori successivi della scrittrice (e nella sua teoresi), dal «modèle oral»[310], ma che d'altro canto tradisce un'insoddisfazione di fondo, la consapevolezza che la ricerca di una forma vergine, in grado di deautomatizzatizzare la scrittura letteraria, si sia tradotta in artificio, in una commistione di

---

[308] Cfr. J. Mallion, *Présentation*, in «La Mare au Diable» suivie de «François le champi», Paris, Garnier, 1981, pp. 188-195 e F. Chandernagor, *À propos de «François le Champi»: Sand et le Style*, in «Revues des deux mondes», Settembre 2004, pp. 91-99; infine si veda sempre M.L. Vincent, *La Langue et le style rustiques de George Sand*, cit., pp. 37-38.

[309] G. Sand, *La Petite Fadette*, cit., p. 1393.

[310] V. Feuillebois, *Du conteur au narrateur*, cit., p. 11.

istanze e registri che accentuano la sensazione di innaturalezza dell'atto narrativo.

Conviene riportare, come esemplificazione di questa assenza di naturalezza, un frammento del primo capitolo di *François le champi*:

> La Zabelle, qui se nommait en effet Isabelle Bigot, était une vieille fille de cinquante ans, aussi bonne qu'on peut l'être pour les autres quand on n'a rien à soi et qu'il faut toujours trembler pour sa pauvre vie. Elle avait pris François, au sortir de nourrice, d'une femme qui était morte à ce moment-là, et elle l'avait élevé depuis, pour avoir tous les mois quelques pièces d'argent blanc et pour faire de lui son petit serviteur; mais elle avait perdu ses bêtes et elle devait en acheter d'autres à crédit, dès qu'elle pourrait, car elle ne vivait pas d'autre chose que d'un petit lot de brebiage et d'une douzaine de poules qui, de leur côté, vivaient sur le communal[311].

Se non ci fosse detto, nelle aree paratestuali, che tale passo si configura come il racconto della serva Monique, non si avrebbe nessun elemento caratterizzante, dal punto di vista narratologico, per distinguere questo *récit* da una narrazione eterodiegetica tradizionale. In effetti, il caratteristico impasto linguistico non riesce a mimare l'immediatezza dell'oralità; né per gran parte di questo racconto tale sensazione svanisce.

Monique si manifesta per la prima volta – inequivocabilmente – in occasione di una digressione sulla cultura della società campagnola, quasi alla fine della sezione di sua competenza:

> Ceux qui n'ont pas le temps et les livres sont heureux quand ils tombent sur le bon morceau. Ils le recommencent cent fois sans se lasser, et chaque fois, quelque chose qu'ils n'avaient pas bien remarqué leur fait venir une nouvelle idée. Au fond, c'est toujours la même idée [...]. *Ce que je vous dis là, mes enfants, je le tiens de M. le curé, qui s'y connaît*[312].

La comparsa del pronome in prima persona (in corsivo) e lo scetticismo nei confronti dei bibliofili – diffidenza tipica del popolano – fugano ogni dubbio. Si tratta di un'anticipazione dello scenario delineato nel finale del settimo capitolo, in cui si materializza una pausa narrativa, che funge da cornice: la serva termina il suo racconto, e cede la parola al canapaio, mettendo in evidenza la dimensione artigianale della

---

[311] FC, p. 1282.

[312] *Ivi*, pp. 1305-1306. Il corsivo è mio.

narrazione: «Savez-vous qu'il y a longtemps que je parle? dit-elle aux paroissiens qui l'écoutaient. Je n'ai plus le poumon comme à quinze ans»[313].

Con il cambio di testimone, il flusso narrativo si interrompe più frequentemente: in certi punti, i narratori dibattono tra loro sul significato della storia[314]. Ma, soprattutto, dal punto di vista della caratterizzazione regionalistica dell'idioma, il racconto del *chanvreur* è molto più *riconoscibile*; ed è significativamente a questo personaggio che Sand affida la requisitoria contro i borghesi speculatori, che impongono ai villani prestiti salatissimi, costringendoli a vivere nella miseria; un discorso simile a quello pronunciato da Fourchon ne *Les Paysans*:

> Nous savons bien tous la chose, bonnes gens et plus d'une fois il nous arrive de nous enrichir à rebours en achetant du beau bien à bas prix. Si bas qu'il soit, c'est trop pour nous. *Nous avons les yeux de la convoitise plus grands que notre bourse n'a le ventre gros, et nous nous donnons bien du mal pour cultiver un champ dont le revenu ne couvre pas la moitié de l'intérêt que réclame le vendeur*; et quand nous y avons pioché et sué pendant la moitié de notre pauvre vie, nous sommes ruinés, et il n'y a que la terre qui se soit enrichie de nos peines et labeurs[315].

Secondo il canapaio, l'origine del male è la volontà del contadino di emulare i borghesi, la «chaude fièvre»[316] di accaparrarsi un campo arato per divenirne il padrone; ma questa smania lo conduce in un vicolo cieco a causa della speculazioni attuate dai signori sui terreni, divenuti carissimi. Abbagliati dalle promesse della Rivoluzione, i *paysans* si sono liberarti dal giogo dei signori per ridursi in una condizione ancora più precaria:

> Connaissez-vous ça, la glèbe, enfants? Il a été un temps où l'on en parlait grandement dans nos paroisses. On disait que les anciens seigneurs nous avaient attachés à cela pour nous faire périr à force de suer, mais que la Révolution avait coupé le câble et que nous ne tirions plus comme des bœufs à

---

[313] *Ivi*, p. 1310.

[314] Ad esempio, quando lo *chanvreur* stuzzica maliziosamente Monique, la quale, attratta particolarmente dalla bellezza dell'orfano protagonista (anziché dalle bellezze del paesaggio campestre), ascolta con particolare attenzione i passaggi relativi alla descrizione delle sue fattezze: «Est-ce comme ça que vous les aimez, dame Monique? les cheveux, je dis, sans aucunement parler des garçons» (*ivi*, p. 1311).

[315] *Ivi*, pp. 1356-1357. Il corsivo è mio.

[316] *Ivi*, p. 355.

la charrue du maître; la vérité est que nous nous sommes liés nous-mêmes à notre propre areau et que nous n'y suons pas moins, et que nous y périssons tout de même[317].

La patina rasserenante dell'idillio è minata da una protesta sociale, dalla denuncia, ad opera di un esponente organico al ceto agricolo, di un sistema oppressivo e ingiusto: «Ainsi nous allons toujours à être mangées, pauvres ablettes, par les gros poissons qui nous font la chasse, toujours punis de nos convoitises et simples comme devant»[318]. Ma non è prospettata una possibilità di cambiamento: il contadino è destinato ad accettare fatalmente la sua condizione, sperando tuttalpiù nell'avvento di tempi migliori, in cui poveri laboriosi e ricchi caritatevoli potranno collaborare per il benessere della comunità[319]. Inoltre il bersaglio critico non sono i grandi proprietari: quando si trattava di essere severi verso chi conculcava e sfruttava la plebe rurale, tornava comodo prendersela con i fittavoli, i fattori e i sorveglianti: il nuovo ceto borghese rapace; l'ipotesi della lotta di classe non è neanche presa in considerazione.

3. *François le Champi* narra la storia di un bambino di sei anni, che prima di essere trovato dalla mugnaia Madeleine Blanchet è stato allevato in un orfanotrofio, e poi affidato alla povera Zabelle. Commossa dalla gentilezza – e dallo stato di assoluta indigenza – dell'orfano, la donna decide di accudirlo in segreto, osteggiata dalla suocera e principalmente dal marito (Cadet Blanchet), che ricopre nel *plot* il ruolo di "antagonista".

L'idillio dell'infanzia termina presto: a causa della gelosia del marito, aizzato dalla sua perfida amante (Sévère: una borghese speculatrice), che nei confronti di François nutre propositi di vendetta (perché è stata rifiutata, dopo avergli fatto delle *avances*), l'orfano è costretto lasciare il mulino, per impiegarsi nella funzione di garzone in una famiglia di contadini. Inizia così il suo percorso di maturazione e trasformazione

---

[317] *Ivi*, p. 1358.

[318] *Ivi*, p. 1357.

[319] Difatti, la critica del narratore non è indignata, ma ironica: «Le remède, à ce que prétendent les bourgeois de chez nous, serait de n'avoir jamais besoin ni envie de rien. Et dimanche passé je fis réponse à un qui me prêchait ça très bien, que si nous pouvions être assez raisonnables, nous autres petites gens, pour ne jamais manger, toujours travailler, point dormir, et boire de la belle eau clairette, encore si les grenouilles ne s'en fâchaient point, nous arriverions à une belle épargne, et on nous trouverait sages et gentils à grand'plantée de compliments» (*ivi*, pp. 355-356).

(economica e psicologica), che termina, dopo l'imprevista morte del marito, col matrimonio con la vedova e madre adottiva.

Il bambino abbandonato che diventa mugnaio: un messaggio polemico, col quale Sand prende posizione contro la stigmatizzazione sociale degli orfani nella società[320]; ma non è questo l'aspetto che più ci interessa di *François le champi*. Sebbene la dimensione fiabesca ammansisca la scrittura, il romanzo mette in scena infatti un amore incestuoso dalle valenze edipiche, che complica il quadro interpretativo. Certo, François non è il figlio biologico di Madeleine; ed è chiaro che il racconto è «una [...] celebrazione dell'idillio, del "vaso chiuso" cui esso forzatamente riduce l'esistenza»[321]: al termine della storia, il protagonista ritorna nel luogo in cui è cresciuto. Ma la non consanguineità dei due amanti poco sottrae alla sostanza perturbante del testo (che acutamente colse Proust nella *Recherche du temps perdu*)[322], e che si esprime in forma allusiva attraverso il canale della soggettività, su cui la finzione fa leva sin dall'esordio:

> Un matin que Madeleine Blanchet, la jeune meunière du Cormouer, s'en allait au bout de son pré pour laver à la fontaine, elle trouva un petit enfant assis devant sa planchette, et jouant avec la paille qui sert de coussinet aux genoux des lavandières. [...].
>
> – Qui es-tu, mon enfant? dit-elle au petit garçon [...]. Comment t'appelles-tu? reprit Madeleine Blanchet [...].
>
> – François, répondit l'enfant.
>
> [...]

---

[320] Si tratta di un tema pienamente in linea con la sensibilità dell'epoca: come ha scritto Vicki de Vries, l'istruzione e l'integrazione degli orfani nella società assunse centralità nei dibattiti del diciannovesimo secolo. Secondo la studiosa, la soluzione di Sand, incarnata dal protagonista del suo romanzo, ha una sorprendente somiglianza con l'ideale che Rousseau propone nel suo *Émile, ou de l'éducation* (cfr. V. de Vries, *«François le champi»: a New Émile*, in «French Cultural Studies», vol. 26, n. 1, 2015, pp. 3-16).

[321] C. Bigliosi, *Quello straordinario «François le champi»: dal trovatello all'ultimo gigolò*, in G. Sand, *François le champi*, Milano, Feltrinelli, 2010, p. 16.

[322] Per un'analisi del motivo edipico cfr. T. Raser, *The Intertextual Inconscious in «François le Champi»*, in «French Forum», vol. 34, n. 2, 2009, pp. 39-50 e R.M. Worvill, *Symbolic Structure in George Sand's «François le Champi»*, in «Dalhousie French Studies», n. 84, 2008, pp. 23-28.

Madeleine le regarda encore; c'était un bel enfant, il avait des yeux magnifi-ques. C'est dommage, pensa-t-elle, qu'il ait l'air si niais[323].

Compaiono in sequenza un breve monologo narrato («c'était un bel enfant, il avait des yeux magnifiques») e un monologo citato, che danno forma alle sensazioni della mugnaia, che dal principio si sente istintiva-mente attratta dagli «yeux magnifiques» del bambino.

Una spia linguistica che funge da prefigurazione narrativa, questo pen-siero indiretto libero, che sposta il *focus* sull'aspetto del personaggio, che il narratore prende a descrivere. Cresciuto allo stato brado – senza subìre alcun influsso dalla civiltà – François ha un'aria sprovveduta, e ha difficoltà ad articolare i suoi pensieri. Tuttavia, non è affatto privo di intelligenza; al contrario, è dotato di un'acutezza d'ingegno singolare per un soggetto della sua classe, che colpisce la mugnaia, la quale decide di prendersi cura della sua formazione, aiutandolo a studiare per il catechismo. Madeleine è dotata infatti di una rudimentale cultura, e ama cimentarsi con i testi religiosi che le infondono entusiasmo e speranza[324]. Sicché, stimolato dalla madre adottiva, François inizia a nutrire un naturale interesse per i libri e per il fascino della parola. L'amore per la lettura funge da stimolo per la sua immaginazione, che propizia l'emergere della coscienza e delle ragioni interiori. In altre parole, il racconto si trasferisce nella sfera inapparente dell'eroe, che tuttavia, a causa della sua infanzia selvatica, continua a sten-tare nella comunicazione. Compensa però con un'inclinazione nel lavoro manuale non comune, di cui dà prova al servizio di Zabelle.

Malgrado la sua efficienza, la matrigna, vessata dai debiti e dalle speculazioni dei borghesi, decide egoisticamente di abbandonarlo tra i campi; ma Madeleine giunge in suo soccorso, decidendo di pagare la cifra necessaria per rilevare definitivamente il bambino. Così, François si affeziona alla sua benefattrice, sviluppando un attaccamento morboso, che certamente non è unilaterale. In seguito alla separazione, imposta dal marito (che diviene presto geloso), Madeleine cade infatti in uno

---

[323] FC, p. 1279.

[324] «Dieu lui avait fait une grande grâce en lui ayant permis d'apprendre à lire […]. C'était pourtant toujours la même chose, car elle n'avait possession que de deux livres, le saint Évangile et un raccourci de la Vie des Saint. L'Évangile la sanctifiait et la faisait pleurer […]. La Vie des Saints lui faisait un autre effet: c'était, sans compa-raison, comme quand les gens qui n'ont rien à faire lisent des contes et se montent la tête pour des rêvasseries et des mensonges. Toutes ces belles histoires lui donnaient des idées de courage et même de gaieté» (*ivi*, p. 1298).

stato depressivo; e anche l'orfano, benché attivissimo nella nuova fattoria (presso cui ha preso servizio), rimane avvinto ai ricordi dell'infanzia edenica, restituiti liricamente con la psiconarrazione:

> Mais ni les bons traitements, ni l'occupation, ni la maladie, ne pouvaient lui faire oublier Madeleine et ce cher moulin du Cormouer, et son petit Jeannie, et le cimetière où gisait la Zabelle. Son cœur était toujours loin de lui, et le dimanche, il ne faisait autre chose que d'y songer, ce qui ne le reposait guère des fatigues de la semaine. Il était si éloigné de son endroit, étant à plus de six lieues de pays, qu'il n'en avait jamais de nouvelles. Il pensa d'abord s'y accoutumer, mais l'inquiétude lui mangeait le sang, et il s'inventa des moyens pour savoir au moins deux fois l'an comment vivait Madeleine [...][325].

L'immagine di Madeleine domina il suo immaginario; un'autentica monomania, che agisce come freno sulla sua *libido*. Pur essendo nelle grazie della figlia del fattore (Jeannette Vertaud), intenzionata a sposarlo nonostante le sue origini (con il *placet* del padre, che ha notato nell'orfano il fiuto per gli affari), François non accusa le pene del desiderio. Ha un solo pensiero: «Le champi s'en vint à la maison plus triste que joyeux. Il pensait à sa mère, et il eût bien donné les quatre mille francs pour la voir et l'embrasser»[326]; «Il ne se sentait point affolé d'aucune femme, mais il voyait les bonnes qualités de Jeannette Vertaud»[327].

Tale pensiero ne condiziona le scelte e altera il suo destino. Effettivamente, grazie all'intervento provvidenziale di Madeleine, che gli dona segretamente del denaro (per il senso di colpa dell'abbandono e per sincero affetto), la sua mutazione da trovatello a giovane benestante sarebbe compiuta; egli potrebbe spezzare il cordone ombelicale e iniziare una nuova vita con Jeannette, divenendo mugnaio. Invece, preoccupato per la madre adottiva, decide di tornare a casa, dove trova la donna in condizioni di salute precarie, e malamente assistita da Mariette Blanchet, la frivola nipote del defunto marito. Sicché inizia a prendersi cura di lei per ripagare il suo debito.

Anche Mariette si innamora di François, il quale non solo respinge le sue *avances*, ma la redarguisce per la sua negligenza nei lavori di casa; ferita nell'orgoglio, la ragazza inizia a frequentare Sévère, che le racconta

---

[325] *Ivi*, pp. 1329-1330.
[326] *Ivi*, p. 1338.
[327] *Ivi*, p. 1339.

senza pudori le sue congetture – che riferisce con assoluta certezza – sulla relazione tra l'orfano e Madeleine. François assiste di nascosto al dialogo, e ne esce sconvolto: «Jamais François n'avait été plus triste qu'il ne le fut en sortant de la berge de rivière [...]. Il en avait lourd comme un rocher sur le cœur [...]»[328]; sicché prende forma un lungo rovello autoanalitico:

> Là-dessus le pauvre François se mit à faire examen de sa conscience et à se demander, en grande rêverie d'esprit, s'il n'y avait pas de sa faute dans les mauvaises idées de la Sévère [...].
>
> [...]
>
> Eh! quand bien même que mon amitié se serait tournée en amour, quel mal le bon Dieu y trouverait-il, au jour d'aujourd'hui qu'elle est veuve et maîtresse de se marier? je lui ai donné bonne part de mon bien, ainsi qu'à Jeannie. Mais il m'en reste assez pour être encore un bon parti, et elle ne ferait pas de tort à son enfant en me prenant pour son mari[329].

Il personaggio ripercorre con la memoria la storia del suo rapporto con la madre, confutando le ingiuriose accuse che gli sono rivolte. Quando ritorna a casa, riferisce l'accaduto alla sconvolta Madeleine, cercando la sua solidarietà; ma, ascoltandola parlare, si accorge che qualcosa dentro di lui è cambiato per sempre:

> Et voilà que tout d'un coup François la vit toute jeune et la trouva belle comme la bonne dame, et que le cœur lui sauta comme s'il avait monté au faîte d'un clocher. Et il s'en alla coucher dans son moulin où il avait son lit bien propre dans un carré de planches emmi les saches de farine. Et quand il fut là tout seul, il se mit à trembler et à étouffer comme de fièvre. Et si, il n'était malade que d'amour, car il venait de se sentir brûlé pour la première fois par une grande bouffée de flamme, ayant toute sa vie chauffé doucement sous la cendre[330].

È la scena del riconoscimento edipico. Il lessico religioso è intrigante. Ammettendo il suo amore, François paragona Madeleine alla Vergine Maria (per la prima volta); ed è questo passo quasi incestuoso, che allo stesso tempo allude alla tradizione cristiana, che conferma che la mugnaia ha assunto a tutti gli effetti il ruolo di "madre" nell'immaginario del ragazzo.

---

[328] *Ivi*, p. 1372.

[329] *Ivi*, p. 1372.

[330] *Ivi*, p. 1380.

Due ostacoli si frappongono perché il suo sogno si avveri: la necessità di liberare Madeleine dalla morsa di Sévére, che le ha imposto dei debiti onerosissimi (accumulati in vita dal marito), e rivelare il suo sentimento all'amata. L'eroe supera brillantemente la prima prova: con un piano machiavellico, raggira la strozzina, pagando solo una parte del debito concordato.

Resta l'esame più difficile. François è terrorizzato, e pensa di rinunciare all'impresa; ma d'un tratto, sulla strada di Cormouer, coglie una serie di indizi disseminati nel paesaggio. Osservando il cielo, ascoltando il pigolio degli uccelli, l'orfano pensa ai luoghi in cui ha mosso i primi passi, alla storia della sua vita, e trova il coraggio per l'ultimo atto. Madeleine, commossa, accetta la sua proposta; lieto fine che tuttavia non è tale da far dissipare nel lettore un senso di disagio, che scaturisce dall'aver assistito all'affiorare e alla reificazione del desiderio edipico, sebbene sublimato dalle risorse dello stile e dall'impianto narrativo tendenzioso, che riconduce la narrazione «nell'alveo di una rappresentazione integrata al sistema della morale dominante»[331]. Del resto, il processo di inserimento nella società è possibile solo grazie all'intermediazione borghese (il dono munifico della benestante Madeleine); senza tale supporto filantropico, François sarebbe rimasto un emarginato.

3.3 «Les Maîtres sonneurs»

Se il narratore orale, ne *La Petite Fadette*, si manifesta in maniera analoga a *François le champi* (come sono comparabili le strategie rappresentative della soggettività dei personaggi[332], ancorché l'atto enunciativo

---

[331] C. Bigliosi, *Quello straordinario «François le champi»*, cit., p. 18.

[332] Le forme della rappresentazione interiore sono riservate per lo più ai gemelli Landry e Sylvinet Barbeau, nati in una famiglia relativamente benestante. Invece la protagonista Fadette, un'orfana di quattordici anni, è osservata costantemente dall'esterno. Paradigmatico è l'incontro con Landry: «Mais le vent qui soufflait dans les arbres et le tonnerre qui commençait à gronder lui mettaient dans le sang comme une fièvre de peur. Ce n'est pas qu'il craignît l'orage, mais, de fait, cet orage là était venu tout d'un coup et d'une manière qui ne lui paraissait pas naturelle. [...] Mais, en fait, il ne s'était avisé de l'orage qu'au moment où la petite Fadette le lui avait annoncé, et tout aussitôt, son jupon s'était enflé; ses vilains cheveux noirs sortant de sa coiffe, qu'elle avait toujours mal attachée, et quintant sur son oreille, s'étaient dressés comme des crins; le sauteriot avait eu sa casquette emportée par un grand coup de vent, et c'était à grand'peine que Landry avait pu empêcher son chapeau de s'envoler aussi» (G. Sand, *La Petite Fadette*, cit., p. 1432). La descrizione è condotta dal punto di vista del ragazzo, che, suggestionato dalle leggende popolari e le

sia affidato interamente al canapaio)[333], ne *Les Maîtres sonneurs* la tecnica narrativa subisce uno stravolgimento, poiché il narratore adotta tutti gli espedienti idonei a simulare la riproduzione in presa diretta del racconto del *chanvreur*.

Significativamente, nella dedica al pittore Eugène Lambert anteposta al romanzo, nella quale la scrittrice dichiara di voler trasporre fedelmente, raccogliendo i «fragments épars» della sua memoria, la storia di Étienne Depardieu come le «fut dit par lui-même», la questione mimetica è pertinentizzata in maniera lucida:

> Mon cher enfant, puisque tu aimes à m'entendre raconter ce que racontaient les paysans à la veillée, dans ma jeunesse, quand j'avais le temps de les écouter, je vais tâcher de me rappeler l'histoire d'Étienne Depardieu et d'en recoudre les fragments épars dans ma mémoire. Elle me fut dite par lui-même, en plusieurs soirées de breyage; c'est ainsi, tu le sais, qu'on appelle les heures assez avancées de la nuit où l'on broie le chanvre, et où chacun alors apportait sa chronique. Il y a déjà longtemps que le père Depardieu dort du sommeil des justes, et il était assez vieux quand il me fit le récit des naïves aventures de sa jeunesse. *C'est pourquoi je le ferai parler lui-même, en imitant sa manière autant qu'il me sera possible*[334].

Cedere la parola al personaggio popolare è un espediente necessario; tuttavia, esso richiede accortezze stilistiche altrettanto gravose, giacché i contadini sono dotati di una sensibilità *sui generis*, che il poeta può solo parzialmente restituire con il suo linguaggio: «Tu ne me reprocheras pas d'y mettre de l'obstination, toi qui sais, par expérience de tes oreilles, que les pensées et les émotions d'un paysan ne peuvent être traduites dans notre style, sans s'y dénaturer entièrement et sans y prendre

---

voci malevole (e dal temporale), associa la ragazzina a una strega. In realtà, Fadette è nient'altro che un'emarginata, che accentua i suoi comportamenti bizzarri per catturare l'attenzione degli altri. La scelta di non ritrarre il suo mondo interiore, più che a un discrimine sociale, sembra obbedire a una precisa strategia che mira a conferire maggiore mistero al personaggio, che specie nelle prime battute sembra avvolto dal mito. In effetti, anche quando Fadette si inserisce nel tessuto sociale, ricevendo peraltro, come François, una cospicua e inaspettata eredità (che le permetterà di sposarsi con Landry), la situazione non cambia in maniera rilevante; in questo caso, alla *Bildung* non corrisponde un incremento apprezzabile delle zone di soggettivazione.

[333] Il narratore è però molto meno invasivo, e gli interventi diretti, con il pronome in prima persona, sono rari.

[334] G. Sand, *Dédicace*, in *Les Maîtres sonneurs*, in *Romans*, vol. 2, cit., p. 143. Il corsivo è mio.

un air d'affectation choquante»[335]. La ricerca linguistica non nasce dal «plaisir puéril de chercher une forme inusitée en littérature»[336], bensì dall'intento di non snaturare la sensibilità dei popolani: basterebbe una maldestra intrusione autoriale – una sola parola «qui ne soit pas de leur vocabulaire»[337] – a vanificare l'operazione estetica; sicché questa nuova «traduction» sarà anch'essa frutto del compromesso, e verosimilmente incapace – per ammissione della scrittrice – di occultare gli artifici del mestiere letterario:

> Si, malgré l'attention et la conscience que j'y mettrai, tu trouves encore quelquefois que mon narrateur voit trop clair ou trop trouble dans les sujets qu'il aborde, ne t'en prends qu'à l'impuissance de ma traduction. Forcée de choisir dans les termes usités de chez nous ceux qui peuvent être entendus de tout le monde, je me prive volontairement des plus originaux et des plus expressifs; mais, au moins, j'essayerai de n'en point introduire qui eussent été inconnus au paysan que je fais parler, lequel, bien supérieur à ceux d'aujourd'hui, ne se piquait pas d'employer des mots inintelligibles pour ses auditeurs et pour lui-même[338].

Malgrado Sand affermi di volersi privare dei termini più originali ed espressivi – in nome di una medietà stilistica non dissimile da quella teorizzata in *François le champi* –, *Les Maîtres sonneurs* rappresenta «l'apogée de ses essais rustiques»; è infatti in questo romanzo, nota Marie-Louise Vincent, «qu'elle s'eloigne le plus de sa maniére d'écrire habituelle», attraverso la ricerca di inusitati «effets de style»[339], i quali sono a ben vedere legati al mutamento del dispositivo narrativo, e alla diversa fenomenologia della voce: «*Je ne suis point né d'hier, disait, en 1828, le père Etienne. Je suis venu en ce monde* [...] *l'année 54 ou 55 du siècle passé. Mais, n'ayant pas grande souvenance de mes premiers ans, je ne vous parlerai de moi qu'à partir du temps de ma première communion* [...]»[340]. Si tratta dell'incipit della prima veglia. Che sia verbalizzato il discorso di un personaggio è indubbio: giunto alla fase conclusiva della sua esistenza,

---

335 *Ivi*, p. 344.

336 *Ivi*, p. 343.

337 *Ibid.*

338 *Ivi*, p. 344.

339 L. Vincent, *La Langue et le style rustique de George Sand*, cit., p. 39.

340 G. Sand, *Les Maîtres sonneurs*, cit., p. 347. Il corsivo è mio. Inoltre, la patina linguistica arcaicizzante è motivata dalle logiche interne del *récit*, in quanto *Les Maîtres sonneurs* è un romanzo storico.

Tiennet si mette in scena, condividendo con il lettore le esperienze della giovinezza, vissute al tempo dell'*Ancien Régime*. In altre parole, il testo, che nella finzione strutturale è la riproduzione del racconto orale del protagonista ormai anziano (il presente della narrazione è il 1828), assume l'andamento consueto della narrazione omodiegetica. Le leggende e le credenze popolari, l'atmosfera delle veglie, la segreta corrispondenza dei contadini con la natura, il fascino del meraviglioso – incomprensibili per il lettore cittadino – sono 'cantate' da un esponente organico a questo mondo, che ne conosce le leggi, ne interpreta i silenzi, i segni...[341]

Tuttavia, per quanto una complessiva vaghezza aleggi sul conto di tale narratore, Tiennet non è un miserabile: si intuisce che suo padre è un proprietario indipendente, che gli ha concesso il godimento dell'eredità materna; inoltre, ha una buona propensione per gli studi (elemento che giustifica la sua *ars narrandi*). Che la *mediacy* sia affidata a questo personaggio è dunque un punto cruciale: Tiennet non solo racchiude in sé gli ideali del Berry (mondo arcaico minacciato dall'irrompere della modernità), ma può farsene cantore (e tendenziosissimo interprete) in nome della superiorità morale e del suo *status*, giudicando dal *suo* sistema di valori le azioni dei proletari che compaiono in queste pagine, e soprattutto la vicenda di Joseph Picot: amico del personaggio-narratore, immagine tipica del «paysan artiste» (con la sua «mysteurieuse intution de la poésie», ma allo stato di puro «instinct et de vague rêverie»), e in particolare del genio romantico: uomo schivo, volubile e inadatto alla vita perché divorato dalla sua passione musicale.

Si tratta di un motivo centrale del romanzo (a cui sono conferite diverse sfumature di significato)[342], che nel caso di tale personaggio (scontroso e avvolto nel mistero) assume una connotazione negativa e quasi diabolica: traviato dalla sua ambizione, questo *paysan* è infatti disinteressato al lavoro dei campi, che trascura per coltivare il suo talento; la propensione

---

[341] Neanche ne *Les Maîtres sonneurs* le risorse «de l'interaction orale» sono sfruttate a fondo: «Les adresses de Tiennet à son auditoire» sono infatti quasi inesistenti, così come (generalmente) le marche dell'oralità: «interjections, exclamations, hésitations, ruptures de construction, etc»; invece, la frase del narratore è caratterizzata da «une certaine ampleur, une certaine régularité qui crée une habitude», e «qui donc [...] régularise l'irrégulier» (L. Vincent, *La Langue et le style rustique de George Sand*, cit, p. 19).

[342] Al riguardo cfr. almeno J. Dauphiné, *Écriture et musique dans «Les Maîtres sonneurs» de George Sand*, in «Nineteenth-Century French Studies», Vol. 9, n. 3-4, 1981, pp. 185-191.

al meraviglioso della scrittrice (che in queste pagine raggiunge il suo apogeo) nasconde un messaggio politico tutt'altro che rivoluzionario. Ossessionato dalla perfezione e dalla fame di gloria, una volta partito, nel finale del romanzo, alla ricerca di avventure verso l'ignoto (nel momento in cui per gli altri personaggi viene ripristinata la serenità idillica), Joseph incontra i musicisti delle montagne di Morvan, sfidandoli temerariamente, e ridicolizzandoli per la loro inferiorità artistica: è l'ultimo atto. La volontà del contadino di evadere dalla sua sfera di appartenenza trova una punizione esemplare. La sua *hybris* gli costa la vita[343].

---

[343] Sulle valenze poliche si rimanda ai contributi di Paul Petitier (*Peuple de bois, peuple de blés*) e Oliver Ritz (*Une éducation à la campagne: politique des 'Maîtres sonneurs'*), entrambi consultabili in rete: cfr. J.-D. Ebguy e P. Petitier (a cura di), *Lectures des 'Maîtres sonneurs' de George Sand*, in *Lectures des «Maîtres sonneurs» de George Sand*, «Publications du Centre Jacques-Seebacher» (ultima consultazione: 22 ottobre 2022, http://seebacher.lac.univ-paris-diderot.fr/bibliotheque/items/show/49).

La letteratura «rusticale»: il personaggio popolare tra autonomia ed eteronomia

L'influenza di George Sand in Italia fu considerevole, e non solo per motivi letterari: la «notorietà che le procuravano le tumultuose vicende biografiche [...] e la strenua battaglia da lei condotta per l'emancipazione e la moda» calamitarono l'interesse dell'opinione pubblica.[344] Alla metà dell'Ottocento era al vertice della fama, e popolarissima per il soggiorno veneziano e le clamorose avventure sentimentali col Pagello, per le sue numerose opere di ispirazione italiana, per l'amicizia avuta coi nostri patrioti» (Mazzini *in primis*) e per la «costante simpatia verso il nostro Risorgimento. Ma stabilire cosa i 'rusticali' avessero letto della sua variegata produzione è arduo[345], né è possibile escludere *a priori*, secondo Antonio Palermo, la suggestione della letteratura campagnola mitteleuropea[346].

Ne sappiamo poco, ma è una pista difficilmente percorribile: le traduzioni francesi tardive dei grandi autori di lingua germanica indurrebbero a pensare tuttalpiù a una ricezione indiretta, e a una conoscenza reciproca piuttosto limitata (anche tra gli stessi scrittori italiani). E se i *romans rustiques* sandiani furono certamente fonte di ispirazione per Caterina Percoto (spesso paragonata alla scrittrice francese dai contemporanei)[347], e soprattutto per Ippolito Nievo (il narratore popolare del *Novelliere*

---

[344] I. De Luca, *Introduzione*, in *Il novelliere campagnuolo*, a cura di I. De Luca, Torino, Einaudi, 1956, p. 12.

[345] Cfr. S. Casini, *Introduzione*, cit., p. 45.

[346] Cfr. A. Palermo, *A proposito della novellistica rusticale, dentro e fuori Nievo*, in S. Casini, E. Ghidetti e R. Turchi (a cura di), *Ippolito Nievo tra letteratura e storia*, Atti della giornata di studio in memoria di S. Romagnoli, Roma, Bulzoni, 2004, pp. 41-42

[347] Non è infatti casuale che Tommaseo, nel presentare la prima edizione dei *Racconti* (1858) di Caterina Percoto, ritenesse necessario istituire un paragone tra Sand e Percoto. Nella nota introduttiva al volume, Tommaseo sostiene che Percoto aveva con Sand alcune conformità, ma ne scelse «la parte migliore; e in questo s'accostò più ai veri intenti dell'arte che spesso non faccia Giorgio Sand con le sue massime

campagnuolo, il bifolco Carlone, ricorda il celebre canapaio della trilogia)[348], deve essere forse ridimensionato, come modello o semplice riferimento per il nostro filone rusticale, il ruolo de *Les Paysans* di Balzac, citato nei periodici italiani degli anni '30 e '40 solo quattro volte, rapidamente e mai in rapporto alla letteratura campagnola[349]. Un'ulteriore conferma del carattere poligenetico del *roman rustique*. Analogamente alle altre espressioni europee, in Italia il fenomeno è anzitutto endogeno. Esso prende avvio convenzionalmente con Giulio Carcano, alla fine del terzo decennio del XIX secolo, cioè prima della pubblicazione dei grandi romanzi rustici di Sand, e affonda le sue radici ne I *promessi sposi*, un romanzo storico come *Les Chouans*, e non meno ricco di tratti «tipici» de *Les Paysans*[350]. Pertanto la narrativa che assunse come oggetto la vita delle

---

prestabilite, con la sua passione che vuol parere sistema ed è pregiudizio» (N. Tommaseo, *Ai lettori*, in C. Percoto, *Racconti*, Firenze, Le Monnier, 1858, p. 7).

[348] Al riguardo cfr. N. Jonard, *Ippolito Nievo et George Sand*, in «Rivista di letterature moderne e comparate», n. 4, 1973, pp. 266-283 e E. Chaarani, *L'altra Sand di Nievo*, in *Ippolito Nievo tra letteratura e storia*, cit., pp. 155-174.

[349] Cfr. R. de Cesare, *La prima fortuna di Balzac in Italia*, a cura di L. Carcereri, Torino, Nino Aragno, 2005. Vol. 2, pp. 936, 1008, 1042, 1096. Al contrario, *Le Médecin de campagne* e *Le Curé de village* furono termine di paragone costante per la narrativa di orientamento pedagogico, e per quel tipo di pubblicistica che si occupava dei problemi sociali e morali connessi alle questioni agrarie del Lombardo-Veneto: per il *Curato di campagna* (1841) del milanese Carlo Ravizza, le *Médecin de campagne* costituisce un ipotesto, una matrice con cui l'autore si confrontava, riprendendone gli elementi e variandone di volta in volta le significazioni (Cfr. F. Bonalumi, *Il medico di Balzac e il curato di Ravizza*, in «Vita e Pensiero», LIII, n. 3, 1979, pp. 519-532).

[350] Per uno studio della produzione campagnola italiana cfr. S. Romagnoli, *La letteratura popolare e il genere rusticale*, in E. Cecchi e S. Sapegno (a cura di), *Storia della letteratura italiana*, VII, Milano, Garzanti, 1968 (nuova ed. 1988), pp. 89-99; P. De Tommaso, *Il racconto campagnolo dell'Ottocento italiano*, cit.; A. Di Benedetto, *Nievo e la letteratura campagnola*, in C. Muscetta (a cura di), *La letteratura italiana. Storia e testi*, VIII, *Il secondo Ottocento. Lo stato unitario e l'età del positivismo*, Roma-Bari, Laterza, 1975, pp. 109-193 (ora rifuso in Id., *Ippolito Nievo e altro Ottocento*, Napoli, Liguori, 1996, pp. 51-94); M. Colummi Camerino, *Idillio e propaganda nella letteratura sociale del Risorgimento*, Napoli, Liguori, 1975 e G. Carnazzi, *La narrativa campagnuola*, cit., pp. 1428-1469. Di rilievo per un quadro generale, anche se centrati su singoli autori: I. De Luca, *Introduzione*, cit., pp. XI-LXXXII; Romagnoli, *Nievo scrittore rusticale*, Padova, Liviana, 1966; P. Luciani, *«Armonia» della casa e «dipintura» del popolo nelle novelle di Giulio Carcano*, in «Critica Letteraria», 6, n. 20, 1978, pp. 531-565; M. Colummi Camerino, *La cornice della letteratura rusticale*, in R. Vecchiet (a cura di), *Caterina Percoto e l'Ottocento*, Udine, Comune di Udine e Biblioteca Civica "V. Joppi", 2008, pp. 23-40; S. Casini, *Introduzione*,

campagne si presentò, anche in Italia, almeno agli esordi, con caratteristiche tematiche e formali rispondenti a precise necessità storiche, letterarie e ideologiche, che sarà opportuno ricostruire nei suoi tratti essenziali.

1. *La questione contadina e il Risorgimento*

La necessità di occuparsi del «popolo» fu avvertita dagli intellettuali italiani fin dall'inizio del secolo. Il pioniere fu Vincenzo Cuoco, che sviluppò delle riflessioni cruciali intorno al fallimento della rivoluzione napoletana del '99[351]. Accusando di astrattezza giacobina i suoi concittadini[352], lo scrittore rilevava come qualsiasi programma di rinnovamento politico che non «tenesse [...] conto dell'intricata situazione economica e sociale delle campagne meridionali fosse fatalmente destinato al fallimento»[353]; ma il discorso era estensibile alle eterogenee realtà della penisola nel suo insieme, in cui la spaventosa arretratezza delle plebi agricole era fonte di preoccupazione per la classe media, che era tuttavia incapace di farsi carico delle nuove esigenze. Oltre che ad adoperarsi per il rafforzamento – talvolta la creazione *ex novo* – della borghesia, il *focus* si spostò sulle masse rurali, dal momento che gli intellettuali avrebbero potuto aspirare ai ruoli dirigenziali solo se avessero apportato un tangibile progresso nelle aree depresse della nazione, riuscendo a disinnescare le spinte eversive dettate dalla fame e dalla disperazione.

Il messaggio di Cuoco si diffuse rapidamente a Milano, non mancando di influenzare lo stesso Manzoni; ma fu in Toscana, con l'attività del «Viesseux» e dei 'campagnoli' radunati attorno all'«Antologia» e al «Giornale Agrario», che si ebbe la «prima organica impostazione del

---

cit., pp. 13-113; Id., *L'ipotesi rusticale dal «Conte Pecorajo» alle «Confessioni d'un italiano»*, in E. del Tedesco (a cura di), *Ippolito Nievo centocinquant'anni dopo*, Atti del Convegno di Padova, 19-21 ottobre 2011, Pisa-Roma, Serra, 2013, pp. 181-190.

[351] Cfr. V. Cuoco, *Saggio storico sulla rivoluzione napoletana del 1799*, a cura di F. Niccolini, Bari, Laterza, 1980 (la prima edizione apparve a Milano nel 1801, la seconda ampliata nel 1806). Per una trattazione dettagliata delle idee di Cuoco si veda M. Colummi Camerino, *Idillio e propaganda nella letteratura sociale del Risorgimento*, cit., pp. 5-52.

[352] Cfr. I. Tognarini, *Giacobinismo, rivoluzione, Risorgimento. Una messa a punto storiografica*, Firenze, La Nuova Italia, 1975, pp. 5-29.

[353] F. Manai, *Capuana e la letteratura campagnola*, Pisa, Tipografia Editrice Pisana, 1997, p. 9.

problema»[354]. Al fine di inserire l'Italia nel concerto del mercato europeo, i toscani optarono per uno sviluppo agricolo basato sulla mezzadria,
ritenuta il modello più idoneo a scongiurare i rischi delle concentrazioni
proletarie dovute al processo di industrializzazione; e soprattutto perché
funzionale al coinvolgimento, ma in posizione rigidamente subordinata,
delle masse contadine nel processo di rinnovamento politico[355]. In tale
contesto maturò e si diffuse un cospicuo filone di letteratura popolare a
carattere maieutico, e che affiorò anche in altre zone della penisola (con
la proliferazione di opuscoli, scritti di varia informazione, almanacchi
ecc., con taglio conservatore, liberale o democratico o posizioni intermedie variamente caratterizzate), e segnatamente in Lombardia[356].

Malgrado una complessiva arretratezza, accentuata dalla crisi posteriore all'era napoleonica, il ceto dirigente stava infatti operando, in quasi
tutti gli stati del Nord (la parte più ricca e progredita della penisola),
uno sforzo notevole, volto alla modernizzazione e al progresso[357]. Come
nelle altre realtà europee, l'intento era di svecchiare un'economia di tipo
ancora feudale, e di promuovere il commercio e l'industria (timida e
subordinata per lo più all'agricoltura). Specie a Milano, centro propulsore
dell'attività culturale, i giornali liberali e illuminati – «Il Conciliatore»
(1818-1819), gli «Annali universali di Statistica», «Il Politecnico» (1839-
1845) di Cattaneo, la «Rivista europea» (1838-1848) e il «Crepuscolo»
(1850-1859) di Carlo Tenca ecc. – si facevano portavoce del progresso,
si sforzavano di creare un'opinione pubblica favorevole ai vantaggi della
scienza e della tecnica; miravano a innalzare il grado della coscienza
civile, concedendo ampio spazio alla tematica popolare e al problema

---

[354] F. Manai, *Capuana e la letteratura campagnola*, cit., p. 10. Sulla questione si veda
U. Carpi, *Letteratura e società nella Toscana del Risorgimento*, Bari, De Donato,
1974, pp. 281-330.

[355] U. Carpi. *Egemonia moderata e intellettuali nel Risorgimento*, in C. Vivanti (a cura
di), *Storia d'Italia. Intellettuali e potere*, Torino, Einaudi, 1971, vol. 4, pp. 432-
435. Centrale, sotto questo aspetto, è l'attività del Tommaseo, raccoglitore di canti
popolari, il quale fornì le coordinate essenziali entro cui si mossero i letterati italiani
interessati alle tematiche popolari (cfr. A.M. Cirese, *Cultura egemonica e culture
subalterne*, Palermo, Palumbo, 1973, pp. 134-138). Sullo sviluppo dell'agricoltura
toscana cfr. C. Pazzagli, *L'agricoltura toscana nella prima metà dell'800. Tecniche di
produzione e rapporti mezzadrili*, Firenze, Leo S. Olschki, 1973.

[356] G. Carnazzi, *La narrativa campagnuola e l'opera di Ippolito Nievo*, cit., p. 1428.

[357] Cfr. P. de Tommaso, *Il racconto campagnolo nell'Ottocento italiano*, cit., pp. 33-37.

dello sviluppo agricolo[358]. La questione dei rapporti di classe era infatti particolarmente delicata, perché non si poteva ignorare il divario sempre maggiore che la logica del mercato andava scavando tra il benessere di proprietari e la miseria dei contadini: negli anni '30, nel Lombardo-Veneto, di pari passo con lo sviluppo cittadino e dell'industria, si andavano instaurando rapporti capitalistici e mercantili nelle campagne, grazie all'opera di proprietari terrieri interessati personalmente alle questioni agrarie. Con il loro intervento, ispirato alla prassi settecentesca del riformismo illuminato, venne impiantato un particolare tipo di capitalismo ibrido, caratterizzato dalla permanenza di alcune delle strutture feudali e degli antichi vincoli giuridici.

Decisiva fu in primo luogo la sostituzione, più in Lombardia che in Veneto[359], dei contratti di massaria e di mezzadria con quelli misti di fitto a grano e mezzadria[360]. Essi incrementarono notevolmente la produzione, ma costrinsero i contadini a ritmi di lavoro intensissimi, dal momento che i proprietari potevano variare a piacimento la quota del grano e l'entità del compenso. In seconda istanza, l'abbinamento della cultura del gelso con quella dei cereali nella zona collinare, e il conseguente aumento della disoccupazione causato dalla gelsibachicoltura, favorì lo sviluppo del settore secondario e la saldatura del ciclo di produzione nel rapporto tra agricoltura-industria[361]. Ne derivò la formazione di un proletariato agricolo, e di una grossa massa di semiproletari rapaci,

---

[358] Cfr. K.R. Greenfield, *Giornalismo*, in *Economia e liberalismo nel Risorgimento*, Bari, Laterza, 1985, pp. 219-287. Oltre al quadro della vita sociale della Lombardia dalla Restaurazione al Quarantotto (e della realtà economica), è qui di particolare interesse la rassegna dei giornali e delle riviste dell'epoca.

[359] Cfr. E. Sereni, *Storia del paesaggio agrario italiano*, Bari, Laterza, 1962, pp. 120-160. In Veneto le innovazioni nei contratti agricoli avvenivano con estrema lentezza. Per una rapida ricognizione dell'agricoltura veneta nella prima metà del XIX secolo si veda M. Berengo, *L'agricoltura veneta dalla caduta della repubblica all'unità*, Milano, Banca commerciale italiana, 1963.

[360] Sullo stato dei contadini lombardi e sulle innovazioni coeve e le modifiche dei contratti agrari cfr. F. Della Peruta, *La conoscenza dell'Italia reale alla vigilia dell'Unità*, in Id., *Realtà e mito nell'Italia dell'Ottocento*, Milano, Franco Angeli, 1996, pp. 7-78. Gli interventi di Della Peruta sono da molto tempo un riferimento irrinunciabile riguardo alla geostoria di cui mi occupo qui, a riflettere sulla quale mi è stato ancora utile, con lavori più recenti, *Democrazia e socialismo nel Risorgimento*, Roma, Editori Riuniti, 1973.

[361] Cfr. *ivi*, pp. 20-21.

composta dai piccoli proprietari e dagli affittuari delle zone collinari e montuose[362].

L'attività organizzativa dell'*intellighènzia* italiana s'accentuò dopo il '48, e non solo per la sensibile ripresa economica lombarda[363]: divennero primarie, dopo il trauma quarattontesco, le motivazioni politiche, perché le masse contadine potevano costituire il naturale alleato della borghesia nelle rivoluzioni nazionali. Difatti per tutto il «decennio di preparazione» ci si attivò per la creazione di un consenso ampio intorno al progetto unitario, posto sempre più, con il dispiegarsi degli eventi, sotto l'egida sabauda o cavouriana; un consenso che fosse socialmente allargato al Quarto Stato (la «plebe», come talvolta lo si chiamava, o «volgo», o popolo «basso», «minuto» ecc.)[364].

Quest'area sociale, ma anche l'area proletaria dei sospettosi, dei delusi, degli indifferenti al progetto risorgimentale

> bisognava cooptarla quanto possibile, si doveva intercettarne il consenso, anche chiedendo a suo vantaggio qualche concessione, in termini economici e diremmo sindacali, all'altro «popolo», quello dov'erano – con gli studenti, i professionisti, i letterati educati all'impresa eroica dai *Sepolcri* o da Mazzini – gl'imprenditori e i proprietari delle terre: ma senza esagerare, per non perdere il consenso [...] del dinamico popolo borghese degli affari [...], che non si smetteva di pensare come essenziale protagonista della rivoluzione italiana. Insomma la rivoluzione occorreva tenerla al riparo da ogni vera riforma sociale, e in questa prudenza moderati e democratici non differivano tanto[365].

---

[362] Cfr. Id., *Le campagne lombarde nel Risorgimento*, in *Democrazia e socialismo nel Risorgimento*, cit., pp. 44-75.

[363] Cfr. P. De Tommaso, *Il racconto campagnolo*, cit., pp. 34-36.

[364] La partecipazione dei contadini alla rivoluzione del '48 non ebbe infatti solo un movente ideale: le popolazioni rurali «ravvisavano, sì, nel governo austriaco l'oppressore, ma in eguale misura reputavano un oppressore il borghese – possidente, fittavolo, agente [...] – con il quale erano in rapporto diretto, e nel quale vedevano con evidenza immediata colui che li sfruttava e angariava» (*ivi* p. 51). Ne consegue che la loro insurrezione fu dovuta per lo più alla repressiva politica tributaria dell'Austria, che li colpiva con estrema durezza, e alla «carestia dovuta alle cattive annate del 1845 e 1846» (*ibid.*). Esistono moltissimi studi storici sul decennio di preparazione, tra cui mi è stato particolarmente utile G. Maffei, *Contesto*, in *Nievo*, Roma, Salerno, 2012, pp. 18-38. Infine, sul romanzo del Risorgimento cfr. *Il Romanzo del Risorgimento*, a cura di C. Gigante e D. Vanden Berghe, Bruxelles, Peter Lang, 2011.

[365] G. Maffei, *La fame dei più in alcuni testi del «decennio di preparazione». Una retorica reticente*, in «Griseldaonline», 16, 2016, pp. 6-7. La rivista è consultabile in rete.

Le nostre classi dirigenti si ripromisero, in altri termini, di far assorbire compiutamente, e senza pericolo di rigetto, la tradizionale concezione subalterna, sia pure adattata alle nuove istanze politiche, scongiurando altresì il pericolo di seduzione dell'ideologia socialista sulle masse. E strumento di penetrazione ideologica eminente fu quel tipo di pubblicistica – manuali, giornali, almanacchi – che si rivolgeva direttamente a contadini e operai, che si affiancò alla moltiplicazione di inchieste, di studi significativi armati di scienza statistica e economica sul mondo delle campagne, che pareva ormai inevitabile comprendere a fondo. Autori come Carlo Cattaneo, Antonio Allievi e Cesare Correnti dedicarono a tale questione lavori importanti; così come monografie cruciali – dal grande valore documentario – furono pubblicate da Giovanni Cantoni, Stefano Jacini e Carlo De Cristoforis: politici ed economisti di spicco, che dibattevano sulla questione da prospettive divergenti[366]. In esse si faceva un primo bilancio dei mali più acuti delle plebi rurali (analfabetismo, pauperismo, disoccupazione, ecc.), si suggerivano i rimedi più opportuni sulla scorta di studi di matrice positiva, si proponevano riforme e provvidenze atte a incrementare la prosperità di chi possedeva le terre o le conduceva in affitto o vi lavorava di braccia; studi accomunati dalla tendenza a stigmatizzare l'inerzia e la pigrizia dei ricchi proprietari, e da un invito accorato, da parte degli autori, alla tolleranza e alla benevolenza verso le popolazioni campagnole.

Sommamente rappresentativa di questo indirizzo è l'opera del liberista Jacini, *La proprietà fondiaria e le popolazioni agricole in Lombardia* (vincitore di un concorso bandito il 3 marzo 1851 dalla «Società d'incoraggiamento alle scienze, lettere ed arti» di Milano, e pubblicato i primi mesi del 1854). In essa lo studioso prende in esame lo stato delle campagne lombarde, esaminando i vari tipi di contratti agrari e i rapporti tra proprietari, fittavoli e coloni in Lombardia; affresco sociale dal grande valore documentario, da cui i letterati poterono trarre numerose

---

[366] Alludo ai saggi di C. De Cristoforis, *Il credito bancario e i contadini*, Milano, Vallardi, 1851; G. Cantoni, *Sulle sorti dei contadini in Lombardia*, in «L'Italia del Popolo», Losanna, 1850, vol. II, fasc. 5, pp. 537-591 (con firma Y.), ora col titolo *Campagne e contadini in Lombardia durante il Risorgimento*, a cura di C.G. Lacaita, Milano, Angeli, 1983; S. Jacini, *La proprietà fondiaria e le popolazioni agricole in Lombardia*, Studi economici, Milano, Borroni e Scotti, 1854. Ai tre autori, e alle rispettive interpretazioni e proposte riguardanti la questione contadina, Della Peruta ha assegnato un valore emblematico (cfr. F. Della Peruta, *La conoscenza dell'Italia reale alla vigilia dell'Unità*, cit., p. 37).

suggestioni. Ma per sensibilizzare le classi dirigenti Jacini abbisognava di materiale scottante, sicché non fece a meno di denunciare le misere condizioni – e la denutrizione cronica – del proletariato agricolo, le angherie dei fittavoli e dei proprietari, lo stato degradante delle abitazioni della bassa pianura, e dei contadini che vi vivevano asserragliati.

Furono nel complesso meno audaci i narratori che nelle province italiane dell'Impero, sedotti dalle ricognizioni degli studiosi, pure tentarono una rappresentazione nuova delle condizioni materiali della vita contadina. Ma la letteratura «rusticale», come per la prima volta la definì Cesare Correnti in un articolo del 1846)[367], fu gravemente ipotecata dalle cautele moderate, che si tradussero nelle forme limitanti dell'idillio. Nondimeno, rapportare tale produzione agli auerbachiani *Racconti della foresta nera* sarebbe fuorviante: nei nostri rusticali, le istanze apologetiche convivevano con elementi spiccatamente polemici. Bersaglio ricorrente degli scrittori era l'indifferenza – se non l'ignoranza, la mancanza di carità e responsabilità – del mondo civilizzato nei confronti dei villani. Un pregiudizio atavico: ritenuti oziosi, maliziosi, furbi, superstiziosi e grossolani, i contadini erano spesso invisi agli stessi riformatori. Pertanto si arrivava sovente a rovesciare l'accusa, con la presentazione esemplare della rettitudine laboriosa della comunità campagnola, contrapposta alla corruzione della città moderna, con i suoi vizi, il suo vuoto morale e i suoi eccessi. Se per Manzoni, fare storia, e storia anche della gente povera, «era stato illuminare gli elementi di un ordine superiore della natura, ricostruire un mondo gerarchico fatto di umili e di potenti, visto come prototipo di una condizione eterna e immodificabile», per i nuovi scrittori si prospettava una nuova missione: prendendo atto del «principio della modificabilità e della misurabilità delle relazioni sociali, si apriva all'operare letterario la prospettiva di un'indagine della realtà che fosse ricognizione sociale e tensione di controllo e di modifica»[368]. Un'apertura al popolo primitiva e inceppata, che eludeva la comprensione oggettiva

---

[367] Correnti ha con tutta probabilità desunto il termine «rusticale» dai volumi di poesie di Giulio Ferrario (*Poesie rusticali*, 1808; *Poesie drammatiche rusticali*, 1812), nei quali troviamo quasi tutti gli autori che Correnti cita e commenta a sostegno della sua tesi (cfr. S. Casini, *L'ipotesi rusticale dal «Conte pecorajo» alle «Confessioni di un italiano»*, cit., pp. 183-186). Il primo a conferire centralità a *Della letteratura rusticale* è stato De Luca nella sua ampia ricostruzione storico-critica (Cfr. I. De Luca, *Introduzione*, cit., pp. XI-LXIX).

[368] M. Columni Camerino, *Idillio e propaganda nella letteratura sociale del Risorgimento*, cit., p. 122.

dei fatti, giacché la realtà era invece sovente strumentalizzata: dietro il paternalismo che caratterizza questi primi tentativi 'rusticali', si celava infatti l'intento, da parte degli intellettuali, di assumere una funzione di guida delle classi inferiori, talché il confine tra letteratura e pedagogia tendeva a sfumarsi; e se il discorso populista italiano mise tendenzialmente l'accento «sulla fatalità della sorte di subalterno, rassegnato capro espiatorio di una situazione [...] inaffrontabile» ed eterna, non fu per genuino convincimento, come nel caso di Manzoni, ma per finalità estranee al dominio dell'arte nel senso più puro[369].

Rinunciando alle evasioni del romanzo storico, che si era svuotato, tra gli epigoni del grande Lombardo, di ogni carica sperimentale, e ridotto a pittoresco d'epoca e colore esotico, gli autori guardarono con interesse alla realtà contingente e prossima: vennero predisposte delle ambientazioni contemporanee, ma riadattando i *Promessi Sposi* e il suo serbatoio tematico alla nuova missione realistica[370]. D'altronde aggiornare il romanzo storico, forgiando, per la nuova Italia, un inedito «romanzo della vita contemporanea», era il verbo di Tenca, che sulle pagine del «Crepuscolo» e della «Rivista europea» stava ponendo le basi, in quegli anni, per la nascita di un'autentica letteratura popolare, allontanandosi sì dalle derive della scuola manzoniana[371], ma rifunzionalizzando sapientemente la lezione dell'archetipo, a cui si guardava con ammirazione per la sensibilità mostrata per gli ultimi e gli oppressi, e l'acume sociologico *tout court*[372].

---

[369] *Ivi*, p. 124.

[370] Sui *Promessi Sposi* come «ipotesto» della letteratura dell'Ottocento cfr. F. Fido, *il fantasma de «I promessi sposi» nel romanzo dell'Ottocento*, in Id., *Le muse perdute e ritrovate. Il divenire dei generi letterari fra Sette e Ottocento*, Firenze, Vallecchi, 1989, pp. 179-205.

[371] Resta tuttora valida sulla scuola manzoniana la sistemazione di F. De Sanctis, *La scuola cattolico liberale e il romanticismo a Napoli*, a cura di G. Candeloro e C. Muscetta, Torino, Einaudi, 1953. Per un profilo storico cfr. S. Romagnoli, *La letteratura popolare e il genere rusticale*, cit., pp. 89-99.

[372] Tenca si poneva «su una linea diametralmente opposta a quella restrittiva di Manzoni, affermando che il romanzo storico non era superato nella misura in cui divenisse la forma di una sempre maggiore apertura al campo della realtà: non più dunque "epopea civile", narrazione delle antiche memorie del popolo italiano, destituita della primitiva carica innovatrice in una fase storica in cui sul richiamo del passato prevaleva l'urgenza di una realtà da analizzare in termini ideologici» (M. Columni Camerino, *Idillio e propaganda nella letteratura sociale del risorgimento*, cit., p. 199). Ma nel saggio *Del romanzo in Italia*, pubblicato nel 1853, l'ottica muta sensibilmente: per l'articolista del «Crepuscolo» Manzoni è un «genio», il

Coerentemente con la riflessione dell'autorevole critico, gli scrittori adottarono uno stile semplice, ricorrendo a una documentazione particolareggiata e analitica della dimensione rurale. Il soggetto della produzione rusticale ha infatti poche affinità con «le genti meccaniche» che Manzoni aveva promosso, dotandole di caratteristiche etiche più che sociali, a dignità letteraria. Le genti campagnole, distinte da quelle di città, vengono ora individuate nella loro interna stratificazione, e dotate di un corrispettivo bagaglio culturale: pur non abbandonando il gusto per il primitivo, la «scena rusticale comincia ad essere popolata da una folla di braccianti, di pigionanti, di bifolchi, di fittavoli e, in misura maggioritaria, di donne divise tra mansioni agricolo-pastorali, impiegate nella raccolta del riso o [...] nelle filande»[373]. A tratti con spregiudicatezza maggiore rispetto a Sand, i 'rusticali' non evitarono accenni ai conflitti di classe del tempo, mettendo implicitamente in discussione – per spie ed indizi – i fondamenti e le strutture della società borghese.

2. *Letteratura e propaganda: modalità della soggettività umile nella narrativa di Giulio Carcano*

Esponente di spicco del gruppo cattolico-liberale lombardo, al cui interno ebbe grandi capacità organizzative, e di cui fu l'espressione più moderata, Giulio Carcano, manzoniano di formazione, fu tra i primi a sperimentare una narrativa di soggetto contemporaneo che sostituisse l'ormai esaurita vena del romanzo storico, lanciandosi con spregiudicatezza nell'esperienza campagnola[374]; produzione che nel 1871 riunì nella sua interezza nel volume intitolato *Novelle campagnuole*[375], cui faceva da introduzione il testo di Cesare Correnti, comunemente interpretato

---

pioniere di una rivoluzione estetica, colui che ha introdotto quel «popolo» in cui le nazioni avevano «cominciato a riconoscere la propria essenza», e che ha realizzato «quella mirabile coincidenza di sviluppo scientifico e letterario»: la *condicio sine qua non*, per Tenca, di una letteratura aderente allo spirito dei tempi contemporanei (*Del romanzo in Italia*, in «Storia in Lombardia», a cura di M. Viscardi, n. 2-3, 2013 pp. 202-203). Insomma, l'autore a cui rifarsi e da superare.

[373] M. Colummi Camerino, *La cornice della letteratura rusticale*, cit., p. 25.

[374] Sulla produzione di Carcano – e l'inquadramento storico dell'autore – cfr. P. Luciani, *«Armonia» della casa e «dipintura» del popolo nelle novelle di Giulio Carcano*, cit., 531-565 e F. Tancini, *Carcano novelliere rusticale*, in *Novellieri settentrionali tra sensismo e romanticismo*, Modena, Mucchi, 1993, pp. 161-201.

[375] G. Carcano, *Novelle campagnuole*, Milano, Carrara, 1871.

come una sintesi ideologica del ruralismo di metà Ottocento e una teoria del romanzo campagnolo.

Redatto sotto forma di lettera, il testo è indirizzato a Carcano, che viene insignito del titolo di caposcuola del movimento nascente, perché già autore di alcuni racconti sul popolo cittadino e rurale, oltre che del saggio sulla *Poesia domestica* (1839), in cui viene teorizzata la poesia degli affetti domestici[376]. Correnti restringe il campo d'azione: oggetto della rappresentazione non saranno più le classi subalterne in generale, ma specificamente le plebi rurali, da rappresentare con presa realistica, e senza i patetismi sentimentali (che Correnti bonariamente rimprovera all'amico)[377]; invito cui Carcano diede seguito con la composizione di nuovi racconti campagnoli (il primo dei quali fu *Nunziata*, composto tra il 1848 e il 1849, e pubblicato nel 1852), ancorché non rinunciando alla sua vena melodrammatica, che ne ha spesso condizionato la ricezione[378].

In realtà, sebbene le novelle campagnole costituiscano solo una stagione creativa del suo *iter* intellettuale, «il tema attraversa in misura più o meno marginale» tutto il suo *corpus*[379], coerentemente con un progetto di indagine delle classi popolari estensivo perseguito dall'autore: artigiani,

---

[376] Per un approfondimento si rimanda a M. Columni Camerino, *Idillio e propaganda nella letteratura sociale del Risorgimento*, cit., pp. 109-112.

[377] Il *primum movens* del manifesto è la ricerca di una tradizione autorevole: in aperta polemica con l'opinione comune, che reputava le lettere italiane «nobili e illustri», Correnti, che nel saggio si nasconde sotto la figura di un cacciatore semiletterato che si firma «O.Z.», rivendica la natura «popolare» della letteratura italiana. Non per nulla egli arriva a saldare i coevi esperimenti campagnoli in prosa con la vasta produzione rusticale in versi quattrocentesca e rinascimentale (cfr. C. Correnti, *Della letteratura rusticale*, in Id., *Scritti scelti, in parti inediti e rari*, a cura di T. Massarani, Roma, Forzani, 1891-1897, p. 204). È fondamentale la *Nota* redatta da Tenca, che si accompagnava al saggio, valorizzandone gli spunti e variamente integrandolo, in cui il critico allarga il perimetro delimitato da Correnti, annettendo al dominio della letteratura rusticale, oltre al Manzoni (scopritore della «poesia della vita volgare» e «della grandezza delle anime ordinarie»), gli economisti, pedagogisti e sociologi che avevano dedicato pagine accorate alle questioni agrarie (C. Tenca, *Nota*, in «Rivista Europea», marzo 1846, p. 365).

[378] Carcano è stato infatti considerato a lungo un semplice epigono manzoniano. Ciò fu presumibilmente dovuto alla stroncatura di De Sanctis, che vi aveva ravvisato l'espressione della massima degenerazione del manzonismo verso il formalismo e il sentimentalismo di maniera – per lui sintomatici dell'indebolimento morale che costituiva «il male del secolo» (F. De Sanctis, *La scuola cattolico-liberale e il Romanticismo a Napoli*, cit., pp. 49-50).

[379] F. Tancini, *Carcano novelliere rusticale*, cit., p. 167.

operai, impiegati e i diseredati dei suburbi della città di Milano popolano le sue pagine, e vi figurano come protagonisti. Tale intento si manifesta sin dai primi due testi di *Racconti semplici* (1843), la lettura dei cui esordi costituisce un canale preferenziale per l'individuazione dei due gesti narrativi che animano l'intera produzione carcaniana, e che lo scrittore variamente e dialetticamente rimodulò – con ibridazioni di forma e grado – nelle prove diegetiche della maturità: «Francesco fu il compagno della mia prima età, il primo amico del mio cuore. Eravam nati tutt'e due sotto questo carissimo nostro cielo, anzi fra le mura di questa stessa nostra città: ed io era di pochi mesi appena innanzi a lui nel cammino della vita»[380].

Nell'incipit di *Memorie di un fanciullo* (1834), compare un narratore autobiografico, proiezione finzionale dello scrittore borghese, che media i sensi del racconto al lettore, cui viene presentata la storia dell'adolescente protagonista (compagno d'infanzia dell'io narrante). Si può essere più precisi: la *mediacy* non è appannaggio di un narratore autodiegetico, ma di quello che Stanzel definisce *io-testimone* o *narratore periferico*: un narratore «che non è al centro degli eventi ma alla loro periferia», e che sebbene dica io, «non è il protagonista della storia che racconta»[381]. La sua presenza è garanzia di veridicità per il lettore, che ha l'impressione di assistere ad eventi realmente accaduti e moralmente esemplari: struttura ricorrente nella narrativa campagnola, non per caso contraddistinta dalla tensione ideale al 'vero'. E questo narratore si limita alla rappresentazione delle azioni dei personaggi, o tuttalpiù ne registra i discorsi (sempre ascrivibili all'ideologia delle classi dominanti): l'affondo nella dimensione interiore è precluso dal codice della *situazione narrativa in prima persona*.

A tale fenomenologia si contrappone il modello manzoniano – dominante nel *corpus* dell'autore – esemplificato dall'esordio di *Una povera tosa* (1835):

Quelle case a tre, quattro piani, a tre, quattr'ordini di ringhiere o di ballatoi, su' quali una porticella e una rozza finestretta quadrata s'alternano alla lunga a ogni piano, a ogni loggia, qui protette da un tavolato o da una imposta fessa per lo lungo scassinata, là da un lembo di tenda adente e bucherata, o da un vecchio disusato coltrone [...]; quelle case sono la misera, angusta

---

[380]   G. Carcano, *Memorie di un fanciullo*, in *Racconti semplici,* Milano, Manzoni, 1843, p. 79.

[381]   F. Pennacchio, *La teoria del racconto di Franz Karl Stanzel*, cit., p. 232.

dimora di una classe del nostro popolo milanese, che è di tutte la più numerosa e la meno studiata, la meno amata e la più sincera, la più dimenticata e povera [...].

[...] Qui è l'uomo nella sua verità semplice, solenne; qui il cuore che batte a nudo [...]; la virtù nel vizio – come una perla nel fango[382].

È il consueto incipit *emic*, con la manifestazione del narratore autoriale: non implicato in prima persona nel mondo d'invenzione, ma padrone della materia diegetica; compaiono sulla scena i segni miserabili della vita del subalterno, ancorché attenuati dai simpatetici commenti narratoriali, l'aggettivazione e i diminutivi, che preludono all'ingresso in scena della pia Rosa.

Mediante l'analisi di testi prototipici, tenterò dunque di delineare un percorso che sia esemplificativo della multiforme attività dello scrittore: all'analisi di *Angiola Maria*, caso di studio ideale delle strategie della soggettività popolare (per quanto la protagonista non appartenga propriamente al Quarto Stato), seguirà un *focus* su *Selmo e Fiorenza*, che si configura come la sintesi dialettica tra la narrazione allodiegetica e la narrazione eterodiegetica; infine, uno spazio circoscritto sarà dedicato a *Damiano*, che mi è parso opportuno isolare per la sua specificità contenutistica[383].

2.1.1 «Angiola Maria»

Dal proposito di una lingua semplice e fruibile, e dalla tensione manzoniana agli umili, germinò il primo romanzo a tematica domestica, *Angiola Maria* (1839), pubblicato sette anni prima de *La Mare au Diable*, e generalmente ritenuto l'archetipo del genere campagnolo in Italia (benché non abbia un'ambientazione propriamente contadina).

In Angiola Maria è trasposta per la prima volta in un contesto di contemporaneo la rete di situazioni, di figure, di tipi umani e sociali dei *Promessi Sposi*. Come nel romanzo di Renzo e Lucia, il gradiente di autorialità è elevatissimo. Il *teller-character* dirige paternalisticamente il racconto, ma si perde traccia dello statuto problematico della

---

[382] G. Carcano, *Una povera tosa*, in *Racconti semplici*, cit., pp. 67-68.

[383] Si è scelto di rinunciare a un approfondimento su *La Nunziata* perché in tale racconto la strategia prevalente è la mimesi 'obiettiva' degli atti esteriori dei personaggi, mentre il discorso interiore ha una funzione marginale.

narrazione manzoniana: se ne *I promessi sposi* il traduttore del manoscritto seicentesco, sgomento dinanzi all'impossibilità di comprendere il male e gli imperscrutabili sentieri della Provvidenza, è spesso costretto alla reticenza e alla sospensione del giudizio, qui il narratore non mostra esitazioni sul senso ultimo della vicenda. Nondimeno, *Angiola Maria* costituisce un caso «esemplare» di emancipazione «dal mondo ideologico [...] del romanzo storico»: sia per «la sostituzione degli affreschi storici con gli schizzi ambientali», sia per «l'accentramento» dell'intreccio «intorno ad un unico protagonista», sia per «il confronto tra un nocciolo di modelli ideali [...] impressi nella memoria letteraria» e «il presente, la realtà, la vita, che li contraddicono» e «li falsificano»[384]. D'altronde, ancorché abbozzata sull'«*idealtypus* dell'eroina romantica e manzoniana», la protagonista non è la semplice riproposizione del «modello di quieta e virtuosa bellezza di Lucia, sottomessa al sacrificio e ai disegni della provvidenza», né «tale nucleo ispirativo esaurisce» la portata innovativa «del romanzo», che si distingue anzitutto per la sua configurazione formale, in verità non esente da imperfezioni[385]. La disposizione del materiale per mezzo di quadri giustapposti determina infatti una scarsa tensione drammatica, e una mancanza di «collisione»[386], accentuata dal carattere affettivo-intimistico della scrittura, che non di rado ricorre a momenti patetici e lirici, o all'apporto della versificazione, che interrompe il flusso diegetico; ma tali elementi sono inscritti in una cornice in terza persona (dalle forti connotazioni autoriali).

L'opera è suddivisa in due libri. Il primo funge da prologo, con la presentazione dei principali attori del *plot*: da un lato la famiglia di Angiola Maria, composta dalla madre, il padre Andrea e il fratello vicecurato Carlo, il quale vive in una casetta sul lago di Como; dall'altro quella di Arnoldo Leslie (il signorotto inglese di cui la protagonista s'invaghisce). In questa prima parte, la narrazione indugia di rado sulla sfera psichica dei personaggi popolari: per lo più, si effonde la voce narratoriale (con le sue digressioni e descrizioni paesistiche, o con commenti e asserzioni su verità universali); e quando l'attenzione si rivolge agli attori della vicenda, essi vengono ritratti nelle loro esperienze corporee (azioni,

---

[384] F. Finotti, *L'innocenza perduta: strutture narrative dal romanzo storico alla storia domestica*, in «Lettere italiane», n. 4, 1989, p. 568.

[385] *Ivi*, pp. 568-569.

[386] F. De Sanctis, *Ultima degenerazione della scuola manzoniana, dal Grossi al Carcano*, in *La scuola cattolico-liberale*, cit., p. 33.

discorsi, silenzi ecc.). Tuttavia, nel primo libro vengono fornite le coordinate interpretative dello *storyworld*, ed è presentata la protagonista, che da subito appare estranea, nell'aspetto e nel portamento, al ceto contadino. Angiola Maria è effettivamente figlia di un castaldo. Accudita filialmente dalla nobildonna Anna (moglie del conte Francesco, presso la cui villa il padre svolge appunto le sue mansioni), Angiola Maria ha avuto modo, come le balzachiane Francine e Péchina, di ingentilire il suo animo («la sua mente» si distingue per il «trepido desiderio di pensare e di conoscere»)[387], alimentato dalle ricorrenti gite in città, e soprattutto dall'avvicinamento alla lettura (incentivato dalla stessa contessa), grazie alla quale sviluppa notevolmente la sua immaginazione.

Lo stato di quiete è turbato da due tragedie: le morti improvvise del conte Francesco (accompagnato poco dopo dalla consorte) e di Andrea, colpito da un malore improvviso. Le due donne si trovano sole a fronteggiare i problemi connessi alla gestione della casa e all'eredità (un capitale di cinquemila lire e un esiguo peculio lasciato alla protagonista dalla contessa), per i quali Angiola Maria chiede l'aiuto del fratello vicecurato, che per tre settimane soggiorna dalle donne.

In tali circostanze, mentre è diretto verso casa, dopo la messa, in una passeggiata serale, Carlo si imbatte per la prima volta in Arnoldo: un'anima singolarmente inquieta, per l'educazione ricevuta e per la sua dedizione ai piaceri mondani. Il giovane è turbato per il recente litigio con il padre Guglielmo. Quest'ultimo gli aveva combinato un matrimonio con una giovane aristocratica, ma Arnoldo si era rifiutato di obbedire, inducendo il genitore a uno sdegnoso mutismo, e alla sua partenza verso l'Italia (in compagnia delle figlie Elisa e Vittorina), dove aveva preso una casa a pigione (seguito poi da Arnoldo, che si era trasferito poco lontano dalla sua abitazione, nella speranza di riconciliarsi con lui). Il ribelle trova in Carlo un caro amico, e inizia a frequentarlo assiduamente. Ma non è un rapporto disinteressato, perché Arnoldo s'è invaghito di Angiola Maria, e, recandosi in casa del vicecurato, spera segretamente di sedurla:

> Egli non le aveva parlato quasi mai [ad Angiola Maria], quantunque la vedesse sovente [...]. Quindi Arnoldo ardeva del desiderio di conoscere i pensieri di quell'anima pudica e ritrosa, che pareva chiudere in sé stessa un tesoro di dolcezza e d'amore. E cominciò a pensare che la giovinetta doveva sentir con dolore la povertà della sua condizione[...]. *Arnoldo aveva*

---

[387] F. Finotti, *L'innocenza perduta*, cit., p. 34.

> *egli potuto legger nel cuor di Maria?… O era il suo un incauto sospetto, un fumo che appannava il limpido specchio di quell'anima pura*[388]*?*

È un campione rilevante: l'istanza diegetica interferisce nel processo soggettivo. In luogo del monologo narrato, si rinvengono degli enunciati del narratore (in corsivo), che s'interroga sulle ragioni dell'agire del personaggio. Tale *invasione di campo* è sintomatica di una macrotendenza stilistica: la predilezione per l'autore di una voce narrante intrusiva, poco propensa a rinunciare alla sua funzione interpretativa anche quando a essere rappresentata è la coscienza del personaggio.

Le zone introspettive si estendono considerevolmente nel secondo libro (in cui la fanciulla, incentivata dalle sorelle di Arnoldo, si reca in città per far fortuna e mutar vita). Esse sono concesse principalmente ad Angiola Maria, e senza particolari differenze di forma e grado rispetto ad Arnoldo; ma ciò non implica l'emancipazione del personaggio, che al contrario viene biasimato dal narratore per la sua scelta di evadere dall'eden paesano. L'impulso centrifugo è un pericolo per il vivere civile, che lo scrittore moderato, occultato dietro il suo dispositivo, mira a disincentivare attraverso la formalizzazione di una parabola esemplarmente negativa. In tale contesto, l'affiorare dell''anima' dei personaggi non è da interpretarsi come la concessione di una dignità; piuttosto, l'effusione della soggettivazione diviene lo strumento eminente di cui l'autore si serve per diffondere il suo messaggio. In altre parole, il personaggio è un'esemplificazione estetica dell'ideologia conservatrice dell'autore:

> Quand'era sola poi, rifletteva allo strano mutamento della sua povera sorte, domandava a sé medesima, perché avesse acconsentito a seguire una famiglia che non era la sua […]. Allora sentiva il desiderio d'una consolazione lontana, ignota, che nessuna cosa al mondo le avrebbe potuto dare […]. Per la prima volta, pensava a sé stessa, a sé sola, all'avvenire, ai suoi timori, alle sue speranze. *Oh! Perché tutte quelle angustie, perché quelle inquietudini e quel rammarico le si quietavano nel cuore, quando Elisa o Vittorina corresse a scuoterla da' suoi mesti pensieri con l'ingenuo bacio d'una sorella, quando sentisse soltanto pronunziar fra loro il nome d'Arnoldo, o sostasse al suono della sua voce, a quello de' suoi passi*[389]*?*

---

[388] G. Carcano, *Angiola Maria*, Firenze, Le Monnier, 1852, p. 79. Il corsivo è mio. D'ora in poi citato AM.

[389] *Ivi*, pp. 117-118. Il corsivo è mio.

Trasferitasi a Milano, Angiola Maria si sente perduta in un mondo a lei estraneo; l'unica consolazione è ascoltare il nome di Arnoldo. La protagonista sente la sua passione come una tentazione, ma non sa resisterle; la virtù alla prova della realtà si fa esitante. Provata dalla solitudine (per l'assenza di Arnoldo, che, una volta tornato in città, ha ripreso la sua vita mondana), la fanciulla accarezza il desiderio di tornare a casa, ma l'impossibilità di realizzarlo la getta nello sconforto, e sviene. È il preludio della sventura: tornato in casa dopo una festa mondana, il rampollo Leslie vede la fanciulla distesa sul letto; e affiora un pensiero perverso, reso con l'espediente dell'"a parte": «No! no! [...]: credo che se osassi toccarle un dito, la maledizione del cielo cadrebbe sul mio capo! Ah! perché mai è tanta la magia della bellezza nel dolore?... No, io non devo restar qui! [...]»[390].

Alla fine del soliloquio di Arnoldo, la fanciulla si sveglia. Terrorizzata, prova a sfuggire al suo persecutore; ma, rinfocolato dalla pudicizia della contadina, il nobile la bacia contro la sua volontà. Il trauma si ripercuote sulla psiche di Maria, che nelle notti seguenti è tormentata dal senso di colpa e da incubi terribili:

Sognava le cime delle sue montagne, i temporali del lago, il fulmine che incendiava la casa di sua madre; sognava d'essere trasportata attraverso a un turbine di polvere, in una carrozza trascinata da cavalli coperti di schiuma, e si vedeva seder vicino un giovine, vestito di nero, pallido e muto [...]. Voleva essa gettarsi dalla carrozza [...]. – Poi la scena mutavasi... Le pareva di trovarsi nella camera in cui era nata, nella camera del suo povero padre. Avvicinavasi allo scomposto letto, sul quale giaceva addormentata la madre sua [...]. Levavasi allora, stringeva tra le sue mani la destra della dormente; quella destra era fredda, fredda! Si chinava per baciar la fronte materna.... ahi! sua madre era morta! – Ma quest'affanno non bastava; altro era il luogo del sogno, altri i terrori. Era la chiesa del suo paesello, era il confessionale del vecchio paroco; ella si metteva in ginocchioni presso la piccola grata, tentava di parlare [...] alla fine mormorò una parola sola, e la voce del confessore proferì sul suo capo la maledizione del Signore e la dannazione eterna.... gran Dio! era quella la voce del fratel suo[391]!

L'onta subìta – ossessivamente rivissuta, con l'apparizione del giovane «vestito di nero, pallido» e «dagli occhi [...] ardenti» – è legata in un rapporto analogico, nella psiche della protagonista, alla distruzione

---

[390] Ivi, pp. 124-125.

[391] Ivi, pp. 134-135.

della realtà edenica: il fulmine che incendia la sua casa, la morte della povera madre, l'accusa lanciatale dal fratello vicecurato per il peccato compiuto...; una prefigurazione del destino infausto che l'attende. Perché Arnoldo astutamente opera «la sua seduzione [...] attraverso la religione»[392]: confessa di essersi convertito al cattolicesimo, di aver acquisito la virtù. E nella psicologia inquieta della contadina fede e sentimento s'intrecciano. Angiola Maria combatte contro se stessa, e continua a sfuggirgli. Ma l'esperienza maturata con il passaggio dalla provincia in città non è sufficiente a prevenire il male. La fanciulla crede ingenuamente alle parole del nobile, il quale le assicura che, dopo un anno (che egli intende passare in patria), essi potranno finalmente unirsi in matrimonio; una promessa subdola (infiorettata in bello stile), con cui quello stesso «nobile che sembrava così lontano dal prototipo del seduttore»[393] diviene infine simbolo della prosaicità dell'esistenza, e della sventura che attende tutti i popolani che rinnegano la loro condizione originaria.

2.1.2 «*Selmo e Fiorenza*»

1. Il teatro dei fatti narrati in *Selmo e Fiorenza* (uscito nel 1853 sul «Crepuscolo») è il Pian d'Erba, con la cui descrizione manzoniana (per la prospettiva panoramica e per l'analogia dei referenti) si apre il racconto. Ma in questo caso a prendere la parola non è un narratore estraneo alla storia (e al tempo) che racconta, bensì la proiezione dello scrittore, che ha conoscenza diretta dei luoghi di cui scrive, e che visita in prima persona:

> E quante volte io ritorno a respirare quell'aria, a contemplare quei monti, quell'acque, quel cielo, là dove albergano già tant'altre memorie del mio cuore, mi par come di sentire, nel bello semplice e maestoso della natura, nell'armonia solenne delle linee alpine, mano mano digradanti fino all'ampia e ubertosa pianura, una voce misteriosa di speranza e di pace [...]. Gli anni miei fanciulleschi corsero per la maggior parte nella serena e aperta campagna; e ora [...] l'anima mia ritorna a quell'asilo dimenticato, col malinconico e sincero voto del mio vecchio poeta [Parini][394].

---

[392] F. Finotti, *L'innocenza perduta*, cit., p. 570.

[393] *Ivi.*, p. 571.

[394] G. Carcano, *Novelle*, in *Opere Complete*, vol. 3, Milano, Cogliati, 1893, p. 362. D'ora in poi citato NV.

È evocato l'antico mondo patriarcale della Brianza: qui, «il contadino, nel suo rozzo stampo nativo, sembra essere più indipendente, più
schietto»; non per nulla vi si incontrano ancora i vecchi coloni, «che i
campagnuoli tra loro sogliono [...] chiamare i *reggitori*, fedeli a' costumi
de' padri loro»[395]. Presentandolo con scrupolo documentario, il narratore
intende parlare dunque di tale contesto, e racconta una storia di «pochi
anni» antecedente al presente della narrazione, che si finge sia vera; una
vicenda «dimenticata», che egli ha potuto ascoltare «in una vecchia serata
d'autunno, da un vecchio compare del paese» che «vi aveva avuto la sua
parte»[396].

Sicché chi racconta non è un *narratore testimone*, perché l'io narrante
non è collocato sullo stesso piano dei suoi personaggi, né sarebbe corretto
affermare che il narratore miri a restituire sandianamente il discorso
orale della sua fonte (alla maniera de *La Mare au Diable*, probabile
modello intertestuale); invece, questo narratore si appropria senza indugi
delle redini del *récit*. In altre parole, il racconto di secondo grado è condotto canonicamente con la *situazione narrativa autoriale* (sul modello di
Angiola Maria); e l'incontro nel primo livello con il popolano, custode di
una storia dimenticata, ha la sola funzione di corroborare l'impressione
di veridicità della finzione: il narratore si fa garante dell'autenticità dei
fatti, conquistando così la fiducia del lettore.

2. La tensione al vero del prologo viene disattesa nel concreto della
narrazione. Carcano non riporta fedelmente le condizioni dei coloni
della Brianza, bensì attinge al medesimo serbatoio tematico di *Angiola
Maria*: dalla riproposizione dello scheletro narrativo del capolavoro manzoniano (i protagonisti sono palesi riscritture di Renzo e Lucia) all'opposizione manichea tra campagna e città. Né muta la sostanza ideologica
dell'opera: in *Selmo e Fiorenza,* l'ideologia dell'*auctor* non è mai messa
in discussione dai personaggi popolari. Nessuna ambiguità: la materia
soggiace senza scampo alla pedagogia.

---

[395] *Ivi*, p. 363. Il riferimento è storicamente accertato. Come nota Della Peruta, «il
rapporto contrattuale tra proprietari e contadini più diffuso sino a circa l'inizio del
secolo XIX era stato quello della masseria. La masseria era un nucleo patriarcale di
quattro o cinque famiglie, che arrivava alle quaranta e più persone, diretto e rappresentato da un capo, detto *reggitore* [...]» (F. Della Peruta, *Le campagne lombarde*,
cit., p. 44).

[396] NV, p. 365.

La parabola di Fiorenza è esemplare: singolarmente civettuola, la bella fanciulla campagnola suscita le voglie di un giovane aristocratico. In seguito a un banale litigio con il suo promesso sposo (Selmo), che per gelosia le proibisce di recarsi presso la villa signorile in cui vive l'antagonista, la protagonista si lascia convincere da una cameriera della nobildonna proprietaria del fondo appigionato dalla sua famiglia ad abbandonare il suo innamorato e recarsi in città (dove invece diventa una cameriera fra tante).

L'impatto della popolana con il nuovo mondo è fonte di angoscia e terrore:

> Tutto quello che vedeva, che le sonava agli orecchi, quelle sembianze, quella musica frastornata da risate, da batter di mani, tanta gente scatenata nel vortice de' balli più strani, quel barbaglio di lumi, quelle facce nere e bianche, incappucciate, sporgenti qua e là dai palchetti, e il vedersi a ogni poco quasi strappata dal braccio della compagna, tutto le cresceva incertezza, terrore; e le somigliava un sogno, una ronda di fantasmi, un delirio. [...]. Alla Fiorenza, in quel momento, tornarono in pensiero le rozze e semplici allegrie de' suoi monti, quelle veglie di stalla quand'essa rideva tanto di cuore e cantava con lieta e fresca voce, di qualche «cara tosa innamorata»[397].

Nell'immaginario di Fiorenza, l'ebbrezza carnevalesca dell'alta società si contrappone alle «rozze e semplici allegrie de' suoi monti», di cui immediatamente prova nostalgia. Spaventata dagli sguardi indiscreti, dallo «sghignazzar fragoroso»[398] di taluni e soprattutto dalla sfrontatezza di un uomo, che, «senza baloccarsi, le cinse con un braccio la persona, e quasi di peso portandola, se la traeva di botto fuor del teatro»[399], Fiorenza trova sostegno in Antonio, un cameriere che giunge in suo soccorso in maniera cavalleresca, ma che ha intenti tutt'altro che nobili. Inizia un'opera di persuasione occulta: per conquistare la fiducia della vittima, egli diviene il suo protettore nel palazzo; e si alimentano i pettegolezzi. L'aria si fa irrespirabile, sinché, sollecitata dallo stesso Antonio, Fiorenza decide di lasciare la casa signorile, «e cercarsi altrove un pane che sapesse meno d'amaro»[400].

---

[397] *Ivi*, pp. 400-401.
[398] *Ivi*, p. 401.
[399] *Ivi*, pp. 401-402.
[400] *Ivi*, p. 405.

Sedotta e abbandonata dal cameriere, la giovane è costretta a vagare sola a lungo – incinta – in cerca di rifugio e protezione. Rincontrata dopo anni a Milano, presso una famiglia di lavandai (e con il suo bambino), dall'incredulo Selmo, Fiorenza si commuove, ripensando al suo passato felice e al momento nel quale disobbedì al suo promesso:

> Di pensiero in pensiero, la Fiorenza ritesseva tutta la sua vita passata. Ella dimenticò, non sentì più né povertà, né angoscia, né fame; e osò gettare lo sguardo entro a quell'abisso in cui era precipitata [...]. Le belle illusioni d'un giorno, le accarezzate fantasie della fanciulla inesperta fuggirono per sempre [...]. *Com'era avvenuta una sciagura così grande, e che necessità l'aveva tirata al passo fatale? Non le sarebbe forse stato possibile neppure il confessarlo a sé medesima: in quell'ora meno che mai. Oh! quanti a cui ella credeva, l'avevano resa infelice [...]!*
>
> E nel suo cuore, in quella crescente angoscia, risvegliavasi, quasi un nome da lungo tempo perduto, il ricordo d'una sera d'autunno, quando là, sulla sua collina, Selmo le aveva parlato così serio e mesto, perché ella più non mettesse piede dentro il cancello della villa; era stata la prima, l'unica preghiera di lui, e non lo aveva voluto ascoltare! Oh! tutto il male era cominciato da quel momento[401].

Malgrado si rinvengano atti linguistici che «si collocano [...] al confine [...] tra parola dell'autore e parole altrui» (nel lessico di Bachtin-Vološinov)[402], è indubbio che siano riportati i pensieri di Fiorenza: d'altra parte nel finale del campione affiora inequivocabilmente un monologo narrato («Oh! tutto il male era cominciato da quel momento»). Approfondimento soggettivo degno di nota: Fiorenza, a differenza di Angiola Maria, non ha ricevuto un'educazione che la distingua dal suo ceto (è una contadina a tutti gli effetti), e ha ceduto alla tentazione di sua iniziativa. Eppure lo scavo analitico non è indizio di una maggiore spregiudicatezza psicologica, ma solo di un'esemplarità condotta alle estreme conseguenze.

Il bambino, il frutto della colpa, si ammala; e avvilita, la fanciulla si abbandona al «desiderio di pregare»; quand'ecco manifestarsi una luce improvvista, manifestazione del divino che penetra nell'oscurità: «Si lasciò cadere del tutto sfinita, e nelle fitte tenebre vedeva risplendere, a traverso di una più larga fenditura del tramezzo, la timida luce di una stella; questa luce, mentre a' suoi pensieri era dato levarsi nel cielo, le

---

401 *Ivi*, pp. 456-457. Il corsivo è mio.
402 M. Bachtin-N. Vološinov, *Parola propria e parola altrui nella sintassi dell'enunciazione*, cit., p. 133.

balenò come una promessa di consolazione»[403]. Passo di probabile filiazione manzoniana, sebbene svuotato di ogni controversa problematicità, giacché il ritrovo della fede è con tutta evidenza imposto dalle esigenze dell'ideologia, a cui la vitalità mimetica del personaggio è subordinata[404].

Il perdono costerà alla donna un'espiazione lenta: propiziato dall'intervento mediatore del parroco del paese (che dà ai giovani la notizia inattesa della morte di Antonio: *deus ex machina*) e dall'intercessione della pietosa contessa (che risolve il debito contratto dal padre di Fiorenza con il fattore della villa), il matrimonio con Selmo, deciso infine a perdonarla, sarà possibile solo dopo la morte del figlioletto di Fiorenza, stroncato da una malattia. E il lieto fine è parziale: nonostante la ricostituzione del nucleo familiare, la sterilità della donna impedisce alla coppia di avere altri figli. Il traviamento della contadina non può essere rimosso senza conseguenze.

3. Anche l'itinerario di Selmo risponde al sistema ideologico dell'autore, sebbene non siano infrequenti le zone in cui il narratore demanda la visione al personaggio. Tale concessione non è casuale. Figlio di un artigiano di Alserio, il protagonista ha una costituzione particolarmente delicata, un'indole taciturna e incline alle malinconie: tratti che lo distinguono dai suoi compaesani (e dai fratelli, ben più vigorosi), i quali non di rado stigmatizzano i suoi comportamenti[405]. In virtù di tale diversità, Selmo preferisce la vita del manovale, più dura e incerta, a quella grigia e incolore del bottegaio. Ma l'impulso alla libertà – inconciliabile con la propaganda carcaniana – costituisce la causa prima della sua sventura. La colpa prima di Selmo è aver tergiversato per il suo desiderio di emancipazione: ancorché rinunci al suo nomadismo per l'amore di Fiorenza, egli non nasconde di voler acquisire una sua proprietà; sicché ignora il suggerimento del parroco, che lo aveva invitato ad accelerare le tempistiche di matrimonio, e ad accogliere la fanciulla presso il suo nucleo familiare per prevenire ogni pericolo. La fuga dell'amata è la giusta punizione

---

[403] NV, p. 458.

[404] Esso sembra ispirarsi alla notte tormentata che Lucia, in bilico tra angoscia e speranza, trascorre nel castello dell'Innominato, e segnatamente al momento dell'apparire improvviso del «chiarore fioco», che cattura la sua attenzione, infondendole speranza (cfr. *supra*, p. 26). Anche qui, come nel passo carcaniano, il narratore traduce le sensazioni del personaggio con l'ausilio della psiconarrazione.

[405] Sono diversi i luoghi in cui si insiste sul temperamento saturnino di Selmo.

per il suo orgoglio; ma troppo grande è il dolore: cosicché il sogno di fuggire lontano dall'Italia per dimenticare l'onta (alimentato dall'amico manovale Giannantonio) convive nella sua psiche con i suoi sentimenti amorosi, che Selmo non riesce a sopprimere.

Sintomatico di questo conflitto è il percorso che l'artigiano compie alla ricerca della sposa promessa in occasione del suo primo ingresso a Milano (che precede di qualche anno l'incontro risolutore con Fiorenza):

> Né tardò a scoprir di lontano, sebbene fosse la sera, l'alta guglia del Duomo, e i campanili del sobborgo di porta Comasina. La notte era bella, il cielo tutto stellato, e la frescura dell'aria rintegrava, dopo quella non breve camminata, le forze del povero giovine [...]. Mentre s'avvicinava ai luoghi che, da parecchi anni, più non aveva riveduti, mille pensieri l'occupavano; e andava cercando inutilmente al suo cuore un consiglio deciso, una ragione per essere almen certo di non far male [...][406].

Il richiamo a *I promessi sposi* non è solo di carattere tematico: come Renzo, Selmo osserva ammirato il Duomo; ed è analoga la focalizzazione interna sul popolano ignaro delle dinamiche cittadine[407]. Ma il recupero delle forme manzoniane della soggettivazione non ha per corrispettivo un approfondimento psicologico altrettanto raffinato. In effetti nel racconto carcaniano è assente il motivo della sommossa (e della seduzione che essa esercita sull'«eroe cercatore»). Avendo imparato dai suoi errori, Selmo è concentrato esclusivamente sul suo obiettivo, e non rinnega i valori della sua classe. L'eccezionalità del suo viaggio non pone un freno alla sua innata laboriosità: si impiega come garzone presso un capomastro di sua conoscenza, che gli fornisce vitali informazioni su Fiorenza. Tuttavia la sua missione è un fallimento: imbattutosi nel perfido Antonio, che sardonicamente gli dà notizia della fuga dell'amata dal palazzo nobiliare, il manovale si pente del suo proposito, rimpiangendo di non aver dato ascolto a Giannanontonio. Torna così su suoi passi, e il ritrovamento del paese, degli affetti e alla rassicurante dimensione domestica – reso con lo «stile dell'anima» (in corsivo) – è la riscoperta della felicità:

> Allorché, a mezza mattina, salite le prime alture su cui siede il ridente villaggio di Fabbrica, gli si aperse allo sguardo la varia e bellissima scena della sottoposta Brianza, del Piano e dei laghetti, ov'era il suo povero paese natale, e di là, nel sereno orizzonte, il dorso di Mombarro e quella maestosa

---

[406] *Ivi*, p. 439.

[407] Cfr. *supra*, p. 22.

giogaia del *Resegone* e de' monti di Mandello, il cuore gli balzò ancora, come per l'impeto di nuova passione: fu una gioia malinconica, che non avrebbe saputo dire a nessuno, un pensiero di quiete e di desiderio soave, che, per la prima volta, dopo tanto tempo, gli rinasceva nell'animo profondo. *Oh! quanti sogni erano svaniti, al pari delle nebbie leggiere di quel mattino d'in su i laghetti, che allora scintillavano come tersi specchi davanti a lui! Con quanta amarezza di memorie rivedeva quel cielo, quelle montagne, quelle acque, dopo quasi un anno di lontananza*[408]*!*

L'istinto conservatore ha prevalso, contro lo spettro di qualsivoglia ascesa sociale; la fedeltà alle origini – e a Fiorenza – segna il definitivo trionfo della sanità rurale e della morale «domestica».

2.1.3 «Damiano»

Di palese filiazione manzoniana (in quanto a *plot* e fenomenologia della voce narrante), *Damiano*, ambientato a Milano (dove marginali, borghesi e aristocratici convivono nel medesimo spazio sociale), racconta le disavventure di un'umile famiglia, e in particolare del primogenito eponimo. Il romanzo si fonda pertanto sulla dialettica tra il classico racconto di casi domestici e un'inusitata tensione alla dimensione pubblica (difatti apprezzata da Tenca), come ebbe a evidenziare anche l'anonimo recensore del «Crepuscolo» in un articolo ricco di spunti:

Il suo [di Carcano] *Damiano* non ci offre più soltanto la monografia di una passione che nasce e si spegne inosservata in un cuore, o la storia d'un patimento tutto domestico e solitario; noi vi troviamo la lotta viva e palpitante tra la povertà e la ricchezza, tra la libertà e l'oppressione, la lotta della virtù

---

[408] *Ivi*, p. 446. Il corsivo è mio. Non è superfluo rilevare che anche per l'umilissimo Selmo (come con Renzo), in maniera più pronunciata rispetto a Fiorenza, il narratore adopera tutti i dispositivi della soggettivazione, inclusi il monologo citato e il monologo narrato. Lo si evince nei seguenti campioni: «Pensava e ripensava alle ragioni perché la Fiorenza avesse abbandonata la casa di que' ricchi signori [...]; e parecchie n'andava mulinando, senza fermarsi mai su quella ch'era stata la vera. – *E perché dunque*, seguitava a dire fra sé – *non volle tornare a casa de' suoi? e perché almeno non fece loro sapere dove fosse?*» (*ivi*, p. 440. Il corsivo è mio); «Non voleva piegarsi al pensiero che potesse ributtarlo ancora, dopo averle a quel modo parlato a fin di bene. E poiché ell'era così cambiata [Fiorenza], così ridotta a mal termine, non avrebbe (egli credeva), resistito lungamente alla preghiera di tornare al paese, di andar presto a consolare i suoi, che certo non la volevano discacciare dalla lor porta. *E, se più non le importava di lui, non c'era ancora il padre suo? non c'era la Linda? e non l'amavano loro come prima?* (*ivi*, p. 459. Il corsivo è mio).

che soffre e spera contro l'iniquità fortunata e trionfante. L'autore non s'è contentato di penetrare nel fondo di qualche anima ingenua e sventurata e d'esporne i travagli e le delusioni; egli ha voluto frugare nel caos degli elementi sociali, a rintracciarvi alcuni delle sue più gravi disarmonie, e riprodurla squisita del suo stile leggiadro e patetico[409].

Ma l'attenzione alle «disarmonie» del corpo sociale – in cui il «rumoroso affollamento» della «vivace moltitudine»[410] fa da contraltare alla boria dei potenti (in realtà gravemente stereotipati) – non sottrae valore all'indagine psicologica, alla «monografia di una passione», giacché le due componenti si integrano senza frizioni nel sistema del romanzo.

Chiave di questo equilibrio è la caratterizzazione del protagonista. Figlio di un vecchio soldato di Napoleone morto nell'assoluta indigenza (condizione che incarna paradigmaticamente l'idea della mobilità sociale), l'orfano Damiano «porta in sé» elettivamente «i tormenti e le nobili fierezze della sua casta, tutta la luce che irradia un'anima generosa ed elevata»[411]. Modesto e operoso come i suoi simili – ma singolarmente acuto (in virtù dell'educazione ricevuta dal padre in gioventù e dei suoi avvincenti racconti, che ne hanno stimolato l'immaginazione) – il misero giovane, derelitto e col peso sulle spalle di una madre, una sorella (Stella) e un fratello destinato al sacerdozio (Celso), si trova a sostenere con le sue sole forze la famiglia, cui non è rimasto altro sostegno al mondo che un amico commilitone del defunto padre (il signor Lorenzo). Ma l'orfano segretamente vagheggia una condizione più consona agli studi che va compiendo (frequenta il ginnasio, è un operaio intellettuale, in qualche misura), e soprattutto intende sfruttare il suo talento, coltivato con religioso entusiasmo: Damiano è infatti un pittore prodigioso; e l'affinarsi della sua sensibilità – alimentata con le letture degli autori classici (Virgilio, Dante, Ariosto, Tasso ecc.) – e l'iniziazione ai sentieri dell'arte hanno per corrispettivo un deciso approfondimento psicologico, che si traduce nell'emersione del suo mondo interiore:

Damiano vedeva l'incertezza della riuscita, e pur non sapeva rinunziare a quella cara tentazione. - Finirò questi due anni di studio, diceva fra sé, e poi... O l'arte ch'io amo, o qualunque altro più umile mestiero, a cui mi

---

[409] *Damiano. Storia d'una povera famiglia raccontata da Giulio Carcano*, in «Il Crepuscolo», 30 marzo 1851, p. 54.

[410] *Ibid.*

[411] G. Carcano, *Damiano. Storia di una povera famiglia*, vol. 1, Milano, Borroni e Scotti, 1850, p. 54. D'ora in poi citato DM.

metterò con coraggio, mi darà pane. E chi sa che la vita non possa ancora esser lieta e bella, per me e per questi cari che fan viaggio con me sulla terra! Penso infine che tanti sono più disgraziati di noi, e pur vivono e debbono vivere.... E poi, siamo in un tempo che anche il povero ha una voce grande e forte, una voce che comincia a farsi sentire per tutto. Si può dir quanto si vuole – finiva – ma la giustizia è una, e quel ch'è vero è vero!
Il nostro Damiano la pensava così[412].

Il dolore per la morte del padre spinge Damiano ad abbracciare il destino di artista: servendosi del suo talento, si convince di poter far fortuna; ma tempestivamente interviene la voce del narratore, che, in maniera sottilmente ironica, si dissocia dal monologo del personaggio, facendo emergere il suo idealismo (corsivo) e la parzialità della sua visione: anche nei tempi in cui il «povero» sembra risorgere con «una voce grande e forte», insinua l'autore nel retroscena del testo, le gerarchie sociali sono entità assolute e immutabili.

Ha inizio lo scontro del protagonista con la società, dalla quale Damiano cerca impotente il riconoscimento della sua intelligenza. Le disavventure si susseguono senza sosta: intorno alla sorella – dolce, ingenua e bellissima: l'angelo tutelare della famiglia – si viene avviluppando una rete di intrighi e seduzioni, messa in atto da un vecchio e libertino patrizio, rinfocolato dall'innocenza della fanciulla, e intenzionato a violarla: il signor Omobono, che offre i suoi servigi a un signore ancor più corrotto e potente (l'Illustrissimo). E Damiano, il giovane studente, l'artista appassionato, vede rapirsi da un oscuro rivale il premio d'arte, a cui aveva agognato vegliando e spasimando per lunghi mesi. È il triste contatto con la realtà.

Scampato alla coscrizione, Damiano si impiega come artigiano presso un'officina, e ritrova la pace; ma la tela di misteriose persecuzioni ordita contro la sua famiglia si rinnova più forte e insistente di prima: trascinato in una rissa, inscenata ad arte dal signor Omobono, Damiano paga il prezzo della sua impulsività, e viene imprigionato. Nell'angusta cella ripensa ai suoi sogni svaniti, quando un giorno, udito il «canto lontano e malinconico» di Giovanni (l'amico prigioniero coinvolto come lui nella rissa), sentendo «crescer l'angoscia che portava nel cuore», riscopre le gioie di una vecchia abitudine, abbandonata colpevolmente da tempo:

---

[412] *Ivi*, pp. 71-73. Il corsivo è mio.

Per la prima volta, da che si trovava colà, cadde ginocchione, levò la mente a Dio, e pregò. – Nel pregare, sentì una consolazione così pura, così soave che si fe' a pensare come colui che ha fede nella verità non deve maledir, né disperarsi, né lasciarsi vincere dall'oppressione; perché la giustizia è una sola, e la verità non può mancare[413].

Superfluo, a questo punto, rimarcare la tendenziosità di queste pagine. Il ritrovamento del conforto divino – senza il quale il popolano non può che smarrirsi – prelude allo scioglimento della vicenda, e anzi ne è il principale motore: la provvidenza si incarna in un prete, Don Teodoro – pio, mite, amoroso: novello Fra Cristoforo – che si fa scudo della sventurata famiglia, affrontando *de visu* i nobili prevaricatori nel loro covo: un castello tetro e imponente; scena smaccatamente manzoniana, ma in questo caso risolutiva per il ripristino della pace.

Abbandonata Milano, in compagnia della madre e Stella, Damiano ottiene un posto come maestro di scuola in un paesello grazie all'intercessione del curato. Eppure nell'epilogo appare provato e spento; ed è egli stesso a mettere a fuoco, con un lungo rovello autoanalitico, le ragioni della sua infelicità:

> – A che m'ha condotto tutto quello che ho tentato e sperato fin adesso? – pensava. – Quella magia della bellezza che m'aveva fatto animoso, per cercarmi un nome fra gli uomini, si è dissipata; ho scambiato la mia vanità per una sincera vocazione […]. Pure, può essere stato per lo meglio. Adesso, mia madre potrà chiudere in pace i suoi giorni, mia sorella sarà felice lei pure, certo più felice di me....[414]

Al dispiegamento del mondo interiore del personaggio si avvicenda nuovamente il commento del narratore, che subdolamente allude al rapporto di natura causale che intercorre tra la sua cultura – da cui derivano le ambizioni improprie per la sua classe – e il triste destino cui è andato incontro: «Questi solitarii vaneggiamenti di Damiano eran fatti più affannosi, più amari dalle assidue letture d'alcuni libricciuoli che gli tenevano compagnia nelle lunghe passeggiate»[415], E i lunghi tormenti – come le prevaricazioni dei potenti a cui ha assistito impotente – hanno prodotto un cambiamento irreversibile nella sua personalità, un desiderio

---

[413] Id., *Damiano*, vol. 2, Milano, Borroni e Scotti, 1850, pp. 134-135. D'ora in poi citato DN.

[414] *Ivi*, p. 289.

[415] *Ivi*, p. 290.

di rivalsa che sublima nel suo amore per i miserabili. Incapace di convivere con i suoi rimpianti, insofferente nei confronti di tutte le ingiustizie del mondo, Damiano si risolve a partire soldato per combattere in nome della libertà dei popoli: causa in cui riversa tutto il suo ardore e le speranze frustrate. Morirà sul campo di battaglia (a Montevideo), solo e dimenticato, ma incamminandosi senza più remore lungo i sentieri dell'ideale[416].

2. Diverso in ogni aspetto da Damiano, «turbato dalle inquietudini d'un'intelligenza operosa e benefica», che «cerca un campo di azione più vasto» e perciò «soccombe combattendo»[417], il modello virtuoso del romanzo è Rocco. Fanciullo raccolto sulla via, mendico, deriso, appena creduto degno dei più bassi uffici in una bottega di un droghiere, questo personaggio rappresenta il popolo minuto, da cui anzi è messo ai margini; nondimeno, egli si ritaglia un ruolo di primo piano nell'intreccio, di cui è prova l'inedito affondo psicologico accordatogli dal narratore autoriale:

> Anche Rocco [...] non aveva conosciuto padre nè madre. Appena si ricordava del tempo che, bambino ancora, nella casipola d'un contadino aveva cominciato a piangere, per la paura dell'accanita comare che lo batteva e malmenava [...]. Ma non si ricordava più che nessuno l'avesse baciato mai, come vedeva fare con gli altri fanciulli; che mai alla sua voce non si fosse volta la donna da lui nomata la mamma [...]. La sola delizia, il solo sentimento di consolazione a lui rimasto di quel tempo era la memoria della chiesa del villaggio [...]. *Com'era bello quell'altare, quel luogo venerato e tranquillo, rischiarato dal lume de' ceri, che parevangli tante stelle! Come stava attento alle mistiche funzioni che ancora non avevano per lui nessun significato, come pendeva dalle parole non comprese del curato, quando compariva sul pulpito, adorno d'una stola d'oro*[418]*!*

Non è una scena singolativa. Tuttavia, nel tracciare il ritratto interiore del personaggio, l'istanza diegetica non esita a entrare nella sua mente, restituendone la temperatura emotiva con lo «stile dell'anima» (in corsivo): emerge l' entusiasmo e la gioia e la commozione provate abitualmente dal personaggio nella chiesa del villaggio, l'unico luogo in cui trova rifugio dai mali del mondo; concessione degna di nota per un

---

[416] Si tratta di un destino simile a quello di Joseph, benché in *Les Maîtres sonneurs* sia assente il motivo politico.

[417] *Damiano, storia d'una povera famiglia raccontata da Giulio Carcano*, cit. p. 54.

[418] DM, pp. 211-212. Il corsivo è mio.

fanciullo cresciuto nel totale abbandono, e dunque sprovvisto di qualsiasi alfabetizzazione, al punto da risultare per molti tardo d'intelletto. Ma la mancanza di una *forma mentis* razionale è compensata da una facoltà intuitiva di rara evenienza, che lo rende profondo e sensibile a suo modo, donandogli altresì una forte intesa con il mondo naturale; un 'primitivo' privo delle sottigliezze psicologiche dell'alta società, e perciò sommamente 'umile' (nell'accezione cattolica – e manzoniana – del termine), che *a fortiori* si lega simbioticamente a Damiano e la sorella, gli unici che lo hanno degnato di uno sguardo, accogliendolo oltretutto nella famiglia.

Soprattutto con Stella ha una naturale affinità, e se ne invaghisce teneramente; la giovane diviene sua compagna di giochi nonché educatrice. Difatti si prefigge di trasmettergli i primi rudimenti della cultura; ma Rocco resta ingenuo e selvatico. Pertanto l'inedita declinazione della soggettività è il segno di una differenza ontologica più che sociologica: se i pensieri di Damiano sono sovente restituiti con lunghi soliloqui drammatici (intervallati da diffuse psiconarrazioni), a Rocco sono destinate unicamente le forme indirette della rappresentazione, volte a tradurre nel lessico narratoriale il turbinio delle sue emozioni (avvertite solo a livello preconscio), o a simularne le *impressioni* visive e auditive; per giunta, accade che il suo racconto venga condito di sali comici, o contaminato da venature patetiche-sentimentali. Ma esso rimane complessivamente «serio» (nel senso che Auerbach dà all'aggettivo); e non è infrequente che il narratore si sbilanci verso il personaggio in scene ad alto tasso di drammaticità:

> Passò un'ora buona prima che vedesse scender dalle lunghe scale i due signori: il vecchio gentiluomo rimontò nel carrozzino; il suo satellite, fatta una gran riverenza col cappello in mano, si dilungò per la via. Ciò che passò nel cuore di Rocco in quell'ora eterna, nessuno lo seppe, altro che lui. Voleva correre dalla mamma Teresa, per domandar la causa di tale straordinaria visita [...]; voleva raccontare la cosa[419].

Chi racconta sembra guardare nettamente Rocco dall'alto verso il basso, sintetizzandone con parole le sue sensazioni e stati d'animo. Visti l'Illustrissimo e il signor Omobono confabulare segretamente prima di recarsi nella casa della signora Teresa (madre di Stella e Damiano), nella quale essi si spacciano per benefattori, il garzone, spaventato, corre ad

---

[419] *Ivi*, p. 244.

avvisare il signor Lorenzo, che giunge in soccorso della famiglia acquisita, sventando con il suo coraggio i tentativi di manipolazione degli antagonisti. Un intervento provvidenziale in soccorso dei padroni.

Non sarà il solo: abbandonando infatti la sua bottega, è proprio l'orfano a presentarsi, senza avvisare l'amico, alla commissione di leva; ed è per suo merito che la famiglia riesce a sfuggire alle grinfie dei suoi persecutori. Rientrato dalla missione in Svizzera (in congedo e ferito nel braccio), il giovane raccoglie dalle mani di Don Teodoro l'eredità del persecutore della sua umilissima madre, morta dandolo alla luce; figura che ha preferito rimanere nell'anonimato (si tratta dell'Illustrissimo), in quanto Rocco è in realtà suo figlio illegittimo. Ma una volta scoperta la verità (e le tristi disavventure di Damiano e Stella), Don Teodoro, affidabile protettore degli umili, si serve di questa informazione come arma di ricatto nel confronto dialettico contro il tiranno. Da qui le ragioni del suo successo.

Abbandonata Milano, una volta ricevuta l'eredità, in compagnia di Damiano e Stella, Rocco diventa un piccolo possidente (compra un poderetto), e dà sostegno e conforto ai suoi amici; ma nel finale appare turbato da pensieri molesti:

> Rocco stette lontano due giorni; al mattino del terzo tornò, rincantucciato in una sconnessa vettura fino a Varese; e di là a piedi s'incamminò per la solitaria valle. Andava lentamente, pensando fra sè che forse per l'ultima volta egli vedeva que' luoghi così belli, così cari.
>
> Ma perché non gli parevano più i luoghi di prima? Una tristezza più profonda di quella che in altro tempo avevagli turbata la vita e tolto quasi il lume dell'intelletto, gli s'era fitta nel cuore: in tutto il viaggio non aveva cambiata una parola con alcuno [...][420].

Incalzato da Damiano, l'orfano rivela il suo segreto: come il trovatello François (con cui condivide peraltro l'approfondimento soggettivo) egli ama la ragazza che l'ha accudito con amore quasi materno, benché sia qui scientemente aggirata la topica edipica; e in maniera analoga riesce infine a sposarla, divenendo così il salvatore della famiglia dopo un lungo percorso di formazione. Una possibile spia della ricezione del modello sandiano in Italia[421].

---

[420] *Ivi*, p. 295.

[421] Una filiazione non è da escludersi: *Damiano* fu pubblicato due anni dopo *François le champi*. Ha avvalorato tale ipotesi interpretativa Paola Luciani, che rintraccia nel romanzo altri echi dei romanzi francesi coevi: secondo la studiosa «la

Nel tessuto multicolore di *Damiano*, è dunque ravvisabile, intrecciata con altri paradigmi, una favola che è ragionevole definire picaresca: non nell'accezione ristretta del termine, con il quale Francisco Rico si riferisce a un concerto preciso e funzionale di scelte formali (*in primis* la narrazione autobiografica e l'adozione di un punto di vista ristretto), desunte dagli archetipi del genere (*La vida de Lazarillo de Tormes, y de sus fortunas y adversidades*, 1554, e *La vida de Guzmán de Alfarache, atalaya de la vida humana* 1599 e 1605), ma nel senso più ampio della formula (previsto altresì da Rico)[422], con il quale si allude a una certa omologia di temi, «che a torto o a ragione definiamo appunto picareschi», che sono tuttavia «calati in una forma allotria, e solo debolmente o episodicamente coordinati fra loro»[423]. Più in particolare, tale dialettica corrisponde a quel tipo di picaresco, proprio della letteratura di medio Ottocento, che si presenta come diluito e misto con altri geni nel gran genoma del realismo europeo. In effetti, come i picari Rocco è orfano costitutivamente, e non ha conosciuto i genitori (uno dei quali oltretutto dal passato oscuro e criminoso), conducendo una fanciullezza negletta, all'insegna della fame e del cambio continuo di mansioni e mestieri: prima fattorino presso un venditore di legnami, poi operaio «nella bottega d'un arrotino a girar la mola per dieci ore al giorno»[424], e ancora garzone presso il fondaco del droghiere e infine soldato. Non che non si rinvengano tratti divergenti: Rocco è infatti privo di qualsiasi malizia, e incline piuttosto alla rassegnazione e al sacrificio, in ottemperanza al cattolicesimo strumentale dell'autore; ma le analogie interessano particolarmente, perché *François le champi* e *Damiano* costituiscono solo due esempi, lo si vedrà, della declinazione di tale motivo nella produzione rusticale *tout court*: laddove il mondo interiore di personaggi consimili acquisisce diritto di cittadinanza e centralità, a conferma di una fenomenologia pervasiva – trasversale alle

---

peregrinazione» di Damiano «nei luoghi deputati della sua miseria» richiamerebbe infatti i «*Mystères de Paris*»; mentre dietro «la figura del veterano napoleonico» si celerebbe come ipotesto il «*Médecin*» balzachiano (P. Luciani, «*Armonia*» e «*dipintura*» *nelle novelle di Giulio Carcano*, cit., p. 558).

[422] Cfr. F. Rico, *Il romanzo picaresco e il punto di vista*, a cura di A. Gargano, Milano, Mondadori, 2001, specialmente l'importante *Poscritto. Romanzo picaresco e storia del romanzo*, alle pp. 131-158.

[423] G. Maffei, *Le 'Confessioni' di un picaro italiano*, in A. Gargano (a cura di), *Le maschere del picaro. Storie di un personaggio e di un genere romanzesco*, Pisa, Pacini, 2020, pp. 163-188.

[424] DM, p. 217.

poetiche e agli autori – sulle cui ragioni sarebbe proficuo interrogarsi seriamente[425].

3. *La soggettività popolare nei racconti di Caterina Percoto*

1. Quando l'articolo *Della letteratura rusticale* appariva sulla «Rivista Europea» del marzo 1846, la produzione narrativa di Caterina Percoto era iniziata da tempo; la lettura dello scritto del Correnti poteva soltanto offrirle utili spunti e suggestioni. La scrittrice aveva infatti già composto racconti d'argomento villereccio sufficientemente complessi. Si spiegano dunque le difficoltà d'inquadramento di una figura che si «rappresenta soggettivamente come "illetterata" e che si situa [...] ai margini del sistema letterario»[426].

Educata in un convento di clarisse a Udine, e uscitane «delicatamente religiosa, non bigotta»[427], la contessa friulana Percoto trascorse tutta la vita a San Lorenzo di Soleschiano (dove era nata), che lasciò solo per qualche breve viaggio; un villaggio circondato da torrenti che rendevano difficoltosi i contatti con le città limitrofe. Si tratta pertanto di un'autrice isolata culturalmente e geograficamente: l'antica famiglia comitale cui apparteneva, lungi dal garantirle un facile inserimento negli ambienti mondani, viveva una critica situazione finanziaria, ed era «costretta a fare i conti con un'agricoltura arretrata, incapace di assumere le dimensioni industriali che già si manifestavano nella vicina Lombardia»[428]. Il Friuli era difatti situato in una zona periferica, e si mostrava poco sensibile alle innovazioni: e per le (fortissime) sopravvivenze di strutture feudali, e per l'inesistenza di un'autentica «tradizione locale che andasse al di là di un»

---

[425] Rimanendo a *Les Veillées du chanvreur*, e precisamente al terzo e al quarto episodio del ciclo, si nota che anche Joseph e Fadette corrispondono a grandi linee alla tipologia qui delineata; ma è dubbio se la diffusione di questa tematica nel contesto italiano sia da attribuirsi *in toto* alla forza modellizzante dell'opera sandiana.

[426] M. Columni Camerino, *La cornice della letteratura rusticale*, cit., p. 33.

[427] R. Barbiera, *Figure delle terre gloriose. Caterina Percoto*, in «Nuova Antologia», luglio-agosto 1918, p. 28.

[428] T. Scappaticci, *La contessa e i contadini*, Napoli, Edizioni scientifiche italiane, 1997, p. 7.

ricco «patrimonio folklorico», depauperato oltretutto dalla progressiva «decadenza di Venezia»[429].

Per quanto tradizionalmente paragonata a Sand («sulla base di un'evidente ma un po'generica analogia di situazione e di scrittura femminile»), Percoto ebbe tuttalpiù presente (quantomeno agli esordi) il «filone campagnuolo di lingua tedesca» (che la scrittrice padroneggiava)[430]; l'influsso della scrittrice di Nohant non fu invece determinante, perché la prima fase della produzione campagnola di Percoto è antecedente al ciclo de *Les Veillées du Chanvreur*. La *provincialità* della sua narrativa appare il frutto di una scelta autonoma: perché se è vero che l'avvicinamento alla tematica rusticale fu stimolato dai contatti con le personalità eminenti della cultura milanese (Tenca *in primis*) e da Francesco Dall'Ongaro – alle cui sollecitazioni si deve la conversione alla narrativa (dopo un esordio filologico sulle pagine della «Favilla»[431]) e la prima prova d'argomento campestre, *Lis Cidulis* (1844), che precede significativamente il manifesto di Correnti[432] – è comunque certo che Percoto non avrebbe potuto capitalizzare il suo talento senza il processo di identificazione autentico con il mondo rurale, in cui trovò conforto dopo un'infanzia di reclusione nel convento di Santa Chiara.

La scelta esistenziale di vivere con i contadini favorì una rappresentazione più problematica delle masse rurali; Percoto non rigettava *a priori* l'idea del progresso, ma lo considerava attuabile attraverso un equilibrio virtuoso tra le forze della città e del contado. Da qui il carattere interclassista della sua scrittura, che non esita ad esplorare le raffinatezze dei caratteri cittadini con un'alternanza tra narrazione omodiegetica ed

---

[429] *Ivi*, p. 7. Non sorprende quindi che la letteratura campagnola trovasse nel Veneto (e nel Friuli) un *humus* particolarmente fertile: oltre a Caterina Percoto, anche la trevigiana Luigia Codemo si distinse per i suoi romanzi e racconti sulla povera gente del contado.

[430] S. Casini, *Sugli stessi luoghi. Il Friuli terra di elezione della narrativa rusticale*, in F. Savorgnan di Brazzà (a cura di), *Caterina Percoto: tra impegno di vita e ingegno d'arte*, Atti del Convegno (Manzano, 17-18 novembre 2012), Forum, Udine, 2014, p. 76.

[431] Si tratta di un saggio di traduzione di Friedrich Gottlieb Klopstock (*Il giudizio di Abbandona*).

[432] Sul ruolo mediatore di Dall'Ongaro – che per indirizzare Percoto sul sentiero rusticale le inviò *I Complimenti di ceppo*: una "storia di villaggio" alla maniera auerbachiana– cfr. B. Maier, *Introduzione*, in *Novelle. Caterina Percoto*, a cura di B. Maier, Bologna, Cappelli, 1974, pp. 7-9.

eterodiegetica, e il ceto contadino con un'apprezzabile audacia sperimentale nei racconti anteriori agli anni '50 (dedicati alle *scènes de la vie de campagne*), spartiacque ideale – secondo Adriana Chemello – che separa la prima dalla seconda serie di racconti (comunque confluiti nella raccolta del '58, preceduta dalla "nota" di Niccolò Tommaseo)[433], in cui predomina «una postura di carattere pedagogico destinata a rinforzarsi con il passare del tempo»[434]. Prima fase poi ulteriormente suddivisibile in due *tranches*, prendendo come riferimento il '48, quando l'impegno patriottico e antiaustriaco della scrittrice, trasposto ne *La Donna di Osoppo* (1848) e la *Coltrice Nuziale* (1850) – valorizzati per la presenza di accenni 'preveristi' (su tutti l'attaccamento alla «roba» dei popolani, effetto della miseria e delle condizioni critiche della guerra, osteggiata dalla scrittrice per il suo cattolicesimo) –, avrebbe l'effetto di turbare il rasserenante quadro idillico in direzione di una problematicità più scottante, seppur mai disgiuntamente dagli schemi rusticali[435].

In realtà, se di siffatto tenore possono essere le coordinate generali, mi pare vada affermato con fermezza, accogliendo i suggerimenti di Gino Tellini, che «l'aspetto decisivo» della narrativa di Percoto nel suo complesso non è la filantropia di marca pietistica, bensì «l'oltraggio riservato allo spettacolo della violenza sofferta dai più deboli [...] e dei suoi malefici effetti», la «tattile visualizzazione della forza esercitata contro gli inermi e gli indifesi» che s'impone allo sguardo del lettore[436]. Perché Percoto non si limitò ad esternare una generica compartecipazione emotiva – di segno populistico – nei confronti dei contadini; invece, la scrittrice ne rivendicò talvolta le istanze, dipingendo con obiettività le

---

[433] N. Tommaseo, *Ai lettori,* in C. Percoto, *Racconti*, Firenze, Le Monnier, 1858, pp. 7-8. Fa eccezione la novella *I gamberi*, che ebbe una complessa vicenda editoriale. Al riguardo cfr. I. De Luca, *Sulla novella 'I gamberi' di Caterina Percoto (con documenti inediti)*, in «Giornale Storico della Letteratura Italiana», CLX, 1983, pp. 547-574; CLXI, 1984, pp. 241-278; CLXII, 1985, pp. 48-103.

[434] A. Chemello, *Introduzione*, in C. Percoto, *Racconti*, Salerno, Roma, p. XX. D'ora in poi questa edizione sarà citata con la sigla RP.

[435] La condivisione della causa dei patrioti italiani coincide con la feroce controffensiva austriaca condotta nel Friuli dal generale Lavant Nugent e le violenze da parte dei militari della brigata Schwarzenberg che operava nella zona tra Visco, Jalmicco e Trivigiano. Al riguardo si veda T. Scappaticci, *L'approdo alla tematica risorgimentale*, in Id., *La contessa e i contadini*, cit., pp. 125-147 e G. Dell'Aquila, *Caterina Percoto tra letteratura rusticale e spirito patriottico*, in «Italianistica», 40, 2011, pp. 89-103.

[436] G. Tellini, *Nuove proposte per Caterina Percoto*, in *Caterina Percoto: tra impegno di vita e ingegno d'arte*, cit., pp. 31-32.

loro condizioni materiali; e soprattutto si avvalse delle forme della rappresentazione della vita psichica per dare espressione al loro mondo interiore (dolori, emozioni, speranze tradite…), arrivando finanche, nei due racconti qui analizzati (*Lis cidulis* e *Un episodio dell'anno della fame*), a veicolare un implicito dissenso nei confronti della *Weltanschauung* borghese.

3.1 «*Lis cidulis*»

1. Anteposto alla prima edizione dei suoi racconti, con il sottotitolo *Scene carniche*, *Lis cidulis* rappresenta un ideale *case study*. La struttura del racconto propone mediatamente la visione pacificata dei rapporti tra le classi. Lo si evince dalla compresenza di due piani distinti: da un lato la storia istintiva del proletariato rurale, dall'altro «l'iter simbolico di […] una classe […] disillusa, malata, inaridita negli affetti», che necessita della «spinta vivificante del popolo» per rigenerarsi[437]. Le trame procedono in maniera indipendente sino allo scioglimento finale: nel primo livello si svolge la storia di un legnaiuolo del contado friulano (Giacomo) e di una giovane contadina (Rosa), impossibilitati a unirsi in matrimonio a causa della miseria e delle alterne fortune; nel secondo l'itinerario della borghese Massimina, donna esangue dell'alta società che si rifugia in campagna per porre rimedio alla sua fiacchezza spirituale. E sarà proprio il suo intervento filantropico e illuminato a garantire il soddisfacimento delle genuine speranze dei popolani. Ma insistere sul pedagogismo nuocerebbe alla comprensione della portata innovativa di *Lis Cidulis*, perché in certi momenti si registra un'inedita apertura tematica alle complicazioni delle plebi rurali, presentate obliquamente attraverso un personaggio che ne condivide la prospettiva e i valori: la manifestazione della soggettività popolare riveste una funzione primaria, configurandosi come la strategia mimetica privilegiata per conciliare le consuete mire ideologiche e il nuovo impulso realistico nello spazio della diegesi.

Conviene iniziare dall'esordio, la cui inusuale configurazione è il sintomo di una mutazione categoriale che interessò l'arte del racconto ottocentesco *tout court*; una rivoluzione che si è soliti collocare almeno posteriormente al magistero flaubertiano, ma le cui tracce sono ravvisabili già in un racconto 'alto' come *Lis cidulis*, in cui l'esigenza di dar

---

[437] M. Columni Camerino, *Idillio e propaganda nella letteratura sociale del Risorgimento*, cit., p. 213, pp. 213-214.

espressione definita alle psicologie popolari condusse la scrittrice, forse inconsapevolmente, ad esperire soluzioni che sarebbero poi divenute canoniche nella seconda metà del secolo: «Volgeva il giorno al tramonto, e Giacomo, seduto sul dinanzi del pigro carrettone, giugneva appena sotto le sbiancate rupi di Amaro; egli avrebbe voluto divorare la via, guardava al sole che già si nascondeva dietro Cavasso, guardava ai cavalli stanchi, alla strada che si faceva sempre più ripida»[438]. A colpire è il fatto che l'attacco – brusco e stringato – dà per scontate molte informazioni. In contrapposizione all'esordio *emic* (modalità dominante – non solo in Italia – a quest'altezza cronologica, per la pervasività del modello manzoniano), in cui il narratore introduce la storia in modo 'ordinato', presentando i personaggi, lo spazio in cui agiranno e il tempo in cui si svolge con un'esposizione orientata verso il destinatario, qui i presupposti sono appena suggeriti. Il lettore deve dedurre da indizi le circostanze dell'azione; il ricorso all'imperfetto e agli articoli determinativi «familiarizzanti» indica che la descrizione è modellata sul punto di vista di un personaggio, di cui è esplicitato il nome *ex abrupto*. Si tratta dell'incipit *etic*, elemento costitutivo per Franz Karl Stanzel della *situazione narrativa figurale* (tipica del Modernismo). Presupposto essenziale per la fruizione è il processo di simbiosi con il personaggio, di cui si apprendono *in fieri* gli stati d'animo:

> *In tre anni di assenza, quanti rivolgimenti!* [...]. Era dirimpetto a Zuglio, quando le aeree campane di San Pietro suonarono l'Avemmaria. Quel suono lo commosse. Parevagli la voce conosciuta d'un amico che rivedi dopo lunga lontananza. *Quante memorie gli tornarono allora nel cuore! La sua fanciullezza passata, i genitori, gli amici, la patria, il primo palpito della sua anima innamorata* [...][439].

Viene data liricamente espressione alla nostalgia del popolano, che dopo tre anni di assenza osserva i mutamenti del suo paese, che ai suoi occhi mantiene inalterati i connotati idillici. Gli enunciati in corsivo non sono degli indiretti liberi di pensieri (malgrado i caratteristici segnali di interpunzione e intonazione), né è verosimile ritenere che il narratore riporti o traduca il dettato interiore del personaggio; piuttosto, sembra che la voce drammatizzi gli stati d'animo del contadino con l'impiego di

---

[438] C. Percoto, *Racconti*, a cura di A. Chemello, Roma, Salerno, 2011, pp. 3-4. Il corsivo è mio. D'ora in poi citato RP.

[439] *Ivi*, pp. 5-6. Il corsivo è mio.

risonanze attributive e di sostantivi astratti che denotano un'accentuata mobilità sentimentale: si può parlare a ragione di «stile dell'anima».

L'effetto d'immedesimazione con il personaggio è subito interrotto dal macchinista, che si manifesta scopertamente: «Erano tre anni ch'egli aveva abbandonato Arta per guadagnarsi il pane col mestiere del legnaiuolo. Era giunto a farsi benvolere dal suo padrone, aveva accumulato qualche risparmio, e ritornava in patria a far provvista di legnami, e nello stesso tempo a vedere se la Rosa gli era ancora fedele»[440]. È messa in luce la singolarità di questo contadino onesto e operoso, che ha lasciato il suo paese per un desiderio di qualificazione sociale e che vi ritorna durante la *fièste de cìdulis* dopo avere accumulato qualche risparmio ed aver conquistato la stima del padrone, che gli ordina di provvedere in prima persona a un carico di legnami.

Con il suo desiderio di moderata emancipazione, Giacomo incarna «la figura del popolano gradita alla borghesia illuminata e liberale»[441]. Questa capacità di iniziativa non contraddice l'egemonia della classe media, ma anzi vi aderisce acriticamente; eppure nel suo desiderio di rivedere l'innamorata, notiamo un'inusitata vitalità mimetica del personaggio che sfugge al mero didascalismo. Non sentendo infatti gridare, una volta giunto nel suo villaggio, il nome di Rosa tra le ragazze più belle da marito, inizia a sospettare della sua fedeltà; e i suoi dilemmi interiori sono verbalizzati con il pensiero indiretto libero, che restituisce una temperatura psicologica febbrile: «Ch'era dunque stato della Rosa? Avrebbe voluto lanciarsi tra i compagni e chiederne conto [...]. Potevano dirgli ch'ella era morta.... o maritata.... Ah! [...]. Era impossibile che si fosse contentata d'aspettarlo; lui tapino che non aveva di suo che le braccia!»[442].

Una prova di rara finezza analitica, che non rientra nella fenomenologia idillica. Ma i sospetti del legnaiuolo si rivelano infondati: Rosa è in realtà gravemente ammalata, «a causa della durezza di un lavoro nella cui descrizione il senso prevalente di una vita di fatica [...] annulla l'ottica arcadica con cui ancora correntemente si guardava alla vita dei campi»[443].

---

[440] RP, p. 7.

[441] T. Scappaticci, *La contessa e i contadini*, cit., p. 38.

[442] *Ivi*, pp. 9-10.

[443] M. Columni Camerino, *Idillio e propaganda nella letteratura sociale del Risorgimento*, cit., p. 216.

La delineazione dell'ambiente friulano è effettuata con la competenza di chi conosce a fondo i problemi del mondo rurale. Perché la condizione precaria dei coloni e la fame e gli stenti erano al tempo ferite aperte, che tuttavia pochissimi erano disposti ad ammettere senza eufemismi nei generi d'invenzione (deputati, nell'opinione universale, a una missione morale); mentre in *Lis cidulis* esse sono tematizzate attraverso il protagonista, che diviene un'implicita istanza critica e di denuncia: «Nella sua famiglia pativano di miseria; più volte s'accorse che la cena che le due donne gli riserbavano era cavata dalla lor bocca, e che i fanciulletti stentavano il pane. Erano sparutelli, quasi nudi [...]»[444].

Nella seconda parte del racconto, Giacomo scopre che la sua famiglia si è immiserita al punto da non poter più vivere del guadagno di un lavoro durissimo; crisi che riguarda il nucleo domestico come l'ambiente circostante: «I pastori affranti dal lungo viaggio seguivano lenti quell'immenso torrente di bestiame. Erano tre mesi che mancavano dalle lor case; tre mesi di una vita durata allo scoperto e quasi nomade, e pur su que' volti squallidi e rifiniti dalla fatica vedevi un raggio d'ineffabile allegria»[445]. Le annotazioni sui pastori «affranti» sono significative, e fungono da preambolo al discorso toccante del fratello di Giacomo sulla pochezza del pascolo dell'annata. Non stupisce dunque che di fronte alla miseria della sua famiglia il protagonista scelga di mettere a repentaglio i suoi progetti futuri: «Era venuto in paese con qualche soldo di risparmio e con una somma affidatagli dal suo padrone perché provvedesse legname. Comperò invece polenta pei suoi, provvide ai bisogni di Rosa ed intaccò ciò che non era suo»[446]. Columni Camerino ha quindi ragione quando sottolinea che la scelta di Giacomo è dettata dalla persuasione che col suo mestiere egli «potrà saldare il suo debito e realizzare, sia pure in un tempo lungo [...], il suo obiettivo di benessere famigliare» (un progetto misurato calcolatamente – con mentalità piccolo borghese – sul metro della tranquillità economica)[447]; ma la rinuncia non è meno dolorosa, ed è il frutto di una scelta maturata solo dopo un lungo esame di coscienza, che si articola attraverso la combinazione della psiconarrazione («gli si

---

[444] RP, p. 39.

[445] *Ivi*, pp. 39-40.

[446] *Ivi*, p. 39.

[447] M. Columni Camerino, *Idillio e propaganda nella letteratura sociale del Risorgimento*, cit., p. 217.

presentavano alla mente i nipotini nudi [...]», «vedeva sua madre malaticcia») e degli indiretti liberi melodrammatici:

> Non poté serrar occhio in tutta la notte [...]. D'altra parte gli sanguinava il cuore all'idea di dover privare la sua povera famigliuola di quelle due mucche, [...] e gli si presentavano alla mente i nipotini nudi, chiedenti pane, e udiva quei pianti prolungati [...]. Vedeva sua madre malaticcia, cadente, strascinar nell'indigenza di tutti gli ultimi giorni; e Rosa? Avrebb'egli avuto cuore di sposarla [...] senza avere di che mantenerla? [...] E se un suo figlio [...] avesse dovuto piangere [...][448]?

Ma soprattutto la fiducia di Giacomo in se stesso è malriposta: perduto il carico di legnami a causa di un incidente imprevisto, il suo progetto naufraga senza appello. Il popolo non è in grado di salvarsi da solo. E se da un lato l'intervento di Massimina riporta i conati del personaggio all'interno del raggio d'azione della classe media, dall'altro il gesto paternalistico non risolve le radicate difficoltà dei villani, rese pertinenti con sgomento dal prisma percettivo del protagonista: in assenza di isolate iniziative individuali, si evince indirettamente, le speranze dei popolani si sarebbero infrante contro il muro dell'impossibilità, e le ragioni materiali avrebbero strozzato sul nascere ogni illusorio sogno d'amore. La patina idillica entra in conflitto con il materiale scottante della realtà, che un accorto propagandista avrebbe sapientemente eluso; ma il cortocircuito della pedagogia comporta per paradosso l'aumento dello spessore problematico del testo, e dell'ambiguità discorsiva che è propria dell'arte, riluttante per natura ad ogni riduzionismo ideologico.

3.2 «Un episodio dell'anno della fame»

3. Pubblicato per la prima volta nel 1845 su «La Favilla» di Trieste, *Un episodio dell'anno della fame* costituisce una specola privilegiata attraverso cui osservare la compenetrazione di impegno realistico e intenti pedagogici nell'arte di Percoto, che in questo racconto si traduce in una mimesi a tratti spregiudicata (in rapporto ai canoni rusticali) della psicologia del Quarto Stato[449].

---

[448] RP, pp. 41-42.

[449] Sebbene riproponendo le consuete chiavi interpretative, ha recentemente scritto su questo racconto C. Secchi, *«Un episodio dell'anno della fame» di Caterina Percoto*, in «Studi sul Settecento e l'Ottocento», iii, 2008, pp. 119-128.

Nell'esordio manzoniano (quanto a declinazione della voce narrante) si avvicendano due momenti cronotopici distinti: tratteggiata rapidamente l'arcadia campagnola – con l'apparizione di una vite rigogliosa che si offre alla vista del passante contemporaneo («chi passa per Manzinello a tre porte a diritta della chiesa, vede una meschina casuccia, le cui due uniche finestrelle sono ora quasi nascoste da una vite [...]»[450]) – la linearità del racconto si arresta; e con un'analessi il lettore è ricondotto nell'infelice biennio 1816-1817, che s'impresse nella memoria collettiva a causa di una tremenda carestia, di cui sono elencati lapidariamente – con piglio quasi scientifico – le cause e gli effetti. A pagare le spese di quella drammatica situazione fu l'intera comunità campagnola, e anzitutto i braccianti; non per nulla uno di essi è il protagonista del racconto: un giovane di nome Pietro, costretto ad assistere impotente al deperimento della sua famiglia.

La digressione termina. Sono inquadrati il protagonista e la moglie Mara sulla soglia della loro casa, durante una sera autunnale, in preda alla disperazione; e il narratore si insinua nella sfera soggettiva della donna:

> Maria in silenzio guardava alla notte stellata [...]; e il pensiero, invece di tormentarsi del presente vagava nelle memorie del passato [...]. Nata nella semplicità dei campi, [...] s'era attaccata a' suoi padroni come se fosse della famiglia. Serviva non per mestiere, ma per affetto [...]. La povera fanciulla credeva di essere amata! *Non sapeva ella vedere l'immensa muraglia che il destino ha posto tra il ricco e il povero* [...][451].

Maria ha servito un mercante egoista con sollecitudine laboriosa e spirito di sacrificio (il modo in cui la borghesia amava immaginare gli umili). Si coglie tuttavia, attraverso il ricordo del personaggio, la prima spia di una denuncia sociale: affiora il motivo della colpevolizzazione di un ceto dirigente insensibile e sordo; ma il narratore prontamente interviene, esplicitando la distanza incolmabile tra i ceti, che l'ingenua contadina non coglie (in corsivo). Maria confida infatti ingenuamente nell'aiuto economico del suo ex padrone, sollecitando il marito a richiedergli un prestito. Ma ai due toccherà scontrarsi con la gelida indifferenza del mercante.

Arriva l'inverno, e le condizioni di Pietro e Maria si fanno insostenibili. Spinto dalla disperazione, il protagonista si risolve a rubare dei

---

[450] RP, pp. 133-134.
[451] *Ivi*, p. 135. Il corsivo è mio.

vitigni, nel cuore della notte di Natale, per poter almeno scaldare i suoi cari. Ma viene scoperto ed è costretto a fuggire:

> Aveva liberato un sette carracci, quando gli parve udire una pedata [...]. Si pose a correre, allora udì un fischio [...]. Intanto che il galantuomo che lo inseguiva si riebbe dallo sforzo fatto nel menargli quel colpo, egli aveva potuto guizzargli di mano e saltato il fosso [...], Nel dimani, giorno di Natale, come avrebbe fatto ad andare alla messa senza cappello? Tutti si sarebbero accorti del ladro; e Pietro, che per la prima volta costretto dal bisogno s'era posto a quella mala via, sentiva tutta la vergogna dell'essere scoperto[452].

Il lettore è portato ad assolvere il contadino: è infatti verbalizzato, con la strategia della focalizzazione interna, il senso di colpa del protagonista, costretto a contravvenire alla sua morale.

Passa del tempo. All'inizio della Quaresima, sempre più disperato, Pietro si ricorda di un suo vecchio credito presso un signore di Cividale di cui era stato colono; si mette quindi in cammino verso la città, sperando di ottenere la restituzione del denaro. Dinanzi a lui si profila una visione dolorosa: «Camminava a rapidi passi, e qui e colà sotto i pioppi che fiancheggiano il torrente, sui prati, lungo le siepi vedeva dei miserabili gettati per terra, chiedenti indarno un tozzo di pane, e moribondi per inedia»[453]. È documentata la disumana condizione in cui versavano i poveri durante la carestia. Ma a rendere pertinenti questi dati è il personaggio, di cui sono riportate le sensazioni con la *percezione indiretta libera*; tale esperienza conoscitiva è la molla che spinge il popolano a riflettere sull'insostenibilità della sua condizione. Si tratta della concessione a un umile di un'inedita complessità psicologica.

Il terreno è preparato per lo scontro drammatico: giunto nella cucina del creditore, «dove l'angoscia del contadino affamato è contrapposta agli odori inebrianti del pane e delle vivande per il padrone»[454], ha luogo il colloquio risolutivo, costruito sull'opposizione tra le supliche di Pietro e l'insofferenza del signore, che cerca ogni pretesto per liberarsi della sua presenza; e, messo alla porta, al contadino tocca assistere anche al crudele spettacolo della gente sazia, allegra ed elegante che affolla le strade della città, indifferente alla sofferenza di chi muore di fame:

---

[452] *Ivi*, p. 140.

[453] *Ivi*, p. 143.

[454] T. Scappaticci, *La contessa e i contadini*, cit., p. 62.

Erano giovinette colla paniera che correvano per recare un abito nuovo, [...]
erano canonici paffuti, dal maestoso portamento [...]; e poi belle signore
tutte camuffate, giovinotti dalla vispa andatura, dal ridere affettato, [...] e
dietro a loro un profluvio di odorate essenze; [...] e tutti volti sconosciuti,
che non davano un guardo a lui, che non comprendevano, e certo non
importava loro di comprendere, ciò che passava nel suo cuore[455].

Lo smacco definitivo. Senza più indugi, il contadino segue ostina-
tamente – in uno stato di semicoscienza (provocato dai patimenti e dai
penosissimi digiuni) – il signore che si reca in chiesa:

[Pietro] Gli stava piantato di costa e senza por mente né al luogo dove
trovavasi, né alle parole del predicatore [...], in maniche di camicia, colla
giubba sulle spalle e col petto scoperto su cui potevi contare le costole [...].
Gli corse un brivido per l'ossa [...] e in quella folla di uditori [...] più non
vedeva che una sola figura; quel contadino cencioso, che a guisa di scheletro
si rizzava sulle nude gambe, col volto disfatto, coi capelli irti e cogli occhi
incavati, fisi in lui e guardanti con un'espressione così sinistra, che non poté
più sopportarli, ed usciva[456].

È la messa in scena di una persecuzione muta ma ostinata, e d'altra
parte Pietro oltre non potrebbe spingersi; una denuncia che nondimeno
è efficace, giacché il signore gli concede, prima di fuggire lontano, un
minimo gesto di carità: getta impulsivamente per terra un tallero, come
per liberarsi di un tedioso senso di colpa. Il narratore asseconda il punto
di vista del signore, e non per caso la descrizione si carica espressionisticamente. Il contadino appare come una figura scheletrica, deforme,
mostruosa. Si tratta di uno stile afferente ai moduli dell'orrido, che
segnala un'alterità sociologica del personaggio; modalità che si discosta
dalle tradizionali connotazioni comiche o idilliche, cui erano destinati,
secondo la *Stiltrennung* auerbachiana, i soggetti del popolo basso prima
della svolta paradigmatica di metà Ottocento. Pare pertanto lecito ipotizzare che tale fenomenologia sia ascrivibile a una categoria mimetica
distinta: una possibilità alternativa con cui annettere, almeno a quest'altezza, determinati contenuti nell'ambito romanzesco; un altro tipo di
cautela formale, attraverso la quale Percoto poté descrivere, esorcizzan-
doli con la forza dello stile, la fame e la miseria degli umili. La separazione 'orrida' dello stile.

---

[455] RP, p. 145.
[456] *Ivi*, p. 147.

Il racconto prosegue. Dopo aver raccolto la moneta, Pietro si dirige verso casa. Ma arriva tardi, ricevendo la notizia della morte della madre, colpita da un morbo esiziale; sicché provato si getta sul letto, e in un lungo dormiveglia ripensa alle tragedie della sua vita:

> Nella cameretta contigua colla testa appoggiata alla stessa parete giaceva sua madre morta, e morta di fame! Udiva il piangere del suo piccolo figliolino, che andava facendosi sempre più fioco, ed in ultimo non era più che un gemito prolungato e così pietoso, che gli rimbombava nel cuore [...]. Poche pugna di quella biada bastato avrebbero a salvargli sua madre... Oh se i ricchi avessero voluto cedergli una delle loro facoltose giornate! quello che nelle loro case si gettò ai cani!... Tanti in questo mondo che nuotano nel ben di Dio, ed egli tapino neppur un tozzo di pane per vivere! [...]. In quel momento gli parve orribile la giustizia degli uomini, ed era tentato di spaccarsi il cranio pestandolo sulla parete che gli serviva di guanciale[457].

Pietro mette a fuoco le disparità sociali tra ricchi e poveri con un lungo rovello autoanalitico, che si conclude con un pensiero suicida.

È l'acme della tensione. Ma il flusso interiore prende una piega imprevista:

> Ma l'immagine di colei che era di là gli si presentò dinanzi come l'aveva veduta poche ora prima, colle labbra appoggiate ai piedi del Crocefisso, rassegnata a chiudere nel dolore una vita menata tutta di dolore; gli sovvenne l'ultima occhiata ch'ella gli diede, l'amore con che gli stese le braccia moribonde, come per stringerlo al cuore e confortarlo a patire; rammemorò l'affetto ch'ella gli aveva sempre portato; le preghiere che dalle sue labbra aveva imparate [...][458].

L'affiorare nella memoria dell'immagine della madre, capace di sopportare stoicamente ogni dolore, placa i tormenti di Pietro, che si addormenta sereno. Il contenuto potenzialmente eversivo è dunque aggirato, in questo punto strategico (con un lacerto psiconarrato), mediante l'attribuzione di una soggettività fittizia e tendenziosa al personaggio; e si materializza di colpo – senza raccordo apparente – l'epilogo edificante, nel quale il prete del villaggio giunge provvidenzialmente in soccorso del bracciante, trovandogli un lavoro sicuro e ben remunerato, col quale verrà ripristinata la pace idillica: una scelta narrativa che stride con la prima parte della novella, che avrebbe richiesto una soluzione consona al

---

[457] *Ivi*, p. 149.
[458] *Ivi*, p. 150.

livello di problematicità fino ad allora conseguito. Si determina cioè «uno squilibrio del tessuto narrativo»[459], il quale risulta tuttavia fondamentale ai fini dell'interpretazione, in quanto è il sintomo della contraddittorietà dell'ideologia di Percoto.

Considerando il testo nella sua totalità, si è infatti riscontrata una dialettica tra due esigenze opposte (ancor più evidente che in *Lis cidulis*): il bisogno della scrittrice di empatizzare con i contadini, riportandone le condizioni con crudo realismo, e al contempo l'esigenza di preservare gli equilibri sociali. Si tratta di una «formazione di compromesso», che si rende palese, oltre che nella scena della persecuzione, nella chiusa del racconto, dove Percoto verosimilmente avvertì la necessità di rettificare, in modo anche maldestro, il messaggio che nel testo veniva configurandosi: un messaggio di implicito *dissenso* nei confronti dell'ideologia dominante. Ha infatti insegnato Francesco Orlando che la letteratura, quando non è mero congegno ideologico, è costitutivamente la sede elettiva di un ritorno del rimosso storico e sociale, di quello che ha chiamato represso[460]. Ebbene, in *Un episodio dell'anno della fame* il rimosso sociale si esprime attraverso il canale della soggettività popolare: perché attraverso la prospettiva di Pietro il lettore del tempo aveva modo indirettamente di mettere a fuoco che le disparità e la prevaricazione di classe e la miseria contadina (tutt'altro che occultate dal dispositivo narrativo) non erano effetto dell'eccezionalità della carestia (che pure avrebbe dovuto abbattersi indiscriminatamente sulla popolazione, e che invece colpisce i ceti più umili in maniera esclusiva), ma si protraevano e si perpetuavano con più vigore nelle campagne friulane del tempo presente; scenario di crudezza realistica – emanazione dell'«inconscio politico» della scrittrice – che evidentemente strideva con le ragioni della propaganda, che mirava ad esorcizzare lo spettro della lotta di classe: da qui la modifica autoriale *in extremis* (vieppiù sintomatica) del finale. Ambiguità che invita a sfumare e sfaccettare la diagnosi classista, a conferma che la letteratura buona è sempre cosa politicamente complicata, che rende difficile conferire a un testo i segni valutativi del più e del meno.

---

[459] M. Columni Camerino, *Idillio e propaganda nella letteratura sociale del Risorgimento*, cit., p. 223.

[460] Il riferimento più ovvio è a F. Orlando, *Per una teoria freudiana della letteratura*, Torino, Einaudi, 1992.

4. *'Déclassés', veglie, picari. I sentieri della soggettivazione nella produzione rusticale di Ippolito Nievo*

Malgrado appartenesse a una generazione diversa (e conducesse uno stile di vita lontano da quello della contessa contadina, di cui condivise il medesimo progetto culturale e la presenza civile), anche Nievo, proveniente – quantomeno dal lato materno – da una nobile famiglia come la Percoto (che conosceva personalmente),[461] fu un osservatore realistico e appassionato delle campagne a lui più familiari: quelle del Friuli, del Veneto e della bassa mantovana, che percorse «con lunghe e faticose escursioni miranti a raggiungere una conoscenza "dal basso" non solo della natura e del paesaggio agrario ma anche dei lavoratori della terra nel concreto della loro esistenza quotidiana»[462]. Del resto Nievo aveva dei contadini, oltre che una conoscenza letteraria (era rimasto folgorato in età giovanile da *La Nouvelle Héloïse*, e poi da Sand) un'esperienza diretta: figlio di un magistrato, «apparteneva a uno dei ceti borghesi più attivi e che con maggiore convinzione avevano fatto propria la causa risorgimentale»[463]; un ceto a stretto contatto sia con i residui della classe feudale sia con l'artigianato e il proletariato contadino[464].

È per queste ragioni che l'autore de *Le confessioni di un italiano* (1857-1858) fu capace di maturare, unico tra i nostri 'rusticali', una coerente concezione sociale e politica, che si tradusse – a partire dal fervore democratico dei *Versi* del '55, per presentarsi poi in forma compiuta nel saggio *Rivoluzione politica e rivoluzione nazionale* (1859)[465] – in una poetica

---

[461] Tra Percoto e Nievo «non vi fu per quanto risulta allo stato attuale delle ricerche un'amicizia, o almeno una consuetudine, uno scambio di tipo letterario o culturale, che aiuti a spiegare questa prossimità di opere rilevanti anche sul piano della storia letteraria italiana. Dal punto di vista documentario, sappiamo solo che i due scrittori si incontrarono una volta a Milano nel salotto di Clara Maffei; e che una volta Carlo Tenca affidò a Nievo, diretto in Friuli, una lettera destinata a Caterina» (S. Casini, *Sugli stessi luoghi. Il Friuli terra d'elezione della narrativa rusticale*, cit., p. 61).

[462] F. Della Peruta, *Nievo «Politico» e la questione contadina*, in G. Grimaldi e P.V. Mengaldo (a cura di) *Ippolito Nievo e il Mantovano*, Atti del Convegno Nazionale di Rodigo del 7-9 ottobre 1999, Marsilio, 2001, p. 383.

[463] P. De Tommaso, *Il racconto campagnolo nell'Ottocento italiano*, cit., p. 141.

[464] Cfr. M. Columni Camerino, *Introduzione a Nievo*, cit., p. 24.

[465] Al riguardo cfr. almeno M. Gorra, *Introduzione a «Rivoluzione politica e rivoluzione nazionale»*, in I. Nievo, *Rivoluzione politica e rivoluzione nazionale*, a cura di M. Gorra, Udine, Istituto venete friulano, 1994, pp. 22-91.

dalla marcata connotazione civile, volta a fare della letteratura uno strumento capace di incidere concretamente nella società contemporanea, e tendente al progresso. Non per nulla egli aveva mutuato da Tenca – e da Mazzini, dai cui ideali era stato sedotto – la missione di un contenuto e di una lingua accessibili anche agli strati inferiori della popolazione. Erano però indispensabili indicazioni programmatiche meno generiche sulla nozione di letteratura popolare; ne scaturì la composizione degli *Studi sulla poesia popolare e civile massimamente in Italia* (1854), uno scritto asistematico che si configura come un «ripensamento storico delle forme originarie e native dell'espressione poetica» (dalla letteratura greca e latina per passare alla tradizione italiana: da Dante a Giusti)[466]. In esso si avverte impellente il bisogno di provvedere – con una letteratura popolare quale l'aveva intesa Berchet – all'educazione morale e civile dell'intera compagine nazionale, e peculiarmente degli strati sociali tenuti ancora ai margini della vita pubblica, per cui occorreva al contempo prodigarsi, in ossequio a un imperativo di umana solidarietà, per il miglioramento delle critiche condizioni di vita.

Vi erano insomma le basi per l'approdo alla narrativa campagnola. Un amore tardivo: prendendo come riferimento cronologico il manifesto di Correnti, si constata infatti che «Nievo arriva alla letteratura rusticale con dieci anni di ritardo, dieci anni nel corso dei quali non solo i programmi […] erano stati aggiornati se non rivoluzionati dall'imprevisto successo dei *romans champêtres* della Sand»; ma era anche mutato lo scenario «dopo gli eventi del '48»[467], quando in «Italia l'ipotesi campagnuola nella sua prima formulazione appariva ormai superata dagli eventi, almeno presso gli intellettuali milanesi che più l'avevano caldeggiata e promossa»[468]. D'altra parte per lo scrittore quella rusticale fu solo una fase (circoscrivibile al biennio 1855-1856) di un percorso letterario originale e tumultuoso[469]; e, differentemente dai predecessori, fu Nievo in prima persona, sulla base delle sue riflessioni personali (maturate in completa autonomia), a contattare Tenca e Correnti (di cui verosimilmente conosceva il saggio *Della*

---

[466] P. De Tommaso, *Il racconto campagnolo nell'Ottocento italiano*, cit., p. 141.

[467] S. Casini, *L'ipotesi rusticale dal 'Conte pecorajo' alle 'Confessioni' di un italiano*, cit., p. 183.

[468] *Ibid.*

[469] Cfr. S. Romagnoli, *Nievo scrittore rusticale*, cit., p. 9.

letteratura rusticale)[470], oltre che Carcano, dal quale tentò di distanziarsi dal principio con l'elaborazione de *Il Conte pecorajo*: «ho in mente di far saltar fuori un Romanzo il quale in barba al Lampugnani sarà contadinesco e non alla Carcano»[471]. L'unico autentico romanzo «contadinesco» della letteratura preunitaria.

Non si trattò di un'impresa isolata. Nate dalle medesime ispirazione, e che avrebbe poi voluto raccogliere in un *Novelliere campagnuolo,* come poi non fece[472], furono scritte, tra il 1855 e il 1856, e quasi tutte in questi anni pubblicate in giornali e riviste, *La nostra famiglia di campagna, La santa di Arra, La pazza del Segrino*, il *Varmo*, e infine le tre novelle che si fingono parlate dal bifolco Carlone: *Il milione del bifolco, L'Avvocatino, La viola di San Bastiano;*[473] testi polimorfi che si legano in un rapporto di continuità con il *Il Conte pecorajo*, ma in cui l'autore sperimentò, nel complesso con una maggiore forza inventiva (rinnovando dall'interno il genere rusticale), diverse modalità espressive[474], che esplorerò attraverso un esame ravvicinato di tre casi rappresentativi, iniziando dal romanzo contadinesco.

---

[470] Con tutta probabilità, Nievo lesse anche un importante scritto programmatico correntiano (uscito sul *Nipote del Vesta verde* nel 1855), *Casa nostra*, in cui si rinvengono molti dei temi affrontati da Nievo nella sua narrativa campagnola (cfr. S. Casini, *L'ipotesi rusticale dal «Conte pecorajo» alle «Confessioni di un italiano»*, cit., pp. 187-188). L'autore del saggio dichiara infatti che è ormai finito il tempo della vecchia ipotesi della letteratura rusticale, e dei suoi lamentosi cantori (Torti, Grossi e Carcano), e annuncia un nuovo «Vangelo rusticale» che sappia interpretare in senso civile, e non meramente letterario, le esigenze dell'agricoltura e delle popolazioni rurali (C. Correnti, *Casa nostra*, in *Il Nipote del Vesta-Verde*, Strenna popolare per l'anno 1855, anno I, Milano, Tipografia del dottor Francesco Vallardi, 1855, p. 163).

[471] I. Nievo, Lettera ad Arnaldo Fusinato, gennaio 1856, in *Lettere*, a cura di M. Gorra, Milano, Mondadori, 1981, pp. 370-371.

[472] Nel suo insieme macrotestuale il *Novelliere campagnuolo* esiste solo come intenzione d'autore. Al riguardo cfr. la lettera a Fusinato del 10 maggio 1856 (*ivi*, p. 76).

[473] *La pazza del Segrino* e *La viola di San Bastiano* (l'"originale") uscirono più tardi, nel 1859.

[474] A riscoprire il Nievo 'campagnolo' fu Iginio de Luca, il quale lo collocò, nella già citata introduzione all'edizione Einaudi del *Novelliere*, nel contesto di riferimento (I. De Luca, *Introduzione*, in I. Nievo, *Novelliere campagnuolo e altri racconti*, cit., pp. XI-LXXXII. D'ora in poi citato NC).

4.1 *«Il Conte Pecorajo»*

Sullo sfondo del suggestivo paesaggio del Friuli e del piccolo borgo di Torlano – uno scenario feudale, dove si intravedono segnali di un nuovo dinamismo economico e sociale (con la conseguente crisi della classe aristocratica) – si snodano le vicende de *Il Conte Pecorajo* (1857). Si tratta di una *Storia del nostro secolo*, come recita il sottotitolo; di un racconto che si fonda strutturalmente su una contraddizione: lo «scarto tra il presente che Ippolito dichiara di voler indagare e il passato di cui è sinonimo il villaggio», «tra la presa realistica necessaria a raccontare» il presente e «l'idealizzazione di cui aveva gratificato il remoto mondo contadino»[475]. Ne deriva la fusione dei procedimenti del romanzo storico – le note con funzione documentaria, i commenti interni al testo e il dialogo ravvicinato col lettore, nonché l'ampia informazione che il testo offre circa la geografia, le tradizioni e i costumi delle campagne friulane – e i moduli del racconto contemporaneo: un narratore esterno (per lo più autoriale) racconta una vicenda che prende l'abbrivio al principio del XIX secolo, ma che sviluppa la sua parte centrale nel tempo dello scrittore.

Per quanto intenzionalmente ripudiato – come testimonia la radicale riscrittura cui Nievo sottopose il romanzo nell'edizione del '57 (al fine di distanziarsi dalla prosa languida e incolore dell'autore di *Selmo e Fiorenza*)[476] – il modello carcaniano pare presentissimo nella sostanza del testo: l'ossatura del *plot* è infatti piuttosto convenzionale e semplice, sicché parrebbe destinata a «lettori poco scaltriti»[477]. La trama si riassume presto: Tullo, conte di Torlano (erede di una nobile famiglia decaduta), sopravvive sfruttando e opprimendo i contadini al pari del padre, usurpatore dei diritti di un ramo cadetto, cui invece appartiene Santo.

---

[475] M. Columni Camerino, *Introduzione a Nievo*, Bari, Laterza, 1991, p. 57.

[476] Si tratta di una lingua artificiosa. Al riguardo sono cruciali le riflessioni di Pier Vincenzo Mengaldo: «il prelievo dai vasti serbatoi del letterario fa tutt'uno con ciò che possiamo chiamare la fuga dal *mot propre* [...] a favore del sinonimo ricercato o della perifrasi, insomma dell'*eufemismo*»; cosi in Nievo «una consuetudine scrittoria introiettata e divenuta quasi automatismo fa violenza al gusto nativo per l'espressione concreta e diretta» (P.V. Mengaldo, *L'epistolario di Nievo. Un'analisi linguistica*, Bologna, Il Mulino, 1987, p. 230). In questa sede, mi rifarò al testo critico del '57, curato e introdotto da Casini (che citerò d'ora in poi con la sigla CP); ma sempre Casini ha recuperato (ed è stata pubblicata nel 2011, sempre a sua cura, in un altro tomo dell'Edizione Nazionale) una primitiva stesura completa del *Conte*, che risale (tolte le varianti legate a fasi successive di revisione) alla primavera del 1855.

[477] G. Maffei, *Nievo*, cit., p. 110.

Si tratta di un nobile pastore (titolo ossimorico), che insiste perché gli abitanti poveri della montagna imparino a coalizzarsi, negli organi rappresentativi del comune, contro le prepotenze del partito capitanato da Tullo. Ha una figlia graziosa, Maria, orfana di madre (una fornaia di Roma), che è insidiata dal rapace signorotto di Torlano. Sicché cede alle sue lusinghe e resta incinta. Ne consegue l'addio al paese natale, e la fuga in città, dove paga la sua colpa con la durezza dell'esilio; ma il ritorno al villaggio segna la riabilitazione dell'eroina, che, dopo la morte dell'antagonista, sposa Natale, un amico d'infanzia anch'esso tornato in patria dopo un viaggio d'iniziazione.

Una meccanica piuttosto elementare, che ripropone in buona sostanza i consueti schemi populistici. È sufficiente considerare le parole che Giuliana (umilissima amica di Maria) rivolge alla protagonista: «Ti hanno lasciato imparare troppe cose, la mia piccina; ed io ho sempre udito dire che la sapienza è come la ricchezza, che porta sventura»[478]. Parole affidate strumentalmente al personaggio popolare, attraverso il quale il narratore suggerisce che tra la «contessa contadina» (come è soprannominata) e i suoi simili esiste una rilevante differenza tipologica. Maria ha infatti oltrepassato i confini del suo spazio sociale: affidata in custodia, per gli impegni lavorativi di Santo, alla famiglia di mastro Isidoro Romano (colono del conte Alberico), e sottoposta alle cure indulgenti – e all'educazione oltremodo permissiva – di sua moglie Maddalena, la fanciulla è solo in parte una contadina: da qui, con tutta probabilità, le ragioni dell'incremento dei momenti introspettivi rispetto alla sua amica.

Una *déclassée*: Maria si distingue per il portamento signorile, e soprattutto per la sua scarsa propensione al lavoro dei campi; del resto la fanciulla frequenta il castello, dove è irretita dallo scioperato Tullio. Ne deriva che all'origine del suo *Bildungsoroman* vi sia un peccato di superbia (*hybris* imperdonabile, per una popolana, nel sistema ideologico rusticale) da espiare con un lungo percorso di redenzione, volto ad ottenere l'intercessione della Vergine, a cui la donna si rivolge, seguendo le orme della Lucia manzoniana, per fare un voto: «Sí, voglio anch'io fare un voto dal fondo dell'anima, un voto santo, come quello di Lucia, benché io non sia innocente al pari di quella santa fanciulla»[479]. Prevedibilmente,

---

[478] CP, p. 195.
[479] *Ivi*, p. 211.

la sfera soggettiva della donna è il luogo elettivo per la diffusione della propaganda:

> Era il padre suo che guardava il gregge. Oh, allora sì che il suo cuore ebbe a sostenere una dura battaglia! [...]. Né meno la affannava il pensiero del disonore che l'avrebbe perseguitata dovunque; disonore ben meritato, ma che a suo padre sarebbe riuscito insopportabile, e tale forse da fargli maledire la figlia. Ché se la sua colpa fosse stata con uno del suo grado, qualche via c'era per coprirla, e quasi purificarla; *ma in campagna le mescolanze d'amore con la gente signorile non vanno mai perdonate, poiché assai facilmente l'opinione del volgo le giudica o infami mercati, o fallaci trame d'ambizione*[480].

Dopo essersi confessata con il parroco del paese, Maria si prepara a lasciarsi tutto alle spalle; così, diretta verso il bosco, si ferma a contemplare le cascine di Monteaperto, e poco dopo il casone solitario di Santo, che è costretta ad abbandonare. Il narratore non esita a interrompere l'illusione scenica, sovrapponendosi al flusso soggettivo del personaggio, per illustrare i sani valori della società campagnola e i tabù infranti dalla sua esponente (in corsivo).

Maria trascorre un'ultima cena in compagnia dei Romano, simulando una gioia affabile e ordinaria. Finanche costretta a depistare l'amica Giuliana, la fanciulla si addormenta infine stremata. Segue una notte insonne. Al risveglio, rivolgendo malinconicamente lo sguardo al Castello – sopraffatta dai rimorsi, i timori per il futuro (dettati dall'istinto materno) e il rimpianto per l'amore perduto – inizia l'avventura nel mondo rurale friulano. Un itinerario fascinoso per la componente etnografica e per la dimensione psicologica, con lo snodarsi di varie esperienze formative per il personaggio, che recupera i valori campagnoli smarriti; ma il tutto si riduce alla consueta – capziosa – esemplarità:

> Oh, la disgraziata ci pensava sovente a Natale! Ma ne distoglieva presto la mente, parendole quasi un sacrilegio, collocare quella pura rimembranza dove avevano dimorato brame cosí smoderate e colpevoli, e dove stavano tuttavia memorie e vergogne [...]. Eppure non poteva fare che da un profondo ripostiglio dell'anima non le sorridesse mestamente talvolta il ricordo [...] di quell'amore innocente soffocato nei primi germogli dai fumi della vanità che già cominciavano ad ingombrarle il capo. «E sí, che era proprio vanità! – pensava Maria riandando a quei tempi già tanto lontani. – E

---

[480] *Ivi*, p. 255. Il corsivo è mio.

avevano ragione le mie compaesane a rinfacciarmela, poiché non da altro che da superbia poteva nascere quel mio sciagurato impazzamento[481].

Giunta, in seguito a numerose peregrinazioni, a Codroipo (dove è accolta dalla famiglia di un cordaio: apparizione che funge da preambolo all'evocazione di atmosfere sandiane), la protagonista osserva bonariamente una scena di serenità domestica, in cui è colpita dall'intesa dell'umile e virtuosa coppia di coniugi; e per contrasto, ripensa al suo amore rovinato dalla vanità. La regia della voce non è neanche velata; il narratore contrappone il modello virtuoso alla colpa da scontare; e infine consegna a Maria, per mezzo del monologo, la morale della storia, che finge sia frutto dell'autonoma riflessione dal personaggio: «E sí, che era proprio vanità! [...]. E avevano ragione le mie compaesane a rinfacciarmela, poiché non da altro che da superbia poteva nascere quel mio sciagurato impazzamento».

4.2 «La nostra famiglia di campagna»

1. Sebbene pubblicato prima del *Conte pecoraio*, *La nostra famiglia di campagna*, comparsa a puntate tra il maggio e il dicembre 1855 sul giornale mantovano «La Lucciola», è un racconto notevolmente più raffinato quanto alla rappresentazione delle masse rurali. Si tratta di un *pamphlet* di Nievo sul mondo contadino e un implicito manifesto di poetica, in cui l'autore presenta essenzialmente «due mondi», e «in ciascuno ambienta una scienza diversa, un modo diverso di porsi rispetto alla natura»[482]. Alla «frivola» società «dei sapienti delle lettere», della «gente di città più effemminata che ingentilita, più dottrineggiante che addottrinata [...]»[483], è contrapposto lo spazio dei contadini, immuni ai vizi della civiltà, che vivono al contatto con la natura, e ne mutuano i cicli eterni nel volgersi della loro esistenza. In virtù di questo rapporto simbiotico, i contadini «derivano una istintiva chiaroveggenza filosofica»[484], grazie alla quale intuiscono, con la virtù cristiana e la stoica pazienza, lo spirito ideale della vita, che al contrario non può essere colto nella sfera

---

[481] *Ivi*, p. 370.

[482] G. Maffei, *Nievo*, cit., p. 119.

[483] NC, p. 60.

[484] G. Maffei, *Nievo*, cit., p. 119.

delle città letterate, che ignora i segreti della natura e che perverte il vero con la sua filosofia «miope»[485].

Si intuisce perché gli scrittori intesi al «vero», anziché rimaner confinati «nel mondo pettegolino dei caffè e dei teatri», in cui allignano «l'ozioso novelliero e il damerino in guanti bianchi» e in cui «si trincia il progresso»[486], debbano rivolgere lo sguardo al mondo rurale, per guadagnarne in sincerità e ricavarne la congrua materia morale e linguistica. Più in particolare, viene proposta la contrapposizione paradigmatica di due spazi sociali: alle dame «eleganti», che popolano il gran mondo dove tutto è ostentazione e vaniloquio, Nievo ammette di preferire la «poesia» delle «villane», che del «vero» sono mirabili interpreti, e che sono solite riunirsi, in luogo dei raffinati convegni dell'alta società (dove «l'odore del muschio [...] e il chiaro del canfino mettono i sensi in visibilio»)[487], nelle modeste stalle, luogo tradizionale delle veglie contadine. Perché l'archetipo di tutte le arti, continua lo scrittore, è l'eterna poesia della Natura, da cui la civiltà del progresso, con le sue immodeste contraffazioni, si è senza indugi allontanata, e a cui Nievo intende invece fedelmente ritornare:

> L'arte è arte, o amico lettore, e non è una corbelleria. Tutti nel proprio ordine hanno a mettere studio ed amore efficacissimi nell'arte loro, onde averla facile ed efficace alla pratica. E la natura stessa non è che il sommo fra gli artefici, ubbidiente alla Somma Ragione come macchina a umano intendimento. Sicché potendo noi considerare la mente dell'inventore come operatrice di mirabili cose mediante i congegni meccanici, dalla natura stessa possiamo trarre del pari il formulario dominatore di ogni arte, come strumento e specchio ch'ella è dell'Intelligenza suprema[488].

Se è vero che l'arte è tale quando si mostra «ubbidiente alla Somma Ragione» – e i vicinissimi alla natura sono i contadini – è chiaro che lo scrittore si accosti ad essi e al loro linguaggio per aderire alla realtà, meta somma per tutti coloro che non intendano pervertire le ragioni del «vero».

---

[485] NC, p. 60.

[486] *Ivi*, p. 50.

[487] *Ivi*, p. 50. La rievocazione delle veglie contadine si ritrova anche ne *La fila* di Percoto.

[488] NC, p. 24.

2. Fino a questo punto, nulla di sostanzialmente nuovo: chiunque abbia frequentato le soglie paratestuali di *La Mare au Diable* e *François le champi*, potrà scorgervi analogie tematiche e riprese lessicali, e soprattutto l' esigenza – comune a Nievo e a Sand – di immedesimazione con il mondo rurale[489]. Ma nel concreto della narrazione la prospettiva non è ingenuamente rousseauiana: rivolto a presentare a un pubblico di borghesia cittadina la società contadinesca dell'Alto Mantovano, presa ad emblema delle popolazioni agricole dell'Italia settentrionale, la novella si può leggere come una lezione di storia e di economia politica sullo sfruttamento della «parte peggio retribuita dell'umana famiglia»[490]. Nella descrizione dello spazio rurale trovano infatti spazio, con inedita presa realistica, «il sapore aspro della fatica, la perpetua miseria, l'ostinata avarizia dei padroni, la condanna delle carestie, delle febbri, degli arruolamenti» e della guerra[491], ben più sanguinosa, che nel panorama coevo si determinava per il profitto economico, che mieteva vittime nel ceto più umile della popolazione:

> «Le annate peggiorano, e le prediali ingrossano e le famiglie e i bisogni pur anco; in mezzo a questo le brinate a malmenare i gelsi, le gragnuole a tempestar il frumento. E l'uva? Dio del paradiso, quando ci consentirete un dito di vino buono e genuino a tavola?… E que' bei soldi che s'intascavano anni addietro sulle vendemmie! [...] E la seta? Quella sì vuol costar molto ora che c'è questo diavolo di guerra in volta! Basta! bisognerà stringere, stringere più che si può, e vedere dove si possa arrivare!». [...][492].

Nievo evoca una piaga disastrosa per l'economia rurale del tempo: in Friuli «la peste dell'uva» si diffuse infatti con estrema rapidità dal 1850, «colpendo duramente l'economia di un paese povero»; essa fu pertanto «fatale per coloro che già vivevano a livelli di sussistenza»[493]. Le conseguenze sociali sono immaginabili: pauperismo, accattonaggio, emigrazione, prostituzione, furti e proletarizzazione dei coloni costretti a diventare salariati; fenomeni da inquadrarsi nel contesto del capitalismo agrario, di cui il narratore, senza cautele formali, non esita a denunciare

---

[489] Sulle affinità tra la teoria dell'arte enucleate nelle pagine di *La nostra famiglia di campagna* e la *Préface* a *La Mare au Diable* e *L'Avant-propos* di *François le champi* si veda N. Jonard, *Ippolito Nievo et George Sand*, cit., pp. 274-276.

[490] NC, p. 60.

[491] I. De Luca, *Introduzione*, cit., p. XL.

[492] NC, p. 11.

[493] S. Casini, *Introduzione*, cit., p. 22.

gli eccessi. Viene ritratta una società in mutamento, in cui gli antichi vincoli di solidarietà vacillano di fronte alla «guerra del quattrino»[494], agone in cui sono coinvolti tutti i ceti, ma di cui fanno le spese principalmente i villani. Nievo non stigmatizza la regola economica che s'impone con il progresso, ma è profondamente critico delle modalità con cui tale principio si afferma. Si rende dunque necessaria la riflessione seria sui problemi rurali; e il narratore, rivolgendosi al lettore per coinvolgerlo nella sua battaglia, rivela la missione della sua scrittura creativa:

> L'anima di tale specie di bimani [gli accorti galantuomini] così numerosa e stimata, io la chiamo anima lumaca, né ella è propriamente uno spirito, bensì qualche cosa di carnale e polputo, che si informa presso a poco dallo stampo d'una cipolla. Gli strati per altro non si stendono tutti all'intorno, ma sono come anelli disposti l'uno dentro l'altro, in modo che un punteruolo può scendere e toccare il più riposto, senza dar noia agli esteriori; [...] e solamente in un canto per un bucherello quasi invisibile si penetra all'interno, e per quanto minimo sia, pure sembra s'impicciolisca sempre più, sicché un giorno o l'altro quell'involto torrà certamente ogni respiro a tutto il restante. Questa cotal pellicina così dilicata e tenace contiene sulle sue papille esterne [...] il senso dell'interesse, mentre gli anelli che stanno entro compongono tutta la scala delle virtualità e passioni umane [...][495].

La lumaca è eletta ad emblema dell'uomo comune: i suoi anelli rappresentano i gradi che separano l'apparenza dall'essere. Il *quid* della lumaca è recondito, ma è giudicato positivamente; pertanto la natura dell'uomo non è malvagia. Nondimeno, tale nucleo profondo è coperto da innumerevoli anelli superficiali e va per così dire estratto; significativamente, è l'anello dell'interesse a frapporsi nel tentativo di disvelamento. Non che le sovrastrutture impediscano di accedere al 'nocciolo' dell'essere umano; tuttavia, lo scrittore deve operare per riportare alla luce il senso di giustizia che, sebbene dimenticato per secoli di prevaricazione, ciascuno possiede in sé.

3. Nonostante la tensione civile, il tono del racconto è tutt'altro che cattedratico: *La nostra famiglia di campagna* si inserisce a pieno titolo nella tradizione umoristica settecentesca. Un personaggio intellettuale – che dice 'io' (un narratore testimone dalla forte propensione autoriale) – percorre in biroccio, alla ricerca dei suoi valori, le campagne mantovane, intenzionato

---

[494] NC, p. 12.
[495] *Ivi*, pp. 13-14.

a mostrare le qualità di questo mondo al suo riottoso compagno, che sui contadini nutre diversi pregiudizi (conformemente all'opinione corrente della classe media cittadina): è *il viaggio sentimentale*, «un itinerario mentale fitto di inchieste, di interrogazioni, di divagazioni che allontanano, e fanno apparire problematica, la meta subito dichiarata»[496]. In effetti le digressioni saggistiche frammentano la linearità del racconto; cosicché il testo si presenta come «un laborioso mosaico [...] di scene, dialoghi, episodi» (numerati in cinquanta brevi capitoli) «in vario modo esemplificative delle virtù e dei dolori della gente contadina, dell'avarizia di tanti padroni, dei giusti rimedi o dei correttivi alla portata di uomini di buona volontà»[497]. Il personaggio-narratore parla di sé e del suo modo di scrivere, e frequentemente incalza il lettore con appelli, soprassalti predicatori e parabole allusive, al fine di captarne l'attenzione e il consenso. Ma *La nostra famiglia di campagna* costituisce altresì il primo tentativo dell'autore di spostare l'istanza narrativa da un personaggio borghese (più o meno autobiografico) a un personaggio popolare. Per quanto interpolata dalle divagazioni narratoriali, la componente scenica del racconto è del resto tangibile; il viaggio sentimentale si articola in una serie di incontri con i personaggi del mondo rurale, interagendo con i quali l'*alter ego* dello scrittore confuta i convincimenti del recalcitrante compagno.

Bucatasi in discesa una ruota del biroccio, i due viaggiatori si imbattono dapprima in un «contadino-artigiano renitente alla moderna divisione del lavoro, ai modi e ai tempi di un'attività fissa», che presta loro soccorso, facendosi così portavoce di un ideale comunitario proprio di un mondo arcaico cui egli è organico[498]. Ma il contadino è immancabilmente osservato dall' 'esterno'; è il narratore testimone a chiosare – variamente integrandole quando necessario (per l'insufficiente capacità speculativa dell'interlocutore) – le parole del contadino:

> – Ah! ora vi capisco!» feci io – gli è che voi amate la libertà, e perciò difficilmente ve la intendete coi ricchi, che pretendono lavoriate a tempo fisso come un giumento. Ma ditemi un poco, e perché avviene che i poveretti vi siano meglio indulgenti, e che voi v'impegniate più volentieri con essi?»
>
> – Non saprei davvero –, soggiunse il vecchio – ma il fatto sta –.

---

[496] M. Columni Camerino, *Introduzione a Nievo*, cit., p. 34.

[497] G. Maffei, *Nievo*, cit., p. 124.

[498] M. Columni Camerino, *Narratori delle campagne*, cit., 415.

– Oh sì! Il fatto sta! – io pensava intanto fra me; – e vuoi saperlo perché sta? Perché i signori oltre l'arroganza del denaro che dànno o promettono in mercede, hanno per giunta la prepotenza di tutto quello che dorme nello scrigno, e perciò ti saltano addosso, e vogliono quello che vogliono, e ti comandano a vociate, come all'asino del fornaciaio! Ma i poverelli invece sapendo di essere dappoco, vengono quasi pregando, e conoscendoti galantuomo e facile a far credenza, non guardano pel sottile sui ritardi e non ti dànno sulla voce col piglio dell'aguzzino[499]!

Il giudizio dello sfruttato sul suo aguzzino è finanche assolutorio; la prevaricazione di classe – e le storture dettate dalla «guerra del quattrino» – è introiettata dal ceto subalterno, e perciò ritenuta elemento ineludibile del sistema sociale: Per quanto Nievo intuisca «la discriminante capitale-lavoro», «l'intuizione non matura sul piano politico», e anzi «subisce uno stravolgimento moralistico»:[500] «Cattivo? – rispose il vecchio tutto scandolezzato «non dica questo, veda! ché non ne conosco di migliori di lui […]. Ma non è cattiveria, no; e avendo famiglia e figliuoli agli studi bisogna che la fili sottile anche lui! Si sa poi che prima si pensa e si provvede al proprio sangue, e poi se ne avanza, all'altra gente di fuori!»[501]. Importa poco che le stentate condizioni di vita delle masse contadine siano descritte con le parole di un loro rappresentante, perché quest'ultimo, oltre a non essere propriamente un narratore (ma solo un attore della vicenda), non si fa portavoce di nessuna istanza critica. Come se non bastasse, l'accesso alla sua dimensione invisibile è scientemente negato; al contrario, nel secondo incontro del viaggio sentimentale, in cui la proiezione finzionale dello scrittore si imbatte nel signor Giuliano, quest'ultimo diventa a tutti gli effetti un narratore. E Giuliano non è un popolano, bensì un vecchio fattore caduto in disgrazia («essere rarissimo della sua specie»)[502], che in prima persona racconta una sequenza narrativa (tra le più ampie della novella): la storia del fratello Basilio.

Il mutamento del narratore determina il riassetto del punto di vista da cui è osservato il mondo narrato: immedesimandosi col fattore (e il suo orizzonte valoriale), il lettore può intendere il suo biasimo per lo scialacquatore Basilio (originariamente uno scrivano di un avvocato), che dopo

---

[499] *Ivi*, p. 9.

[500] M. Martelli, *Due momenti dell'ideologia nieviana. «La nostra famiglia di campagna» e «Il Frammento sulla rivoluzione nazionale»*, in «Belfagor», XXV, 1970, p. 535.

[501] *Ivi*, p. 16.

[502] *Ivi*, p. 23.

aver ereditato un'ingente somma da un parente defunto, acquista un terreno agricolo, indebitandosi fino al collo a causa della sua indulgenza nei confronti dei braccianti e delle loro richieste pretenziose; fratello molto meno avveduto nei negozi ma esempio di «come la sapienza del cuore possa fruttare il bene» – rileva sedotto il narratore – «nonostante l'insipienza del cervello»[503]. Ridottosi in miseria, egli troverà accoglienza in casa della figlia e dell'umile genero. Ciò perché si era speso in prima persona perché i due si sposassero, malgrado il dislivello di classe – e di reddito – che intercorreva tra loro, in nome dell'amore e dell'autenticità dei sentimenti.

Si tratta di una parabola esemplificativa del sistema di valori campagnoli e la virtù e la laboriosità indefessa e la solidarietà interclassista di cui lo scrittore vuole farsi promotore – a dispetto del recalcitrante compagno, che mai perde occasione per rimarcare la rozzezza dei villani (che a più riprese si manifesta nel testo) –, ma in cui emerge una critica tutt'altro che velata alla condotta di questo personaggio: la rovina di Basilio, esponente esemplare del nuovo ceto di affittuari in ascesa, è imputabile al fatto che egli ha ignorato «la guerra del quattrino», rinunciando ad avvalersi delle leggi del plusvalore. Il buon imprenditore deve perseguire il proprio interesse, che corrisponde, se accompagnato da una condotta assennata, all'interesse della collettività: collocarsi sullo stesso piano dei lavoratori è ingenuità grossolana Insomma, gli attriti della realtà producono in Nievo «come uno strappo, un inasprimento di tensione nella ricerca di un'armonia necessaria su questa terra»[504]; ma per risolvere le contraddizioni sociali occorrerà affidarsi all'indulgenza dei ceti abbienti, affinché essi allentino la presa, munendosi di signorile compassione, nei confronti dei proletari posti sotto il loro giogo, ma badando bene, al contempo, di non eccedere nelle prodigalità: le gerarchie sociali devono essere preservate[505].

Anche ne *La nostra famiglia di campagna*, la tensione morale non oltrepassa nei fatti il livello della retorica populistica: «Ammirateli ed amateli! [i contadini] Al qual effetto non è d'uopo scrivere un librattolo come

---

[503] M. Columni Camerino, *Narratori delle campagne*, cit., p. 418.

[504] I. De Luca, *Introduzione*, cit., p. XLI.

[505] Sulla teoria politica tracciata da Nievo in questo racconto cfr. M. Martelli, *Due momenti dell'ideologia* nieviana, cit., pp. 330-351. Gli scritti giornalistici si possono leggere in I. Nievo, *Scritti giornalistici*, a cura di U.M. Olivieri, Palermo, Sellerio, 1996.

malamente ho fatto io, ma avvicinarli, conoscerli, istruirli; insomma far loro del bene; e lasciare ch'essi a se stessi lo facciano alla loro maniera»[506].

4.3 «Il milione del bifolco» e l'io narrante de «Le confessioni»

1. Prefigurato ne *La nostra famiglia di campagna*, il narratore popolare è il protagonista del primo episodio della trilogia (su cui giova restringere l'indagine). Nievo conferisce il privilegio della *mediacy* a un semplice popolano. Una chiara scelta programmatica. Per quanto la «*fictio* dell'oralità» non faccia a meno di «idiomi e registri diversi»[507], è infatti innegabile che questa tecnica permetta all'autore di ritrarre il mondo campagnolo senza interferenze con quello borghese; ne consegue una maggiore «omogeneizzazione di toni che distaccano le novelle della "trilogia" da quella della tradizione rusticale»[508].

Il *Milione del Bifolco* si caratterizza per una situazione testuale plurima e fluida. Senza ricorrere ad espedienti che ne proiettino la figura nella diegesi, il narratore mette in scena – con l'apporto delle didascalie e dei dialoghi – un saggio e facondo bifolco, attorniato da un gruppo di contadine intente alla "fila" invernale; e *ab ovo* cede loro la parola: all'uno come «novelliero» portatore dell'istanza narrativa, alle altre come narratarie sollecitanti il racconto. In altre parole, il narratore extradiegetico «si fa [...] *sguardo*, superiore ed onnicomprensivo, emblematico del livello *dal quale* il bifolco, le donne, il racconto stesso sono osservati e rappresentati»[509].

A differenza di *François le champi* (e de *La Mare au Diable*), con cui *Il milione del bifolco* ha diverse analogie (a partire dalla disposizione di una cornice), la narrazione è però propriamente autodiegetica: un bifolco giunto all'età della saggezza narra *a posteriori*, a tratti con insostenibile lentezza (puntualmente parodiata dallo scrittore), le tappe significative della sua vita romanzesca[510]. Non che questo *récit* sia privo di venature

---

[506] NC, p. 59.

[507] Cfr. E. Testa, *Nella stalla di Carlone. Lingua e tecnica narrativa nelle novelle mantovane di Nievo*, in *Ippolito Nievo e il Mantovano*, cit., pp. 305-320.

[508] M. Columni Camerino, *Narratori delle campagne*, cit., pp. 418-419.

[509] M.A. Cortini, *Narrazione e racconto nel «Novelliere campagnolo» di Ippolito Nievo*, Roma, Bulzoni, 1979, p. 20.

[510] La narrazione omodiegetica riguarda solo *Il milione del bifolco*. Negli altri due episodi del ciclo Carlone è un narratore intradiegetico che costituisce un semplice

comiche; tuttavia Carlone mette a più riprese a fuoco, parlando di se
stesso da piccolo (quando era un semplice famiglio, soprannominato
Carlino), le miserie dei villani con piglio obiettivo:

> Ma cospetto! quella sì che per noi ragazzi era una vitaccia! Già tutti sanno
> come se la passino i poveri famigli, quando da casa loro non ci si pensi: un
> giacchettone di fustagno che perde i brendoli, con un solo bottone e anche
> questo per carità; calzoni lavorati e intarsiati come il davanti d'un altare
> [...]! Eccoli, che Iddio li benedica, i poveri famigli, finché, essendo piccini,
> non hanno voce in capitolo; onde poi, quando ingrandiscono, s'ingegnano
> a rifarsi sulla robba del padrone, e questi perde a mille doppi quanto ha dap-
> prima guadagnato colla sua lesineria. Se invece poi di maltrattarli e tenerli
> in conto di scopature, si avesse cura di quegli innocenti cercando di crescerli
> buoni e laboriosi, ogni affittaiuolo o possidente troverebbe dei giornalieri
> onesti e dei bifolchi galantuomini, quando fossero divenuti adulti. Ma pre-
> dicate mo a quegli aguzzini che adoperando come ora si adopera in riguardo
> a quei fanciulli vi è ancor meno interesse che carità!...[511]

Più delle sofferenze e gli stenti dei famigli, colpiscono le considerazioni di Carlone, che non si limita a recriminare genericamente contro il
padrone avaro e borioso; al contrario, avanza una proposta precisa, a cui
è sottesa una critica a un atteggiamento diffuso, tra fittavoli e proprietari, nelle campagne: «Se invece poi di maltrattarli e tenerli in conto di
scopature, si avesse cura di quegli innocenti cercando di crescerli buoni
e laboriosi, ogni affittaiuolo o possidente troverebbe dei giornalieri onesti
e dei bifolchi galantuomini, quando fossero divenuti adulti». Trattando
con compassione e prodigalità i famigli, suggerisce Carlone, i padroni
non potrebbero che guadagnarne. È un ragionamento singolare per un
esponente del mondo rurale, dietro cui si intravede, malgrado il dispositivo della narrazione omodiegetica, la presenza occulta dello scrittore;
effettivamente, Carlone non si limita a suggerire la benevolenza padro-
nale in luogo delle angherie e le sopraffazioni, e della necessità, avendo
dei famigli, di allevarli con cura e dedizione.

Comprendiamo la capziosità di queste pagine proseguendo nella lettura:

«tramite documentario», in quanto racconta storie di altri personaggi del mondo
rurale; e la «funzione [...] di commento, autocommento e dialogo è tendenzialmente confinata nella cornice, secondo uno schema binario che riflette la volontà
oggettivante dell'autore» (M. Columni Camerino, *Narratori delle campagne*, cit.,
p. 419).

[511] *Ivi*, p. 220.

il padrone voleva a tutti i patti che in quel giorno, essendo le campagne deserte, io me ne andassi a pascolare o a far erba sui rivali e lungo i fossi dei vicini; ma siccome a me pareva questo malfatto, così fingendo sulla prima di compiacerlo, dopo poi, appena egli avesse voltato l'occhio me ne tornava colle bestie sui pascoli delle Brugnine; e una volta per essere stato colto in simile disubbidienza n'ebbi da lui un tal calcio che caddi boccone e diedi del capo su una pietra; e guardate che ne ho tuttora qui in fronte la cicatrice[512].

Si stratta di un passaggio stupefacente. È infatti noto che, non solo nelle campagne del Lombardo Veneto, era concesso il diritto di raccolta di frasche nella foresta e di spigolatura nei campi (causa di conflitto e discordia ne *Les Paysans*), oltre che la libertà del pascolo; consuetudine poi progressivamente ridotta – fino a scomparire – con la razionalizzazione capitalistica della proprietà. Ebbene, in questo frammento il padrone ordina al suo famiglio di condurre le bestie lungo «i fossi dei vicini», ma il popolano, inorridito al solo pensiero di varcare la soglia della proprietà altrui, si rifiuta categoricamente di obbedire, essendo disposto a sopportare condizioni umilianti per la sua persona pur di mantener fede al suo proposito (sarà costretto a dormire in una stalla, mettendo i piedi nel letame per sopportare il freddo). Il valore della proprietà, nel sistema valoriale del villano, è superiore all'obbedienza al padrone. Se ne inferisce, riprendendo le riflessioni di Carlone, che i proprietari, trattando benevolmente i propri lavoratori, non correrebbero rischi: l'ipotesi di una sollevazione popolare non è ritenuta credibile, la propensione all'ubbidienza e alla sottomissione della classe contadina è garanzia di concordia sociale. Le gerarchie sono considerate fisse e immutabili; la concessione della *mediacy* a un popolano è compensata con l'intromissione surrettizia del narratore delle istanze dell'ideologia, che si serve della *voce* di un marginale, della vitalità mimetica del personaggio (apparentemente pieno di iniziativa), per portare avanti i valori della propaganda borghese. Dispositivo malizioso.

Non solo: oltre ad essere qualificato (prevedibilmente) come «borioso ed avaro», si apprende che il padrone è «povero». Non si tratta di una casualità. Fornendo questa informazione, Nievo implicitamente giustifica la condotta dell'affittuale: le privazioni di Carlino sono proiezione degli stenti del suo padrone, il quale non è malvagio o impietoso, ma semplicemente incapace di provvedere, per mancanze materiali, al benessere dei suoi lavoratori.

---

[512] *Ivi*, p. 221.

Il racconto del personaggio narratore prosegue. Trascorsa tra stenti e violenze (e confinato nel suo podere) la sua fanciullezza, Carlino, emulando il fratello (che «sebben più giovane, era pasciuto e vestito meglio di» lui), inizia a reclamare i suoi diritti una volta compiuti i sedici anni; ottiene allora la possibilità di indossare abiti presentabili («un vestitello decente, e un giustacuore rosso, e un paio di zoccoli da portar tutti i giorni») e nel complesso un riconoscimento del suo valore[513]: in occasione del raccolto primaverile, gli viene affidato il compito di guidare il carro di buoi, seguendo il mercante diretto a Rivalta. E la sola idea di vedere Mantova è un'emozione indescrivibile. Giunto in città, Carlino è colpito dalla visione dei suoi simili, che gli sembrano possedere qualcosa di cui è sprovvisto. Imbattutosi in un mugnaio di Goito dal fare bravesco, che veniva «poppando ogni tratto da una pipa di gesso smozzicata due boccate di fumo»[514], ha l'illuminazione: l'oggetto del suo desiderio è la pipa, e si prefigge di acquistarne una «con una bella cannuccia [...], e con una bella borsa di pelle [...]»[515].

La vanità, come di consueto, è il preludio delle sue sventure: per ben tre volte – con il poco denaro a disposizione – si procura ciò che vuole, ma la pipa di volta in volta si rompe in seguito a degli incidenti di percorso. Ormai al verde, incontra una vecchia mendicante, a cui racconta tutto. La donna gli predice delle fortune inenarrabili: «Le son bazzecole, figliuolo [...]. Voi non dovete badare a questo: poiché io ve lo leggo negli occhi, e o il cielo, per la prima volta m'inganna, o fra pochi anni voi palperete un milione»[516]. Sembra un vaticinio privo di fondamento: ma di fatto coincide con la svolta; divenuto di lì a poco prima bracciante e poi bifolco, egli si trova a ereditare, dopo l'imprevista morte del padre (un affittuale, come Carlino nato bracciante, risposatosi dopo la scomparsa della moglie) una grossa somma di denaro, decidendo di farsi affittuale a sua volta. Compra un pezzo di terra, con il quale raddoppia il suo capitale: Carlino è artefice di un'ascesa sociale, e perpetua il destino del padre; simboleggia il ceto dei nuovi affittuali, venuti dal nulla e arricchitosi a discapito degli antichi padroni.

---

[513] *Ivi*, p. 222.
[514] *Ibid.*
[515] *Ivi*, p. 228.
[516] *Ivi* p. 235.

Appreso dell'imprevista morte del fratello di suo padre, arruolatosi come volontario nell'esercito di Napoleone (e arricchitosi in America come mercante), il protagonista si prepara a riscuotere «un mucchietto di qualche milione», che lo zio gli ha lasciato in eredità[517]. Senonché, preso dall'euforia, Carlino dona una parte cospicua dei suoi averi a mezzaiuoli e braccianti e bifolchi provati dalla fame; ma il destino gli riserva una beffa: recatosi a Venezia per riscuotere l'eredità, il bifolco apprende che per testamento il denaro era in realtà destinato alla cuoca dello zio, divenuta poi «sposa con un principe di quei paesi»[518].

Sfumato il sogno, e dilapidate le sue fortune, Carlino ritorna bifolco. Ma la sua parossistica ingenuità, la sua «minchioneria», non è motivo di rimpianto[519]. Egli accetta con serenità il suo destino, guardando con consolazione alla povertà, e rifiutando categoricamente di recuperare i suoi beni: «per quanto Geremia e quegli altri mi pregassero di ritornarmela, non ho voluto distruggere l'unico bene venutomi dalla minaccia del milione, qual si fu quel poco di carità fatta a chi se la meritava»[520]. La formazione è incompiuta: un uomo che poteva scegliere di amministrare oculatamente, ha invece scelto la carità. Carlino rimane organico alla sua classe, o quantomeno al modo in cui gli scrittori campagnoli intendevano tendenziosamente rappresentarla.

2. Da famiglio a bracciante, da bracciante a bifolco. Carlino ha conosciuto la vita, ha salito i gradini della scala sociale: è per questo che il vecchio «novelliero», depositario di saggezza e conoscenza, assume legittimamente il giudizio sulle cose del mondo; dialoga affabilmente con l'uditorio di donne; disvela, ancorché imbeccato dallo scrittore, la morale delle storie alla stregua del narratore borghese col suo lettore[521]. E Carlino è orfano come lo era François (e Angiola Maria e Santa e Rocco), ponendo se stesso come soggetto esemplare di una storia che riguarda l'universo campagnolo nel suo complesso.

---

[517] *Ivi*, p. 239.

[518] *Ivi*, p. 243.

[519] *Ivi*, p. 222.

[520] *Ivi*, p. 244.

[521] Anche ne *L'avvocatino* il tema dell'ascesa sociale è centrale: Colomba e il padre Luigino salgono la scala della gerarchia contadina trasformandosi da braccianti in bifolchi; Giacinto da disoccupato ed emarginato diventa bracciante, mentre l'affittuario Graziano si è lasciato prendere dal «male della signoria» (*Ivi*, p. 252).

Una fanciullezza difficile e negletta, vissuta tra espedienti e la mute-volezza delle condizioni (e dei mestieri). È lo schema della *novela pica-resca*, ma nell'accezione stretta richiana: *Il milione del Bifolco* è un *récit* in prima persona. Si tratta di un elemento cruciale, perché Carlone, a differenza di Étienne Depardieu, non è un borghese: la storia della sua iniziazione al mondo e al danaro, significato dal *topos* del viaggio in città e dal possesso, si conclude con la sua incapacità di familiarizzare con le logiche del capitale. L'affittuale ritorna bifolco: i modelli deteriorati della corruzione e lo sviluppo imprenditoriale urbano non penetrano nell'oriz-zonte rusticale; non corrompono la virtù comunitaria dei suoi abitanti; non intaccano la dimensione atemporale dell'idillio.

La tematica picaresca serpeggia anche nel capolavoro nieviano, *Le confessioni*, che presumibilmente non sarebbe stato concepito senza la ricerca dell'oralità condotta nelle rusticali. Legato al bifolco già da un rapporto di omonimia, Carlino Altoviti trascorre un'infanzia difficile, introversa e umiliata, che pare premonitoria di un destino diverso e più grande: orfano di madre, il padre in terre lontane, tollerato appena al castello dai parenti nobili e tenuto in una condizione semiservile...[522]; una storia raccontata ancora in prima persona da chi è stato reso saggio dall'esperienza[523]. L'ottuagenario, appunto: un uomo qualsiasi, un antie-roe, un «vecchio non-scrittore» che «racconta in tutta semplicità la propria vita, senza che l'autore appaia mai come detentore e mediatore della sua parola»; eppure questa parabola esistenziale è espressione paradigmatica «del popolo-nazione, di un'oscura e mediocre *italianità*, meno decifrabile in termini sociologici che come un'antropologia e come un'etica»[524]. Ecco perché l'io narrante non appartiene al popolo minuto: Carlino diventa intendente di finanza e imprenditore e castaldo. Impara a leggere e a scrivere (pur tra inciampi e grossolanità), si laurea in giurisprudenza ecc.

Tale tratto lo distingue dal suo progenitore rusticale. Del resto ne *Le confessioni* il Quarto Stato c'è generalmente poco: «nel solo romanzo grande di quegli anni [...] – l'unico che si avvicinasse allusivamente, movendo dalla storia, al tipo tenchiano del "romanzo della vita

---

[522]   Per un approfondimento della questione cfr. G. Maffei, *Aspetti picareschi delle 'Con-fessioni'*, cit., pp. 1-13.

[523]   Non è da escludersi come modello intertestuale di questa peculiare autobiografia un altro romanzo sandiano, *Mauprat*, come ha sostenuto E. Chaarani-Lesourd, *L'altra Sand di Nievo*, cit., pp. 155-174.

[524]   G. Maffei, *Nievo*, cit., p. 161.

contemporanea" – Nievo volò troppo alto nelle emozioni nazionali del secolo per riservare ampio spazio ai drammi quotidiani della contemporaneità»[525]. Prevaleva una prospettiva interclassista, ispirato al *pathos* risorgimentale: bisognava lavorare alla solidarietà degli italiani, porre le basi di uno spirito comune (la «rivoluzione nazionale»), radicarlo in ogni classe, e, a far ciò, a conquistare una cultura, un'anima italiana anche alla maggioranza povera e ignorante dei fratelli, provvedendo alla loro vita materiale. Sicché l'autore bada a non insistere sulle condizioni del proletariato, o tuttalpiù vi «allude per litote» (come nel caso del popolo bracciante)[526]. E quando lo fa, viene alla ribalta un popolo contadino, e cittadino, senz'aureola, perduta nel fango della grottesca sommossa di Portogruaro:

> A Portogruaro era a dir poco un parapiglia del diavolo; sfaccendati che gridavano; contadini a frotte che minacciavano; preti che persuadevano; birri che scantonavano, e in mezzo a tutto, al luogo del solito stendardo, un famoso albero della libertà, il primo ch'io m'abbia veduto, e che non mi fece anche un grande effetto in quei momenti e in quel sito. [...] Tutti quei gridatori erano gente nuova, usciti non si sapeva dove; gente a cui il giorno prima si avrebbe litigato il diritto di ragionare e allora imponevano legge con quattro sberrettate e quattro salti intorno a un palo di legno. Balzava da terra se non armata certo arrogante e presuntuosa una nuova potenza; lo spavento e la dappocaggine dei caduti faceva la sua forza; era il trionfo del Dio ignoto, il baccanale dei liberti che senza saperlo si sentivano uomini[527].

Il popolo in tumulto è una bestia fagocitante, che si fa oggetto di ostilità linguistica, declinata espressionisticamente: «parapiglia del diavolo», «il baccanale dei liberti», «contadiname riottoso»[528], «mille faccie da galera»[529], «pazzi indemoniati»[530]. Sono solo alcune delle qualificazioni del proletariato inurbato delle officine e dei mestieri, arrogante, bramoso di licenza e anarchia, che un giorno potrà essere sedotto dal socialismo. Ogni consolazione regressiva è abbandonata. Il demone del

---

[525] Id., *La fame dei più*, cit., p. 3.

[526] Cfr. *ivi*, pp. 4-5.

[527] I. Nievo, *Confessioni d'un italiano*, a cura di M. Gorra, Milano, Mondadori, 1981, p. 460.

[528] *Ivi*, p. 461.

[529] *Ivi*, p. 467.

[530] *Ivi*, p. 466.

realismo reclama le sue leggi: la purezza agreste primigenia è fagocitata dalla crudeltà e l'insensatezza della Storia[531].

3. Orfani, picari, declassati, *parvenus*, operai intellettuali. C'è qualcosa che accomuna la gran parte dei personaggi incontrati nel nostro percorso: personaggi del Quarto Stato a cui, a partire da Manzoni (il grande archetipo dell'esperienza rusticale), gli scrittori diedero in dote un *plot* teleologicamente orientato, la possibilità del compimento di un *destino* e la storia di una coscienza. Attributi che permettono a tali caratteri di distinguersi dalla ferinità, ed essere oggetto estensivo di racconto non solo nella novella (dove gli umili sono facilmente isolabili nella loro vita ciclica e atemporale: così Selmo e Fiorenza, così, ancorché rifuggendo la topica idillica, Pietro e Giacomo), ma anche nel romanzo. Perché in un genere che ambiva a rappresentare la totalità della vita e il corpo sociale in *movimento*, questi tratti paiono costituire la condizione preliminare affinché ci sia racconto, perché il soggetto popolare divenga *medium* elettivo degli eventi: si pensi ad Angiola Maria, Rocco, Damiano e ancora a Maria del *Conte Pecorajo* (nonché a François e le balzachiane Péchina e Francine). Osservati nel loro complesso, con uno sguardo rivolto alle analogie più che alle differenze, questi personaggi presentano una peculiare fisionomia, una *caratterizzazione* ricorrente e precisa: quasi si trattasse di una legge non scritta nel sistema estetico ottocentesco, della quale gli autori tacitamente condividevano gli assunti. Più in particolare, si tratta di personaggi socialmente ibridi, al confine tra due mondi. È principalmente a personaggi consimili – personaggi che incarnano l'idea della mobilità sociale (declassati, *parvenus* etc..), o che *eccedono* la dimensione del quotidiano (operai intellettuali, orfani etc.), facendosi portatori di una *devianza* – che gli scrittori affidarono le redini della narrazione, a conferma di una difficoltà costitutiva, quantomeno a quest'altezza, nel concepire un autentico romanzo sul proletariato. Non resta che proseguire nel viaggio, per comprendere l'evoluzione del problema.

---

[531] Tuttavia, ne *Le Confessioni* vi sono altri personaggi che possono essere considerati latamente proletari, in quanto si collocano al confine delle classi sociali. È il caso di Bruto e Leopardo Provedoni, la cui famiglia appartiene, più che al popolo, a un'embrionale borghesia, perché gode di prestigio e autorità nella giurisdizione comunale di Corvoredo. E per la caratterizzazione dei fratelli l'autore attinge all'esperienza rusticale, attribuendo loro una psicologia relativamente complessa. Anche al confine delle classi è Alessandro Giorgi, figlio di un mugnaio che intraprende una carriera prodigiosa nell'esercito di Napoleone. Ma si tratta di un personaggio essenzialmente comico, di cui mai vengono restituiti i pensieri.

Soggettività e Quarto Stato nella narrativa naturalista

1. La narratologia dei naturalisti e le classi sociali

1. Nella nota prefazione-manifesto a *Les Frères Zemganno* (1879), discutendo dell'*Assommoir* e di *Germinie Lacerteux*, da lui definiti dei «brillants combats d'avant-garde», Edmond de Goncourt afferma che la meta ultima del «Réalisme» non è descrivere «ce qui est bas, ce qui est répugnant, ce qui pue»[532]. Per lo scrittore, la riproduzione fedele dei caratteri e delle ambientazioni del Quarto Stato costituisce solo una fase transitoria, il primo passo necessario verso una meta più ambiziosa e lontana: le basse sfere si sono dimostrate un buon laboratorio per temprare la scienza dei documenti umani, ma il vero obiettivo del Realismo è la rappresentazione di «ce qui est élevé, ce qui est joli, ce qui sent bon»[533]. Nondimeno, l'applicazione dell'«analyse cruelle» di marca zoliana alle alte sfere della società presenta dei problemi difficilmente aggirabili:

> Nous avons commencé, nous, par la canaille, parce que la femme et l'homme du peuple, plus rapprochés de la nature et de la sauvagerie, sont des créatures simples et peu compliquées, tandis que le parisien et la parisienne de la société, ces civilisés excessifs, dont l'originalité tranchée est faite toute de nuances, toute de demi-teintes, toute de ces riens insaisissables, pareils aux riens coquets et neutres avec lesquels se façonne le caractère d'une toilette distinguée de femme, demandent des années pour qu'on les perce, pour qu'on les sache, pour qu'on les *attrape* – et le romancier du plus grand génie,

---

[532] E. de Goncourt, *Préface* a *Les Frères Zemganno*, Paris, Charpentier, 1879, p. VII.

[533] *Ivi*, p. VIII. Per una lettura critica di questa prefazione cfr. K. Ashley, «*Les Frères Zemganno*»: *Author as Acrobat*, in *Edmond de Goncourt and the Novel: Naturalisme and Decadence*, Amsterdam-New York, Editions Rodopi, 2002, pp. 87-106; sul paratesto goncourtiano nel suo complesso cfr. ivi, 35-51.

croyez-le bien, ne les devinera jamais ces gens de salon, avec les *racontars* d'amis qui vont pour lui à la découverte dans le monde[534].

È qui delineata una bipartizione di ordine sociologico nei criteri della rappresentazione dei personaggi in relazione alla loro condizione sociale: uno per la «canaille», più facile da osservare e dipingere; un altro per le classi alte, impenetrabili e dedite alla dissimulazione, i cui caratteri specifici «ne peuvent se rendre qu'au moyen d'immenses emmagasinements d'observations, d'innombrables notes prises à coups de lorgnon, de l'amassement d'une collection de *documents humains*»[535]. Insomma, se l'«intérieur d'un ouvrier» può essere colto repentinamente con lo sguardo del semplice «observateur»[536], per la riproduzione fedele di un «salon parisien»[537] la questione è sensibilmente diversa: lo scrittore dovrà addestrare e acuire lo sguardo, adeguarlo a tipi e ambienti in sommo grado complessi, e accumulare, nel tempo, un numero di rilievi, dati e testimonianze, sufficiente a dar conto di tale complessità.

2. Nella prima parte del saggio dedicato a Edmond de Goncourt, contenuto nel volume *Le Roman expérimental* (che esprime le posizioni fondamentali, da un punto di vista teorico e morale, dell'autore sull'arte del romanzo), Émile Zola si esprime diffusamente – con toni solo all'apparenza entusiastici – sulla prefazione anteposta a *Les Frères Zemganno*: «Cette préface, qui a l'importance d'un manifeste, est excellente»[538]. Visibilmente sedotto, egli rimarca le convergenze con il suo pensiero: leggendo le riflessioni di Edmond de Goncourt, si desume infatti che il Naturalismo è una «formule, et non une rhétorique»; pertanto esso non si contraddistingue per «une certaine langue», ma per la «méthode scientifique appliquée aux milieux et aux personnages»[539]. Ne deriva che la scelta del soggetto artistico non è dirimente, in quanto lo scrittore che si avvale di tale metodo intende rappresentare la società nella sua interezza.

Fino a questo punto, gli scrittori sono allineati. Ma Zola muove la sua prima (forte) obiezione all'impianto teorico della prefazione: nell'affermare

---

[534] *Ivi*, p. IX.

[535] *Ivi*, p. X.

[536] *Ibid.*

[537] *Ibid.*

[538] È. Zola, *Le Roman expérimental* (1880), 5ᵉ édition, Paris, Charpentier, 1881, p. 263.

[539] *Ivi*, p. 264.

che lo scopo ultimo del Realismo è rappresentare, coi mezzi dell'«écriture artiste»[540], «ce qui est élevé, ce qui est joli, ce qui sent bon», Edmond de Goncourt ha infatti alluso alla naturale inclinazione dei naturalisti per il brutto e il turpe, che essi ricercherebbero con dedizione ossessiva nelle basse sfere della società. L'autore de *L'Assommoir* dissente: «Nous voulons le monde entier, nous entendons soumettre à notre analyse la beauté comme la laideur»[541]; e si mostra sorpreso che simili affermazioni siano pronunciate da un alfiere del Realismo, che come lui aveva esteso la sua indagine, oltre che al proletariato (solo un episodio del monumentale progetto zoliano), ad altri segmenti della società:

> Pourquoi ne nous montre-t-il pas [M. de Goncourt] menant la même besogne dans tous les milieux, dans toutes les classes à la fois? Nos adversaires seuls jouent ce vilain jeu de ne parler que des *Germinie Lacerteux* et des *Assommoirs*, en faisant le silence sur nos autres oeuvres. Il faut protester, il faut montrer l'ensemble de nos efforts. Mais j'insisterai sur le cas de M. de Goncourt lui même, et j'aurai de l'ambition pour lui, je le montrerai écrivant *Renée Mauperin* après *Germinie Lacerteux*, abordant les classes d'en haut après le peuple, et laissant un chef-d'oeuvre après un chef-d'oeuvre.[542]

Per quale ragione l'autore di *Renée Mauperin*, che ha dipinto superbamente «les aspects et les profils des êtres raffinés et des choses riches» (da lui indicati come meta suprema del Realismo)[543], sembra disconoscere la sua stessa creazione, riconoscendosi solo nel metodo esibito in *Germinie Lacerteux*? Per Zola ciò non è imputabile a un'esibizione di modestia, o quantomeno non solo; egli individua un «point obscur»[544] nell'argomentazione dello scrittore: pur vagheggiando «une étude appliquée, rigoureuse, et non conventionnelle» delle classi alte, Edmond de Goncourt non intende infatti rinunciare al suo raffinato estetismo, e anzi indirettamente ne rivendica la superiorità. Un'aporia concettuale, la cui causa prima è l'idea di una più spiccata originalità – e complessità – degli strati sociali elevati, e dunque della maggior difficoltà della loro rappresentazione obiettiva.

---

[540] E. de Goncourt, *Prèface* a *Les Frères Zemganno*, cit., p. VIII.
[541] È. Zola, *Le Roman expérimental*, cit., p. 263.
[542] *Ivi*, p. 265.
[543] *Ibid.*
[544] *Ibid.*

Opponendosi a tale convincimento, Zola rivendica l'efficacia e il rigore del metodo sperimentale, ritenuto universalmente valido e applicabile senza restrizioni sociali di sorta. Perché applicando rigorosamente il metodo analitico alle classi elevate il risultato non sarà sensibilmente diverso. Del resto Zola afferma l'omogeneità di fondo di tutti gli uomini, senza che le differenze sociali possano fare da discrimine: «Voilà donc ce qu'il faut constater notre analyse reste toujours cruelle, parce que notre analyse va jusqu'au fond du cadavre humain. En haut, en bas nous nous heurtons à la brute»[545]. D'altra parte il talento dello scrittore non può essere giudicato in base alla scelta del soggetto. Perché dipingere un contadino è operazione tutt'altro che elementare; anzi, per lo scrittore realista essa costituisce un'impresa altrettanto nobile e ardua: «M. de Goncourt parle de la difficulté qu'on éprouve à saisir dans sa vérité le Parisien et la Parisienne mais il y a une difficulté tout aussi grande à saisir le paysan»[546].

Da tali presupposti scaturisce l'ultima critica: il lessico classista di Edmond de Goncourt. In particolare risulta inaccettabile l'uso della parola «canaille» per riferirsi alle classi popolari, giacché essa è sintomo di un'ideologia retrograda cui il critico si oppone: «Aussi M. de Goncourt ne parle-t-il que du "canaille littéraire". Je ne comprends pas bien cette expression, je ne l'accepte pas pour mon compte. Elle ajoute une vieille idée de «chic»[547]. Perché in *Germinie Lacerteux*, provoca Zola, lo stesso Edmond de Goncourt (e il defunto fratello) ha dato vita – ancorché non ne fosse persuaso – a una «humanité saignante et superbe»[548], come del resto, si evince indirettamente, ha fatto l'autore de *L'Assommoir*, supportato del metodo sperimentale, nel suo studio romanzesco sul popolo.

3. In Italia la carica politicamente eversiva dello scientismo zoliano fu meno permeante dell'ideale stilistico che Zola aveva modellato su Flaubert, delle proposte correlative d'innovazione della «forma»: sono noti, nei programmi del Verismo, in Giovanni Verga e Luigi Capuana, come poi in Federico De Roberto, il proposito comune della «sincerità», dell'«opera che dovrà sembrare essersi fatta da sé» ecc. Mentre la prefazione a *Les Frères Zemganno* ebbe su tutto il Naturalismo italiano, e sul

---

[545] *Ivi*, pp. 267-268.
[546] *Ibid.*
[547] *Ivi*, pp. 278-279.
[548] *Ivi*, p. 279.

progetto dei *Vinti* in special modo, un'influenza capitale: le coincidenze con la *Prefazione* ai *Malavoglia* sono numerose.[549] La volontà di rifarsi al principio dell'«osservazione obiettiva» è un punto nodale specialmente della teoresi di Verga: è più volte ribadito, nei suoi manifesti di poetica, che il compito dello scrittore naturalista è di informarsi e documentarsi scrupolosamente sui luoghi, i costumi e il tipo di umanità che intende ritrarre; di descriverli, «spingendo l'impersonalità al punto di mostrare tutto soltanto dall' "esterno", come se a registrare l'azione fosse una cinepresa che non può leggere nelle menti»[550]. Si pensi alla lettera dedicatoria a Salvatore Farina anteposta all'*Amante di Gramigna* (1880): «tu veramente preferirai di trovarti faccia a faccia col fatto nudo e schietto, senza stare a cercarlo fra le linee del libro, attraverso la lente dello scrittore»[551]. L'autore intende rappresentare le azioni e i comportamenti dei personaggi senza alcun commento: si tratta di un ideale per così dire "behaviorista" (*ante litteram*). A differenza di De Roberto, che riteneva l' «analisi psicologica» uno strumento legittimo del Realismo, un metodo del tutto alternativo all' «osservazione», per Verga il romanziere non è abilitato ad insinuarsi nella psiche dei personaggi, in quanto deve limitarsi alle manifestazioni sensibili della loro psicologia («Per me un pensiero può essere scritto, in tanto in quanto può essere descritto, cioè in tanto in quanto giunge a un atto, a una parola esterna: esso deve essere *esternato*»)[552].

Si comprende dunque perché Verga ritenesse congeniale la prefazione a *Les frères Zemganno*: anche se l'autore non deprezzò mai i suoi esperimenti siciliani – e non considerò un ripiego la rappresentazione degli umili – le analogie tra questa prefazione e quella ai *Malavoglia* sono numerose, a partire dalla teorizzazione della necessità dell'adeguamento del mezzo espressivo al variare delle classi sociali (un assunto cruciale per il naturalismo italiano). La persuasione di una maggiore semplicità mimetica del personaggio popolare era infatti comune a entrambi gli scrittori. Un personaggio la cui soggettività può essere dipinta efficacemente con colori semplici, e per mezzo di una psicologia in *actu*: nella

---

[549] Cfr. P. Pellini, *Naturalismo e verismo*, cit., pp. 130-131.

[550] G. Maffei, *L'«osservazione» naturalista I. Le certezze della scienza*, in *Il romanzo in Italia*, a cura di G. Alfano e F. De Cristofaro, Roma, Carocci, 2018, vol. II, *L'Ottocento*, p. 355.

[551] G. Verga, *L'amante di gramigna*, in *Verga. Tutte le novelle*, Milano Mondadori, 1979, p. 202.

[552] Ugo Ojetti, *Alla scoperta dei letterati*, Milano, Fratelli Bocca Editori, 1895, p. 66.

teoresi dei veristi, le "anime" degli umili sembrano prestarsi elettivamente, per la loro elementarità e mancanza di raffinatezze, all'osservazione in *vitro*, dall' "esterno", comportamentista.

In realtà, nella pratica narrativa, veristi e naturalisti, trattando questi caratteri, non si limitarono a riportare sulla pagina le loro azioni, gesti e parole, né si preclusero la via dell'introspezione: in diversi casi, gli autori ci danno modo di abitare una soggettività del basso ceto, di percorrerla con agio, spingendosi per introspezione tra le pieghe del suo pensiero; e a tali personaggi è attribuito un vissuto, un'"anima", con cui il lettore può simpatizzare.

Analogamente alla sezione sulla letteratura rusticale, proporrò dunque una bipartizione analitica: preceduta dall'analisi di alcuni testi francesi reputati tipicamente rappresentativi quanto alla rappresentazione della soggettività del Quarto Stato – *Germinie Lacerteux* (1865) dei fratelli Goncourt, *La Fortune des Rougon* (1871), *L'Assommoir* (1877), *Germinal* (1885) *e La Terre* (1887) di Zola, che poterono costituire fonte di ispirazione per i nostri scrittori – condurrò, nel successivo capitolo, una ricognizione della narrativa di Verga, De Roberto e Capuana, cui sarà posposto un bilancio sintetico dei risultati della ricerca.

2. «*Germinie Lacerteux*»

1. Comparso solo due anni dopo la pubblicazione di *Les Misérables* di Victor Hugo (che suscitò nei Goncourt emozioni contrastanti)[553], *Germinie Lacerteux* narra della degradazione fisica e morale della protagonista eponima; si tratta del romanzo che segna l'introduzione del Quarto Stato nel realismo serio, che difatti poté apparire a Remy de Gourmont «le portique du Naturalisme»[554]. Il racconto di un destino tragico: una donna

---

[553] Cfr. E. Caramaschi, *Postface*, in E. et J. de Goncourt, *Germinie Lacerteux*, a cura di E. Caramaschi, Napoli, Edizioni scientifiche italiane, pp. XXIV-XXVI e S. Thorel-Cailleteau, *Présentation*, in E. et J. de Goncourt, *Œuvres complètes*, Œuvres romanesques a cura di A. Montandon, vol. IV: *Germinie Lacerteux*, edizione critica a cura di S. Thorel-Cailleteau, Paris, Champion, 2011, pp. 7-12. Quest'ultima edizione sarà d'ora in poi citata con la sigla GL.

[554] R. de Gourmont, *Promenades littéraires*, V série, Paris, Mercure de France, 1913, p. 67. Il carattere rivoluzionario del romanzo fu rimarcato anche da Zola: «*Germinie Lacerteux*, dans notre littérature contemporaine, est une date. Le livre fait entrer le peuple dans le roman» (É. Zola, *Les Romanciers naturalistes*, Paris, Charpentier, 1881, p. 250).

del popolo alcolizzata, preda dei suoi amori brutali, passa di amante in amante fino all'inevitabile decesso. Una catàbasi.

L'origine dell'ispirazione è nota. In seguito alla morte misteriosa della donna di servizio Rose Malingre, che conduceva una doppia vita all'insaputa dei padroni (come si apprende leggendo un noto passaggio del *Journal*, che costituisce il nucleo generativo dell'opera)[555], gli autori si prefissero di riscriverne fedelmente la storia. Per dar vita all'invenzione romanzesca, i Goncourt ebbero dunque bisogno, come di consueto, «d'un appui sur le réel»[556]: «d'immenses emmagasinements d'observations» – raccolte in questo caso nella loro stessa dimora – poi trasformate in materiale narrativo.

Conviene iniziare dai primi due capitoli del romanzo. Dopo un esordio in *medias res*, il racconto procede con «une double rétrospection»[557]. In prima battuta Germinie racconta alla sua signora (Mlle de Varandeuil), guarita dopo una terribile malattia, le traversie della sua infanzia:

– La pauvre femme! [sua madre] Je la revois la dernière fois qu'elle est sortie... pour me mener à la messe... un 21 janvier, je me rappelle... On lisait dans ce temps-là le testament du roi... Ah! elle en a eu des maux pour moi, maman! Elle avait quarante-deux ans, quand elle a été pour m'avoir... papa l'a fait assez pleurer [...] Je n'avais pas cinq ans quand elle est morte... Ce fut notre malheur à tous. J'avais un grand frère qui était blanc comme un linge [...] Ah! c'était un ouvrier, celui-là! Il avait beau avoir une santé de rien du tout... au petit jour il était toujours à son métier... parce que nous étions tisserands, faut vous dire... et il ne démarrait pas avec sa navette, jusqu'au soir... Et honnête avec ça, si vous saviez[558]!

È riportato un lungo discorso diretto, che assume la funzione e l'andamento di un monologo[559]. Il linguaggio del personaggio è socialmente caratterizzato: il ritmo e la cadenza dell'oralità popolare, ha notato Mitterand, sono simulate con l'uso dei puntini sospensivi («marque de

---

[555] Cfr. E. et J. de Goncourt, *Journal des Goncourt*, edizione critica a cura di C. et J.-L. Cabanès, Paris, Champion, 2013, vol. III, pp. 844-846.

[556] Cfr. E. Caramaschi, *Postface*, cit., pp. 155-157.

[557] J.-L. Cabanès-P. Dufief, *Les Frères Goncourt*, Paris, Fayard, 2020, p. 315.

[558] GL, pp. 49-50.

[559] È lo stesso narratore a precisarlo: «Puis, avec le flot de paroles qui jaillit des larmes heureuses, elle reprit, comme si, dans l'émotion et l'épanchement de sa joie, toute son enfance refluait à son cœur» (*ibid.*).

l'éloquence en rafales d'une parlure sans freins ni réserve»)[560] e un periodare franto, costituito da frasi brevi e semplici.

Attraverso questo racconto incastonato, il lettore ha modo di familiarizzare con il passato del personaggio: figlia di una famiglia di tessitori, che
possiede un campicello e una vigna a Saint-Hilaire – successivamente ven-
duti per la miseria (causata nel 1828 dalla grandine) – Germinie trascorre
un'infanzia *paysanne*. Le disgrazie si susseguono senza sosta: prima la morte
della madre (quando la fanciulla aveva cinque anni), poi la prematura scomparsa del padre violento e alcolizzato (malato di tubercolosi), e ancora la
perdita dell'amato fratello (lavoratore onesto e indefesso), l'unico a proteg-
gerla dalla violenza del mondo… Si tratta di una famiglia disastrata e senza
entrate fisse, fatta eccezione per il salario che la primogenita, impiegata
presso il sindaco di Leclos, invia a casa in sostegno dei suoi cari; ma quando
quest'ultima è costretta, a causa delle proposte indecenti del suo datore di
lavoro, a trasferirsi a Parigi, Germinie resta senza nessuno al mondo su cui
contare. Direttasi nella capitale alla stregua di una mendicante («couverte
de poux»)[561], l'orfana sarà affidata, prima ancora che alla padrona (l'unica
persona caritatevole incontrata sul suo cammino), a un locandiere, divenendo «femme de chambre», e venendo così violata, alla tenera età di quindici anni, dal servo Joseph, che in origine la difendeva dalle *avances* degli
uomini più impudenti e audaci.

Al racconto di Germinie succede, nel secondo capitolo, «une sorte
de biographie rêveuse»[562]. Con essa viene presentata la storia di Mlle de
Varandeuil, dietro la quale si cela Louis-Marie le Bas de Courmont, la
cugina degli autori deceduta all'età di ottantatrè anni, alla cui figura
i Goncourt ricorrono per evitare di mettersi direttamente in scena. Si
apprende così che Mlle de Varandeuil è per certi versi un doppio di Germinie. Nata in una famiglia aristocratica parigina nel 1782 (figlia di un
tesoriere e una cantante senza talento, che si allontana presto dalla figlia
per non tornarvi mai più), non condivide nulla con i suoi genitori. Cagionevole di salute e tutt'altro che avvenente («laide avec un grand nez déjà
ridicule, le nez de son père, dans une figure comme le poing»)[563], sembra

---

[560] H. Mitterand, *Germinie Lacerteux: les voix du peuple*, in J-L. Cabanès (a cura di),
     Les Frères Goncourt: art et écriture, Talence, Presses Universitaires de Bordeaux,
     1997, p. 23.

[561] GL, p. 50.

[562] J.-L. Cabanès-P. Dufief, *Les Frères Goncourt*, cit., p. 15.

[563] GL, p. 53.

quasi appartenere – per fisionomia, portamento e linguaggio – alla sfera popolare: «Elle avait la voix brusque, la parole franche, la langue des vieilles femmes du dix-huitième siècle, relevée d'un accent de peuple, une élocution à elle, garçonnière et colorée [...]»[564]. Non per niente sin dall'età di cinque anni viene relegata, a causa di un fiasco in un'esibizione di pianoforte, a una condizione di assoluta schiavitù, che diviene insostenibile dopo la fuga di casa della madre, in seguito alla quale Mlle de Varandeuil si riduce allo stato di domestica del padre egoista e dispotico, che la sottopone ad ogni genere di umiliazione fino all'età di quarant'anni, proibendole di fatto di sposarsi. Una vita di privazioni, cui corrisponde, analogamente alla protagonista, un effettivo *declassamento*: dopo il terremoto rivoluzionario, a causa delle sue decisioni dissennate, il padre perde il suo *status* nobiliare, riducendosi infine a vivere in provincia (Isle-Adam) alla stregua dei borghesi. E come Germinie, ad attenderla alla fine del percorso, in veneranda età (dopo la morte dei genitori e del fratello e di ogni parente cui si era legata) vi è una sconfortante solitudine. È su queste basi che si può instaurare la vicinanza simpatetica tra le due donne, che è la causa prima dell'indulgenza di Mlle de Varandeuil nei confronti della protagonista, l'unico affetto rimastole in una vita di patimenti, vittima come lei di ogni forma di ingiustizia e prevaricazione.

2. La digressione di Mlle de Varandeuil è un caso isolato: dalla prima all'ultima riga *Germinie Lacerteux* è il racconto dei tristi casi della protagonista. D'altra parte questa fanciulla si distingue dai suoi simili, ha una singolarità che cattura l'occhio. È un caso patologico: in balia degli eventi per la sua ipersensibilità nervosa (che la rende affine ai suoi autori), cagionevole di salute a causa delle privazioni dell'infanzia e di un corredo genetico infausto, in preda ai suoi umori ciclotimici e con un «cerveau trouble où, sous l'affluence et la soudaine montée du sang, la raison chancelait, se voilait au moindre choc de la vie»[565], la donna è inevitabilmente soggetta a perdere «le jugement, le discernement, la netteté de vu; et d'appréciation des choses»[566].

Sicché il determinismo psico-fisiologico non costituisce l'ipotesi sperimentale di cui la narrazione è la verifica empirica (come avrebbe poi

---

[564] *Ivi*, p. 70.

[565] *Ivi*, p. 180.

[566] *Ibid.*

fatto Zola), perché in *Germinie Lacerteux* esso viene presentato come un dato acquisito davanti al quale gli autori sono stati «brutalment placés», cosicché essi si limitano a descriverlo con scrupolo realistico, «en proposant tout au plus des essais d'explications»[567]. Non che ciò presupponga un approccio impassibile; al contrario, il tono è per lo più risentito, giacché il rancore dei Goncourt per Rose Malingre (e il pregiudizio di classe nei confronti del Quarto Stato) si infiltra nella diegesi per mezzo di un narratore che non esita a rilasciare giudizi morali sui suoi personaggi: «La boutique finit par devenir *son lieu d'acoquinement* [...]»[568]. Come ha scritto Auerbach, l'opera dei Goncourt non ha origine da «un impulso sociale, bensì estetico», perché non vi si rappresenta «un soggetto che metta in evidenza il nocciolo della struttura sociale, ma un fenomeno al margine di essa»[569]. Nel caso specifico, il brutto, il patologico, il deforme. Ma anche le anomalie morali, gli stati liminari dell'intelligenza: una percezione costantemente minata dal delirio e dalla condizione allucinatoria della follia. Perché *Germinie Lacerteux* è anzitutto «roman du corps»[570]. Il romanzo del sesso, dell'amore desublimato, ridotto a istinto ferino e brutale: «l'étude qui suit est la clinique de l'Amour», avevano preannunciato gli autori nella prefazione[571]. Non per caso i Goncourt sono ricorsi, per la caratterizzazione dell'isterica (e tisica) Germinie, al sapere medico ufficiale, consultato con scrupolosità persino ossessiva: tra le varie fonti, ebbero un ruolo centrale il *Traité de l'hystérie* de Jean-Louis Brachet e l'*Histoire philosophique et médicale de la femme* di Menville de Ponsan[572].

Ciò ha delle ripercussioni narrative. La serva è un corpo soggetto a eccessi e convulsioni fatali, nel quale resta però traccia delle emozioni che vi transitano: «Germinie portait les deux mains à sa gorge, à son cou, et les égratignait; elle semblait vouloir arracher de là la sensation de quelque chose montant et descendant au *dedans d'elle*»[573]. Questi umori appaiono come forze esterne e insondabili, che costituiscono finanche motivo di gaudio – fonte di energia propulsiva – per un personaggio che non ha nessuna prospettiva salvifica:

---

[567] E. Caramaschi, *Postface*, cit., p. 16.

[568] GL, p. 88. Il corsivo è mio.

[569] E. Auerbach, *Mimesis*, cit., p. 282.

[570] Cfr. J.-L. Cabanès-P. Dufief, *Les Frères Goncourt*, cit., pp. 316-320.

[571] GL, p. 37.

[572] Cfr. J.-L. Cabanès-P. Dufief, *Les Frères Goncourt*, cit., p. 318.

[573] GL, p. 125. Il corsivo è mio.

> Il ne lui semblait plus puiser la vie comme autrefois, goutte à goutte, à une
> source avare; une force généreuse et pleine lui coulait dans les veines; le feu
> d'un sang riche lui courait dans le corps. Elle sentait une chaude santé la
> remplir, et il lui passait des joies de vivre qui battaient des ailes dans sa poi-
> trine comme un oiseau dans du soleil. Une merveilleuse animation lui était
> venue. La misérable énergie nerveuse qui la soutenait avait fait place à une
> activité bien portante, à une allégresse bruyante, remuante, débordante. Elle
> ne connaissait plus ses anciennes faiblesses, l'accablement, la prostration,
> l'assoupissement, les molles paresses[574].

È un passaggio celebre, nel quale lo psiconarratore descrive la torbida passione di Germinie per il depravato Jupillon (figlio di una lattaia).
Pur perdendo progressivamente stima di sé, a causa delle umiliazioni
subite e le abitudini degradanti, Germinie ritrova un'unità paradossale
nel torpore dell'alcool, nelle convulsioni dell'isteria (che sono sovente
preambolo di crisi di coscienza e orrorose fantasticherie[575]) e soprattutto
negli ardori selvaggi:. i Goncourt, hanno rilevato Cabanès e Dufief, sono
«les premiers poèts de l'istinct de mort»[576]: essi fanno apparire la prossimità del furore erotico e l'istinto funebre, che a volte si manifesta come
tensione masochistica, altre come autentico – e perturbante – impulso
omicida:

> La volonté de ses idées s'éteignait. [...] Les sombres tentations qui montrent
> vaguement le crime à la folie lui faisaient passer devant les yeux, tout près
> d'elle, une lumière rouge, l'éclair d'un meurtre ; et il y avait dans son dos
> des mains qui la poussaient, par derrière, vers la table sur laquelle étaient
> les couteaux... Elle fermait les yeux, bougeait un pied; puis, ayant peur, se
> retenait aux draps; et à la fin, se retournant, elle retombait dans le lit, et
> renouait son sommeil au sommeil de l'homme qu'elle avait voulu assassiner;
> pourquoi? elle ne le savait; pour rien, – pour tuer[577]!

Nei suoi deliri notturni, nel parossismo dell'eccitazione in cui si
ritrova, la passione per l'operaio Gautruche e la sete di sangue si sovrappongono fino a risultare indistinguibili. Si tratta di una trascendenza
negativa, un vortice impetuoso da cui la protagonista si sente trascinata,
nell'assoluta impossibilità di reagire: ma la mancanza di energia volitiva
non implica che Germinie sia, come spesso è stato sostenuto, «une sorte

---

[574] *Ivi*, p. 93.
[575] Si veda al riguardo i capitoli XLVI, L e LII.
[576] Cfr. J.-L. Cabanès-P. Dufief, *Les Frères Goncourt*, cit., p. 318.
[577] *Ivi*, p. 188.

de coquille vide, une âme vide»[578]. Perché il personaggio è dotato di una tenerezza che commuove:

> C'était comme une joie de feu du ciel et de la rivière, au milieu de laquelle Germinie tenait sa fille debout et la faisait piétiner sur elle, nue et rose, avec sa brassière écourtée, la peau tremblante de soleil par places, la chair frappée de rayons comme de la chair d'ange qu'elle avait vue dans les tableaux. Elle ressentait de divines douceurs, quand la petite, avec ces mains tâtillonnantes des enfants qui ne parlent pas encore, lui touchait le menton, la bouche, les joues, s'obstinait à lui mettre les doigts dans les yeux, les arrêtait, en jouant, sur son regard, et promenait sur tout son visage le chatouillement et le tourment de ces chères petites menottes qui semblent chercher à l'aveuglette la face d'une mère: c'était comme si la vie et la chaleur de son enfant lui erraient sur la figure[579].

Partita in estate per una villeggiatura fuori città in compagnia di Jupillon e la creatura che ha appena partorito, Germinie prova le gioie dell'amore materno che scaldano il cuore; i suoi occhi si illuminano come fosse tornata fanciulla, riuscendo per un momento a dimenticare, nell'edenico giardino di campagna, gli orrori della sua vita.

Sensibilità e candore, dunque, e una sostanziale bontà d'animo. Non bisogna dimenticare che la progressiva decadenza di Germinie è accompagnata da rimorsi di coscienza e dubbi amletici e fasi alterne di esaltazione e depressione, che rendono il personaggio più umano, avvicinandolo così al lettore:

> Elle trouva que mademoiselle était bienheureuse, qu'elle aurait dû l'augmenter davantage depuis qu'elle était chez elle. Et puis pourquoi, se demanda-t-elle tout à coup, laisse-t-elle la clef à sa cassette? Et elle se mit à penser que cet argent qui était là n'était pas de l'argent pour vivre [...]. Elle précipitait ses raisons comme pour s'empêcher de discuter ses excuses. Et puis, c'est pour une fois... Elle me les prêterait, si je lui demandais... Et je les lui rendrai... Elle leva les yeux: la glace lui jeta son visage. Devant cette figure qui était la sienne, elle eut peur; elle recula d'épouvante et de honte comme devant la face de son crime: *c'était la tête d'une voleuse qu'elle avait sur les épaules*[580]!

---

[578] C. Becker, *Le personnage de Germinie Lacerteux ou comment «tuer le Romanesque»*, in *Les Frères Goncourt: art et écriture*, cit., p. 185.

[579] GL, p. 121.

[580] *Ivi*, pp. 155-156. Il corsivo è mio.

Attraverso un'ingegnosa meccanica narrativa, i Goncourt si sono assicurati che la serva fosse non solo percepita dal pubblico del romanzo, ma che lei stessa si guardasse agire; che si scoprisse «au miroir de ses propres jugements moraux»[581]. Si materializza infatti un passo figuralizzato: Germinie ha necessità di procurarsi venti franchi (richiestigli da Jupillon), e si risolve infine a rubare, tra la vergogna e le autoaccuse infamanti (in corsivo), il denaro alla sua padrona; ed è questo rovello autoanalitico a conferire *pathos* alla scena (e in generale alla sua storia). Un aspetto essenziale senza il quale il romanzo perderebbe parte del suo fascino.

Si legga anche questo lacerto, in cui Germinie mette lucidamente a fuoco, con una disamina retrospettiva (resa con l'effusione di monologhi narrati), di essere precipitata in un abisso senza scampo, di aver perduto la purezza che aveva contraddistinto la sua remota infanzia campagnola:

> Quelquefois, en réfléchissant sur elle-même, elle était effrayée. Des idées, des peurs de village lui revenaient. Et ses superstitions de jeunesse lui disaient tout bas que cet homme lui avait jeté un sort, que peut-être il lui avait fait manger du pain à chanter. Et sans cela, aurait-elle été comme elle était? Aurait-elle eu, rien qu'à le voir, cette émotion de tout l'être, cette sensation presque animale de l'approche d'un maître? Aurait-elle senti tout son corps, sa bouche, ses bras, l'amour et la caresse de ses gestes aller involontairement à lui? Lui aurait-elle appartenu ainsi tout entière? [...] Elle cherchait à imaginer le degré d'abaissement où son amour refuserait de descendre, elle ne le trouvait pas. Il pouvait faire d'elle ce qu'il voulait, l'insulter, la battre, elle resterait à lui sous le talon de ses bottes[582]!

Ridottasi a schiava di un soggetto abominevole, a Germinie non resterà che piegarsi infine a un destino che non ha scelto, e a cui per lunghi tratti ha – quand'anche solo con rimorsi e i tentennamenti – cercato di opporsi. L'autocommiserazione segna la definitiva sconfitta; ma il lettore non può non provare una forma di empatia nell'assistere alla morte spirituale di un personaggio con cui ha avuto modo di familiarizzare; di cui è stato messo a parte dei pensieri, dei sogni e delle seppur flebili speranze di trovare, anche nei momenti più bui, un baluardo cui aggrapparsi per scampare alla crudeltà dell'esistenza, riversatasi su di lei sin dalla più tenera età.

---

[581] Cfr. J.-L. Cabanès-P. Dufief, *Les Frères Goncourt*, cit., p. 316.
[582] GL, pp. 152-153.

3. «*Germinie Lacerteux* est dès lors l'oeuvre qu'elle est parce qu'elle a su tourner en puissance [...] la partielle impuissance romanesque des auteurs»[583]. Sono le parole di Caramaschi, che rileva una predisposizione quasi temperamentale degli autori: un'inclinazione al frammento lirico che mal si concilia con le esigenze totalizzanti del romanzo. Eppure è per paradosso proprio questa «impuissance» la chiave del successo di *Germinie Lacerteux*: perché in questo testo l'«écriture artiste» fu pionieristicamente applicata a un soggetto – il popolo basso parigino – reputato costitutivamente indegno, per le tradizionali gerarchie stilistiche, dall'opinione universale[584]. Dotati di un'inedita sensibilità per le arti visive (erano critici d'arte autorevoli nonché pittori), essi si avvalsero di una complessa metodologia per infondere un movimento "poetico" alla frase; una singolare «fuite vers le haut»[585] che innalza il gradiente estetico del testo. Sicché l'opera goncourtiana costituisce un momento fondamentale nella storia delle forme letterarie, che non passò inosservata per questa sua specificità ai contemporanei, tra cui Barbey d'Aurevilly:

> D'ailleurs, personne ne l'ignore, les Goncourt, qui sont presque des peintres et qui ont écrit sur la peinture, ont dû vivre beaucoup dans les ateliers. Ils en ont dû prendre les mœurs, du moins dans le langage; et ils ont pensé qu'en faisant entrer les mots de cette langue, spéciale aux ateliers, dans la langue littéraire, ce serait là un accroissement et une richesse de plus pour la langue et pour la littérature[586].

Non sempre i toni furono celebrativi: il tentativo di trasposizione dei procedimenti delle arti visive nel romanzo fu invece oggetto di polemica. Critici quali Paul Bourget, Albert Cassagne o Gustave Lanson biasimarono questa operazione, ravvisando nella scrittura goncourtiana non solo una sensibilità genericamente impressionista, ma un codice marcato,

---

[583] E. Caramaschi, *Postface*, cit., pp. VII-VIII.

[584] Si trova una descrizione precisa dei tratti linguistici e stilistici dell'«écriture *artiste*» in F. Brunot, *Histoire de la langue française des origines à nos jours*, vol. XIII, Paris, Colin, 1971, pp. 65-105; cfr. anche M. Cressot, *La Phrase et le vocabulaire de J.-K. Huysmans*, Genève, Droz, 2005 e H. Mitterand, *De l'écriture artiste au style décadent*, in G. Antoine e R. Martin (a cura di), *Histoire de la langue française*, Paris, Éditions du C.N.R.S., 1985, pp. 467-477.

[585] E. Caramaschi, *Postface*, cit., p. 32.

[586] J. Barbey d'Aurevilly, *Edmond et Jules de Goncourt* (1875), in *Le Roman contemporaine*, Paris, Lemerre, 1902, p. 283.

tendente all'esasperazione dei procedimenti espressivi[587]: reo cioè di sottoporre «la langue à la torture», adoperando le parole di Ferdinand Brunetière, che vedeva in questa fenomenologia il sintomo di una crisi ideologica ed epocale[588].

Al di là dei giudizi estetici, è comunque indubbio che il «paysage impressioniste s'affirme dans la prose française avec les fréres Goncourt»[589]; più ancora di Théophile Gautier (indicato in genere come il precursore immediato), furono i Goncourt i primi a tentare programmaticamente di restituire le proprietà mobili e cangianti della luce, le variazioni cromatiche, il pulviscolo di sensazioni registrate dal nervo ottico[590]; ad attuare insomma una decostruzione della visione tradizionale, di cui la descrizione incipitaria di *Germinie Lacerteux* (condotta dall'appartamento di Mlle de Varandeuil) è programmatico esempio: «Ceci se passait dans une petite chambre dont la fenêtre montrait un étroit morceau de ciel coupé de trois noirs tuyaux de tôle, des lignes de toits, et au loin, entre deux maisons qui se touchaient presque, la branche sans feuilles d'un arbre qu'on ne voyait pas»[591]. La frammentazione della visione comporta la frammentazione del periodare, la sintassi nominale: elemento costitutivo dello stile impressionista[592].

---

[587] Cfr. P. Bourget, *Essais de psychologie contemporaine* (1886), vol. 2, riedito con cura e prefazione di A. Guyaux, Paris, Gallimard, 1993, pp. 311-347; G. Lanson, *Conseils sur l'art d'écrire*, Paris, Hachette, 1890 e *L'Art de la prose* (1908), riedito con cura e prefazione di M. Sandras, Paris, La Table Ronde, 1996; A. Cassagne, *La Théorie de l'art pour l'art en France chez les derniers romantiques et les premiers réalistes* (1906), riedito con cura e prefazione di D. Oster, Seyssel, Champ Vallon, 1996.

[588] F. Brunetière, *L'Impressionisme dans le roman*, in *Le Roman naturaliste*, Paris, Calmann-Lévy, 1883, p. 97. Sull'impressionismo letterario specificamente goncourtiano si veda F. Brunetière, *Les Artistes littéraires*, in *Essais sur la littérature contemporaine* (1889), Paris, Calmann-Lévi, 1913, pp. 220-221.

[589] E. Caramaschi, *À propos des «Frères Zemganno»*, in *Arts visuels et littérature. De Stendhal à l'impressionisme*, Paris, Nizet, 1985, p. 7.

[590] Al riguardo si rimanda alle pagine dedicate da Meyer Schapiro alla nascita della sensibilità impressionista nella letteratura francese (M. Schapiro, *L'impressionismo e la letteratura*, in *L'impressionismo. Riflessi e percezioni*, a cura di B. Cinelli, Torino, Einaudi, 2008, pp. 324-369).

[591] GL, p. 48.

[592] Sulla sensibilità artistica della prosa dei Goncourt – e la loro peculiare costruzione della frase – si rimanda a É. Zola, *Edmond et Jules de Goncourt*, in *Les Romanciers naturalistes*, cit., pp. 223-260.

È superfluo rimarcare che le corrispondenze *inter artes* sollevano questioni spinosissime, per cui una certa vigilanza sulle procedure metodologiche sarebbe doverosa: il rischio è di sorvolare sulle specificità dei rispettivi *media* per dar risalto alle (talora semplicistiche) analogie; e non mancano trattazioni teoricamente evolute del problema, che interessa solo in parte in questa sede[593]. Interessa invece in massima misura quando l'alterazione dei procedimenti espressivi è deputata a simulare l'atto percettivo di un personaggio. In effetti, la rivoluzione epistemologica dell'impressionismo è consistita nello svuotare l'oggetto di ogni realtà autonoma in favore della sua percezione soggettiva e della sua rappresentazione pittorica, fino a ridurre (nei casi estremi) il referente a pura astrazione. Numerose sezioni descrittive di *Germinie Lacerteux* si imperniano infatti sulla centralità del soggetto. Si comprende allora perché la fanciulla soffra di una «maladie d'impressionabilité»[594]: siccome l'«écriture artiste» è un'imperiosa necessità dell'arte goncourtiana (lo stile è l'uomo), a questi personaggi è richiesta una sensibilità, una vulnerabilità, una «nervosité» che possano giustificare una percezione del reale e delle reazioni psicologiche assimilabile a quella (sofisticata) degli autori[595].

Le pagine ambientate nella *banlieue* parigina del capitolo XII sono sintomatiche di questo fenomeno. In una radiosa giornata di primavera, Germinie e Jupillon si incamminano nel quartiere che i cittadini chiamano «l'entrée des champs», nel quale si imbattono in un paesaggio al confine tra campagna e città:

> Çà et là, ils s'arrêtaient, sentaient les fleurs, l'odeur d'un maigre lilas poussant dans une étroite cour. Germinie cueillait une feuille en passant et la mordillait. Des vols d'hirondelles, joyeux, circulaires et fous, tournaient et se nouaient sur sa tête. Les oiseaux s'appelaient. Le ciel répondait aux cages.

---

[593] Cfr. B. Vouilloux, *«Mimèsis» et sémiosis*, in, *L'Art des Goncourt. Une esthétique du style*, cit., pp. 61-80 e E. Caramaschi, *Réalisme et impressionisme dans l'Oeuvre des frères Goncourt*, cit., pp. 69-244.

[594] E. Caramaschi, *Postface*, cit., p. 91.

[595] Da qui le obiezioni di Paul Valéry, che intravide nel «réalisme artiste» una contraddizione tra forma e soggetto, tra l'«attention au banal» dell'estetizzante prosa goncourtiana e i «personnages [...] vulgaires» (incapaci di interessarsi «aux couleurs, de jouir des formes des choses [...]» ecc.) a cui tali sottigliezze sono attribuite (P. Valéry, *La Tentation de (saint) Flaubert*, in *Variété V*, Paris, Gallimard, 1945, p. 200). Il seguito è interessante: «ces paysans, ces petits bourgeois vivaient donc et s'agitaient dans un monde qu'ils étaient aussi incapables de voir que l'est l'illetré de déchiffrer une écriture» (*ivi*, pp. 200-01).

Elle entendait tout chanter autour d'elle, et elle regardait d'un œil heureux les femmes en camisole aux fenêtres, les hommes en manches de chemise dans les jardinets, les mères, sur le pas des portes, avec de la marmaille entre les jambes.

La descente finissait, le pavé cessait. À la rue succédait une large route [...][596].

Il quadro è defocalizzato: manca un punto di fuga verso cui possa convergere l'intera rappresentazione. La prospettiva si adegua alla casuale mobilità dello sguardo di Germinie, e si assiste alla rinuncia a ogni proposito di ordinamento gerarchico degli elementi. L'effusione dell'imperfetto – le cui funzioni furono estese considerevolmente nella stagione naturalista[597] – restituisce un'atmosfera sognante: il tempo interiore della coscienza si oppone al grigiore della vita ordinaria. Si tratta di un procedimento modellato sulla tecnica della pittura, come ipotizzò Brunetière ne *L'Impressionisme dans le roman*; saggio fondativo nel quale il critico analizza in realtà lo stile di Daudet, che incarna a suo avviso paradigmaticamente le modalità impressioniste della scrittura romanzesca (diffusesi in Francia su larga scala):

Il s'agit maintenant de composer et de fixer les tableaux. C'est pour cela que M. Daudet mettra le plus souvent la narration à l'imparfait. [...] c'est un procédé de peintre. L'imparfait ici sert à prolonger la durée de l'action exprimée par le verb, et l'immobilise en quelque sorte sous les yeux du lecteur. [...] Le parfait est narratif, l'imparfait est pictoresque[598].

Se nei quadri impressionisti i contorni sono sfumati (e il susseguirsi dei colori graduale), allo stesso modo, in letteratura, l'imperfetto produce come un alone, un effetto di evanescenza: difatti i Goncourt prediligono l'imperfetto anche laddove sarebbe lecito aspettarsi l'aoristo singolativo e oggettivo («La descente finissait, le pavé cessait»).

Proseguendo nella lettura, notiamo che il *focus* si sposta su Germinie, che osserva i passanti lungo la strada (donne, operai, bambini...): «Bientôt se dressait [...]. Germinie croisait des femmes portant la canne de

---

[596] GL, p. 97.

[597] Mi riferisco naturalmente alle pagine di H. Weinrich, *Tempus*, cit., pp. 128-129. Sull'imperfetto dei Goncourt in particolare cfr. E. Bordas, *Les Imparfaits des Goncourt, ou les silences du romanesque*, in «Revue des Sciences Humaines», n. 259, 2000, pp. 197-216.

[598] F. Brunetière, *L'Impressionisme dans le Roman*, cit., pp. 90-91. Nel saggio il tono è polemico: Brunetière biasima questa operazione letteraria; e tuttavia ne illustra la fenomenologia con chiarezza cristallina.

leur mari [...]. Des ouvriers tiraient leurs enfants dans de petites voi-tures, des gamins revenaient [...]»[599]; e il periodare assume un ritmo asindetico:

> Tous allaient tranquillement, bienheureusement, d'un pas qui voulait s'at-tarder, avec le dandinement allègre et la paresse heureuse de la promenade. Personne ne se pressait, et sur la ligne toute plate de l'horizon, traversée de temps en temps par la fumée blanche d'un train de chemin de fer, les grou-pes de promeneurs faisaient des taches noires, presque immobiles, au loin[600].

La rappresentazione del fumo della locomotiva è tipicamente impres-sionista, come impressionista è la tecnica (assimilabile a quella di Monet) che riduce le ombre proiettate dagli escursionisti allo stato puntiforme («taches noires»). Perché le macchie cromatiche sono senz'altro ricondu-cibili alla visione dell'osservatore: «Ouvrir les yeux d'abord et les habituer à voir la tache, habituer la main [...] à rendre [...] ce premier aspect des choses», scrive Brunetière a proposito dell'«écriture artiste» (formulan-done epigrammaticamente il principio fondativo)[601].

Sfumatura dei contorni, rinuncia alla gerarchia degli elementi, fram-mentazione della visione; e infine un complesso gioco di corrispondenze tra personaggio e paesaggio:

> Les horizons s'assombrissaient; les verdures se fonçaient, s'assourdissaient, les toits de zinc des cabarets prenaient des lumières de lune [...]. Tout peu à peu s'effaçait, s'estompait, se perdait dans un reste mourant de jour sans couleur [...]. Germinie se décidait à partir. Elle revenait, toute remplie de la nuit tombante, s'abandonnant à l'incertaine vision des choses entrevues, passant les maisons sans lumière, revoyant tout sur son chemin comme pâli [...][602].

Brunetière ci fa ancora da guida: «il s'établit comme un perpétuel courant d'impressions entre le monde extérieur qui agit, l'homme phy-sique qui est agi et l'homme moral qui réagit». [...] Du dehors vers le dedans elle [la psychologie] va s'insinuer jusqu'au plus intime des person-nages»[603]. Un rapporto biunivoco: il giorno cupo, morente e senza colore

---

[599] GL, p. 97.

[600] *Ivi*, p. 98.

[601] F. Brunetière, *L'Impressionisme dans le roman*, cit., p. 89. Come è noto, «taches» è un lemma ricorrente negli scritti zoliani sull'arte di Manet.

[602] GL, p. 100.

[603] F. Brunetière, *L'Impressionisme dans le roman*, cit., p. 89.

annuncia sottilmente la caduta di Germinie. Turbato da questo sinistro spettacolo, il personaggio decide infatti di ritornare sui suoi passi, abbandonandosi come in un sogno, avvolto dalla notte incombente, all'incerta visione delle cose appena visibili.

4. Alla luce delle precedenti considerazioni, pare chiaro che la concezione dell'«écriture artiste» formulata da Edmond de Goncourt nella prefazione a *Les Frères Zemganno* è troppo ristretta: anziché essere confinata a «ce qui est élevé, ce qui est joli, ce qui sent bon», essa può applicarsi ai soggetti bassi, conferendogli rilievo sia con la mimesi 'seria' dei discorsi ad alta voce (non solo della protagonista, ma di molti esponenti del Quarto Stato)[604], sia con la rappresentazione del loro universo interiore, che attiva la cooperazione immaginativa del lettore. Ma quest'ultimo punto è problematico, perché il privilegio della *soggettività* è riservato elettivamente a Germinie: una declassata singolarmente sensibile (in virtù del suo stato mentale alterato), che è dotata di una rudimentale cultura che la distingue dalla sua classe; istruzione acquisita per merito della padrona, alla quale è legata da un affetto geloso ed esclusivo. Da una digressione del capitolo XLIV (un punto molto avanzato del romanzo), apprendiamo infatti che Germinie «n'était pas la bête de service qui n'a rien que son ouvrage dans la tête. [...] Elle aussi s'était dégrossie, s'était formée, s'était ouverte à l'éducation de Paris»[605]. Grazie all'opera maieutica della sua padrona, la fanciulla sa esprimersi (quando occorre) con proprietà di linguaggio, si diletta a leggere – quand'anche superficialmente – i romanzi d'appendice, con cui ha alimentato la sua immaginazione, e ama la musica e il teatro, che occasionalmente frequenta.

Una borghese *in potentia*, apparentemente non dissimile – in quanto a caratterizzazione (sono riproposti i medesimi tratti: mobilità sociale, logica della devianza, orfana...) – dalla tipologia di personaggio su cui ho ristretto l'analisi nei precedenti capitoli. A dispetto dei proclami della prefazione, *Germinie lacerteux* non è il romanzo dell'apertura al «monde sous un monde»[606]: se infatti la campagna è un orizzonte lontano, «aperçu depuis les faubourgs, depuis les barrières et les fortifications»[607], il popolo parigino

---

[604] Cfr. H. Mitterand, *Germinie Lacerteux: les voix du peuple*, cit., pp. 225-226.

[605] GL, p. 178.

[606] *Ivi*, p. 37.

[607] G. Larroux, *La Spatialité romanesque dans «Germinie Lacerteux»*, in *Les Frères Goncourt: art et écriture*, cit., p. 197.

stricto sensu – operai, muratori ecc. – è finanche assente, ad eccezione di un breve intermezzo del capitolo XII (durante la camminata), in cui agli occhi di Germinie esso appare come disseminato nella *banlieue* parigi alla stregua di un'umanità degradata, immagine inquietante dell'alterità.

In *Germinie Lacerteux*, ha notato Guy Larroux nella sua disamina sulla topografia del romanzo, il popolo è descritto solo nei suoi luoghi di piacere e perdizione (scelta finalizzata a intercettare la sensibilità del lettore con il ricorso al pittoresco); la Parigi del lavoro invece è suggerita per mezzo di pallide figure «representantes les petits métiers dans des situations échappant au temps et au lieu professionel» (le domestiche sono confinate nel retrobottega della latteria, «le garçon boucher est évoqué par sa maîtresse» ecc.)[608]. Insomma, ad essere dipinta, tramite la presenza di Germinie nelle botteghe, è per lo più la classe dei piccoli commercianti; scelta finalizzata oltretutto a dar rilievo, con effetto drammatico, al motivo della persecuzione della protagonista. In effetti Germinie è oggetto di vendetta del quartiere: il popolo è insomma caratterizzato *in absentia*, ma è uno dei motori propulsori del *plot*, giacché esso ha un effetto tangibile, seppur indirettamente (come minaccia sullo sfondo, e perenne agente del male), sulla psicologia della protagonista e sulle sue scelte. Sicché *Germinie Lacerteux* rimane pienamente opera-soglia, romanzo di frontiera: altri strumenti e altre sensibilità erano richiesti per fare del Quarto Stato materia estensiva – e soggetto 'serio' – di un romanzo. Zola raccoglierà il testimone; ma una nuova stagione era iniziata: nessuno scrittore naturalista avrebbe potuto ignorare le nuove prospettive che l'opera goncourtiana – con la sua peculiarissima sintesi di raffinatezze e brutalità, di «vice facile» e «délicatesses» d'artista[609] – aveva dischiuso alla letteratura occidentale.

3. *Zola e il Quarto Stato*

Negli appunti preparatori ai *Rougon-Macquart,* ispirandosi all'architettura mirifica e alla «distribution [...] sociologisante»[610] de *La Comédie humaine* (che l'autore aveva letto, ammirato, nel 1866-1867),[611] oltre che

---

[608]   *Ivi*, p. 191.

[609]   É. Zola, *Les Romanciers naturalistes*, cit., pp. 244-245.

[610]   H. Mitterand, *Notice*, in *La Fortune des Rougon*, Paris, Gallimard, 1989, p. 480.

[611]   Cfr. *ivi*, pp. 474-475. Del resto è noto che il proposito zoliano di dipingere la storia di una famiglia sullo sfondo della società del Secondo Impero fu concepito sul modello

presumibilmente al prologo a *La Fille au yeux d'or* – dal quale aveva potuto desumere la visione di una società divisa in «mondes», dove i membri di ciascun livello si adoperano affinché i figli ascendano al piano superiore del metaforico edificio delle classi sociali (sospinti dalla ossessione comune per «l'or et le plaisir») –[612], Zola elabora una teoria dei ceti. Distingue tra popolo («ouvrier» e «militaire»), commercianti («Spéculateur sur les démolitions» et «haut commerce»), borghesia, «Grand monde» («fonctionnaires officiels avec personnages du grand monde, *politique*»), e poi individua «un monde à part», di cui elenca i componenti: «putain», «meurtrier», «prêtre, «artiste»[613]. Una categorizzazione senz'altro discutibile da un punto di vista sociologico, e tuttavia «illuminante», nota Mazzoni, «per i criteri della narrativa» ottocentesca: «La puttana, l'assassino, il prete e l'artista sono infatti uniti da un'analogia di posizione: non sono "persone come noi"; il loro destino sfugge, per un verso o per un altro, alla *middle station of life*, la loro esperienza è più avventurosa o più riflessiva»: dimensione «che la società riserva, di solito, ai *laboratores*»[614]. Si tratta di personaggi che «eccedono la quotidianità»[615]. Non per nulla, il territorio romanzesco tra Ottocento e Novecento, continua Mazzoni, ospita frequentemente «le età della vita che precedono il disciplinamento adulto: *l'infanzia*, l'*adolescenza*, la *gioventù*» (caratteri prediletti del *Bildungsroman*), oltre che innumerevoli *eroi intellettuali*, personaggi «che

---

balzachiano, che aveva rappresentato esaustivamente la Francia di Luigi Filippo. Ma se Balzac, morto da appena vent'anni, è senz'altro il maestro incontrastato, l'allievo non intende apparire come un semplice epigono, e si prefigge di rivoluzionarne dall'interno il sistema narrativo. Al riguardo si veda l'appunto manoscritto *Différences entre Balzac et moi* (cfr. É. Zola, *La Fabrique des Rougon-Macquart. Éditions des dossiers préparatoires*, a cura di C. Becker, vol. 1, Paris, Champion, 2003. D'ora in poi, quest'edizione sarà citata con la sigla DP). Sull'influenza di Balzac nell'ideazione del progetto dei *Rougon-Macquart* cfr. A. Pagès, *Écrire après Balzac. L'arbre des Rougon-Macquart*, in P. Glaudes e A. Pagès (a cura di), *Relire «La Fortune des Rougon»*, Paris, Garnier, 2015, pp. 73-88.

[612] Furono altrettanto decisivi – per l'interiorizzazione delle leggi dell'eredità – la lettura della *Phisiologie des passions* di Letourneau, e soprattutto del *Traité philosophique et physiologique de l'hérédité naturelle* di Lucas, di cui Zola stese un riassunto esaustivo, e che gli servì da dizionario o «répertoire des personnages et des situatons romanesques, plus encore que d'instrument de formation sciéntifique» (*ivi*, p. 479).

[613] DP, p. 50. Sulla genesi del progetto dei «mondes» nell'immaginario zoliano cfr. H. Mitterand, *L'Origine des «mondes»*, in Id., *Zola, Tel qu'en lui-même*, Paris, Puf, 2009, pp. 27-41.

[614] G. Mazzoni, *Teoria del romanzo*, cit., p. 343.

[615] *Ibid.*

stanno ai margini della *vita activa* e che pensano»[616]. È una tripartizione dal notevole valore euristico, che potrebbe essere utilmente integrata, alla luce di quanto detto, con l'individuazione di un'ulteriore categoria, che si configura come una variante della seconda tipologia: è il personaggio dell'*enfant trouvé*, la cui solitudine, dalle narrazioni picaresche in poi, è non di rado, per l'immaginazione letteraria, garanzia di libertà avventurosa, prima che *handicap* sociale[617].

Cose note. Tuttavia, è sorprendente rilevare che, non solo negli studi sul «monde à part», ma anche nei romanzi sul popolo Zola affidi ad eroi (in parte) irregolari le redini della narrazione: i protagonisti *L'Assommoir, Germinal* e *La Terre* sono estranei che penetrano in un mondo sconosciuto, per scoprirne le logiche e disvelarne i misteri; personaggi alla ricerca di un'integrazione impossibile con una comunità che li respinge. È il sintomo di una difficoltà costitutiva, anche per lo scrittore naturalista, nell'attribuire a un soggetto del proletariato (urbano e rurale) il privilegio estensivo della *mediacy*, la singolarità di un destino e la storia interiore di una coscienza: nel rendere gli umili 'eroi' autentici *motori di trame*[618]. E nondimeno, è innegabile che Zola sia esponenzialmente più audace rispetto ai predecessori. Perché a diversi caratteri popolari egli conferisce, anche per lunghi tratti, una profondità introspettiva autenticamente rivoluzionaria, su cui gioverà riflettere a lungo attraverso un percorso scandito in quattro tappe emblematiche, iniziando da *La Fortune des Rougon*: romanzo grossomodo tradizionale nella forma (e permeato da una sensibilità romantica), ma ricco di spunti per lo studio dell'interiorità del Quarto Stato, sebbene anche in questo caso attribuita a personaggi marginali e al confine tra le classi.

3.1 *«La Fortune des Rougon»*

1. Scritto nel 1868-1869, per poi essere pubblicato nel 1871 nell'edizione stampata da Lacroix, *La Fortune des Rougon* è il primo romanzo della serie dei *Rougon-Macquart*. Il testo presenta una «struttura di genere molto complessa»: «romanzo familiare e genealogico, storia

---

[616] *Ivi*, pp. 343-344

[617] Cfr. M. Robert, *Roman des origines et origines du roman*, Paris, Gallimard, 1972.

[618] Il riferimento è naturalmente a P. Brooks, *Trame. Intenzionalità e progetto nel discorso narrativo*, Torino, Einaudi, 1995.

d'amore e di morte», oltre che «satira politica»[619], l'opera si presenta come una *histoire naturelle et sociale d'une famille sous le Second Empire*, come recita l'ambizioso sottotitolo. Nella concezione del giovane Zola, i *Rougon-Macquart* – sin dal prologo – non dovevano cioè limitarsi all'analisi fisiologica di singoli personaggi («storia naturale»), ma ambivano ad essere, sul modello della *Comédie humaine*, studi scientifici calati in un preciso contesto sociale («storia sociale»), seppur circoscritti all'esame dei determinismi ereditari di una singola famiglia. Ciò per mezzo dell'analisi ravvicinata della doppia discendenza di una comune antenata affetta da nevrosi e scompensi psichici eterogenei (Adélaïde Fouque). Un'«histoire biologique et socio-politique»[620], dunque, che ne *La Fortune des Rougon* assume uno statuto prodigiosamente ambiguo: al confine tra romanzo storico e del tempo presente[621].

Il romanzo, ambientato nel 1851 (in soli otto giorni), al momento del colpo di stato di Luigi Napoleone Bonaparte, narra dell'azione insurrezionale della fazione repubblicana nel département del Var; esso si apre con una descrizione condotta da un narratore onnisciente, che presenta l'immaginaria città di Plassans (trasposizione finzionale della città in cui visse l'autore, Aix-en-Provence)[622]. Essa si caratterizza per la calma assoluta di una città di provincia «endormie dans son isolement, dans son agencement inamovible, dans sa claustration»[623]. Simbolo di questo orizzonte cupo è il cimitero di Saint-Mittre: il luogo del passato e della morte, un «terrain vague dont seules quelques tombes rappellent l'ancien usage»[624]. Dei peri mostruosi sono cresciuti tra le tombe, attestando la

---

[619] P. Pellini, *In una casa di vetro. Generi e temi del Naturalismo europeo*, Firenze, Le Monnier, 2004, p. 196.

[620] M. Agulhon, *Préface*, in, É. Zola, *La Fortune des Rougon*, Paris, Gallimard, 1981, p. 9.

[621] Cfr. P. Pellini, *In una casa di vetro*, cit., pp. 191-203.

[622] Cfr. M. Agulhon, *Préface*, cit., pp. 10-15. Sulle fonti storiche utilizzate da Zola cfr. R. Ricatte, *Introduction*, in É. Zola, *La Fortune des Rougon*, a cura di R. Ricatte, Paris, Garnier, 1969; E. Reverzy, *La Scène de bataille. L'écriture de la guerre dans «La Fortune des Rougon»*, in *Relire «La Fortune des Rougon»*, cit., pp. 219-257; D. Charles, *«La Fortune des Rougon» et l'insurrection de la Commune de Paris*, in *ivi*, pp. 285-298; N. White, *Entre Répubblique et empire. «La Fortune des Rougon» et la relecture de l'histoire*, in *ivi*, pp. 299-310.

[623] B. Laville, *Le Romanesque dans «La fortune des Rougon»*, in *ivi*, p. 190.

[624] H. Mitterand, *Une Archéologie mentale: «Le Roman expérimental» et «La Fortune des Rougon»*, in *Le Discours du roman*, cit., p. 173.

fecondità e la vitalità della stessa morte; la carne dei defunti alimenta il terreno sul quale cresce questa vegetazione esuberante: «Ce sol gras, dans lequel les fossoyeurs ne pouvaient plus donner un coup de bêche sans arracher quelque lambeau humain, eut une fertilité formidable»[625]. L'esistenza biologica e sociale si presenta come il luogo della costante alternanza tra la vita e la morte; come ha notato Mitterand, la storia di questo cimitero è ricca di valenze simboliche: «A l'extérieur de la cité, mais en bordure de la route; lieu tout à la fois éloigné de la ville des vivants, mais accessible à leur pèlerinage. Des murs le protègent des regards sacrilèges, et en même temps protègent les yeux des vivants du spectacle insoutenable de la mort [...]»[626]. Frequentato a lungo solo dai ragazzi delle periferie, l'aire Saint-Mittre fu impunemente profanata: il terreno perquisito, le tombe saccheggiate, e i morti deportati altrove dalla rapace «société marchande», incurante di ogni forma di rispetto per le tradizioni, perché interessata unicamente al profitto[627].

Questo terreno maledetto è diventato «le lieu de récréation» degli esseri marginali e dei derelitti, che lo hanno eletto a loro domicilio: bambini, operai, *bohémiens* in transito... Significativamente, il cimitero è il luogo di ritrovo di Silvère Mouret e Marie Chantegreuil (detta Miette), due giovani innamorati, al cui incontro notturno del dicembre del 1851 il lettore è invitato ad assistere: il protagonista, munito di una carabina lunga e pesante, fa il suo ingresso in scena.

Il giovane si siede su una pietra tombale, preparandosi ad una lunga attesa. La luce lunare illumina la sua figura nell'oscurità, e viene tracciato un ritratto del personaggio, che unisce in sé le caratteristiche di diverse classi sociali: la rozzezza contadina è compensata da un'espressione tenera tipica della fanciullezza, e le braccia nerborute e le mani da

---

[625] É. Zola, *La Fortune des Rougon*, in *Les Rougon-Macquart. Histoire naturelle et sociale d'une famille sous le Second Empire*, a cura di A. Lanoux e H. Mitterand, vol. 1, Paris, Gallimard, 1960, p. 895, p. 5. D'ora in poi citato con la sigla FR.

[626] H. Mitterand, *Une Archéologie mentale*, cit., p. 174.

[627] Tuttavia, questo atto non è privo di conseguenze, giacché i morti riescono ad ottenere la loro metaforica vendetta: «Le pis était que ce tombereau devait traverser Plassans dans toute sa longueur, et que le mauvais pavé des rues lui faisait semer, à chaque cahot, des fragments d'os et des poignées de terre grasse. Pas la moindre cérémonie religieuse; un charroi lent et brutal. Jamais ville ne fut plus écœurée» (*ibid.*). In altre parole, la morte ha vinto «la dernière manche, en marquant de son sceau une ville cupide, oublieuse et impie» (H. Mitterand, *Une archéologie mentale*, cit., p. 175).

operaio convivono con tratti muliebri; analogamente, il suo temperamento è capace «d'abandons comme une femme et de courage comme un héros»[628].

L'improvviso suono dell'orologio ridesta dalle fantasticherie il ragazzo, che ode una voce nell'oscurità. Sopraggiunge la sua compagna di giochi, Miette, che si arrampica sul tronco di un gelso con movenze feline. Intuisce all'istante che questo incontro sarà diverso: osserva inquieta l'espressione seriosa dell'amico e la carabina posata sull'erba. Un presagio di sventura: difatti Silvère le annuncia poco dopo di volersi unire – all'alba dell'indomani – agli insorti della Palud e di Saint-Martin-de-Vaulx (le cui file si erano ingrossate con gli operai di Plassans). Decisione cui la fanciulla era in realtà preparata, ma che nondimeno la getta nello sconforto; cosicché viene tracciato un ritratto di Marie: una rappresentante del popolo provenzale del 1851; una preadolescente orfana di madre dal fascino selvaggio e dalla bellezza puerile (ha appena undici anni), in cui tuttavia già si intravede – nell'esitazione delle forme – la donna in procinto di sbocciare.

Il *focus* ritorna sulle azioni dei personaggi. Sconsolati e infreddoliti, i giovani si incamminano verso il mulino. Dapprima si lasciano alle spalle la pietra tombale, per poi nascondersi nell'ombra di una catasta d'assi, dove si uniscono, avvolti da una pelliccia, in un tenero e caldo abbraccio. È tematizzata l'unione inscindibile dei personaggi. Questo rapporto simbiotico ha importanti conseguenze narrative, giacché non di rado la voce narrante riproduce la sfera psichica dei personaggi, i quali sono contraddistinti da una medesima sensibilità: «Ils retrouvaient, avec une muette joie, le charme tiède de leur étreinte. Leurs cœurs étaient tristes, la félicité qu'ils goûtaient à se serrer l'un contre l'autre avait l'émotion douloureuse d'un adieu, et il leur semblait qu'ils n'épuiseraient jamais la douceur et l'amertume de ce silence [...]»[629]. Si tratta di una psiconarrazione per così dire 'plurale': Silvère e Miette condividono le medesime sensazioni; davanti allo spettacolo della natura, i loro cuori battono all'unisono. Ad essere avvolti dalla pelliccia – in cui trovano rifugio dalle ostilità del mondo – non sono due soggetti, ma un unico corpo: «Cette pelisse, ce vêtement commun, était comme le nid naturel de leur amours»[630].

---

[628] FR, p. 11.

[629] *Ivi*, pp. 48-49.

[630] *Ivi*, p. 53.

Ma tale unione non anulla le differenze temperamentali. Contrariamente a Silvère, la contadina Miette è sovente preda degli umori saturnini. Inoltre la sua adesione alla causa repubblicana ha origine dal desiderio di vendicare le umiliazioni subite dal padre (un desiderio di rivalsa sociale), un bracconiere condannato all'ergastolo per aver sparato a un gendarme; episodio infausto in seguito al quale viene affidata alle cure dello zio (un mezzadro di Rébufat), e dunque relegata al destino di emarginata. Infine, se Silvère ha uno slancio politico puro, in Miette alberga un desiderio di vendetta, che il giovane in quest'occasione appunto le rimprovera («Tu as tort, Miette; ta colère est mauvaise. Il ne faut pas se révolter contre la justice»)[631], ricevendo dalla fanciulla una risposta piccata, perché ingelosita dal fatto che le attenzioni dell'amato siano rivolte esclusivamente alle astrazioni politiche.

Dopo il confronto verbale, i due si dirigono verso il fondovalle. Proseguono nel cammino, sinché non arrivano nelle praterie di Sainte-Claire, che si estendono fino alle acque della Viorne. Alla vista del fiume, sulle cui sponde essi avevano giocato durante l'infanzia, affiorano alla memoria i dolci ricordi del loro amore («Ils se souvenaient des moindres plis de la rive; des pierres sur lesquelles il fallait sauter pour enjamber la Viorne [...]; de certains trous d'herbe dans lesquels ils avaient rêvé leurs rêves de tendresse»)[632] e le carezzevoli parole che erano soliti scambiarsi nelle calde notti d'estate ai primi e innocenti baci sulle guance: «C'était là qu'ils avaient osé se baiser sur les joues. Ce souvenir, que l'enfant venait d'évoquer, leur causa à tous deux une sensation délicieuse [...]»[633]. L'intermezzo lirico è di breve durata. Ascoltando dei rumori confusi provenienti da dietro le alture tra le quali si perde la strada di Nizza, Silvère capisce di trovarsi finalmente davanti all'esercito degli insorti, che marciano verso sud-est intonando le note della Marsigliese. Silvère, pallido per l'emozione, osserva i battaglioni sfilare uno dietro l'altro, indicandoli di volta in volta all'intimorita Miette. L'entusiasmo del giovane è contagioso; e dinanzi allo spettacolo prodigioso di quella folla ebbra di coraggio e fede, Marie non rimane indifferente. L'ideale repubblicano inizia ad infiammare il suo cuore: «Ce rugissement de la révolte, cet appel à la lutte et à la mort, [...] ses désirs brûlants de liberté [...]».[634] E la passione

---

[631] *Ivi*, p. 21.
[632] *Ivi*, p. 25.
[633] *Ivi*, p. 27.
[634] *Ivi*, p. 32.

si manifesta come istinto bellico: «Elle devenait un garçon. Volontiers elle eût pris une arme et suivi les insurgés»[635].

Attraversata la Viorne, i giovani s'imbattono negli operai di Plassans, con i quali intrattengono una conversazione. Gli insorti riconoscono la fanciulla; in particolare, si distingue una voce animosa tra la folla, che richiama alla memoria collettiva i crimini commessi dal padre di Miette, definito, oltre che assassino, un «voleur»[636]. Ma all'accusa di furto Miette si oppone con sdegno: «– Vous mentez [...]; si mon père a tué, il n'a pas volé»)[637]. Nell'udire queste parole, si fa avanti un altro soldato, che aveva conosciuto personalmente il contrabbandiere, giacché era stato suo onesto compagno repubblicano. Egli conferma la versione della fanciulla, e aggiunge che l'omicidio commesso dal bracconiere, più che atto gratuito compiuto da un violento, fosse da interpretarsi come legittima difesa contro una forma di prevaricazione di un gendarme indegno (figura del potere abusivo da estirpare). Udendo per la prima volta delle parole lusinghiere sul conto del genitore, Marie si commuove; la sua adesione alla causa repubblicana diviene quindi un moto spontaneo, sospingendola ad una repentina quanto simbolica risoluzione: «À côté d'elle se tenait debout l'insurgé qui portait le drapeau. Elle toucha la hampe du drapeau et, pour tout remerciement, elle dit d'une voix suppliante: – Donnez-le-moi, je le porterai»[638]. Allora, opponendosi alle perplessità dei più scettici – che dubitano della sua resistenza fisica (necessaria per sorreggere a lungo la bandiera) –, Miette prende trionfalmente la guida dell'esercito in marcia:

Alors elle apparut, dans la blanche clarté de la lune, drapée d'un large manteau de pourpre qui lui tombait jusqu'aux pieds [...]. Elle prit le drapeau, en serra la hampe contre sa poitrine, et se tint droite, dans les plis de cette bannière sanglante qui flottait derrière elle. Sa tête d'enfant exaltée, avec ses cheveux crépus, ses grands yeux humides, ses lèvres entrouvertes par un sourire, eut un élan d'énergique fierté, en se levant à demi vers le ciel. À ce moment, elle fut la vierge Liberté[639].

---

635 *Ibid.*

636 *Ibid.*

637 *Ivi*, p. 34.

638 *Ivi*, p. 70.

639 *Ivi*, p. 35.

L'orfana scettica nei confronti del moto rivoluzionario è divenuta il simbolo stesso della «vierge liberté» da perseguire (richiamo evidente a Hugo). Così, nella fantasia di Silvère, l'amata arriva ad incarnare la figura di cui attende da tempo l'avvento; l'amore per la Repubblica e per la donna amata si sovrappongono, costituendo un'unica radiosa immagine di purezza: «Miette lui était apparue si belle, si grande, si sainte! Pendant toute la montée de la côte, il la revit devant lui, rayonnante, dans une gloire empourprée. Maintenant, il la confondait avec son autre maîtresse adorée, la République»[640].

2. Il capitolo introduttivo costituisce una chiave di accesso privilegiata per l'interpretazione della vicenda di Silvère e Miette, che non potrebbe essere intesa nella sua complessità senza l'apporto delle digressioni esplicative delle successive sezioni, con le quali lo scrittore colloca tale idillio amoroso nello spazio finzionale del romanzo; opera di contestualizzazione necessaria ai fini della caratterizzazione del temperamento dei protagonisti, determinato in sommo grado (come sempre in Zola) dai fattori ereditari e ambientali. Si tratta di un episodio capitale, sul cui significato la critica ha a più riprese dibattuto, giacché esso costituisce «une étrange prothèse à l'économie narrative»[641] de *La Fortune des Rougons*, ma anche un caso *sui generis* nella produzione dello scrittore.

Bisogna soffermarsi sul secondo capitolo, dedicato alla storia di Silvère e alla nascita del suo idealismo repubblicano. Questa storia è presentata congiuntamente all'epopea delle origini dei Rougon-Macquart e all'evoluzione urbanistica di Plassans, in cui si distinguono tre categorie sociali tra loro non comunicanti: aristocrazia, borghesia e operai (rimasti ai margini del sistema sociale cittadino almeno fino al 1830). Discendente della vecchia Adélaïde Fouque – figlia di un ricco ortolano, ma moglie dell'avido contadino Rougon (scelta di matrimonio incomprensibile per la comunità, che non le perdona la relazione scandalosa con il contrabbandiere Macquart) – il giovane appartiene al ramo bastardo della famiglia. Più precisamente, è l'ultimo figlio di Ursule Macquart (terzogenita cresciuta nel completo abbandono genitoriale, e presa in moglie – senza dote – dall'innamoratissimo «ouvrier chapelier» Mouret), nonché nipote di Antoine Macquart: il capofamiglia diseredato da Pierre Rougon.

---

[640] *Ivi*, p. 36.

[641] R. Brethes, *Aux origines du mythe, le roman grec*, in *Relire «La Fortune des Rougon»*, cit., p. 45.

Perché al contrario del laborioso fratellastro, artefice di una scalata sociale ottenuta con sotterfugi ed espedienti (con i quali è diventato borghese), Antoine è un militare in congedo dedito ad ogni scioperatezza. Egli viene mantenuto dalla moglie Joséphine Gavaudan (una laboriosissima domestica) e dai figli (Lisa, Jean e Gervaise), abituati a privarsi di ogni guadagno in nome del benessere del loro aguzzino, che, pur rimanendo operaio, giunge a condurre un'esistenza agiata da benestante della *middle class*.

Rimasto orfano di madre (morta per una grave malattia) e del padre (suicidatosi perché incapace di vivere senza di lei), Silvère è dunque affidato alle cure premurose di Adélaïde (da lui soprannominata Tante Dide), ridotta allo stato di povertà, dopo essersi isolata dalla vita sociale a causa di una vita di dolore: è l'unione di due solitudini, di due anime emarginate e derelitte; per la vecchia, Silvère costituisce l'unica speranza in una vita desolata, e reciprocamente il ragazzo ha nei confronti della donna una tenerezza inconsueta. Cresciuto in quest'atmosfera greve e malinconica, Silvère mostra un carattere serio e pensoso; ha però un animo volitivo: la suscettibilità e la sensibilità nervosa (ereditata dal ceppo materno) si manifesta in lui attraverso una naturale propensione all'astrazione e alle speculazioni metafisiche. Non è un intellettuale propriamente detto: pur ricercando dal principio «l'instruction avec une sorte d'entêtement» (apprende da un maestro carradore i rudimenti dell'ortografia e dell'aritmetica, per poi iscriversi a una scuola di disegno)[642], egli rimane sprovvisto delle basi per un sapere solido. Sicché è indotto a colmare queste lacune con una ricerca affannosa da autodidatta, che gli lascia in eredità una cultura raffazzonata. Si tratta insomma di un operaio intellettuale, il quale è vittima della sua stessa istruzione scriteriata, che costituisce un grave pericolo per un temperamento ardente e represso, terreno fertile per le nebulose idee politiche: «Chez Silvère, les bribes de savoir volé ne firent qu'accroître les exaltations généreuses»[643].

Manca solo il fattore scatenante per lo sviluppo del suo idealismo. Esso è da ricercarsi nella scoperta del pensiero di Rousseau; una rivelazione, da cui scaturisce una profonda e quasi mistica religione del pensiero, che lo eleva al di sopra della condizione di operaio, pur non affrancandolo dalla sua ingenuità. A ciò si aggiunga che egli ha modo introiettare l'ideologia borghese: lavora nella fabbrica dello zio Pierre

---

[642] *Ivi*, p. 137.
[643] *Ibid.*

(che gli insegna il mestiere), e subisce la nociva influenza di Antoine, che dal principio ostenta una straordinaria quanto strumentale ammirazione per le sue idee. Al contrario del nipote, egli si schiera infatti con i repubblicani per gelosia dei privilegiati (e del fratello, che ricopre una posizione di spicco, insieme alla moglie e i figli, nel «salon jaune», luogo di ritrovo dei bonapartisti)[644], e impiega gran parte del suo tempo nelle osterie sobillando gli operai per progettare un colpo di stato, con il quale ambisce ad arricchirsi; piano nel quale appunto coinvolge – con l'ausilio della sua retorica tendenziosa – il pacifico Silvère, iniziandolo alla società dei Montagnardi e inducendolo a desiderare la lotta armata[645].

Il lettore è ricondotto nel presente della scrittura, dove ritrova Silvère che entra in città – in compagnia di Miette – dalla Porte de Rome. Mentre l'armata invade il municipio, egli penetra nella caserma. Senonché, inebriato dallo slancio, si scontra con il gendarme Rengade, con lo scopo di sottrargli di mano la carabina; ma, per la foga, lo ferisce gravemente. È il duro impatto con la realtà; il giovane prova sulla sua pelle la colpa della violenza, cui tenta di sfuggire ripensando alla sua infanzia innocente. Avendo invitato Miette a sedersi su una panchina di pietra, per poi lasciarle in custodia la carabina, torna allora di corsa dalla nonna, onde rifugiarsi – seppur per qualche minuto – tra le sue braccia, e lavarsi le mani imbrattate di sangue nella vasca del pozzo in fondo al suo cortiletto. Dopo essersi imbattuto in un'invasata Adélaïde – che, appresa la notizia, ripensa estaticamente al destino del suo amato Macquart (che con la medesima carabina aveva ucciso, analogamente al nipote, un gendarme) – il giovane ritorna di corsa al mercato, dove trova il ventenne Justin, il figlio del mezzadro Rébufat, ingiuriare e percuotere Miette, che aveva rifiutato di concederglisi. Silvère soccorre la Chantegreuil, avendo la meglio su Justin; sicché la fanciulla riafferra la bandiera repubblicana, e riprende a marciare, a capo di una colonna di uomini che discende il cours Sauvaire, nelle strade illuminate dal chiarore lunare.

3. Trascinati dall'entusiasmo della banda, giunta sulle pendici delle Garrigues, i due marciano sostenendosi l'un l'altro, finché, provati dalla

---

[644] Ricatte ha notato che nel romanzo sono presenti due sistemi spaziali, cui corrispondono differenti sistemi assiologici: allo spazio angusto dei complotti bonapartisti si contrappone lo spazio libero della campagna repubblicana (Cfr. R. Ricatte, *Introduction*, cit., pp. 25-26).

[645] Le azioni di Macquart sono raccontate distesamente nel quarto capitolo.

stanchezza, si siedono in cima ad uno scoglio, al di sotto del quale si estende un abisso di tenebre. Ascoltano con tristezza i rintocchi delle campane del villaggio al margine della strada, e, al buio, dimentichi di ogni conato ribellistico – che appare d'un tratto superfluo e vano – si tengono per mano, in preda al fascino di sentirsi soli. Irritata con Silvère per le sue eccessive premure (il giovane aveva insistito perché Miette riprendesse le forze), la fanciulla non cela il suo disappunto: «J'ai peur que tu ne m'aimes plus. [...] Tu vas croire que je suis une enfant»[646]. È il rancore di una donna che vede mortificata la sua femminilità. Non sapendo cosa replicare, Silvère l'abbraccia calorosamente, tenendola stretta a lungo; e la loro tenera amicizia evolve definitivamente in amore. La restituzione dei pensieri dei personaggi (ancora una psiconarrazione plurale) precede il lungo e appassionato bacio, che sconvolge Miette, la quale viene travolta da un turbinio di pensieri e sensazioni sconosciute, di cui il narratore dà ragione con un'articolata indagine introspettiva:

> Après l'ardent baiser de Silvère, [...] elle se rappela les grossièretés de Justin. Quelques heures auparavant, elle avait écouté sans rougir ce garçon, qui la traitait de fille perdue; il demandait à quand le baptême, il lui criait que son père la délivrerait à coups de pied, si jamais elle s'avisait de rentrer au Jas-Meiffren, et elle avait pleuré sans comprendre [...]. Maintenant qu'elle devenait femme, elle se disait, avec ses innocences dernières, que le baiser, dont elle sentait encore la brûlure en elle, suffisait peut-être pour l'emplir de cette honte dont son cousin l'accusait. Alors elle fut prise de douleur, elle sanglota[647].

La fanciulla ripensa alle allusioni oscene rivoltele dal rancoroso cugino, di cui per la prima volta intuisce il significato. Il primo bacio e la timida scoperta del desiderio, scrive Anne Belgrand, sono dalla donna «perçus immédiatement», come sempre in Zola, «comme un danger et une faute»,[648] cui è consequenziale il senso di colpa: «Ah! je suis une malheureuse. [...] Justin a eu raison de me mépriser devant le monde. Nous venons de faire le mal, Silvère»;[649] «Il ne faut plus faire cela, vois-tu ça doit être défendu, car je me suis sentie toute singulière. Maintenant, les hommes vont rire, quand je passerai»[650]. Per placare i suoi tormenti,

---

[646] FR, p. 165.

[647] *Ibid.*

[648] A. Belgrand, *La Couple Silvère-Miette dans «La Fortune des Rougon»*, in «Romantisme», n. 62, 1988, p. 56.

[649] FR, p. 166.

[650] *Ivi*, p. 167.

Silvère le dà un nuovo bacio, promettendole di prenderla in sposa; ma Miette rifiuta, rimarcando il fatto che con ogni probabilità egli l'avrebbe presto abbandonata. Allora l'operaio scoppia in lacrime; e Miette appare profondamente turbata:

> Miette, effrayée de sentir le pauvre garçon secoué dans ses bras, le baisa au visage, oubliant qu'elle brûlait ses lèvres. C'était sa faute. Elle était une niaise de n'avoir pu supporter la douceur cuisante d'une caresse. Elle ne savait pas pourquoi elle avait songé à des choses tristes, juste au moment où son amoureux l'embrassait comme il ne l'avait jamais fait encore. Et elle le pressait contre sa poitrine pour lui demander pardon de l'avoir chagriné[651].

L'effusione dei monologhi narrati segnala la svolta interiore del soggetto finzionale. Si tratta dell'accettazione dell'*eros*, che viene però vissuto ugualmente – da parte sua e di Silvère – con un senso di incombente di fatalità: «– Il vaut mieux mourir, répétait Silvère au milieu de ses sanglots, il vaut mieux mourir…»[652]; «Oui, tu le disais tout à l'heure, murmura la jeune fille, il vaut mieux mourir»[653]. Per quanto turbata da un oscuro presentimento, Miette accetta senza remore il suo sentimento, prendendo l'iniziativa: «C'était elle, maintenant, qui collait sa bouche sur celle de Silvère, qui cherchait avec une muette ardeur cette joie dont elle n'avait pu d'abord supporter l'amère cuisson. Le rêve d'une mort prochaine l'avait enfiévrée; elle ne se sentait plus rougir, elle s'attachait à son amant»[654]. Ancorché incerta, per l'immaturità e l'imperizia linguistica (le mancano le parole per verbalizzare i suoi istinti), sulla natura della sua richiesta, la giovane donna, certa di andare incontro a un destino tragico, chiede a Silvère una dimostrazione concreta del suo amore, per vivere un seppur fugace momento di felicità: «Je ne veux pas mourir sans que tu m'aimes, murmura-t-elle; je veux que tu m'aimes encore davantage…»[655]; ma l'operaio non la asseconda, limitandosi a dichiararle verbalmente il suo amore. Il *kairos* è perduto, e Miette si addormenta tra le carezze del giovane; sicché viene introdotta una nuova analessi, con la quale è narrata la storia del loro amore, che assume i connotati di un idillio; idillio della classe operaia mutuato per esplicita ammissione dal romanzo greco

---

[651] *Ivi*, p. 168.

[652] *Ibid.*

[653] *Ivi*, p. 169.

[654] *Ivi*, p. 169.

[655] *Ibid.*

(«Leur idylle traversa les [...] brûlantes sollicitations de juillet, sans glisser à la honte des amours communes; elle garda son charme exquis de conte grec [...]»)[656], e più in particolare da *Dafni e Cloe* di Longo Sofista, che costituisce un autentico ipotesto de *La Fortune des Rougon*[657].

Il lettore è ricondotto al momento nel quale una Miette di appena nove anni viene affidata al mezzadro Rébufat. Le condizioni di vita sono precarie: sottoposta alle vessazioni del cugino Justin e dello zio (che la tratta alla stregua di una bestia da soma), a Marie non resta che piangere in silenzio e sopportare. Una vita da paria, che l'avrebbe inasprita se non avesse incontrato l'amore: nella proprietà adiacente a quella di Rébufat, separata dal muro del Jas-Meiffren – che tagliava in due un pozzo in comune – vivevano difatti Silvère e la nonna. Il loro primo incontro è propiziato dal destino. Salito sul muro, dopo aver collocato una puleggia di legno (rottasi il giorno prima), e rimastovi a cavalcioni per osservare l'ampia distesa del Jas-Meiffren, il carradore si imbatte in Miette, rimanendo d'impatto impressionato – e al contempo intimidito – dalla sua baldanza e avvenenza. Silvère ha modo di presentarsi all'ignota contadina dai capelli rossi, e di stringere amicizia; un'esperienza gioiosa che i due emarginati si promettono di rivivere. Naturalmente, questo pozzo in comune – lo stesso in cui Silvère si sarebbe precipitato, solo due anni dopo, per lavarsi le mani imbrattate di sangue – diviene il luogo dei loro incontri furtivi.

Fin dall'inizio, l'emarginata Miette (di cui ha appreso, ascoltando i pettegolezzi della comunità, la triste storia) incarna per Silvère la «la joie et l'ambition de sa vie»[658]; il suo spirito romanzesco alimenta le *rêveries*, che lo conducono a una «génereuse et etrange religion sociale»[659]. Coltivandosi maldestramente, l'operaio «laisse son immagination lui peindre

---

[656] Ivi, pp. 306-307.

[657] Al riguardo cfr. R. Brethes, *Aux origines du mythe, le roman grec*, cit., pp. 43-59. Zola si espresse diffusamente su *Dafni e Cloe* in una nota intervista (cfr. É. Zola, *Deux définitions du roman*, in *Œuvres complètes*, a cura di H. Mitterand, Paris, Nouveau Monde Èditions, 2002, t. II, p. 505). Il romanzo è incentrato sull'amore dei due eponimi protagonisti, abbandonati nella campagna dell'isola di Lesbo e nutriti rispettivamente da una capra e una pecora, per poi essere scoperti e adottati da dei semplici contadini, salvo scoprirsi nell'epilogo originari di una classe sociale elevata. Pertanto essi crescono insieme in contatto con una natura armoniosa e complice, che funge da modello di comportamento.

[658] FR, p. 307.

[659] *Ibid.*

des naïfs projets de mariage»[660]; egli mischia la giovane donna «à ses songeries les plus creuses», e ama «s'enfermer avec elle dans les utopies humanitaires»; perché gli ideali di giustizia rappresentano una delle basi su cui si fonda il loro legame:

> Il y avait encore dans l'amour de Silvère, outre son admiration pour la crânerie de son amoureuse, les douceurs de son cœur tendre aux malheureux. Lui qui ne pouvait voir un être abandonné, un pauvre homme, un enfant marchant nu-pieds dans la poussière des routes, sans éprouver à la gorge un serrement de pitié, il aimait Miette, parce que personne ne l'aimait, parce qu'elle menait une existence rude de paria. [...] Il pensait à Miette en rédempteur. Toutes ses lectures lui remontaient au cerveau; il voulait épouser un jour son amie pour la relever aux yeux du monde; il se donnait une mission sainte, le rachat, le salut de la fille du forçat[661].

Non è solo alle storie d'amore che Silvère associa l'immagine di Miette, bensì alle «lectures difficiles» di carattere politico e sociale, dove la giovane diventa «nécessaire à l'abolition du paupérisme et au triomphe définitif de la révolution». Pare pertanto innegabile che alla storia di questo idillio sia sottesa una critica politica nemmeno troppo velata; «l'analisi crudele del narratore insiste sull'inadeguatezza dei miti romantici» del ragazzo[662]: è una denuncia dei pericoli del bovarismo. L'amore è «le support de la prise de conscience politique»; «La femme n'est pas aimée pour elle-même, et le regard amoureux ne s'arrête pas à la contemplation de l'Autre»,[663] bensì ricerca, con un sentimento di adorazione superstiziosa, qualcosa che trascenda l'oggetto desiderato in quanto tale (concezione opposta alla sensualità divoratrice del naturalismo tradizionale). Da qui l'identificazione di Marie con la stessa «Vierge liberté»: «—Toi, tu es ma femme. [...] J'aime la République, vois-tu, parce que je t'aime»[664]. Né pare irrilevante l'ambiguità della loro relazione, costantemente messa in rilievo, nota ancora Belgrand, dall'interscambiabilità dei termini impiegati nel romanzo, «tout au long duquel interfèrent plusieurs champs sémantiques: amitié-camaraderie/fraternité/sexualité[665];

---

[660] A. Belgrand, *La Couple Silvère-Miette dans «La Fortune des Rougon»*, cit., p. 55.

[661] *Ivi*, p. 204

[662] P. Pellini, *Naturalismo e verismo*, cit., p. 89.

[663] *Ivi*, p. 56.

[664] *Ivi*, p. 22.

[665] A. Belgrand, *La Couple Silvère-Miette dans «La Fortune des Rougon»*, cit., p. 57.

confusione assiologica che impedisce a Silvère di riconoscere e identificare il suo desiderio.

Insomma, il rapporto amoroso dona all'uomo «une mission essentielle de protection»[666]: salvando la donna, Silvère intende salvare tutti gli oppressi e gli emarginati («il aimait Miette, parce que personne ne l'aimait, parce qu'elle menait une existence rude de paria»). Sicché si comprende, sulla base di tale relazione asimmetrica – cui dovrebbero aggiungersi, per opposizione, i modelli di sessualità brutale offerti dagli altri personaggi del romanzo (espressione del corrotto orizzonte borghese) –, come la *libido* possa rappresentare un rischio per il protagonista, e al contempo un ostacolo per la purezza della fanciulla, che subito intuisce il pericolo della concezione amorosa del compagno di giochi («Tu l'aimes bien, ta République [...]. M'aimes-tu autant qu'elle?»)[667], in quanto dotata di un'innata sensualità, che la renderebbe istintivamente recettiva, più che alle astrazioni del mondo della cultura (assorbite per osmosi da Silvère), ai richiami della natura e alla fecondità: «Elle n'était point de nature rêveuse, elle jouissait par tout son corps, par tous ses sens, du ciel, de la rivière, des ombres, des clartés»[668].

La genesi del sentimento di morte nel cuore dei fanciulli si deve a un episodio cronologicamente anteriore, ma capitale per la loro 'educazione sentimentale'. Un giorno, venendo per caso al pozzo, Tante Dide viene a conoscenza degli incontri del nipote con la contadina; una visione che la riporta con un tuffo al cuore nel passato, al tempo dei suoi amori con il bracconiere Macquart, che vede ripresentarsi ciclicamente nella sua discendenza, nella quale l'idillio appare senza scampo legato alla morte:

> La vue des deux enfants amoureux qui attendaient son regard, confus, la tête baissée, la retint sur le seuil, prise d'une douleur plus vive. Elle comprenait maintenant. Jusqu'au bout, elle devait se retrouver, elle et Macquart, aux bras l'un de l'autre, dans la claire matinée. Une seconde fois, la porte était complice. Par où l'amour avait passé, l'amour passait de nouveau. C'était l'éternel recommencement, avec ses joies présentes et ses larmes futures. Tante Dide ne vit que les larmes, et elle eut comme un pressentiment rapide qui lui montra les deux enfants saignants, frappés au cœur[669].

---

666 *Ivi*, p. 56.

667 FR, p. 22.

668 *Ivi*, p. 202.

669 *Ivi*, p. 189. A ben vedere, la progenitrice della famiglia dei Rougon, ha sostenuto Laville, «porte la trace d'un romanesque nécessairement revisité par le chaier des charges naturaliste, où la force des voluptés du corps se substitue à la pureté des

Ne consegue il drammatico vaticinio: «– Prends garde, mon garçon, on en meurt»[670]. I conti tornano. Nel romanzo, ha scritto Ricatte, si distinguono infatti due tempi distinti: il tempo «du clan Rougon», che è «un temps qui régresse, une durée de vieilles gens qui veulent rétablir le passé pour y asseoir leur fortune», e il tempo di Dide, Miette e Silvère, che si presenta come «une durée qui toujours revient sur elle-même»: il tempo dell'eterno presente, dove per l'appunto «s'installe l'amour de Silvère et de Miette», nonché quello dell'antenata dei Rougon[671].

Ci si può spingere oltre: non solo i giovani rivivono i tragici amori di Dide e del contrabbandiere, ma, nell'antico cimitero divenuto l'aire Saint-Mittre (la cui enigmatica descrizione non per caso apre il romanzo), l'appello incessante dei vecchi corpi «pousse les deux adolescents à renouveler de plus anciennes amours»;[672] tema ripreso circolarmente in questo *flashback*, giacché il cimitero abbandonato è uno dei luoghi adibiti ai loro incontri.

Seduti sulla pietra tombale (la stessa su cui Silvère si sarebbe trattenuto per attendere l'avvento di Miette nella notte antecedente alla rivoluzione), i due comprendono che il loro amore è alimentato da misteriose forze: «Ces ossements, ils le sentaient bien, étaient pleins de tendresse pour eux [...]. Et quand ils s'éloignaient, l'ancien cimetière pleurait. [...] Les morts [...] voulaient les noces de Miette et de Silvère»[673]. Come spesso accade, la scrittura di Zola è oggetto di una «trasfigurazione simbolica» e mitopoietica; essa apre a «una terza dimensione»[674] (pancronica e universale), che a volte si presenta come rasserenante (la vita che si alimenta gioiosamente dalla morte, come la vegetazione del cimitero cresce tra le lapidi), e altre annuncia l'inesorabilità dell'idillio, destinato a culminare in tragedia: in una notte estiva, Marie fissa lo sguardo su una tomba, in cui trova una sua omonima morta in tenera età: «Alors ils

---

penchants de l'âme» (B. Laville, *Le Romanesque dans «La Fortune des Rougon»*, cit. p. 197). Ne deriva che questo personaggio singolare vive «en dehors de la vie ordinaire» (FR, p. 82), «étrangère au monde» (*ivi*, p. 94), ovvero fuori dal tempo; un personaggio nel quale si concentra un amore e una tenerezza resistenti a qualsiasi forza del mondo esterno.

[670] FR, p. 281.

[671] R. Ricatte, *Introduction*, cit., p. 24.

[672] FR, p. 281.

[673] *Ivi*, pp. 206-207.

[674] P. Pellini, *In una casa di vetro*, cit., p. 198. Per la lettura 'mitica' dell'opera zoliana R. Ripoll, *Réalité et mythe chez Zola*, Paris, Champion 1981 e A. Dezalay, *L'Opéra des «Rougon Macquart»*, Paris, Klincksieck, 1983.

lurent l'inscription tronquée: *Cy gist... Marie... morte...* Et Miette [...]
était restée toute saisie»[675]. I pensieri funesti si accavallano; la fanciulla
si convince che la causa di questo triste decesso sia imputabile a una
disgrazia di natura amorosa. E affiora un nuovo presagio di morte: «Tu
verras, ça nous portera malheur... Moi, si tu mourais, je viendrais mourir ici, et je voudrais qu'on roulât ce bloc sur mon corps»[676]; nella storia
(immaginaria) di questa defunta – che diventa un'ossessione persecuto-
ria – Miette ha intravisto il suo epilogo da martire repubblicana.

4. Tutti i tasselli sono predisposti; non resta che seguire il filo del racconto. Il lettore è ricondotto sulle pendici delle Garrigues, dove ritrova,
al sorgere del sole, Silvère e Miette teneramente abbracciati; e l'istanza
diegetica interviene con un rilievo d'ordine strutturale: «Miette dor-
mait paisible, la tête sur la poitrine de Silvère, pendant qu'il rêvait aux
rendez-vous lointains, à ces belles années de continuel enchantement»[677].
Apprendiamo che la lunga rivisitazione dell'idillio non si configura come
una digressione narratoriale, bensì come la fantasia interiore del protagonista. Ciò a dispetto dei numerosi pensieri riportati di Miette (che a
rigore Silvère non potrebbe conoscere). Si tratta di un prezioso indizio
ermeneutico: se da un lato la delega narrativa è testimonianza della maggiore vocazione introspettiva – per il variegato bagaglio culturale e il singolare corredo genetico – dell'operaio intellettuale, dall'altro la parallessi,
presumibilmente preterintenzionale, conferma la centralità della contadina nel sistema romanzesco. I due personaggi sono infatti accomunati
da «une sorte de gemmellité» (che giustifica la proliferazione delle percezioni e psiconarrazioni plurali)[678]: orfani, sono raccolti e accuditi dopo
la morte dei loro genitori; il padre di Miette è accusato di avere ucciso
un gendarme, e, analogamente, Silvère ferisce (quasi a morte) Rengade.
Sono inoltre paria, e dunque espressione, come *Germinie Lacerteux*, della
logica della devianza. Eppure nel mondo gretto de *La Fortune des Rougon*, dove gli uomini si muovono solo secondo interesse, i palpiti del sentimento amoroso sono prerogativa esclusiva di questi umili (e di Dide).
In quest'ottica, la fenomenologia della soggettività riveste una funzione
primaria: in parte, la pittura degli stati d'animo – della «naïveté des deux

---

[675] FR, p. 208.

[676] *Ibid.*

[677] *Ivi*, p. 209.

[678] A. Belgrand, *La Couple Silvère-Miette dans «La Fortune des Rougon»*, p. 54.

amoureux» – permette a Zola «une escapade générique» verso l'idealismo romantico e l'irrazionale, con l'incontro imprevisto tra il Naturalismo e «la pastorale»[679]; d'altro canto, essa conferisce a questi personaggi un senso tragico, non riconducibile all'esigenza di evasione della «pastorale»: una componente essenziale per l'«acclimatation»[680] dell'idillio nel XIX secolo.

Tale funzione è ricoperta soprattutto da Silvère, il protagonista, di cui è opportuno ricostruire gli ultimi istanti di vita. In seguito al risveglio di Miette, i due ridiscendono per il pendio, senza far più menzione del bacio; sbucano ad Orchères, dove arrivano alle loro orecchie i clamori della folla: la colonna di insorti è entrata in città, ricevendo un'accoglienza trionfale. Sicché trascorrono una giornata gioiosa con le truppe. Sarà l'ultima: l'entusiasmo si dilegua nelle tenebre; le truppe apprendono della sconfitta delle truppe repubblicane a Parigi. Sopraggiunge il terrore; Orchères appare d'un tratto una postazione indifendibile, e l'esercito si ritira sulle alture di Saint-Roure, dove si compie il dramma. Il destino, implacabile, presenta il suo conto; la previsione di Miette prende corpo, e il mondo di Silvère, che assiste impotente all'uccisione dell'amata, si infrange in mille pezzi: «Il collait sa bouche sanglotante sur la peau de l'enfant. Ces baisers d'amant mirent une dernière joie dans les yeux de Miette. Ils s'aimaient, et leur idylle se dénouait dans la mort»[681].

Il giovane ha risposto troppo tardi ai richiami di una natura complice, custode di un sapere ignoto agli uomini, perduto con le storture della civiltà e le superfetazioni della cultura. L'abbraccio finale al corpo insanguinato, come il bacio sulla gola nuda, sulla carne ormai fredda, è solo una richiesta (tardiva e disperata) di perdono alla defunta per aver procrastinato, in nome delle future nozze, il loro connubio amoroso, che li avrebbe uniti per sempre; e con la scomparsa di Miette sfuma il sogno repubblicano. Il primo bacio scaraventa i giovani in un mondo troppo complesso e adulto perché essi possano integrarsi. La morte è l'esito della relazione d'amore e, per Silvère, dell'impegno politico: perché se l'idillio è per definizione un genere antistorico, «les amoureux de Zola sont finalment rattrappés par l'histoire»[682]; il fallimento, preannunciato sin dai

---

[679]   R. Brethes, *Aux origines du mythe, «Le roman grec»*, cit., p. 57.

[680]   V. Boneu, *L'Idylle en France au XIXe siècle*, Paris, PUPS, 2014, p. 15.

[681]   *Ivi*, p. 218.

[682]   R. Brethes, *Aux origines du mythe, 'Le roman grec'*, cit., p. 57.

piani preparatori dello scrittore, è inevitabile: «L'idylle entre Miette et Silvère sera de la part de Miette: un amour charnel qui s'ignore, et de la part de Silvère un amour charnel égalment, mais mêlé à un enthousiame. Cet amour rentre dans ma théorie que la chair est au fond des tendresses le plus innocentes»[683].

Il richiamo della carne ignorato; la storia di una caduta fragorosa dalle vette dell'ideale: gli scrittori naturalisti, ricorda Pellini, si sono «scontrati, in momenti diversi della loro carriera, con l'impossibilità di scrivere un romanzo di formazione»; non per nulla l'esistenza di questo giovane innamorato e idealista – incline al misticismo del pensiero per predestinazione biologica più che per fattori sociali – si conclude «ingloriosamente e assurdamente con una squallida fucilazione»[684]. Non c'è ascesa sociale né trasformazione lineare. E tuttavia, Silvère non è un modello completamente negativo; con l'approfondimento introspettivo viene innescato, massimamente nel finale, un moto simpatetico tra lettore e personaggio attraverso cui quest'ultimo è in parte riabilitato; una misura compensativa cui è sottesa un'attenzione peculiare dello scrittore per questo orfano (repubblicano, provinciale e ostracizzato come il giovane Zola, che difatti si reputava votato «a un destino di fallimento»)[685]. Condotto dal maggiore Rengade (orbo e ferito), dopo essere stato catturato dallo schieramento nemico, all'aia Saint-Mittre (ora cupa e invecchiata), Silvère pensa malinconicamente al passato, quando il cimitero era rallegrato dalla voce argentina di Miette:

> Il se souvint d'un dimanche lointain où, par un beau clair de lune, il avait traversé le chantier. Quelle douceur attendrie! comme les rayons pâles coulaient lentement le long des madriers! Du ciel glacé tombait un silence souverain. Et, dans ce silence, la bohémienne aux cheveux crépus chantait à voix basse dans une langue inconnue. Puis, Silvère se rappela que ce dimanche lointain datait de huit jours. Il y avait huit jours qu'il était venu dire adieu à Miette. Que cela était loin! Il lui semblait qu'il n'avait plus mis les pieds dans le chantier depuis des années. Mais quand il entra dans l'allée étroite, son cœur défaillit. Il reconnaissait l'odeur des herbes, les ombres des planches, les trous de la muraille. Une voix éplorée monta de toutes ces choses[686].

---

[683] MS. 10303, f°6, *La Fabrique des Rougon-Macquart*, cit., p. 252.

[684] P. Pellini, *Naturalismo e verismo*, cit., p. 89.

[685] Id., *Introduzione*, cit., p. XI.

[686] FR, pp. 309-310.

Rievocazione del tempo felice della sua vita – di cui è stato incapace di godere appieno – che s'innalza liricamente nel momento in cui ascolta, una volta giunto a Sainte-Claire, il rumore attutito della Viorne, lì dove aveva scambiato i suoi primi casti baci, e dove la fanciulla, ridendo innocentemente, aveva imparato a nuotare tra le sue braccia. Nel sentiero dove si sono concentrati i suoi affetti, commosso, dice addio a tutto ciò che ha amato: le erbe, le assi di legno, le pietre del vecchio muro che Marie aveva vivificato con la sua presenza; e, per un attimo, persuadendosi che la contadina sia ancora viva, fantastica di fuggire lontano con lei, per sposarsi e mantenere la sua promessa. Una speranza crudele; il trauma della sua morte, e con essa della perdita delle speranze repubblicane, si ripresenta vividamente ai suoi occhi. Nel vialetto ode le voci dei morti risuonare, le stesse voci che turbavano misteriosamente lui e la sua innamorata, e che ora gli promettono di restituirgli Miette; infine giunge nel luogo in cui tutto ha avuto origine:

> Le jeune homme regarda devant lui. Il était arrivé au bout de l'allée. Il aperçut la pierre tombale, et il eut un tressaillement. Miette avait raison, cette pierre était pour elle. *Cy gist... Marie... morte.* Elle était morte, le bloc avait roulé sur elle. Alors, défaillant, il s'appuya sur la pierre glacée. Comme elle était tiède autrefois, lorsqu'ils jasaient, assis dans un coin, pendant les longues soirées! Elle venait par là, elle avait usé un coin du bloc à poser les pieds, quand elle descendait du mur. Il restait un peu d'elle, de son corps souple, dans cette empreinte. Et lui pensait que toutes ces choses étaient fatales, que cette pierre se trouvait à cette place pour qu'il pût y venir mourir, après y avoir aimé[687].

Miette aveva ragione; ad attenderli alla fine del viaggio non c'è nient'altro che la morte, il cui pensiero colma ora di dolcezza il suo cuore; sarà ucciso impietosamente dal gendarme, col ridente Justin ad assistere alla sua fucilazione, sulla stessa tomba che aveva visto nascere il loro amore.

3.2 «L'Assommoir»

In un noto abbozzo programmatico, Zola esprime con chiarezza il progetto de *L'Assommoir* (1877): dipingere «un tableau très exact de la vie du peuple»,[688] con un'attenzione privilegiata al proletariato cittadino. È

---

[687] *Ivi*, p. 312.
[688] DP, vol. 2, p. 936.

una precisazione importante: la seconda metà del XIX secolo fu segnata da profonde mutazioni delle condizioni della classe operaia. Certo, in Francia i contadini costituivano ancora la maggioranza della popolazione (per quanto il loro numero cominciasse a decrescere), ma l'evoluzione economica delle aree settentrionali, della regione Lyon-Saint-Étienne e di quella parigina (poli d'attrazione per una manodopera giovane, per lo più emigrata dalle campagne) comportò la diffusione a macchia d'olio degli stabilimenti industriali e di coloro che vi prestavano servizio[689]. Si poneva insomma con urgenza la questione sociale: restaurato il diritto di coalizione nel 1864, numerosi scioperi scoppiavano in Francia e a Parigi, dove l'opera – che riscosse un successo non del tutto inatteso – è significativamente ambientata, nell'arco cronologico che va dal 1850 al 1869 (all'incirca la durata del Secondo Impero)[690].

Un romanzo dedicato esclusivamente al proletariato, che non ha la possibilità di entrare in contatto con i rappresentanti degli altri *mondi*. Si tratta di una compagine sociale cristallizzata: contrariamente al concitato prologo balzachiano a *La Fille aux yeux d'or*, è negato il valore della mobilità ascendente, è escluso che un operaio possa trasformarsi in borghese, che un commerciante possa entrare nell'alta società. Zola costringe i suoi personaggi in uno spazio chiuso e simbolico, li limita nel perimetro angusto di un solo quartiere (la Goutte d'Or): esclusi dal centro cittadino dalla presenza sempre incombente della barriera e del muro del dazio, essi gravitano tra un mattatoio e un ospedale (cronotopi pregni di valenze metaforiche); una claustrazione cui i personaggi sfuggono solo in due occasioni: la visita al Louvre («che sancisce in forme stranianti l'esclusione dei proletari dall'universo della cultura») e le visite di Gervaise Macquart al manicomio di Sainte-Anne, dove sta morendo il marito Coupeau: «un altro ospedale – e neanche una parola sul percorso che ce la porta, attraversando la Parigi *intra muros*»[691]. In tale *milieu* deplorevole si articola il dramma, che consiste nella «déchéance» fisica e morale – raccontata in dodici capitoli – di una coppia funestata dalle disgrazie del destino, che delle dinamiche perverse di questo mondo è deterministicamente vittima. Un universo ostile nel quale di ciascun

---

[689] C. Becker, *La Condition ouvrière en France dans la seconde moitié du XIXe siècle*, in Id., *L'Assommoir. Zola*, Paris, Hatier, 1972, p. 21.

[690] Cfr. J. Dubois, *Introduction*, in É. Zola, *L'Assommoir*, a cura di J. Dubois, Paris, Livre de Poche, 1996, pp. 9-12.

[691] P. Pellini, *Naturalismo e verismo*, cit., p. 112.

tentativo di evasione si registra l'inesorabile scacco: in cui l'alcool – su cui l'autore scrupolosamente si documentò con materiale eteroclito – è piaga pervasiva e al contempo unico rimedio per alleviare le pene di un'insostenibile esistenza. Perché la società è connivente: tollera la diffusione dell'«eau-de-vie» (denominazione affatto antifrastica), costringe alla disoccupazione, dà salari insufficienti, incoraggia la prostituzione o il furto, non assicura contro incidenti, malattie, vecchiaia; perché la promiscuità, la ristrettezza degli alloggi, la mancanza di istruzione, il lavoro in età minorile degradano la vita psicologica – oltre che materiale – del proletariato.

Una requisitoria indignata del repubblicano Zola di orientamento riformista, si sarebbe portati a pensare, se non fosse che nel concreto del testo le cose si complicano: l'autore non attacca mai le strutture della società o il quadro istituzionale, per concentrarsi sugli effetti; e non è prospettata nessuna soluzione: la chiusura immediata delle bettole per legge, a cui la logica implicita del testo allude, era di fatto impraticabile, né verosimilmente avrebbe sortito alcun effetto tangibile. È smentita ogni illusione edificante: «Coupeau cade dal tetto quando è ancora un lavoratore sobrio e pieno di buoni sentimenti, all'eccellente operaio Goujet il padrone taglia il salario; [...] l'accanimento al lavoro di Gervaise [...] non produce ricchezza, né tantomeno felicità»[692]. Inoltre prevalgono scene ambientate nelle osterie d'infimo ordine, per le strade e nelle abitazioni. Ne *L'Assommoir*, ha non di rado rimproverato la critica di sinistra, ci sono molti operai che lavorano poco, o che non lavorano affatto: il capolavoro zoliano, scrive Jean Fréville, «ne représente qu'une fraction retardataire, apolitique, du prolétariat, une arrière-garde coupée de l'armée en marche»[693]. Sulla scia dei Goncourt, lo scrittore «ha sentito e sfruttato la suggestione del brutto e del repellente»[694]. Vi compare un'umanità patologica, 'marginale': dei bruti sadici e violenti, degli alcolizzati senza ritegno e degli intemperanti nel mangiare e nel sesso; degli approfittatori sociali che strumentalizzano l'ideologia repubblicana per fini deplorevoli (Lantier), o che ne sono involontaria parodia per il loro ingenuo e nebuloso idealismo (Goujet). Nel 'primo romanzo operaio' la fabbrica è assente, Zola dà spazio, tuttalpiù, alle piccole imprese artigianali dei *faubourgs*: la meccanizzazione è appena agli inizi. Ma l'immagine della

---

[692] P. Pellini, *Introduzione*, in *L'Assommoir*, cit., p. 248.
[693] J. Frèville, *Zola, Semeurs d'orages*, Paris, Éditions sociales, 1952, p. 101.
[694] E. Auerbach, *Mimesis*, vol. 2, cit., p. 290.

macchina è in realtà pervasiva. Si pensi al celebre alambicco, che appare agli occhi di Gervaise (nella famosa descrizione del secondo capitolo) come un *monstrum* orripilante, e al contempo desiderabile come una perversa tentazione; pericolo per la salute dei proletari «ma anche una minaccia, di sapore vagamente rivoluzionario»[695], per i borghesi infossati nella «trou immense de Paris»[696]. È un'esemplificazione dell'ambivalenza assiologica del testo zoliano nei riguardi della tecnologia e dell'universo capitalistico *tout court*, a cui va inscritta la rappresentazione – anch'essa ideologicamente ambigua – del marxiano feticismo delle merci. Del resto il principio della trasfigurazione mitica – che irradia il testo nella sua interezza – e la disposizione dell'autore a relegare le vicende storiche sullo sfondo, sino al punto da evitare ogni riferimento alla Comune, al conflitto di classe e finanche allo sfruttamento capitalistico della forza lavoro, hanno sovente spinto la critica a privilegiare un'esegesi che sottrae il testo dalla contingenza politica per proiettarlo in un'astorica universalità[697]. Né Zola avrebbe forse dissentito, a giudicare dalle sue dichiarazioni contenute in un frammento dell'*Ébauche* (1876): «Le roman de Gervaise n'est pas le roman politique, mais les romans des mœurs du peuple; le côté politique s'y trouve forcément; mais au second plan, dans une limite restreinte»[698]. Il romanzo politico sarà *Germinal* (1885); *L'Assommoir* è un romanzo sociale consustanziale al suo specifico *milieu*. Pertanto la reale forza di scandalo dell'opera – tale da spaventare il potere costituito e indignare i recensori borghesi – risiede, nota a ragione Pellini, nella «libertà di parola concessa a chi, all'epoca, non aveva voce; la sfolgorante promozione letteraria del gergo popolare e perfino del turpiloquio»: «la «lingua del corpo»[699]. Nella mimesi spregiudicata – senza indulgenze e censure – dell'*argot* parigino. Si tratta del «premier roman [...] qui ait l'odeur de peuple»[700], si legge nella notissima prefazione autoriale all'opera, che mette a fuoco lo scarto evolutivo dell'operazione zoliana da tutti coloro che del popolo – con un'ottica risentita e propensione all'esotismo

---

[695] P. Pellini, *Naturalismo e verismo*, cit., p. 117. Sulle macchine zoliane cfr. J. Noiray, *Le Romancier et la machine*, I, *L'Univers de Zola*, Palermo, Sellerio, 1981.

[696] É. Zola, *L'Assommoir*, in *Les Rougon-Macquart. Histoire naturelle et sociale d'une famille sous le Second Empire*, vol. 2, cit., p. 412. D'ora in poi citato AM.

[697] Cfr. P. Pellini, *Introduzione*, in *L'Assommoir*, cit., pp. 248-253.

[698] DP, p. 950.

[699] P. Pellini, *Introduzione*, in *L'Assommoir*, cit., p. 250.

[700] AM, p. 374.

(Balzac) o con vena miserabilista (Hugo e Sue), con abbandoni idillici (Sand) o con una singolare commistione tra teratologia ed estetismo (Goncourt) – si erano distesamente occupati. Insomma nella dimensione squisitamente formale, che già nell'esordio (*etic*) si mostra oltremodo difforme da quello de *La Fortune des Rougon*: «Gervaise avait attendu Lantier jusqu'à deux heures du matin. Puis, toute frissonnante [...], elle s'était assoupie, jetée en travers du lit, fiévreuse, les joues trempées de larmes»[701]. I personaggi entrano in scena senza alcuna presentazione. Il trapassato prossimo «avait attendu» suggerisce una durata anteriore all'esordio del romanzo di cui non si fa menzione, ma che è parte integrante dello *storyworld*; il lettore si immerge dal principio in un mondo che non conosce, è portato a interrogarsi *attivamente*, alla stregua di un osservatore 'reale' degli eventi, su ciò che vede: nella fattispecie sulle ragioni della tristezza di Gervaise. Una forma di coinvolgimento che non presuppone un legame simpatetico con il soggetto finzionale, e che anzi richiede (spesso) una forma di *sospetto* critico nei confronti di ciò che viene verbalizzato o proferito a voce – dall'istanza diegetica come dai personaggi. Si tratta di un fattore decisivo: perché senza il ruolo attivo del destinatario, e il sovvertimento costante del suo «orizzonte di attesa», la polifonia aporetica dei testi zoliani risulterebbe incomprensibile.

È fin troppo noto che ne *L'Assommoir* domina incontrastato lo stile indiretto libero – un'autentica 'ossessione' autoriale che involgarirebbe la rappresentazione, nella lettura (datata) che Marguerite Lips ha dato del fenomeno – il quale consente invece di riferire pionieristicamente le vicende dall'angolo prospettico dei personaggi popolari, di veicolare la loro visione del mondo[702]. L'eclissi del narratore è funzionale alla delega alla collettività (estesa nei testi zoliani fino alla cornice), che a sua volta comporta la dispersione centrifuga dei sensi del racconto, il «brouillage axiologique»[703], che rende complesso per il lettore stabilire una rigida gerarchia dei valori, giacché i giudizi (morali, politici, ideologici...) si

---

[701] *Ivi*, p. 375.

[702] Cfr. M. Lips, *Le Style indirect libre*, cit., pp. 194-196. Sull'uso – e abuso – dell'indiretto libero zoliano cfr anche C. Bally, *Le Style indirect libre en français moderne*, cit., pp. 549-556 e pp. 597-606; R. Pascal, *The French Masters*, in *The Dual Voice*, cit., pp. 112-123. Sull'indiretto libero adoperato specificamente ne *L'Assommoir* cfr. P. Pellini, *Naturalismo e verismo*, cit., pp. 66-72; J. Dubois, *Introduction*, cit., pp. 38-41 e si vedano i capitoli V e VI in Id., *L'Assommoir de Zola*, Paris, Belin, 1994, pp. 131-172.

[703] Cfr. P. Hamon, *Le Personnel du roman*, cit., pp. 60-85.

relativizzano e si confondono vicendevolmente. La parola del narratore
è *voce* tra le *voci*, si mescola a tratti inestricabilmente con quella dei personaggi: ne risulta inficiato il processo di identificazione con il soggetto
finzionale, che appare spesso debole, piatto, sgradevole; e quando l'i-
stanza diegetica interviene, essa non rischiara il senso del racconto, non
si fa portatrice di nessuna verità: talora, le sue affermazioni non risultano nemmeno coerenti e attendibili. Non di rado, tuttavia, il narratore assolve a una funzione di regia, riportando con l'indiretto libero i
discorsi di *singoli* personaggi che compaiono sulla scena:

> Pendant un mois, les bons rapports de la jeune femme et de l'ouvrier zin-
> gueur continuèrent. Il la trouvait joliment courageuse, quand il la voyait se
> tuer au travail, soigner les enfants, trouver encore le moyen de coudre le soir
> à toutes sortes de chiffons. Il y avait des femmes pas propres, noceuses, sur
> leur bouche; mais, sacré mâtin! elle ne leur ressemblait guère, elle prenait
> trop la vie au sérieux! Alors, elle riait, elle se défendait modestement. Pour
> son malheur, elle n'avait pas été toujours aussi sage. Et elle faisait allusion à
> ses premières couches, dès quatorze ans; elle revenait sur les litres d'anisette
> vidés avec sa mère [...][704].

Si assiste allo slittamento dal resoconto dell'istanza diegetica («Pendant un mois, les bons rapports de la jeune femme et de l'ouvrier zingueur
continuèrent») alla sfera interiore di Coupeau, che ammira la laboriosità
di Gervaise («Il la trouvait joliment courageuse, quand il la voyait se
tuer au travail [...]»), che poi lascia spazio all'*oratio obliqua* dell'operaio,
il quale tenta di vezzeggiare – con mire evidentemente seduttive – la
protagonista; dopo un ulteriore raccordo narratoriale («Alors, elle riait,
elle se défendait modestement), si diffonde l'indiretto libero di Gervaise,
che racconta le peripezie del suo passato al galante corteggiatore, e la
sua aspirazione a una vita semplice e 'onesta' (ideale che si oppone alla
violenza de *L'Assommoir*: parola che dà il titolo al libro, e che «significa,
letteralmente, colpo violento, e, soprattutto, metaforica sbronza»)[705].

Narratore e personaggi interagiscono dialetticamente. Ne scaturisce
un singolare processo di *messa in sordina*, cui è sottesa, come sovente
accade nel caso della mimesi di parole pronunciate e *utterances*, l'impietosa ironia autoriale[706]. Effettivamente, questo indiretto libero non rende

---

[704] AM, pp. 416-417.

[705] P. Pellini, *Note e notizie sui testi*, in *Émile Zola. Romanzi*, vol. 1, cit., p. 1375.

[706] Cfr. M. Fludernik, *The Fictions of Language and The Languages of Fiction*, London,
Routledge, 2014.

l'impressione precisa dell'eloquio del soggetto, né vengono riportati tutti i dettagli del discorso, il quale risulta così proiettato, anziché in primo piano (come nel caso del discorso diretto), sullo sfondo: un discorso tra gli innumerevoli discorsi degli abitanti della Goutte d'Or, registrato in un momento qualunque – una «tranche de vie» – di un'esistenza prosaica, incolore e senza scarti; la parola si trasforma in *vaniloquio*. L'istanza diegetica mette in atto dei procedimenti condensativi, che producono globalmente un *effetto dissonante*; distanziamento critico essenziale per cogliere la natura illusoria dei convincimenti di Gervaise: perché in un ambiente degradato dalla miseria, le parole "onesto" e "onestà" – di cui la lavandaia ama riempirsi la bocca – rischiano di perdere senso; perché la laboriosità indefessa della donna – oggetto di ammirazione per Coupeau – si rovescerà drammaticamente nel suo contrario. E delle innumerevoli *voci* del quartiere il macchinista si fa del resto fedele 'auscultatore' e stenografo; il racconto è costruito per addizione di momenti eterogenei, i commenti sui fatti prevalgono sulle narrazioni dei fatti stessi, le interpretazioni contraddittorie si susseguono vorticosamente sfilacciando il racconto oggettivo:[707]

> Les Lorilleux étaient jaloux des Goujet. Ça leur paraissait drôle, tout de même, de voir Cadet-Cassis et la Banban aller sans cesse avec des étrangers, quand ils avaient une famille. Ah bien! oui! ils s'en souciaient comme d'une guigne, de leur famille! Depuis qu'ils avaient quatre sous de côté, ils faisaient joliment leur tête. Mme Lorilleux, très vexée de voir son frère lui échapper, recommençait à vomir des injures contre Gervaise[708].

È lasciato libero campo al vociare della famiglia Lorilleux (Mme Lorilleux è la sorella di Coupeau), che offre come un controcanto ironico alla narrazione di primo grado, deformando a più riprese le azioni e la condotta della protagonista, parodiata per i suoi amori per Goujet. Ma nel microcosmo babelico della Goutte d'Or i Lorilleux sono a loro volta oggetto di dicerie e commenti denigratori:

> Sans doute, les Coupeau devaient s'en prendre à eux seuls. L'existence a beau être dure, on s'en tire toujours, lorsqu'on a de l'ordre et de l'économie, témoins les Lorilleux qui allongeaient leurs termes régulièrement, pliés dans

---

[707] È il principio della ridondanza discorsiva. Al riguardo Cfr. P. Hamon, *Le Personnel du roman*, cit., pp. 90-105.

[708] AM, p. 476-477.

des morceaux de papier sales; mais, ceux-là, vraiment, menaient une vie d'araignées maigres, à dégoûter du travail[709].

La sintassi restituisce, con il registro basso, il movimento dell'oralità, la declinazione della voce collettiva del quartiere. L'*origo* dell'enunciazione rimane incerta; sono contrapposti giudizi polarmente discordi: dei parlanti imprecisati elogiano l'indole parsimoniosa dei Lorilleux, altri (la cui prospettiva è introdotta con il «mais») ne disprezzano la parossistica avarizia. Una delle innumerevoli declinazioni della polifonia zoliana, che raggiunge la sua piena espressione nel capitolo VII, dedicato al pranzo pantagruelico predisposto, per la sua festa di compleanno, da Gervaise, che ha appena compiuto trent'anni; un'esplosione di vitalità – nella quale già si annidano i germi del male – che costituisce il vertice della parabola ascendente della protagonista, e che prelude a una fragorosa ed inesorabile caduta[710].

3.2.1 La parola interiore

Nei romanzi naturalisti, l'eccezione e la marginalità, l'infrazione dei codici morali e sociali sono l'*ubi consistam* della narrazione: avviano il movimento della trama, consentono allo scrittore di mettere a fuoco le deviazioni dalla norma e di denunciare le piaghe della società. Ne consegue il rifiuto zoliano del tipico in senso tradizionale (*à la* Balzac): i suoi romanzi descrivono un singolo caso, che non ambisce a cristallizzarsi in un paradigma. Ne *L'Assommoir* ciò si verifica per il nucleo familiare della protagonista (oltre che limitatamente per Goujet, nel racconto delle cui vicende lo scrittore recupera tinte idilliche), e per la piccola Lalie Bijard, orfana di madre capace di allevare i fratellini nonostante i violenti pestaggi cui la sottopone il padre alcolizzato (una fenomenologia melodrammatica)[711]. Nondimeno, i personaggi secondari sono grossomodo

---

[709] *Ivi*, p. 683.

[710] Secondo una lettura diffusa a partire dagli anni Settanta del Novecento, il banchetto nella bottega di Gervaise si farebbe beffa dell'ideologia piccolo-borghese del risparmio, autorizzando un'esegesi trasgressiva dell'intero romanzo. Al riguardo cfr. D. Baguley, *Rite et tragédie dans «L'Assommoir»*, in «Les Cahiers naturalistes», 1978, pp. 80-96 e C. Wilson, *City Space and the Politics of Carnival in Zola's «L'Assommoir»*, in «French Studies», LVII, 3, 2004, pp. 343-356.

[711] Al riguardo cfr. J.-P. Leduc-Adine, *Tentation, fonction et construction du mélodrame dans «L'Assommoir»: un fait divers, Lalie Bijard ou «la petit mère»*, in A. Dezalay (a cura di), *Zola sans frontières*, Strasbourg, Press Universitaires de Strasbourg, 1996.

«classés en deux catégories, les bons et les méchants, selon le manichéisme moral et psychologique des roman populaires du XIXe siècle»; essi sono il prodotto di un certo *milieu* combinato ai risultati dell'eredità, o semplicemente «des pantins mus pour les instincts le plus bas»[712]. Pertanto sono privati di qualsiasi approfondimento psicologico; ma per Gervaise, Coupeau e Goujet (e prevedibilmente per Nanà, che difatti ricompare da protagonista in un episodio del ciclo)[713] la *parola interiore* è fondamentale nel processo di caratterizzazione: non che si lasci sempre isolare facilmente (le interferenze del coro sono pervasive), tuttavia in alcuni casi essa concorre all'instaurazione – ancorché complessa e ambivalente – del moto di identificazione con il lettore, corollario della situazione narrativa figurale, di cui Zola sfrutta estesamente le risorse perché funzionali alla poetica dell'impersonalità. È opportuno distinguere caso per caso.

3.2.2 Gervaise

Proveniente dal ramo proletario della progenie di Adélaïde, Gervaise era già comparsa, ne *La Fortune des Rougon*, in uno stato di totale subordinazione nei confronti del padre Antoine (dispotismo accentuatosi dopo la morte della madre, quando rimane orfana); ma transitando nello *storyworld* de *L'Assommoir* il personaggio, per ammissione dello stesso Zola, subisce un significativo mutamento:

> À Paris j'ai une Gervaise nouvelle. Elle ne boit plus, elle aime Lantier, elle se dévoue pour ses enfants. [...] D'abord, je l'ai dit, une bête de somme au travail, puis une nature tendre; un fond de femme excellent, que l'éducation aurait pu développer, mai qui se perd. Chacune de ses qualités tourne contre elle. Le travail l'abrutit, la tendresse la conduit à des faiblesses extraordinaires[714].

---

[712] C. Becker, «*L'Assommoir*». *Zola*, cit., p. 51.

[713] Che Nanà abbia un approfondimento soggettivo non sorprende, in quanto la fanciulla è dal principio racchiusa dall'autore nel «mond à part»: «Nana grandissait, devenait garce. À quinze ans, elle avait poussé comme un veau, très blanche de chair, très grasse, si dodue même qu'on aurait dit une pelote. [...] Une vraie frimousse de margot, trempée dans du lait, une peau veloutée de pêche, un nez drôle, un bec rose, des quinquets luisants auxquels les hommes avaient envie d'allumer leur pipe» (AM, pp. 708-709). L'approfondimento introspettivo ha luogo nel capitolo XI, che copre l'arco di tre anni (dall'aprile 1866 al 1868), nei quali vediamo Nanà progressivamente ribellarsi all'autorità familiare per intraprendere la sua avventura come donna 'irregolare'.

[714] DP, p. 940.

A dispetto dell'innata zoppia, Gervaise è una stakanovista, ma al contempo contraddistinta da mollezze di spirito, che in quanto tali rappresentano, specie perché non coltivate a dovere, un'imperdonabile debolezza nell'orizzonte corrotto della Goutte d'Or. Provinciale, abbandonata da Auguste Lantier in una situazione familiare irregolare, Gervaise è marginale in un quartiere a sua volta ai margini della grande città: rientra a pieno titolo nella logica della devianza. Una donna destinata a pagare a caro prezzo le sue qualità morali: «Chacune de ses qualités tourne contre elle». Non stupisce che nelle intenzioni originarie dell'autore il titolo attribuito all'opera fosse «La simple vie de Gervaise Macquart». Gervaise infatti è personaggio profondo, contraddittorio e sfaccettato: da un lato, vi è la popolana «qui alterne» agli «abandons de tous ordres» gli slanci vitalistici – nei quali rientra il desiderio di essere ammirata e celebrata dalla collettività (da qui l'organizzazione del banchetto pantagruelico e delle cerimonie rituali) – dall'altro, una piccolo-borghese «qui ne manque pas d'affinités avec [...] Emma Bovary», con cui condivide il «rêve de sortir de sa condition», oltre che di passar da un uomo all'altro[715]. E questo «bovarysme prolétarien»[716] comporta l'estensione dei moduli della soggettività: nel romanzo sul proletariato, è *de facto* un personaggio socialmente ibrido – il suo *plot*, il suo destino – il centro del dispositivo romanzesco. Vale la pena studiare questa fenomenologia attraverso una bipartizione categoriale.

3.2.2.1 *Passività percettiva*

L'arte zoliana si contraddistingue per l'esubero descrittivo. Coerentemente con la teoria positivista del *milieu*, Zola era infatti portato a privilegiare, perché la denuncia sociale fosse realmente documentata, lo sfondo ambientale, di cui venivano ricostruiti i minimi dettagli, che invadevano zone sempre più ampie del testo. Rispetto al romanzo tradizionale, il principio dell'impersonalità impone tuttavia una nuova pratica estetica: non più affidati alla visione demiurgica dell'io narrante, Zola delega i brani descrittivi all'ottica dei personaggi, i quali molto spesso sono convocati in scena al solo scopo di vedere (o ascoltare, o sentire) un

---

[715] J. Dubois, *Introduction*, cit., p. 22.

[716] *Ibid.*

ambiente, una situazione, una vetrina, una conversazione, un suono, un odore[717]. Ciò vale massimamente per Gervaise:

> L'hôtel se trouvait sur le boulevard de la Chapelle, à gauche de la barrière Poissonnière. C'était une masure de deux étages, peinte en rouge lie de vin jusqu'au second, avec des persiennes pourries par la pluie. Au-dessus d'une lanterne aux vitres étoilées, on parvenait à lire, entre les deux fenêtres: *Hôtel Boncœur, tenu par Marsoullier*, en grandes lettres jaunes, dont la moisissure du plâtre avait emporté des morceaux. Gervaise, que la lanterne gênait, se haussait, son mouchoir sur les lèvres. Elle regardait à droite, du côté du boulevard de Rochechouart, où des groupes de bouchers, devant les abattoirs, stationnaient en tabliers sanglants; *et le vent frais apportait une puanteur par moments, une odeur fauve de bêtes massacrées*[718].

Nell'esordio del primo capitolo, affranta perché Lantier non accenna a rientrare dopo una notte trascorsa fuori di casa, con gli occhi offuscati dalle lacrime, Gervaise si affaccia alla finestra, che diventa la cornice immaginaria del *tableau* di vita parigina dipinto dall'autore. Si tratta di un'astuzia escogitata da Zola per dar libero sfogo alla sua vena descrittiva senza derogare al canone naturalista: il narratore onnisciente si nasconde dietro lo sguardo del personaggio[719]. Similmente a *Germinie Lacerteux*, la voce si adegua progressivamente alla mobilità dello sguardo del personaggio: «Elle regardait à gauche [...]. Lentement, d'un bout à l'autre de l'horizon, elle suivait le mur de l'octroi [...]. Quand elle levait les yeux [...]»[720]. Abbondano gli imperfetti, che restituiscono la natura pulviscolare della luce e soprattutto e le esalazioni mefitiche di Parigi, cifra distintiva del realismo sensoriale di Zola[721]; anche ne *L'Assommoir* la scrittura è contaminata da una sensibilità impressionista («Il y avait là un piétinement de troupeau, une foule que de brusques arrêts étalaient en mares sur la chaussée, un défilé sans fin d'ouvriers allant au travail, leurs outils

---

[717] Sulla descrizione come problema del romanzo naturalista è imprescindibile P. Hamon, *Du descriptif*, Paris, Hachette, 1993.

[718] AM, p. 376. Il corsivo è mio.

[719] Sulla finestra come pretesto narrativo adoperato per le sue descrizioni cfr. P. Hamon., *Du descriptif*, cit. Si pensi a *Une page d'amour*, in cui attraverso gli occhi di Hélène Macquart, che si affaccia dalla finestra della sua stanza, vengono condotte cinque descrizioni di Parigi in altrettanti momenti diversi della giornata, in cui Zola si sofferma sulla natura cangiante della luce nel paesaggio.

[720] AM, p. 376.

[721] Le percezioni indirette libere zoliane attribuiscono una funzione primaria alla sfera olfattiva. Si pensi alle scene di lavoro di Gervaise in lavanderia al capitolo V.

sur le dos, leur pain sous le bras»)[722], ma capita che il narratore interferisca con il processo percettivo mediante delle accensioni metaforiche di gusto romantico, ovvero degli scatti linguistici verso l'alto con i quali si riappropria della *mediacy*: «et la cohue s'engouffrait dans Paris où elle se noyait, continuellement»[723].

Non di rado, l'osservazione degli elementi del paesaggio evoca per analogia i sentimenti del personaggio che è assorto nel contemplarli:

> Les boutiques s'étaient ouvertes. Le flot de blouses descendant des hauteurs avait cessé [...]. Et les boulevards avaient pris leur paix du matin; les rentiers du voisinage se promenaient au soleil; [...] toute une marmaille mal mouchée, débraillée, se bousculait, se traînait par terre, au milieu de piaulements, de rires et de pleurs. *Alors, Gervaise se sentit étouffer, saisie d'un vertige d'angoisse, à bout d'espoir, il lui semblait que tout était fini, que les temps étaient finis, que Lantier ne rentrerait plus jamais*[724].

Affacciata alla finestra, Gervaise è catturata dalla visione di alcune donne intente a cullare dei fanciulli, e poi da un assembramento di ragazzini coinvolti in una rissa tra strilla e pianti; questa scena richiama alla memoria la miseria del suo stato, il suo destino di donna – e madre – abbandonata al suo destino con due figli da accudire (in corsivo); così lo sguardo si rivolge all'orizzonte claustrofobico del quartiere, ai due edifici che ne delimitano simbolicamente l'orizzonte.

In tali descrizioni, il personaggio appare dunque privo di qualsiasi volontà: il mondo esterno si incide sulla sua retina come una lastra fotografica; il nervo ottico di Gervaise registra il caos della moderna metropoli, «l'interiorità è invasa dagli oggetti, che si installano nel luogo da sempre deputato alla sublime purezza dei sentimenti»: cosicché «è l'esistenza dell'uomo a essere riportata alla logica delle cose»[725]:

> Elle se tourna, elle aperçut l'alambic, la machine à soûler, fonctionnant sous le vitrage de l'étroite cour, avec la trépidation profonde de sa cuisine d'enfer. Le soir, les cuivres étaient plus mornes, allumés seulement sur leur rondeur d'une large étoile rouge; et l'ombre de l'appareil, contre la muraille du

---

[722] *Ivi*, p. 377.

[723] *Ibid.*

[724] *Ivi*, p. 379. Il corsivo è mio

[725] P. Pellini, *Naturalismo e verismo*, cit., pp. 82-84.

fond, dessinait des abominations, des figures avec des queues, des monstres ouvrant leurs mâchoires comme pour avaler le monde[726].

Una Gervaise senza più desideri e speranze si abbandona al richiamo dell'alcool, osservando nuovamente in prima persona – con fascino misto a sgomento – il mostro mitico dalle molte braccia, l'alambicco dell'osteria del *père Colombe*, nei confronti del quale appare completamente sopraffatta, incapace di opporre qualsivoglia forma di resistenza.

3.2.2.2 *Dimensione invisibile: tra simpatia e dissonanza*

Nei suoi dossier preparatori Zola rilascia una preziosa dichiarazione d'intenti: «Gervaise doit être une figure sympathique. [...] Elle est de tempérament tendre et passionné, voilà pour la faute. Quant à l'ivrognerie, elle a bu, parce que sa mère buvait. Mais au fond, c'est une bête de somme dévouée comme sa mère»[727]. Gervaise è dunque dotata di una tenerezza che induce alla *simpatia*: non per niente la protagonista viene introdotta in uno stato di penoso isolamento, mentre osserva l'immensità parigina da una finestra; una madre abbandonata da un amante fedifrago, il quale viene sedotto dalla civettuola Adèle, poi sorprendentemente percossa – nella truculenta rissa del lavatoio – dalla stessa (gelosissima) protagonista. Sicché l'affondo nella dimensione invisibile del personaggio è un elemento strutturalmente portante; esso consente al lettore di conoscere i desideri di Gervaise, di 'mettersi nella sua pelle' e parteggiare per lei:

> La maison ne lui semblait pas laide. Parmi les loques pendues aux fenêtres, des coins de gaieté riaient, une giroflée fleurie dans un pot, une cage de serins d'où tombait un gazouillement, des miroirs à barbe mettant au fond de l'ombre des éclats d'étoiles rondes. [...] Si Gervaise avait demeuré là, elle aurait voulu un logement au fond, du côté du soleil. [...]. Et elle choisissait déjà sa fenêtre, une fenêtre dans l'encoignure de gauche, où il y avait une petite caisse, plantée de haricots d'Espagne, dont les tiges minces commençaient à s'enrouler autour d'un berceau de ficelles[728].

Corteggiata da Coupeau, che la conduce in rue de la Goutte d'Or (dove abita la famiglia dell'operaio), Gervaise osserva il modesto caseggiato, che le appare un luogo desiderabile in cui stabilirsi e metter su

---

[726] AM, p. 704.
[727] DP, p. 938.
[728] AM, p. 415.

famiglia; ideale di vita modesta – che suscita benevolenza nel lettore – che verrà puntualmente disatteso, come tutte le sue aspirazioni, dal destino, che le capovolgerà crudelmente nel loro contrario. Ma non sempre la rappresentazione è *consonante*; in alcuni di questi indugi introspettivi il narratore ironizza sottilmente sulle ambizioni piccolo-borghesi di Gervaise (sposatasi da poco con Coupeau), che si sovrappongono al suo sogno di pace:

> Elle se fâchait, lorsque Coupeau parlait de la monter; elle seule enlevait le globe, essuyait les colonnes avec religion, comme si le marbre de sa commode s'était transformé en chapelle. Sous le globe, derrière la pendule, elle cachait le livret de la Caisse d'épargne. Et souvent, quand elle rêvait à sa boutique, elle s'oubliait là, devant le cadran, à regarder fixement tourner les aiguilles, ayant l'air d'attendre quelque minute particulière et solennelle pour se décider.[729]

Con metafora religiosa frequentissima nei *Rougon-Macquart*, «la pendola sopra il cassettone» – che «dà il tocco finale al *kitsch* di casa Coupeau – «si trasforma in una sorta di tabernacolo del nuovo culto economico»; simbolo «di uno *status* sociale leggermente superiore a quello del proletariato miserabile, custodisce la bibbia del moderno dio-denaro: il libretto della Cassa di risparmio»[730]. Si insinua il sospetto che sia il desiderio di ascendere a un differente livello della gerarchia sociale – a un altro *mondo* – la causa prima della rovina di Gervaise; un ideologema verghiano (*ante litteram*) che tuttavia non s'impone con assoluta evidenza: nel sistema polifonico zoliano, la rappresentazione è ambivalente; il lettore è portato a sorvolare sulla vanità del personaggio perché conquistato dal suo spirito di sacrificio, dal suo affetto per Coupeau, di cui, dopo il drammatico capitombolo dal tetto (quando si rompe la gamba), si prende maternamente cura, difendendolo a più riprese dalle critiche del quartiere. Sfama l'intera famiglia, lavora senza tregua, sentendosi in colpa per essere costretta a riposare un solo giorno dopo la nascita di Nanà; eppure inizia la fatale caduta di Coupeau, che diventa ozioso, scialacquatore e dedito ai piaceri dell'alcool. Ma lei, da buona moglie fedele, continua ad assolverlo. I vicini – Lorilleux e Boche *in primis* – le ricordano il suo sogno infranto con malcelato sadismo, ma Gervaise non abbandona le sue aspirazioni, contemplando malinconicamente – in

---

[729] *Ivi*, p. 476.
[730] P. Pellini, *Note e notizie dei testi*, cit., p. 1400.

ogni momento libero – l'oggetto del suo desiderio; un'ossessione che rappresenta anche l'unica via di fuga dalla vita di stenti che conduce quotidianamente: «Matin et soir, elle allait, rue de la Goutte-d'Or, voir la boutique, qui était toujours à louer [...]. Cette boutique recommençait à lui tourner la tête; la nuit [...] elle trouvait à y songer, les yeux ouverts, le charme d'un plaisir défendu»[731].

Per afittare la bottega, Gervaise ricorre infine al prestito del fabbro Goujet (infatuato di lei), che le presta teneramente – di sua iniziativa – i suoi risparmi, contrariando la madre, che pronuncia un vaticinio infausto: «elle n'approuvait plus le projet de Gervaise; et elle dit nettement pourquoi: Coupeau tournait mal, Coupeau lui mangerait sa boutique»[732]. Il sogno d'indipendenza della protagonista nasce sotto cattivi auspici. Sia pure involontariamente, Gervaise manda a monte il matrimonio di Goujet; e l'ironia del narratore non tarda a manifestarsi:

> Elle s'attardait, souriait à son chez elle. De loin, au milieu de la file noire des autres devantures, sa boutique lui apparaissait toute claire, d'une gaieté neuve, avec son enseigne bleu tendre [...]. Dans la vitrine, fermée au fond par des petits rideaux de mousseline, tapissée de papier bleu pour faire valoir la blancheur du linge, des chemises d'homme restaient en montre, des bonnets de femme pendaient [...]. Gervaise s'asseyait sur un tabouret, soufflait un peu de contentement, heureuse de cette belle propreté, couvant des yeux ses outils neufs. Mais son premier regard allait toujours à sa mécanique, un poêle de fonte, où dix fers pouvaient chauffer à la fois, rangés autour du foyer, sur des plaques obliques. Elle venait se mettre à genoux, regardait avec la continuelle peur que sa petite bête d'apprentie ne fît éclater la fonte, en fourrant trop de coke[733].

È un passo rappresentativo della complessa dialettica tra narratore e personaggio: nonostante l'ingenuo feticismo di Gervaise – che s'inginocchia religiosamente davanti alla stufa – sia sottilmente parodiato dall'istanza diegetica, non è escluso il processo di identificazione: il lettore vede con gli occhi del personaggio, e si allieta per la materializzazione del suo desiderio: «sa boutique lui apparaissait toute claire, d'une gaieté neuve, avec son enseigne bleu tendre [...]». A soli ventott'anni, la lavandaia diventa proprietaria: la vita sembra sorriderle, ha molto lavoro e il quartiere, fatta eccezione per poche voci, la stima; così inizia a diffondersi

---

[731] *Ibid.*

[732] *Ivi*, p. 492.

[733] *Ivi*, p. 465.

la voce della tenerezza di Goujet nei suoi confronti, verso il quale Gervaise non è affatto indifferente.

Un amore casto e infantile, quello del fabbro, che solletica la vanità di Gervaise, a cui piace sentirsi adorata come «une sainte vierge»[734]; un idillio nel quale non è esclusa, da parte della donna, un'autentica attrazione carnale, perché questo avvenente colosso dalla barba bionda (e dal tratto infantile), immune alle attrattive dell'«eau de vie», si oppone paradigmaticamente all'imbolsito (e avvinazzato) Copueau, precipitato irrimediabilmente in un baratro, malgrado le instancabili cure della moglie. Nubi oscure si addensano all'orizzonte: Lantier è tornato alla Goutte d'Or, accaparrandosi, con il suo *savoir-faire*, tutti i consensi del quartiere; il pensiero della ricomparsa dell'antico amante inquieta Gervaise, ma lei continua a pensare – anziché al marito – al tenero fabbro che le ha rubato il cuore: «Le nom de Lantier lui causait toujours une brûlure au creux de l'estomac [...]. [...] Aussi ne songeait-elle pas à Coupeau [...]. Elle songeait au forgeron, le cœur tout hésitant et malade»[735].

Dopo il banchetto pantagruelico, al termine del quale lo stesso Coupeau accoglie fraternamente in casa sua, per suprema ironia, l'antico amante della moglie, gli eventi precipitano in maniera vertiginosa; significativamente, il racconto subisce una torsione introspettiva: la riflettorizzazione di Gervaise (lo «style des pensées»[736], per quanto contaminata dal dettato popolare, diviene uno strumento privilegiato. Quasi sospinta dalle maldicenze del quartiere, nel quale la relazione tra Gervaise e Lantier era già data per certa, Gervaise, al termine di una serata nella quale trova, rientrando dal lavoro, l'ebbro Coupeau in uno stato miserevole, si abbandona, per pura inerzia, tra le braccia dell'antico amante (mentre la piccola Nanà osserva curiosa ed eccitata la scena dalla sua stanza). Gervaise accetta passivamente di dividere se stessa, e i suoi magri guadagni, fra Coupeau e Lantier per semplice desiderio di quieto vivere; però il lettore, che ha assistito al susseguirsi di eventi avversi nella sua vita (solo di rado effetto diretto delle sue azioni), non può non provare una forma di compassione nell'osservare i sogni della lavandaia andare in frantumi:

---

[734] *Ivi*, p. 518.

[735] *Ivi*, p. 549.

[736] J. Dubois, *Introduction*, cit., p. 39. Sull'uso dello «style des pensées» e in particolare del soliloquio cfr. Id., *«L'Assommoir» de Zola*, cit., pp. 159-172.

Les premiers jours, la blanchisseuse s'asseyait et pleurait. Ça lui semblait trop dur, de ne plus pouvoir se remuer chez elle, après avoir toujours été au large. Elle suffoquait, elle restait à la fenêtre pendant des heures […]. Là seulement elle respirait. La cour, pourtant, ne lui inspirait guère que des idées tristes. En face d'elle, du côté du soleil, elle apercevait son rêve d'autrefois […]. Sa chambre, à elle, était du côté de l'ombre, les pots de réséda y mouraient en huit jours. *Ah! non, la vie ne tournait pas gentiment, ce n'était guère l'existence qu'elle avait espérée*[737].

Il monologo narrato (in corsivo) riassume la sua sconfitta; Gervaise è costretta a vendere la bottega per debiti. Incurante di tutti (incluso Coupeau), la donna ingrassa e precipita sempre più in basso: ritorna semplice operaia e ricade nell'alcool (ed è inoltre costretta a rassegnarsi alla vita irregolare di Nanà, che fugge di casa); eppure non smette di prendersi cura degli animali e dei più deboli. Oltre al père Bru, un vecchio logorato dal lavoro che, abbandonato da tutti, si accinge a morire per miseria, la donna rivolge il suo affetto alla povera Lalie Bijard, che ammira, così piccola, per il coraggio che lei non possiede.

Eppure lo spettro della morte incombe; è la stessa lavandaia a sentirsi attratta dall'oblio, nel quale spera di trovare finalmente riposo[738]. Ma le ragioni del declino sono oscure: che Gervaise vada in malora per motivazioni d'ordine sociologico (si degrada per effetto della miseria e della promiscuità, cui occorre far fronte con riforme radicali) o che sia vittima di un determinismo ereditario (l'alcolismo della madre), che sia «un'umile eroina da compiangere» o «zimbello di un'inesplicabile fatalità» (l'incidente di Coupeau, che non era ubriaco, è in fondo frutto del caso) o ancora che sia «andata in malora per sua colpa»[739], non è chiaro. Il giudizio è sospeso; importa però che nel terribile capitolo XII, nel quale Gervaise giunge a prostituirsi per fame (differenza significativa con *Germinie Lacerteux*, sospinta invece all'estremo passo dalla *libido* isterica)[740],

---

[737]   AM, p. 672. Il corsivo è mio.

[738]   L'attrazione di Gervaise per il becchino Bazouge è sintomatica di questa pulsione di morte: «Bazouge lui faisait l'effet que les beaux hommes font aux femmes honnêtes […]. Eh bien! si la peur ne l'avait pas retenue, Gervaise aurait voulu tâter la mort, voir comment c'était bâti» (*ivi*, p. 687). Ed è proprio a questo personaggio (comico e sinistro, tenero e insensibile), alle sue battute e riflessioni filosofiche, che Zola, rinunciando al privilegio gnoseologico del narratore, affida sorprendentemente le ultime battute del romanzo.

[739]   P. Pellini, *Introduzione*, cit., p. 246.

[740]   In questo caso, il motivo sociale prevale sul motivo psicopatologico.

il narratore ricorra dal principio – e per amplissimi tratti – alla situazione narrativa figurale: «Ce devait être le samedi après le terme, quelque chose comme le 12 ou le 13 janvier, Gervaise ne savait plus au juste. Elle perdait la boule [...]. Ah! quelle semaine infernale»[741]! La voce asseconda la prospettiva del personaggio, dando corpo alla sua disperazione (senza alcuna forma di ironia):

> Coupeau pouvait faire la Saint-Lundi des semaines entières, tirer des bordées qui duraient des mois, rentrer fou de boisson et vouloir la réguiser, elle s'était habituée, elle le trouvait tannant, pas davantage. Et c'était ces jours-là, qu'elle l'avait dans le derrière. Oui, dans le derrière, son cochon d'homme! dans le derrière, les Lorilleux, les Boche et les Poisson! dans le derrière, le quartier qui la méprisait! Tout Paris y entrait, et elle l'y enfonçait d'une tape, avec un geste de suprême indifférence, heureuse et vengée pourtant de le fourrer là[742].

Un soliloquio dai connotati liberatori, col quale Gervaise, ridottasi a mendicare, maledice tutti coloro che le hanno fatto del male. Provata dai morsi della fame, crede la morte imminente: «mon Dieu! est-ce qu'elle allait mourir? Grelottante, hagarde, elle vit qu'il faisait jour encore. La nuit ne viendrait donc pas! Comme le temps est long, quand on n'a rien dans le ventre!»[743]. Sotto il cielo livido di Parigi, vede il corpo esanime di Lalie, uccisa impietosamente dal padre. Le rimane solo il disgusto per una vita atroce e ingiusta. Scovato nella bettola del *père Colombe* Coupeau, che le aveva promesso di portarla a uno spettacolo serale, una volta compreso che il marito ha dilapidato tutti i suoi risparmi bevendo, esce per strada, sola e abbandonata. Decide di prostituirsi; e mentre matura questo proposito rivolge lo sguardo al via vai della folla, alle figure di ricchi benestanti dediti esclusivamente ai loro piaceri, e incuranti di ogni forma di miseria:

> Perdue dans la cohue du large trottoir, le long des petits platanes, Gervaise se sentait seule et abandonnée. Ces échappées d'avenues, tout là-bas, lui vidaient l'estomac davantage; et dire que, parmi ce flot de monde, où il y avait pourtant des gens à leur aise, pas un chrétien ne devinait sa situation et ne lui glissait dix sous dans la main! Oui, c'était trop grand, c'était trop beau, sa tête tournait et ses jambes s'en allaient, sous ce pan démesuré de

---

[741] AM, p. 749.
[742] *Ivi*, p. 751.
[743] *Ivi*, p. 753.

ciel gris, tendu au-dessus d'un si vaste espace. Le crépuscule avait cette sale couleur jaune des crépuscules parisiens, une couleur qui donne envie de mourir[744].

Ripreso il cammino, scorge la locanda *Boncoeur*, dove tutto ha avuto inizio. Persuasa di essere alla fine del suo cammino, Gervaise giunge infine alla ferrovia, e d'un tratto vede passare un treno proveniente da Parigi con gli sbuffi del suo respiro affannoso. È l'ultima, flebile speranza di partire lontano e mutar vita; ma quando vede la sua ombra proiettata sull'asfalto Gervaise comprende pienamente l'entità del suo degrado (fisico e morale):

> Et, brusquement, elle aperçut son ombre par terre. Quand elle approchait d'un bec de gaz, l'ombre vague se ramassait et se précisait, une ombre énorme, trapue, grotesque tant elle était ronde. Cela s'étalait, le ventre, la gorge, les hanches, coulant et flottant ensemble. Elle louchait si fort de la jambe, que, sur le sol, l'ombre faisait la culbute à chaque pas ; un vrai guignol! Puis, lorsqu'elle s'éloignait, le guignol grandissait, devenait géant, emplissait le boulevard, avec des révérences qui lui cassaient le nez contre les arbres et contre les maisons. Mon Dieu! qu'elle était drôle et effrayante! Jamais elle n'avait si bien compris son avachissement[745].

Ogni speranza è perduta. Nel momento più triste Gervaise si imbatte nel père Bru, che, dopo aver girovagato per il quartiere tutta la serata, le chiede umilmente l'elemosina. In un silenzio misto a imbarazzo, dopo essersi riconosciuti, i due si separano, andando ciascuno per la sua strada e pensando ai propri guai.

3.2.2.3 *Coupeau*

Coupeau, soprannominato Cadet-Cassis, compare nel capitolo II, mangiando in compagnia di Gervaise una prugna all'acquavite all'*Assommoir* del père Colombe, quando si presenta come un operaio onesto e virtuoso, che evita l'alcool perché traumatizzato dal triste destino del padre (lattoniere come lui), e soprattutto perché si sente immune al suo fascino. Sono queste doti che convincono Gervaise, in cerca di stabilità, a sposarlo; difatti il personaggio appare inizialmente dotato di una peculiare grandezza. Si consideri la scena che precede il drammatico incidente, quando al suo lavoro manuale è conferita una dignità assoluta:

---

[744] *Ivi*, pp. 764-765.

[745] *Ivi*, pp. 771-772.

Alors, il se risqua, avec ces mouvements ralentis des ouvriers, pleins d'aisance et de lourdeur. Un moment, il fut au-dessus du pavé, ne se tenant plus, tranquille, à son affaire ; et, d'en bas, sous le fer promené d'une main soigneuse, on voyait grésiller la petite flamme blanche de la soudure. Gervaise, muette, la gorge étranglée par l'angoisse, avait serré les mains, les élevait d'un geste machinal de supplication. Mais elle respira bruyamment, Coupeau venait de remonter sur le toit, sans se presser, en prenant le temps de cracher une dernière fois dans la rue[746].

Osservato da Gervaise e Nanà, con una «alternanza di primi piani e campate più ampie», Coupeau volteggia leggiadramente sui tetti; «i suoi gesti si ammantano di una bellezza non inferiore a quella che una tradizione millenaria ci ha abituati a riconoscere nella possente eleganza degli eroi in battaglia»[747]. È questa dignità che il personaggio perde dopo la travagliata convalescenza, quando, ozioso e smarrito, si riduce schiavo dello stesso alcool di cui – quasi sardonicamente – si era fatto beffa:

Il filait, il allait acheter son tabac à la *Petite-Civette*, rue des Poissonniers, où il prenait généralement une prune, lorsqu'il rencontrait un ami. Puis, il achevait de casser la pièce de vingt sous chez François, au coin de la rue de la Goutte-d'Or, où il y avait un joli vin, tout jeune, chatouillant le gosier. C'était un mannezingue de l'ancien jeu, une boutique noire [...]. Et il restait là jusqu'au soir, à jouer des canons au tourniquet; il avait l'œil chez François, qui promettait formellement de ne jamais présenter la note à la bourgeoise. N'est-ce pas? il fallait bien se rincer un peu la dalle, pour la débarrasser des crasses de la veille. Un verre de vin en pousse un autre. Lui, d'ailleurs, toujours bon zigue, ne donnant pas une chiquenaude au sexe, aimant la rigolade, bien sûr, et se piquant le nez à son tour, mais gentiment, plein de mépris pour ces saloperies d'hommes tombés dans l'alcool, qu'on ne voit pas dessoûler! Il rentrait gai et galant comme un pinson[748].

Siamo nel capitolo V. Coupeau ha smarrito la sua laboriosità; mediante l'impiego sistematico dell'*argot* e dell'indiretto libero (che mima la conversazione quotidiana) la voce dell'operaio viene intercalata sistematicamente ai pettegolezzi e ai giudizi – ora solidali ora ostili – del quartiere. È un campione rappresentativo della propensione dello scrittore a inscrivere la sfera soggettiva di Coupeau nell'orizzonte multanime della Goute-d'Or. Forse perché privo di qualsiasi forma di istruzione

---

[746] *Ivi*, p. 481.

[747] P. Pellini, *Note e notizie sui testi*, cit., p. 1402.

[748] AM, p. 516.

(non sa leggere e si rifiuta di imparare durante la malattia), l'operaio è prevalentemente osservato da soggettività *altrui*; se la sua voce si manifesta, ciò avviene tramite il dialogo o il discorso indiretto libero singolativo (o appunto corale), mediante il quale si manifesta il suo caratteristico turpiloquio espressionistico. Non si tratta, si badi, di una preclusione sistematica alla dimensione soggettiva. Al suo filtro percettivo sono infatti affidati alcuni brani descrittivi; inoltre egli ha accesso alle forme indirette della rappresentazione interiore:

> À l'église, Coupeau pleura tout le temps. C'était bête, mais il ne pouvait se retenir. Ça le saisissait, le curé faisant les grands bras, les petites filles pareilles à des anges défilant les mains jointes; et la musique des orgues lui barbotait dans le ventre, et la bonne odeur de l'encens l'obligeait à renifler, comme si on lui avait poussé un bouquet dans la figure. Enfin, il voyait bleu, il était pincé au cœur. Il y eut particulièrement un cantique, quelque chose de suave, pendant que les gamines avalaient le bon Dieu, qui lui sembla couler dans son cou, avec un frisson tout le long de l'échine. Autour de lui, d'ailleurs, les personnes sensibles trempaient aussi leur mouchoir. Vrai, c'était un beau jour, le plus beau jour de la vie[749].

Durante la comunione di Nanà, toccato dalla cerimonia religiosa e la musica dell'organo, pensando forse alla sua innocenza perduta, si commuove oltre ogni misura. Uno dei rari affondi prolungati nella sua dimensione invisibile; significativamente, quando verrà ricoverato al Sainte-Anne per gli eccessi del suo alcolismo, il narratore non penetra infatti all'interno della sua coscienza alterata; a osservare lo spettacolo sconvolgente del suo delirio è l'attonita Gervaise (timorosa di contrarre irrazionalmente il morbo), nonché gli impassibili medici (immagine dello scienziato positivista, e forse del romanziere naturalista, occultato nel retroscena del testo in nome della religione del fatto)[750].

3.2.2.4 *Goujet*

«L'autre logement de la petite maison était occupé par deux personnes, la mère et le fils, les Goujet, comme on les appelait»[751]. È l'ingresso in scena del fabbro Goujet, vicino di casa di Gervaise: presentato

---

[749] *Ivi*, p. 680.

[750] Sul delirio di Coupeau cfr. P. Pellini, *In una casa di vetro*, cit., pp. 131-139 e pp. 149-153.

[751] AM, p. 473.

significativamente – dalla voce popolare – insieme alla madre, quasi si trattasse di una sua proiezione, o per meglio dire di una coppia di coniugi: «les Goujet». Un indizio prolettico sul rapporto edipico che lega il giovane alla merlettaia. I due provengono dal dipartimento del Nord, laddove Goujet *père*, rientrato un giorno a casa ubriaco, aveva ucciso un compagno di lavoro a colpi di spranga, per poi impiccarsi senza tentennamenti con insospettabile risoluzione (atrocità dalle tinte melodrammatiche); rimasto orfano, Goujet diviene operaio modello e diligente risparmiatore, ma il giovane appare al contempo gagliardo ed effeminato, moralmente inattaccabile e psicologicamente infantile. Purissimo, ha difficoltà ad approcciarsi al sesso femminile, e ha ricevuto una buona istruzione, con la quale ha potuto maturare le sue idee politiche, divenendo repubblicano moderato. Un operaio intellettuale (vagamente idealizzato), che dimostra di interpretare con singolare lucidità il quadro politico contemporaneo[752]. Non per nulla l'autore gli affida, nella scena ambientata all'officina del capitolo VI, attraverso la rappresentazione soggettiva e il discorso indiretto libero (rivolto all'interlocutrice Gervaise), una rilevante requisitoria contro la massiva meccanizzazione della società che minaccia il lavoro proletario; macchine che tuttavia esercitano anche sul fabbro – come sempre in Zola – un ineffabile quanto ambiguo fascino:

Cependant, Goujet s'était arrêté devant une des machines à rivets. Il restait là, songeur, la tête basse, les regards fixes. La machine forgeait des rivets de quarante millimètres, avec une aisance tranquille de géante. Et rien n'était plus simple en vérité. […]. En douze heures, cette sacrée mécanique en fabriquait des centaines de kilogrammes. […] Un jour, bien sûr, la machine tuerait l'ouvrier; déjà leurs journées étaient tombées de douze francs à neuf

---

[752] In un passaggio in indiretto libero, Goujet attribuisce al trauma originario del '48 – alla crisi economica e alla repressione borghese – la causa dello scoraggiamento delle classi popolari: «Goujet, en remontant la rue du Faubourg-Poissonnière, marchait vite, la figure grave. Lui, s'occupait de politique, était républicain, sagement, au nom de la justice et du bonheur de tous. Cependant, il n'avait pas fait le coup de fusil. Et il donnait ses raisons: le peuple se lassait de payer aux bourgeois les marrons qu'il tirait des cendres, en se brûlant les pattes; février et juin étaient de fameuses leçons; aussi, désormais, les faubourgs laisseraient-ils la ville s'arranger comme elle l'entendrait. Puis, arrivé sur la hauteur, rue des Poissonniers, il avait tourné la tête, regardant Paris; on bâclait tout de même là-bas de la fichue besogne, le peuple un jour pourrait se repentir de s'être croisé les bras» (*ivi*, p. 475). Si tratta, nota Pellini, di un'«analisi» che «coincide nella sostanza con quella svolta da Karl Marx nel *Diciotto brumaio di Luigi Bonaparte*» (P. Pellini, *Note e notizie sui testi*, cit., p. 1399).

francs, et on parlait de les diminuer encore; enfin, elles n'avaient rien de gai, ces grosses bêtes, qui faisaient des rivets et des boulons comme elles auraient fait de la saucisse[753].

Si tratta di una forma di autocoscienza involontariamente tragica: perché il salario dell'infaticabile Goujet calerà proprio per la concorrenza delle macchine; fallimento come lavoratore – l'ascesa sociale frutto di lavoro e onestà è preclusa ne *L'Assommoir* – che si accompagna alla sua impotenza ad agire, alla sua conclamata inettitudine erotica con Gervaise, che ama segretamente (ricambiato) ma che si limita a venerare a distanza con le sue fantasticherie. Incapace di accettare la relazione della lavandaia con Lantier, sentitosi tradito, si chiude nel suo mondo di solitudine; incontrerà la protagonista nel finale, sul marciapiede dove Gervaise si accinge a prostituirsi, per condurla a casa (dove la stanza dell'ormai defunta madre è custodita come un santuario) e offrirle un pasto caldo; gentilezza che la donna intende ricambiare, dopo anni di tenerezze impalpabili, con un'offerta sessuale. Ma al pari di Frédéric Moureau, in un complesso intreccio tra desideri e reticenze (neanche velatamente edipiche), Goujet si rifugia nelle attrattive dell'ideale; non riesce a profanare il suo fantasma: «Il la baisa sur le front, sur une mèche de ses cheveux gris. Il n'avait embrassé personne, depuis que sa mère était morte»[754]. Uscirà di scena singhiozzando pateticamente come un bambino, a suggello della sua definitiva sconfitta: «quand il l'eut baisée avec tant de respect, il s'en alla à reculons tomber en travers de son lit, la gorge crevée de sanglots»[755].

3.3 «Germinal»

Pubblicato nel 1885, dopo un'intricata vicenda compositiva[756], e scandito geometricamente in sette parti (tante quante i giorni della creazione biblica), *Germinal* è il «deuxième roman ouvrier» di Zola: non previsto nell'originaria lista di opere consegnate nel 1868 all'editore Lacroix (il progetto dei «mondes») – perché concepito *in itinere* – ma destinato a

---

[753] AM, pp. 536-537.

[754] *Ivi*, p. 777.

[755] *Ibid.*

[756] Sulla genesi del romanzo cfr A. Pagès, *Douze mois pour écrire un roman. Chronologie de «Germinal»*, in «Europe», 1985, 678, pp. 24-33 e C. Becker, *Introduction*, in *Germinal*, a cura di C. Becker, Paris, Garnier, 2014, pp. IX-XXIII.

divenire per distacco il più celebre – il *bestseller* – dei *Rougon-Macquart*[757]. Esso si distingue da *L'Assommoir* non solo per le scelte stilistiche (votate nel complesso a un minore estremismo provocatorio: sia per la marginalizzazione della soluzione della delega alla collettività vociferante, sia per per un'efficacia comunicativa maggiormente didascalica), ma soprattutto per il soggetto, come ebbe modo di rimarcare per primo Paul Alexis, pur non menzionando il titolo dell'opera futura, nel libro dedicato all'amico Zola nel 1882: «L'auteur des *Rougon-Macquart* [...] fera un second roman sur le peuple. *L'Assommoir* décrit les moeurs de l'ouvrier; il resta à étudier sa vie sociale et politique. Les réunion pubbliques, ce qu'on entend par la question sociale, les aspirations et les utopies du prolétariat y seront analisées»[758].

Tale impostazione fu favorita da due mutamenti storici: se negli anni Settanta il movimento operaio era ridotto al silenzio dalla dura repressione seguita alla Comune, la svolta repubblicana dei primi anni Ottanta, con l'amnistia concessa ai comunardi nel 1880 e le due leggi dell'estate dell'anno successivo (che consentirono le libere riunioni e tolsero il bavaglio alla stampa), crearono le condizioni per una rinnovata visibilità delle rivendicazioni sindacali e dei progetti socialisti; a ciò si aggiunsero, dal 1878, i movimenti di protesta (spesso violenti, con numerosi scioperi) in tutti i bacini minerari francesi[759]. Per quanto *Germinal* sfugga infatti alle classificazioni monolitiche per la sua irriducibile complessità – solo in parte assimilabile all'idealtipo di romanzo naturalista, poiché Zola sembra «mosso dall'ansia di compendiare l'intera enciclopedia delle forme narrative ottocentesche»[760] –, esso è anzitutto un romanzo d'inchiesta sulla condizione operaia (contraddistinto dal trattamento serio dei caratteri popolari conforme alla grande tradizione

---

[757] Gli eventi che sconvolsero la Francia tra il 1870 e il 1871, *in primis* la Comune, spinsero Zola a concepire due nuovi progetti, redigendo poco dopo una seconda lista di diciassette opere, nella quale compaino due idee nuove: un «Roman sur la [guerre] le siege et la Commune» e appunto «un deuxième roman ouvrier. Particulièrement politique. L'ouvrier de l'insurrection [outil révolutionnaire], de la Commune. Une photographie d'insurgé tué en 48. Aboutissant à mai 72» (DP, vol. 1, p. 156). Dal primo dei due progetti nascerà *La Débâcle*, dal secondo *Germinal*, che tuttavia sembra lontano dal progetto originario ma a tratti strettamente legato. Al riguardo cfr. *ivi*, pp. XIX-XXIV.

[758] P. Alexis, *Zola. Notes d'un ami*, Paris, Charpentier, 1882, p. 119.

[759] Cfr. P. Pellini, *Note e notizie sui testi*, cit., vol. 3, pp. 1544-1555.

[760] Id., *Introduzione*, in É. Zola, *Romanzi*, vol. 3, cit., p. 39.

del realismo europeo), e nella fattispecie sulle modalità – estreme, disumane – del lavoro in miniera alla fine del XIX secolo, come testimoniato dalle «Notes sur Anzin», *reportage* condotto in prima persona dall'autore nei luoghi della finzione, in cui scrupolosamente si documentò[761]. Perché è indubbio, rifacendosi alla lezione seminale di Auerbach, che *Germinal* veicoli anzitutto un sapere storico *particolare*, rigurdante un mondo sociale specifico (il movimento operaio), un luogo d'osservazione (l'industria mineraria) e un'epoca; *tableau* in verità non privo di anacronismi: il racconto si svolge dal marzo 1866 all'aprile 1867, ma la (nutritissima) documentazione autoriale è tutta posteriore, talché Zola sovrappone le condizioni della vita politica degli anni 1880-1884 a quelle della fine del Secondo Impero. Eppure questi anacronismi poco sottraggono all'effetto complessivo della finzione, perché le condizioni e i metodi di lavoro dei minatori non mutarono sostanzialmente nell'arco del ventennio[762].

Tale «savoir» particolare produce pertanto «tout l'univers dénoté du livre: descriptions techniques, analyses des stratifications sociales, observations sur le murissement de la coscience de classe, mise au jour des facteurs politiques etc.»[763]. Con l'ausilio delle informazioni relative alla tecnologia, il testo rappresenta «un décor, un paysage»[764]. Si tratta dell'immaginaria Montsou, concepita sul modello di Anzin, una città mineraria del nord della Francia; uno spazio scavato dall'uomo e organizzato fattivamente dal suo lavoro: opposto paradigmaticamente all'universo ctonio della miniera («cet horizon de misère, fermé comme une

---

[761] Cfr. É. Zola, *Carnets d'énquetues: une ethnographie inédite de la France*, a cura di H. Mitterand, Paris, Plon, 1986. Tuttavia, al momento del soggiorno ad Anzin, Zola aveva già ideato la «carcasse en grand» del romanzo (DP, vol. 5, p. 490).

[762] Cfr. C. Becker, *Introduction*, cit., pp. XXXIX-XLIV. Le diverse fazioni ideologiche del movimento – incarnate dai personaggi di Rasseneur, Pluchart, Étienne, Souvarine – che Zola mostra nella sua opera non esistevano infatti nel 1866-1877, quando la Prima internazionale era appena stata fondata a Londra. È dopo la scissione del 1882 che i distinsero la maggioranza brussiana, i possibilisti e la minoranza guesdista e marxista, alle quali si aggiunsero i blanchisti di Édouard Vaillant e gli anarchici. Il personaggio che solleva più problemi è certamente Souvarine, intellettuale che ha commesso un attentato contro lo Zar, per la cui vicenda Zola si ispirò all'attentato commesso contro il sovrano russo il 13 marzo 1881.

[763] H. Mitterand, *L'Idéologie et le mythe: «Germinal» et les fantasmes de la révolte*, in *Le Discours du roman*, cit., p. 141.

[764] *Ibid.*

tombe»)[765], spazio delle tenebre in cui i minatori sono come sepolti vivi, dando libero sfogo alla loro sessualità animalesca, si distende in superficie l'orizzonte borghese degli Hennebau (il cui capofamiglia è direttore della miniera) e della famiglia Grégoire (azionisti rappresentanti della proprietà)[766] – caratterizzati all'inverso dall'abbondanza alimentare, gli sprechi e le frustrazioni sessuali – e quello (più triste e incolore) di Victor Deneulin (cugino di Grégoire), ingegnere intraprendente che rischia il suo denaro, lavora accanto ai suoi operai, trattandoli paternalisticamente con toni burberi e fraterni. Quest'ultimo rappresenta il «capitalismo dal volto umano»[767] (figura desueta, destinata non per caso alla rovina) che a sua volta si oppone all'anonimato – ai corpi astratti – degli azionisti parassitari, espressione di un quadro economico dominato dai nuovi cartelli monopolistici[768]. È un idolo mostruoso, quello del Capitale-Minotauro (metafora che ricorre ossessivamente in *Germinal*) che trova il suo corrispettivo analogico nel pozzo della miniera, il Voreux, trasfigurato a sua volta in mostro mitologico, e insaziabilmente avido, come il capitale finanziario, di carne umana[769]; un Dio vorace e malefico (di cui il direttore della miniera è semplice, scialba, emanazione), «cachée au fond de sont abernacle, dans cet inconnu lointain où les misérables la nourrissaient de leur chair, sans l'avoir jamais vue»[770]. Un capitale lontano e inaccessibile che assurge a una dimensione metafisica. La scelta di Zola non avrebbe potuto essere più lungimirante; rispetto all'universo balzachiano (in cui il conflitto economico-sociale è ricondotto «a una dimensione in

---

[765] É. Zola, *Germinal*, in *Les Rougon-Macquart. Histoire naturelle et sociale d'une famille sous le Second Empire*, vol. 3, cit, p. 1292. D'ora in poi citato GM.

[766] Dotato di quarantaseimila franchi di rendita, e padre di una figlia (Cécile, che sarà poi uccisa dal vecchio Maheu, il veterano della miniera), Grégoire è l'unico azionista che Zola delinea dettagliatamente nel testo. Così come nel caso degli altri borghesi, la «costante ironia nei confronti della superficialità dei borghesi soddisfatti non esclude una qualche identificazione con i loro onesti piaceri pantofolai» (P. Pellini, *Commentare «Germinal»*, in *Naturalismo e modernismo*, Roma, Artemide, 2016, p. 120).

[767] Id., *Introduzione*, cit., p. 10.

[768] *Germinal* è imperniato su un sistema di parlellismi e opposizioni paradigmatiche. Al riguardo cfr. C. Becker, *Introduction*, cit., pp. XXXII-XXXIV e H. Mitterand, *l'Idéologie et le mythe: «Germinal» et les fantasmes de la révolte*, cit., pp. 142-145.

[769] Cfr. C. Becker, *Le Capital-Minotaure*, in *Émile Zola: «Germinal»*, Paris, PUF, 1984, pp. 109-121.

[770] GM, p. 1591.

senso lato antropomorfa»)[771], l'autore dei *Rougon-Macquart*, seppur ricorrendo a strategie narrative compromissorie (nelle quali si intravede il proposito di non rinunciare del tutto al *pathos* che scaturisce dal conflitto tra personaggi che incarnano come da tradizione principi contrapposti)[772], sottomette modernamente l'esistenza degli uomini alle cose. Sulla base di tale asimmetria – la contrapposizione tra fragile dimensione creaturale e l'evanescenza di un capitale ormai disincarnato, ma ovunque soverchiante – è inscenato il conflitto tra operai e proprietari, nonché la rivolta proletaria, che costituisce il fulcro estetico e ideologico del romanzo.

La volontà di predire l'avvenire (inedita per il cantore delle aberrazioni del Secondo Impero), di infondere nella stenografica oggettività naturalista un afflato profetico che travalichi l'orizzonte temporale nel quale la vicenda si inscrive: *Germinal* è una «bombe verbale explosant sous les pieds de l'istitution, de l'argent, du pouvoir, du savoir, des idées reçues, de la répression»[773]; è un grido unico e inquietante. Si ascolta la parola di un movimento proletario rinato dall'emorragia e dalla sorveglianza del periodo post-Comune, la fragorosa mobilitazione degli operai della miniera e della fabbrica, le scosse tornate rumorose in un'epoca che non ha imparato a gestire i suoi conflitti interni, l'ansia delle «honnêtes gens» di fronte ai nuovi terremoti.

È l'avvento della Rivoluzione, che si manifesta attraverso il tumultuoso ed efferato sciopero: solo parzialmente ispirato a quello del 1884, cui l'autore assistette *in loco*, e piuttosto modellato, con significative estremizzazioni (nell'invenzione dei fatti come nelle modalità rappresentative) sui «mouvements de la fin du Second Empire»[774]. Perché della Rivoluzione si dà un ritratto a tinte fosche. Sono del resto secolari le *querelles* sull'interpretazione del romanzo, senz'altro alimentate dalla posizione ideologica – profondamente ambivalente – dell'uomo Zola: «razionalista, positivista di un progresso graduale, [...] di un riformismo socialdemocratico», per natura sospettoso nei confronti dei capipopolo (non per nulla dipinti come ambiziosi e opportunisti), nonché terrorizzato da ogni «sommovimento sociale» (per lui nient'altro che cieca violenza proletaria: la ferita

---

[771] P. Pellini, *Introduzione*, cit., p. 9.

[772] Esemplare in tal senso il dramma di Deneulin. Per un approfondimento della questione cfr. Id., *Introduzione*, cit., pp. 8-13.

[773] H. Mitterand, *Le Vent terrible de «Germinal»*, in *Le Roman à l'œuvre, genèse, motifs et valeurs*, Paris, PUF, 1998, p. 207.

[774] C. Becker, *Introduction*, cit., p. XL.

aperta della Comune), ma al contempo segretamente «affascinato [...] dall'idea di una rivoluzione violenta», risposta drastica alla «pessimistica constatazione di un'*impasse* storica»[775]. L'urgente bisogno di una rifondazione radicale che a tratti si sostituiva ai cauti propositi costruttivi. Dopotutto questo romanzo dà voce alle rivendicazioni collettiviste come al riformismo moderato dell'oste Rasseneur (dalla cui ideologia l'uomo Zola in realtà non diverge sensibilmente)[776] e, in maniera ancor più ambigua (tra condanna e sottaciuta fascinazione per le sue gesta), alle accensioni anarchiche dell'androgino Souvarine, devoto discepolo di Bakunin e macchinista del Voreux, di cui causerà la distruzione degli impianti minerari con un atto vandalico criminale ma non privo di eroismo. Né Zola si risparmia dal descrivere la situazione materiale dei minatori, mettendo in evidenza il ruolo delle masse e la necessità di un'azione collettiva organizzata, che tuttavia risulta infine precaria e insufficiente: da qui le ragioni del fallimento. In altre parole, egli stabilisce «un rapport explicite entre leur misère et les règles de l'économie capitaliste»; è sul luogo di lavoro «que les ouvriers prennent conscience de leur situation, de leur rôle, et de leur force»[777]. L'importanza accordata alle cause immediate dello sciopero – la riduzione dei tassi di contrattazione e il pagamento del legname e i ricatti della Compagnie sulla puntellatura – è cruciale; e alle rivendicazioni salariali dei proletari si contrappongono le forze dello Stato (prefetto, gendarmeria, esercito) che incarnano il ruolo repressivo al servizio della borghesia.

Non stupisce dunque che si siano contrapposte *ab origine* una fazione critica reazionaria, scandalizzata dall'apertura del romanzo sull'avvenire, e una progressista, con cui in seguito si sarebbe allineata certa critica marxista, che rimproverava all'autore di aver dato, come al tempo all'*Assommoir*, un'immagine troppo nera del popolo, e di aver proiettato sul mondo operaio i più classici stereotipi della *Weltanschauung* borghese:

C'était la vision rouge de la révolution qui les emporterait tous, fatalement, par une soirée sanglante de cette fin de siècle. Oui, un soir, le peuple lâché,

---

[775] P. Pellini, *Introduzione*, cit., pp. 16-17.

[776] Va però ricordato che Rasseneur, come tutti i capipopolo di Zola, non è in buona fede, in quanto è geloso della popolarità di Étienne tra i minatori (di cui un tempo era il *leader* incontestato), sicché sarebbe erroneo scorgervi il segno di un'effettiva identificazione.

[777] H. Mitterand, *Le Savoir et l'immaginaire: «Germinal» et les idéolgies*, in *Le Discours du roman*, cit., p. 135.

débridé, galoperait ainsi sur les chemins; et il ruissellerait du sang des bour-geois. Il promènerait des têtes, il sèmerait l'or des coffres éventrés. Les fem-mes hurleraient, les hommes auraient ces mâchoires de loups, ouvertes pour mordre. Oui, ce seraient les mêmes guenilles, le même tonnerre de gros sabots, la même cohue effroyable, de peau sale, d'haleine empestée, balayant le vieux monde, sous leur poussée débordante de barbares. Des incendies flamberaient, on ne laisserait pas debout une pierre des villes, on retourne-rait à la vie sauvage dans les bois [...]. Il n'y aurait plus rien, [...] jusqu'au jour où une nouvelle terre repousserait peut-être. Oui, c'étaient ces choses qui passaient sur la route, comme une force de la nature, et ils en recevaient le vent terrible au visage[778].

È una pagina celeberrima. Di ritorno da una scampagnata, la moglie di Hennebeau, l'ingegner Négrel (suo amante), Cécile Gregoire e le figlie di Deneulin, Lucie e Jeanne, incrociano sul percorso l'orda affamata dei minatori in sciopero. Furore, violenza barbarica e sangue: la «vision rouge de la révolution» evoca lo spettro di una disfatta annunciata, della (temutissima) vendetta proletaria, a causa della quale l'uomo regredirà senza scampo allo stato primitivo. L'autore implementa concetti che per-tengono sia all'ordine della catastrofe naturale (inondazione, terremoto, incendio) sia dell'istinto (furore, violenza, gusto per lo stupro, il fuoco e il sangue). Sicché il *récit*, ha scritto Mitterand, sembra sottrarsi alla sto-ria, alla dialettica delle classi sociali, inserendo «le tragique social dans la série des cataclysmes qui affectent périodiquement l'ordre du monde, et sont constitutifs de cet ordre»[779]: è il *topos* dello Zola lirico e simbolista, del cantore di una «épopée pessimiste de l'animalité» (come per primo scrisse Jules Lemaître nella sua recensione)[780]; lettura che tende ad assi-milare l'immobilità della gerarchie sociali – con una serie molto coerente di opposizioni figurali –[781] alla ciclica fissità degli eventi naturali, e l'oriz-zonte proletario allo stato di ferinità assoluta e inerte (come diverse iso-topie nel romanzo parrebbero suggerire: operai come formiche rinchiuse

---

[778] GM, pp. 1436-1437. Tuttavia, gran parte della ricezione di *Germinal*, nel complesso positiva, è viziata dal tentativo di eludere il conflitto politico in nome dell'univer-sale poetico: significativamente, i pontefici della critica ostile al Naturalismo, come Brunetière, Sarcey e Pontmarin si astengono dall'intervenire nel dibattito.

[779] *Ivi*, p. 147.

[780] Il saggio si può leggere nell'antologia curata da S. Thorel-Cailleteau, *Zola*, Paris, Presse de l'Université de Paris-Sorbonne, 1998, pp. 193-211.

[781] Al riguardo cfr. H. Mitterand, *L'Idéologie et le mythe*, cit., pp. 142-145 e C. Becker, *«Le Siècle prochain garde son secret…». Temps de l'histoire et temps du mythe dans «Germinal»*, in «Revue d'Histoire littéraire de la France, 1985, n. 3, pp. 464-474.

nei cunicoli angusti della miniera, scioperanti come lupi famelici e fiere selvagge etc.).

Certo. Ma non bisogna dimenticare che la scena è filtrata dalle borghesi Lucie e Jeanne, nascoste dietro la stalla, che osservano sgomente, attraverso il loro orizzonte valoriale, la fiumana abominevole dei proletari; delega narrativa che solleva in questo caso interrogativi insolubili: perché se da un lato la profezia palingenetica potrebbe essere attribuita all'indiretto libero delle due ragazze, profondamente turbate nonostante la loro passione romantica e *naïve* (le figlie di Deneulin hanno velleità artistiche), o forse al cinico Négrel, anch'egli atterrito dall'ondata rivoluzionaria, d'altro canto, Pellini ha ragione, «l'intensità asseverativa profetica dell'intero brano [...]» sembra rinviare a un determinismo storico cui forse «solo l'autore», con le sue conoscenze, «può dare cauzione»[782]. Anche in *Germinal* il narratore borghese partecipa problematicamente alla polifonia di voci e giudizi; punti di vista multipli si alternano nella diegesi, senza che sia possibile tracciare una gerarchia dei valori: ogni istanza è relativa e parziale, sicché sarebbe fuorviante ricercare in un singolo passaggio testuale il messaggio definitivo dell'autore.

D'altra parte la violenza dirompente del moto rivoluzionario è anzitutto il portato dell'ordine economico deviato e ingiusto delle società moderne; il testo richiede talora spregiudicatamente al lettore un moto di partecipazione sotterranea – prima ancora che di orrore e ripugnanza – nei confronti della massa dei rivoltosi (gregge sbandato che sfugge al controllo del suo capo): esemplare il caso dell'evirazione del cadavere del droghiere Maigrat (protetto dalla Compagnie, e aduso ai più turpi ricatti) ad opera delle stesse donne proletarie di cui era solito viscidamente abusare. Ed è soprattutto innegabile che al romanzo sia sotteso un messaggio di speranza, preannunciato già dal titolo dell'opera, geniale invenzione linguistica dell'autore: Germinal, primo mese primaverile del calendario rivoluzionario, è il tempo dell'orgoglio, della paura e dell'ipocrisia, delle morti in miniera e, infine, di un'utopia politica. Quella rinascita che avrebbe potuto offrire agli uomini, secondo una formula di Franco Fortini, «ancora una primavera», quando sarebbe potuto germinare il seme della ribellione[783]. Speranza di un radicale rivolgimento

---

[782] P. Pellini, *Introduzione*, cit., p. 19.

[783] F. Fortini, *Zola, ancora una primavera*, in Id., *Questioni di frontiera. Scritti di politica e di letteratura 1965-1977*, Torino, Einaudi, 1977, pp. 281-288.

sociale – malgrado il fallimento dello sciopero e la tragica ecatombe dei Maheu (la famiglia proletaria che lavora in miniera da cinque generazioni, su cui si focalizza la lente dello scrittore) – con cui si chiude emblematicamente, con la quasi paradossale catabasi *en plein air* di Étienne, la narrazione:

> Maintenant, en plein ciel, le soleil d'avril rayonnait dans sa gloire, échauffant la terre qui enfantait. [...] De toutes parts, des graines se gonflaient, s'allongeaient, gerçaient la plaine, travaillées d'un besoin de chaleur et de lumière. Un débordement de sève coulait avec des voix chuchotantes, le bruit des germes s'épandait en un grand baiser. Encore, encore, de plus en plus distinctement, comme s'ils se fussent rapprochés du sol, les camarades tapaient. Aux rayons enflammés de l'astre, par cette matinée de jeunesse, c'était de cette rumeur que la campagne était grosse. Des hommes poussaient, une armée noire, vengeresse, qui germait lentement dans les sillons, grandissant pour les récoltes du siècle futur, et dont la germination allait faire bientôt éclater la terre[784].

Tale epilogo è decisivo ai fini dell'interpretazione del romanzo, in quanto esso non era stato inizialmente previsto dall'autore, che aveva progettato una narrazione «à l'Imparfait» (Zola lo scrive con la maiuscola, quasi ipostatizzandolo)[785] ambientata di notte, e dunque simmetrica rispetto all'incipit (in cui il nero si impone come modalità cromatica dominante): un finale di allegorica potenza, che avrebbe posto l'accento sull'alienante monotonia dell'esistenza di quegli «ouvriers lents et sombés» (al fine di «montrer la nuit, arrivant comme dans la première partie»)[786], e che viene sostituito dalla visione palingenetica – sempre all'imperfetto, ma ai chiarori dell'alba di aprile (e non più maggio) – a carico del protagonista. Cambia così l'orizzonte ideologico del libro: «con una torsione quasi inavvertita, la forza vitale dei minatori smette di servire la sola legge del capitale, e quel *fondo* diviene una fucina incognita, una sorta di laboratorio sociale dell'avvenire»[787].

784　GM, p. 502.

785　DP, p. 458.

786　*Ibid.*

787　*Ivi*, pp. 231-232.

3.3.1 Étienne Lantier

Chiave di volta del dispositivo romanzesco è il protagonista Étienne Lantier, sulla cui funzione Zola si interrogò non per caso a lungo – tra ossessioni e ripensamenti radicali – nei suoi appunti preparatori. Dopo un intricato processo ideativo, l'autore si prefigge di fare di Étienne «il lieu conducteur pour exposer tout la mine» – «figura tipicamente naturalista di novizio che, come il lettore, scopre progressivamente un ambiente, consentendone la descrizione»[788].

A quest'altezza il personaggio è destinato a ricoprire il ruolo di comprimario, non è ancora il primo attore politico; solo nella terza parte dell'*Ébauche* Étienne diventa il vero protagonista, o più propriamente l'eroe del *récit*, come Zola scrive nell'ultimo foglio della scheda del personaggio: «Tout un personnage central maintenant, beaucoup plus mouvementé. Un héros enfin»[789]. Tale stravolgimento comporta la necessità di ristrutturare il romanzo e stravolgere la caratterizzazione del personaggio, che richiede un'empatia non prevista: da rampollo di una famiglia maledetta, predestinato a incarnare la coazione ereditaria all'omicidio (secondo i primi progetti della serie, avrebbe dovuto figurare nella *Bête humaine*) – che ha l'unico ruolo di essere uno dei due amanti di Catherine Maheu – Étienne diviene il capo sindacale, il protagonista di un apprendistato politico dalla portata universale: seme di una nuova umanità e speranza dell'avvenire. Si tratta di un umile al confine tra le classi (come la madre Gervaise): istruito e orgoglioso, non appartiene al proletariato minerario, poiché viene da Lille, dove prestava servizio, prima di essere licenziato per un atto di insubordinazione nei confronti del capo, nelle officine della ferrovia; operaio dalla personalità sfaccettata e non privo di spessore psicologico, per ammissione dello stesso scrittore: «homme très complexe dans une nature simple»[790].

Che Étienne sia le «découvreur-narrateur»[791] privilegiato dello *storyworld* zoliano è assunto persino ovvio, giacché è presente in tutti i

---

[788] P. Pellini, *Note e notizie sui testi*, cit., p. 1558.

[789] DP, p. 624. Per un approfondimento cfr. C. Becker, *Du meurtrier par héréditè au héros révolutionnaire. Étienne Lantier dans le dossier préparatoire de «Germinal»*, in «Cahiers de l'U.E.R. Froissart», 1980, n. 5, pp. 99-111.

[790] *Ivi*, p. 580.

[791] C. Becker, *Introduction*, cit., p. XXXVII.

punti strategici del *récit*. Ed è con la marcia solitaria di quest'«étranger»[792] che si apre, con una folgorante *ouverture* (*etic*), *Germinal*; un vagare senza meta «sous la nuit sans étoiles» di un uomo avvolto nel mistero in una gelida notte di marzo, nella «plaine rase» del paese minerario sconosciuto[793]. Il protagonista viene introdotto alla soglia di questo mondo infernale da Vincent Maheu: un «vieillard» di cinquantotto anni divenuto carrettiere dopo una vita degradante – mutando continuamente lavori e mansioni – in miniera. Pagina dopo pagina, attraverso le descrizioni filtrate dal personaggio e il dialogo con l'interlocutore, sono fornite informazioni sulla topografia degli impianti minerari, sulla crisi economica, sulla divisione del lavoro, sulla storia della Compagnia, sulla genetica di una famiglia di minatori e sulla loro storia... Prima «initiation» – propiziata dalla guida (il primo «adjuvant» di Étienne)[794] – che si conclude con il contronto tra l'eroe e la bestia antropofaga del Voreux:

> Il sentait les rafales lui glacer le dos, pendant que sa poitrine brûlait, devant le grand feu. Peut-être, tout de même, ferait-il bien de s'adresser à la fosse: le vieux pouvait ne pas savoir; puis, il se résignait, il accepterait n'importe quelle besogne. Où aller et que devenir, à travers ce pays affamé par le chômage? laisser derrière un mur sa carcasse de chien perdu? Cependant, une hésitation le troublait, une peur du Voreux, au milieu de cette plaine rase, noyée sous une nuit si épaisse. [...] Et le Voreux, au fond de son trou, avec son tassement de bête méchante, s'écrasait davantage, respirait d'une haleine plus grosse et plus longue, l'air gêné par sa digestion pénible de chair humaine[795].

Il personaggio non funge solo da *medium* percettivo: siamo messi a parte dei pensieri di Étienne, delle sue turbe per il futuro imminente nel «pays affamé par le chômage» di cui si appresta a varcare angosciosamente la soglia; scoperta dello spazio sotterraneo – che ha luogo nel terzo capitolo della prima parte – che poi si configura come una discesa nel

---

[792] H. Mitterand, *Fonction narrative, fonction mimétique, fonction symbolique*, in *Le Discours du roman*, cit., p. 68.

[793] GM, p. 1133. Sulle prime pagine del romanzo si veda P. Cogny, *Ouverture et clôture dans «Germinal»*, in «Les Cahiers Naturalistes», 1976, pp. 67-73 e C. Duchet, *Idéologie de la mise en texte*, «La Pensée», X, 1980, 2015, pp. 95-108.

[794] H. Mitterand, *Fonction narrative, fonction mimétique, fonction symbolique*, cit., pp. 70-72.

[795] GM, p. 1142.

regno degli Inferi, nel quale il figlio di Gervaise è scortato da Touissant Maheu (figlio di Bonnemort), nuovo mentore che lo istruisce sul lavoro.

Attraverso il punto di vista dell'operaio viene presentato il mondo ctonio, in cui i minatori, oberati dalla fatica e da un calore opprimente, rischiando ogni attimo la morte per soffocamento o per una frana potenziale, sono fagocitati dall'oscurità del dedalo sotterraneo; formiche infaticabili, costrette a perpetuare meccanicamente il supplizio per un'intera esistenza, scandita da giorni sempre uguali. Ma la passività non è il tratto dominante della personalità di Étienne, che, prendendo coscienza dell'inguistizia e dello sfruttamento, inizia presto a nutrire propositi ribellistici. Significativamente, è la visione della sofferenza della quindicenne Catherine (figlia di Touissant), il desiderio di salvarla dal suo destino (e con lei tutti i proletari), il fattore scatenante: «Mais Étienne était peut-être le plus frémissant. [...] Il regarda Catherine résignée, l'échine basse. Était-ce possible qu'on se tuât à une si dure besogne dans ces ténèbres mortelles, et qu'on n'y gagnât même pas les quelques sous du pain quotidien»[796]?

La *quête* sentimentale e il desiderio di giustizia sociale si sovrappongono. Gli «yeux clairs»[797] dell'esile fanciulla dai capelli rossi sono la causa prima dell'insorgere del *furor* politico; da lei incosciamente attratto dal principio, Étienne – poco risoluto col gentil sesso (timidezza che lo penalizza nel duello sentimentale con Chaval) – mette progressivamente a fuoco il suo desiderio, scoprendo nelle profondità della terra, in un volto ricoperto dalla maschera nera di polvere di carbone, le gioie dell'amore:

Pourquoi donc l'avait-il trouvée laide? Maintenant qu'elle était noire, la face poudrée de charbon fin, elle lui semblait d'un charme singulier. Dans ce visage envahi d'ombre, les dents de la bouche trop grande éclataient de blancheur, les yeux s'élargissaient, luisaient avec un reflet verdâtre, pareils à des yeux de chatte.

[...]

Elle avait de grosses lèvres d'un rose pâle, avivées par le charbon, qui le tourmentaient d'une envie croissante. Mais il n'osait pas, intimidé devant elle, n'ayant eu à Lille que des filles, et de l'espèce la plus basse, ignorant comment on devait s'y prendre avec une ouvrière encore dans sa famille[798].

---

[796] *Ivi*, p. 1177.

[797] *Ivi*, p. 1193.

[798] *Ivi*, pp. 1171-1172.

Spirito anti-borghese e idillio proletario. Nel romanzo politico sui minatori, Étienne ha tutto per essere il portavoce dell'autore. Tuttavia in *Germinal* il protagonista non gode di credito incondizionato. Se è infatti evidente che l'idea della «rébellion» è giusta (troppo disumane le condizioni dei minatori), d'altro canto i propositi di Étienne sono derubricati ad «illusions» partorite dall'ignoranza di un neofita invasato.

La distanza critica si rende palese nel terzo capitolo della terza parte, incentrato sulla *Bildung* intellettuale di Étienne, il quale, alloggiando presso i Maheu (nella stessa camera con Catherine), diviene idolo della folla e punto di riferimento della comunità mineraria. Il germinare di una coscienza politica è alimentato da una vorace quanto repentina curiosità intellettuale («Aussi se prit-il pour l'étude du goût sans méthode des ignorants affolés de science»[799], che lo emancipa dalla sua classe, lasciandogli tuttavia in eredità, similmente a Silvère e al suo autore, un sapere maldigerito perché maturato senza metodo; un'abborracciata inconsistenza teorica e un approccio sincretistico alla conoscenza – tipico del semicolto – neanche velatamente parodiati dallo scrittore: «Maintenant, ses idées étaient mûres, il se vantait d'avoir un système. Pourtant, il l'expliquait mal, en phrases dont la confusion gardait un peu de toutes les théories traversées et successivement abandonnées»[800]. L'autoconvincimento del personaggio è bersaglio critico del narratore, che evidenzia il velleitarimo delle sue teorie. Ad essere messo in dubbio è il disinteresse della lotta politica di Étienne (secondo un'argomentazione topica di tanta pubblicistica borghese), in quanto è rimarcata la sua risibile vanagloria: «Et, dans ce réveil de sa foi, des bouffées d'orgueil reparaissaient et l'emportaient plus haut, la joie d'être le chef, de se voir obéi jusqu'au sacrifice, le rêve élargi de sa puissance, le soir du triomphe»[801].

Il piacere narcisistico di sentirsi parlare e l'ebbrezza del comando, che inducono il giovane ad abbracciare idee bellicose (sconfessando l'originaria vocazione riformistica, che mirava essenzialmente a rivendicazioni salariali): la rappresentazione è tutt'altro che indulgente. A ciò si aggiunge la cecità politica di questo *leader* improvvisato. Dopotutto, la Compagnie – sicura di uscire vincitrice dalla contesa, riducendo i dipendenti nella più nera miseria e riversando su di loro il costo della

---

[799] *Ivi*, p. 1274.
[800] *Ivi*, p. 1339-1340.
[801] *Ivi*, p. 1335.

crisi – non desidera altro che i minatori dilapidino i loro risparmi con uno sciopero. La rivolta è un fallimento annunciato. E nondimeno, nel suo servizio alla comunità Étienne dà prova di altruismo, mettendo al servizio degli umili la sua istruzione; inoltre, il progetto di realizzare una cassa di previdenza, oltre che degno di lode, è realizzato con successo: è la caratteristica indeterminatezza assiologica di *Germinal*, nel quale Zola «costruisce e decostruisce al contempo il suo eroe, lasciando alla libertà del lettore il giudizio ultimo sui fatti»[802].

Lo sciopero – concordato con il riformista Rasseneur e l'anarchico Souvarine (i cervelli della sommossa, che rappresentano un punto di vista divergente dal collettivismo marxiano di Étienne) – si protrae oltre ogni previsione. La miseria si fa sentire. L'inverno al *coron* è rigido; si combatte contro la fame, e la popolarità del protagonista, che ha perduto il sostegno di Catherine (che ha lasciato il nucleo familiare per seguire Chaval nella miniera di Jean-Bart), è messa a dura prova. Però gli animi restano coesi: nella riunione presso la foresta di Vandame, ancorché contestato dal geloso Rasseneur (che invita i minatori alla moderazione), prevale il decisionismo del protagonista, che si è nel frattempo adoperato perché i minatori aderissero all'Internazionale nella speranza di ricevere sostegno nella lotta. Ma la folla, che si dirige da Montsou a Jean-Bart (dove per iniziativa del rivale si è esteso il movimento rivoluzionario), perde prevedibilmente ogni freno inibitorio: più simile a una ferina *jacquerie* che a una rivendicazione oganizzata, il moto diviene immagine del caos indomabile; e lo stesso Étienne, rappresentato impietosamente ubriaco, smarrisce la capacità di orientarne il destino.

Dopo la morte di Anzire Maheu, quando lo sciopero si aggrava ulteriormente, il giovane si rifugia nel pozzo abbandonato di Réquillart, tana del sadico e deforme Jeanlin Maheu, in cui la narrazione è avvolta in un'aura da racconto fantastico[803]; qui, da un lato terrorizzato dalle tare ereditarie che gravano sulla sua psiche (la sete di sangue che si risveglia), dall'altro disgustato dalle azioni dei rivoltosi di cui si è ritrovato suo malgrado a capo, prende consapevolezza per la prima volta, con classismo malcelato, del loro stato ferino («Quelle nausée, ces misérables en tas,

---

[802] P. Pellini, *Note e notizie sui testi*, cit., p. 1622.

[803] Preadolescente dai connotati luciferini, rimasto storpio a causa di una frana in miniera, Jeanlin, che da subito pare incline agli atti criminali, è doppio negativo di Étienne, che non per nulla prova ripugnanza nei suoi confronti.

vivant au baquet commun!»)[804], sognando di elevarli spiritualmente alla stregua dei borghesi: «Il voulait leur élargir le ciel, les élever au bien-être et aux bonnes manières de la bourgeoisie»[805].

Tale sezione introspettiva mette nuovamente a nudo un pregiudizio autoriale – l'idea che un capopopolo debba essere *a priori* guidato dall'egoismo – e parrebbe dunque il preludio alla definitiva dissociazione critica del narratore. Però, dopo la fine dello sciopero – quando egli diviene inviso al *coron* (perché ritenuto responsabile del fallimento e della crisi) – si assiste alla trasformazione di Étienne in capro espiatorio. E l'emarginazione comporta un incremento della sensibilità e dell'indulgenza dello scrittore per il suo personaggio, giacché l'operaio arriva a colpevolizzarsi per le sue mancanze, rifuggendo ogni alibi autoassolutorio con un'autoanalisi macerante:

> Qui donc était le coupable? et cette question qu'Étienne se posait, achevait de l'accabler. En vérité, était-ce sa faute, ce malheur dont il saignait lui-même, la misère des uns, l'égorgement des autres, ces femmes, ces enfants, amaigris et sans pain? [...] Jamais, d'ailleurs, il ne les avait dirigés, c'étaient eux qui le menaient, qui l'obligeaient à faire des choses qu'il n'aurait pas faites [...]. À chaque violence, il était resté dans la stupeur des événements [...]. Pouvait-il s'attendre, par exemple, à ce que ses fidèles du coron le lapideraient un jour[806]?

Tale riabilitazione precede l'ultima metamorfosi (antecedente l'esplosione del Voreux): dopo essersi congedato da Souvarine, ribadendo la sua fedeltà alla lotta, Étienne, nel vedere Catherine piegarsi alle condizioni umilianti imposte dalla Compagnie, decide di seguirla, discendendo nella miniera, dove rimane con lei imprigionato in un budello di terra insieme a Chaval, infine brutalmente assassinato[807]. L'operaio sembra cioè riappropriarsi dell'ideale che fu caro alla madre: la dimensione privata – il sogno di una vita modesta e senza preoccupazioni – prevale su ogni velleità intellettuale.

Solo dopo questo percorso di purificazione nel cuore della terra – dove i due amanti, a digiuno e agonizzanti, si uniscono in un amplesso

---

[804] GM, p. 1460.

[805] *Ibid.*

[806] *Ivi*, p. 1521.

[807] In tal senso, si manifesta anche qui il motivo dell'eredità, che è funzionale all'immaginazione melodrammatica dello scrittore.

liberatorio esorcizzando la morte – un invecchiato e incanutito Étienne (figura quasi cristologica, reduce da un martirio fisico e spirituale), ormai messaggero di speranza, può tornare a contemplare la luce del paesaggio primaverile, riponendo la sua aspirazioni in un futuro migliore, quando per il mondo operaio sarà possibile portare a compimento le rivoluzioni.

3.3.2 Maheu

Nella sua acuta recensione all'opera, Céard scrive che la «grandeur incontestable»[808] di *Germinal* risiede nella pittura del moto tumultuoso delle moltitudini, e per converso nella rivoluzionaria marginalizzazione dell'istanza del personaggio e della sua individualità psicologica:

> Comment peut-on précisément appeler Germinal? Il n'est rien à quoi il ressemble moins qu'à un roman, dans le sens purement psychologique et analytique du mot. [...] Étudions-en les personnages. Individuellement ils s'en tiennent à une seule attitude. Ce sont des actes personifiés. Au contraire, les foules sont vivantes, et si les individus sont un peu mécaniques, les multitudes sont d'une vie intense et terrible[809].

«Les foules sont vivantes, [...] d'une vie intense et terrible». Affermazione incontestabile, su cui si è riflettuto a lungo. Tuttavia occorre ribadire con forza che la moltitudine non è solo gregge sbandato foriero di distruzione; la rappresentazione teratogena delle anomalie e delle aberrazioni fisiognomiche della collettività è certamente un *primum* della narrazione, ma *Germinal* è anzitutto un tragico referto di miseria e oppressione, intriso di tensione etica, col quale lo scrittore ambisce ad accostarsi alle sofferenze dei proletari, conferendo loro dignità e una possibilità – ancorché simbolica – di riscatto; cosicché le umili vicende della vita quotidiana (come le festività popolari e l'*epos* del lavoro e soprattutto l'*eros*) assumono una valenza politica non meno trasgressiva della vertenza sindacale:

> Il arrivait à Réquillart, et là, autour de la vieille fosse en ruine, toutes les filles de Montsou rôdaient avec leurs amoureux. C'était le rendez-vous commun, le coin écarté et désert, où les herscheuses venaient faire leur premier enfant [...]. Les palissades rompues ouvraient à chacun l'ancien carreau, changé en un terrain vague [...]. Des berlines hors d'usage traînaient, d'anciens

---

[808] H. Céard, *M. Émile Zola et* «Germinal», in «Sud America», 16 aprile 1885; la recensione si puo leggere in «Les Chahiers naturalistes», n. 35, 1968, pp. 44-60.

[809] *Ivi*, p. 42,

bois à moitié pourris entassaient des meules; tandis qu'une végétation drue reconquérait ce coin de terre, s'étalait en herbe épaisse, jaillissait en jeunes arbres déjà forts. Aussi chaque fille s'y trouvait-elle chez elle, il y avait des trous perdus pour toutes, les galants les culbutaient sur les poutres, derrière les bois, dans les berlines. On se logeait quand même, coudes à coudes, sans s'occuper des voisins. Et il semblait que ce fût, autour de la machine éteinte, près de ce puits las de dégorger de la houille, une revanche de la création, le libre amour qui, sous le coup de fouet de l'instinct, plantait des enfants dans les ventres de ces filles, à peine femmes[810].

Siamo nel quinto capitolo della seconda parte. Giunto al pozzo di Réquilliart, luogo abbandonato dall'uomo e invaso dalla natura, l'attenzione di Étienne è catturata dalle coppiette di minatori, che danno libero sfogo alle loro pulsioni lì dove una «végétation drue» prevale sui ruderi del lavoro minerario: si assiste alla «revanche de la création» contro «le ferite inferte dalla miniera al paesaggio naturale», un atto di implicita ribellione contro gli «sfregi alla natura umana perpetrati dallo sfruttamento capitalistico»; ne deriva che «il pozzo abbandonato [...] è sede di un ritorno del represso: inanzitutto sessuale, ma [...] potenzialmente politico»[811]. Perché è indubbio che, guardando all'attività sessuale animalesca di questi proletari privi di ogni altra forma di piacere, prevalga nello scrittore l'empatia (tacita e accorata), e non la condanna moralistica del borghese indignato.

La *libido* come forma di risarcimento di un'esistenza alienata: è un filo rosso del romanzo, che si declina anche all'interno dello spazio privato dei minatori: nella dimora dei Maheu. Paradigmatico il rapporto sessuale – disinibito e bonariamente scherzoso – tra i coniugi Maheu, in cui la forza sovversiva dell'ideologia si insinua nella patina (in apparenza) oggettiva della narrazione naturalista. Altresì noti i casi in cui la provocazione è contenuta nelle valenze figurali del corpo, con cui si attua il rovesciamento carnevalesco (come ne *L'Assommoir*) delle convenzioni della classe dominante, di cui la debordante obesità e il vitalismo pulsionale della Moquette (amante di Étienne, incline ai liberi piaceri dell'*eros*) è fulgido esempio.

La denuncia affidata agli atti, alle cose e all'eloquenza della carne; ma anche alle parole e i pensieri dei personaggi, alla delega narrativa ai soggetti del Quarto Stato, *in primis* dei Maheu; sarebbe infatti fuorviante

---

[810] GM, pp. 1239-1240.
[811] P. Pellini, *Note e notizie sui testi*, p. 1611.

interpretare il caso di Étienne come un'eccezione nell'ambito di una rappresentazione dei caratteri tendente alla schematica esemplarità. Certo, è vero che i personaggi sono nel complesso svuotati di forza, passione ed eroismo; come è vero che la «famille Maheu», su cui si concentrano (al limite dell'inverosimiglianza) le più tremende disgrazie che la sorte distribuisce tra i minatori, è «une famille "typique"» della condizione operaia: Zola attribuisce a ciascuno dei suoi membri «une des maladies, qui, selon le Dr Boëns Boisseau, affecte les mineurs et leurs enfants»[812]. Ma alcuni di questi proletari non sono meri «actes personifiés» (come li definisce Céard), in quanto non si limitano ad incarnare «les tensions sociales»[813]; invece, sono dotati, al pari dei soggetti borghesi (dipinti nelle loro umane contraddizioni senza alcuna forma di manicheismo)[814] – di una problematicità scottante. L'affondo nella dimensione invisibile, come la concessione del diritto di parola, è uno dei tramiti attraverso cui la denuncia sociale si manifesta nell'intreccio.

3.3.2.1 *Touissaint Maheu e il discorso sociale*

«Rien dans ce livre ne permet de penser que le peuple aura un jour une conscience plus claire de ce qu'il peut être, de ce qu'il peut créer»[815]. È l'impressione politica che ricava dalla lettura di *Germinal* René Ternois, che converge con le posizioni di certa critica marxista, per la quale il principale limite ideologico dello scrittore sarebbe quello di aver sottovalutato la coscienza di classe dei minatori, sprovvisti di qualsiasi forma di autoconsapevolezza e sguarniti, contrariamente alla classe dominante, degli strumenti idonei per comprendere le dinamiche del reale. Non mancano gli argomenti favorevoli: per quanto i discorsi e le conversazioni attraverso le quali i minatori descrivono ed interpretano la loro vita materiale siano distanti dal comporre un sistema organico, è infatti indubbio che il linguaggio dominante dei proletari sia «celui de la résignation, avec

---

[812] C. Becker, *Les Personnages*, in *Émile Zola: Germinal*, cit., p. 66.

[813] Id., *Introduction*, cit., p. XXXIV.

[814] Ciò vale soprattutto per Hennebeau. I patimenti del direttore della miniera riguardono la sfera sessuale. Essi si accentuano dopo la scoperta del tradimento di sua moglie (che ama follemente) con l'ingegnere Négrel, nipote da lui accolto paternamente nella sua stessa casa. Significativamente, Hennebeau giunge ad invidiare la voracità sessuale e il vitalismo dei proletari, i quali riescono a sperimentare un piacere per cui sarebbe ben lieto di dare in cambio tutti i suoi averi.

[815] R. Ternois, *Zola et son temps: Lourdes, Rome, Paris*, Paris, Société les Belles Lettres, 1961, p. 60.

ses variantes»[816]. Si considerino le riflessioni di Bonnemort sul lavoro, sull'insubordinazione e obbedienza passiva al padrone – divenuti caratteri congeniti tra i proletari (in Catherine «les idées de subordination, d'obéissance passive» sono «héréditaires»[817]) – che si trasmettono di generazione in generazione, senza nessuna prospettiva di redenzione: «Quoi faire, d'ailleurs? Il fallait travailler. On faisait ça de père en fils, comme on aurait fait autre chose»[818]. Non sapendo nulla di coloro per cui si è immolato un'intera vita, Bonnemort prova, solo parlandone, sgomento e terrore; come nella definizione marxiana di alienazione, la potenza sociale al comando appare come una forza propria, indipendente dalla volontà umana e dalla sua evoluzione: «de la main, il désignait dans l'ombre un point vague, un lieu ignoré et reculé, peuplé de ces gens, pour qui les Maheu tapaient à la veine depuis plus d'un siècle. Sa voix avait pris une sorte de peur religieuse, c'était comme s'il eût parlé d'un tabernacle inaccessible [...]»[819].

Né è irrilevante che le parole dell'apostolo Étienne accendano nei minatori una sorta di fede religiosa, che parrebbe escludere qualsiasi forma di razionalizzazione (presente e futura) delle dinamiche materiali del potere: «C'était quand même une confiance absolue, une foi religieuse, le don aveugle d'une population de croyants. Puisqu'on leur avait promis l'ère de la justice, ils étaient prêts à souffrir pour la conquête du bonheur universel»[820]. Confidenza mistica che coinvolge, malgrado l'iniziale scetticismo, anche la pragmatica Constance Maheu, moglie di Touissaint. Nella mente del personaggio (popolana dalla personalità articolata, cui Zola attribuisce l'ultima profezia di riscatto proletario prima della palingenesi primaverile di Étienne), il socialismo è un «coin de mensonge»:[821] sogno romantico in cui rifugiarsi dalla miseria del realtà, religione laica in un mondo quasi completamente scristianizzato.

Vero. Ma *Germinal* è anche la storia dell'affiorare di una coscienza: «L'auto-transformation de Maheu»[822] da operaio modello – intaficabile

---

[816] H. Mitterand, *Le Savoir et l'imaginaire: Germinal et les idéologies*, cit., p. 126.

[817] GM, p. 1170.

[818] *Ivi*, p. 1140.

[819] *Ivi*, p. 1141.

[820] *Ivi*, p. 1327.

[821] *Ivi*, p. 1279.

[822] S. Petrey, *Discours social et littérature dans «Germinal»*, in «Littérature», n. 22, 1976, p. 73.

e prono al padrone – a rappresentante attivo delle rivendicazioni proletarie, pronto a ergersi indomito dinanzi ad Hennebeau, con richieste tutt'altro che nebulose, a nome di una collettività eteroclita: *middle class* e proletariato a confronto.

L'episodio merita un approfondimento. I venti membri della delegazione giungono in massa nella dimora del direttore, per stabilire le condizioni da opporre a quelle della Compagnie; l'impatto con il mondo borghese è spiazzante:

> Et les mineurs, restés seuls, n'osèrent s'asseoir, embarrassés, tous très propres, vêtus de drap, rasés du matin, avec leurs cheveux et leurs moustaches jaunes. Ils roulaient leurs casquettes entre les doigts, ils jetaient des regards obliques sur le mobilier, une de ces confusions de tous les styles, que le goût de l'antiquaille a mises à la mode: des fauteuils Henri II, des chaises Louis XV, un cabinet italien du dix-septième siècle, un contador espagnol du quinzième, et un devant d'autel pour le lambrequin de la cheminée, et des chamarres d'anciennes chasubles réappliquées sur les portières. Ces vieux ors, ces vieilles soies aux tons fauves, tout ce luxe de chapelle, les avait saisis d'un malaise respectueux. Les tapis d'Orient semblaient les lier aux pieds de leur haute laine. Mais ce qui les suffoquait surtout, c'était la chaleur, une chaleur égale de calorifère, dont l'enveloppement les surprenait, les joues glacées du vent de la route. Cinq minutes s'écoulèrent. Leur gêne augmentait, dans le bien-être de cette pièce riche, si confortablement close[823].

Sono descritti gli interni della casa di Hennebau: un inventario di mobili di fattura e stili contrapposti al limite del *Kitsch*; guazzabuglio che produce apparentemente un effetto comico, ma che ad un'analisi più accurata è sintomatico «du gouffre»[824] che intercorre tra i due «mondes» sociali. Non casualmente, viene meno l'imperativo naturalista della focalizzazione interna. Si tratta di una deviazione marcata nell'universo di *Germinal*, dove la visione è demandata a focolai percettivi plurimi. La ragione è chiara: i minatori sono intimiditi, e osservano attoniti un lusso che non comprendono; ma principalmente non possiedono il lessico idoneo per indicare epoca e destinazione del mobilio: i nomi «des meubles sont des mots pleins du discours social, des mots dont les mineurs ne disposent pas»[825]. La sottrazione della *mediacy* è necessità strutturale, ma al contempo veicola «l'impression d'une distance infranchissable entre

---

[823] *Ivi*, pp. 1318-1319.

[824] S. Petrey, *Discours social et littérature dans «Germinal»*, cit., p. 63.

[825] GM, p. 1319.

les bourgeois et leurs travailleurs»; serpeggia il messagio «que les bourgeois sont doués d'objets et de capacités que les ouvriers ne sauront jamais acquérir»[826].

Fino a questo punto, il testo ripropone il tradizionale dislivello di classe: i minatori, che si sono organizzati per contestare un aspetto del sistema di produzione, che hanno varcato la soglia di Hennebeau per parlare, si rendono conto, da un'abbondanza di indizi disseminati nella dimora, che il capo ha mezzi e strumenti di fronte ai quali non vi è possibilità di dibattito. Difatti Maheu, rappresentante degli operai per la sorpresa del direttore, si risolve a parlare, tra paura e timori reverenziali, solo dopo l'ordine di Hennebeau[827]. Ma l'impossibile diventa reale: un lavoratore, definito come incapace di parola, «s'affranchit de la définition qui l'a figé et devient un être radicalement neuf»[828], irrompe nel testo con le proprie forze, giungendo a interrompere bruscamente il borghese; e la sua presa di parola, un «acte d'autoaffirmation par les travailleurs»,[829] è autenticamente rivoluzionaria:

> Vous savez bien que nous ne pouvons accepter votre nouveau système... On nous accuse de mal boiser. C'est vrai, nous ne donnons pas à ce travail le temps nécessaire. Mais, si nous le donnions, notre journée se trouverait réduite encore, et comme elle n'arrive déjà pas à nous nourrir, ce serait donc la fin de tout, le coup de torchon qui nettoierait vos hommes. Payez-nous davantage, nous boiserons mieux, nous mettrons aux bois les heures voulues, au lieu de nous acharner à l'abattage, la seule besogne productive. Il n'y a pas d'autre arrangement possible, il faut que le travail soit payé pour être fait... Et qu'est-ce que vous avez inventé à la place ? une chose qui ne peut pas nous entrer dans la tête, voyez-vous![830]

L'invettiva contro le classi dominanti ha tonalità serie e tragiche. Il raffronto con l'*accusatio* del balzachiano Fourchon (laddove la deformazione parodistica indirettamente delegittima l'interlocutore), è illuminante[831]. Maheu denuncia, senza esitazioni e inciampi (a differenza del suo progenitore), le condizioni disumane dei minatori e gli abusi della

---

[826]　*Ibid.*

[827]　*Ibid.*

[828]　S. Petrey, *Discours social et littérature dans «Germinal»*, cit., p. 66.

[829]　*Ivi*, p. 67.

[830]　GM, p. 1320.

[831]　Cfr. *supra*, p. 65.

Compagnie; e come ne *Les Paysans*, la sua perorazione assume la funzione e l'andamento di un monologo.

La consapevolezza del torto subito riporta alla luce dell'incoscio le «choses amassées au fond de sa poitrine»[832], quasi «in una memorabile prefigurazione di una seduta psicanalitica»[833]. Si tratta di un procedimento dalla funzione catartica (cui seguiranno le rivendicazioni di Étienne) che ha l'effetto di stravolgere la percezione del direttore della collettività proletaria. Benché la narrazione reintroduca, allorché Hennebeau riprende la parola, «l'imposition de l'ancien système socio-linguistique»[834] – con la risemantizzazione del coercitivo spazio borghese e la descrizione degli scioperanti che sconsolati lasciano in silenzio il soggiorno (prefigurazione del fallimento: gli operai appaiono «débandés le long de la route, avec un piétinement de troupeau») –[835], è infatti evidente che durante questo incontro qualcosa è filtrata: lo stesso silenzio, inizialmente figura dell'abbrutimento dei proletari che varcano la soglia del mondo sconosciuto, ora sgomenta il direttore della miniera, che vi scorge il segno di un'apocalisse annunciata: «– Réfléchissez avant de faire des bêtises, répéta-t-il, inquiet de leur silence»[836].

Sicché non è tanto il contenuto del discorso operaio (assimilabile in fondo all'ideologia borghese: Maheu ed Étienne rivendicano il diritto di vivere dignitosamente, non di controllare la propria vita) a trasformare il silenzio in minaccia inquietante. È piuttosto *la forma*, «la présentation littéraire de la parole de Maheu, le caractère qu'elle acquiert dans et par le texte»[837], ad affermare, sebbene per un istante, nonostante la degenerazione della rivolta in *jacquerie*, un'omologia sostanziale tra borghesi e lavoratori; a gettare luce sulla tendenziosità del discorso sociale (tanto più repressivo perché avvertito come 'naturale' dalla parte lesa) e sulla conseguente necessità di disvelare il carattere transitorio – in ultima analisi storico – del modo di produzione borghese e della sua ideologia, per poi infine trascenderlo, quando il movimento operaio sarà fuoriuscito dall'infanzia, con un'autentica presa di coscienza di classe.

---

[832] GM, p. 1320.

[833] P. Pellini, *Note e notizie sui testi*, cit., p. 1637.

[834] S. Petrey, *Discours social et littérature dans «Germinal»*, cit., p. 67.

[835] GM, p. 1325.

[836] *Ibid.*

[837] S. Petrey, *Discours social et littérature dans «Germinal»*, cit., p. 68.

3.3.2.2 *Catherine Maheu: tra denuncia e riscatto lirico*

1. Nell'originario progetto di *Germinal*, Étienne avrebbe dovuto essere l'amante di Catherine, alla quale invece era destinato il ruolo di personaggio centrale; così Zola annota nella prima parte della sua *Ébauche*: «Etudier le personnage de Catherine de façon à le faire central et intéressant»[838]. L'autore si prefigge un obiettivo chiaro per la caratterizzazione: «Ne pas le faire passif, idyllique, trouver une lutte humaine, quelque chose de poignant en elle».[839] Sicché la quindicenne Chaterine, in origine destinata a una morte precoce, dovrà prescrittivamente distanziarsi dalla fenomenologia idillica (esplorata con Miette ne *La Fortune des Rougon*). Non una donna guerriera, dunque, ma ugualmente coinvolta in una «lutte humaine». Un dramma conforme ai valori della sua classe, nell'ambito dei quali saranno ricondotte la sua visione del mondo e le sue azioni: «Ne pas la faire pourtant au-dessus de sa condition, et lui donner un drame de sa classe»[840]; nondimeno, Zola pensa di attribuire a Catherine un'intensa passione per il protagonista,: «je lui donnerai [t] à elle une tendresse pour Étienne presque inconsciente, et près de se livrer»[841].

I piani narrativi mutarono sensbilmente in corso d'opera; ma che il dramma di Catherine – minatrice affetta da una particolare forma di anemia – e il triangolo erotico in cui si trova coinvolta, resti un asse portante del romanzo è indubbio. *Germinal* è anche un romanzo sentimentale: dal primo incontro con Étienne (troppo cerebrale per captare i segnali d'interesse della fanciulla) all'iniziazione amorosa subita suo malgrado da Chaval (uno stupro, che il lettore 'vive' all'unisono con la soggettività femminile) al ricongiungimento con l'eroe nel budello della terra è raccontato un affascinante viaggio amoroso; ed è una donna del popolo singolarmente superstiziosa, per nulla nobilitata da aspirazioni intellettuali (sa a malapena leggere e scrivere), a esserne il fulcro. Pertanto non sorprende che Zola abbia dato in dote a questo personaggio una profondità inedita e un'emotività dalle tinte elegiache che lo riscattano agli occhi del lettore. In effetti la passione di Catherine è singolarmente casta, per certi versi 'nobiliare', perché procrastinata all'inverosimile, in un contesto alquanto libero sessualmente, a causa dell'imperizia erotica

---

[838] DP, p. 532.

[839] *Ibid.*

[840] *Ivi*, p. 522.

[841] *Ibid.*

degli amanti, i quali non per nulla condividono, come Silvère e Miette, una medesima sensibilità (che si manifesta con la proliferazione di numerose psiconarrazioni plurali).

Ma tale fenonenologia lirica in Catherine è marcata: per i personaggi popolari dell'universo minerario di Montsou – escludendo l'intellettuale Étienne – tali finezze sono infatti sistematicamente precluse. In altre parole, tra i soggetti del Quarto Stato, il protrarsi della situazione narrativa figurale è prerogativa elettiva di Catherine: un privilegio attraverso cui il narratore distingue l'eroina dai suoi simili, ma la rende anche istanza – indiretta e inconsapevole – di denuncia sociale.

2. Il compenetrarsi di queste due funzioni narrative si realizza esemplarmente nel secondo capitolo della quinta parte, laddove Catherine – che ha avuto apparizioni brevi e sporadiche da quando ha lasciato la casa paterna – ritorna in auge, rivestendo un ruolo primario nell'intreccio. Attraverso il filtro del personaggio riflettore, che si avventura con Chaval nelle gallerie sotterranee di Jean-Bart, collocate esattamente al di sotto della miniera in fiamme del Tartaret, il lettore è ricondotto nelle tenebre del mondo ctonio. Provata dal caldo soffocante, la ragazza si sente male e la sua vista si confonde: cosicché la rappresentazione degli uomini al lavoro, mediata dalla sua soggettività, diventa «une vision infernale»: è infatti Catherine a pertinentizzare, con le sue cognizioni e il suo flusso memoriale, le condizioni insostenibili in cui i minatori si trovano a lavorare. Un roboante atto di accusa:

Qu'avait-elle donc, ce jour-là? Jamais elle ne s'était senti ainsi du coton dans les os. Ca devait être un mauvais air. L'aérage ne se faisait pas, au fond de cette voie éloignée. On y respirait toutes sortes de vapeurs qui sortaient du charbon avec un petit bruit bouillonnant de source, si abondantes parfois, que les lampes refusaient de brûler; sans parler du grisou, dont on ne s'occupait plus, tant la veine en soufflait au nez des ouvriers, d'un bout de la quinzaine à l'autre. Elle le connaissait bien, ce mauvais air, cet air mort comme disent les mineurs, en bas de lourds gaz d'asphyxie, en haut des gaz légers qui s'allument et foudroient tous les chantiers d'une fosse, des centaines d'hommes, dans un seul coup de tonnerre. Depuis son enfance, elle en avait tellement avalé, qu'elle s'étonnait de le supporter si mal, les oreilles bourdonnantes, la gorge en feu[842].

---

[842] GM, p. 1399.

Non potendone più del caldo, decide di togliersi la camicia; ma, non provando nessuna forma di sollievo, viene presa dalla disperazione; cade così in ginocchio per un malore, e si ritrova riversa e agonizzante nel dedalo della miniera. Per nulla sensibilizzato, Chaval la maltratta come di consueto. La fanciulla accetta a capo chino, impossibilitata a opporsi alla prevaricazione del suo amante, che infine comprende la gravità delle sue condizioni. Sospettando di trovarsi dinanzi a un malore serio, spaventato, si addolcisce e umanamente le presta soccorso. Per Catherine è una rivoluzione: «Jamais elle ne l'avait vu si gentil. D'ordinaire, pour une bonne parole qu'il lui disait, elle empoignait tout de suite deux sottises»[843]. Abituata ad essere percossa e svilita, come la gran parte delle donne della comunità di Montsou, a lei basterebbe poco per essere felice; ma quel poco è un miraggio. Commossa, in preda al panico, chiede di essere baciata dal suo persecutore, e teneramente lo rende partecipe delle sue riflessioni: « – Seulement, continua-t-elle très bas, je voudrais bien que tu fusses plus gentil... Oui, on est si content, quand on s'aime un peu»[844]. Amarsi per resistere alle avversità di un mondo spietato: l'operaia non chiederebbe altro; ma la risposta rude di Chaval («Mais je t'aime, cria-t-il, puisque je t'ai prise avec moi»)[845] la illumina sull'irrealizzabilità del suo desiderio. La sua è una vita votata senza scampo alla sofferenza:

> Elle ne répondit que d'un hochement de tête. Souvent, il y avait des hommes qui prenaient des femmes, pour les avoir, en se fichant de leur bonheur à elles. Ses larmes coulaient plus chaudes, cela la désespérait maintenant, de songer à la bonne vie qu'elle mènerait, si elle était tombée sur un autre garçon, dont elle aurait senti toujours le bras passé ainsi à sa taille. Un autre? et l'image vague de cet autre se dressait dans sa grosse émotion. Mais c'était fini, elle n'avait plus que le désir de vivre jusqu'au bout avec celui-là, s'il voulait seulement ne pas la bousculer si fort[846].

Per un attimo, pensa al suo amore lasciato a Montsou. Immagina come sarebbe stata la sua vita se avesse scelto Étienne; convinta però di non avere scampo, si accontenta dell'uomo al suo fianco, nella speranza di non essere quantomeno battuta; una fragilità creaturale con cui, specie quando Catherine si autoconvince di essere nel torto pur di sperare in

---

[843] *Ivi*, p. 1401.
[844] *Ibid.*
[845] *Ibid.*
[846] *Ibid.*

un po' di felicità, è inevitabile simpatizzare: «Elle le regardait, elle recommençait à sourire dans ses larmes. Peut-être qu'il avait raison, on n'en rencontrait guère, des femmes heureuses. Puis, bien qu'elle se défiât de son serment, elle s'abandonnait à la joie de le voir aimable. Mon Dieu! si cela avait pu durer»[847]!

L'incantesimo si spezza: una volta che si è diffusa la notizia che gli operai di Montsou hanno tagliato i cavi nel pozzo, convinto di essere braccato dagli scioperanti (che lui crede in mano ai gerdarmi), Chaval, insieme agli altri minatori, si precipita verso le scale per fuggire; e, dopo che Catherine si rifiuta di passargli davanti (come le ha ordinato), perché senza più fiato dopo una lunghissima corsa, ma soprattutto perché terrorizzata dall'idea di subire i maltrattamenti del suo compagno, egli perde ogni forma di tatto, riprendendo le antiche abitudini: «Sacrée tête de pioche! cria Chaval, crève donc, je serai débarrassé»[848]!

Durante la salita, Catherine è trafitta da un dolore lancinante; e la sua mente vaga nel passato, ripensando ai racconti remoti del nonno Bonnemort:

> Maintenant, elle perdait la sensation du fer et du bois, sous les pieds et dans les mains. [...] Et, dans l'étourdissement qui l'envahissait, elle se rappelait les histoires du grand-père Bonnemort, du temps qu'il n'y avait pas de goyot et que des gamines de dix ans sortaient le charbon sur leurs épaules, le long des échelles plantées à nu ; si bien que, lorsqu'une d'elles glissait, ou que simplement un morceau de houille déboulait d'un panier, trois ou quatre enfants dégringolaient du coup, la tête en bas[849].

Continuando a salire tra gli improperi del compagno, Catherine si sente progressivamente venir meno; infine cade, lanciando un grido disperato mentre è travolta dai passanti in fuga. Sprofonda così in uno stato di semicoscienza. Si risveglierà accecata dalla luce del sole, stordita ma miracolosamente indenne, dinanzi alla folla inferocita dei sabotatori proveniente da Montsou.

---

[847] *Ivi*, p. 1403,

[848] *Ivi*, p. 1406.

[849] *Ivi*, p. 1407.

3.4 «*La Terre*»

Nell'articolo pubblicato nel 1876 su *Le Messager de l'Europe* – e successivamente nel 1879 su *Le Voltaire* – Zola sviluppa delle importanti riflessioni sui problemi che lo studio della *paysannerie* pone allo scrittore che intende realizzare un ritratto fedele della vita campestre:

> Les paysans de George Sand sont bons, honnêtes, sages, prévoyants, nobles; en un mot ils sont parfaits. Peut-être le Berri a-t-il le privilège de cette race de paysans supérieurs; mais j'en doute, car je connais les paysans du midi et du nord de la France, et j'avoue qu'ils manquent à peu près complètement de toutes ces belles qualités. Chez nous, rien n'est plus simple ni plus compliqué à la fois qu'un paysan. Il faut vivre longtemps avec lui pour le voir dans sa ressemblance et le peindre. Balzac a essayé et n'a réussi qu'en partie. Aucun de nos romanciers, jusqu'à prèsent, ne s'est hasardé à écrire les vrais drames du village, parce que nul entre d'eux ne s'est senti en possession de toute la vérité[850].

Trapela una profonda insoddisfazione sul modello di rappresentazione dei contadini offerto dai più autorevoli predecessori (per Zola antesignani del naturalismo)[851], e implicitamente l'intenzione di colmare tale lacuna del romanzo contemporaneo: se nei confronti della scrittrice di Nohant – che l'autore ventenne aveva amato (specialmente *La Mare au Diable*), malgrado l'inverosimiglianza linguistica dei suoi idilli («Jamais on me fera dire qu'ils [les paysans] sentent et parlent comme on parle au village»[852]) – Zola è molto severo per gli eccessi idealizzanti, l'archetipo Balzac, che in *Scènes de la vie de campagne* aveva mostrato l'«attachement

---

[850] É. Zola, *George Sand*, in «Le Messager de l'Europe», luglio 1876; «le Voltaire», 13 marzo 1879 (ora in *Doucuments littéraires*, in *Œuvres complètes*, a cura di H. Mitterand, vol. 10, Paris, Nouveau Monde Éditions, 2004, p. 728).

[851] «Balzac et George Sand, voilà les deux faces du problème, les deux éléments qui se disputent l'intelligence de tous nos jeunes écrivains, la voie du naturalisme exact dans ses analyses et ses peintures, la voie de l'idéalisme prêchant et consolant les lecteurs par les mensonges de l'imagination» (*ivi*, p. 729). Ma Balzac e Sand non furono le uniche fonti di ispirazione: Zola aveva letto, tra le altre cose, i romanzi di Erckmann-Chatrian, oltre che *Madame Bovary* e *Quatre-vignt-Treize* di Hugo. Decisiva fu inoltre la conoscenza della precedente letteratura rusticale e delle opere saggistiche: in particolare l'*Histoire de Qa Révolution française* di Jules Michelet, in cui si ritrova il rapporto corporale tra i contadini e la terra. Per un approfondimento delle fonti, registrate puntualmente nel dossier preparatorio, cfr. H. Mitterand, *La Terre*, in É. Zola, *Les Rougon-Macquart. Histoire naturelle et sociale d'une famiglia sous le Second Empire*, vol. 4, cit., pp. 1448-1450. D'ora in poi citato TR,

[852] É. Zola, *L'Événement*, 29 agosto 1866, in *Livres d'aujourd'hui et de demain*, in *Œuvres complètes*, vol. 10, cit., p. 603. Sul modello Sand in Zola cfr. E. Reverzy, *Sand et

du paysans à sa demeure et sa terre, sa passion de l'appropriation [...], sa soumission à la routine et à la superstition, sa résignation devant les misères et la mort»[853], non gode di credito molto maggiore. Perché l'autore de la *Comédie humaine* aveva inscenato «la lutte de la petite propriété contre la grande» – e le cause sottese a tale conflitto epocale – senza mai focalizzarsi sulla quotidianità del lavoro campestre, sul «paysan menant sa charrue, faisant ou regardant pousser son blé»[854]. In effetti se Zola tenne presente, ben più delle oleografie sandiane (l'ispirazione regionalistica è pressocché assente), il modello Balzac – dal recupero del lessico fisiognomico alle risorse della deformazione espressionistica nella caratterizzazione dei contadini – è comunque vero che a un contronto ravvicinato con *Les Paysans*, a dispetto delle numerose convergenze tematiche, si riscontrano pochissimi rapporti diretti tra i due testi[855].

Tuttavia, nelle righe citate dell'articolo su George Sand il critico in cerca di indizi potrà leggere altro: si intravede la confessione di una tentazione, la prefigurazione di un progetto che un decennio dopo sarebbe culminato nella stesura de *La Terre*, il cui primo *feuilleton* fu pubblicato il 29 maggio 1887: «Il faut vivre longtemps avec lui pour le voir dan sa ressemblance et le peindre». Vivere in prossimità del contadino per coglierne i caratteri essenziali: solo l'osservazione diretta avrebbe potuto garantire, per lo scrittore naturalista, un risultato soddisfacente, lontano da ogni trasfigurazione immaginifica; difatti Zola, che «non ha mai nascosto qualche romantica nostalgia d'idillio campestre, di norma tenuta a freno nei *Rougon-Macquart* [...], ma evidente nelle pagine giornalistiche, e soprattutto nelle rievocazioni autobiografiche dell'adolescenza provenzale [...]»[856], si sarebbe di fatto istallato a Médan (con l'acquisto di una casa di campagna), al tempo del travaglio compositivo, per portare a compimento la sua impresa. Non che all'altezza dell'articolo su *Le Voltaire* l'autore pensasse compiutamente a *La Terre*: né il

---

Zola. Littérature et valeurs, in E. Bordas (a cura di), *George Sand: pratiques d'écritures*, Paris, EUREDIT, 2004, pp. 103-119.

[853] H. Mitterand, *La Terre*, cit., p. 1498.

[854] G. Robert, *Émile Zola. Principes et caractères généraux de son œuvre*, Paris, Les Belles Lettres, 1952, pp. 79-80.

[855] Cfr. J.-H. Donnard, *«Les Paysans» et «La Terre»*, in «L'Année Balzacienne», 1975, pp. 125-142. Sui rapporti intertestuali de *La Terre* con le opere di Balzac e Sand cfr. G. Robert, *Influences livresques: Balzac et George Sand*, in *«La Terre» d'Émile Zola. Étude historique et critique*, Paris, Les belles lettres, 1952, pp. 43-65.

[856] P. Pellini, *Introduzione*, cit., p. 593.

primo schizzo del progetto dei *Rougon-Macquart*, né il piano dei dieci romanzi, né la *Liste des Romans* posteriore al maggio del 1871 contengono segni di un romanzo contadino. I cinque «mondes» appartengono tutti all'universo urbano, e sull'*Arbre généalogique* del 1878 la professione di Jean Macquart (futuro protagonista de *La Terre*) è quella di «soldat».[857] Si può piuttosto ipotizzare, come fa Mitterand, che il soggiorno a Médan «n'a fait qu'accentuer un mouvement dejà commencé» – in via inconscia, con una gestazione di lunga durata (come in *Germinal*) – «à faire entrer le paysan dans la société des *Rougon-Macquart*»[858]. Del resto è solo diciotto mesi dopo il trasferimento dell'autore che appare la prima menzione, nell'articolo del 5 febbraio 1880 pubblicato su *Le Voltaire*, di un'opera consacrata al «monde des paysans»; passaggio dopo il quale l'autore avrebbe pochi mesi dopo rivelato, nell'intervista a Ferdinand Xau, di avere ancora undici romanzi in cantiere, il primo dei quali, destinato a diventare la sua «oeuvre de prédilection», avrebbe costituito per l'appunto «une étude sur les paysans»[859] Studio oltremodo complesso, su cui nella lettera inviata a Van Santen Kloff del 27 maggio 1886 Zola fu prodigo di dettagli:

> Je travaille encore au plan [...]: et ce roman m'épouvante moi-même, car il sera certainement un des plus chargés de matière, dans sa simplicité. J'y veux faire tenir tous nos paysans avec leur histoire, leurs moeurs, leur rôle; j'y veux poser la question sociale de la propriété; j'y veux montrer où nous allons, dans cette crise de l'agriculture, si grave en ce moment. [...] Je voudrais faire pour le paysan avec *la Terre*, ce que j'ai fait pour l'ouvrier avec *Germinal*. Ajoutez que j'entends rester artiste écrivain, écrire le poème vivant de la terre, les saisons, les travaux des champs, les gens, les bêtes, la campagne entière[860].

È una testimonianza preziosa: più dell'ambizione smisurata di condensare in un solo volume, come al tempo fece con l'universo minerario in *Germinal*, «toute la vie du paysan» – senza sorvolare sulla coeva «crise de l'agriculture»[861] e la balzachiana questione sociale della proprietà – importa l'intenzione di «rester artiste écrivain», dando forma al «poème

---

[857] DP, vol. 6, p. 681.

[858] H. Mitterand, *La Terre*, cit., p. 1498.

[859] F. Xau, *Émile Zola*, Paris, Marpon et Flammarion, 1880, p. 49.

[860] *Ibid.*

[861] Molto sensibile all'attualità del problema, lo scrittore rappresenta la crisi agricola che la Francia conobbe all'epoca in cui scrisse, senza preoccuparsi di retrodatarla agli anni 1860-1870 (quando è ambientata la storia); ma l'incoerenza non è compromettente, poiché nel mondo rurale non si registrò nessun cambiamento sostanziale.

vivant de la terre». La trasformazione della terra in mito, la campagna della Beauce (distante poco più di cento chilometri a sud-ovest di Parigi) come «héroïne» del romanzo, capace di sublimare la sofferenza individuale nell'eterno ritorno delle stagioni e di riscattare i crimini più efferati in nome di una fecondità che si nutre di sangue. È questo il nucleo generativo dell'opera. Lo si inferisce osservando la struttura narrativa: le cinque parti del romanzo, ambientato nell'immaginaria Rognes tra il 1860 e il 1870, sono dedicate, ciascuna, a un momento dell'anno e un lavoro agricolo, e sono scandite dai ritmi naturali più che dai riferimenti storici.

Le prime pagine dell'*Ébauche* sono illuminanti: «La terre nourricière, la terre qui donne la vie, et qui la reprend, impassible. Un personnage énorme, toujours présent, emplissant le livre. L'homme, le paysan, n'est qu'un insecte s'agitant sur elle [...]. Il est courbé, il ne voit que le gain à en tirer».[862]. Si comprende perché la critica abbia insistito sul *côté* lirico del romanzo, finendo spesso per trascurare altre componenti – altrettanto cruciali – della narrazione[863]. Sin da queste pagine preparatorie la terra, «personnage énorme» e onnipresente, è caratterizzata da una costitutiva ambivalenza, che invita a sfumare la lettura mitica: da un lato essa è personificata con afflato romantico e sensibilità simbolista, dall'altro è rappresentata «nella sua durezza, nella sua mortuaria, materialistica ferocia, inaccessibile a qualsivoglia riduzione antropocentrica»: una «madre nutrice che si trasforma in divinità infernale», indifferente alla sorte degli uomini[864]. In effetti l'adesione vitalistica apparentemente incondizionata di norma esclude, anche nel concreto della narrazione, ogni possibilità di fusione panica con il paesaggio. Nessuna fantasia lirica per l'uomo dei campi, preannuncia Zola. Il contadino che si agita sulla Beauce è nient'altro che «un insecte» che lotta «pour lui arracher sa vie», consumato dalla brama di possederla e di massimizzarne i ricavi.

Quintessenza di questo desiderio viscerale che anima tutti i contadini zoliani è la Grande, sorella del patriarca decaduto dei Fouan (spogliatosi

---

Al riguardo cfr. R. Ripoll, *Introduction*, in É. Zola, *La Terre*, a cura di R. Ripoll, Paris, Le livre de Poche, 2006, pp. 8-9.

[862] DP, p. 701.

[863] Faccio riferimento alla monografia di Robert, che ha rappresentato un caposaldo – e fonte di rinnovamento – della critica zoliana novecenteca (G. Robert, «*La Terre*» d'Émile Zola. *Étude historique et critique*, cit.); lettura poi ripresa nella sua *thèse* da R. Ripoll, *Réalité et mythe chez Zola*, 2 voll., Paris, Champion, 1981.

[864] P. Pellini, *Introduzione*, cit., p. 592.

dei suoi beni, tra remore e funesti vaticini, a favore dei figli, e pertanto ripudiato senza scrupoli): novantenne feroce e rapace, contraddistinta da un'arida malvagità, che riversa sadicamente sui più deboli e sul suo stesso nucleo familiare, nel quale, priva di ogni forma di affetto, si diletta a seminare zizzania, rassicurata dalla consistenza delle sue fortune (che non condivide con nessuno). Fra tutti gli episodi della *série*, *La Terre* è con tutta probabilità «il romanzo più "nero"»; Zola «elude sistematicamente l'imperativo della *medietas*: [...] la stesura definitiva accentua – anziché ricondurli alle misure banali e quotidiane imposte dalla poetica naturalista – gli elementi drammatici, criminali, perfino truculenti, previsti dal dossier preparatorio»[865].

Ogni segreta tentazione idillica e di idealizzazione romantica viene censurata dello scrittore; sicché l'immaginario oleografico della vita campestre è rivoluzionariamente decostruito. Come ha scritto Sylvie Thorel-Cailleteau, che nella sua lettura dell'opera si oppone all'idea – maggioritaria nella critica del secondo Novecento – che l'asse portante della narrazione sia il mito della terra, *La Terre* «est par excellence le roman du désir brut, authentiquement anarchique»[866]. Zola mette in scena un universo disertato da ogni trascendenza, dominato dalla sete di beni materiali e dalla brama di proprietà individuale, in cui regna la violenza, in cui non vi è «simulacre d'amour» (finanche le relazioni familiari «sont exclusivement commerciales»)[867], in cui i contadini, privi di qualsiasi sentimento patriottico, afflato comunitario, abnegazione e solidarietà (*topoi* del discorso delle *élites* di fine secolo), sono disposti ad automutilarsi (come Delphin) pur di non combattere a Sedan; una causa per cui si rifiutano di immolarsi perché percepita come astratta e lontana. *La Terre* è quanto di più distante dal romanzo socialista: la logica che prediede alla presentazione dei discorsi dei portaparola anarchici e collettivisti è esponenzialmente più dissacrante rispetto a *Germinal*; questi grotteschi e violenti maginali (ad es. Lequeu e Canon) «ont pour fonction de mettre au jour les virtualités de la paysannerie, masse obscure, réserve de forces destructrices désordonnées»; vanagloriosi capipopolo fomentatori di odio[868]. In primo piano vi è il dramma brutale dei personaggi, che è

---

[865] *Ivi*, p. 594.

[866] S. Thorel-Cailleteau, *L'Ombre du roi Lear. Une lecture de «La Terre» d'Émile Zola*, in «Revue de littérature comparée», LXIV, n. 3, 1990, p. 486.

[867] *Ibid.*

[868] R. Ripoll, *Préface*, cit., p. 13.

adeguatamente storicizzato, poiché *ab ovo* generato (come in Balzac) dal caos rivoluzionario dell'89, senza i cui stravolgimenti sociali il mirifico progetto dei *Rougon-Macquart* non sarebbe stato concepibile in prima battuta. Si tratta di un universo in cui qualcosa dell'ordine naturale sembra essersi guastato, dove l'uomo si trova a vagare tra le rovine di un mondo desolato. E questi *paysans*, galleria museale di devianze fisiognomiche, sono piena espressione del loro tempo: ne *La Terre*, Zola rappresenta un'umanità regredita allo stato bestiale per l'infausta convergenza di un atavismo selvaggio – che giustifica internamente la scatologia per cui *La Terre* fu oggetto di scandalo – e della religione moderna (tipica del mondo postrivoluzionario) del possesso, demone da cui i personaggi sono posseduti.

Un orizzonte senza salvezza, in cui il riscatto vitalistico dei cicli naturali (affidato alla rete dei simboli) è bilanciato da un'oscurità che fagocita ogni spiraglio di luce, allegoria di un'umanità che ha smarrito la strada maestra, finendo tragicamente per deragliare: per tale pessimismo pervasivo e per l'intenzione di offrire un quadro monografico di una singola classe sociale (un ambiente conchiuso, un «monde»), oltre che per la fenomenologia dell'indiretto libero (che mima il movimento della lingua popolare, sebbene con minori estremismi), *La Terre* rinvia a *L'Assommoir* più che a *Germinal*. Eppure il vitalismo carnevalesco delle classi popolari (banchetti, riti nuziali, vendemmie, scene 'georgiche' di lavorazioni della terra, su cui David Baguley ha messo l'accento)[869] e la forza eversiva della rappresentazione dei corpi (le rumorose flautulenze di Jésus-Christ, la propensione alla crapula dei selvaggi etc.) subiscono un complessivo degrado, perdendo, rispetto al romanzo degli operai, slancio liberatorio e carica rivoluzionaria: «anche quando si rimpinzano di cibo e di vino, perfino quando si abbandonano ai piaceri del sesso, i contadini di Zola non smettono di essere rosi da un'avidità dolorosa, che toglie ogni gioia all'esuberanza dei corpi»[870].

3.4.1 La caduta di Fouan e il modello shakespeariano

Ancor più della tessitura simbolica, a restituire un barlume di senso a tale universo collassato su se stesso, è la ripresa del modello tragico, e in

---

[869] Cfr. D. Baguley, *Le Réalisme grotesque et mythique dans «La Terre»*, in «Les Cahiers Naturalistes», 1987, pp. 5-14.

[870] P. Pellini, *Introduzione*, cit., p. 604.

particolare del *Re Lear* (dichiarato dall'autore nel dossier preparatorio). Non per caso *La Terre* è scandita in cinque atti, «entièrement construit dans la perspective de la catastrophe finale»; l'opera shakespearianamente si organizza «autour de deux intrigues [...] enchevêtrées et éclairant de deux angles différents le thème de la possession»[871]: da un lato, le due sorelle (Lise e Françoise) ricordano i due figli di Gloucester (Edgar ed Edmond), dall'altro il calvario di Louis Fouan, un contadino ottantentenne «ormai inerme ma in gioventù non meno arido e duro dei suoi assassini»[872], è accostato, con funzione nobilitante, all'eroe tragico Lear. Perché Fouan è un patriarca autoritario e dispotico, che si vede costretto, per lo scorrere del tempo (le sue forze declinano), a dividere i suoi beni tra i figli per non depauperarli. Come Lear, egli fa va valere il potere della sua paternità; e, analogamente, i figli si rivoltano contro il genitore dopo la spartizione, scannandosi tra loro in guerre fratricide. Sicché la questione dell'eredità mette a nudo la passione carnale dei *paysans* per la terra, ma «donne aussi à comprendre une des causes du malaise agricole» della seconda metà del diciannovesimo secolo: «le morcellement de la propriété»[873].

Esemplificazione di questo fenomeno è la storia genealogica dei Fouan. Si tratta di una famiglia antica, originariamente al servizio dei Rognes-Bouqueval, e poi affrancatatasi sotto Filippo il Bello, quando i suoi membri divengono proprietari di un piccolissimo fondo; è il remoto antefatto di una guerra secolare trasmessa di generazione in generazione per difendere il diritto acquisito. La svolta è l'"89, quando la Rivoluzione consacra i diritti del ventisettene Joseph-Casimir Fouan, possessore di ventuno arpenti, conquistati in quattro secoli sull'antica proprietà signorile. Ma alla morte di quest'ultimo, con la spartizione (equa) dei terreni tra i consanguinei (sette arpenti per ciascun figlio: Marianne Fouan, detta la Grande, Michel e appunto Louis), e con i successivi matrimoni dei legittimi possessori (la primogenita sposa il ricco Antoine Péchard, Louis Fouan si lega a Rosa Maliverne e Michel prende in casa un'amante a cui il padre lascia appena due arpenti) si alterano gli equilibiri, e si assiste a un lieve regresso: se Joseph-Casemir Fouan possedeva ventuno arpenti, il primo figlio maschio ne ha diciannove (corrispondenti a nove ettari e mezzo), da dividere nuovamente – tra alterchi e grotteschi diverbi – tra

---

[871] S. Thorel-Cailleteau, *L'Ombre du Roi Lear*, cit., p. 487.

[872] P. Pellini, *Introduzione*, cit., p. 594.

[873] S. Thorel-Cailleteau, *L'Ombre du roi Lear*, cit., pp. 283-284.

i figli: «Fouan exige la partage en trois de chacune de ces parcelles, y compris un lopin de douze ares seulement»[874]. In altre parole, la Rivoluzione ha giovato principalmente ai borghesi, che si sono arricchiti con le vendite dei beni grazie ai capitali preesistenti; i contadini, ancorché non vessati da tale mutamento sociale come ne *Les Paysans* di Balzac (dove lo spezzettamento della piccola proprietà è la causa prima della deriva della Francia rurale), non hanno però migliorato le loro condizioni, che risultano ugualmente precarie. Ne scaturisce l'amore viscerale per la terra, di cui Louis Fouan, rappresentante delle istanze conservatrici di Rognes (perché ostile a qualsiasi forma di rinnovamento, nella tecnica agricola come nel sociale), è paradigmatico esemplare. Si legga il seguente frammento:

> Mais ce qu'il ne disait pas, ce qui sortait de l'émotion refoulée dans sa gorge, c'était la tristesse infinie, la rancune sourde, le déchirement de tout son corps, à se séparer de ces biens si chaudement convoités avant la mort de son père, cultivés plus tard avec un acharnement de rut, augmentés ensuite lopins à lopins, au prix de la plus sordide avarice. Telle parcelle représentait des mois de pain et de fromage, des hivers sans feu, des étés de travaux brûlants, sans autre soutien que quelques gorgées d'eau. Il avait aimé la terre en femme qui tue et pour qui on assassine. Ni épouse, ni enfants, ni personne, rien d'humain: la terre[875]!

Fouan si risolve a cedere la sua fortuna ai figli, e Zola concede al suo contadino un rimastichìo protratto di memorie: «Telle parcelle représentait des mois de pain et de fromage, des hivers sans feu, des étés de travaux brûlants [...]. Ni épouse, ni enfants, ni personne, rien d'humain: la terre!»; elegia degli sforzi e del successo che nel romanzo Zola accorda unicamente ad Hourdequin, personaggio a Fouan antitetico e complementare (e sovente portavoce dell'ideologia dell'autore). Si tratta di un «bourgeois venu à la terre»[876], un fattore arrichitosi con i principi più innovativi della tecnica agricola (ma scettico nei confronti delle profezie socialiste), che adopera per accrescere le sue fortune rurali, che impara sentimentalmente ad amare.

Al contrario, Fouan si ritrova a vivere un calvario dalle connotazioni cristologiche. Egli si è privato della proprietà privata (un *declassato*) in

---

[874] *Ivi*, p. 284.

[875] TR, p. 383.

[876] S. Thorel-Cailleteau, *L'Ombre du roi Lear*, cit., p. 482.

un universo che fa del guadagno un oggetto di culto, e per questo viene ridotto allo stato di paria da familiari e compaesani. Un padre costretto a chiedere l'ospitalità dei figli ingrati e a peregrinare senza meta, nel secondo capitolo della quinta parte (in cui Zola ricorre estensivamente alla narrazione figurale), come un vecchio cencioso nell'indifferenza generale del paese: «Quand il fut arrivé à l'Aigre, Fouan s'adossa un moment contre le parapet du pont. La pensée de la nuit qui se ferait bientôt, le tracassait. Où coucher? Pas même un toit. Le chien des Bécu qu'il vit passer, lui fit envie, car cette bête-là, au moins, savait le trou de paille où elle dormirait»[877]. Si tratta di un mendicante assillato dalla paranoica convinzione di essere «guetté par tout le monde»[878], che – bagnato fradicio durante un temporale – si ferma stremato, sotto le sferzanti raffiche di vento, sulla soglia della sua antica casa, ora abitata da Françoise e Jean Macquart, i quali poco prima lo avevano scacciato senza riguardo alla stregua di un cane randagio.

Dopo essersi recato dalla sorella, che pure lo respinge, Fouan vaga a lungo senza meta, accarezzando l'idea della morte: «Encore une nuit, encore un jour, peut-être. Tant qu'il fit clair, il ne faiblit pas, il aimait mieux finir ainsi que de retourner chez les Buteau»[879]. Tuttavia, con il calar della notte e l'imperversare del diluvio, il contadino, per puro istinto di sopravvivenza, si reca nella cucina dell'odiato figlio Buteau e della moglie, dove infine si risolve ad alloggiare: lo attende un'esistenza da esiliato. Nessuna forma di compagnia, ad eccezione del piccolo Jules. Al vecchio, che come un fantasma erra per le lande malinconiche della Beauce, non restano che reminiscenze confuse e l'amore per la terra, per cui ha sacrificato un'intera esistenza senza ricevere nulla in cambio. È in questo stato pietoso che il capofamiglia è portato a meditare – tramite il pensiero indiretto libero – sulla ciclicità delle intestine guerre familiari, che si protraggono di generazione in generazione:

> C'était, après la volonté et l'autorité mortes, la déchéance dernière, une vieille bête souffrant, dans son abandon, la misère d'avoir vécu une existence d'homme. D'ailleurs, il ne se plaignait point, fait à cette idée du cheval fourbu, qui a servi et qu'on abat, quand il mange inutilement son avoine. Un vieux, ça ne sert à rien et ça coûte. Lui-même avait souhaité la fin de

---

[877] TR, p. 722.

[878] *Ivi*, p. 723.

[879] *Ivi*, p. 728.

son père. Si, à leur tour, ses enfants désiraient la sienne, il n'en ressentait ni étonnement ni chagrin. Ça devait être[880].

Riflessioni amare sull'inevitabilità dell'odio tra padri e figli, sulla tragicità di un destino votato alla sofferenza, immodificabile al netto di qualsiasi azione e sforzo; passaggio che avrebbe costituto capitale fonte di ispirazione per il Verga del *Mastro-don Gesualdo*[881], il cui protagonista pure decide infine di accettare, con disperata rassegnazione (espressa parimenti con un monologo interiore), l'ingratitudine del suo stesso sangue: «Poi rifletteva che ciascuno al mondo cerca il suo interesse, e va per la sua via. Così aveva fatto lui con suo padre, così faceva sua figlia [Isabella]. Così deve essere. Si metteva il cuore in pace, ma gli restava sempre una spina in cuore»[882].

3.4.2 Jean Macquart

Il caso di Jean Macquart, unico rappresentante della discendenza di Adélaïde nel romanzo contadino, ma immune alla tara ereditaria dei suoi consanguinei, è un'eccezione nell'universo de *La Terre*. Personaggio complessivamente positivo che sollecita l'identificazione del lettore a dispetto della modestia intellettuale (e la semplicità un po'impacciata), il fratello di Gervaise, dotato di una cultura raffazzonata, è un soldato reduce dalla campagna in Italia, dove ha combattuto a Solferino; battaglia di cui ricorda nient'altro che una pioggia torrenziale, essendo incapace di raccontare alcunché: il trauma del reduce di guerra. Con una divisa ormai quasi consunta, egli giunge a Rognes, nella speranza di trovare quiete e ristoro, per convertirsi al lavoro dei campi (nella fattoria di Hourdequin), non prima di aver esercitato per qualche tempo il mestiere di falegname. Come ne *L'Assommoir* e in *Germinal*, il protagonista – che risponde alla logica della devianza anche per la sua esperienza militare, che lo ha portato a viaggiare oltre confine – è dunque un estraneo al mondo nel quale tenta d'integrarsi; un *medium* attraverso cui il il lettore scopre un ambiente, giustificandone così la descrizione (iniziando dall'incipit *in medias res,* ricco di suggestioni simboliche). Le analogie con il romanzo minerario sono scoperte: un uomo esterno alla comunità

---

[880] *Ivi*, p. 734.

[881] Cfr. P. Pellini, *Introduzione*, cit., pp. 587-589.

[882] G. Verga, *Mastro-don Gesualdo*, a cura di G. Mazzacurati, Torino, Einaudi, 1992, pp. 302-303. D'ora in poi questa edizione sarà citata con la sigla MG.

che tenta invano di radicarvisi, e che si innamora di una ragazza organica al *milieu* (per poi sposarla); ma al contrario di *Germinal* – dove Étienne diviene progressivamente il fulcro strutturale – ne *La Terre* Jean perde in corso d'opera di centralità; ed è Buteau ad assumere i connotati di protagonista: «un contadino autoctono», che è dunque rappresentante elettivo dell'abbrutita popolazione di Rognes[883].

Il figlio di Fouan è però sprovvisto di qualsiasi forma di raffinatezza. La sua psiche è animata da due ossessioni: l'amore per la terra e la parossistica *libido*, che narrativamente giustifica la sua smania di possedere la cognata Françoise. Al contrario, l'estraneità e la differente sensibilità conferiscono a Jean una profondità meditativa, un riscatto lirico precluso – con l'eccezione di Louis Fouan (e in parte di Françoise) – a tutti i lavoratori dei campi, che ignorano il tedio e il fascino delle malinconie:

> Jamais il ne devait devenir un vrai paysan. Il n'était pas né dans ce sol, il restait l'ancien ouvrier des villes, le troupier qui avait fait la campagne d'Italie; et ce que les paysans ne voient pas, ne sentent pas, lui le voyait, le sentait, la grande paix triste de la plaine, le souffle puissant de la terre, sous le soleil et sous la pluie. Toujours il avait eu des idées de retraite à la campagne. Mais quelle sottise de s'être imaginé que, le jour où il lâcherait le fusil et le rabot, la charrue contenterait son goût de la tranquillité[884]!

«Jamais il ne devait devenir un vrai paysan»: è la constatazione di un'impossibilità. Jean-Macquart sperimenta un duplice fallimento: il «gran besoin de repos», l'«envie de s'allonger et de s'oublier dans l'herbe»[885] del soldato di ritorno dalle guerre d'Italia che assapora la vita dei campi con il filtro delle «lectures sentimentales, des idées de simplicité, de vertu [...] telles qu'on les trouve dans les petits contes moraux pour les enfants»[886], è completamente disatteso, e il sistema sandiano parodiato[887]. Perché Jean a Rognes trova solo violenza ed entropia, sperimentando in prima persona l'abbrutimento del lavoro campestre, nella perenne lotta contro una natura capricciosa e ostile; peraltro, il suo amore per la fanciulla dei campi si rivela tutt'altro che idillico:

---

[883] P. Pellini, *Introduzione*, cit., p. 599.

[884] TR, p. 736.

[885] *Ivi*, p. 444.

[886] *Ivi*, p. 445.

[887] Cfr. D. Baguley, *Le Réalisme grotesque et mythique dans «La Terre»*, cit., pp. 6-8.

> Oui, que de misères, en ces dix années! D'abord, sa longue attente de
> Françoise ; ensuite, la guerre avec les Buteau. Pas un jour ne s'était passé
> sans vilaines choses. Et, à cette; heure qu'il avait Françoise, depuis deux
> ans! qu'ils étaient mariés, pouvait-il se dire vraiment heureux? S'il l'aimait
> toujours, lui, il avait bien deviné qu'elle ne l'aimait pas [...]. Il souffrait
> surtout d'un sentiment de plus en plus net, éprouvé le soir de leur entrée
> dans la maison, le sentiment qu'il demeurait un étranger pour sa femme: un
> homme d'un autre pays [...], un homme qui ne pensait pas comme ceux
> de Rognes, qui lui paraissait bâti différemment, sans lien possible avec elle,
> bien qu'il l'eût rendue grosse[888].

In tale passaggio analitico, Jean comprende di non aver provato in
dieci anni nient'altro che dolore, di essere uno sconoscuiuto per la stessa
moglie («un étranger pour sa femme: un homme d'un autre pays»). La
comunità di Rognes è un mondo impermeabile; tutti gli estranei vengono sistematicamente espulsi. È su queste basi che si prepara la tetra
uscita di scena del protagonista, che dieci anni dopo l'arrivo a Rognes,
in seguito alla morte di Françoise (ultimo legame a dissuaderlo dal suo
proposito) e Fouan (bruciato vivo da Lise e Buteau), deciderà volonta-
riamente di arruolarsi per la guerra franco-prussiana, tornando poi da
protagonista ne la *Débâcle*:

> Jean était seul. Au loin, de la Borderie dévorée, ne montaient plus que de
> grandes fumées rousses, tourbillonnantes, qui jetaient des ombres de nua-
> ges au travers des labours, sur les semeurs épars. Et, lentement, il ramena
> les yeux à ses pieds, il regarda les bosses de terre fraîche, sous lesquelles
> Françoise et le vieux Fouan dormaient. Ses colères du matin, son dégoût des
> gens et des choses s'en allaient, dans un profond apaisement. Il se sentait,
> malgré lui, peut-être à cause du tiède soleil, envahi de douceur et d'espoir[889].

Disincanto e disgusto. Se in *Germinal* Étienne si dirige speranzoso
verso Parigi, dove lo aspetta un ruolo di prestigio nell'Internazionale dei
lavoratori, Jean procede funestamente verso un avvenire di morte, turbato da una «rêvasserie confuse, mal formulée»[890]; sicché la prospettiva
del narratore si sovrappone a quella del personaggio. Del tempo trascorso
a Rognes, a Jean non «rimane nulla: il soggiorno rurale ha distrutto in lui
ogni illusione di pace, ogni fiducia nella natura umana»[891]; lontana sullo

---

[888] TR, p. 737.

[889] *Ivi*, p. 810.

[890] *Ivi*, p. 811.

[891] Cfr. P. Pellini, *Introduzione*, cit., pp. 600-601.

sfondo, campeggia la terra immortale, indifferente ai tristi casi degli uomini, agli eccidi e alle rivoluzioni.

Jean sente un suono in lontananza, una tromba che ha la funzione di un richiamo, che lo trasporta con emozione all'avventura che lo attende, alle sorti collettive per cui intende immolarsi: «Mais un clairon sonna au loin, le clairon des pompiers de Bazoches-le-Doyen qui arrivaient au pas de course, trop tard. [...] C'était la guerre passant dans la fumée, avec ses chevaux, ses canons, sa clameur de massacre»[892]. Non resta che uno sguardo desolato al paese che lo ha respinto, agli sconfinati arativi della Beauce, nella quale un eterno ciclo di vita e di morte proseguirà inalterato senza di lui: «Il partait, lorsque, une dernière fois, il promena ses regards des deux fosses, vierges d'herbe, aux labours sans fin de la Beauce, que les semeurs emplissaient de leur geste continu. Des morts, des semences, et le pain poussait de la terre.[893]

3.4.3 Françoise

Nei suoi dossier preparotori, Zola manifesta il suo disappunto per Françoise Fouan (detta Mouche), secondogenita del vedovo Michel, il più povero tra i Fouan (che ha dilapidato metà del suo patrimonio ereditato, riducendosi in miseria): «Je suis toujours mécontent de ma Françoise. – J'aurais voulu pour ma Françoise une fille sympathique»[894]. Il tratto caratterizzante di questa umile preadolescente (quattordici anni all'inizio del romanzo), dotata di una certa rettitudine morale («idées honnêtes, relativement»), è non per caso un temperamento collerico, un'enigmatica e autodistruttiva testardaggine, declinazione peculiare dell'amore familiare per la terra: «Colère, ce qui est un signe de la famille. [...] Elle s'enflamme, et se passionne alors: ce qui peut être la dominante de son caractère, et l'expliquer toute entière, d'autant plus que c'est aussi une forme d'amour de la terre [...]»[895].

Che Mouche non susciti l'identificazione del lettore è posizione condivisibile; eppure è certo che il suo personaggio offre numerosi spunti di riflessione al critico che ne prenda in esame i pensieri. Françoise è infatti dotata di una vocazione introspettiva non banale per un carattere del suo

---

[892] TR, p. 811.

[893] *Ibid.*

[894] DP, p. 605.

[895] *Ivi*, p. 606.

ceto. Rimasta orfana di padre a quindici anni (evento che dà l'abbrivio alla maturazione del personaggio), Mouche è protagonista di una controversa *quête* sentimentale, che ha un'origine traumatica: dopo aver subìto un'aggressione sessuale da Buteau (presentata dall'ottica della vittima), da cui la fanciulla si difende con orgoglio, Françoise inizia a provare per il cognato un misto di repulsione e segreta attrazione. Singolarmente, infatti, «è come se il tentativo di stupro [...] avesse provocato» (secondo la terminologia medica ottocentesca) «una sorta di impregnazione, che impedirà alla ragazza di provare piacere con un altro uomo»[896]. In effetti l'iniziazione sessuale con il futuro marito Jean, che, un momento dopo l'aggressione di Buteau, palesa il suo desiderio, è profondamente deludente:

> Françoise rouvrit les yeux, sans une parole, sans un mouvement, hébétée. Quoi? c'était déjà fini, elle n'avait pas eu plus de plaisir! Il ne lui en restait qu'une souffrance. Et l'idée de l'autre lui revint, dans le regret inconscient de son désir trompé. Jean, à son côté, la fâchait. Pourquoi avait-elle cédé? elle ne l'aimait pas, ce vieux! Il demeurait comme elle immobile, ahuri de l'aventure. Enfin, il eut un geste mécontent, il chercha quelque chose à lui dire, ne trouva rien. Gêné davantage, il prit le parti de l'embrasser; mais elle se reculait, elle ne voulait plus qu'il la touchât[897].

Françoise è mostrata nella sua umanissima contraddizione: benché il rapporto sessuale sia gravato da ipoteche maschiliste, la fanciulla si concede a Jean (che percepisce come un vecchio) per puro spirito di contraddizione. Vuole fare un dispetto a Buteau; e nondimeno si assiste allo slittamento del desiderio: durante il coito, Françoise non può fare a meno di pensare al cognato. Fin dall'inizio, Mouche non prova nessuna forma di amore per l'ex soldato, e contende le attenzioni di Buteau alla sorella Lise, che pure è sua moglie. Ne deriva un crescente attrito interpersonale tra le due donne, e la progressiva degenerazione del rapporto; dissapori che si tramutano in odio viscerale nel momento in cui Françoise, che si appresta a divenire maggiorenne e a sposare Jean, esige la sua parte dell'eredità, e, protetta dalla Grande, giunge ad espellere i Buteau dalla loro dimora:

> Des sensations confuses, des souvenirs vagues s'éveillaient en elle. À cette place, elle avait joué enfant. C'était dans la cuisine, près de la table, que son

---

[896] P. Pellini, *Note e notizie dei testi*, cit., p. 1772.
[897] TR, pp. 572-573.

> père était mort. Dans la chambre, devant le lit sans paillasse, elle se rappela Lise et Buteau, les soirs où ils se prenaient si rudement, qu'elle les entendait souffler à travers le plafond. Est-ce que, maintenant encore, ils allaient la tourmenter? Elle sentait bien que Buteau était toujours présent. Ici, il l'avait empoignée un soir, et elle l'avait mordu. Là aussi, là aussi. Dans tous les coins, elle retrouvait des idées qui l'emplissaient de trouble[898].

Entrata con Jean nella casa vuota dove ha trascorso la sua fanciullezza, Mouche è assediata dai ricordi, e ripercorre con accenti lirici la storia della sua vita; ripensa ai momenti in cui è stata felice e agli episodi che l'hanno segnata, dalla morte del padre agli attriti con Buteau (onnipresente nel suo immaginario); e quando infine si volta verso il marito, vede nient'altro che uno sconosciuto destinato a renderla infelice: «Puis, comme Françoise se retournait, elle resta surprise d'apercevoir Jean. Que faisait-il donc chez eux, cet étranger? il avait un air de gêne, il paraissait en visite, n'osant toucher à rien. Une sensation de solitude la désola»[899].

Nonostante le perplessità di Zola sulla caratterizzazione di Françoise, tale passaggio si presta all'affiorare del moto di empatia. E il lettore è indotto a provare una creaturale compassione quando la fanciulla, infine violata da Buteau (con la surreale complicità di Lise), scopre per la prima volta l'orgasmo (mai provato con il marito), comprendendo così di essere innamorata del suo carnefice:

> Mais Françoise ne lui laissa pas le temps de s'expliquer. Un moment, elle était demeurée par terre, comme succombant sous la violence de cette joie d'amour, qu'elle ignorait. Brusquement, la vérité s'était faite: elle aimait Buteau, elle n'en avait jamais aimé, elle n'en aimerait jamais un autre. Cette découverte l'emplit de honte, l'enragea contre elle-même, dans la révolte de toutes ses idées de justice. Un homme qui n'était pas à elle, l'homme à cette sœur qu'elle détestait, le seul homme qu'elle ne pouvait avoir sans être une coquine! Et elle venait de le laisser aller jusqu'au bout, et elle l'avait serré si fort, qu'il la savait à lui[900]!

Battendosi con la sorella, si ferisce gravemente con una falce. Ma Françoise morirà senza denunciare i suoi aggressori: come forma di autocastigazione per il piacere provato, ma al contempo anteponendo,

---

[898] *Ivi*, p. 707.

[899] *Ibid.*

[900] *Ivi*, pp. 747-748.

proprio in punto di morte, l'omertà contadina e le logiche secolari della famiglia all'estraneo della comunità di Rognes che ha deciso di sposare.

3.4.4 Jacqueline Cognet

All'ultimo gradino della scala sociale di Rognes vi sono i braccianti, i domestici e i giornalieri: coloro ai quali non è dato in dote un pezzo di terra, e che lavorano alle dipendenze di un fattore o un piccolo proprietario terriero. Il privilegio della rappresentazione soggettiva è per questi caratteri di norma negato; il narratore si limita agli atti, le parole e i gesti, ricorrendo in via preferenziale alla deformazione espressionistica. Vi è tuttavia un'eccezione: Jacqueline Cognet (detta Cognette), una contadina venticinquenne piuttosto esile e nient'affatto graziosa, ancorché seducente e fautrice del libero amore, al punto da concedersi senza remore a tutti i servi de *La Borderie*, presso cui lavora come domestica, e dove è entrata a dodici anni in qualità di lavapiatti al servizio di Hordequin.

L'ingresso in scena è significativo:

Cette nuit-là, comme presque toutes les nuits, Hourdequin était venu retrouver Jacqueline dans sa chambre [...]. Malgré son pouvoir grandissant, elle s'était heurtée à de violents refus, chaque fois qu'elle avait tenté d'occuper, avec lui, la chambre de sa défunte femme, la chambre conjugale, qu'il défendait par un dernier respect. Elle en restait très blessée, elle comprenait bien quelle ne serait pas la vraie maîtresse [...].

Au petit jour, Jacqueline s'éveilla, et elle demeurait sur le dos, les paupières grandes ouvertes, tandis que, près d'elle, le fermier ronflait encore. Ses yeux noirs rêvaient dans cette chaleur excitante du lit, un frisson gonfla sa nudité de jolie fille mince. Pourtant, elle hésitait; puis, elle se décida, enjamba doucement son maître [...]. Mais elle heurta une chaise, il ouvrit les yeux à son tour[901].

Il lungo frammento psiconarrato (scandito in due tronconi: le sensazioni provate durante la notte, e lo stato d'animo del mattino dopo, quando la *distanza* tra narratore e il personaggio si riduce) permette di cogliere l'asse portante attorno al quale ruota il *plot* del personaggio, i tratti salienti del suo temperamento: la strategica resistenza alle *avances* del padrone (invaghito di lei), la vanagloria di sostituire, lei semplice serva, la defunta moglie di Hordequin (dormendo nel suo stesso talamo), e infine la *libido*. Quest'ultima la conduce senza inibizioni nel letto di

---

[901] *Ivi*, p. 439.

Jean per godere, al primo chiarore dell'alba (dopo la notte in compagnia del fattore), dei piaceri del sesso:

> Jacqueline avait filé à travers la maison muette [...]. Comme elle traversait la cour, elle eut un mouvement de recul, en apercevant le berger, le vieux Soulas, déjà debout. Mais son envie la tenait si fort, qu'elle passa outre. Tant pis! Elle évita l'écurie de quinze chevaux, où couchaient quatre des charretiers de la ferme, alla au fond, dans la soupente qui servait de lit à Jean; de la paille, une couverture, pas même de draps. Et, l'embrassant tout endormi, lui fermant la bouche d'un baiser, frissonnante, essoufflée, à voix très basse:
> – C'est moi, grosse bête. Aie pas peur... Vite, vite, dépêchons[902]!

Similmente a Moquette di *Germinal*, la Cognette ha un trasporto amoroso per il protagonista, e come lei non ha freni inibitori; tuttavia, per Jacqueline il sesso costituisce il mezzo per vendicare le inuguaglianze sociali, uno strumento per raggiungere un nuovo *status* e soggiogare il padrone, che come i suoi servi si trova a pendere dalle sue labbra alla stregua di un adolescente. E tuttavia per Jacqueline lo scrittore si limita alle tecniche indirette della rappresentazione interiore. E non è un caso che il suo destino sia segnato dal fallimento. La manipolazione di Hordequin (attraverso gli inganni e l'astinenza sessuale e la gelosia indotta strumentalmente), finalizzata ad escludere il figlio dal testamento e ricevere in eredità i suoi beni, incontra un ostacolo imprevisto, che vanifica tutti i suoi sforzi: le gerarchie sociali ne *La Terre* appaiono immutabili.

Licenziato impietosamente dal fattore, dietro consiglio di Jacqueline, dopo una vita trascorsa a la *Borderie* (di cui conosce tutti i segreti), il pastore Soulas, che ha sempre opportunamente taciuto (in nome dell'omertà contadina), rivela per vendetta a Hordequin gli amori clandestini di Jacqueline, e specialmente la relazione con l'ingenuo Tron, il quale, gabbato a lungo dalla Cognette, follemente innamorato, giunge ad uccidere il suo padrone, per poi bruciarne la fattoria in un *raptus* di follia:

> Jean était seul avec elle dans la cuisine, lorsque Tron parut. Elle ne l'avait pas revu depuis la veille, les autres domestiques erraient par la ferme, inoccupés, anxieux. Quand elle aperçut le Percheron, cette grande bête à la chair d'enfant, elle eut un cri, rien qu'à la façon oblique dont il entrait.
> – C'est toi qui as ouvert la trappe! Brusquement, elle comprenait tout, et lui était blême, les yeux ronds, les lèvres tremblantes.

---

[902] *Ivi*, p. 443.

[…]

– Oui, c'est moi… […]. Elle l'écoutait, raidie, dans une tension nerveuse qui la soulevait toute. Lui, en grognements satisfaits, lâchait ce qui avait roulé au fond de son crâne dur, une jalousie humble et féroce de serviteur contre le maître obéi, un plan sournois de crime, pour s'assurer la possession de cette femme, qu'il voulait à lui seul[903].

A Jacqueline, la serva che ha tentato di elevarsi dal suo stato, Tron appare come una «grande bête à la chair d'enfant», un uomo ottuso che si esprime con «grognements satisfaits»; la rappresentazione non potrebbe essere più classista; alla Cognette non resterà che lasciare la *Borderie* come vi era entrata, senza speranze e con la «chemise sur le cul»[904].

---

[903] *Ivi*, pp. 450-451.
[904] *Ivi*, pp. 780-781.

Umiltà e soggettivazione nella narrativa verista

1. Verga

1.1 Il primo Verga verista: «Vita dei campi»

Nella lettera a Cameroni del 19 marzo 1881 (successiva alla stesura de *I Malavoglia*), Verga – generalmente parco di dichiarazioni intorno al proprio lavoro letterario – mostra un'inattesa consapevolezza metanarrativa, che risulta degna di massimo interesse.

Lo scrittore esprime la sua perplessità sulla fiducia – tipicamente naturalistica – nei postulati fisiologici e nel *milieu*, da cui secondo Verga si poteva dedurre una verità incompleta: «'La vie seule est belle', dice Zola, e dice santamente»[905]. Verga intravede i limiti delle teorie zoliane, intuendo che l'egemonia del presupposto ideologico produce la paralisi e la sclerotizzazione delle soluzioni formali: «col rigorismo delle teorie si ha sempre il piede sullo sdrucciolo di fondare un'altra accademia»[906]. Perché la bellezza dell'opera d'arte è il suo «alito vivificatore» (di cui la pratica narrativa zoliana è mirabile esempio)[907], l'individualità irriducibile del talento, che prescinde da qualsiasi (vagheggiato e costrittivo) orientamento metodologico.

Pertanto, dopo aver espresso delle perplessità su *La Faute de l'abbé Mouret* (in cui a suo dire l'autore ha «studiato il fenomeno psicologico o fisiologico [...] meno felicemente»)[908], ed essersi soffermato su *La Fortune des Rougon* (romanzo esemplificativo delle deviazioni di Zola dalla sua teoria), Verga replica alle critiche di Cameroni, che nella sua recensione

---

[905] G. Verga, Lettera a Felice Cameroni, 19 marzo 1981, in *Lettere sparse*, a cura di G. Finocchiaro Chimirri, Roma, Bulzoni, 1979, p. 107.

[906] *Ivi*, p. 107.

[907] *Ivi*. p. 108.

[908] *Ibid*.

a *I Malavoglia* aveva sostenuto che la centralità nella narrazione delle azioni dei personaggi e dei dialoghi (e l'assenza dei profili dei personaggi) recavano danno, oltre che al suo stesso romanzo, «alla propaganda delle teorie naturaliste, limitandone deliberatamente i modi dello sviluppo»[909]:

> Caro Cameroni, ti ringrazio anche del tuo secondo articolo, e davanti ad un critico come te, coscienzioso e convinto, mi cessa il debito di difendere le mie idee. No, io non limito i modi di sviluppo delle *teorie naturaliste*, per servirmi del vostro frasario, cercando di mettere in prima linea, e solo in evidenza l'uomo, dissimulando ed eclissando per quanto si può lo scrittore, dando all'ambiente solo quel tanto d'importanza secondaria che può influire sullo stato psicologico del personaggio, rinunziando a tutti quei mezzi che sembranmi più artificiosi che emanazione vera e diretta del soggetto, la descrizione, lo studio, il profilo[910].

Dalla programmatica ricerca della 'vita' – da perseguire senza nessuna concessione alla pedagogia (romantico-risorgimentale o scientifico-naturalista) – vengono imposti precetti di tecnica narrativa (l'eclissi dello scrittore) e di contenuto: l'uomo, i sentimenti e la ridotta influenza di ambiente e fisiologia, che l'autore, replicando a Cameroni, ribadisce con forza. Secondo Verga, è prossimo il tempo in cui «il profilo, la descrizione, la *presentazione*, altro che sommaria e presentata di sbieco, parrà falsa e insopportabile come sembrano oggi le tirate o i soliloqui sulla scena»[911]. Quel che dunque importa è mostrare l'azione.

Effettivamente, scrivendo *I Malavoglia*, lo scrittore aveva rifiutato di dedicare spazio alla presentazione dell'universo di Aci Trezza e dei suoi protagonisti; le estensive descrizioni zoliane sono espunte (ancorché nei *Rougon-Macquart* esse siano giustificate dalla focalizzazione interna). In altre parole, puntualizza Roberto Bigazzi commentando la lettera verghiana, resta escluso, in questo sistema, «quanto nella tradizione ottocentesca era affidato alla penna dell'autore: la 'cornice' intorno al dialogo» e «la sicura conoscenza dei moti interiori del personaggio, e con quelli le cause del suo agire, e quindi la possibilità di denunciare il meccanismo della colpa o di esaltare il retto comportamento; insomma, un giudizio

---

[909] F. Cameroni, *I Malavoglia*, in «La Rivista repubblicana», Cremona, febbraio 1881. La recensione può leggersi in Id., *Interventi critici sulla letteratura italiana*, a cura di G. Viazzi, Napoli, Guida, 1974, pp. 99-105.

[910] G. Verga, Lettera a Felice Cameroni, cit., p. 109.

[911] *Ivi*, p. 110.

su cose e persone [...]»[912]. Eppure, in coda alla lettera, trapela una punta di insoddisfazione, da parte dell'autore, sull'effettiva realizzazione del metodo artistico appena teorizzato:

> Tutto questo deve risultare dalla manifestazione della vita del personaggio stesso, dalle sue parole, dai suoi atti; il lettore deve vedere il personaggio, per servirmi del gergo, l'uomo secondo me, qual è, dov'è, come pensa, come sente, da dieci parole e dal modo di soffiarsi il naso. Io non ci sono riuscito, ma non vuol dire che il principio sia falso, altri riescirà[913].

Riferendosi al principio dell'«osservazione obiettiva», lo scrittore ammette il suo fallimento: «Non ci sono riuscito». Se l'autore si riferisse all'adozione (involontaria) di una tecnica descrittiva tradizionale o, ellitticamente, alle intrusioni nella mente dei suoi personaggi (in *Vita dei campi* e ne *I Malavoglia*) non è chiaro; certo è che la narrativa verghiana d'orientamento verista conferisce alla dimensione invisibile dei personaggi popolari una funzione cardinale.

Ciò si riscontra già in *Nedda* (1874), dove la protagonista eponima, anima semplice e schietta (rimasta prematuramente orfana), non offre materiale per analisi prolungate, ma occasionalmente si presta allo scandaglio interiore, gestito da un narratore a tutti gli effetti tradizionale: «Nedda sentiva dietro di sé, con gran piacere o gran sgomento (non sapeva davvero che cosa fosse delle due), il passo pesante del giovanotto, e guardava sulla polvere biancastra dello stradale, tutto diritto e inondato di sole, un'altra ombra, la quale di tanto in tanto si distaccava dalla sua»[914]. Del resto in questo racconto Verga si era inserito, senza scarti significativi, nella vecchia tradizione rusticale: se la «campagna non esiste più come il *locus amoenus* di discendenza sandiana», essa «continua a sopravvivere come sorgente e oasi di virtù incorrotte, [...] traguardata per questo in un'adesione in chiave sentimentale, stupefatta»[915]; l'emersione della soggettività è subordinata alla propaganda dell'integrità della donna (la miseria si congiunge alla rettitudine morale). La virtù degli umili, data per sicura, ha solo bisogno di essere protetta dai contraccolpi delle leggi economiche, ma è ancora a portata di mano, per trarne fiducia

---

[912] R. Bigazzi, *Su Verga novelliere*, Pisa, Nistri-Lischi, 1975, p. 14.

[913] G. Verga, Lettera a Felice Cameroni, cit., p. 110.

[914] G. Verga, *Nedda*, In *Verga. Tutte le novelle*, a cura di C. Riccardi, Milano, Mondadori, 1979, pp. 23-24. D'ora in poi questa edizione sarà citata con la sigla TN.

[915] G. Tellini, *Introduzione*, in *Novelle*, Salerno, Roma, 1980, vol. 1, p. XVI.

e sollievo. Infine, anche la prima persona del narratore che nel prologo si affaccia a giustificare la natura del quadro che sta per essere evocato (un narratore testimone dai connotati 'autoriali') rimanda ai medesimi canoni rusticali (si pensi a *Selmo e Fiorenza*).

È superfluo ricordare che nei sei anni che separano *Nedda* da *Vita dei campi* (1880) si consuma uno scarto stupefacente. Venuto meno «il dichiarato rapporto di interferenza tra l'autore e il lettore», e decaduta «quella gestione [...] manovrata dall'io del narratore fattosi investigatore e interprete delle situazioni» (che «aveva nel "bozzetto siciliano" conseguito l'esito sommovimento degli affetti»)[916], si afferma, dopo *Fantasticheria* (il racconto-cerniera, tradizionale nella forma, che getta i presupposti ideologici della silloge)[917], l'impiego di un punto di vista interno al racconto: i «protagonisti non sono più introdotti dall'alto, [...] ma da un'emittente locale che appartiene a quella medesima categoria rappresentata, e ne condivide la misura etica e mentale, le credenze le superstizioni e i pregiudizi»[918]. Sicché l'impianto tradizionale del racconto rusticale subisce un mutamento profondo: svanisce quel tanto di eccezionalmente vittimistico che distingueva i contorni di *Nedda* e si stabiliscono *inter pares* i rapporti di relazione che ora s'intessono tra la cornice e il piano figurativo delle novelle; una regressione di tipo arcaico (che si declina su un piano corale, con la delega alla comunità vociferante) che non risponde più ai canoni dell'idillio, ma neppure ubbidisce ai programmi riformistici di una polemica sociale che sposta l'attenzione sullo sfruttamento delle plebi rurali. Si tratta di un mondo rurale chiuso ad ogni forma di riscatto, integrato nei meccanismi della nuova etica borghese e minacciato dalla lotta della vita, che tutto assorbe e tutto divora.

Ma la raccolta del 1880 non è che l'antefatto della (distruttiva) inchiesta condotta da Verga nelle *Rusticane*: escludendo *Fantasticheria* e *Guerra dei Santi*, ha notato Pellini, le altre sei novelle dal punto di vista tematico ancora «si ricollegano al filone campagnolo» (iniziando dal titolo), ed esibiscono «una parentela «con il racconto a *pointe*», in cui «il baricentro del testo grava sul finale», di norma pateticamente caricato (in contraddizione

---

[916] *Ivi*, p. XIX.

[917] Cfr. R. Bigazzi, *Su Verga novelliere*, cit., pp. 7-11.

[918] G. Tellini, *Introduzione*, cit., pp. XXII-XXIII.

con la poetica della *tranche de vie*)[919]. Inoltre i testi di *Vita dei campi* che adottano il finale tragico e forte per eccellenza, la morte, presentano un protagonista (o una coppia di protagonisti) capace di assurgere al ruolo di eroe, come già preannunciano i titoli delle novelle, costituiti dai nomi propri dei protagonisti e dalla loro esemplarizzata qualifica. E non stupisce la caratterizzazione di tali soggetti: personaggi marginali, e sempre sconfitti, ma «non per questo meno grandeggianti»[920], con cui il lettore è invitato (ancorché problematicamente) a empatizzare; eroi solitari, portavoce di un credo ideale destinato ad assumere necessariamente, per contrasto con l'ambiente e la mentalità circostanti (e conseguentemente con il narratore popolare avverso), tratti abnormi e sfumature melodrammatiche. Come di consueto, parliamo di personaggi eccezionali, devianti dalla norma. Non che con essi Verga voglia ergersi a «rifondatore» di un «*eden* perduto»; le novelle «s'incaricano di scandire la parabola rovinosa dell'eroe, di attestarne la fine, la soppressione fisica o la reclusione»[921].

I due racconti qui analizzati – rispettivamente *Rosso Malpelo* e *Jeli il pastore* – sono fecondi casi di analisi: si tratta di testi incentrati su un solo protagonista, precisamente un orfano, di cui si mostrano reazioni, sentimenti e ragionamenti nel suo scontro con la società. Racconti in cui sono adoperate molte delle tecniche con cui i veristi riprodussero la vita psichica degli umili, conferendo loro dignità e rilievo.

1.1.1 «Rosso Malpelo»

1. Uscito per la prima volta, a puntate, sul «Fanfulla», nei giorni 2-3-4-5 agosto 1878 (un anno dopo l'*Assommoir*), *Rosso Malpelo* è stato il primo dei racconti poi riuniti in *Vita dei campi* (1880) a essere pubblicato dall'autore[922]. Si tratta di un testo paradigmatico della letteratura verista, sulla cui interpretazione si pronunciò lo stesso Verga, in una lettera

---

[919] P. Pellini, *Verga e le forme della novella moderna*, in *In una casa di vetro*, cit., pp. 135-136.

[920] *Ivi*, p. 136.

[921] G. Tellini, *Introduzione*, cit., p. XXV. Sulla parabola degli eroi verghiani in *Vita dei campi* si rimanda a R. Bigazzi, *Il 'narratore' e gli eroi*, in *Su Verga novelliere*, cit., pp. 17-61.

[922] L'opera uscì per una seconda volta a Roma nel febbraio 1880 col titolo *Scene popolari – Rosso Malpelo* nella «Biblioteca dell'Artigiano», edita dalla Lega italiana del "Patto di Fratellanza". In seguito, *Rosso Malpelo* fu pubblicato, in una terza stesura, nel volume *Vita dei campi* (Milano, Treves, 1880), e infine, in una quarta, nella edizione illustrata di *Vita dei campi* del 1897. Tuttavia, nel 1989 Rossana Melis ha

indirizzata al critico musicale Filippo Filippi, che aveva recensito *Vita dei campi* sulla «Perseveranza di Milano» il 2 ottobre 1880; uno scambio di battute su cui vale la pena soffermarsi.

Restringendo il *focus* su *Rosso Malpelo*, Filippi aveva notato una contraddizione fra l'impegno dell'autore a rendere cattivo e «antipatico» il protagonista e l'idea che il fruitore si fa del personaggio durante la lettura, vale a dire l'impressione che Rosso sia «un martire del lavoro, del dovere, un eroe dell'abnegazione e dell'affetto filiale»[923].

Nella sua risposta, Verga invita il recensore a una maggiore sottigliezza analitica, alla distinzione preliminare tra la voce narrante e l'autore, fondamentale per la comprensione dello spessore problematico del testo:

> Il mio studio, in questo come in altri bozzetti simili, è di fare eclissare al possibile lo scrittore, di sostituire la rappresentazione all'osservazione, mettere per quanto si può l'autore fuori dal campo d'azione, sicché il disegno acquisti tutto il rilievo e l'effetto da dar completa l'illusione della realtà, e questo modo parmi racchiuda il nodo di molte cose buone che sono nel detto realismo, l'osservazione diretta, la sincerità della rappresentazione. A questo proposito ti dirò che tutti quei *passati imperfetti* che mi critichi, sono *voluti*, sono il risultato del mio modo di vedere per rendere completa l'illusione della realtà dell'opera d'arte, della *non compartecipazione*, direi, dell'autore[924].

---

dimostrato che la pubblicazione nella «Biblioteca dell'artigiano» avvenne all'insaputa dell'autore, e che si trattò quindi di un'edizione abusiva (cfr. R. Melis, *Sulle prime edizioni di «Rosso Malpelo» e di «Cavalleria Rusticana». Con una lettera di Giovanni Verga al quotidiano «Fanfulla»*, in «Giornale Storico della Letteratura», CLXVI, n. 166, 1989, pp. 433-446). Per la storia interna del testo e una critica puntuale delle varianti cfr. R. Luperini, *Verga e le strutture narrative del realismo. Saggio su «Rosso Malpelo»*, Liviana, Padova, 1976 e Id., *«Rosso Malpelo»: lettura storico-ideologica e confronto con «Ciàula scopre la luna»*, in *Giovanni Verga. Saggi (1976-2018)*, Roma, Carocci, 2019, pp. 81-98.

[923] «*Rosso Malpelo*, presentato dall'autore come un ragazzo malizioso e cattivo, che prometteva di riescire un fior di birbone, il lettore si aspetta di vederlo a finire coi briganti, in galera, sulla forca, ladro, omicida e stupratore: invece, per quanto il Verga voglia farlo divenire antipatico, finisce un martire del lavoro, del dovere, un eroe dell'abnegazione e dell'affetto filiale» (F. Filippi, *Recensione a «Rosso Malpelo»*, in «Perseveranza», Milano, 2 ottobre 1880).

[924] P. Trifone, *La coscienza linguistica del Verga. Con due lettere inedite su «Rosso Malpelo» e «Cavalleria rusticana»*, in «Quaderni di filologia della letteratura siciliana», n. 4, 1977, pp. 7-8.

Rosso Malpelo è una manifestazione esemplare della fenomenologia dell'«osservazione», e l'uso estensivo dell'imperfetto, fieramente rivendicato, ne è solo un corollario: l'autore si è limitato a ritrarre oggettivamente la realtà in cui vive il giovane minatore. Pertanto, la contraddizione individuata dal critico non sussiste per Verga: dal momento che chi narra non è *compartecipe* emotivamente con la vicenda, la «simpatia» del lettore per Rosso risulterà all'inverso più autentica, perché non imposta coercitivamente dall'orizzonte prospettico e valoriale dello scrittore:

> Rosso Malpelo ti sembra un martire del lavoro e del dovere? Un eroe dell'abnegazione e dell'affetto filiale? Bravo! Questo era lo scopo che mi proponevo, e se ti dai la pena di pensarci su un pochino anche tu, vedrai che questo effetto è tanto più sicuro quanto meno sei messo in guardia, quanto meno diffidi dell'interesse che io che racconto avrei potuto mostrare pel mio protagonista, quanto più la tua simpatia è *tua*, lasciami la frase, senza esser passata sotto la commozione sottintesa dello scrittore[925].

L'interpretazione ideologica di Filippi è avallata da Verga: lo scrittore si allinea con il suo recensore.

Ora, che Rosso non sia solo un «martire del lavoro» è evidente: per quanto l'affiorare del sottofondo economico, con le chiare accuse agli sfruttatori, all'ingegnere e al padrone della miniera sia un tema portante (in coerenza con la parallela collaborazione alla «Rassegna settimanale»), nel racconto si intrecciano diversi livelli di significato[926]. Piuttosto, interessa rilevare la discrepanza tra l'intenzione esplicitata da Verga e la realizzazione estetica nel suo concreto. Perché non è affatto vero che lo scrittore si limita alla riproduzione oggettiva. Da un lato, il lettore è avvertito fin dall'incipit che l'ottica da cui sono raccontati i fatti non è neutrale, ma ostile e risentita («Malpelo si chiamava così perché aveva i capelli rossi; ed aveva i capelli rossi perché era un ragazzo malizioso e cattivo, che prometteva di riescire un fior di birbone»)[927]; d'altra parte,

---

[925] *Ivi*, p. 8.

[926] Al riguardo cfr. R. Luperini, *«Rosso Malpelo»: lettura storico-ideologica e confronto con «Ciàula scopre la luna»*, cit., pp. 84-93.

[927] G. Verga, *Rosso Malpelo*, in *Vita dei campi*, edizione critica a cura di C. Riccardi, Firenze, Le Monnier, 1987, p. 50 [D'ora in poi citato RM]. Come ha scritto Baldi, si materializza un conflitto «tra il punto di vista anonimo di un narratore [...] dello stesso livello mentale e sociale dei personaggi», e il dispiegamento della vicenda nella sua concretezza: una storia di «violenza e sopraffazione ai danni di un emarginato» (G. Baldi, *Ideologia e tecnica narrativa in «Rosso Malpelo»*, in «Lettere Italiane», n. 4, 1973, pp. 507-508). Similmente, Spinazzola osserva come il racconto sia

nonostante l'implicito assunto 'behaviorista', il mondo interiore e la *soggettività* di Rosso affiorano gradualmente, isolandosi dal coro di visioni e percezioni. Un coefficiente tutt'altro che marginale per l'ingenerarsi della «simpatia» nel lettore.

La svolta si registra con la morte del padre del protagonista. A causa del lutto, vissuto come un oscuro flagello contro il quale bisogna sfogarsi cupamente, la malignità della vita è introiettata dalla coscienza di Malpelo, che diviene a sua volta carnefice:

> Alle volte la bestia si piegava in due per le battiture, ma stremo di forze non poteva fare un passo, e cadeva sui ginocchi, e ce n'era uno il quale era caduto tante volte, che ci aveva due piaghe alle gambe; e Malpelo allora confidava a Ranocchio: – L'asino va picchiato, perché non può picchiar lui; e s'ei potesse picchiare, ci pesterebbe sotto i piedi e ci strapperebbe la carne a morsi. Oppure: – Se ti accade di dar delle busse, procura di darle più forte che puoi: così coloro su cui cadranno ti terranno per da più di loro, e ne avrai tanti di meno addosso[928].

Il personaggio è osservato dall' 'esterno', e i suoi dialoghi sono registrati in presa diretta. Ma si tratta di dialoghi dalla funzione monologica, con i quali il personaggio verbalizza la sua visione del mondo a un interlocutore muto, che ricopre un mero ruolo strutturale. Identificandosi nella parte che gli altri gli hanno imposto, quella del diverso, dell'escluso, del capro espiatorio, Malpelo ne assume anche la logica utilitaristica e violenta, teorizzata in una lucida e disperata visione materialistica del mondo[929].

---

costruito su «un procedimento antifrastico, basato sulla accettazione esteriore del giudizio che la collettività porta su Rosso» (V. Spinazzola, *La verità dell'essere. Tre novelle verghiane*, in «Belfagor», XXVII, n. 1, 1972, p. 7).

[928] RM, p. 58.

[929] La critica ha messo l'accento sull'indole speculativa di Rosso. Luperini ha visto nel protagonista un interprete lucido della «filosofia progressista, atea e materialistica» di Verga (R. Luperini, *«Rosso Malpelo»: lettura storico-ideologica e confronto con «Ciàula scopre la luna»*, cit., p. 89); inoltre, Baldi ha sostenuto che il personaggio «non agisce mai immediatamente e spontaneamente» ma piuttosto in seguito a «una conquista intellettuale»: «le sue azioni malvagie» sono infatti «assolutamente gratuite, svincolate da ogni immediato fine utilitario, e paiono obbedire unicamente ad una volontà dimostrativa, all'intento "scientifico" di verificare nella pratica le teorie elaborate» (G. Baldi, *Ideologia e tecnica narrativa in «Rosso Malpelo»*, cit., p. 524). Ha recentemente insistito sull'influsso del pensiero leopardiano in *Rosso Malpelo*

Sono altresì rilevanti, nel testo, zone in cui il narratore accede alla sfera psichica *stricto sensu* del personaggio:

Certamente egli avrebbe preferito di fare il manovale, come Ranocchio, e lavorare cantando sui ponti, in alto, in mezzo all'azzurro del cielo, col sole sulla schiena, – o il carrettiere, come compare Gaspare che veniva a prendersi la rena della cava, dondolandosi sonnacchioso sulle stanghe, colla pipa in bocca, e andava tutto il giorno per le belle strade di campagna; – o meglio ancora avrebbe voluto fare il contadino, che passa la vita fra i campi, in mezzo al verde, sotto i folti carrubbi, e il mare turchino là in fondo, e il canto degli uccelli sulla testa. *Ma quello era stato il mestiere di suo padre, e in quel mestiere era nato lui. E pensando a tutto ciò, indicava a Ranocchio il pilastro che era caduto addosso al genitore*[930].

Il narratore riproduce indirettamente i pensieri – e i desideri – di Rosso, conferendogli una tonalità elegiaca, come un sentire *poetico*. Ma l'abbandono è soffocato sul nascere, in quanto subentra la persuasione dell'immutabilità del destino (in corsivo), che induce Rosso a seguire fatalisticamente le orme del padre.

Non si tratta di un caso isolato. Ancorché contaminati con l'affiorare di una voce allotria e tendenziosa, compaiono nel racconto altri momenti di tenerezza:

Malpelo se li lisciava sulle gambe, quei calzoni di fustagno quasi nuovi, gli pareva che fossero dolci e lisci come le mani del babbo che solevano accarezzargli i capelli, così ruvidi e callosi com'erano. Quelle scarpe le teneva appese a un chiodo, sul saccone, *quasi fossero state le pantofole del papa*, e la domenica se le pigliava in mano, le lustrava e se le provava; poi le metteva per terra, l'una accanto all'altra, e stava a contemplarsele coi gomiti sui ginocchi, e il mento nelle palme per delle ore intere, *rimuginando chi sa quali idee in quel cervellaccio*[931].

Malpelo accarezza nostalgicamente i calzoni che erano stati di Mastro Misciu: sono rievocate le uniche manifestazioni d'affetto provate dall'orfano («gli pareva che fossero dolci e lisci come le mani del babbo»). Ma la

---

M. Marinoni, *Verga, Leopardi e il nulla. Per una lettura tematica di «Rosso Malpelo»*, in «Critica letteraria», n. 2, 2022, pp. 348-361. Sulla logica, la filosofia e il linguaggio di Rosso è infine sempre fondamentale A. Asor Rosa, *Il primo e l'ultimo uomo del mondo*, in *Il caso Verga*, a cura di A. Asor Rosa, Palermo, Palumbo, 1973, pp. 63-81.

[930] RM, p. 62. Il corsivo è mio.

[931] *Ivi*, p. 65. Il corsivo è mio.

voce narrante si insinua nelle maglie del testo (in corsivo), mistificando il momento di sincero abbandono di Rosso.

Anche emblematica è la pagina in cui Malpelo ammira il cielo stellato durante le notti d'estate:

> Pure, durante le belle notti d'estate, le stelle splendevano lucenti anche sulla sciara, e la campagna circostante era nera anch'essa, come la sciara, ma Malpelo stanco della lunga giornata di lavoro, si sdraiava sul sacco, col viso verso il cielo, a godersi quella quiete e quella luminaria dell'alto; perciò odiava le notti di luna, in cui il mare formicola di scintille, e la campagna si disegna qua e là vagamente – allora la sciara sembra più brulla e desolata. – Per noi che siamo fatti per vivere sotterra, pensava Malpelo, ci dovrebbe essere buio sempre e dappertutto. – La civetta strideva sulla sciara, e ramingava di qua e di là; ei pensava: – Anche la civetta sente i morti che son qua sotterra, e si dispera perché non può andare a trovarli[932].

Nessun riscatto lirico è concesso al protagonista: «il cielo non esercita su di lui nessun influsso benefico», in quanto «rimane distante e inaccessibile»[933]. Dall'avversativa «ma», affiora gradualmente la soggettività del personaggio: la logica di Rosso, che preferisce le tenebre e odia la luna, è contrapposta al pensiero comune (e del narratore)[934]. Ciò è evidente se si presta attenzione ai suoi pensieri verbalizzati mediante il monologo citato, con cui il giovane minatore dichiara apertamente che per chi vive «sotterra dovrebbe essere buio sempre e dappertutto»[935].

L'assimilazione per contagio della crudeltà che lo circonda, il rovesciamento anticonformistico dei valori, che fa di Rosso un personaggio complesso e bifronte, si rendono infine manifesti, nella coscienza di Malpelo, nella scena in cui il protagonista osserva Ranocchio moribondo al suo capezzale:

> Il povero Ranocchio era più di là che di qua, e sua madre piangeva e si disperava come se il figliolo fosse di quelli che guadagnano dieci lire la settimana.

---

[932]   *Ivi*, p. 68.

[933]   M. Picone, *Lettura simbolica*, in B. Porcelli (a cura di), *Da «Rosso Malpelo» a «Ciàula scopre la luna», sei letture e un panorama di storia della critica*, Pisa-Roma, Istituti editoriali e poligrafici internazionali, 2001, p. 561.

[934]   Cfr. R. Luperini, *«Rosso Malpelo»: lettura storico-ideologica e confronto con «Ciàula scopre la luna»*, cit., pp. 91-93.

[935]   *Ivi*, p. 93.

Cotesto non arrivava a comprenderlo Malpelo, e domandò a Ranocchio perché sua madre strillasse a quel modo, mentre che da due mesi ei non guada-
gnava nemmeno quel che si mangiava. Ma il povero Ranocchio non gli dava
retta [...]. Allora il Rosso si diede ad almanaccare che la madre di Ranocchio strillasse a quel modo perché il suo figliuolo era sempre stato debole e
malaticcio, e l'aveva tenuto come quei marmocchi che non si slattano mai.
Egli invece era stato sano e robusto, ed era *malpelo*, e sua madre non aveva
mai pianto per lui, perché non aveva mai avuto timore di perderlo[936].

Attraverso la combinazione della rappresentazione narratoriale della
psiche del personaggio («si diede ad almanaccare [...]») e l'indiretto libero
di pensieri («e lo aveva tenuto come quei marmocchi [...]», «e sua madre
piangeva e si disperava come se il figliolo fosse di quelli [...]», «Egli invece
era stato sano e robusto [...]») è riprodotta l'ottica straniata di Rosso, il
quale giunge a negare la possibilità stessa di un affetto materno disinteressato.

Un amore per lui incomprensibile, perché rivolto a un essere debole
e inetto, che in quanto tale è destinato a soccombere nella lotta per la
vita. Non per nulla Ranocchio, stremato dalla fatica e dalle sofferenze,
muore poco dopo. E per Rosso, che ha preso atto dell'irrealizzabilità del
suo desiderio di una vita diversa, che ha perduto il padre e il suo *alter
ego* (nei confronti del quale alternava un affetto protettivo a una sadica
quanto pedagogica violenza), il mondo in superficie appare ormai privo
di ogni valore. Non gli resta che l'orizzonte funereo, il dedalo delle gallerie sotterranee nel quale si proietta miticamente come un eroe ctonio,
genio pauroso e sublime del mondo inferico: «una esclusione dalla vita
sofferta nel profondo, ma anche risarcita nell'orgogliosa assunzione di
una parte tragica»[937].

---

[936] RM, pp. 71-72

[937] A. Marchese, *L'officina del racconto. Semiotica della narratività*, Milano, Mondadori, 1983, p. 140. Non per caso, ha notato recentemente Castellana, è soprattutto
nel finale che il tono di leggenda popolare – che serpeggia in *Rosso Malpelo* nella
sua interezza – «prende il sopravvento sull'aspetto realistico-documentario», avvol-
gendo «di sacralità e di mistero» la vicenda del protagonista, che come la Lupa con-
dividerebbe molti dei tratti del «capro espiatorio, così come sono stati descritti da
René Girard» (R. Castellana, *Due "leggende" vittimarie*, in *Lo spazio dei vinti. Una
lettura antropologica di Verga*, Roma, Carocci, 2022, pp. 71-86).

1.1.2 «Jeli il pastore»

1. Rispetto alle tinte cupe e 'infernali' di *Rosso Malpelo*, in *Jeli il pastore* la «regressione» è decisamente più orientata verso un modulo romantico di fuga verso il primitivo[938]. In seguito a una gestazione problematica, che significativamente condusse Verga a un riassetto radicale delle situazioni narrative su cui si impernia il racconto (dal narratore testimone di ascendenza 'rusticale' alla narrazione eterodiegetica, che propizia l'emersione della mente finzionale del protagonista), la novella uscì parzialmente sulla rivista *La Fronda* nel febbraio 1880, per poi essere pubblicata in versione integrale nella *princeps* di *Vita dei campi*[939].

---

[938] Sull'ambientazione e sul livello eidetico-visuale delle due novelle cfr. M.G. Riccobono, *Aspetti eidetico-visuali delle novelle «Jeli il pastore» e «Rosso Malpelo»*, in «Italianistica», n. 2, pp. 377-389.

[939] Prima di arrivare ad un testo per lui idoneo, l'autore passò attraverso tre riscritture (*J1, J2, J3*), apportando numerosi – e talora radicali – cambiamenti. Nelle prime due redazioni a prendere la parola è infatti un personaggio dello *storyworld*, ideale proiezione diegetica dello scrittore borghese, che traccia un ritratto del protagonista (il cui nome è in origine Jele). Tali redazioni risalgono al novembre del '79 (come si legge nel margine superiore del manoscritto: «15 Nov 1879), e sono entrambe incompiute, benché si differenzino tra loro per scelte narrative. Più precisamente, il primo abbozzo ha un carattere frammentario (sono numerose le lacune e le parole risultate illeggibili), e si conclude con la separazione tra il pastore e una fanciulla di cui si è invaghito, la quale è destinata in matrimonio con un giovane benestante; mentre *J2* è considerevolmente più esteso, ma sembra arretrare nel finale: qui, infatti, Jele visita la casa di Marineo dove la famiglia della ragazza si è trasferita. *J3* si presenta invece come un organismo narrativo conchiuso: analogo, in quanto a *plot* e struttura diegetica, all'autografo che l'autore inviò in tipografia. Non per nulla, dopo aver costruito un episodio di raccordo, ambientato alla fiera di Vizzini (contenuto in una sola carta), e aver seguito brevemente le vicende dei due protagonisti dopo la separazione, Verga inserì il secondo troncone del racconto, che non subì significativi mutamenti nel testo del 1880 (cfr. G. Verga, *Appendice I*, in *Vita dei campi*, cit., pp. 131-178). Significative varianti si registrano inoltre nel testo pubblicato per l'edizione illustrata di *Vita dei campi* del 1897, adottato dall'edizione critica dei racconti curata da Gino Tellini (cfr. G. Verga, *Novelle*, cit., pp. 171-210). Sullo studio della variantistica del testo cfr. A. Di Silvestro, *Storia di una novella. «Jeli il pastore», dagli abbozzi alle stampe*, in *La comunicazione letteraria degli italiani. I percorsi e le evoluzioni del testo. Letture critiche*, a cura di D. Manca, Sassari, EDES, 2017, pp. 249-269 e P. Pellini, *Verga diventa verista (1877-1880).«Vita dei campi» e dintorni*, in Id., *Verga*, Bologna, Il Mulino, 2012, pp. 44-49. Sul riassetto delle situazioni narrative – e la graduale emersione della soggettività del protagonista – mi permetto di rimandare a G. Scaravilli, *Strategie narrative e rappresentazione della soggettività in «Jeli il pastore»*, in *Narratologie. Prospettive di ricerca*, cit., pp. 203-226.

Il racconto ripercorre la vita di un giovane pastore dal carattere gentile, giudizioso e affettuoso, dalla sua giovinezza solitaria al suo tentativo di inserirsi nell'ordine sociale: ma al pari di Rosso, egli è un emarginato «che la società in un modo o nell'altro *respinge* o *ignora*»[940]. Del resto anche in Jeli è possibile intravedere la figura di «un martire del lavoro e del dovere»: il guardiano di cavalli (e di pecore) che è licenziato dal fattore in seguito alla morte del puledro *stellato*; l'orfano privo di ogni affetto che accetta passivamente il suo fato avverso fino all'epilogo, quando per l'esplosione della gelosia uccide don Alfonso, l'amico di infanzia che gli ha sottratto l'amore.

La strategia narrativa si differenzia profondamente da *Rosso Malpelo*: siccome il narratore emerge a tratti scopertamente, e i passi di narrazione polifonica sono marginali e meno intricati, la soggettività del protagonista si distingue in maniera nitida nel testo, stagliandosi su una campitura che le fa da sfondo. Tuttavia, l'emersione dei pensieri di Jeli si riscontra soprattutto nella seconda parte della novella, giacché la mediazione degli eventi è inizialmente affidata al narratore:

> Ah! le belle scappate pei campi mietuti, colle criniere al vento! i bei giorni d'aprile, quando il vento accavallava ad onde l'erba verde, e le cavalle nitrivano nei pascoli! i bei meriggi d'estate, in cui la campagna, bianchiccia, taceva, sotto il cielo fosco, e i grilli scoppiettavano fra le zolle, come se le stoppie si incendiassero! il bel cielo d'inverno attraverso i rami nudi del mandorlo, che rabbrividivano al rovajo, e il viottolo che suonava gelato sotto lo zoccolo dei cavalli, e le allodole che trillavano in alto, al caldo, nell'azzurro! le belle sere di estate che salivano adagio adagio come la nebbia [...][941].

È il desiderio di una vita in armonia con il respiro delle stagioni. Non si tratta di una proiezione dei pensieri di Jeli, né le parole con cui il desiderio è descritto sono quelle del personaggio; ad intervenire è la voce narrante, che nega esplicitamente tale dimensione al soggetto finzionale: «Jeli, lui, non pativa di quelle malinconie»[942]. Il protagonista è presentato come una figura mitica («Era piovuto dal cielo, e la terra l'aveva raccolto» [...]; «era proprio di quelli che non hanno né casa né parenti»)[943]; un umile che intrattiene un rapporto profondo, misterioso

---

[940]   A. Asor Rosa, *Il primo e l'ultimo uomo del mondo*, p. 42.

[941]   G. Verga, *Jeli il pastore*, in *Vita dei campi*, a cura di C. Riccardi, cit., p. 11. D'ora in poi citato *Tr¹*.

[942]   *Ivi*, p. 138.

[943]   *Ivi*, p. 16.

e spontaneo con la natura: un fanciullo autosufficiente, nato e cresciuto tra gli animali.

Jeli, ha scritto Asor Rosa, è «un Individuo puro»[944] che viene dall'«infanzia dell'uomo»[945]. Fin quando rimane nei confini dell'idillio di Tebidi, egli non patisce le pene del desiderio: «Insomma, purché ci avesse la sua sacca ad armacollo, non aveva bisogno di nessuno al mondo»[946]. La conoscenza del mondo del personaggio è presentata come primordiale, di carattere puramente istintivo: «conosceva come spira il vento quando porta il temporale, e di che colore sia il nuvolo quando sta per nevicare»[947]. Al contrario di Rosso Malpelo, egli non è dotato di una coscienza lucida, né di un particolare acume: «Le idee non gli venivano nette e filate l'una dietro l'altra, ché di rado aveva avuto con chi parlare, e perciò non aveva fretta di scovarle e distrigarle in fondo alla testa [...]»[948]. Emerge a più riprese, nel racconto, la sua difficoltà ad esprimersi: Jeli ha un rapporto privilegiato con i suoi puledri, e comunica più facilmente con loro che con gli uomini. Non per nulla la comunanza tra il pastore e il mondo animale costituisce un'isotopia del testo: oltre a «reagire spesso alla maniera degli animali», Jeli «comprende il linguaggio delle bestie, legge nel gran libro della Natura, dove venti, nevi, piogge, hanno tutti un preciso significato per lui»[949]. È quindi significativo che il primo contatto tra il «primitivo»,[950] che legge nel gran libro della Natura, e la società avvenga con la scoperta di un'altra possibilità di leggere la realtà, da cui il personaggio è escluso:

> Don Alfonso però rispondeva che anche lui andava a scuola, a imparare. Jeli allora sgranava gli occhi, e stava tutto orecchi se il signorino si metteva a leggere, e guardava il libro e lui in aria sospettosa, stando ad ascoltare, con quel lieve ammiccar di palpebre che indica l'intensità dell'attenzione nelle bestie che più si accostano all'uomo. Gli piacevano i versi che gli accarezzavano

---

[944] A. Asor Rosa, *Il primo e l'ultimo uomo del mondo*, cit. p. 57.

[945] *Ivi*, p. 61.

[946] *Tr¹*, p. 13.

[947] *Ivi*, p. 14.

[948] *Ibid.*

[949] A. Asor Rosa, *Il primo e l'ultimo uomo del mondo*, cit., pp. 49-50. Asor Rosa ha evidenziato che «il meccanismo intellettuale di Jeli e, conseguentemente, la sua sintassi espressiva sono [...] zoomorfi: ricalcano il meccanismo intellettuale e, se si può dir così, la sintassi espressiva degli animali» (*ivi*, pp. 50-51).

[950] L. Russo, *Verga* [1934], Bari, Laterza, 1995, p. 102.

l'udito con l'armonia di una canzone incomprensibile, e alle volte aggrottava le ciglia, appuntava il mento, e sembrava che un gran lavorìo si stesse facendo nel suo interno; allora accennava di sì e di sì col capo, con un sorriso furbo, ei si grattava la testa. Quando poi il signorino mettevasi a scrivere [...], Jeli sarebbe rimasto delle giornate intere a guardarlo [...]. Non poteva persuadersi che si potesse poi ripetere sulla carta quelle parole che egli aveva dette [...][951].

Il narratore si insinua sottilmente nella psiche di Jeli, raffigurato in uno stato di ferina subordinazione rispetto a don Alfonso («con quel lieve ammiccar di palpebre che indica l'intensità dell'attenzione nelle bestie che più si accostano all'uomo»), e sono descritte le sue sensazioni e il suo incantamento mentre ascolta una musica sconosciuta («Gli piacevano i versi che gli accarezzavano l'udito [...]»).

Un *turning point*: la nascita di una rudimentale cultura e i sentimenti per Mara sono legati in un rapporto analogico nella psiche del personaggio[952]; difatti, la presa di coscienza del valore della parola è ciò che stimola il pastore a confessare all'amico i suoi sentimenti per la fanciulla, e il suo sogno di sposarla quando «avrà sei onze all'anno di salario»[953]. Mara è per Jeli «il primo e decisivo stimolo a farsi uomo tra gli uomini», ciò che lo induce ad abbandonare lo «stato di natura», che precede la costituzione della società con le sue strutture e le sue leggi[954].

Il dialogo si interrompe, e inizia una lunga analessi, in cui è ripercorsa la storia dei due giovani innamorati: mansueto e tardo l'uno, lesta e vana l'altra. Il *flashback* termina quando la fanciulla lascia Tebidi, partendo con la famiglia verso Marineo[955]. La sua assenza è un vuoto incolmabile: «Mara, come se ne fu andata a Marineo [...] si scordò di lui; ma Jeli ci pensava sempre a lei, perché non aveva altro da fare, nelle lunghe giornate che passava a guardare la coda delle sue bestie»[956]. L'autosufficiente figlio dei campi soffre per la prima volta la solitudine, che è acuita per la perdita recente del padre; e il lettore è ricondotto a un momento cronologicamente posteriore alla precedente interazione: «Egli rivide soltanto la

---

[951] *Tr¹*, pp. 18-19.

[952] *Ivi*, p. 19.

[953] *Ivi*, p. 144.

[954] A. Asor Rosa, *Il primo e l'ultimo uomo del mondo*, cit., p. 54.

[955] È l'episodio con cui si concludono le prime due redazioni.

[956] *Tr¹*, p. 26.

ragazza [Mara] il dì della festa di San Giovanni, come andò alla fiera coi puledri da vendere: una festa che gli si mutò tutta in veleno […]».

Inizia la seconda parte del racconto. Il «primitivo» si scontra con il mondo ostile degli uomini attraverso una serie di tappe significative; e il catalizzatore di tutte le sue relazioni sociali, nonché causa prima dei suoi tormenti, è Mara[957]. Il pastore che viveva felice e spensierato nella sua Arcadia diviene ora triste e incline alle «malinconie»; sicché il narratore asseconda sempre più la prospettiva del personaggio, cui è delegata per ampi tratti la *mediacy*. In altri termini, esso diventa un personaggio *riflettore*. Nella notte in cui accompagna la mandria dei cavalli alla fiera di San Giovanni, l'istanza diegetica dà agio al personaggio di mostrare il suo mondo interiore: Jeli racconta ad Alfio – in un lungo dialogo, che assume la funzione e l'andamento di un monologo – del suo amore d'infanzia, che spera di rincontrare a Vizzini. Ma tale rievocazione gli è fatale: distrattosi un attimo, smarrisce il puledro *stellato*, che precipita nel burrone. L'orfano perde il lavoro, non prima di aver visto il fattore finire rapidamente, con un colpo di schioppo, l'animale in fin di vita; perdita dolorosa che costituisce un episodio centrale nel suo un percorso di formazione – o per meglio dire di «deformazione», come l'ha definito Angelo Marchese –[958] che coincide con l'ingresso del personaggio nel consesso sociale, di cui apprende a sue spese le leggi e i meccanismi. Perché «i cavalli che gli sono affidati, da liberi compagni di vita, si trasformano in merce»: «la logica del mercato si rivela dominante in tutti gli aspetti dell'esistenza»[959]. Accanto all'idillio si affaccia la realtà, con le sue storture e le sue aberrazioni.

Partito alla ricerca di un nuovo padrone, Jeli vaga sconsolato per il paese, ma basta l'incontro con Mara per ritrovare conforto e speranza. E una volta arrivato in piazza, può ammirare lo svolgersi della festa:

Arrivando in piazza, Jeli rimase a bocca aperta dalla meraviglia: tutta la piazza pareva un mare di fuoco, come quando s'incendiavano le stoppie, per il gran numero di razzi che i devoti accendevano in cospetto del santo, il quale stava a godERSeli dall'imboccatura del Rosario, tutto nero sotto il baldacchino d'argento. I devoti andavano e venivano fra le fiamme come

---

[957] Ha evidenziato la tensione psicologistica di questo racconto R. Bigazzi, *Il "narratore" e gli eroi*, in Id., *Verga Novelliere*, cit., pp. 36-44.

[958] Cfr. A. Marchese, *L'officina del racconto*, cit., pp. 219-220.

[959] P. Pellini, *Verga*, cit., p. 43.

tanti diavoli, e c'era persino una donna discinta, spettinata, cogli occhi fuori della testa, che accendeva i razzi anch'essa, e un prete colla sottana in aria, senza cappello, che pareva un ossesso dalla devozione[960].

Il narratore riporta fedelmente le sensazioni di Jeli: è la percezione indiretta libera. La *contrainte* a cui il narratore si sottopone obbedisce alla strategia dello straniamento: il guardiano di cavalli è inesperto di ciò che sta accadendo, e osserva meravigliato uno spettacolo che non comprende. Ma vedendo Mara danzare con massaro Neri, Jeli si sente nuovamente perduto:

> Jeli [...] andava dietro la comitiva come un cane senza padrone, a veder ballare il figlio di massaro Neri colla Mara, la quale girava in tondo e si accoccolava *come una colombella sulle tegole*, e teneva tesa con bel garbo una cocca del grembiale, e il figlio di massaro Neri *saltava come un puledro*, tanto che la gnà Lia piangeva come una bimba dalla consolazione [...][961].

Le similitudini zoomorfe (in corsivo) rispecchiano la sfera linguistica e psichica del pastore: è indubbiamente una visione in soggettiva. L'orfano vede il suo sogno svanire, ma gli tocca assistere a una scena ancor più dolorosa:

> Jeli non ne poteva più dalla stanchezza, e si mise a dormire seduto sul marciapiede, fin quando lo svegliarono i primi petardi del fuoco d'artifizio. In quel momento Mara era sempre al fianco del figlio di massaro Neri, gli si appoggiava colle due mani intrecciate sulla spalla, e al lume dei fuochi colorati sembrava ora tutta bianca ed ora tutta rossa. Quando scapparono pel cielo gli ultimi razzi in mucchio, il figlio di massaro Neri si voltò verso di lei, bianca in viso, e le diede un bacio[962].

Alla vista del bacio, l'emergere dello sconforto: «Jeli non disse nulla, ma in quel punto gli si cambiò in veleno tutta la festa [...], e tornò a pensare a tutte le sue disgrazie, che gli erano uscite di mente»[963].

Passa del tempo. Jeli trova lavoro come pecoraio alla Salonia, e impara presto il mestiere. Ma un giorno gli giunge voce della relazione tra Mara e il Signorino. Addolorato per la notizia, ripensa alla sua infanzia a Tebidi; e Verga concede al suo 'eroe' un'ampia zona introspettiva:

---

960 *Tr¹*, pp. 33-34.
961 *Ivi*, p. 34. Il corsivo è mio.
962 *Ivi*, p. 35.
963 *Ibid.*

> Mentre conduceva al pascolo le pecore tornò a pensare a Mara, quando era ragazzina, che stavano insieme tutto il giorno e andavano nella *valle del Jacitano* e sul *poggio alla Croce*, ed ella stava a guardarlo col mento in aria mentre egli si arrampicava a prendere i nidi sulle cime degli alberi; e pensava anche a don Alfonso, il quale veniva a trovarlo dalla villa vicina, e si sdraiavano bocconi sull'erba a stuzzicare con un fuscellino i nidi di grilli. Tutte quelle cose andava rimuginando per ore ed ore, seduto sull'orlo del fossato, tenendosi i ginocchi fra le braccia, e i noci alti di Tebidi, e le folte macchie dei valloni, e le pendici delle colline verdi di sommacchi, e gli ulivi grigi che si addossavano nella valle come nebbia, e i tetti rossi del casamento, e il campanile [...][964].

Una rievocazione dell'idillio, che si sostanzia nei toni e nelle forme dell'elegia; un'elegia potenziata dalla leva poetica del narratore, che si avvale della psiconarrazione per tradurre nel suo linguaggio le fantasie liriche del personaggio, che ripensa ai tempi in cui Mara e don Alfonso rallegravano le sue giornate («tornò a pensare a Mara [...]», «e pensava anche a don Alfonso [...]», «Tutte quelle cose andava rimuginando per ore ed ore»).

Nella parte finale della novella, Mara sposa Jeli per coprire la sua relazione con il Signorino. Ma il pastore non sospetta nulla, e crede ciecamente alla fedeltà di sua moglie:

> Mara era bella e fresca come una rosa, con quella mantellina bianca che sembrava l'agnello pasquale, e quella collana d'ambra che le faceva il collo bianco.
>
> [...]
>
> Infatti Mara non era nata a far la pecoraia, e non ci era avvezza alla tramontana di gennaio, quando le mani si irrigidiscono sul bastone, e sembra che vi caschino le unghie, e ai furiosi acquazzoni, in cui l'acqua vi penetra fino alle ossa [...]. Almeno Jeli sapeva che Mara stava al caldo sotto le coltri, o filava davanti al fuoco, in crocchio colle vicine, o si godeva il sole sul ballatoio, mentre egli tornava dal pascolo stanco ed assetato [...][965].

Ai suoi occhi, Mara rimane sempre pura e innocente, una principessa da trattare con cura e con riconoscenza per averlo scelto. La cecità di Jeli, che non conosce la gelosia, è resa evidente dal narratore popolare, che mostra il punto di vista degli abitanti del paese, che sono a conoscenza delle magagne della sua consorte, e lo sbeffeggiano alle sue spalle: «e non

---

[964] *Ivi*, p. 38.
[965] *Ivi*, p. 41.

osava soffiarsi il naso col fazzoletto di seta rosso, per non farsi scorgere; ma i vicini e tutti quelli che sapevano la storia di don Alfonso gli ridevano sul naso»[966].

La scoperta avviene solo nell'epilogo, quando, davanti a lui, e nonostante il suo divieto, la moglie accetta l'invito di don Alfonso, che le chiede un ballo («Non andare! – disse egli a Mara come don Alfonso la chiamava perché venisse a ballare cogli altri. – Non andare, Mara! – Perché? – Non voglio che tu vada! Non andare!»):

> Mara si strinse nelle spalle, e se ne andò a ballare. Ella era rossa ed allegra, cogli occhi neri che sembravano due stelle, e rideva che le si vedevano i denti bianchi, e tutto l'oro che aveva indosso le sbatteva e le scintillava sulle guance e sul petto che pareva la Madonna tale e quale. Jeli s'era rizzato sulla vita, colla lunga forbice in pugno, così bianco in viso, così bianco come era una volta suo padre il vaccajo, quando tremava dalla febbre accanto al fuoco, nel casolare. Tutt'a un tratto, come vide che Don Alfonso, colla bella barba ricciuta, e la giacchetta di velluto e la catenella d'oro sul panciotto, prese Mara per la mano per ballare, solo allora, come vide che la toccava, si slanciò su di lui, e gli tagliò la gola di un sol colpo, proprio come un capretto[967].

Preso atto del tradimento, la catastrofe è inevitabile: «gli tagliò la gola di un sol colpo, proprio come un capretto». Trascinato davanti a un giudice, senza aver opposto resistenza, a Jeli non resta che un grido di dolore: «– Come! – diceva – non dovevo ucciderlo nemmeno?... Se mi aveva preso la Mara!...»[968].

2. Rosso e Jeli costituiscono la mediazione necessaria per i personaggi del romanzo, «testimoniano lo sforzo del Verga di abbandonare il punto di vista del narratore onnisciente e di adottare l'angolo visuale del personaggio, di inquadrare le varie sequenze del racconto attraverso» la sua sensibilità, «assumendone di conseguenza la sintassi e il lessico irregolari»[969]. Distanti dalla media delle condizioni sociali dei campi, sfruttati, emarginati e vittime di rapporti di forza feroci, essi sono dei «'vinti' *ante litteram*, anche perché presto perdono i genitori»[970]. Ma sono

---

[966] *Ivi*, p. 165.

[967] *Ivi*, p. 47.

[968] *Ibid.*

[969] C. Riccardi, *Introduzione*, cit., p. XV.

[970] P. Pellini, *Verga*, cit., p. 49.

orfani in un senso molto diverso: se per il pastore, che ha un rapporto diretto con la natura, «la lontananza e poi la morte dei genitori sono implicitamente, almeno in un primo momento, anche garanzia di libertà avventurosa» (in conformità con una tradizione secolare cui Verga a pieno titolo si inserisce), «per il minatore», che ha ereditato dal padre un destino di rassegnazione e di dannazione (contro cui cerca di ribellarsi, trovandosi nondimeno a ripercorrerne fedelmente le orme), la morte di Mastro Misciu e l'abbandono della madre e della sorella non fanno che accentuare la sua fragilità di vittima indifesa, di capro espiatorio di una comunità malevola» (senza alcuna «contropartita positiva»)[971].

In entrambi i casi, la singolarità non esclude, e anzi accentua, la loro simbolicità, la possibilità di esprimere significati che vanno oltre la loro condizione sociale e la loro specificità storica[972]. Più precisamente, tali personaggi occupano due posizioni opposte e complementari nel sistema verghiano. Jeli è al di qua non solo della modernità, ma di ogni sapere sociale, al di qua perfino della società contadina: è il «primo uomo del mondo». Nasce nella natura e si perde nella Storia (in cui irrompe il giorno della fiera di San Giovanni, episodio inserito nel secondo troncone del racconto, figuralizzato significativamente per amplissimi tratti). Incrinando pessimisticamente il *topos* dell'*enfant trouvé*, Verga riserva al suo eroe un destino tragico, che comincia con l'evasione dall'eden, e dalla vita ciclica e atemporale dei suoi umili abitanti dei quali non si può più dare storia: l'intreccio, l'ambiente, il paesaggio non li mutano e non li spiegano; *Jeli il pastore* è la storia di un *allontanamento* da un orizzonte perduto e incomprensibile per il borghese. Rosso si trova invece al gradino più basso della scala sociale, ma è anche «il più saggio degli uomini», avendo assimilato, con disperata lucidità, le dolorose leggi che regolano l'esistenza umana. È l'«ultimo uomo del mondo»: nasce nella Storia e si perde nel mito, rovesciato, della miniera, dove pure è penetrata la logica capitalistica. Ancora: se la parabola di Jeli rientra nella casistica di un romanzo di 'formazione', sebbene sia esemplare di «un'educazione bloccata» (pur soffrendo, il personaggio non scende a patti col reale, non apprende nulla), Malpelo «preferisce la coscienza» (essenzialmente autoriflessiva) «agli inutili tentativi degli altri eroi di ristabilire l'armonia col mondo»[973]. È un portavoce disperato dell'ideologia materialistica

---

[971]   Id., *In una casa di vetro*, cit., p. 214.

[972]   Cfr. A. Asor Rosa, *Il primo e l'ultimo uomo del mondo*, cit., pp. 11-85.

[973]   R. Bigazzi, *Su Verga novelliere*, cit., p. 44.

verghiana, e perciò privo di ogni conato emancipatorio; l'unico personaggio capace di parlare senza ipocrisie dello *struggle of life*: «L'asino va picchiato, perché non può picchiar lui; e s'ei potesse picchiare, ci pesterebbe sotto i piedi e ci strapperebbe la carne a morsi»[974]; eppure è anche un orfano abbandonato, cui sono liricamente concessi momenti di tenerezza. Insomma, Jeli e Malpelo «dimostrano che il rapporto con la realtà è divenuto necessariamente agonistico»; le storie di questi personaggi, collocate dopo il prologo di *Fantasticheria*, aprono di diritto la raccolta, perché le loro parole e i loro pensieri danno prova analitica del duplice ordine di temi in discussione: «la campagna non è più idillica», ma «gli 'uomini nuovi' dell'economia, che stravolgono istituzioni e rapporti» (mantenendone la forma e alterandone la sostanza), hanno una forza distruttiva maggiore»[975].

1.2 «I Malavoglia»

1. Nel 17 maggio 1878, durante la stesura del «bozzetto marinaresco» *Padron 'Ntoni* (che dopo un processo radicale di revisione sarebbe divenuto *I Malavoglia*), Verga rivela all'amico Capuana, in una lettera citatissima, un aspetto decisivo per l'interpretazione del suo romanzo; una concezione della scrittura che lo differenzia profondamente da Zola[976]:

> Pel Padron 'Ntoni penso d'andare a stare una settimana o due, a lavoro finito, ad Aci Trezza onde dare il *tono* locale. A lavoro finito però, e a te non sembrerà strano cotesto, che da lontano in questo genere di lavori l'ottica qualche volta, quasi sempre, è più efficace ed artistica, se non più giusta, e da vicino i colori son troppo sbiaditi quando non sono già sulla tavolozza[977].

Quello de *I Malavoglia* è un mondo visto da «lontano». La distanzia spaziale e temporale dalla Sicilia favorisce la disperata idealizzazione di un orizzonte perduto e irrecuperabile, minacciato dall'avvento del progresso e dei suoi frenetici ritmi produttivi: lo spazio mitico di Aci-Trezza; un cronotopo dall'indeterminatezza favolistica eppure rigorosamente delimitato nelle sue indicazioni topografiche, in ottemperanza alla

---

[974] RM, p. 58.

[975] R. Bigazzi, *Su Verga novelliere*, cit., p. 48.

[976] Cfr. P. Pellini, *Naturalismo e verismo*, cit., pp. 47-48.

[977] G. Verga, Lettera a Capuana, 17 maggio 1878, in *Lettere a Luigi Capuana*, cit., pp. 92-93.

poetica naturalista[978]. Tale *pathos* della distanza presuppone l'autonomia artistica dello *scrittore*: il montaggio di spezzoni e scene registrati nel caos della vita quotidiana dall'osservatore (le *tranches de vie*) è solo la prima fase del processo creativo. Perché il romanzo possa vedere la luce, è necessaria un'opera di «ricostruzione intellettuale», non condizionata dall'osservazione diretta del mondo fenomenico. Non per nulla, Verga manipola i dati sociologici al fine di rappresentare non solo l'universo di una comunità di pescatori, ma i caratteri peculiari della condizione storica ed esistenziale della Sicilia Postunitaria in generale; gli ingredienti marinareschi si affiancano a quelli desunti dalla cultura della terra[979].

Non sorprende dunque che la critica abbia scorto nel primo episodio della serie tracce 'autoriali', sebbene «non immediatamente visibili, anzi deviate e nascoste dietro un certo numero di produzioni simboliche emesse impersonalmente dal testo»[980]. È una posizione equilibrata, a cui poco si può obiettare, purché si considerino le asserzioni dello scrittore che vanno nella direzione opposta, e che sembrano preludere all'estraneità dell'*auctor* dalla sua stessa creazione, condizione preliminare per perseguire la vagheggiata «illusione della realtà», meta ultima del Realismo[981]. La testimonianza in tal senso più rilevante, anche se poco nota, è una lettera tarda che l'autore inviò a Nicola Scarano nel 12 marzo 1915, critico letterario e docente universitario, che da poco aveva pubblicato una monografia sui romanzi verghiani[982]:

Così quand'Ella dice ch'io son riuscito talvolta nei *Malavoglia* a far vivere quella storia e quei personaggi come se fossero conosciuti, mi ha fatto il più gran piacere confermandomi nella convinzione che quest'arte è tanto più

---

[978]   Cfr. R. Luperini, *Simbolo e «ricostruzione intellettuale» ne «I Malavoglia»*, in *Giovanni Verga*, cit., pp. 115-153.

[979]   Cfr. *ivi*, pp. 140-153.

[980]   G. Mazzacurati, *Parallele e meridiane: l'autore e il coro all'ombra del nespolo*, in *Stagioni dell'apocalisse*, Torino, Einaudi, 1998, p. 18.

[981]   «Io mi son messo in pieno, e fin da principio, in mezzo ai miei personaggi e ci ho condotto il lettore, come ei li avesse tutti conosciuti diggià, e già vissuto con loro e in quell'ambiente sempre. Parmi questo il modo migliore per darci completa l'illusione della realtà; ecco perché ho evitato studiatamente quella specie di profilo che tu mi suggerivi per i personaggi principali» (G. Verga, Lettera a Cameroni, 27 febbraio 1881, in *Lettere sparse*, cit., p. 107).

[982]   N. Scarano, *I romanzi di Giovanni Verga*, Vela Latina, Napoli, 1915. I saggi di Scarano sono stati ripubblicati: N. Scarano, *I romanzi, le novelle e il teatro di Giovanni Verga*, Campobasso, Nocera Editore, 1966.

viva quanto è impersonale, e che bisogna entrare nella pelle dei personaggi immaginati, e vedere coi loro occhi e rendere colle loro parole quel ch'essi vedono e sentono e fanno, per metterli vivi al mondo dell'arte. Dipingere il quadro coi colori adatti, in una parola, da cima a fondo, nella parlata degli attori e nella descrizione delle scene com'essi le vedono, per vivere in loro e con loro. – Un contadino ad esempio della bella natura e del bel mattino non vede che quanto gli promette per la raccolta[983].

Al di là della metafora pittorica (da cui ha tratto importanti conseguenze interpretative Alessio Baldini)[984], colpisce l'accezione che Verga conferisce al termine «impersonale»: il *telos* della rappresentazione artistica è l'illusione della vita. Pertanto il narratore è libero di fluttuare fra le voci diverse e assumere i loro punti di vista: le prospettive dei personaggi devono diventare dei modi di raccontare («bisogna entrare nella pelle dei personaggi immaginati, e vedere coi loro occhi e rendere colle loro parole quel ch'essi vedono e sentono e fanno»): è la teorizzazione della narrazione figurale, che per Verga è *funzione* della poetica dell'impersonalità.

2. *Pathos* della distanza e centralità dei personaggi: la narrazione de *I Malavoglia* (1881) è un campo di forze contrapposte, una forma elaboratissma, a cui si deve lo sfrondamento coraggioso della vecchia barriera rusticale e tardo-manzoniana; un impasto linguistico autenticamente rivoluzionario, con il quale fu possibile «il trasferimento del diritto d'autore dal soggetto storico che lo deteneva ai nuovi soggetti sociali che si impadroniscono della scena testuale»[985]. Ancor più di Zola, Verga estende la delega al «coro» all'intero romanzo, per quanto non siano assenti, anche nel celeberrimo esordio, residui narrativi di stampo tradizionale, spia di una transizione in atto verso i moduli della figuralità; fenomeno affascinante se contestualizzato nella storia formale – e transnazionale – del romanzo moderno:

> Un tempo i *Malavoglia* erano stati numerosi come i sassi della strada vecchia di Trezza; ce n'erano persino ad Ognina, e ad Aci Castello, tutti buona e brava gente di mare, proprio all'opposto di quel che sembrava dal nomignolo, come dev'essere. Veramente nel libro della parrocchia si chiamavano Toscano, ma questo non voleva dir nulla, poiché da che il mondo era mondo, all'Ognina, a Trezza e ad Aci Castello, li avevano sempre conosciuti

---

[983] G. Verga, Lettera a Scarano, 12 marzo 1915, in *Lettere sparse*, cit., p. 404.

[984] Cfr. A. Baldini, *Dipingere coi colori adatti. «I Malavoglia» e il romanzo moderno*, Macerata, Quodlibet, 2012, pp. 39-40.

[985] G. Mazzacurati, *Parallele e meridiane*, cit., p. 21.

per Malavoglia, di padre in figlio, che avevano sempre avuto delle barche sull'acqua, e delle tegole al sole. Adesso a Trezza non rimanevano che i Malavoglia di padron 'Ntoni, quelli della casa del nespolo, e della *Provvidenza*, ch'era ammarrata sul greto, sotto il lavatoio, accanto alla *Concetta* dello zio Cola, e alla paranza di padron Fortunato *Cipolla*[986].

È solo adottando un punto di vista paesano che si può intendere il paragone dei Malavoglia con i sassi di una strada di Trezza e lo stupore per la presenza della famiglia in un paese distante pochi chilometri. Il cognome registrato in chiesa è sostituito dal nomignolo ingiurioso, che va interpretato per antifrasi («tutta buona e brava gente di mare, proprio all'opposto di quel che sembrava dal nomignolo, come dev'essere); e nondimeno la voce narrante non pare dileguarsi del tutto: «come nella tradizione del racconto veglia» essa assume «una tonalità sapienziale e fiabesca» (riconducibile alle veglie sandiane), «quasi che a narrare sia un vecchio di Trezza che si rivolge i compaesani»[987]; voce a cui sono imputabili le integrazioni informative a beneficio del lettore, che vengono così giustificate nel contesto di riferimento senza derogare ai principi dell'impersonalità: «Veramente nel libro della parrocchia si chiamavano Toscano». Sicché in questo esordio complessivamente *etic*, la *posa* del narratore classico non è abbandonata del tutto; ma la contaminazione dei moduli scompare nell'esordio *in medias res* – propriamente scenico – del *Mastro-don Gesualdo*, pubblicato otto anni dopo, quando Verga poté temprare i suoi strumenti stilistici. Non che questo tono sapienziale corrisponda alle regia dell'autore (che gioca su componenti sottilissime e cifrate), tuttavia gli occasionali interventi del narratore esterno non possono essere ignorati, perché sono fondamentali nell'economia della narrazione[988].

Ad ogni modo, è innegabile che Verga ne *I Malavoglia* codifichi una nuova situazione narrativa, che si estende, al netto delle infrazioni, per la gran parte del testo; in tal senso, è valida l'intuizione di Giovannetti. Più

---

[986] G. Verga, *I Malavoglia*, a cura di R. Luperini, Milano, Mondadori, 1988, p. 11. D'ora in poi citato MV.

[987] Cfr. id., *Simbolo e «ricostruzione intellettuale» ne «I Malavoglia»* cit., pp. 115-152.

[988] Lo ha mostrato Daniele Giglioli nella sua interpretazione metodologicamente evoluta del romanzo (D. Giglioli, *«I Malavoglia»*, in *Quindici episodi del romanzo italiano (1881-1923)*, a cura di F. Bertoni e D. Giglioli, Bologna, Pendragon, 1999, pp. 15-43).

ancora dell'indiretto libero, *I Malavoglia* è il romanzo delle *percezioni* indirette libere[989]:

> Per tutto il paese non si parlava d'altro che del negozio dei lupini, e come la Longa se ne tornava a casa colla Lia in collo, le comari si affacciavano sull'uscio per vederla passare.
>
> – Un affar d'oro! – vociava Piedipapera, accorrendo colla gamba storta dietro a padron 'Ntoni [...]. – Lo zio Crocifisso strillava come se gli strappassero le penne mastre, ma non bisogna badarci, perchè delle penne ne ha molte, il vecchio. – Eh! s'è lavorato! potete dirlo anche voi, padron 'Ntoni! – ma per padron 'Ntoni ei si sarebbe buttato dall'alto del *fariglione*, com'è vero Iddio! [...].
>
> Il figlio della Locca udendo parlare delle ricchezze dello zio Crocifisso, il quale a lui gli era zio davvero, perché era fratello della Locca, si sentiva gonfiare in petto una gran tenerezza pel parentado.
>
> – Noi siamo parenti, ripeteva. Quando vado a giornata da lui mi dà mezza paga, e senza vino, perché siamo parenti.
>
> Piedipapera sghignazzava[990].

È l'avvio del secondo capitolo: con l'uso dell'imperfetto continuo viene rappresentata la 'chiacchierata' di Maruzza. La focalizzazione interna a carico di un'intera comunità implica uno spostamento deittico, con il quale vengono registrati i pettegolezzi del paese. È ciò che plausibilmente intendeva Verga nella lettera a Scarano: «bisogna entrare nella pelle dei personaggi immaginati, e vedere coi loro occhi e rendere colle loro parole quel ch'essi vedono e sentono e fanno [...]». Il testo de *I Malavoglia* può essere letto come una rete di percezioni libere simultanee, con le quali il lettore conosce il mondo raccontato attraverso la cognizione dei personaggi. Ne scaturisce l'illusione del *continuum* verbale, che ci trascina dentro il ritmo di una oralità oscillante tra morfologie italiane e ritualità dialettali. Ma non di rado, con l'intrusione di una parola o una costruzione irrimediabilmente letteraria, l'effetto scenico è interrotto: «Sull'imbrunire comare Maruzza coi suoi figlioletti era andata ad aspettare sulla sciara, d'onde si scopriva un bel pezzo di mare, e udendolo urlare a quel modo trasaliva e si grattava il capo [...]»[991]. È la regia dell'autore a porre

---

[989] Cfr. P. Giovannetti, *Saggi per una narratologia del lettore*, cit., pp. 67-124.

[990] MV, p. 29.

[991] *Ivi*, p. 56.

qui in primo piano i personaggi più indifesi della famiglia (la Longa e i *figliuoletti*), collocandoli dinanzi al mare urlante e impetuoso.

Inoltre, quando Verga mette a frutto la lezione de *L'Assommoir* (come nel notissimo incipit del capitolo IV, che vede protagonista lo Zio Croficisso), la mimesi restituisce la confusione babelica dei discorsi, che costituisce un ostacolo al processo di immedesimazione del lettore nel mondo della storia, giacché richiede un'operazione intellettuale volta alla decodifica del significato. Sicché si crea un effetto di *distanziamento*, o quantomeno di dissocazione critica: il testo verghiano è tutt'altro che trasparente. Non per nulla *I Malavoglia* è amato principalmente dai critici di professione. La materia linguistica di cui è fatto il romanzo è un fluido estremamente omogeneo: «personaggio e narratore non si limitano a parlare lo stesso socioletto, ma si scambiano incessantemente intere stringhe verbali, che trasmigrano da contesto a contesto, in situazioni e con funzioni diversissime, e talora contrapposte»; un continuo processo di «*riuso*», che qualifica una narrazione affatto intransitiva[992].

C'è però una differenza con la polifonia aporetica de *L'Assommoir*: nel «coro» verghiano, è notissimo, si individuano due gruppi distinti, regolati da codici linguistici e culturali largamente condivisi: la famiglia Toscano, con i suoi valori patriarcali, si oppone al cinismo individualista della maggioranza dei compaesani; contrapposizione nella quale si legge in controluce «una contraddizione economica e sociale» (desunta da Verga dai dati dell'*Inchiesta in Sicilia*): la figura tipica di Padron 'Ntoni, immagine virtuosa del piccolo proprietario (ha una barca, una casa…) che vive onestamente del proprio lavoro, è minacciata da un ceto agrario parassitario, usuraio, assenteista e improduttivo (di cui Zio Crocifisso è sommo rappresentante)[993]. Ma gli enunciati in indiretto libero dei due gruppi possono essere mescidati. Un buon punto di riferimento è offerto dal capitolo IV:

> Stavolta i Malavoglia erano là, seduti sulle calcagna, davanti al cataletto, e lavavano il pavimento dal gran piangere, come se il morto fosse davvero fra quelle quattro tavole, coi suoi lupini al collo, che lo zio Crocifisso gli aveva dati a credenza, perché aveva sempre conosciuto padron 'Ntoni per galantuomo; ma se volevano truffargli la sua roba, col pretesto che Bastianazzo

---

[992]　D. Giglioli, *I Malavoglia*, cit., pp. 39-40.

[993]　Cfr. R. Luperini, *Simbolo e «ricostruzione intellettuale» ne «I Malavoglia»*, cit., pp. 118-121.

s'era annegato, la truffavano a Cristo, com'è vero Dio! ché quello era un credito sacrosanto come l'ostia consacrata, e quelle cinquecento lire ei l'appendeva ai piedi di Gesù crocifisso; ma santo diavolone! padron 'Ntoni sarebbe andato in galera! La legge c'era anche a Trezza[994]!

Si tratta di un unico complesso periodo. Esso comincia con la presentazione del dolore dei Malavoglia, che farebbe presuporrre un narratore pietosamente compartecipe; ma subito dopo il loro comportamento viene presentato da un'ottica straniante: «e lavavano il pavimento dal gran piangere, come se il morto fosse davvero fra quelle quattro tavole, coi suoi lupini al collo», e, a partire dall'avversativa *ma*, dall'ottica di Zio Crocifisso, il quale vede nella morte di Bastianazzo un pretesto cui i suoi creditori ricorrono per sfuggire ai loro obblighi. Un caledoscopio di punti di vista; ma capita che gli enunciati di indiretto libero siano esplicitamente individuati, e riconducibili a un *singolo* personaggio.

1.2.1 Il mondo degli affetti: Padron'Ntoni e Maruzza

1. Le infrazioni al codice della coralità – nelle quali il «coro» viene relegato sullo sfondo, lasciando spazio a una *singola* soggettività che affiora sulla pagina – si registrano significativamente per i personaggi della famiglia Malavoglia. Ciò non sorprende: il romanzo si fonda sull'opposizione tra il mondo dei sentimenti e il mondo dell'imperante economicità, tra un'individualità irriducibile, insofferente ad ogni omologazione, e una società livellatrice e razionalizzatrice. La sfera dell'autenticità e della pienezza esistenziale, la legge del *cuore* (lemma chiave del «linguaggio dell'interiorità» verghiano) entra drammaticamente in urto con la fiumana del progresso[995]. Del resto *I Malavoglia* va interpretato come la rielaborazione del lutto per la perdita dei valori arcaici, dei quali sono custodi gli *umili*. Come accade per i personaggi "diversi" di *Vita dei campi*, ne *I Malavoglia* «Verga rivolge uno sguardo [...] più intimo [...] all'interiorità dei protagonisti "positivi"»; per la «famiglia Malavoglia [...] le categorie semantiche del pensiero e del sentimento svelano [...] un potenziale di immedesimazione e partecipazione che non ammettono mediazioni»[996].

---

[994] MV, p. 63.

[995] Cfr. A. Di Silvestro, *Il linguaggio dell'interiorità*, in *Le intermittenze del cuore. Verga e il linguaggio dell'interiorità*, Catania, Biblioteca della Fondazione Verga, 2000, pp. 95-143.

[996] MV, p. 107.

Il rappresentante elettivo dell'orizzonte comunitario è Padron 'Ntoni, il patriarca della famiglia, cui Verga conferisce un'assoluta centralità. Ciò non solo attraverso la cadenza epica dei proverbi (che veicolano la sua visione del mondo e del paese di Aci Trezza), ma anche con la rappresentazione dei suoi moti interiori: il pensiero dei lupini «gli *ficca* più dentro nel cuore la spina di Bastianazzo»[997]; non parla del matrimonio di Mena, ma «ci *pensa* sempre»[998]; crolla il capo «pensando alla casa dove era nato», e «non gli *può* uscir di mente» che anche Maruzza è morta fuori dalla sua casa etc[999]. E soprattutto, in quanto indefesso tutore del lare domestico (ed espressione di un universo arcaico-rurale idealizzato nel ricordo dell'autore), all'anima di Padron 'Ntoni sono concesse «armoniose *correspondances* [...] con una natura ancora intatta, protetta dal ritorno periodico delle costellazioni e dal brontolio rassicurante del mare»[1000]. Tale affinità col paesaggio naturale è prerogativa di un orizzonte premoderno, e pertanto negata agli speculatori e agli strozzini di Aci Trezza. Solo i Malavoglia sono dotati di un''anima':

Sulla strada si udivano passare lentamente dei carri.

– Notte e giorno c'è sempre gente che va attorno per il mondo, osservò poi compare Cipolla.

E adesso che non si vedeva più né mare né campagna, sembrava che non ci fosse al mondo altro che Trezza, e ognuno pensava dove potevano andare quei carri a quell'ora.

– Prima di mezzanotte la Provvidenza avrà girato il Capo dei Mulini, disse padron 'Ntoni, e il vento fresco non le darà più noia. Padron 'Ntoni non pensava ad altro che alla Provvidenza, e quando non parlava delle cose sue non diceva nulla, e alla conversazione ci stava come un manico di scopa[1001].

---

[997] *Ivi*, p. 71.

[998] *Ivi*, p. 64.

[999] *Ivi*, p. 23.

[1000] R. Luperini, *Il viaggio, la morte*, in *Giovanni Verga*, cit., p. 157. Si pensi al celebre passo della famiglia Malavoglia in riva al mare: «Sull'imbrunire comare Maruzza coi suoi figlioletti era andata ad aspettare sulla sciara, d'onde si scopriva un bel pezzo di mare, e udendolo urlare a quel modo trasaliva e si grattava il capo senza dir nulla. La piccina piangeva, e quei poveretti, dimenticati sulla sciara, a quell'ora, parevano le anime del purgatorio. Il piangere della bambina le faceva male allo stomaco, alla povera donna, le sembrava quasi un malaugurio; non sapeva che inventare per tranquillarla, e le cantava le canzonette colla voce tremola che sapeva di lagrime anche essa» (*ivi*, p. 56).

[1001] *Ivi*, p. 31.

Una percezione indiretta libera, che si declina con un registro lirico patetico. La pausa di silenzio dei carri che passano, scrive Luperini nel suo commento al romanzo, «mette a confronto il senso del mistero che emerge dalla notte e dal motivo del viaggio nel buio col chiacchericcio vuoto degli uomini d'affari che pensano solo agli interessi pratici»[1002]; il paesaggio si fa portavoce delle ansie segrete del personaggio, verbalizzate infine con il pensiero riportato: «Padron 'Ntoni non pensava ad altro che alla Provvidenza».

Tale privilegio è concesso anche a Maruzza, la moglie di Bastianazzo: «Maruzza udendo suonare un'ora di notte era rientrata in casa lesta lesta [...]; le comari a poco a poco si erano diradate, e come il paese stesso andava addormentandosi, si udiva il mare che russava lì vicino, in fondo alla straduccia, e ogni tanto sbuffava [...]»[1003]. *Mater dolorosa* per eccellenza, la Longa è ritratta nella sua fragilità creaturale, nei suoi patimenti per la sorte dei figli e nella compassione per il loro triste destino; dolore di madre che in un celebre passaggio viene anche proiettato nella figura dell'Addolorata:

> La Longa la portarono a casa su di un carro, e fu malata per alcuni giorni. D'allora in poi fu presa di una gran devozione per l'Addolorata che c'è sull'altare della chiesetta, e le pareva che quel corpo lungo e disteso sulle ginocchia della madre colle costole nere e i ginocchi rossi di sangue, fosse il ritratto del suo Luca, e si sentiva fitte nel cuore tutte quelle spade d'argento che ci aveva la Madonna[1004].

È un'attitudine immaginativa non comune per una popolana; il suo dolore, più che attraverso i pensieri, è veicolato attraverso «sogni tormentosi e immagini ossessivamente ritornanti nella memoria»[1005]:

> Maruzza non diceva nulla, ma nella testa ci aveva un pensiero fisso, che la martellava, e le rosicava il cuore, di sapere cos'era successo in quella notte, che l'aveva sempre dinanzi agli occhi, e se li chiudeva le sembrava di vedere ancora la Provvidenza, là verso il Capo dei Mulini, dove il mare era liscio e turchino, e seminato di barche, che sembravano tanti gabbiani al sole, e si potevano contare ad una ad una, quella dello zio Crocifisso, l'altra di compare Barabba, la Concetta dello zio Cola, e la paranza di padron Fortunato,

---

[1002] *Ivi*, p. 32.

[1003] *Ivi*, p. 45.

[1004] *Ivi*, p. 160.

[1005] Cfr. A. Di Silvestro, *Il linguaggio dell'interiorità*, cit., p. 112.

che stringevano il cuore; e si udiva mastro Cola Zuppiddu il quale cantava a squarciagola, con quei suoi polmoni di bue, mentre picchiava colla malabestia, e l'odore del catrame che veniva dal greto, e la tela che batteva la cugina Anna sulle pietre del lavatoio, e si udiva pure Mena a piangere cheta cheta in cucina[1006].

Anche per l'intrusione del narratore-autore, emotivamente compartecipe con i dolori del suo personaggio («che stringevano il cuore»), il lettore può identificarsi con Maruzza. Si tratta di un ritratto psicologico che restituisce, con sensibilità premodernista, la mobilità del pensiero e il variare dei moti interiori: il rovello della donna al pensiero della sorte di Luca è sollecitato dai *sensi*. Longa vede il «mare liscio e turchino», là dove (ricorda) galleggiava la *Provvidenza* tre giorni prima e dove ora dondolano tranquillamente nel sole le barche degli altri paesani, la vista delle quali la fa commuovere (perché rievocano la *Provvidenza* che non è più in mezzo a loro). Soltanto il pianto di Mena in cucina determina l'interruzione del "sogno ad occhi aperti"; le immagini ossessive che ritornano nella memoria si placano, così l'esistenza ordinaria riprende il suo corso.

1.2.2 Storie di due solitudini. Mena e 'Ntoni Malavoglia

1. Nella sua importante monografia su *I Malavoglia*, Baldini ha notato che, insieme a 'Ntoni, Mena Malavoglia è l'unico personaggio cui nella diegesi è associata un'esplicita indicazione cronologica; un appiglio referenziale in un romanzo che si estende dal dicembre del 1863 fino a qualche anno dopo il 1874 senza che dello scorrere del tempo si dia ragione, quasi l'esistenza fosse immersa in una ritualità senza scarti e deviazioni, resa non non per nulla con l'eterno imperfetto: il tempo dell'idillio, dell'illusione, di un orizzonte premoderno sepolto nel ricordo idealizzato dello scrittore. Del personaggio si dice infatti che «entrava nei [...] diciasett'anni»[1007]; analogamente, Mena si pronuncia così nell'epilogo, quando fa i conti in prima persona con il trascorrere del tempo: «Ora non son più da maritare; tornava a dire Mena col viso basso, [...]. Ho 26 anni, ed è passato il tempo di maritarmi»[1008]. L'inizio e la fine del romanzo contengono le indicazioni dell'età della fanciulla, come se i nove anni raccontati nei *Malavoglia* fossero quelli vissuti dal personaggio. Si tratta

---

[1006] *Ivi*, p. 71.

[1007] MV, p. 22.

[1008] *Ivi*, p. 248.

di un indizio preziosissimo, il segnale di un *destino* diverso che non può essere racchiuso nei confini angusti dell'orizzonte comunitario, in cui è la sfera familiare a predeterminare la sorte dell'individuo; la spia di una complessità solo di rado approfondita, quantomeno organicamente, dalla critica, che costituisce uno degli aspetti più rivoluzionari del romanzo, che in questo senso sembra aggettare sul Modernismo: «è il modo di racconto individuale a disegnare il destino narrativo» di Mena «coi colori di un'identità profonda»; i suoi pensieri e le sue emozioni «stendono le sfumature dei colori del sé sulla sua storia personale»[1009].

La storia di una solitudine, di un'incompresa, di un'umilissima desiderosa di esprimere la sua *particolarità* nella scelta di una vita autentica, di un amore puro ma osteggiato da tutti: coinvolta nelle strategie matrimoniali gestite da padron 'Ntoni e Maruzza, che destinano la fanciulla, in nome degli interessi e dell'onore della famiglia, a un uomo che non ama (Brasi Cipolla, che poi la rifiuta dopo che lei ha perso la dote), Mena, ha notato Ferruccio Cecco, è un personaggio scisso, come è testimoniato dai suoi due nomi: per la sua assiduità al lavoro al telaio, la giovane donna è chiamata con il nome della patrona delle tessitrici, «*Sant'Agata*»: l'incarnazione di colei che tesse i rapporti, dell'identità femminile di cui la patrona è custode[1010]; mentre Mena è il nome della ragazza silenziosa che ama, ricambiata, Alfio Mosca. Ed è questa segreta dimensione degli affetti, inaccessibile agli sguardi indagatori della comunità (e della famiglia, che non comprende i suoi desideri), che il narratore restituisce, ancorché per lo più con omissioni e reticenze, che nulla sottraggono alla sua profondità psicologica:

> Però Alfio Mosca non ci pensava nemmeno alla Vespa, e se ci aveva qualcheduna per la testa, era piuttosto comare Mena [...] che la vedeva ogni giorno nel cortile o sul ballatoio, o allorché andava a governare le bestie nel pollaio [...]. Come pensava a tutto ciò si sentiva in testa tante cose da dirle, e quando poi la vedeva non sapeva come muover la lingua, e guardava il tempo che faceva, e le parlava del carico di vino che aveva preso per la Santuzza, e dell'asino che portava quattro quintali meglio di un mulo [...]. Mena l'accarezzava colla mano, la povera bestia, ed Alfio sorrideva come se

---

[1009] A. Baldini, *Dipingere coi colori adatti*, cit., p. 159. Per un approfondimento della caratterizzazione di Mena cfr. G. Pirodda, *I «pensieri» di Mena Malavoglia*, in F. Bruni (a cura di), *Le donne, i cavalier, l'arme, gli amori*, Venezia, Marsilio, 2011, pp. 271-286.

[1010] Cfr. G. Verga *I Malavoglia*, a cura di F. Cecco, Torino, Einaudi, 1997, p. 91.

gliele facessero a lui quelle carezze. – Ah! se il mio asino fosse vostro, comare Mena! – Mena crollava il capo e il seno le si gonfiava pensando che sarebbe stato meglio se i Malavoglia avessero fatto i carrettieri, ché il babbo non sarebbe morto a quel modo[1011].

I pensieri lirici di Alfio, che come l'amata si emancipa dall'ottica degradante dei paesani (un personaggio «spiritualmente privilegiato», secondo Luigi Russo)[1012], precedono la trasposizione metonimica dell'amore, una confessione di matrimonio fatta per allusioni, ma piena di dolce trepidazione: un *silenzio* denso di significato. L'asino, nota Luperini, «svolge la funzione di mediatore»; è «l'espressione, sia pure indiretta, del desiderio 'illecito' che li lega»[1013]; sicché viene infine verbalizzato, con il pensiero riportato, il desiderio 'illecito' che Mena non riesce ad ammettere neanche a se stessa, e che rovescia l'ottica utilitaristica di Trezza: pur di realizzare il suo amore, desiderebbe essere povera. Privilegia la sfera degli affetti. Eppure segretamente spera nell'ascesa sociale di Alfio: Mena è un personaggio complesso e contraddittorio[1014].

A tratti, lo sguardo indiscreto del narratore non si limita alla dimensione del visibile, penetrando senza remore nella sfera soggettiva di Mena (abitata da sogni, desideri, visioni liriche …); un privilegio non di poco conto per una popolana quasi analfabeta, e nondimeno caratterizzata da un'attitudine all'evasione fantasticante, unico margine di salvezza per esorcizzare l'ineluttabile realtà economica che le nega la felicità:

> Le stelle ammiccavano più forte, quasi s'accendessero, e i *Tre Re* scintillavano sui fariglioni colle braccia in croce, come Sant'Andrea. Il mare russava in fondo alla stradicciuola, adagio adagio, e a lunghi intervalli si udiva il rumore di qualche carro che passava nel buio, sobbalzando sui sassi, e andava pel mondo il quale è tanto grande che se uno potesse camminare e camminare sempre, giorno e notte, non arriverebbe mai, e c'era pure della gente che andava pel mondo a quell'ora, e non sapeva nulla di compar Alfio, né della Provvidenza che era in mare, né della festa dei Morti; – così pensava Mena sul ballatoio aspettando il nonno[1015].

[1011] *Ivi*, pp. 80-81.

[1012] L. Russo, *Verga*, cit., p. 87.

[1013] MV, p. 81.

[1014] Sulla dimensione del silenzio nell'idillio tra Mena e Alfio cfr. A. Di Silvestro, *Le intermittenze del cuore*, cit., pp. 136-137.

[1015] *Ivi*, pp-46-47.

Un'ora dopo il tramonto quasi tutti in paese sono tornati dentro le loro case; dopo la dichiarazione di Alfio, in uno slancio di gioia (in netto contrasto con l'angoscia del nonno e della madre per il viaggio della *Provvidenza*), Mena indica al carrettiere le stelle in cielo, riversandovi il suo desiderio amoroso, dicendo che sono le anime che salgono dal Purgatorio al Paradiso. È un passo celeberrimo, su cui si è addensato un cumulo di letture critiche ora favorevoli alla posizione di Spitzer (per il quale la figura della croce a sant'Andrea è da attribuirsi all'istanza del personaggio, al suo indiretto libero di pensieri, che si estenderebbe per l'intero capoverso)[1016], ora scettiche e avverse, tra cui è emblematica la tesi di Mazzacurati, che vede nella forma assunta dai *Tre Re* (immagine che parla di contrizione e di lutto, che si opporrebbe allo stato d'animo gioioso dei popolani) il segno di una scrittura simbolica e pertanto d'autore, «detentore di un sapere non ancora collettivo», sottile anticipatore di «una tragedia che il suo disegno conosce»[1017].

In realtà, i due orientamenti sono solo in apparenza inconciliabili: non sono ragionevolmente da escludersi, in virtù del *pathos* della distanza, le contaminazioni del linguaggio – e della prospettiva – autoriale, che tuttavia non compromettono l'effetto di simbiosi complessivo tra lettore e personaggio, il quale è da Verga mostrato *esplicitamente* in atto di pensare («così pensava Mena sul ballatoio»). Per quanto impastata con il modo narrativo comunitario («la costellazione di Orione si riflette sugli scogli come se avesse le braccia in croce», «il mare è un uomo che russa»)[1018], affiora la prospettiva esperienziale del singolo soggetto finzionale. Mena sta aspettando il nonno (e le viene in mente la sciagura della *Provvidenza*), ma il suo pensiero è attratto dal ricordo di Alfio e dalla speranza di vederlo ai Morti: le inflessioni liriche della scrittura sono espressione del *suo* universo psicologico e morale.

Del resto la fine del secondo capitolo non è un caso isolato; nel sistema del romanzo, la caratterizzazione della psicologia di Mena implicitamente veicola il contrasto fra l'orizzonte multanime di Aci Trezza e il singolo col suo linguaggio privato e inaccessibile:

[1016] Cfr. L. Spitzer, *L'originalità della narrazione ne «I Malavoglia»*, in «Belfagor», n. 1, 1956, pp. 37-53.

[1017] G. Mazzacurati, *Parallele e meridiane*, cit., pp. 26-27.

[1018] A. Baldini, *Dipingere coi colori adatti*, cit., p. 164.

Alla povera Mena pareva che tutt'a un tratto le fossero caduti venti anni sulla schiena. Adesso faceva colla Lia come la Longa aveva fatto con lei; le pareva di doversela tenere sotto le ali come una chioccia, e di avervi tutta la casa sulle spalle. S'era abituata a rimaner sola colla sorellina, quando gli uomini andavano in mare, e a stare con quel lettuccio vuoto sempre dinanzi agli occhi. Se non aveva nulla da fare, si metteva a sedere colle mani in mano, guardando quel lettuccio vuoto, e allora sentiva che la mamma l'aveva lasciata davvero [...].

[...]

Chissà dove andava il carro di compar Alfio? e se in quel momento moriva di colèra buttato dietro una siepe, quel poveretto che non ci aveva nessuno al mondo[1019]?

Dopo che Alfio Mosca le ha parlato della sua decisione di andarsene da Aci Trezza (diretto verso la piana di Catania), per l'incolmabile distanza sociale che impedisce loro di unirsi in matrimonio, Mena, che ha da poco perduto il padre, per mezzo del monologo narrato (in corsivo), non fa che pensare con apprensione al giovane, metonimicamente evocato attraverso il carro; un timore accresciuto dal timore che egli abbia contratto il colera, e dalla solitudine che si trova a dover patìre: lontano e senza il conforto di chi più ama al mondo.

2. Ne *I Malavoglia*, è superfluo ribadirlo, c'è un altro personaggio con una storia e un'identità *individuale*: 'Ntoni. Egli non vuole essere solo un pescatore e un fratello maggiore, ma vede dall'esterno la propria forma di vita, che immagina di condurre lontano da Aci Trezza, per cercare indipendentemente la felicità che l'orizzonte paesano gli nega. Egli è il portavoce della perdita dei valori arcaici; il senso morale della sua vicenda è quello di una sacralità violata e di una colpa da espiare. Come ha scritto Paolo Mario Sipala, 'Ntoni Malavoglia è il personaggio che illustra la tesi verghiana verbalizzata nella prefazione, il primo a introdurre gli elementi perturbatori nella vita familiare, violando le norme etiche di una vita patriarcale scomparsa nell'orizzonte contemporaneo[1020]. Secondo quanto scriveva Verga il 19 gennaio 1881, il romanzo illustra infatti come «devono e svilupparsi nelle più umili condizioni le prime irrequietudini benessere; e quale perturbazione debba arrecare in una

---

[1019] *Ivi*, p. 222. Il corsivo è mio.

[1020] P.M. Sipala, *Il romanzo di 'Ntoni Malavoglia*, in «Rivista di letteratura italiana», n. 1, gennaio-aprile 1982, pp. 11-22.

famigliuola sino allora relativamente felice, la vaga bramosia dell'ignoto, l'accorgersi non si sta bene, o che si potrebbe star meglio»[1021]. Sicché il profilo del giovane si distanzia sensibilmente da quello di Mena. È sufficiente osservare uno degli schemi preliminari del romanzo, nel quale il profilo di 'Ntoni è disegnato in questi termini:

> 'Ntoni n. 1845. Vano, leggiero, pigro, debole, ghiotto, in fondo buon core, vinto dall'ambiente d'egoismo individuale. In leva il 1865. Lo surroga il fratello nel 1866. Abbandonato dalla Sara e dalla Mangiacarrubbe s'innamora della Zuppidda, ma i parenti lo rifiutano quando la sua casa è espropriata dallo zio Crocifisso. Si avvilisce, non lavora più, per migliorare la sua condizione, torna povero, con dei vizi, prende l'abitudine diventa giuocatore, ubbriacone, ganzo della ostessa, sedotto da Piedipapera e Spato prende parte con loro e Pizzuto a un contrabbando in cui è ferito Don Michele (1877). È condannato alla galera, marzo 1878[1022].

Un vinto tra i vinti; 'Ntoni evade dall'idillio, è proiettato nella modernità. Un'esistenza all'insegna della libertà avventurosa, della mobilità sociale: incarna appieno la logica della devianza. Con la sua chiamata alla leva «cambia il colore del racconto»; la partenza è «l'evento che individua l'identità di 'Ntoni e ne trasforma la storia in un destino personale», che «emerge staccandosi dal fondo indistinto di una storia e di un destino familiare»[1023].

Non stupisce che a tale personaggio sia concesso il privilegio di mediare al lettore i sensi del racconto. Emblematica la pagina finale, da molti letta come un anello di congiunzione tra gli stili narrativi de *I Malavoglia* e di *Mastro-don Gesualdo*:

> E se ne andò colla sua sporta sotto il braccio; poi quando fu lontano, in mezzo alla piazza scura e deserta, che tutti gli usci erano chiusi, si fermò ad ascoltare se chiudessero la porta della casa del nespolo, mentre il cane gli abbaiava dietro, e gli diceva col suo abbaiare che era solo in mezzo al paese. Soltanto il mare gli brontolava la solita storia lì sotto, in mezzo ai fariglioni, perché il mare non ha paese nemmen lui, ed è di tutti quelli che lo stanno ad ascoltare, di qua e di là dove nasce e muore il sole, anzi ad Aci Trezza ha un modo tutto suo di brontolare, e si riconosce subito al gorgogliare che fa tra quegli scogli nei quali si rompe, e par la voce di un amico. Allora 'Ntoni

---

[1021] MV, p. 6.

[1022] G. Verga, *Personaggi, carattere, fisico, e principali azioni*, in *I Malavoglia*, edizione critica a cura di F. Cecco, Novara, Interlinea, 2014, p. 353.

[1023] A. Baldini, *Dipingere coi colori adatti*, cit., p. 50.

si fermò in mezzo alla strada a guardare il paese tutto nero, come non gli bastasse il cuore di staccarsene, adesso che sapeva ogni cosa, e sedette sul muricciuolo della vigna di massaro Filippo[1024].

'Ntoni abbandona definitivamente Aci Trezza, facendosi carico delle sue colpe irrimediabili. La voce, umanamente compartecipe al dramma dell'eroe, si cala nell'orizzonte del personaggio, invitando il lettore all'identificazione[1025]. Proliferano gli imperfetti continuativi, che veicolano un senso di nostalgia: «è l'addio stesso di Verga, la rinuncia a un sogno, ancora romantico, di valori incontaminati e alternativi»[1026]. L'epifania del mare – che nel romanzo ha la funzione simbolica di ricondurre il tempo storico all'immobilità e all'eternità della natura – chiude circolarmente la vicenda; non resta che uno sguardo sconsolato a un mondo perduto per sempre, nei cui luoghi simbolici 'Ntoni ripercorre col pensiero la storia della sua vita:

> Sulla riva, in fondo alla piazza, cominciavano a formicolare dei lumi. Egli levò il capo a guardare i *Tre Re* che luccicavano, e la Puddara che annunziava l'alba, come l'aveva vista tante volte. Allora tornò a chinare il capo sul petto, e a pensare a tutta la sua storia. A poco a poco il mare cominciò a farsi bianco, e i *Tre Re* ad impallidire, e le case spuntavano ad una ad una nelle vie scure, cogli usci chiusi, che si conoscevano tutte, e solo davanti alla bottega di Pizzuto c'era il lumicino, e Rocco Spatu colle mani nelle tasche che tossiva e sputacchiava[1027].

1.3 La degradazione del personaggio nelle «Novelle Rusticane»

Nelle *Novelle rusticane* la poetica dell'autore muta profondamente. I primi anni Ottanta «segnano il momento di massima vicinanza di Verga alla poetica naturalista»[1028]: viene abbandonata la struttura melodrammatica della gran parte dei racconti di *Vita dei campi*. I racconti mettono in scena momenti di una vita quotidiana spesso circolare, ripetitiva,

---

[1024] *Ivi*, p. 322. Non si può che rimandare alla magistrale lettura di Luperini (*L'ultima pagina de «Malavoglia»*, in *Giovanni Verga*, cit., pp. 205-223).

[1025] Sulle valenze interpretative sottese a questo processo di identificazione cfr. D. Giglioli, *I Malavoglia*, cit., pp. 17-24.

[1026] R. Luperini, *Guida alla lettura*, in MV, p. 328.

[1027] *Ivi*, p. 323.

[1028] P. Pellini, *Verga*, cit., p. 109.

sconnessa. Emerge una nuova «divinità», più profana di quella della famiglia, vagheggiata ne *I Malavoglia:* «la religione della roba»[1029], del possesso di beni materiali, della fatica e del tormento per ottenerli, dell'insaziabile cupidigia che prevale su ogni altro valore umano. Movente delle azioni umane è esclusivamente l'interesse economico, l'egoismo individuale, «non mitigato da alcun abbraccio fraterno, da nessuna solidarietà di ceto o di classe, e neppure, ormai, da alcuna coesione familiare»[1030]. Una comunità imbarbarita e degradata, dove gli uomini si incontrano solo per farsi del male; scompare definitivamente quella prospettiva di valori alternativi, diversi, positivi, che ancora sussisteva ne *I Malavoglia*, sia pure nella dimensione malinconica proiettata nel passato e idealizzata dalla lente deformante della nostalgia; una visione materialistica che prelude al *Mastro-don Gesualdo*, di cui non per nulla le *Novelle rusticane* sono state spesso considerate – riduttivamente – i cartoni preparatori.

Ad essere rappresentati, nel periodo di trapasso dal governo dei Borboni a quello dei Savoia (di cui il 1860, individuato nel *Reverendo*, costituisce una data cruciale), sono i personaggi di ogni ceto: Verga dà voce ai miseri contadini dell'entroterra siciliano ma, accanto a loro, ai «galantuomini» (don Piddu e don Marcantonio de *I galantuomini*, il barone e il «signorino» di *Don Licciu Papa*), a raffinati borghesi (*Di là del mare*) e neo-arricchiti (Mazzarò, don Venerando de *La roba* e *Pane nero*). Personaggi che hanno poco in comune con le 'eroiche' individualità di *Vita dei campi*: si accampa una collettività brulicante (con la consueta alternanza tra «coro» e punti di vista dei singoli personaggi), le cui vicende sono raccontate con trame sfilacciate e dal finale sospeso, che rinuncia alla *pointe* e alla *suspense*[1031]. A tale mutamento dell'impianto narrativo corrisponde un'evoluzione della poetica verghiana nella resa dell'elemento paesaggistico: come ha illustrato Dora Marchese, nelle *Novelle Rusticane* Verga supera definitivamente «la prima fase di stampo 'romantico', in cui il paesaggio rispecchia i sentimenti dei protagonisti[1032], approdando così a una visione pessimistica dell'esistenza, di cui è proiezione l'ambiente (storicamente e realisticamente connotato); non per nulla esso si estende al punto da relegare l'elemento antropomorfo sullo sfondo.

[1029] L. Russo, *Giovanni Verga*, cit., pp. 184-187.

[1030] A. Manganaro, *Verga*, Acireale, Bonanno, 2011, p. 113.

[1031] Cfr. P. Pellini, *Naturalismo e modernismo*, cit., pp. 145-146.

[1032] D. Marchese, *La poetica del paesaggio nelle «Novelle rusticane» di Giovanni Verga*, Catania, Euno Edizioni, 2016, p. 28.

Non si tratta di un processo lineare; una novella come *La Roba* – la prima per composizione (1880), dove ancora compare un protagonista a suo modo grandeggiante (un *parvenu* che ispira un senso di inquietante ammirazione) – intercetta tonalità descrittive epico-liriche non di molto dissimili da certi passaggi di *Vita dei campi* e *I Malavoglia*:

> Il viandante che andava lungo il Biviere di Lentini, steso là come un pezzo di mare morto, e le stoppie riarse della Piana di Catania, e gli aranci sempre verdi di Francofonte, e i sugheri grigi di Resecone, e i pascoli deserti di Passaneto e di Passanitello, se domandava, per ingannare la noia della lunga strada polverosa, sotto il cielo fosco dal caldo, nell'ora in cui i campanelli della lettiga suonano tristamente nell'immensa campagna, e i muli lasciano ciondolare il capo e la coda, e il lettighiere canta la sua canzone malinconica per non lasciarsi vincere dal sonno della malaria : – Qui di chi è? – sentiva rispondersi: – Di Mazzarò[1033].

Il dettato naturalista si «rovescia in una sorta di panismo antropocentrico»; la «roba [...] si circonda [...] ancora di un'"aura"», si offre «nella luce incantata di un epos popolaresco»[1034]. Ma la descrizione è filtrata dal prisma percettivo di un *estraneo* al mondo rurale (come nei testi zoliani), che, percorrendo le «stoppie riarse» della Piana di Catania, per ingannare «la noia della lunga strada polverosa», pone domande sul proprietario della vasta campagna che gli sta dinanzi; un viandante che «si fa trasportare in lettiga», e che pertanto «appartiene agli strati sociali superiori»[1035]. Con tale caratterizzazione la trasfigurazione lirico-religiosa della «roba» è narrativamente giustificata. Perché nelle *Novelle rusticane*, nota ancora Marchese, «il paesaggio muta a seconda dell'ottica con cui viene osservato, un'ottica solitamente economica ed interna al mondo narrato»[1036].

Si consideri questo passo estrapolato da *Pane nero*:

> Mentre andavano a Licciardo, colle bisacce in ispalla, asciugandosi il sudore colla manica della camicia, avevano sempre nella testa e dinanzi agli occhi il seminato, ché non vedevano altro fra i sassi della viottola. *Gli era come il pensiero di un malato che vi sta sempre grave in cuore, quel seminato*; prima

---

[1033] G. Verga, *La roba*, in *Tutte le novelle*, cit., p. 279.

[1034] R. Luperini, *Gli incontri di Gesualdo*, in *Verga*, cit., p. 174.

[1035] V. Spinazzola, *Verismo e positivismo*, cit., p. 68. Per una lettura convincente de *La roba* cfr. G. Baldi, *«La roba» e la problematica grandiosità dell'accumulo capitalistico*, in Id., *L'artificio della regressione. Tecnica narrativa e ideologia nel Verga verista*, Napoli, Liguori, 1980, pp. 170-185.

[1036] D. Marchese, *La poetica del paesaggio*, cit., p. 35.

giallo, ammelmato dal gran piovere; poi, quando ricominciava a pigliar
fiato, le erbacce, che Nena ci si era ridotte le due mani una pietà per strap-
parle ad una ad una [...] con tanto di pancia, tirando la gonnella sui ginocchi, onde non far danno. E non sentiva il peso della gravidanza, né il dolore
delle reni, come se ad ogni filo verde che liberava dalle erbacce, facesse un
figliuolo. E quando si accoccolava infine sul ciglione, [...] le sembrava di
vedere le spighe alte nel giugno, curvandosi ad onda pel venticello l'una
sull'altra; e facevano i conti col marito[...][1037].

Per quanto si registri l'interferenza di un narratore solo apparentemente 'autoriale', perché in realtà interno al mondo narrato (in corsivo),
il lettore osserva gli eventi attraverso la prospettiva dei personaggi, e
segnatamente di Nena (un'umilissima), di cui si riportano i pensieri con
una psiconarrazione negativa («E non sentiva il peso della gravidanza, nè
il dolore delle reni, come se ad ogni filo verde che liberava dalle erbacce,
facesse un figliuolo»). La miseria e gli stenti affrontati da Nena e Santo –
il figlio di compare Nanni (piccolo proprietario deceduto) – è proiettata
sul paesaggio: la «straziante incertezza del domani e la stringente necessità determinano nei personaggi un'alienazione tale che l'umanità da loro
[...] smarrita è gradualmente acquisita dal seminato»[1038]. La componente
antropomorfa perde centralità; in primo piano sono le *cose*. D'altronde
Pane nero è un racconto che porta a compimento il processo di degradazione del personaggio iniziato in *Vita dei campi*, sebbene non siano
assenti, anche in questo racconto, momenti nei quali si rappresenta l'interiorità dei caratteri popolari.

Il testo si presenta come una palinodia de *I Malavoglia* in chiave pessimistica; il nucleo familiare, dopo la morte del *pater familias*, diviene
luogo di conflitti intestini, dei quali è emblematica la ripresa antifrastica dell'ideale di Padron'Ntoni: «I fratelli, che erano come le dita della
stessa mano finché viveva il padre, ora dovevano pensare ciascuno ai casi
propri»[1039]. Significativamente, la gestazione della novella è complessa
(si contano ben quattro edizioni a stampa)[1040]: il nucleo originario della
narrazione è riconducibile a un'ispirazione idillica *à la Jeli il pastore*, poi

---

[1037] TN, p. 305. Il corsivo è mio.

[1038] D. Marchese, *La poetica del paesaggio*, cit. p. 148.

[1039] TN, p. 299.

[1040] *Pane nero* apparve a puntate sulla «Gazzetta letteraria» di Torino dal 25 febbraio al
18 marzo 1882; nello stesso anno fu pubblicata come volumetto autonomo dall'editore Giannotta di Catania. La terza edizione, avvenuta nel 1883 presso il Casanova
di Torino, la vide inclusa nella silloge delle *Novelle rusticane* benché inizialmente

soppresso dall'autore: Verga avvertì l'esigenza di sfumare il ruolo privilegiato del protagonista (ricoperto nei primi abbozzi da Carmenio)[1041]. Non che il racconto non intercetti le modalità dell'idillio; tuttavia tale ripresa è funzionale alla decostruzione degli ideali romantici:

> Ella [Nena] aveva però la nuca bianca, come l'hanno le rosse; e mentre teneva il capo chino, con tutti quei pensieri dentro, il sole le indorava dietro alle orecchie i capelli color d'oro, e le guance che ci avevano la peluria fine come le pesche; e Santo le guardava gli occhi celesti come il fiore del lino, e il petto che gli riempiva il busto, e faceva l'onda al par del seminato. – Non vi angustiate, comare Nena – gli diceva. – Mariti non ve ne mancheranno.
>
> Ella scrollava il capo per dir di no; e gli orecchini rossi che sembravano di corallo, gli accarezzavano le guance. – No, no, compare Santo. Lo so che non son bella, e che non mi vuol nessuno[1042].

È la descrizione del primo convegno amoroso tra Santo e Nena, che s'incontrano a Castelluccio in una calda e radiosa giornata di primavera. Vengono evocati tutti gli elementi che concorrono, secondo il codice romantico, a descrivere l'avvenenza femminile: la nuca, gli occhi, le guance, i capelli, il petto, paragonati ad altrettanti elementi della natura. Però, ogni «elemento distintivo della *Rossa* è associato ad un termine tratto dall'ambite referenziale della roba»: ai capelli l'oro, alle guance le pesche, agli occhi il lino; abbinamento che «contribuisce a recuperare la necessaria dimensione pratico-economica» del mondo rurale[1043]. La materialità dell'esistenza contamina la purezza del desiderio; del resto, l'idillio di Santo con la Rossa, narrato per lo più in analessi, si risolve in sfinimento da lavoro e incomprensioni di coppia: in *Pane nero*, non c'è spazio per la purezza dei sentimenti. Ma, soprattutto, sono rari i punti in cui si afferma nel racconto la narrazione singolativa: prevale, sino a determinare la fisionomia dominante del testo, «la narrazione iterativa,

---

non fosse prevista. La quarta ed ultima edizione della novella, infine, sempre all'interno delle *Rusticane*, fu quella vociana.

[1041] Cfr. G. Forni, *Introduzione*, in *Novelle rusticane*, a cura di G. Forni, Novara, Interlinea, 2016. Nanni (il *pater familias*) è infatti ancora a vivo, e lascia al piccolo Carmenio il compito di sorvegliare delle pecore, tornando in cerca di provviste; episodio che dà il via a varie perpezie, giacché il giovane è incapace di evitare che le pecore siano decimate da una tempesta di neve. Sicché la narrrazione indugia sulla descrizione della vita pastorale che recupera i consueti *topoi* bucolici, evocati dal ricordo del ragazzo.

[1042] TN, pp. 300-301.

[1043] D. Marchese, *La poetica del paesaggio*, cit., p. 142.

che contribuisce potentemente a creare il senso del ripetersi sempre identico di fatti e gesti, cioè il meccanismo inesorabile che domina senza via d'uscita la vita dei personaggi»[1044].

Il frammento della lunga notte di Carmenio costituisce in tal senso un'anomalia:

> Di fuori, nelle tenebre, di tanto in tanto si udivano i campanacci della mandra che trasalivano. Dallo spiraglio si vedeva il quadro dell'uscio nero come la bocca di un forno; null'altro. E la costa dirimpetto, e la valle profonda, e la pianura della Lamia, tutto si sprofondava in quel nero senza fondo, che pareva si vedesse soltanto il rumore del torrente, laggiù, a montare verso il casolare, gonfio e minaccioso.
>
> Se sapeva, anche questa! prima che annottasse correva al paese a chiamare il fratello; e certo a quell'ora sarebbe qui con lui, ed anche Lucia e la cognata[1045].

Il campo percettivo del personaggio proietta il suo 'terrore' per l'agonia della madre; ma di fatto, la paura, o, in contrapposto, il ricordo felice di tempi luminosi («A Natale [...] davanti all'altarino illuminato e colle frasche d'arancio, e in ogni casa, davanti all'uscio, i ragazzi giocavano alla *fossetta*, col bel sole di dicembre sulla schiena [...])[1046], non attivano il moto di identificazione, non riescono davvero a smuovere il personaggio: «la realtà procede per conto proprio, e alla scena notturna [...] non segue alcuna conversione»[1047] Lo scavo psicologico porta alla luce soltanto disperazione:

> Ah! quel cuore nero di Brasi! La lasciava nelle manacce del padrone, che la brancicavano tremanti! La lasciava col pensiero della mamma che poco poteva campare, della casa saccheggiata e piena di guai, di Pino il Tomo che l'aveva piantata per andare a mangiare il pane della vedova! La lasciava colla tentazione degli orecchini e delle 20 onze nella testa[1048]!

Pur di non restare zitella, Lucia, doppio di Mena (ma nient'affatto nobilitata da accenti lirici), rinuncia all'onore, concedendosi, dietro

---

[1044] G. Baldi, «Pane nero»: *le strutture narrative dell'antimalavoglia*, in *Narratologia e critica*, cit., p. 110.

[1045] TN, p. 327.

[1046] *Ivi*, pp. 328-329.

[1047] R. Bigazzi, *Su Verga novelliere*, cit., p. 95.

[1048] TN, p. 323.

consiglio del futuro marito, a don Venerando: un grido di dolore; un ritratto privo di empatia. Sicché la tesi di Mazzacurati è condivisibile:

> Dai *Malavoglia* in poi, tra Verga verista e il suo campo di rappresentazione si profila [...] una barriera di diversità, [...] che paralizza quasi tutti i transiti emotivi, recide i filamenti della solidarietà, il vischio della partecipazione lirica e delle mitografie antropologiche dell'innocenza, consegnando autore e figure alla solitudine ardua dei reciproci ruoli e destini[1049].

Nelle *Rusticane* la narrazione è tendenzialmente *dissonante*. Eppure in una novella come *Cos'è il re* – incentrata sul dramma esistenziale (narrato in una sola giornata: il 10 ottobre 1838)[1050] dell'umilissimo lettighiere Cosimo che ha ricevuto il compito di trasportare il sovrano e la consorte – i procedimenti antifrastici e il distanziamento critico della voce, pur presente in certi passaggi, non sono l'aspetto essenziale della diegesi. Invece, ha recentemente argomentato Concetta Maria Pagliuca (che si oppone a Mazzacurati, il quale individua la cifra distintiva del racconto nella distanza tra soggetto finzionale e *auctor*, nel «taglio ironico» del «testimone»)[1051], il narratore è nel complesso *consonante*, e pertanto disposto a solidarizzare con il suo umilissimo personaggio, benché si riservi il diritto di interrompere il racconto e precisare quanto sta dicendo[1052]. In altre parole si tratta di un racconto che *tende* al modello figurale, ma non ne è una sua compiuta realizzazione; l'istanza della voce è fondamentale: il narratore è l'«attento organizzatore della materia psichica del lettighiere», assiste e fraternamente soccorre il personaggio, ma badando bene di dissimulare i suoi interventi. È come se questo narratore si fosse «"appostato" accanto a lui e avesse registrato i suoi atti e i suoi turbamenti»; da tale prossimità, «nasce l'impressione che nel corso della novella i pensieri del protagonista emergano di tanto in tanto, l'impressione che riusciamo a vedere e a sapere quanto il protagonista dovrebbe vedere e sapere»[1053]. Ma nell'epilogo il magma interiore del protagonista,

---

[1049] G. Mazzacurati, *Parallele e meridiane*, cit., p. 20.

[1050] Solo la parte finale della novella, con un notevole salto temporale, accenna alle ripercussioni dell'Unità d'Italia sul protagonista.

[1051] C.M. Pagliuca, *Verso la situazione narrativa figurale: il caso di una novella*, in «Diacritica», vol. 1, 2022, pp. 21-42.

[1052] G. Mazzacurati, *Il testimone scisso: radiografia di una novella verghiana*, in «Sigma», 1-2, 1977, p. 47.

[1053] C.M. Pagliuca, *Verso la situazione narrativa figurale*, cit., p. 39.

a lungo trattenuto, erompe in superficie, confondendosi nell'orizzonte multanime della comunità:

> Solamente molti anni dopo, quando vennero a pignorargli le mule in nome del Re, perché non aveva potuto pagare il debito, compare Cosimo non si dava pace pensando che pure quelle erano le mule che gli avevano portato la moglie sana e salva, al Re, povere bestie; e allora non c'erano le strade carrozzabili, ché la Regina si sarebbe rotto il collo, se non fosse stato per la sua lettiga, e la gente diceva che il Re e la Regina erano venuti apposta in Sicilia per fare le strade, che non ce n'erano ancora, ed era una porcheria. Ma allora campavano i lettighieri, e compare Cosimo avrebbe potuto pagare il debito, e non gli avrebbero pignorato le mule, se non veniva il Re e la Regina a far le strade carrozzabili.
>
> E più tardi, quando gli presero il suo Orazio, che lo chiamavano Turco, tanto era nero e forte, per farlo artigliere, e quella povera vecchia di sua moglie piangeva come una fontana, gli tornò in mente quella ragazza ch'era venuta a buttarsi a' piedi del Re gridando grazia! e il Re con una parola l'aveva mandata via contenta. *Né voleva capire che il Re d'adesso era un altro, e quello vecchio l'avevano buttato giù di sella.* Diceva che se fosse stato lì il Re, li avrebbe mandati via contenti, lui e sua moglie, ché gli aveva battuto sulla spalla, e lo conosceva e l'aveva visto proprio sul mostaccio, coi calzoni rossi, e la sciabola appesa alla pancia, e con una parola poteva far tagliare il collo alla gente, e mandare puranco a pignorare le mule, se uno non pagava il debito, e pigliarsi i figliuoli per soldati, come gli piaceva[1054].

Il lucido commento del narratore (in corsivo) smorza senz'altro il tono tragico del testo, ma esso non pare un'allusione ironica o malevola alla semplicità del lettighiere; piuttosto, la voce rimarca che compare Cosimo è un soggetto ai margini della Storia, ignaro degli sconvolgimenti politici e delle rivoluzioni che si verificano al di fuori del suo ristretto orizzonte.

1.4 «Mastro-don Gesualdo»

1. È noto che nel tessuto multicolore del *Mastro-don Gesualdo* (1889) sono compresenti ampie zone di diffrazione corale e luoghi di introspezione singolativi. Come infatti insegna Mazzacurati, se ne «*I Malavoglia*» il compito fondamentale dell'artista era «affondare e far regredire immagini e linguaggi fino alla soglia dura e compatta delle articolazioni primitive, delle passioni senza tempo» che lo induceva ad utilizzare

---

[1054] TN, pp. 245-246. In corsivo.

come il «diverso timbro di un solo suono», ora si verifica una metamorfosi: «il passaggio dal concerto corale al concerto strumentale» si traduce nell'«impiego di nuove misture di generi, di una più articolata e flessibile sonorità»; e in una «radicale separazione dei singoli strumenti», con la più «selettiva raccolta dei luoghi di emissione e dei punti di vista corali»[1055]. Ne deriva un impianto tonale fluido e complesso, con passaggi magistrali tra i vari piani in cui si articola la narrazione: molto più votato alla descrizione e al dialogo, e pertanto nel complesso più 'autoriale'. Nondimeno il narratore si guarda bene dall'osservare il racconto dall'alto di una superiorità onnisciente; solo di rado la voce si palesa con degli enunciati gnomici (peraltro quantitativamente esigui). Insomma, si tratta di un'impersonalità di tipo 'zoliano' e 'flaubertiano' operante «*a parte subiecti*», a cui è sottesa la volontà del secondo Verga di raffigurare la ferocia delle relazioni borghesi, l'alienazione conseguente all'accumulazione capitalistica, la mercificazione dei rapporti sociali[1056].

In questo tessuto pluridiscorsivo – che idealmente aggetta, con il suo disegno allegorico, sulla modernità – non di rado s'incornicia, ma interagendo dialetticamente con le voci (anche ostili) fuori campo, la soggettività del protagonista: un *parvenu*, un carattere socialmente ibrido, che Verga ha potuto, nella prefazione a *I Malavoglia*, chiamare «borghese». Un artigiano (precisamente muratore) che è diventato *don* (cioè membro della classe dominante), grazie alle ricchezze accumulate e al matrimonio con un'aristocratica decaduta. Una soggettività ormai separata, costretta ad agire, in un orizzonte capitalistico dai frenetici ritmi produttivi (dove la coscienza è alienata e tormentata dall'infelicità), in modo insieme individualistico e autodistruttivo.[1057] Ma anche questa monade chiusa è percorsa da palpiti lirici:

Quante cose si sarebbero potute fare con quel denaro! Quanti buoni colpi di zappa, quanto sudore di villani si sarebbero pagati! Delle fattorie, dei

---

[1055] G. Mazzacurati, *Introduzione*, In MG, pp. XIV-XXVI.

[1056] Cfr. R. Luperini, *L'allegoria di Gesualdo*, cit., pp. 169-190.

[1057] Recentemente, Castellana ha mostrato come la rappresentazione della soggettività del protagonista, in particolare nel primo capitolo della terza parte (quando Gesualdo percepisce la figlia come altro da sé), sia una componente cruciale per veicolare una nuova idea di tragico (un tragico moderno, antitetico al melodrammatico), di cui il romanzo sarebbe sommamente rappresentativo (cfr. R. Castellana, *Il tragico senza forma*, in *Lo spazio dei Vinti. Una lettura antropologica di Verga*, Roma, Carocci, 2022, pp. 197-213).

villaggi interi da fabbricare... delle terre da seminare, a perdita di vista... E un esercito di mietitori a giugno, del grano da raccogliere a montagne, del denaro a fiumi da intascare!... Allora gli si gonfiava il cuore al vedere i passeri che schiamazzavano su quelle tegole, il sole che moriva sul cornicione senza scendere mai giù sino alle finestre. Pensava alle strade polverose, ai bei campi dorati e verdi, al cinguettìo lungo le siepi, alle belle mattinate che facevano fumare i solchi!... Oramai!... oramai!...[1058]

Ormai vicino alla morte, assistendo allo spreco della vita cittadina, Gesualdo rimpiange con nostalgia e passione il lavoro della campagna, che ha rappresentato la sua intera esistenza; momenti nei quali il narratore *consuona* con il personaggio, conferendogli un abbandono sentimentale, come un sentire *poetico*:

Gli venivano tanti ricordi piacevoli. Ne aveva portate delle pietre sulle spalle, prima di fabbricare quel magazzino! E ne aveva passati dei giorni senza pane, prima di possedere tutta quella roba! Ragazzetto... gli sembrava di tornarci ancora, quando portava il gesso dalla fornace di suo padre, a Donferrante! Quante volte l'aveva fatta quella strada di Licodia, dietro gli asinelli che cascavano per via e morivano alle volte sotto il carico! Quanto piangere e chiamar santi e cristiani in aiuto! Mastro Nunzio allora suonava il deprofundis sulla schiena del figliuolo, con la funicella stessa della soma... Erano dieci o dodici tarì che gli cascavano di tasca ogni asino morto al poveruomo! – Carico di famiglia! Santo che gli faceva mangiare i gomiti sin d'allora; Speranza che cominciava a voler marito; la mamma con le febbri, tredici mesi dell'anno!... – Più colpi di funicella che pane! – Poi quando il Mascalise, suo zio, lo condusse seco manovale, a cercar fortuna... Il padre non voleva, perché aveva la sua superbia anche lui, come uno che era stato sempre padrone, alla fornace, e gli cuoceva di vedere il sangue suo al comando altrui.[1059]

Un lungo monologo narrato, di cui Verga, specie da verista, fu estremamente parco. La terra, il magazzino, le mandrie, le donne, tutto è «roba», la quale, scrive Giancarlo Mazzacurati nel suo commento al romanzo, «si può tingere perfino di un'appagata visione elegiaca»;[1060] rimastichìo protratto di memorie, elegia degli sforzi e del successo, che l'autore concesse solo al suo *parvenu*.

[1058] MG, p. 456.

[1059] *Ivi*, pp. 111-112.

[1060] MG, p. 111.

2. L'attenzione con cui Verga ritrae la rapace borghesia di provincia e la nobiltà (decaduta e di antico lignaggio) nel *Mastro-don Gesualdo* non è necessariamente sintomo di un interesse marginale per gli umili. È notissima la centralità di un personaggio come Diodata, docile e remissiva del "dominio maschile", oltre che di Nanni, uno dei sediziosi che manifestano in piazza nel 1820, che conosce una modesta elevazione sociale dopo che Gesualdo, per tacitare la propria coscienza, fornisce all'ex amante Diodata una dote e gliela dà in sposa. Ma essi sono privi di qualsiasi approfondimento interiore:

> Ci hai lavorato, anche tu, nella roba del tuo padrone!...
>
> [...] Essa, vedendosi rivolta la parola, si accostò tutta contenta e gli si accovacciò ai piedi, su di un sasso, col viso bianco di luna, il mento sui ginocchi, in un gomitolo. Passava il tintinnìo dei campanacci, il calpestìo greve e lento per la distesa del bestiame che scendeva al torrente, dei muggiti gravi e come sonnolenti, le voci dei guardiani che lo guidavano e si spandevano lontane, nell'aria sonora. La luna ora discesa sino all'aia, stampava delle ombre nere in un albore freddo; disegnava l'ombra vagante dei cani di guardia che avevano fiutato il bestiame; la massa inerte del camparo, steso bocconi – Nanni l'Orbo, eh?... o Brasi Camauro? Chi dei due ti sta dietro la gonnella? – riprese don Gesualdo che era in vena di scherzare.
>
> Diodata sorrise: – Nossignore!... nessuno!
>
> [...].
>
> Essa sorrideva sempre allo stesso modo, di quel sorriso dolce e contento [...] che sembrava le illuminasse il viso, affinato dal chiarore molle: gli occhi come due stelle; le belle trecce allentate sul collo; la bocca un po' larga e tumida, ma giovane e fresca[1061].

Un campione esemplare: nel corso dell'idillio della Canziria, Gesualdo si rivolge a Diodata – serva a lui affezionata e fedele – con afflato amoroso e sentimentale. Nonostante il dettato poetico di queste pagine (che rievocano certi momenti de *I Malavoglia*), la donna è *osservata* dalla prospettiva del protagonista. Da una soggettività *altrui*. Perché il filtro percettivo singolativo – la descrizione focalizzata, fondamentale per la delineazione dello spazio sociale –[1062] e l'affondo introspettivo (con

---

[1061] *Ivi*, pp. 198-199. Il corsivo è mio.

[1062] Cfr. R. Castellana, *Descrizione d'ambiente e spazio sociale nel «Mastro-don Gesualdo»*, in «Annali della Fondazione Verga», n. 9, 2016, pp. 169-189. Riccardo Castellana mostra come la descrizione focalizzata sia ad esempio accordata, oltre che al protagonista e ad Isabellina, al sensale Pirtuso.

l'indiretto libero di pensieri e i soliloqui e le psiconarrazioni) non riguardano generalmente il Quarto Stato, a cui in verità neanche una soggettività idillica o comica è concessa.

Ma il narratore «interno» non scompare. I testimoni popolari filtrano ancora parecchie scene di massa, gestendo il sistema dialogico e la ritrattistica posta alla loro altezza:

> C'era un gran fermento in paese [...]. Degli arruffapopolo stuzzicavano anche i villani con certi discorsi che facevano spalancare loro gli occhi: Le terre del comune che uscivano di casa Zacco dopo quarant'anni... un prezzo che non s'era mai visto l'eguale!... Quel mastro-don Gesualdo aveva le mani troppo lunghe... Se avevano fatto salire le terre a quel prezzo voleva dire che c'era ancora da guadagnarci su!... Tutto sangue della povera gente! Roba del comune... Voleva dire che ciascuno ci aveva diritto!... Allora tanto valeva che ciascuno si pigliasse il suo pezzetto.
>
> Fu una domenica, la festa dell'Assunta. La sera innanzi era arrivata una lettera da Palermo che mise fuoco alla polvere, quasi tutti l'avessero letta. Dallo spuntare del giorno si vide la Piazza Grande piena zeppa di villani[1063]!

Ci troviamo in una domenica della festa dell'Assunta, in una Piazza Grande gremita di «villani» e «arruffapopolo», i cui discorsi sono riportati in maniera trasposta dal narratore. L'uso dell'imperfetto continuo propizia la riflettorizzazione a carico della comunità, di cui è registrato un chiacchiericcio diffuso e un anonimo brusio.

Un altro esempio:

> Sul più bello, mentre la statua dell'Evangelista correva balzelloni da Gesù a Maria [...] capitò la carrozza nuova di don Gesualdo Motta. Lui con la giamberga dai bottoni d'oro e il solitario al petto della camicia, la moglie in gala anche lei, poveretta, che la veste nuova le piangeva addosso, allampanata, ridotta uno scheletro [...]. La folla si apriva per lasciarli passare, senza bisogno di spintoni. Dei curiosi guardavano a bocca aperta.
>
> [...]
>
> Egli [Don Ninì] pure era invecchiato, floscio, calvo, panciuto, acceso in viso, colle gote ed il naso ricamati di filamenti sanguigni che lo minacciavano della stessa malattia di sua madre. Ora si guardavano come due estranei, lui e Bianca [...]. Anche le male lingue, dopo tanto tempo, avevano dimenticato le chiacchiere corse sui due cugini. Però invidiavano mastro-don Gesualdo,

---

[1063] MG, p. 213.

il quale era arrivato a quel posto, e donna Bianca che aveva fatto quel gran matrimonione. La sua figliuola sarebbe arrivata chissà dove[1064]!

Si assiste all'ingresso in scena di Mastro-don Gesualdo e della sua famiglia: una *percezione indiretta libera* di un gruppo di «curiosi». Ce lo conferma l'aggettivo «poveretta» riferito a Bianca, un *evaluative adjective* (nel lessico di Ann Banfield),[1065] la cui funzione è quella di figuralizzare la deissi ed enfatizzare il punto di vista degli osservatori. A subire il medesimo trattamento del protagonista è Ninì Rubiera (cugino e amante di Bianca Trao), il quale, invecchiato e imbolsito, viene impietosamente giudicato dalla folla. Il narratore sembra appropriarsi, con la tecnica del *contagio*, delle parole dei personaggi sulla scena («e donna Bianca che aveva fatto *quel gran matrimonione*»); voce narrante e parola altrui si mescidano indistricabilmente.

Figuralizzazioni plurali, zone miste: l'effetto è *dissonante*, e spesso ironico; a essere pregiudicata è la possibilità per il lettore di empatizzare con un umile. Ma l'attribuzione del punto di vista a un soggetto popolare è fondamentale nell'orchestrazione finale. Privato di qualsiasi possibilità di comunicazione autentica con la figlia e col genero, costretto alla passività, Gesualdo può solo vedere e ascoltare una realtà che non comprende; e a prendere la parola è uno dei «mangiapane» del palazzo, che osserva dalla sua prospettiva (senza accenni di empatia) il protagonista agonizzante, che morirà solo e abbandonato in una realtà che lo respinge come un corpo estraneo[1066].

Sicché la riflettorizzazione è funzione dello straniamento, la strategia di cui il narratore impersonale si avvale per portare a compimento – senza esprimersi direttamente – la parabola del suo eroe; ma di questo personaggio, come Diodata e tutti i caratteri del popolo, non sono restituiti i pensieri, non è drammatizzata la coscienza: il narratore si *serve* del suo sguardo, lo riduce a punto di vista *alieno* e giudicante, rappresentante ideale del mondo ostile cui appartiene.

[1064] *Ivi*, p. 367.

[1065] Cfr. A. Banfield, *Unspeakable Sentences. Narration and Representation in the Language of Fiction*, Boston-London, Melbourne Routledge & Kegan Paul, 1982, p. 55.

[1066] Al riguardo cfr. R. Luperini, *L'allegoria di Gesualdo*, in *Giovanni Verga. Saggi (1976-2018)* cit., pp. 179-180.

2. *De Roberto*

1. Nella nota prefazione-manifesto alle novelle di *Documenti umani* (1888), assai rappresentativa, non solo per l'Italia, di un momento di particolare acutezza e problematicità della riflessione naturalista sulle questioni tecniche del narrare, De Roberto si dichiara allievo di Verga, Capuana e Zola, ma tenta una «fondazione epistemologica dell'eclettismo»[1067], mostra d'esser persuaso della legittimità di ogni «metodo» artistico, fino a vanificare ogni distinzione di valore tra quelle che gli sembrano essere le due scuole coeve: la naturalista e l'idealista. De Roberto afferma, precisamente, che ogni metodo reca con sé un'insita filosofia, un modo di vedere e un modo di scrivere: tetro e 'teratologico' per i naturalisti, 'roseo' e sublime per gli idealisti. La realtà che «i romanzieri e i novellieri si propongono di ritrarre» non è determinata in sé: differisce a seconda del temperamento, anzi dell'«organismo che l'osserva»[1068], ed è una funzione dell'indirizzo a cui lo scrittore abbia deciso di conformarsi. S'impone dunque la selezione di personaggi e ambienti confacenti alle esigenze del metodo prescelto[1069].

Il naturalista è un «osservatore», incline a riportare sulla pagina ciò che il suo sguardo registra. Gli osservatori, «presumendo di dar l'impressione del reale, fanno agire i loro personaggi, riproducono ciò che in essi è apparente, lasciando ai lettori l'immaginare quel che vi passa internamente [...] come nella realtà, in cui noi vediamo degli uomini e delle donne che parlano e che si muovono, e non delle anime a nudo e starei per dire scorticate»[1070]. Questi scrittori «procedono per mezzo della sintesi fisiologica», vogliono «fare intravedere le modificazioni interiori

---

[1067] A. Di Grado, *La vita, le carte, i turbamenti di Federico De Roberto gentiluomo*, Catania, Biblioteca della fondazione Verga, 1988, p. 126. Sul valore programmatico di questa prefazione si veda anche G. Maffei, *La passione del metodo*, cit., 2017, pp. 203-212; G. Traina, *Il ruolo della novella nella sperimentazione*, in «Spunti e ricerche», n. 19, 2004, p. 127; G. Lombardi, *Le prefazioni: riflessioni di poetica e dichiarazioni di metodologia*, in Id., *Dai «Documenti umani» alle novelle di guerra*, Catania, Fondazione Verga, 2018, pp. 51-78; N. Zago, *Introduzione*, in F. De Roberto, *Novelle*, a cura di N. Zago, Milano, Rizzoli, 2021, pp. 19-22.

[1068] F. De Roberto, *Prefazione*, in *Documenti umani* (1888), cit., p. 159.

[1069] È noto – ed evidente ad una prima lettura – che sull'impianto della prefazione ebbe un influsso decisivo il saggio di metodo di Maupassant anteposto a *Pierre et Jean*, *Le Roman* (1888). Per un confronto tra le due prefazioni cfr. Maffei, *La passione del metodo*, cit., pp. 203-206.

[1070] F. De Roberto, *Prefazione*, cit., p. 166.

dai segni esterni», rappresentano «una situazione d'animo con un gesto o con una parola»[1071]: una psicologia *in actu*, cioè, perché essi evitano l'introspezione, facendo tuttavia delle passioni, ma mostrate nei loro fenomeni, la struttura dell'opera. Però non è possibile osservare e tener presente la totalità del mondo sensibile: i naturalisti si concentrano su oggetti emblematici e altamente significativi, oggetti che siano «*caratteristici*», cioè capaci di fermare lo sguardo per il loro aspetto vario e «accidentato»; essi saranno i più efficaci per la perseguita illusione di realismo:

> Ora, la virtù e la salute sono più uniformi, più semplici, più monotone del vizio e della malattia; queste offrono una più grande varietà ed una più grande particolarità di manifestazioni; e lo scrittore naturalista in traccia di fatti significativi, ne trova, negli ambienti corrotti, nei tipi degenerati, nei casi patologici, una più ricca messe [...]. A misura che si scende nella gerarchia sociale, le differenze si accrescono e i tipi si determinano più nettamente. Un contadino, un operaio, un minatore hanno dei caratteri esclusivamente proprii, specifici, nella fisionomia, nell'abito, nel modo di fare e di parlare, da renderli riconoscibili a cento miglia lontano; la folla elegante che popola un salone è più elegante, offre meno presa all'osservazione[1072].

Si noti la proposta di una linea preferenziale per l'individuazione dei luoghi e dei personaggi da ritrarre: allo scrittore naturalista interessano «il vizio», la «malattia», i «tipi degenerati», i «casi patologici», «gli ambienti corrotti»: insomma «il brutto e il pravo»[1073]. E poiché tali caratteristiche abbondano nelle basse sfere della «gerarchia sociale», queste ultime sono state materia privilegiata per la penna impietosa della *filière* zoliana, una scuola avvezza alla visione della deformità e del turpe, a mostrare «il lato debole, volgare, violento» e «i moventi indegni» dei suoi soggetti artistici[1074].

La strategia dell'«osservazione» si oppone polarmente al paradigma mimetico adoperato dagli idealisti, «l'analisi psicologica», che si avvale di una particolare forma di immaginazione, «l'immaginazione degli stati d'animo»[1075]. Maestro dell'«analisi», dopo Stendhal, è Paul Bourget, che

---

[1071] *Ibid.*

[1072] *Ibid.*

[1073] *Ivi*, p. 160.

[1074] *Ibid.*

[1075] *Ivi*, p. 165.

ha fatto della dimensione interiore dei personaggi il suo *habitat* e dello studio dei segreti «contrasti» il suo oggetto d'indagine:

> L'analisi psicologica! Se ne ragionassimo un poco? In che cosa consiste essa? Essa consiste nell'esposizione di tutto ciò che passa per la testa ai personaggi, delle loro sensazioni, dei loro sentimenti, e delle loro volizioni. Dato un personaggio con un certo carattere e messo in presenza di una certa situazione, l'analisi psicologica consiste nel rintracciare tutti i movimenti interiori di questo personaggio, come egli apprezzi questa situazione, che cosa essa gli suggerisca, quali partiti gli si presentino per uscirne, e per quale trafila di impulsi e di ragionamenti egli si apprenda all'uno piuttosto che all'altro[1076].

Se si considera che in quegli anni l'«analisi psicologica» era avvertita come uno strumento di conoscenza, un metodo d'arte a suo modo scientifico e sperimentale, si intuisce perché la questione della sua fondatezza e verosimiglianza a De Roberto paresse cruciale[1077]. Secondo lui, infatti, per un verso l'«analisi» sembra poggiare «su una poco solida base» e incontra degli ostacoli, giacché «atti, parole e gesti», entità discrete, non potranno mai corrispondere alla natura cangiante, perennemente *in fieri* del pensiero, e perché uguali «gesti, parole ed atti» possono essere espressione dei pensieri più dissimili delle persone diverse o anche della stessa persona in momenti diversi. D'altra parte, pur essendo per i detti limiti capace soltanto di una «ricostruzione verosimile di uno stato psicologico», l'«analisi» è uno strumento a cui è difficile rinunciare per lo scrittore che «vuol rappresentare degli stati d'animo» e dar rilievo all'«anima

---

[1076] *Ivi*, p. 166.

[1077] L'insistenza sul carattere scientifico del metodo analitico si ritrova in un importante saggio che De Roberto dedicò alla tecnica del Bourget, in cui il romanziere francese è descritto come un romanziere-scienziato. Per lo scrittore siciliano, i romanzi del Bourget sono «degli studi di anatomia morale: come lo scienziato, che mette a nudo la compagine dei muscoli, dei nervi e delle ossa, l'artista squarcia il cervello dei suoi personaggi e vi rintraccia le sensazioni, le immagini e le idee. Come lo scienziato s'interessa, più che alle condizioni normali della salute, alle alterazioni determinate dai processi morbosi, così il romanziere studia di preferenza le malattie morali, la patologia della coscienza. A quel modo stesso che lo scienziato dall'accertamento dei fatti s'innalza ai principi generali che li reggono, il romanziere psicologo passa dalle particolari osservazioni alle leggi» (F. De Roberto, *Letteratura contemporanea. Paolo Bourget*, in Id., *Il tempo dello scontento universale*, a cura di A. Loria, Torino, Nino Aragno, 2012, pp. 57-58). In altri termini, l'analisi bourgettiana è qui descritta come uno studio 'scientifico' delle concatenazioni logiche del pensiero, cioè come una scomposizione della 'meccanica' psicologica del personaggio analizzato.

umana». Del resto, se chi adopera la strategia dell'osservazione presume
che i lettori «possano ricostrurre i processi intimi dagli indizi» esteriori,
gli analisti non fanno che mettersi essi stessi «al posto [...] dei lettori»,
scrivendo, sulla base delle deduzioni che hanno condotto nella vita, le
loro «ricostruzioni»[1078].

Infine, De Roberto si sofferma sulla questione più spinosa, ovvero
la difficoltà che incontra lo scrittore analista quando vuole attribuire
un'interiorità credibile ai suoi personaggi. L'«osservatore» non ha questo
problema, perché può e anzi deve limitarsi alla propria cognizione empirica di quanto le persone di solito fanno e dicono visibilmente e udibil-
mente; mentre lo «psicologo», abilitato ad entrare nelle menti, ha in realtà
esperienza diretta soltanto della propria. Se vi accede, la ricognizione
interiore diviene il «prodotto reale dell'osservazione immediata»; scriven-
done, gli sarebbe possibile sviscerare «gli stati d'animo più complessi, più
delicati e più rari». Questo presupposto gnoseologico si traduce, nella
pratica del narrare, nella preferenza accordata dallo scrittore che voglia
fare analisi a personaggi indagabili perché gli somigliano e sono quasi
suoi *alter ego*: uomini di buona cultura e di estrazione sociale elevata,
portatori di una ricchezza spirituale da approfondire, di una complessità
in cui si proiettano tratti della psiche e della personalità dell'uomo che li
ha creati a propria immagine. Invece, «in tutti gli altri casi, quando [uno
scrittore] studia dei caratteri dissimili dal suo, e specialmente in tutta la
grande categoria dei caratteri femminili, ciò che cade sotto la sua diretta
osservazione non sono che gli atti, le parole, i gesti»[1079].

Fra i soggetti allotri, figura «la grande categoria dei caratteri femminili»[1080], ma non sono esplicitamente menzionati i rappresentanti del

---

[1078] *Ibid.*

[1079] *Ibid.*

[1080] A quest'altezza, De Roberto non aveva concepito *l'Illusione* (1890): romanzo d'a-
nalisi pura di un soggetto femminile, ma senza alcuna interferenza della voce narrante (al contrario delle opere di Bourget). Si tratta della lunga e mesta biografia
di Teresa, condotta con una «prospettiva rigorosamente ristretta o, se preferiamo
la terminologia proposta da Gérard Genette, facendo ricorso alla più fissa, alla più
indefettibile focalizzazione interna: il narratore vede attraverso il suo personaggio» (M. Lavagetto, *Introduzione*, in F. De Roberto, *L'Illusione*, Milano, Garzanti,
1987, p. XII). Sulle strategie della soggettivazione nel romanzo cfr. G. Maffei, *«Un
monologo di 450 pagine». Note su «L'Illusione» di Federico De Roberto*, in G. Distaso
et al. (a cura di), *«Tutto ti serva di libro». Studi di Letteratura italiana per Pasquale
Guaragnella*, Lecce, Argo, 2019, vol. II, pp. 68-92.

Quarto Stato. Si può supporre, però, che fossero sottintesi, perché De Roberto dipinse raramente con minuziosità una soggettività del basso ceto. Bisognava, trattando questi caratteri, limitarsi alle manifestazioni esteriori: il prezzo di una differenza, di una distanza e di un privilegio di classe. Per personaggi così, a giudicare dalle formulazioni derobertiane, l'ipotesi 'behaviorista' *ante litteram* sembra essere l'unica affidabile, malgrado i suoi limiti. E tale netta bipartizione è ben riscontrabile nella fase della novellistica sperimentale, nelle prime quattro raccolte di novelle (*La Sorte*, 1887, *Documenti umani*, 1888, *Processi verbali*, 1890, e *L'Albero della Scienza*, 1890) condotte all'insegna della versatile alternanza dei due metodi.

2. Rispetto alla prefazione a *Les Frères Zemganno*, a quell'approccio sociologico (che influì su tanti naturalisti e veristi) al problema della *rappresentabilità*, De Roberto si distanzia decisamente. Per Edmond De Goncourt, infatti, rivolgersi alla «canaille», più facile da osservare e dipingere, è stato solo (per lui e suo fratello, e per Zola) il primo passo necessario verso una meta più ambiziosa e lontana: le basse sfere si sono dimostrate un buon laboratorio per temprare la scienza dei documenti umani, ma il vero obiettivo del Realismo è la rappresentazione delle sfere elevate. Per quest'ultime, però, non è contemplato l'utilizzo dello strumento analitico, scarto fondamentale della teoresi derobertiana: le classi alte, infatti, «ne peuvent se rendre qu'au moyen d'immenses emmagasinements d'observations, d'innombrables notes prises à coups de lorgnon, de l'amassement d'une collection de *documents humains*, semblable à ces montagnes de calepins de poche qui représentent, à la mort d'un peintre, tous les croquis de sa vie». La fede nell'«osservazione» e nella «sintesi fisiologica» rimane incrollabile: bisognerà soltanto perseverare, addestrare e acuire lo sguardo, adeguarlo a tipi e ambienti in sommo grado complessi, e accumulare, nel tempo, un numero «immenso» di rilievi, dati e testimonianze, sufficiente a dar conto di tale complessità.

De Roberto invece ragiona in modo del tutto diverso. Per lui, come per Zola, «décrire ce qui est bas, ce qui est répugnant, ce qui pue» non è un limite a cui lo scrittore naturalista soggiace perché non è pronto a «ce qui est élevé, ce qui est joli, ce qui sent bon». Il naturalista deriva il suo «fatto rettorico» da un «fatto psicologico»[1081], dalla vocazione del «metodo»: se raffigura prevalentemente personaggi dei bassifondi, è perché

[1081] F. De Roberto, *Prefazione* a *Documenti umani*, cit., p. 112.

vi abbondano il «caratteristico» e l'«accidentato» di cui è in cerca, ma, tra le righe, si intuisce che nel novero degli «ambienti corrotti» potrebbero trovarsi anche salotti o nobili dimore, e raccogliersi, nelle classi alte, una messe non meno ricca di «tipi degenerati o casi patologici».

Insomma, De Roberto sembra ritenere che il procedimento dell'«osservazione» sia idoneo, indistintamente, per la mimesi di ogni sfera sociale, purché lo scrittore vi ravvisi il «caratteristico», che è *la condicio sine qua non* del metodo naturalista. Per l'«analisi», invece, il discorso è più complesso, in quanto dalla teoresi e dalla novellistica derobertiane pare emergere un postulato: l'approfondimento interiore è riservato alle classi alte, mentre è negato al Quarto Stato, ai «caratteri dissimili». Si coglie, cioè, una dissimmetria tra i due sistemi: l'«analisi», differentemente dall'«osservazione», implica un discrimine aprioristico d'ordine sociologico, perché è sempre necessario per lo scrittore selezionare personaggi con cui – per *status* e per tratti psicologici affini – possa simpaticamente immedesimarsi, a sondare le profondità recondite dell''anima'.

E tuttavia, ancorché complessivamente più fedele, se rapportato ai progenitori veristi, ai suoi programmi compositivi, anche De Roberto non si precluse l'accesso, in casi sporadici ma significativi, all'interiorità dei soggetti del Quarto Stato; fenomeno di cui darò ragione con un attraversamento ragionato della sua opera.

2.1 *«La Sorte»*

Nell'esordio da narratore con le otto novelle de *La Sorte* – il cui titolo, una citazione baudelairiana[1082], «segnala il clima di fondo del libro, una visione emblematica dell'esistenza» (presente sin dal racconto proemiale, *La Disdetta*, lo spaccato di un mondo aristocratico al collasso) –[1083] De Roberto si era regolato confrontandosi, oltre che con le produzioni di Verga e Capuana, coi capolavori del naturalismo francese e con le interpretazioni salienti che dei suoi principî s'erano date in Italia, e, ancor più, in Francia. Compulsando il volume, il lettore è condotto dagli interni della nobiltà degradata alla piccola borghesia artigiana de *La Malanova*,

---

[1082] Mi riferisco a *Le Guignon*: testo che De Roberto tradusse e poi «inserì nei suoi cimenti letterari della sua controfigura Raeli», in appendice alla riedizione del romanzo *Ermanno Raeli*, nel 1923 (A. Di Grado, *La vita, le carte, i turbamenti di Federico De Roberto, gentiluomo*, cit., p. 14).

[1083] N. Zago, *Introduzione*, cit., p. 14.

dal ceto intellettuale provinciale de *Il matrimonio di Figaro* al popolo a sua volta imbarbarito (ne *Il «Reuzzo»* e *Il Ragazzinaccio*); mondo però «interclassisticamente assiepato, per contiguità urbanistica e per affinità antropologica, intorno all'*habitat patrizio*»[1084], dove è inscenato il dramma de *La disdetta*; un palazzo che funge altresì da principio strutturale del macrotesto. Perché nei suoi interni squallidi e viziosi, nei quali si consuma la vita della Principessa Roccasciano, che sacrifica gli affari al gioco ossessivo delle carte (rassegnandosi alla rovina), si assiste all'«affollamento indiscriminato» di una «moltitudine di personaggi-comparse», a ciascuno dei quali l'autore assegna «una funzione economicamente prolettica rispetto ai successivi racconti»[1085]. Elementi di raccordo che tuttavia non concorrono allo sviluppo di un progetto letterario autenticamente unitario, perché è anzi caratteristica della raccolta la diversa tonalità delle singole novelle.

Ne *La Sorte* si combinano il metodo dell'osservazione, la ricerca di uno stile energico ed esatto e la scelta di ambienti tristi, di personaggi "brutti", di un'umanità avvilita come oggetto di una rappresentazione oltremodo priva di «simpatia». Nondimeno, il proposito di riprodurre dall'esterno «atti, parole e gesti» – dichiarato retroattivamente nella prefazione a *Documenti umani* – si manifesta, nello spazio della diegesi, attraverso una pluralità di codici difformi. Sicché, dal punto di vista del lettore odierno (che ha familiarità con la categoria della focalizzazione esterna genettiana), il metodo dell'«osservazione» risulta una categoria 'narratologica' varia ed eterogenea; De Roberto vi annette testi verghianamente corali, come *Nel cortile*, di ambientazione piccolo borghese[1086], in cui l'autore realizza un racconto nel quale un *singolo* personaggio del Quarto Stato recita un ruolo fondamentale:

– E la colpa è tutta nostra! – diceva Don Angelo, il trattore, dalla sua cucina.

Maestro Titta, il portinaio, badava a piantar stecchi dinanzi al bugigattolo ritinto di verde da poco, e non gli dava retta. Quel cristiano preparava

---

[1084] A. Di Grado, *La vita, le carte, i turbamenti di Federico De Roberto, gentiluomo*, cit., p. 109.

[1085] G. Catalano, *Riflessioni sul primo De Roberto*, Napoli, Ferraro, 1975, p. 100.

[1086] Per una lettura convincente della novella cfr. E. Bottoni, *«Un modo di scrivere è anche un modo di vedere». Le novelle di De Roberto tra realismo dei piccoli fatti, strutture naturalistiche e psicologismo*, «Rivista di letteratura italiana», n. 1, 2011, pp. 89-93.

pietanze mettendoci dentro ogni sorta di porcherie; lui faceva l'impiega-serve, e non era sua colpa se gliene capitavano anche di linguacciute.

– Ogni legno ha il suo fumo!

Però Rosa, quella che stava con gl'impiegati del quarto piano – gente tran-quilla che badava ai casi proprii – pareva sempre morsicata dalle vespe. Non faceva altro che leticare, se ai piani di sotto tenevano aperte troppo a lungo le chiavette e si portavano via tutta l'acqua; se il *trattore* del cortile accendeva il forno e affumicava il vicinato, quasi le persone fossero arringhe [...][1087].

È un passo riflettorizzato. Il narratore assume il punto di vista di maestro Titta, che dà un giudizio sull'oste e sulla domestica Rosa. Ma gradualmente si materializza uno slittamento prospettico: il prisma percettivo della donna inquadra un mondo claustrofobico, un'umanità sociologicamente compressa in una topografia modestissima – un cor-tile – attraverso cui il lettore può osservare l'evolversi dell'intera vicenda, *ascoltare* la voce dei personaggi e il loro idioletto. Si tratta di un perso-naggio riflettore tutt'altro che fisso e distinto: prospettive e voci altrui si sovrappongono continuamente e determinano come un'«area di indeter-minazione» che il lettore è tenuto attivamente ad esplorare. Il commento di Rosa – nella forma del dialogo e dell'indiretto libero – «è la linea rossa del racconto, la guida che conduce il lettore dalle beghe dei signori» (la famiglia di don Felice Giordano, un borghese ossessionato come la moglie dal desiderio di elevazione sociale) «alle maldicenze della serva e viceversa»[1088]; il cortile è così grottescamente stravolto dalla morda-cità di queste voci fuori campo, i cui alterchi riflettono i conflitti sociali incarnati dai vari personaggi. Ma di Rosa non viene attuato un autentico approfondimento interiore; il narratore si limita alle parole pronunciate e alle percezioni del personaggio popolare; la donna ha una funzione testi-moniale, sebbene squisitamente critica: attraverso il suo punto di vista, sono parodiate le azioni e i comportamenti dei borghesi, ossessionati dalla febbre del guadagno[1089].

La Sorte è dunque punto di confluenza di tendenze stilistiche eteroge-nee e contrapposte. Gioverà restringere il raggio d'azione a *Ragazzinaccio*,

---

[1087] F. De Roberto, *La Sorte*, Palermo, Sellerio, 1997, pp. 128-129. Il corsivo è mio. D'ora in poi citato SR.

[1088] C.A. Madrignani, *Illusione e realtà nell'opera di Federico De Roberto*, Bari, De Donato 1972, p. 27.

[1089] Sembra evidente, per questa novella, il modello intertestuale zoliano di *Pot-Bouille* (1882).

racconto nel quale la soggettività umile del protagonista, ancora un orfano emarginato, si staglia sull'orizzonte multanime del paese in cui vive (Rocca Sant'Alfio).

2.1.1 «Ragazzinaccio»

1. Ambientato in un paesino siciliano, il racconto narra delle vicissitudini incorse ad Alfio Balsamo (precocemente orfano di padre), modellato sull'esempio di Turiddu di *Cavalleria rusticana*[1090]. È la storia di un contadino scampato alla leva che compare sulla scena in preda ai rimorsi per la sua lunga inattività, ma al contempo impettito per il «berretto fiammante» con «nappa azzurra»[1091] di bersagliere acquistato al suo ritorno, che sfoggia in barba alle maldicenze del paese, per suscitare l'invidia altrui.

L'equilibrio iniziale è turbato dall'incontro di Alfio con la sua «lupa»:

> Però egli non sapeva capire cosa vedessero in quella cristiana per contendersela, come facevano tutti i maschi del paese. Con Isidoro la cosa era durata a lungo, perché quel ragazzo era ben piantato e pareva fatto apposta per saziare una lupa.
>
> – Ne valgo dieci, di quegli Isidori – pensava Alfio, guardandosi addosso, e Anna Laferra gli stava ancora dinanzi agli occhi, quantunque scomparsa, con la sua faccia pallida come la cera, gli occhi che parevano volessero mangiarvi vivo e la bocca amara[1092].

Con l'incontro della donna, l'emersione della soggettività: lo scetticismo iniziale («non sapeva capire cosa vedessero in quella cristiana per contendersela») lascia spazio alla vanità («– Ne valgo dieci, di quegli Isidori –»). Alfio è folgorato da questa rusticana *femme fatale*, che dal principio esercita su di lui un fascino malefico. Compaiono in sequenza un indiretto libero di pensieri e un monologo citato: questo popolano ha qualcosa di diverso dai suoi pari.

L'intreccio del racconto si innesca quando Alfio una domenica, durante lo svolgersi di una festa paesana, incontra due amici reduci dal servizio militare. Il ragazzo li accompagna all'osteria, dove beve più del necessario. Una volta uscito, di notte, incontra di nuovo Anna Laferra,

---

[1090] Cfr. E. Bottoni, *«Un modo di scrivere è anche un modo di vedere»*, cit., p. 92.

[1091] SR, p. 40.

[1092] *Ivi*, p. 37.

dandole della prostituta. È una grave imprudenza, in quanto la donna rimane ferita nell'orgoglio, e pertanto si prefigge di vendicarsi con un'azione legale; errore di cui Alfio comprende parzialmente la portata il mattino dopo:

> Il giorno seguente, prima che il sole si levasse, Alfio Balsamo si mise per via, con la zappa in ispalla e un fagottino sotto il braccio. Nel gran silenzio della campagna, [...] egli rideva ancora pensando alla scena della sera.
>
> – Ma se Vincenzo Sutro se la pigliava a male e mi rompeva le costole?... Infine, che cosa m'importa di quella cristiana e del suo Santo!... Se ha cercato subito un successore a Isidoro di massaro Francesco, me ne entra forse qualche cosa in tasca?...
>
> E, affrettando il passo perché la via era lunga: – È stato il vino! – pensava. – Ai miei compagni non ha fatto male; quelli sono avvezzi a bere, a divertirsi.... È stato il vino; ma non importa; mi piace di averle detto il fatto suo[1093]!

Dinanzi al correre della tramontana, Alfio comprende di essere stato fortunato. Nella sua disamina interiore (che si articola con periodi brevi e franti, che rifuggono ogni retorica melodrammatica) si evince, proprio perché si ostina con orgoglio a negarla, che il contadino è preda della gelosia, che non riesce a razionalizzare: «Infine, che cosa m'importa di quella cristiana e del suo Santo!», «È stato il vino; ma non importa; mi piace di averle detto il fatto suo!». Una prova di finezza analitica. Eppure quando arriva ai campi coltivati, cessa la ruminazione del personaggio: «Quando fu giunto alla Falconara, Alfio Balsamo non pensava più ad Anna Laferra. Gli uomini erano già al lavoro, e sul gran mare verde dei vigneti i cappelloni di paglia parevano zucche seminate qua e là»[1094].

Si tratta di un punto cruciale. In Alfio si ripresenta il motivo verghiano – esplorato in *Jeli il pastore* – dell'attaccamento alla terra, della gioia vitalistica anteriore ad ogni complicazione della civiltà; stato di quiete di vigoroso campagnolo da cui l'orfano è distolto con l'avvento dei compari tentatori, e soprattutto della donna dalla natura dominatrice. In effetti, sebbene inizialmente intenzionata a richiedere solo le scuse dal ragazzo di persona (compromesso impostole dalla madre di Alfio con le sue suppliche, finalizzate a risparmiare al figlio le ripercussioni in

---

[1093] *Ibid.*
[1094] *Ivi*, p. 41.

tribunale), Anna Laferra si innamora a sua volta del ragazzo, una volta vistolo seminudo nei campi, intento nella pigiatura.

Avvinta da Amore, la donna si incammina nelle profondità del bosco con la sua preda, che intende segretamente corrompere:

> Si rimisero in via per la redola sempre più angusta che, seguendo l'inclinazione del poggio, scendeva serpeggiando. Come il vocìo che veniva dalla fattoria si andava a poco a poco spegnendo, si cominciava a sentire un rumor debole e interrotto, come un lieve ronzare, che andava sempre rinforzandosi, finché si faceva un sussurro continuo, in mezzo al quale si distinguevano, con le modulazioni degli uccelli, il roco gracidar delle rane e lo stridulo verso delle cicale[1095].

La tessitura fonica e il sensualismo panico rimandano ad atmosfere dannunziane[1096]; Alfio è oramai soggiogato: «La corsa l'aveva animata, respirava a fatica, e sulle sue guancie brune si diffondeva un incarnato così vivo e gli occhi umidi sfavillavano tanto, che Alfio restò a guardarla, a bocca aperta»[1097]. L'atmosfera è letterariamente preziosa; la *percezione indiretta libera* proietta la passione dei giovani sul paesaggio, con il quale essi si identificano:

> Ora avanzavano a stento, smarriti fra le macchie, scostando con le braccia i rami più alti, schiantandone molti sul loro cammino. La scarsa luce del tramonto si perdeva in mezzo a quella fitta vegetazione; nell'aria bruna c'era un silenzioso sciamare di moscerini piccolissimi e fastidiosi. Poi alle macchie succedevano grossi ciuffi di oleandri selvaggi, sul verde cupo dei quali i fiori rossi occhieggiavano[1098].

Sedutosi in riva a un torrente, l'inesperto corteggiatore infine si dichiara: «Come lo ebbe a fianco, mormorò: – Perché mi dicesti quella parola? Alfio le rispose, sulla bocca: – Perché io muoio per te»[1099]; e al Trionfo d'Amore si accompagna sullo sfondo un lussureggiante tripudio vegetale: «Il concerto dei trilli, dei zirli, dei gracidii, dei fischi, dei zufolii si faceva tutt'intorno più alto, tra il profumo degli oleandri e gli effluvii

---

[1095] *Ivi*, p. 55.
[1096] G. Catalano, *Riflessioni sul primo De Roberto*, cit., pp. 115-117.
[1097] SR, p. 55.
[1098] *Ivi*, p. 55.
[1099] *Ivi*, p. 56.

delle erbe aromatiche. I campanacci delle mule risuonavano più fiochi, nella lontananza»[1100].

2. Una volta caduto nelle grinfie di Anna Laferra, Alfio ne esce stravolto: ossessionato dalla passione amorosa e dal desiderio di esclusività (disatteso dalla donna sfuggente), diviene melanconico e indolente. Perde ogni voglia di lavorare, e trascorre gran parte delle sue giornate a pedinare la donna, che per questo si stanca di lui; ed è degno di nota che De Roberto muti la strategia narrativa: «Donna Giovanna non sapeva darsi pace: «– È stata colpa mia! È tutta colpa mia! Il suo figliuolo non si riconosceva più: aveva perduto l'amore al lavoro, il rispetto a sua madre, la paura dell'occhio del mondo. Anna Laferra lo aveva ridotto in quello stato». Si assiste all'involuzione del protagonista dall'ottica dell'amorevole Donna Giovanna, che appare dapprima in preda ai sensi di colpa per aver spinto il figlio tra le braccia di Anna Laferra, e poi furente per le azioni di quest'ultima: «Ma lei non l'accusava, lo compativa. La colpa di quella disgrazia era sua; era stata lei, scellerata! a preparare la rovina del figliuolo, a macchinar tanto e così bene che quel poveretto non potesse evitarla»[1101]. Del rimuginare di Alfio non vi è più traccia. Quando asseconda la sua prospettiva, il narratore lo fa per mettere in rilievo il *furor* del personaggio, incapace di elaborare interiormente la sua passione e di controllare i suoi istinti.

Ricevuto un rifiuto dall'amata, che promette di rincontrarlo in tempi più sereni, Alfio sembra calmarsi, per la gioia della povera mamma, che si illude che il peggio sia passato: «Come donna Giovanna s'accorse che suo figlio ridiveniva lo stesso d'un tempo e pareva non pensasse più a quella cristiana, cominciava ad aprire il cuore alla speranza»[1102]. Lo ritrova d'un tratto cresciuto: «Allora donna Giovanna si mise a ridere. Il suo Alfio s'era fatto proprio un uomo; pareva cresciuto di statura, non aveva più quel parlare e quel muoversi da ragazzinaccio come gli dicevano, e la voce gli era diventata più forte»[1103]. Ma, nel vederlo sempre turbato, non può fare a meno di preoccuparsi: «Pure lei lo avrebbe voluto un po' più allegro. Spesso tornava accigliato dal lavoro, con la zappa appesa alle spalle, e restava serate intere senza che gli si potesse cavare una parola»[1104].

[1100] *Ibid.*

[1101] *Ivi*, p. 57.

[1102] *Ivi*, p. 61.

[1103] *Ivi*, pp.61-62.

[1104] *Ivi*, p. 62.

Decide di affidarsi al potere risanatore del tempo; ma la situazione degenera. Alfio è sempre più indolente, e Donna Giovanna non si dà pace. Il destino è segnato. Mancherà persino il tempo di agire; il protagonista va incontro alla sua tragedia annunciata: «Il meglio fu una sera, quando portarono Alfio Balsamo a casa, con la bocca aperta e una coltellata nello stomaco, che ebbe appena il tempo di dire: – Aiuto… madre…»[1105].

3. Discutendo della sostanza di questo racconto, Vittorio Spinazzola esprime delle considerazioni su cui è doveroso riflettere:

De Roberto era negato alla rappresentazione della povera gente, era estraneo alla psicologia e alla vita affettiva degli umili; l'elementare tragicità della passione amorosa in un cuore semplice, in un'anima incolta sfuggiva alla sua sensibilità, e quando egli vuol farle occupare la scena i risultati artistici sono poco felici, come in un prodotto di scuola diligente e non privo di pregi ma sostanzialmente convenzionale[1106].

Quella dell'insofferenza 'epidermica' di De Roberto per la «vita affettiva» degli umili è una lettura sospettosa e interessante, che trova conforto nella fenomenologia di *Ragazzinaccio*, sommamente rappresentativo della difficoltà dello scrittore nel dipingere la «passione amorosa» in un'«anima incolta» non predisposta alla sensibilità. Sebbene sia infatti innegabile che in questo racconto De Roberto concede, anche a personaggi non protagonisti, la mediazione finzionale degli eventi – Donna Giovanna in virtù del suo affetto materno (che le dona una sensibilità istintiva), e Anna Laferra, presumibilmente per la vorace sessualità che la distingue dalla medietà contadina –, è comunque certo che nella rappresentazione soggettiva di Alfio Balsamo si registra un mutamento di maniera, il quale è a mio avviso sintomatico, anziché «di un'inadeguatezza stilistica a rappresentare il mondo delle passioni» dello scrittore (che, secondo Gabriele Catalano, non avrebbe ancora assimilato, a quest'altezza, la lezione di Bourget)[1107], di un discrimine sociologico radicato nel suo immaginario. Perché è vero che nella sezione centrale del racconto (quella dell'innamoramento) De Roberto ricorre, con un «atteggiamento antinaturalistico […] di profonda identificazione»[1108] tra personaggio e paesaggio, a un espediente

---

[1105] *Ivi*, p. 64.
[1106] V. Spinazzola, *Federico De Roberto e il Verismo*, Milano, Feltrinelli, 1961, p. 55.
[1107] Cfr. G. Catalano, *Riflessioni sul primo De Roberto*, cit., p. 118-123.
[1108] *Ivi*, p. 119.

compromissorio per dipingere l'anima del protagonista, aggirando così lo scoglio di «tradurre», problematizzandola come puro campo di discettazioni teoriche, «la psicologia in un apparato mentale deterministico […] implicante […] l'accettazione del male»[1109]. Come è vero che il tema dell'ineluttabilità della passione riguarda tutti i personaggi de *La Sorte*, e non solo il Quarto Stato. Tuttavia, contrariamente agli orfani verghiani, quantunque non siano assenti alcuni momenti introspettivi, Alfio non ha diritto, una volta divenuto preda della passione, a nessun riscatto lirico, nessun sentimento *poetico*: un privilegio che De Roberto, quantomeno all'altezza de *La Sorte,* non è disposto ad accordare a un umilissimo, che mai assume una statura da eroe tragico come Jeli o Rosso Malpelo.

Incapace di dominare – e persino riconoscere, perché inesperto e sprovvisto degli idonei strumenti culturali – il *furor* amoroso, l'orfano rimane in balìa di una forza incontrollabile, affatto impropria per la sua condizione di laborioso e spensierato contadino. A De Roberto non resta che approdare all'ultimo atto: assecondando la prospettiva della sconsolata donna Giovanna (voce organica al mondo rurale), il lettore assiste dall''esterno', come semplice spettatore, al compiersi della parabola di Alfio, che ha smarrito ogni residuo di coscienza, e che si avvia senza scampo – trascinato da una corrente impetuosa – nelle grinfie della morte.

2.2 «*Processi verbali*»

Nella prefazione a *Processi verbali* (1890), De Roberto si impone un ambizioso programma di poetica:

> Se l'impersonalità ha da essere un canone d'arte mi pare che essa sia incompatibile con la narrazione e con la descrizione. […] L'impersonalità assoluta non può che conseguirsi che nel puro dialogo, e l'ideale della rappresentazione obiettiva consiste nella scena come si scrive per il teatro. L'avvenimento deve svolgersi da sé, e i personaggi debbono significare essi medesimi, per mezzo delle loro parole e delle loro azioni, ciò che essi sono. L'analisi psicologica, l'immaginazione di quel che si passa nella testa delle persone, è tutto il rovescio dell'osservazione reale. L'osservatore impersonale farà anch'egli dell'analisi, mostrerà anch'egli le fasi del pensiero, ma per via dei segni esteriori, visibili, che le rivelano, e non a furia d'intuizioni più o meno verosimili. La parte dello scrittore che voglia sopprimere il proprio intervento deve limitarsi, insomma, a fornire le indicazioni indispensabili

---

[1109] *Ivi*, p. 123.

all'intelligenza del fatto, a mettere accanto alle trascrizioni delle vive voci dei suoi personaggi, quelle che i commediografi chiamano *didascalie*[1110].

È teorizzata l'impersonalità al suo grado assoluto: un «nuovo artificio espressivo» da collaudare con più radicale oltranza, da consumare fino in fondo prima di sacrificarla ad altre curiosità ed altre sperimentazioni».[1111] Sperimentazioni dalla portata avanguardistica, quelle di *Processi Verbali*, i cui racconti sarebbero difatti apparsi, al conterraneo Vitaliano Brancati, «drammi eschilei contratti in poche pagine».[1112] Testi *scenici*, teatrali: del resto a ciò allude l'autore, quando parla di «nuda e impersonale trascrizione di piccole commedie e di piccoli drammi colti sul vivo»[1113]. Si tratta di uno uno dei rari casi in cui il naturalismo si è avvicinato, in teoria e nella prassi, al procedimento 'behaviorista' puro: i personaggi sono osservati da una prospettiva neutrale. Il narratore lascia il più ampio spazio alla voce imitata dei suoi attori e fa capolino solo nelle «didascalie», ovvero in limitate integrazioni informative:

> Un leggiero colpo di martello all'uscio del giardino: tanto leggiero da non poter essere udito se non dalle donne che stavano ad aspettare lì dietro.
>
> «Chi è?»
>
> «Io, Angela...»
>
> Aprirono.
>
> «Che notizie?» chiesero tutte, a bassa voce.
>
> La comare Angela, trafelata, con la fronte in sudore sotto il fazzoletto rosso, rispose, piano:
>
> «Niente!... È morto! Potete far conto che gli recitino il de Profundis... A stasera non ci arriva!...»
>
> Le sorelle Sommatino fecero tutt'e tre lo stesso gesto di stupore doloroso, guardando il cielo dell'alba[1114].

[1110] F. De Roberto, *Prefazione*, in *Processi verbali*, Palermo, Sellerio, 1976, pp. 9-10. D'ora in poi citato PV.

[1111] A. Di Grado, *La vita, le carte, i turbamenti di Federico De Roberto, gentiluomo*, cit., pp. 130-131.

[1112] V. Brancati, *Federico De Roberto e dintorni*, a cura di R. Verdirame, Catania, Tringale, 1988, p. 94.

[1113] PV, p. 9.

[1114] *Ivi*, p. 11.

È l'*incipit* del primo racconto di *Processi verbali*, *Il rosario*, il più teatrale di tutti, non a caso scelto per aprire la raccolta. Sebbene non si possa a rigore escludere, nell'attacco, la presenza di una breve *percezione indiretta libera* delle «donne», che sono coloro che possono udire il «rumore», è indubbio che il narratore lasci spazio alle parole dei suoi personaggi. Il martellante incalzare di battute e didascalie altrettanto spoglie, un'essenzialità assoluta e orrorosi silenzi accompagnano il tragico ingresso in scena di donn'Antonia, baronessa di Sommatino, forse un'implicita controfigura della temuta madre dell'autore[1115].

Una gentildonna: nell'insieme della raccolta, tuttavia, la maggioranza dei personaggi è costituita da popolani e piccolo borghesi (dei «dissimili», rispetto all'autore), osservati tendenzialmente dal 'di fuori', con una tecnica simile a quella de *Il rosario*. Ma neanche il geometrico De Roberto mantiene impeccabilmente una prospettiva esterna: non sono escluse zone corali (ad es. *Il Krak*) o di narrazione *figurale*, come nel caso di *Lupetto*, racconto espressionisticamente corale incentrato sull'eponimo protagonista, figlio della verghiana Lupa (perduta in tenera età: ancora un orfano ermarginato e derelitto), ostracizzato dalla comunità confabulante (dipinta mediante la rifrazione di sguardi e punti di vista multipli) per la sua selvatichezza:

> Da Massa Annunziata, la chiesa del villaggio sepolto dal fuoco, veniva un suono di campane; ma tutt'intorno, per la sciara nereggiante, non si vedeva anima viva, e solo il vento fischiava sempre fra gli sterpi. Adesso, la giornata andava guastandosi, e la montagna era tutta coperta di nuvole, che non si scorgeva neppure Monte Fusara e la serra[1116].

Attraverso gli occhi di Lupetto, si materializza una visione in soggettiva di un *personaggio riflettore*. Tale strategia ha la funzione di incrementare il *pathos* della scena, in quanto il protagonista si appresta a rincontrare, nel momento di tensione apicale del racconto, la donna che gli aveva fatto da madre (la Saponara), dopo anni che ne aveva perduto le tracce, venendo così relegato allo stato di totale abbandono: «Il vento le sbatteva le gonne fra le gambe, ed essa si studiava di raccoglierle con una mano, reggendo con l'altra una cesta che aveva sul capo. Il fazzoletto, tirato in avanti, le nascondeva il viso; ma come fu giunta dinanzi

---

[1115] Cfr. A. Di Grado, *La vita, le carte, i turbamenti di Federico De Roberto, gentiluomo*, cit., pp. 131-32.

[1116] PV, p. 78.

alle macchie, si fermò, gridando: - Oh, Lupetto!...»[1117]. Una *percezione indiretta libera* da manuale, che a ogni modo si configura come un caso isolato in un racconto che complessivamente si limita alle manifestazioni esteriori del protagonista (conformemente al metodo dell'«osservazione»), cui non è sistematicamente concessa nessuna forma di riscatto lirico[1118].

2.3 *«I Viceré»*

A «misura che si scende nella gerarchia sociale, le differenze si accrescono e i tipi si determinano più nettamente»: nella prefazione a *Documenti umani* De Roberto aveva motivato con questo argomento di ascendenza goncourtiana la preferenza dei naturalisti per il mondo della «povera gente». *I Viceré* (1894) non contraddicono questo assunto: nel momento della composizione, l'autore certamente pensava che il «brutto e il pravo» fossero funzioni essenziali del «caratteristico del naturalista», solo che nel suo capolavoro – un affresco storico-sociale ad ampie volute, articolato in tre sezioni, che coprono un arco di tempo che va dal '55 all''82, prima e dopo l'unificazione – lo scrittore descrisse di rado uomini del popolo *singulatim*, dipingendo piuttosto, in maniera apertamente polemica – se si considerano i coevi dibattiti sul ricambio delle *élites* (e le teorie di Vilfredo Pareto e Gaetano Mosca, conterraneo di De Roberto) –[1119], caratteri curiosi e stravaganti di aristocratici in cui, più ancora dei pescatori, contadini e minatori, abbondano il singolare e «l'accidentato». Con un *discorso* sommamente intransitivo – fondato su un impianto polifonico – viene tracciato il ritratto espressionisticamente caricato di un'aristocrazia rapace, degenere ed esausta (gli Uzeda, la «Vecchia razza»), contrassegnata da tare fisiognomiche di lombrosiana efferatezza, impulsi egoistici e ostinazioni 'monomaniacali' (seguite da conversioni psicologiche repentine), e coinvolta in periodiche guerre intestine ingaggiate al solo scopo di arricchirsi o esercitare sadicamente il potere. E nondimeno, questa vecchia classe dirigente (un'accolita di maniaci perversi che parrebbe destinata a sbranarsi e perire), abbarbicata a

---

[1117] *Ibid.*

[1118] Per una lettura della novella cfr. M. Mesirca, *De Roberto verista a oltranza: una lettura di «Lupetto»*, in «Filologia e critica», n. 3, 2011, pp. 434-442.

[1119] Cfr. A. Di Grado, *La vita, le carte, i turbamenti di Federico De Roberto gentiluomo*, cit., pp. 222-224. Per un'interpretazione convincente de *I Viceré* cfr. M. Polacco, *I Viceré*, in *Quindici episodi del romanzo italiano (1881-1923)*, cit., pp. 149-174.

una rancorosa quanto imprevista caparbietà, trae per paradosso alimento dai nuovi tempi, avvalendosi della sua pulsione trasformistica: epifenomeno di una secolare volontà di potenza che infine prevale, annullandone le spinte più eversive, sui conati risorgimentali del moderno stato nascente[1120].

Sicché la rappresentazione delle oscurità psicopatologiche del ceto nobiliare insulare è finalizzata all'opera di decostruzione tendenziosa dell'autore, per quanto alcuni di questi personaggi abbiano diritto, se non a *consuonare* empaticamente – senza scarti ironici – con la voce narrante, quantomeno a un mondo di tenerezze sottaciute, a sogni poetici e inesprimibili malinconie che sono il sintomo di una profondità psicologica che invece è sistematicamente interdetta al Quarto Stato[1121].

Nel romanzo delle forze popolari si dà infatti un quadro di squallida rumorosità e passività, che la qualificano come massa da manovra sempre succube nei confronti dei potenti: «la politica consiste appunto nella capacità di aggirare le esigenze delle masse e di analizzarne il potenziale al fine di dare una patina di democraticità alle nuove investiture»[1122]. Eppure questa collettività amorfa funge da «costante punto di riferimento nel quadro narrativo»[1123], poiché sovente chiosa le vicende (politiche e private) degli Uzeda, o malevolmente le distorce o ancora si fa portavoce – nel caso dei cocchieri, dei cuochi, dei servi di palazzo

---

[1120]   Cfr. S. Campailla, *Le figure mostruose del potere*, in *Gli inganni del romanzo. «I Viceré» tra storia e finzione letteraria*, Atti del congresso celebrativo del centenario de *I Viceré*, Catania, 23-26 novembre, 1994, Catania, Fondazione Verga, 1998, pp. 81-92 e A. Pagliaro, *Psichological Portraists of the Mechanisms of Power. Subjective Perceptions and Deformed Visions of Reality in «I Viceré» by Federico De Roberto*, in «Spunti e ricerche», XIX, n. 1, 2016, pp. 71-95.

[1121]   È il caso soprattutto di Matilde Palmi, con la storia del suo amore incondizionato per l'infedele marito, di cui follemente s'invaghisce per forza di un'immaginazione alimentata fino all'eccesso dai nocivi fantasmi letterari. Ed è noto che per lunghi tratti (specie alla fine del romanzo) la voce narrante assume la prospettica etica e valoriale di Consalvo Uzeda, riportandone i pensieri e i monologhi interiori, per quanto neanche in questo caso sia lecito parlare di totale identificazione: sono diversi i momenti in cui il principino si contraddice, finendo per reiterare *de facto*, preterintenzionalmente, atteggiamenti e abitudini della stessa famiglia da cui intenderebbe recidere del tutto i legami. Per un approfondimento della questione cfr. P. Pellini, *In una casa di vetro*, cit., pp. 225-232

[1122]   A. Madrignani, *Introduzione*, in F. De Roberto, *Romanzi, novelle saggi*, Milano, Mondadori, 1984, p. XLII.

[1123]   A. Palermo, La *folla dei «Viceré»*, in *Gli inganni del romanzo*, cit., p. 186.

e famigli (come entità corale o per mezzo di un *singolo* personaggio) – dell'ideologia predatoria dei padroni, esasperandone le idee più speciose e le menzogne più sfrontate.

Conto tre principali varianti, cui corrispondono altrettante funzioni narrative:

1) *Funzione commentativa.* Si rinviene quando affiorano degli indiretti liberi riferiti a entità collettive, con cui vengono riportate le parole del popolo minuto (clienti, domestici, fornitori o di anonimi passanti e cittadini). Di norma non sono opinioni attendibili; anzi, De Roberto le incorpora nel rendiconto narrativo per dare «testimonianza divertita della loro inattendibilità o dabbenaggine»:[1124] «Però tutti riconoscevano che la colpa era di don Blasco: don Lodovico, con la sua natura veramente angelica, non avrebbe chiesto di meglio che far la pace».[1125] Informato dell'ipocrisia carrierista del priore, il lettore non può prestar fede alla veridicità di quest'informazioni, che assumono pertanto un valore antifrastico.

La medesima strategia è adoperata per registrare gli umori popolari in seguito ai grandi sconvolgimenti politici e naturali:

«Il castigo di Dio!... Tutta colpa dei nostri peccati!... Eran più di dieci anni che vivevamo tranquilli! Assassini del governo!...». La povera gente seguiva a piedi i carrettelli carichi di due magri sacconi e di quattro seggiole sciancate; e nelle brevi soste fatte per riprender fiato [...] scambiava commenti sulle notizie del colera [...]. I più credevano al malefizio, al veleno sparso per ordine delle autorità; e si scagliavano contro gli «italiani», untori quanto i borboni. Al Sessanta, i patriotti avevano dato a intendere che non ci sarebbe stato più colera [...]; e adesso, invece, si tornava da capo! Allora, perché s'era fatta la rivoluzione? Per veder circolare pezzi di carta sporca, invece delle belle monete d'oro e d'argento che almeno ricreavano la vista e l'udito, sotto l'altro governo? O per pagar la ricchezza mobile e la tassa di successione, inaudite invenzioni diaboliche dei nuovi ladri del Parlamento? [...] Eran questi tutti i vantaggi dell'Italia una?... E i più scontenti, i più furiosi, esclamavano: «Bene han fatto i palermitani, a prendere i fucili!...»[1126].

[1124] V. Spinazzola, *Il romanzo antistorico*, Roma, Editori Riuniti, 1990, p. 68.

[1125] F. De Roberto, *I Viceré*, a cura di M. Novelli, Milano, Mondadori, 2001, p. 164. D'ora in poi citato VR.

[1126] *Ivi*, pp. 403-404.

Idee superstiziose della peggior risma e un diffuso sentimento antiu-
nitario (più genericamente antipolitico) si manifestano in questo discorso
corale. La folla mostra di non disdegnare le soluzioni più estreme; la
stessa folla volubile che, dopo la notizia della Breccia di Porta Pia, non si
farà scrupoli a uccidere a sangue freddo, in una sommossa liberale gui-
data per sommo paradosso da Don Blasco (il cognato della principessa
Teresa, divenuto liberale e capitalista dopo la soppressione dei conventi),
il fratello bastardo di quest'ultimo, Fra Carmelo, rappresentante del vecchio corso travolto dalla storia; un Uzeda ammattito che non ha saputo
riadattarsi ai tempi.

2) *Straniamento.* Può essere considerata una sottocategoria della prima
modalità, di cui si ha una manifestazione esemplare nel memorabile
incipit:

> Giuseppe, dinanzi al portone, trastullava il suo bambino, cullandolo sulle
> braccia, mostrandogli lo scudo marmoreo infisso al sommo dell'arco,
> la rastrelliera inchiodata sul muro del vestibolo dove, ai tempi antichi, i
> lanzi del principe appendevano le alabarde, quando s'udì e crebbe rapida-
> mente il rumore d'una carrozza arrivante a tutta carriera [...]. Dall'arco del
> secondo cortile affacciaronsi servi e famigli: Baldassarre, il maestro di casa,
> schiuse la vetrata della loggia del secondo [...]. Ma quegli fece col braccio
> un gesto disperato e salì le scale a quattro a quattro. Giuseppe, col bambino
> ancora in collo, era rimasto intontito, non comprendendo; ma sua moglie,
> la moglie di Baldassarre, la lavandaia, una quantità d'altri servi già circon-
> davano la carrozzella, si segnavano udendo il cocchiere narrare, interrotta-
> mente: «La principessa... Morta d'un colpo... Stamattina, mentre lavavo la
> carrozza...»[1127].

Si sostanzia una riflettorizzazione *singolativa* (a carico del portinaio
Giuseppe, che mostra al pargolo gli imponenti stemmi della famiglia
viceregale), che poi in maniera impercettibile diviene *multipla*, perché
più generalmente affidata a un'«ottica dal basso»[1128], a punti di vista contrastanti cui si associa un interminabile vaniloquio di pettegoli e curiosi.
Similmente a *Nel cortile*, è dunque adottata una prospettiva *straniante*;
la mimesi di un cicaleccio dalla plurivocità mediocre e plebea mette in

---

[1127] N. Zago, *Federico De Roberto. «I Viceré»*, in *L'"incipit" e la tradizione letteraria italiana. L'Ottocento*, a cura di P. Guaragnella e S. De Toma, Lecce, Pensa Editore,
2010, p. 206.

[1128] VR, p. 3.

risalto le idiosincrasie di questo ceto aristocratico («Razza di matti, questi Francalanza»): tutti i personaggi sono impegnati «a commentare la repentina partenza del principe»[1129] dopo la dipartita della matriarca Teresa Uzeda («chiacchierando» della quale, al funerale, la gente ingannava l'impazienza dell'attesa dicendo vita, morte e miracoli»)[1130], cui seguono altre dicerie, che introducono il lettore, sin dalla soglia del romanzo, in un universo demoniaco, preannunciandogli le aberrazioni uzediane con cui avrà modo di familiarizzare: «i curiosi, gli scioperati, rifacevano la storia della morta e della famiglia, ne commentavano le stravaganze»[1131]. Nessuno scandaglio psicologico: il narratore si limita ai discorsi ad alta voce e alla sfera sensoriale (visiva, auditiva etc.) dei popolani[1132].

3) *Funzione metanarrativa.* È il caso dei «discorsi filati, in cui il personaggio» – per lo più di condizione subalterna – «si diffonde a lungo su un argomento di fronte a interlocutori anonimi e muti».[1133] Paradigmatico il racconto-chiacchierata del cocchiere Pasqualino Riso (alle laute dipendenze di Raimondo Uzeda), efficacemente definito da Tedesco una forma di «"discorso rivissuto"»[1134]:

Pasqualino Riso [...] fu assediato di domande. Pareva un signore, Pasqualino: abito tagliato all'ultima moda, biancheria finissima, anelli alle dita [...]. E nelle portinerie, nelle stalle, nei caffè dei cocchieri, nelle anticamere della parentela, diede tutte le spiegazioni desiderate. Che il contino non potesse durarla a lungo con la moglie, egli l'aveva previsto da un pezzo, e tutti avevano potuto accorgersene l'anno innanzi, quando il signor don Raimondo era scappato lontano da quella donna che gli amareggiava l'esistenza. Lo sapevan tutti che egli voleva bene a donna Isabella; dunque la contessa, se

---

[1129] *Ivi*, p. 5.

[1130] *Ivi*, p. 26.

[1131] *Ivi*, p. 31.

[1132] Vi è un'unica – pressoché irrilevante – eccezione: «Giuseppe, in quella confusione, non sapeva che fare: chiudere il portone per la morte della padrona era una cosa, in verità, che andava con i suoi piedi; ma perché mai don Baldassarre non dava l'ordine? Senza l'ordine di don Baldassarre non si poteva far nulla. Del resto, neppure gli scuri erano chiusi su al piano nobile; e poiché il tempo passava senza che l'ordine venisse, qualcuno cominciava ad accogliere un timore e una speranza, nella corte: se la padrona non fosse morta? "Chi ha detto che è morta?... Il cocchiere!... Ma non l'ha veduta!..."» (*ivi*, p. 6). Prima di aprire il portone principale, Giuseppe è colto in preda al dubbio, e s'interroga sul da farsi.

[1133] V. Spinazzola, *Il romanzo antistorico*, cit., p. 67.

[1134] N. Tedesco, *La norma del negativo*, Palermo, Sellerio, 1981 p. 132.

fosse stata un'altra, che cosa avrebbe dovuto fare? Usar prudenza, per amore dei figli! Invece, nossignori: pianti, strepiti, accuse, minacce, suo padre sempre tra i piedi: bisognava esser fatti di stucco per resistervi[1135]!

Il racconto di questo improvvisato narratore – che si rivolge ai pettegoli uditori del palazzo – viene riportato con peculiari procedimenti riassuntivi (alternati a momenti dichiaratamente enunciativi: «O buona donna, se questo le dispiaceva, perché non se ne andava al giardino dei *Popoli*, che non è meno bello»)[1136], che «respingono sullo sfondo l'identità di colui che parla»[1137], producendo una deformazione dei fatti spudorata. Il carnefice conte di Lumera, che tradisce senza scrupoli Matilde Palmi con la civettuola Isabella Fersa, diviene grottescamente vittima di una moglie tirannica e gelosa al limite del patologico:

> Suo marito non poteva pigliare un po' d'aria che lei non gli facesse una scenata: se andava al *Glubbo* a trovar gli amici, a far quattro passi, subito i sospetti, i pianti ed i rimproveri. E gli strepiti per la passeggiata alle *Cassine*? il contino, che usciva a cavallo, ci trovava donna Isabella in carrozza e, naturale, si fermava a salutarla; giusto in quel punto: ciaff-ciaff, chi spuntava? La carrozza della padrona!... [...] E poi, con le bambine? [...] Le bambine avrebbe dovuto lasciarle alla *Missa* inglese che il contino aveva preso appunto per questo!... La sera, poi, a casa, un inferno! E il povero contino: santa pazienza, aiutami tu!...[1138]

Nel condensare questi soliloqui, il narratore bada a conservarne l'andamento orale e i connotati espressivi. Sono registrati a mo' di esotismi onomatopee popolaresche («ciaff-ciaff»), trascrizioni di parole italiane e straniere secondo la loro pronuncia dialettale siciliana e grossolani errori di grammatica («uno [il marchese Palmi] che aveva imparato alle figlie a dargli del tu!»):[1139] una mimesi caricaturale, la quale, anziché conferire dignità al soggetto popolare, sardonicamente lo sbeffeggia per la sua imperizia affabulatoria.

[1135] VR, p. 349.

[1136] *Ivi*, p. 350.

[1137] V. Spinazzola, *Il romanzo antistorico*, cit., p. 67.

[1138] *Ibid.*

[1139] *Ibid.*

2.4 Le novelle di guerra

Attraversare la produzione bellica derobertiana può rivelarsi un'operazione feconda, giacché in essa l'autore nuovamente si lanciò, con maggiore spregiudicatezza espressiva, a rappresentare la diversità sociale delle psicologie, dei comportamenti individuali e la pluralità degli antagonismi sociali. Un orizzonte interclassista proiettato su un nuovo (promettentissimo) sfondo narrativo, ma senza rinnegare i ferri del mestiere di inquieto e ambivalente realista ottocentesco.

Qualche informazione di contesto prima di procedere. Escludendo *Nora, o le spie* (incentrata sulla relazione tra un capo di Stato Maggiore dell'esercito italiano e una spia tedesca) e *La bella morte* (ambientata durante le crisi marocchine), comparse entrambe nel 1909, rispettivamente su «Il Giornale d'Italia» e su «L'Illustrazione italiana», le novelle di guerra furono tutte composte in occasione del definitivo ritorno in Sicilia dello scrittore: affetto, dopo la titanica impresa de *I Viceré* (e il drammatico fiasco editoriale che lo accompagnò), da gravi turbe psichiche, da un senso di impotenza e da un sentimento di disfatta annichilente sul valore della sua arte.[1140] Rientro che coincise con lo scoppio della Grande Guerra, cui De Roberto assisté con un fervore inatteso e spiritualmente rigenerante, che si tradusse in una forma di «interventismo accortamente moderato», in una «concezione cautamente giustificativa del conflitto»[1141].

[1140] Queste novelle sono state oggetto, nell'anno del centenario, di varie operazioni editoriali. Tra il 2014 e il 2015 sono stati infatti pubblicati o ripubblicati *«La paura» e altri racconti della grande guerra*, a cura di A. Di Grado, Roma, E/O, 2014 (e, prima, 2008; questa raccolta comprende solo quattro novelle: *La paura, Il rifugio, Il trofeo, L'ultimo voto*); *Novelle della grande guerra*, a cura di R. Abbaticchio, con pref. di N. Zago, Bari, Progedit, 2015 (e, prima, Bari, Palomar, 2010; la riedizione è accompagnata da un bel saggio di P. Guaragnella, già apparso, col titolo *Il teatro della Grande Guerra nel De Roberto postremo*, su «Belfagor», LXIV, 4, 31 luglio 2009); *«La paura» e altri racconti di guerra*, a cura di G. Pedullà, Milano, Garzanti, 2015. Le novelle che De Roberto dedicò alla Grande Guerra ad oggi conosciute sono nove, uscite sparsamente tra il 1919 e il 1923: *La "Cocotte"*, «Rivista d'Italia», 1919; *All'ora della mensa*, «Novella», 1919; *Due morti*, «Il Secolo XX», 1920 (poi raccolte da De Roberto nel vol. *La "Cocotte"*, Milano, Casa Editrice Vitagliano, 1920); *La posta*, nel vol. collettaneo *Le sette rose*, a cura di E. Moschino, Napoli, L'Editrice Italiana, 1919; *Il rifugio*, «L'Illustrazione italiana», 1920; *La retata*, ivi, 1921; *La paura*, «Novella», 1921; *Il trofeo*, «Le opere e i giorni», 1922; *L'ultimo voto*, «La Lettura», 1923. Queste novelle sono state riunite per la prima volta in un volume da S. Zappulla Muscarà, *La "Cocotte" e altre novelle*, Roma, Curcio, 1979.

[1141] A. Di Grado, *Postfazione*, in F. De Roberto, *La paura*, cit., pp. 75-77.

Ancorché vissuta solo da lontano, attraverso la registrazione (scrupolosa e persino ossessiva, in ottemperanza alla sua formazione da naturalista) di dati e testimonianze[1142], la guerra rappresentò difatti per lui «una specie di catalizzatore che gli permise [...] di modificare [...] lo sguardo su di sé e sul mondo»[1143], l'occasione per rifunzionalizzare, ma calandolo in una forma immancabilmente flaubertiana, il realismo delle sue prove migliori, che viene qui subordinato alle tesi di un nazionalismo, pur nei toni educati, perentorio e ardente. Nel complesso, sembra la ricchezza di barthesiani *effetti di realtà* il maggior pregio di questi testi, ai quali è stato sovente riconosciuto un'apertura democratica audace, almeno per ciò che concerne la mimesi della realtà polifonica del fronte e delle trincee (dal discorso diretto pluridialettale alla complessa ingegneria dell'indiretto libero), dove per la prima volta fanti di diversi paesi e regioni (il proletariato in armi), guidati dagli ufficiali, si ritrovarono a combattere fraternamente, malgrado le differenze culturali e idiomatiche, per il bene della Nazione:

> Questo tipo di narrazione provoca come effetto spontaneo la ribellione all'assunto ideologico. Qua e là gli umili soldati che parlano i vari dialetti danno una dimensione di spoglia umanità [...]. Il metodo realistico diventa il metodo della verità. Senza volerlo le novelle convogliano e ritrasmettono notizie sulla vita militare, che contrastano con il quadro offerto dalla letteratura ufficiale[1144].

È il *topos* critico lukácsiano del grande realismo che prende la mano all'autore e lo forza a contraddire, negli effetti dell'arte, la propria ideologia; impostazione su cui si basa il contributo di Maffei, che, sfumando la tesi di Pedullà – per il quale i fanti sarebbero senza scampo subordinati agli ufficiali di estrazione borghese, al punto da aver accesso a una dimensione tragica «solo grazie» alla loro «mediazione» –[1145], ha individuato,

---

[1142] Al riguardo cfr. il saggio di G. Pedulla, *Nota al testo*, in «*La paura» e altri racconti di guerra*, cit., pp. 5-96. Questa edizione sarà d'ora in poi citata con la sigla NG.

[1143] N. Zago, *Introduzione*, in *Novelle*, cit., p. 138.

[1144] C.A. Madrignani, *Introduzione*, cit., p. LXIV.

[1145] G. Pedullà, *L'orrore da lontano: la Grande guerra di Federico De Roberto*, in «*La paura» e altri racconti di guerra*, a cura di G. Pedullà, cit. p. 42. D'ora in poi questa edizione sarà citata con la sigla NG. Se in qualche racconto i soldati semplici prendono l'iniziativa e occupano il centro della scena, osserva ancora Pedullà, «l'intreccio assume all'istante una piega comica e il gusto della beffa prende il sopravvento, in ossequio al vecchio dogma della divisione degli stili» (*ivi*, p. 42).

ne *La posta* e *Il trofeo*, forme di *autonomia* dell'interiorità popolare, che problematizzano il messaggio del testo, tutt'altro che ingenuamente apologetico[1146]. Bisognerà prendere le mosse da tali riflessioni: non con l'intento di integrare i rilievi del critico sulla sostanza ideologica dei racconti, ma per mettere l'accento sulla ripresa, specificamente ne *La posta*, di una strategia rappresentativa già incontrata ne *I Viceré*, che in questa opera tarda viene accortamente rifunzionalizzata, dall'autore borghese, con l'intento di *simpatizzare* con l'anima' di un «carattere dissimile» come egli mai aveva osato fare.

2.4.1 «La posta»

Il protagonista de *La posta* è il fante Cirino Valastro. Si tratta di un laborioso contadino proveniente da un remoto paese dell'Etna. Ha ereditato dal padre e il nonno una minima fortuna (un pezzo di terra che è oggetto delle sue nostalgie, e in cui desidera tornare, una volta finita la guerra, per metter su famiglia, e prendere in moglie la donna che fedelmente aspetta il suo ritorno); ma questi beni non lo estraniano dalla sua condizione: Cirino è un contadino che si identifica – ideologicamente e culturalmente – con la sua classe.

La posta narra del legame che si viene a instaurare tra questo popolano e il suo tenente, Malvini, il quale è «la coscienza riflettente, la soggettività intermediaria di una storia che però verte interamente sul fante analfabeta, sul suo destino tragico ed esemplare»; sottoposto verso cui l'ufficiale ha un atteggiamento ambivalente: da un lato «guarda a lui dall'alto, gli vuol bene sì ma come a un minore o a un cane fedele»[1147], («[Cirino] si mostrava, si avvicinava ad un cenno, gli si accucciava ai piedi come un cane – "il mio cane a due zampe", già lo chiamava tra sé»)[1148], dall'altro ne riconosce ammirato, quasi con soggezione, la statura morale e l'eroismo di cui dà prova al fronte, e da cui ha modo di apprendere e arricchirsi spiritualmente. Il racconto si fonda su un pretesto strutturale: Cirino si rivolge all'ufficiale perché gli legga le lettere sgrammaticate che gli arrivano da casa; e attraverso questo filtro Malvini ha modo di

---

[1146] G. Maffei, *Certi fanti di Federico De Roberto*, in *Rappresentazione e memoria. La 'quarta' guerra d'indipendenza*. Atti del convegno di Bruxelles, 7-8 dicembre 2015, a cura di C. Gigante, Firenze, Cesati, 2017, p. 162.

[1147] Id., «Certi fanti di Federico De Roberto», cit., p. 162.

[1148] NG, p. 199.

prendere familiarità con il suo universo, di ridurre progressivamente la distanza *emotiva* che lo separa da lui: «Fu così che Malvini divenne il confidente del soldato, e leggendogli le lettere e scrivendogli le risposte conobbe a poco a poco tutta la storia sua e dei suoi».[1149] Parliamo di una narrazione intransitiva: il lettore apprende la storia di Cirino per come essa si rifrange nella soggettività borghese del tenente, che ascolta le confidenze del fante, e variamente le integra – o attivamente le interpreta – con le informazioni desunte dalle lettere. Questa storia viene infatti resa nel linguaggio di Malvini («Non lo avevano mandato a scuola, ragazzo, per la durezza dei tempi»[1150], «allora il nonno ed il padre se la passavano piuttosto scarsa, e sbarcavano il lunario col prodotto di un centinaio di pecore»)[1151], che la traduce in italiano al lettore, ma registrando in presa diretta, con bonomia e paternalistica compartecipazione, qualche termine dialettale del suo interlocutore[1152]:

> Ed egli descriveva il pometo al suo tenente, come lo aveva visto negli anni di abbondanza, come sperava che sarebbe stato nel prossimo autunno: gli alberi minaccianti di sciancarsi, dalla gran carica; le mele sane, nette, "latine", occhieggianti in mezzo al fresco fogliame: le grosse teste-di-Re, verdi e rosse; le "maladeci", piccoline, rosse e bianche; le "lappione", rosse e gialle; le "cola", tutte giallognole: una "flora" – voleva dire un giardino di delizie. Tutti quegli alberi li aveva piantati egli stesso, con le sue mani, quando aveva smesso di fare il pastore, e li aveva aiutati a crescere a poco a poco, proteggendoli contro il gelo mentre eran piccoli, e nettandoli e potandoli e concimandoli e raddrizzandoli e puntellandoli: perciò li conosceva ad uno ad uno e voleva loro bene quasi fossero persone. Più in alto dei pometi, sotto il Pomiciaro, rosso come se le lave e le sabbie che lo formavano ardessero ancora, si distendevano i boschi di castagni: sezioni tagliate da recente, con le "trofe" basse e frondose, con i "solarini", gli alberi di speranza, lasciati crescere a loro posta e divenuti più alti che antenne di bastimenti; sezioni ancora intatte, dove l'ombra era fitta e l'aria verde, e i "funci" venivano su tanto abbondanti, dopo la pioggia, col sole, da non occorrere altra fatica se non chinarsi per coglierli: funghi "d'olio", e "lardara", e "musi di bue", e "cappellini": i più ghiotti.

[1149] Ivi, p. 195.

[1150] *Ibid.*

[1151] *Ibid.*

[1152] Ha per primo notato le analogie mimetiche tra questo racconto e il discorso del cocchiere de *I Viceré* N. Tedesco, *La norma del negativo*, Palermo, Sellerio, 1981, 131-132.

«Se Dio vôli, signor tenenti, sbrigata la guerra, lei vieni in Sigilia, e ci ni fazzo fari una mangiata ca non la si scorda!... A lei ci piaci la caccia?»[1153]

Questa forma di citazionismo di un idioma popolare ricorda il «discorso rivissuto» di Pasqualino Riso. Ma se ne *I Viceré* tale espediente era piegato alla logica parodistica della rappresentazione, ne *La posta* viene inserito in un contesto nel quale la profondità interiore (la *dignità*) del soggetto popolare è il messaggio primario. Perché qui Cirino decanta orgogliosamente al tenente, con un'*elegia della roba* di ascendenza verghiana, la fecondità del suo pometo e il tesoro nascosto dei suoi frutti.

Osservato nella sua concretezza, il procedimento è sommamente singolare: molti di questi passi evidentemente riecheggiano un parlato, un confidato del fante al suo ufficiale, ma altre frasi sono di un tenore più intimo, e sembrano tradurre non tanto un argomentare del fante (neanche tra sé e sé), quanto un suo sentire intenso, *poetico*, che difficilmente avrebbe osato partecipare al superiore, e per il quale anzi non avrebbe trovato le parole, sicché è il narratore primo, 'autoriale', a dovergliele imprestare. È la leva poetica del narratore a giungere in soccorso del povero fante, restituendo al lettore i suoi sentimenti e le sue speranze, l'orgoglio dei frutti della sua terra di cui un giorno potrà tornare a godere: «le mele sane, nette, "latine, occhieggianti in mezzo al fresco fogliame»; «sotto il Pomiciaro, rosso come se le lave e le sabbie che lo formavano ardessero ancora»; «sezioni ancora intatte, dove l'ombra era fitta e l'aria verde»; ideali di serenità domestica, che stridono con la realtà – e la retorica interventista – del conflitto, a cui questo umilissimo che si esprime rozzamente in vernacolo, e che pensa al suo amore lasciato lontano in Sicilia, è del tutto estraneo, *dissonante*:

Ma la prima cosa era prender moglie, lavorare per la famiglia, come il nonno e il padre: bisognava perciò che i Canonico gli dessero la figliuola. Sposarne un'altra, se mai? No: non ci pensava neppure, non gli pareva neanche possibile. La ragazza, la "picciotta", aveva diciott'anni, Rosa di nome e di fatto, gran massaia, dita d'oro per filare e per tessere. Le si era confidato il giorno dell'Assunta, che si festeggia anche la Patrona, Maria Santissima della Divina Provvidenza: le aveva rivelato l'amor suo al passare dell'immagine della Bella Madre, tra gli spari dei mortaretti, lo stormeggiare delle campane, i suoni della banda, gli evviva dei fedeli; ed ella gli aveva risposto, a capo chino, che, col piacere dei genitori, era contenta anche lei di sposarlo[1154].

[1153] NG, pp. 197-198.

[1154] *Ivi*, p. 200. Il corsivo è mio.

Speranze destinate a naufragare per colpa di un destino infausto: perché Cirino morirà in battaglia, sotto lo sguardo attonito del suo tenente, senza poter coronare il suo sogno di umile e raccolta felicità. Immolato per una causa collettiva di cui non intenderà mai pienamente il senso.

Si potrebbe leggere questo slittamento progressivo del narratore nel vissuto intimo del soggetto popolare – una dimensione che eccede i criteri di verosimiglianza della registrazione di un discorso altrui ad opera di un ascoltatore attivo – come una 'svista' autoriale; ma questa interpretazione appare debole se si considera che in un'altra novella di guerra, *Il trofeo*, dove pure è protagonista un fante siciliano (Ciccarino), le rimembranze del personaggio – che pensa commosso alle sue cacce, con cui amava dilettarsi in paese in tempo di pace – fluiscono con un analogo *pathos* emotivo, e senza il supporto di nessuna coscienza intermediaria, riecheggiando marcatamente il rovello interiore di Mastro-don Gesualdo:

> *C'era stato tante volte alla caccia dei conigli, Ciccarino, al suo paese, che li avrebbe scoperti anche al fiuto* [...]. Sapeva riconoscere le loro tane a quel niente di peluria che lasciano intorno agli orli della buca, e scernere e seguire le loro piccole orme sotto il bosco, nei greppi, tra gli sterpi, e distinguere maschi da femmine alla sola forma delle càccole, nelle aiette dove vanno a galluzzare. *Quante volte, con Caiella al fianco e la doppietta sulle spalle, non era stato alla posta, le notti di luna, sulla neve d'inverno, d'estate fra le macchie della ginestra in fiore! E quante volte s'era servito del furetto, portato dentro la gabbietta ad armacollo!* Al tintinnio della bubbola che l'animaletto cacciatore portava attaccata al collo, il coniglio sgusciava come un saettone e correva a rintanarsi; ma l'altro gli si precipitava dietro, dentro il covo, dove lo spaventata anche peggio col lucore del fosforo, che portava spalmato in fronte, costringendolo quindi a riscappare; e allora, non appena l'inseguito metteva fuori il muso, una grandine di pallini lo freddava.
>
> [...] Quando Ciccarino pensava alle sue cacce, nelle campagne di Randazzo, a Crocitti, a San Lorenzo [...]; quando pensava al suo paese, alla sua famiglia, ai suoi affetti, ai suoi interessi abbandonati per fare il suo dovere, col petto esposto alle pallottole, [...] allora i fùtteri gli montavano peggio che al tenente[1155].

Ma Mastro-don-Gesualdo ha avuto diritto all'*elegia della roba* («Ne aveva portate di pietre sulle spalle, prima di fabbricare quel magazzino!») – e «all'elegia degli sforzi e del successo»[1156] («ne aveva guadagnato dei denari! Ne aveva fatta della roba») – perché è potuto diventare

---

[1155] VR, pp. 299-300. Il corsivo è mio.

[1156] G. Maffei, *Certi fanti di Federico De Roberto*, cit., p. 169.

borghese. Cirino e Ciccarino sono invece «caratteri dissimili», a cui l'autore ora consente, al pari dei suoi borghesi, artisti e aristocratici, di monologare in indiretto libero. Perché questa delimitazione di campo aveva a tutti gli effetti orientato, sino alla stagione bellica, l'estetica dell'autore. Non che fosse interdetta ogni forma di rappresentazione soggettiva: in *Ragazzinaccio* e *Lupetto* la riflettorizzazione singolativa ha diritto di cittadinanza, e riveste una funzione primaria nell'economia dell'intreccio; però, se non avesse scritto le novelle di guerra, Spinazzola non avrebbe avuto torto nell'affermare che De Roberto era complessivamente «estraneo alla [...] vita affettiva degli umili».

La posta e *Il trofeo* segnano pertanto una svolta nel sistema autoriale: testi in cui il *pathos* vibrante della soggettività è attributo di vinti dimenticati dalla Storia. Di umili che non rientrano nella logica della devianza: non sono orfani né collocabili al confine tra i mondi sociali, né tantomeno declassati o *parvenus*; e sono a digiuno di letteratura e di qualsivoglia forma di indottrinamento.

È ragionevole credere sia stata la Grande Guerra ciò che spinse l'autore a dare in dote ai suoi fanti un *plot* teleologicamente orientato, la possibilità del compimento di un *destino* e la storia di una coscienza: d'altronde il primo conflitto mondiale fu un evento capace di mettere in discussione qualsiasi radicata ideologia, uno di «quei momenti di esplosione»[1157], come li definisce Jurij Michajlovič Lotman, in cui il mondo della semiosi non è fatalmente chiuso in sé, ma forma una struttura complessa che continuamente 'gioca' con lo spazio che gli è esterno; realtà nella quale le masse proletarie salivano alla ribalta, si imponevano all'attenzione collettiva, combattevano in prima linea al fianco delle classi che le avevano a lungo relegate ai margini del sistema sociale: il momento della scoperta dell'*altro*. Che l'intellettuale De Roberto abbia allora avvertito, ascoltando le storie dei reduci (con cui naturalisticamente si documentò), l'esigenza di dar espressione alle sofferenze dei proletari, buttati nel gran rogo guerresco, per concedere loro, a mo' di ricompensa al valore, un'anima' duttile e articolata, non pare ipotesi inverosimile, specie se l'interventismo dell'autore trae effettivamente alimento, come suggerisce Maffei, da un sostrato risorgimentale:

[1157] J.M. Lotman, *La cultura e l'esplosione. Prevedibilità e imprevedibilità*, Milano, Feltrinelli, 1993, p. 38.

Potremmo riandare ai grandi mitologi del Risorgimento [...], e ricordare che costoro riconoscevano al popolo analfabeta, ai contadini [...] una precedenza *d'anima* sul pensiero maturato e riflessivo dei colti [...]; precedenza d'intuito profetico, [...] ma impotente a incidere sulla storia senza che l'intelletto dei maturi la informasse e dirigesse. In quest'ottica antica – ma che in De Roberto risaliva [...] nell'occasione della quarta guerra d'indipendenza – i fanti sono sogguardabili in una luce di grandezza che è soltanto loro: se nelle novelle paiono talora agli ufficiali, che se ne inteneriscono, figlioli e minori, non è per astuto marchingegno classista [...] quanto perché in quei proletari mitizzati, ardenti e pronti al sacrificio [...] era un'emozione della gran madre, i fratelli che la guerra produce [...]. Dentro quest'orizzonte [...] i fanti di De Roberto sono ultimi ma anche primi: agli occhi dei loro tenenti e capitani, agli occhi del loro autore che, se avesse fare la guerra, avrebbe vestito l'uniforme degli ufficiali[1158].

In alternativa, si potrebbe ipotizzare che questo tipo di *sguardo* sia l'effetto di un nuovo sentimento della socialità, «ridotta» in guerra «a un essenziale comune codice biologico, molto prima che ideologico»[1159]; a un impulso solidaristico che succede – come per cortocircuito – dinanzi alla costatazione dell'infima fragilità umana. È legittimo pensare alla «social catena» della *Ginestra* (Leopardi era amatissimo da De Roberto), non casualmente richiamata ne *La posta* dal tenente Malvini, che ne recita i versi tra sé e sé quando approfondisce la conoscenza del suo umile amico, che gli parla dei profumati «fiorellini gialli» che crescono sulle pendici dell'Etna, poco distante dal suo paese: «E Malvini recitò sottovoce i versi del Leopardi: *"Qui su l'arida schiena/Del formidabil monte* [...]"»[1160]. Su tali basi le distanze sociali possono appianarsi, per far posto alla *simpatia* creaturale. Una soluzione sembra allora profilarsi: l'unione collettiva contro l'ombra della finitudine, la resistenza unanime contro l'orrore della guerra, nella quale il ferimento di un compagno, di un amico – non importa di quale estrazione sociale – può costringerti a rischiare la vita per andare a salvare, «tra melma e sangue», quello che è ormai ridotto a un «tronco senza gambe», avrebbe scritto Clemente Rebora nel terribile *Viatico*. Immagine che richiama l'epilogo de *La posta*, dove il tenente Malvini vede con i suoi occhi il fido Cirino morire *per lui*,

---

[1158] G. Maffei, *Certi fanti di Federico De Roberto*, cit., ivi, p. 162.

[1159] A. Cortellessa, *Tra le parentesi della storia*, in *Le notti chiare erano tutte un'alba*, Milano, Mondadori, 1998, p. 175.

[1160] NG, p. 187.

sfigurato dal fuoco nemico; un uomo di cui aveva avuto modo di conoscere la purezza e la semplicità innocente, spazzato via senza riguardi dal vento della Storia: «Ripassando allora per la valletta, Malvini non la riconobbe. Il fuoco nemico vi si era accanito, stupidamente, anche dopo lo sgombro: era ridotta tutta buche, crepacci, crateri, mucchi di pietrame e di terra smossa. Sul nevaio, grigio, sporco, chiazzato di larghe macchie nere, la salma non si distingueva più»[1161].

3. *Capuana*

1. Ho scelto di rinunciare, per il suo atteggiamento conservatore quanto alla rappresentazione interiore degli umili (che si traduce nella riproposizione, senza scarti rilevanti, di una casistica già ampiamente approfondita), a una trattazione sistematica della stagione verista di Capuana, che pure fu, come De Roberto, scrittore aperto alle suggestioni più svariate, rifiutando di ancorarsi, col suo gusto di «alchimista spericolato»[1162], all'unicità di un metodo o di un sistema artistico: l'opera dello scrittore di Mineo non ha mai avuto, escludendo gli «studi» psicopatologici (che imponevano rigore e coerenza analitica), quell'unità di temi e neppure quella compattezza di svolgimento che rivelano un'ispirazione sicura e costante; e con De Roberto l'uomo Capuana condivide, da buon agrario del Sud (borghesemente attento al proprio «particulare») la sostanziale insensibilità nei confronti dei miseri e dei diseredati.

Non guasterà tuttavia un agile attraversamento: il suo valore di critico è capitale per l'evoluzione del movimento verista; ed è verosimile ritenere che, nella costruzione del mondo interiore dei soggetti finzionali, fu decisivo, per l'immaginario verghiano (e derobertiano), il romanzo *Giacinta*, che ebbe ben tre edizioni (1879, 1886 e 1889), in un incessante lavoro di rielaborazione formale. Studio 'veritiero' di un caso (zolianamente o goncourtianamente)[1163] patologico (giustificazione narrativa

---

[1161] *Ivi*, pp. 223-224.

[1162] C.A. Madrignani, *Capuana e il naturalismo*, Bari, Laterza, 1970, p. 246. Ha recentemente dedicato uno studio estensivo a Capuana – con una particolare attenzione alla fase postveristica dell'autore – I. Muoio, *Capuana e il modernismo*, Pisa, Pacini, 2023.

[1163] Però, nota Enrico Ghidetti, «la figura di Giacinta acquista un rilievo singolare proprio per l'incapacità del narratore di chiuderne la vicenda entro lo schema naturalistico. Se è vero, infatti, che ereditarietà e ambiente ne condizionano la vicenda

della proliferazione dei soliloqui, delle fantasticherie e delle visioni deliranti), in *Giacinta* è ripercorsa la parabola esistenziale della fanciulla eponima, figlia di una giovane e dissoluta nobildonna, che si trova nella situazione della vittima predestinata in un mediocre *milieu* borghese. Si tratta di un carattere delle alte sfere della società: per quanto ripercorrere l'evoluzione stilistica del romanzo (di cui Capuana dà notizie nella prefazione, dichiarandosi insoddisfatto dei residui di 'autorialità' di ascendenza balzachiana)[1164] sia utile per lo studio in diacronia della tecnica verista – e per la grammaticalizzazione del racconto *figurale* italiano –, i personaggi del Quarto Stato sono una componente accessoria dell'opera, ad eccezione del *factotum* Beppe, il quale, pur responsabile dello stupro che segna traumaticamente la psicologia del protagonista, è privato, per la sua brutale ferinità, di qualsiasi approfondimento soggettivo.

In *Profumo*, uscito nel secondo semestre del 1890 sulla «Nuova Antologia» (per poi essere pubblicato nel 1892 a Palermo dagli editori Pedone e Laurien) il discorso è analogo. Seppur con un distanziamento programmatico dalle teorie veriste e naturaliste (nella direzione del romanzo psicologico moderno), tale romanzo si impernia, come *Giacinta*, su un caso di psicopatologica clinica, ancorché la strumentazione sia più elaborata e complessa: «il centro della rappresentazione è ancora l'uomo, unità [...] contraddittoria di tensioni variabili, evidenti, o segrete, e l'artista si impegna ora a guardare più a fondo in questo meccanismo difficile e raffinato», scrutando «in quegli inesplorati recessi da cui viene condizionato ogni atteggiamento»[1165]. Ma «il meccanismo difficile e raffinato»

[...], è pur vero che il dottor Follini, *alter ego* dell'autore [...], finisce col trovarsi coinvolto nel "caso" più di quanto la sua funzione di freddo cronista di una malattia dell'anima non dovrebbe consentire» (E. Ghidetti, *Introduzione*, in *Giacinta*, a cura di E. Ghidetti, Roma, Editori Riuniti, 1980, p. XIX).

[1164] L'influsso di Balzac fu dichiarato da Capuana stesso nella prefazione dedicata a Neera del testo dell'89, ed è evidente nei tratti autoriali della diegesi. Sulla variantistica di *Giacinta*, e i cambiamenti apportati dall'autore tra la prima e la seconda edizione, esistono studi filologici rilevanti. Al riguardo si veda P. Arrighi, *Capuana et les deux versions de «Giacinta»*, in *Mélanges...Offerts à H. Hauvette*, Paris, 1934, pp. 785-95 e M. Durante, *Tra la prima e la seconda edizione di «Giacinta» di Capuana*, in *Capuana verista*, Atti dell'incontro di studio di Catania, 29-30 ottobre 1982, Catania, Biblioteca della fondazione Verga, 1984, pp. 199-221.

[1165] C.A. Madrignani, *Capuana e il naturalismo*, cit., p. 251. Sullo psicologismo di *Profumo* cfr. E. Montanari, *Profumo di Luigi Capuana: analisi critica e filologica di un romanzo tra naturalismo ottocentesco e psicologismo moderno*, Guidonia, Aletti, 2006. Valide osservazioni si trovano anche nella recente monografia di B. Zuccala,

rifugge, in *Profumo* come nei racconti fantastici (uno dei filoni prediletti dello scrittore) o dedicati ai fenomeni parapsicologici, i «caratteri dissimili»: nell'opera si narra infatti dell'amore – e la reciproca influenza nervosa – di due personaggi borghesi, Patrizio e l'isterica Eugenia, delle cui stranezze psicofisiche il narratore si fa osservatore spassionato e analista fedele; mentre al popolo è riservata, a conferma del discrimine sociologico, una rappresentazione pittoresca ed espressionisticamente risentita, immagine balzachiana dell'alterità[1166].

È il caso del grande affresco regionalistico del nono capitolo, dove è di scena una processione tipica della Sicilia più barbara e violenta (precisamente ad Ispica, in provincia di Ragusa, in cui il romanzo è ambientato): quella dei flagellanti, che Capuana ritrae col solito interesse di artista freddamente curioso dei fenomeni di crudeltà collettiva. Significativamente, il filtro narrativo è demandato al personaggio borghese e alla sua visione del mondo. La folla paesana entra nel cono visivo della protagonista: «Nella via male illuminata con tutto il gran sfoggio di lanterne di carta, la folla si pigiava variopinta, e rumoreggiava in attesa della processione [...]»[1167]. Tra questa «marea di teste umane» – dove «sorgevano qua e là braccia accennanti con la mano, e bambini levati in alto dai parenti perché vedessero anch'essi il Cristo morto e i flagellanti»[1168] – Eugenia è catturata dal profilo di singole figure del popolo che si stagliano, per icastica evidenza (ed eccentricità dei costumi), sullo sfondo impersonale del moto. Quand'ecco sopraggiungere, tra un «gran rumore» e un «misto di voci urlanti e di scrosci» del popolo in delirio[1169], la processione dei flagellanti, su cui si focalizza l'occhio della donna inorridita, che per tale spavento viene colpita da una paralisi che in pochi giorni la porta alla tomba:

> Su per le braccia abbronzite e le vellose spalle, larghe righe di sangue scorrevano; piaghe, già nere pei grumi formatisi lungo la via, si riaprivano sotto i colpi.
>
> – Misericordia, Signore! Pietà, Signore, pietà! –

A *Self-Reflexive Verista. Metareference and Autofiction in Luigi Capuana's Narrative*, Venezia, Edizioni Ca' Foscari, 2020, pp. 21-39.

[1166] Sulla ricezione di Balzac in Capuana si rimanda a R. De Cesare, *Capuana e Balzac*, in «Annali della fondazione Verga», n. 14, 1997, pp. 49-115.

[1167] *Ivi*, p. 108.

[1168] *Ivi*, p. 112.

[1169] *Ibid*.

E le discipline agitate per aria, incessantemente colpivano quasi con rabbia, aprendo nuove ferite, facendo sprizzare altre righe di sangue su quei corpi che già mettevano orrore.

Coi capelli in disordine, con la faccia sanguinolenta per le lacerazioni prodotte alla testa e alla fronte dalla corona di pungentissime spine conficcata nella pelle e scossa dall'agitarsi di tutta la persona ricurva, essi non sembravano più creature umane, civili, ma selvaggi sbucati improvvisamente da terre ignote, ebbri di sacro furore pei loro riti nefandi [...][1170].

Il narratore si manifesta scopertamente con i suoi giudizi, sintonizzandosi con lo stato d'animo del personaggio: Capuana guarda «alla Sicilia dei ceti più bassi, una terra selvaggia e quasi disumana, che l'intellettuale della nuova Italia vede emergere dai tempi preistorici», senza nemmeno tentare d'intendere le ragioni di tale «attardata barbarie»[1171].

3.1 *«Le Paesane»*

Nell'ambito della proteiforme attività di Capuana novelliere – che si sviluppa lungo un cinquantennio: dall'ottobre 1867 (quando comparve nella «Nazione di Firenze» *Il dottor Cymbalus*) al 1915 (allorché fu stampata *Gioie precluse* nella rivista romana «Noi e il mondo») –[1172] merita un occhio di riguardo, ancor più dei drammi amorosi di *Profili di donne,* (1877), la prima opera d'impianto zoliano (che prelude a *Giacinta*) – i racconti di ambiente paesano: pubblicati dal 1881 al 1894 in giornali, riviste e libri, e da Capuana riuniti successivamente in un unico volume, intitolato appunto *Le Paesane* (1894)[1173]. Esso fa seguito al volume de *Le Appassionate* (1893), pubblicato l'anno precedente, nella cui prefazione Capuana dichiara esplicitamente la volontà di riunire in due tomi distinti le novelle di argomento siciliano e quelle «che rappresentano casi

---

[1170] *Ivi*, p. 113.

[1171] C.A. Madrignani, *Capuana e il naturalismo*, cit., p. 254.

[1172] Valida, per un primo orientamento, la panoramica *Introduzione* di E. Ghidetti, *Racconti. Luigi Capuana*, a cura di E. Ghidetti, vol. 2, Roma, Salerno, 1973-1974, pp. IX-LXIX. D'ora in poi questo volume sarà citato con la sigla RC.

[1173] La raccolta è divisa in due «parti», raccordate da un «intermezzo». Oltre alle novelle vi è ristampata anche la commedia *Malìa* (1891). Per una ricognizione de *Le Paesane* cfr. D. Tanteri, *Lettura de «Le paesane» di Luigi Capuana*, in «Siculorum Gymnasium», 24.1, 1971, pp. 1-60 e F. Manai, *Le Paesane*, cit., pp. 81-115. Buone osservazioni si trovano anche in C. Pestelli, *Capuana novelliere. Stile della prosa e prosa in 'stile'*, Verona, Editrice Guttenberg, 1991, pp. 65-124.

passionali» (di caratteri borghesi e altolocati), da lui scritte negli anni precedenti e pubblicate senza distinzione in riviste e nei due volumi, 'Homo' e *Fumando*: decisione che muoveva dalla volontà dello scrittore di offrire al pubblico due opere che permettessero di interpretare nel giusto modo le due principali direzioni di ricerca in cui si era svolta la sua attività – allora quasi trentennale – di novelliere[1174]. Se infatti, ne *Le Appassionate* la rappresentazione della soggettività è un elemento strutturalmente portante, *Le Paesane* si fondano sulla strategia dell'«osservazione»: in primo piano è anzitutto il *milieu* – in senso locale, geografico – in cui si collocano le vicende e le figure rappresentate.

Gli elementi di colore locale diffusi a piene mani dallo scrittore per tutta la raccolta si riferiscono, con notevole dovizia di riferimenti topografici, a Mineo e ai suoi dintorni, sebbene si evidenzi una singolare «scarsezza» di «tratti paesistici»: al contrario di Verga (o del De Roberto di *Ragazzinaccio*), «Capuana non si diffonde in distese descrizioni, non dipinge a larghe pennellate, bensì si limita a poche linee scarne e, per lo più, convenzionali», nella direzione di una rappresentazione tendenzialmente oleografica[1175]. Sicché scarseggiano le *percezioni indirette libere*: la simbiosi tra personaggio e paesaggio è generalmente negata. Oltretutto, per quanto ne *Le Paesane* il lettore si trovi a dover fare i conti con una serie di avvenimenti presentati da diverse angolazione prospettiche, le punte estreme della coralità verghiana sono lontane, come è esponenzialmente attenuata – quando presente – la tendenziosa ostilità della comunità nei confronti del protagonista perseguitato. E se Verga offre un quadro variegato della condizione sociale delle campagne, riuscendo a cogliere l'essenza dei rapporti economico sociali che determina la sfera dei comportamenti, Capuana si preclude ogni possibilità di conoscere intimamente la realtà stessa, della quale riesce a darci solo un'immagine superficiale e angusta: è assente una compiuta rappresentazione della condizione umana delle diverse classi sociali in cui la comunità paesana si differenzia e si stratifica, come è assente il contrasto che oppone gli uni agli altri ceti.

[1174] Cfr. E. Scarano, *Introduzione*, in *Novelliere impenitente. Studi su Luigi Capuana*, a cura E. Scarano, Pisa, Nistri-Lischi, 1985, pp.12-13.

[1175] D. Tanteri, *Lettura de «Le paesane» di Luigi Capuana*, cit., p. 46. Per l'immagine della Sicilia ne *Le Paesane* cfr. G.D. Basile, *Ironia, pittoresco e orientalizzazioni. L'immagine della Sicilia ne «Le paesane» di Luigi Capuana*, in «Annali della fondazione Verga», n. 8, 2015, pp. 143-153.

L'atteggiamento verso la realtà è di natura estetica più che conoscitiva: il verismo capuaniano è sensibile agli aspetti più appariscenti, coloriti e grotteschi della realtà; difatti l'intonazione comica e umoristica è un *leitmotiv* della raccolta[1176]. E il profilo medio dei soggetti rappresentati è intimamente affine a quell'ambiente: mostrati nella loro attitudine caratteristica (tic, fissazioni, manie), questi personaggi «non possono non apparirci [...] generalmente rigidi e meccanici»,[1177] e pertanto assimilabili, come li definì Croce, a «delle macchiette»: «tipi di stravaganti di avari, di maniaci della dominazione o del litigare»[1178]. Ne deriva la rarità – e l'esiguità quantitativa (in genere poche righe e battute) – delle zone introspettive; peraltro, anche quando il narratore dipinge il paesaggio interiore dei suoi personaggi, non viene concesso nessun riscatto lirico. Infine, molti di questi caratteri non possono essere considerati umili *stricto sensu*: in *Mastro Cosimo*, ad esempio, le forme mimetiche della vita psichica sono adoperate per dipingere un bottegaio ossessivamente – e pateticamente – geloso della moglie; mentre ne *La conversione di Don Ilario* viene narrata, in chiave comica, un'effimera crisi religiosa di un proprietario terriero (inquadrata storicamente nel clima bigotto e reazionario del regno borbonico dopo il '48), che vive in campagna con la sua serva-amante. In seguito alla venuta in paese dei padri missionari per gli esercizi spirituali, egli vive una crisi interiore, che propizia la comparsa di «un doppio registro narrativo»: «quello su cui si svolge l'oggettivo dramma psicologico di don Ilario, e l'altro sul quale si colloca» il «*narratore paesano* con cui lo scrittore si identifica», col suo «atteggiamento di bonaria ironia e di sorridente canzonatura»[1179], che interrompe sul nascere – chiosando i pensieri del personaggio – il moto di simpatia con il lettore.

L'elemento tragico è intrecciato con quello comico anche nei racconti in cui i personaggi del Quarto Stato, in minima parte approfonditi analiticamente, figurano come protagonisti: ne è un esempio *Comparatico* (apparso per la prima volta sulla «Cronaca Bizantina» il 16 settembre 1882) – che richiama le verghiane *Jeli il pastore* e, soprattutto,

---

[1176] Sulle forme del comico cfr. I. Muoio, *La linea paesana. Costanti e varianti*, in *Capuana e il modernismo*, cit., pp. 71-77.

[1177] *Ivi*, p. 53.

[1178] B. Croce, *La letteratura della nuova Italia*, vol. 3, Bari, Laterza, 1915, pp.110 e 113 rispettivamente.

[1179] D. Tanteri, *Lettura de «Le paesane» di Luigi Capuana*, cit., p. 27.

Pentolaccia – in cui il motivo (topico nella narrativa veristica d'ambiente siciliano) dell'infedeltà coniugale vendicata col sangue dal marito disonorato si risolve nel truculento delle scene di sangue, reso con una sorta di compiacimento estetizzante, che sottrae dignità al protagonista. Torpido e ottuso come Jeli, in quanto non sospetta minimamente del tradimento della consorte con il compare traditore (malgrado le insinuazioni della comunità), Janu apre gli occhi solo dopo la morte del padre (scettico dal principio sulla donna per la sua frivolezza), che in punto di morte ribadisce con sdegno le sue accuse contro Filomena. Questo trauma comporta l'affiorare improvviso di un'accecante gelosia (rappresentata con l'ausilio delle psiconarrazioni)[1180], seguita poi dalla selvaggia violenza, che il personaggio scatena nell'epilogo, quando in un impeto di furore uccide il piccolo Pietro (che con raccapriccio comprende di essere figlio degli adulteri), per poi trucidare i due amanti abbracciati nel suo talamo.

Come Janu, non ha gli attributi dell'eroe Neli Frisinga, protagonista di *Lo sciancato* (pubblicato per la prima volta sul «Fanfulla della Domenica» il 23 luglio 1882). Ma in tale racconto la rappresentazione interiore dell'umile protagonista ha una certa rilevanza. In esso si narra del triste caso di uno storpio di Mineo, predestinato alla sconfitta e all'umiliazione:

Da bimbo, nel saltare un muricciolo, s'era rotta una gamba, e il dottore gliel'aveva rimessa cosí male che gli era rimasta quasi due dita piú corta dell'altra. Dal giorno che l'avevano visto arrancare un po' contorto dal lato destro, non l'avevano piú chiamato col suo nome; e, dopo, se uno avesse domandato di Neli Frisinga, tutti gli avrebbero risposto che non lo conoscevano e non l'avevano neppur sentito nominare in Mineo. Bisognava dire: lo Sciancato. Quasi non ce ne fossero stati altri! E sugli scalini del Collegio o su quelli dello Spirito Santo si vedeva tutti i giorni lo zi' Carmine, il tavernaio, che si godeva il sole con le grucce fra le gambe rattrappite, ed era sciancato dieci volte piú di lui[1181].

[1180] «Non lo sapeva neppur lui che cosa avrebbe fatto dopo aver veduto con quegli occhi; e da più settimane, giorno e notte, non pensava ad altro, non sognava altro. Si sentiva impazzire. E quel giovedì grasso era scappato in campagna, appunto per ingannare a colpi di zappa su la terra dura la gran vampa che lo coceva. Inutile! Dentro la testa vuota vuota gli sbattevano sempre quelle nottate passate al vento e alla pioggia, sotto la finestra di lei; e quella notte che erano fuggiti insieme, perché suo padre non voleva. Se l'era tolta in collo come una bimba, a piè della scala, gli pareva ieri, gli pareva! E s'era rovinato per mantenerla come una regina!... Si sarebbe buttato giú dallo sbalzo della Mammadraga, se lei gli avesse detto: – Buttati giú!... – Grullo!... Povero grullo» (RC, p. 193).

[1181] *Ivi*, p. 23.

Già nell'introduzione del personaggio, il narratore incastona nel proprio discorso delle affermazioni (da ricondurre all'ottica di Neli: «Quasi non ce fossero stati altri», «ed era *Sciancato* dieci volte più di lui). Però, contrariamente agli emarginati verghiani, la comunità mostra una certa stima per la sua abilità di banditore, che egli mostra a dispetto dell'infelice condizione fisica (e di cui va fiero)[1182]. Le informazioni sui suoi natali e la sua biografia sono minime. Sappiamo solo che egli, ancorché di origine 'civile' (nient'altro è precisato), è stato ridotto in miseria: Capuana, come i colleghi veristi, ripropone la logica della devianza. Le note essenziali del carattere di Neli si colgono quando il personaggio è immesso nell'azione. Essa è determinata dal contrasto tra lo *sciancato* e un ricco vicino di casa, don Domenico, che, per ingrandire la propria abitazione, vorrebbe costringerlo a vendergli la sua catapecchia. In tale antagonismo «si riflette il grande conflitto che da sempre oppone i poveri ai ricchi»; ma «le connotazioni di ordine sociale ed economico sono del tutto marginali e si possono ricavare»[1183] grazie al metodo dell'«osservazione».

Il tratto saliente del temperamento di Neli è il tenace attaccamento alla roba, e nello specifico alle sue «quattro mura», che custodisce gelosamente come una reliquia, in quanto esse costituiscono l'unico punto di riferimento della sua esistenza, rivestendo per lui un inestimabile valore affettivo. Da qui la resistenza indomabile contro la prepotenza di don Domenico; ma la *sorte* è avversa. Neli si ammala, e si ritrova a pensare alle sciagure del suo passato:

Poteva morire di stenti, come un cane, e nessuno se ne sarebbe accorto! Finché era stato giovane, non ci avea badato. Dalla sua mamma, colei che

---

[1182] «Lungo, magro, aggrinzito, giallo da parere che avesse sempre addosso l'itterizia, con lo stomaco sfondato, d'onde lo cavava quel vocione? Se lo sapeva lui! Ma quando, addossato allo spigolo del portone del Collegio, urlava quel che gli veniva suggerito da don Leandro, il servente comunale, per gli incanti che si facevano in segreteria, lo sentivano fino i sordi. Nella sua arte egli aveva acquistato oramai una maestria da sbalordire. Pareva bandisse in musica, con quelle pause e quelle alzate di voce in cadenza e quelle monotonie di uso e quei finali che schiantavano secchi secchi» (ivi, pp. 23-24). Si rinvengono tuttavia passaggi in cui la coralità si mostra ostile, biasimando, come in *Rosso Malpelo*, l'aspetto fisico e il comportamento del personaggio: «– Don Domenico gli avrebbe rotto anche l'altra gamba e lo avrebbe pagato per nuovo, se non fosse stato il timore della giustizia, e se sua moglie non lo avesse più volte afferrato per una falda del vestito, quando veniva l'ingegnere a prender le misure, e lo Sciancato, seduto sullo scalino dell'uscio, con quel visaccio di marcia e quel piedaccio storto, zufolava quasi per provocarlo» (ivi, p. 189).

[1183] D. Tanteri, *Lettura de «Le paesane» di Luigi Capuana*, cit., p. 4.

gli aveva dato il latte, fino a comare Angela, nessuna donna poteva vantarsi d'aver messo un piede in casa di lui. Quel po' di veleno se lo era sempre cucinato da sé. Rattoppare i vestiti, spazzare le stanze, lavare la biancheria... aveva fatto ogni cosa da sé, meglio d'una donna. Ma ora questa malattia gli aveva rotto le ossa; si sentiva un rifinito...[1184]

Lo *sciancato* ha diritto all'indulgenza della voce narrante, al *pathos* della soggettività e del ricordo: una vita trascorsa tra stenti e solitudine, senza avere nessuno a prendersi cura di lui. Pagherà a caro prezzo tale fragilità creaturale: ricorrendo alle arti seduttrici di comare Angela, che ha buon gioco contro la disarmata verginità affettiva della sua vittima (irretendo con le sue lusinghe lo sventurato, e facendogli credere di essere intenzionata a sposarsi con lui), don Domenico raggiunge lo scopo di fargli vendere la casa.

Una volta scoperta la frode, al povero *sciancato* non resta che guardare mestamente al suo tesoro perduto; insistendo su un'inconsueta nota patetica, il narratore permette al lettore di empatizzare, ancorché brevemente, con la sua creatura:

Rimase, quasi gli avessero scoperchiato il cuore. E dimenticò di andare in piazza del Mercato, e stette tutta la giornata a guardare. Ogni colpo di piccone se lo sentiva intronare nel cervello; a ogni sasso che volava via, sentiva strapparsi un brandello di viscere, senza poter versare una stilla di pianto, quantunque avesse gli occhi gonfi di lagrime e le pupille appannate[1185].

3.2 «Scurpiddu»

Poche considerazioni sulla narrativa per l'infanzia: non per una supposta minorità di genere – ché sarebbe riduttivo affrontare l'opera più largamente conosciuta di Capuana senza cercare di dirimere, in tale ricchissimo serbatoio tematico, «il difficile intreccio del suo immaginario archetipo, delle attitudini, delle abitudini intellettuali [...,] delle passioni» (*in primis* il folklore tradizionale siciliano) –[1186] quanto per

---

[1184] *Ivi*, p. 31.

[1185] *Ivi*, p. 33.

[1186] A. Carli, *L'ispettore di Mineo. Luigi Capuana fra letteratura per l'infanzia, scuola e università*, Villasanta, Limina Mentis, 2011, pp. 10-11. Sulla narrativa dell'infanzia di Capuana cfr. Id., *Luigi Capuana e il romanzo di formazione per ragazzi fra Otto e Novecento*, in M. Tomarchio, S. Ulivieri (a cura di), *Pedagogia militante. Diritti, culture e territori*, Atti del ventinovesimo convegno nazionale SIPED, Catania

l'aderenza col tema trattato. Perché è indubbio che in tale produzione le risorse della rappresentazione soggettiva abbiano siano un elemento costitutivo, ma l'affondo psicologico è piegato, *in primis* nelle fiabe (dove l'esemplarità dell'apologo è tutto)[1187], alle esigenze propagandistiche dello scrittore.

Nondimeno, in romanzi come *Scurpiddu* (1897), *Gambalesta* (1903), *Cardello* (1907) il quadro si complica. Soprattutto il primo costituisce un'eccellenza nella narrativa per ragazzi di fine Ottocento (come rileva Spinazzola nelle sue pagine, a cui poco si può aggiungere)[1188]. In esso si registra «l'assenza di una esibizione esplicita di propositi ammaestrativi» e «intrusioni educative [...] nella forma diretta del predicozzo», attraverso una narrazione fondata sulla scorrevolezza discorsiva[1189]; per Capuana, che «intende esemplificare narrativamente i principi di una moralità nuova, quella borghese, ancora in fase di instaurazione»[1190], il principio flaubertiano dell'autonomia dell'arte è inderogabile. Del resto è lo stesso autore a precisare, nella dedica a Michele La Spina, che *Scurpiddu* «non è un racconto [...] destinato soltanto ai ragazzi»[1191]. Egli esplicita il proposito da cui è stato guidato: ideare un racconto assumendo a modello ispiratore un'opera d'arte statuaria, un Faunetto, ammirata nello studio dell'amico scultore. Ne deriva che il ritratto letterario dovrà rivaleggiare

---

6-7-8 novembre 2014, Pisa, ETS, 2015, pp. 728-32; R. Pisano, *La letteratura per l'infanzia di Luigi Capuana*, in A. Zava, I. Crotti, E. del Tedesco (a cura di), *Autori, lettori e mercato nella modernità letteraria*, vol. 1, Pisa, EETS, 2011 pp. 305-313; S. Calabrese (a cura di), *Letteratura per l'infanzia dell'unità d'Italia all'epoca fascista*, Milano, Rizzoli, 2011.

[1187] Sulle fiabe di Capuana hanno spesso pesato giudizi poco lusighieri. Al riguardo cfr. P. Bargellini, *Il canto delle rondini. Panorama storico della letteratura infantile*, Firenze, Vallecchi, 1953, p. 159: «La fantasia del Capuana, mortificata dai canoni del Positivismo, anche nelle fiabe non s'alza mai sulle ali del sogno. Rimane confinata in una zona bassa nella quale la trasfigurazione sembra caricatura e l'indole ha i caratteri della parodia». Giudizi più felici e ponderati sullo scrittore erano stati, fra gli altri, quelli di G.E. Nuccio, *Luigi Capuana nella letteratura per l'infanzia*, Palermo, Reber, 1912. Altrettanto interessanti sono quelli offerti da Emilia Formiggini Santamaria, per i quali si rimanda a S. Fava, *Emilia Formiggini Santamaria. Dagli studi storico-pedagogici alla letteratura per l'infanzia*, Brescia, La Scuola, 2002, pp. 212-219.

[1188] Cfr. V. Spinazzola, *Scurpiddu va in città*, in *Pinocchio & C.*, Milano, Il Saggiatore, 1997, pp. 132-154.

[1189] *Ivi*, p. 132.

[1190] *Ivi*, p. 136.

[1191] L. Capuana, *Scurpiddu*, Milano, Rizzoli, 1980, p. 29.

con la scultura per evidenza plastica, nitidezza di lineamenti e compattezza strutturale.

L'ambientazione è bucolica, al punto tale che lo stesso Capuana menziona, come fonte di ispirazione, la poesia di Teocrito. Ma metodologicamente il racconto è conforme ai moduli del verismo: malgrado la fisionomia sia assimilabile a quella di un amabile bozzetto a connotazione idillica, con un clima di trasognamento sereno» (tipico della fiaba), si riscontra nel testo una tensione alla rappresentazione della realtà fattuale, con precisione assoluta nei riferimenti toponomastici e nella restituzione (scrupolosa e fedele) della ambientazione[1192]. In ottemperanza alla tecnica dell'impersonalità, il narratore occulta la sua presenza, avvalendosi ampiamente dello stile indiretto libero, senza precludersi l'accesso alla dimensione invisibile del suo 'eroe'; anzi, *Scurpiddu* è un racconto a dominante figurale. Capuana vi racconta la storia dell'umilissimo Mommo Scagghiu, che si estende in un arco cronologico delimitato: dai nove ai sedici anni di età. Soprannominato Scurpiddu perché «magro e sfilato come uno steccolino»[1193], l'orfano protagonista è un *nuzzaru* (ovvero un guardiano di tacchini), che grazie al suo buon carattere, alla disponibilità e all'intelligenza, riesce a farsi volere bene da una coppia di massai senza prole, presso la cui fattoria è allevato, e dove lavora con somma dedizione. Le analogie con *Jeli il pastore* sono scoperte: Mommo è una figura immersa nella natura e lontana dalla civiltà, e come lui è autosufficiente, laborioso e dotato di un'innata istintività; inoltre ha un rapporto simbiotico con gli animali, per quanto la Sicilia agreste che fa da sfondo al racconto è tendenzialmente idealizzata. Ma non mancano le situazioni drammatiche:

Ora egli conosceva tutti i fondi della masseria [...], e menava i tacchini fin sul ciglione dell'Arcura, d'onde si godeva la vista della Piana di Catania e dell'Etna [...]; e si vedeva Mineo arrampicato sul monte, con le torri del vecchio castello e i campanili delle chiese ritagliati sul cielo; e dall'altra parte, laggiù, quasi rannicchiato sotto la roccia rossastra, Palagonía, dov'egli distingueva la casa del notaio; e, lontano, come un sassolino bianco buttato

---

[1192] Tuttavia, le esasperazioni sono evitate, in nome di una medietà discorsiva e maggior fruibilità, perché del tutto assenti sono «le complicazioni ipotattiche». Per un'analisi linguistica dell'opera cfr. S.C. Sgroi, *L'italiano letterario di Sicilia. Analisi linguistica di «Scurpiddu»*, in «Siculorum Gymnasium», n. 1-2, gennaio 1995, pp. 497-541.

[1193] L. Capuana, *Scurpiddu*, cit., p. 46.

tra l'erba verde, la casa di campagna dov'egli era stato a guardare i tacchini e dove avea patito tante volte la fame e il freddo, perché spesso si scordavano di lui e non gli mandavano il pane dal paese; e doveva dormire su la nuda paglia, con uno straccio di vecchia bisaccia per coperta, allo scuro.

Quanto aveva pianto colà, solo solo, quando il mezzadro del notaio lo picchiava senza ragione, o per cosine da nulla! E tra i singhiozzi chiamava: "Mamma mia! Mammuccia dell'anima mia!".

Ora non la chiamava più; avrebbe però voluto sapere dov'era, se mai era ancora viva! Se n'era dunque scordata di lui? Chi sa dove le lucevano gli occhi! E vedeva quegli occhi azzurri e il viso pallido e scarno [...][1194].

Isolato su un'altura, il protagonista osserva malinconicamente il paesaggio di Mineo, ripensando ai momenti di emarginazione patita nel paese. Raramente i veristi concessero ai loro caratteri popolari simili campioni introspettivi: l'osservazione del paesaggio (con una percezione indiretta libera dall'andamento lirico) innesca il flusso memoriale di Mommo (con la psiconarrazione: «dove avea patito tante volte la fame e il freddo»), di cui sono infine drammatizzati i pensieri con un monologo narrato dall'intensa carica emotiva (in corsivo): è lo sconforto del bambino per l'assenza della madre biologica (di cui ha perduto le tracce), che lo ha lasciato solo al mondo. Il narratore *consuona* con il personaggio; il lettore è chiamato all'identificazione col protagonista. Rinunciando a «rendere manifesto *apertis verbis* il senso dell'insegnamento che il racconto porge al piccolo lettore» (conformemente alla poetica naturalista)[1195], la coscienza del personaggio diviene il tramite privilegiato per la diffusione del messaggio ideologico; in quest'ottica, la *simpatia* del lettore – che soffre per i turbamenti del personaggio, e si allieta per i suoi simbolici successi e il suo riscatto – è un presupposto estetico essenziale: ne consegue l'impiego di soluzioni che sono tradizionalmente attributo di caratteri borghesi[1196].

[1194] *Ivi*, pp. 46-47. Il corsivo è mio.

[1195] V. Spinazzola, *Pinocchio & C*, cit., p. 133.

[1196] Emblematico questo dormiveglia, in cui il protagonista s'imbatte nella madre, non riuscendo a comprendere se la sua visione sia reale o frutto d'immaginazione: «Gli era parso di veder arrivare sua madre, avviluppata nella mantellina di panno nero. Così era uscita di casa quando era andata via pallida e scarna, con gli occhi rossi dal pianto. Ritornando, ora non piangeva più; gli accennava con la testa di andarle incontro: e visto che egli non si era mosso: (perché non si era mosso? Non se ne rammentava!) aveva voltato le spalle ed era sparita. E a un tratto gli parve di continuare a sognare, vedendo spuntare dalla viottola, che saliva dall'altra parte della collina dell'Arcura [...]. Pareva sfinita dal cammino, malata, coi capelli grigi e gli

Non casualmente, Mommo è destinato ad evadere dal cronotopo idillico. Il racconto «esprime un [...] messaggio educativo [...] d'indole [...] persino sorprendentemente spregiudicata»: il ragazzo del quale il lettore segue la crescita – attraverso una serie di tappe formative: dalla morte della madre biologica (che nella sezione mediana del racconto il protagonista ritrova) a quella della taccola Paola (che richiama la fucilazione del puledro *Stellato* alla festa di San Giovanni) – «lascia la famiglia adottiva che lo ha allevato amorevolmente [...]», divenendo infine bersagliere[1197]. L'ideale dell'ostrica è sconfessato. *Scurpiddu* è un piccolo *Bildungsroman*: dall'arcaismo familiare all'universo sociale. Il processo di inserimento nella società si compie senza ostacoli; il contadino diventa borghese. L'infanzia difficile, introversa e umiliata, è premonitoria di un destino diverso e più grande; e la concessione autoriale della soggettività rappresenta una medaglia al valore. A differenza di Jeli, tardo e lento, Scurpiddu (solitario ma nient'affatto introverso) è un popolano singolarmente acuto, e dotato di una personalità capace di evoluzione. Nel libro si scorge l'«invito a non lasciarsi rinserrare nella cerchia protettiva degli affetti domestici, a non cedere alle lusinghe del godimento d'un avvenire di placido benessere: bisogna avere il coraggio di affermare la propria autonomia personale e assieme quello di cambiare stato»[1198].

Non si tratta di un'ambizione di natura materiale, della proverbiale 'febbre del guadagno'; Scurpiddu è sospinto da un desiderio di conoscenza, instillatogli, in tenerissima età, dal suo mentore (che assolve un'essenziale funzione pedagogica), il Soldato, «uno dei garzoni della masseria tornato dalla milizia l'anno avanti», che «avendo imparato a leggere e a scrivere, aveva la smania di far da maestro agli altri»[1199]. In altre parole, egli gli trasmette il suo sapere: «Scurpiddu cavò subito fuori il sillabario, che portava sempre in tasca ed era ridotto molto male. Leggeva cantilenando, strascicando un po' le sillabe e le parole, strapazzando un po' gli accenti. E di tratto in tratto si fermava per alzare la testa e fissare don Pietro negli occhi»[1200]. Se per Jeli il suono dei versi risulta «una

---

occhi infossati, squallidi; ansava e si fermava a ogni due passi per riprendere fiato» (L. Capuana, *Scurpiddu*, cit., p. 63).

[1197] *Ivi*, p. 133.

[1198] V. Spinazzola, *Pinocchio & C*, cit., p. 133.

[1199] L. Capuana, *Scurpiddu*, cit., p. 20.

[1200] *Ivi*, p. 24.

canzone incomprensibile», Scurpiddu impara a leggere, scrivere e far di conto con un eroismo da autodidatta.

Il Soldato «funge» pertanto «da fratello maggiore, soccorrevole e premuroso anche se incline alla canzonatura»; man mano che Scurpiddu cresce, il narratore provvede a destituire tale personaggio «di prestigio, facendo rilevare i limiti dei suoi pur volenterosi ammaestramenti»[1201]. Sicché «Capuana non fa che chiarire una condizione di evidente indigenza culturale»[1202]. È l'analfabetismo la prima piaga infetta che affligge il popolo ed è nell'incultura la ragione del suo destino di subalternità. Siccome però l'indigenza è culturale e non intellettuale, Capuana mette in atto una astuzia: ritraendo Scurpiddu, lo dota di una *forma mentis* volenterosa di apprendere, che lo allontana dalla sua classe di provenienza per avvicinarlo idealmente allo status borghese[1203]. La voglia di apprendere di Scurpiddu non è indirizzata a un sapere astratto, non nasce dalla trascuratezza per le necessità economiche: al contrario si accompagna a una laboriosità assidua, un senso acuto della proprietà, addirittura un'attitudine precoce all'iniziativa imprenditoriale, sia pur a livello di modestissimo artigianato; non potrebbe essere confermata meglio «la sua appartenenza genetica alla mentalità borghese»[1204].

È questa curiosità ad accelerare il processo formativo, facendogli acquisire coscienza della propria autonomia esistenziale; è questo istinto di evasione ad accelerare la fuoriuscita dall'arcaismo contadino, quando l'umile protagonista, scortato appunto dal Soldato, scopre l'universo sconosciuto di Catania, che osserva incredulo, come Renzo a Milano, con sguardo straniato: «Gli sembrava che il cervello, in due giorni, gli si fosse slargato, che la mente gli si fosse schiarita. Di là, di là di quella immensa distesa di acqua, c'erano altri paesi, altra gente»;[1205] città in cui si imbatte per la prima volta nei bersaglieri, maturando il proposito di emularli.

Sebbene rientrato in paese, la mente di Scurpiddu è proiettata altrove: «Ora, in certe serate di vento, gli sembrava di non essere più alla masseria, tanto quel vasto stormire degli ulivi nella vallata somigliava al rumore del mare che si abbatteva sui massi della diga in Catania».[1206] È

[1201] V. Spinazzola, *Pinocchio & C*, cit., p. 148.

[1202] A. Carli, *L'Ispettore di Mineo*, cit., p. 256.

[1203] Il discorso è simile in *Cardello*. Al riguardo cfr. *ivi*, pp. 267-257.

[1204] V. Spinazzola, *Pinocchio & C*, cit., p. 138.

[1205] *Ivi*, p. 140.

[1206] *Ibid.*

il presupposto per l'anticonformistico finale, che pare l'esito naturale di «un processo di maturazione che [...] ha investito la sfera dei sentimenti ma ha avuto l'asse portante sul piano dell'intelligenza» e «della consapevolezza culturale»: nel clima conturbato della Sicilia di fine secolo – dove da poco erano insorti i moti popolari del 1894-1895, ed era ancora vivo il malcontento per l'introduzione del servizio di leva obbligatorio dello stato unitario – la decisione del protagonista di recidere spontaneamente i legami con il mondo dell'infanzia appare tanto più risoluta e audace; ma significativamente, essa «non viene affatto drammatizzata: [...] il modo migliore per renderla accettabile al pubblico coevo»[1207].

3.3 «Il marchese di Roccaverdina»

Presumibilmente per i ripensamenti e i dubbi ossessivi accumulati lungo un ventennio da uno scrittore in continua evoluzione,[1208] sfogliando le pagine del *Marchese di Roccaverdina* – scandito in trentaquattro capitoli di media durata, suddivisibili in «tre parti» (corrispondenti «a tre momenti del dramma di coscienza» del protagonista)[1209] – si avverte una complessiva sensazione di innaturalezza; il romanzo «conserva un che di costruzione a freddo»[1210].

Al centro della trama è il marchese, un uomo che vive solo, dopo aver mandato via di casa Agrippina Solmo, la contadina che come una fedele e docile schiava era stata sua compagna di vita. A causa delle pressioni sociali, il protagonista ha costretto la donna a sposare il fattore

---

[1207] *Ivi*, pp. 133-134.

[1208] Risulta da una sua lettera a Verga che Capuana già nel 1881, cioè a quarantadue anni, stava lavorando al romanzo intitolato allora *Marchese Donna Verdina*: «Io sono tutto immerso nel Marchese Donna Verdina che mi si allarga fra le mani, talché non so se per maggio potrò averlo terminato» (L. Capuana, lettera a Giovanni Verga tra il 20 e il 24 febbraio 1881, in *Carteggio Verga-Capuana*, a cura di G. Raya, Roma, Herder, 1985, p. 107). La versione definitiva dell'opera conserva traccia, nelle esitazioni linguistiche, dell'intricata genesi compositiva. Al riguardo è fondamentale A. Stussi, *L'Amalgama imperfetto del «Marchese di Roccaverdina», «Le donne, i cavalier, l'arme, gli amori». Poema e romanzo: la narrativa lunga in Italia*, a cura di F. Bruni, Venezia, Marsilio, 2001, pp. 301-313. Per la ricostruzione delle tappe principali della genesi dell'opera – corredata da validi rilievi interpretativi – cfr. G. Finzi, *Introduzione*, in L. Capuana, *Il Marchese di Roccaverdina*, Milano, Mondadori, 1991, pp. 5-23. D'ora in poi citato con la sigla MR.

[1209] G. Finzi, *Introduzione*, cit., p. 18.

[1210] *Ivi*, p. 15.

Rocco Criscione, dopo che essi gli avevano giurato di vivere come marito e moglie solo di nome, «per l'occhio della gente»[1211]; con quel matrimonio il marchese aveva pensato da un lato di tranquillizzare i parenti (che temevano sposasse Agrippina) e allo stesso tempo di continuare come prima la sua relazione. Con l'andare del tempo erano però sorti in lui gelosia e sospetto, stati d'animo che, cresciuti in maniera ossessiva, lo avevano portato a uccidere Rocco, omicidio per cui viene ingiustamente condannato l'innocente contadino Neli Casaccio.

L'angoscia, i rimorsi e i sensi di colpa non danno pace al marchese, in una *climax* che lo conduce gradualmente al delirio e infine alla morte: in una sorta di *Delitto e castigo*, il racconto si impernia su «quel tormentoso nemico interiore»[1212], che il protagonista non riesce a domare e che ricompare ossessivamente sotto le spoglie più diverse: una figura o un ricordo, che si annida nelle parole e nella terribile insonnia («Il silenzio gli faceva paura. Un gatto cominciò a lamentarsi nella via con voce quasi umana ora di bambino piangente, ora di uomo ferito a morte»)[1213]. L'abbrivio della ruminazione interiore – che dà adito alle estese figuralizzazioni del *récit* – è un'allucinazione provocata da un grande Crocifisso coperto da un lenzuolo corroso e tarmato; visione allucinata che rinfocola «un'antica paura infantile, gli rimescola dentro le torbide riflessioni e i terrori di ora»[1214], accresciute dalla «paura del mistero ignoto»[1215], evocato dalle «stramberie» del veggente e spiritista don Aquilante[1216].

Sullo sfondo della narrazione, che si svolge nell'immaginaria Ràbbato (parola d'origine araba in uso fino alla metà del Novecento come designazione alternativa di Mineo), compare un paese rurale in piena

---

[1211] MR, p. 58.

[1212] *Ivi*, p. 223.

[1213] *Ibid*. Sulla rappresentazione della crisi di coscienza del protagonista si rimanda a R. Galvagno, *La funzione lirica del "delirio" nel «Marchese di Roccaverdina»*, in «Annali della fondazione Verga», n. 18, 2001, pp. 95-124. Sul tema si veda anche A. Pagliaro, *«Il marchese di Roccaverdina» di Luigi Capuana: crisi etica o analisi positivistica*, in «Italian Studies», 52.1, 1997, pp. 111-130 e C. Petraglia, *Il Marchese-Contadino: The Divided Self and the Other in Luigi Capuana's «Il marchese di Roccaverdina»*, in «Romance studies», n. 4, 2010, pp. 235-245.

[1214] G. Finzi, *Introduzione*, cit., p. 20.

[1215] MR, p. 89.

[1216] Per la declinazione del motivo religioso nel romanzo cfr. R. Galvagno, *Figure del Cristo ne «Il marchese di Roccaverdina»*, in «Annali della fondazione Verga», n. 7, 2014, pp. 23-60.

siccità. Ma non sono fornite informazioni dettagliate sulla condizione contadina: solo sporadicamente compaiono – fra incomprensione e disprezzo – i servi della gleba, i piccoli proprietari vessati, i braccianti a giornata etc.; e se rapportate al grande affresco del *Mastro-don Gesualdo* (con cui *Il Marchese di Roccaverdina* ha più di qualche analogia: dalla presenza di nobili inselvatichiti nella difesa della roba alla mistione del mondo feudale con quello capitalistico), le forme della coralità paesana sono di rara evenienza, e complessivamente meno intricate.

Ancora più infrequenti sono i momenti in cui il narratore asseconda la prospettiva di un *singolo* personaggio popolare, veicolando la sua visione del mondo. Solo Santi Dimauro – un contadino accusato ingiustamente per la morte di Rocco, dopo aver confessato sotto tortura per dar tregua al dolore – sfugge a questo trattamento:

> «Sono vecchio, eccellenza. Ho consumato la mia vita su quelle zolle. Che vuole? Ho piantato io quegli alberi; e mi paiono figli miei. E quella casetta l'ho fabbricata io, con queste povere mani. Voscenza vuol bene a Margitello? Vuol bene alla casina, colà? È la stessa cosa per me. Chi poco ha, caro tiene. Le male persone però vogliono farmi passare una cattiva vecchiaia. Come hanno potuto dire che ce l'avevo a morte con la buon'anima di compare Rocco? E voscenza lo ha pure creduto! E il giudice istruttore mi ha tenuto due ore tra le tanaglie, per strapparmi di bocca: "L'ho ammazzato io!". Perché dovevo ammazzarlo? [...]»[1217].

Per quanto osservato dalla prospettiva del marchese, il narratore dà agio al personaggio di mostrare, attraverso un discorso pronunciato oralmente (che assume i connotati di un monologo), il suo amore per la terra, coltivata con sudore e sacrificio per decenni), espresso con un abbandono sentimentale che non è sminuito da alcuna istanza critica:

> «Lo so anzi, signor avvocato! E il pianto che faccio io Gesù Cristo deve farlo scontare con lagrime di sangue a colui che ha ammazzato compare Rocco Criscione! Senza di questo, io non sarei costretto, per vivere in pace gli ultimi quattro giorni di vita, a vendere il fondo che mi ha lasciato mio padre, e che fu di mio nonno e che doveva essere dei figli di mio figlio, orfani da due anni! [...]
>
> «Potrete comprare un altro pezzo di terreno».
>
> «Ah, signor avvocato! Non sarà mai quello che ho innaffiato tanti anni col sudore della mia fronte.

[1217] MR, pp. 41-42.

[…]

E il vecchio contadino si asciugava gli occhi col dorso d'una mano mezza anchilosata dal rude lavoro dei campi[1218].

Poco importa che la *percezione indiretta libera* del Marchese riproponga e rinnovi il dislivello di classe (espressa dal corpo: «il vecchio contadino si asciugava gli occhi col dorso d'una mano mezza anchilosata dal rude lavoro dei campi»); l'elegia e la purezza dei suoi sentimenti e l'etica del lavoro riabilitano il contadino agli occhi del lettore, che è portato a empatizzare con lo sventurato.

Molto diverso il caso di Agrippina Solmo: un personaggio chiave dell'intreccio, dotata di una profondità introspettiva che sorprende per una donna della sua classe. La sua storia ricalca in parte la vicenda autentica di Peppa Sansone, schiava, serva, amante per anni del "vero" Capuana, che alla fine costringe l'impresentabile amante a un matrimonio di convenienza, anzi d'obbligo;[1219] e non è escluso che tale motivo biografico abbia indotto l'autore ad insinuarsi nelle pieghe della coscienza del suo personaggio popolare. In effetti tale carattere, già dall'ingresso in scena (in cui la si vede opporsi alla baronessa zia del marchese), ha qualcosa che lo distingue dagli esponenti del suo ceto: «Il tono della voce era umile, l'atteggiamento no»[1220]. Un atteggiamento che non sfocia nella maleducazione, ma che è tipico di chi è conscio dei suoi mezzi e del suo ruolo. Figlia un umilissimo raccoglitore di olive, Agrippina Solmo era divenuta, «sin da quando ella aveva sedici anni» (come si apprende dai pettegolezzi della comunità di Ràbbato), «la femina del marchese, che l'aveva mantenuta meglio di una signora», talché «anche i parenti di lui avevano creduto che finalmente avrebbe commesso la pazzia di renderla marchesa di Roccaverdina»[1221]: ancora un personaggio socialmente ibrido, una borghese *in potentia*. Effettivamente, la contadina, prima del matrimonio con Rocco, aveva assunto nel palazzo una posizione di spicco, in cui era rispettata, in quanto amante del nobile, come una «vera padrona» (e non solo dalla servitù), e dove signoreggiava sulla stessa donna Grazia, che aveva patito per essere stata relegata ai margini (della casa e del cuore del protagonista); una donna che aveva mirato,

---

[1218] *Ivi*, pp. 42-43.

[1219] Cfr. G. Finzi, *Introduzione*, cit., p. 17.

[1220] MR, p. 51.

[1221] *Ivi*, p. 44.

similmente alla zoliana Cognette, ad elevarsi dal suo stato, pur amando il suo uomo senza secondi fini, e con affetto sincero:

> E intanto pensava al marchese che diventava, come si era espressa, un animale feroce ogni volta che ella andava da lui per parlargli del processo.
>
> «Perché? Perché?»
>
> Non sapeva spiegarselo. Sospettava dunque anche lui quel che dicevano le male genti? Era impossibile! E affrettava più il passo. Gli occhi le si velavano di lagrime, il cuore le batteva con violenza, come più ora rifletteva intorno allo strano contegno di lui. E affrettava più il passo [...] il cuore le batteva con violenza [...][1222].

È la scena della separazione, rievocata mentalmente dalla donna nel presente della narrazione. Il marchese, con modi sbrigativi, induce Agrippina a lasciare il palazzo per mettere a tacere i pettegolezzi, inducendola a sposare Rocco; e la povera Agrippina, costretta ad elaborare il trauma, è incredula per il mutamento del suo uomo, che le appare repentino e inspiegabile:

> Era cangiato dalla mattina alla sera, pochi giorni prima della disgrazia. Una volta, appena vistala entrare e mentre ella stava per togliersi la mantellina, le aveva gridato: «Vattene! Vattene!».
>
> L'aveva quasi scacciata. Poi, richiamatala addietro, si era rabbonito tutt'a un tratto. E quante domande! «A che ora Rocco è tornato da Margitello? Perché è venuto ed andato via senza farsi vedere da me?» Quasi lo facesse spiare o lo spiasse. Ripensando alcuni particolari a cui non aveva mai badato, sentiva un turbamento profondo, una specie di smarrimento. E affrettava ancora il passo. «Perché? Perché?», tornava a domandarsi. «È possibile? Sospetta anche lui? Ah, Signore!».[1223]

Riavvolgendo il nastro della sua vita, pensa a tutti i momenti in cui – in quel palazzo da cui è stata scacciata senza riguardi, alla stregua di una prostituta – è stata autenticamente felice:

> E attraversando stanze, e spalancando usci, e frugando si rivedeva là non da serva, [...] ma da vera padrona, con le chiavi della dispensa o del magazzino alla cintola, per averle pronte quando arrivavano i garzoni col mosto o col grano al tempo della vendemmia o del raccolto.

1222 *Ivi*, p. 57.
1223 *Ibid.*

Si rivedeva occupata a riguardare la biancheria, a riporre negli armadi quella lavata e stirata; in faccende per la casa, assieme con mamma Grazia che brontolava, povera vecchia, perché si credeva spodestata della sua autorità di nutrice. «Lo hai stregato! Lo hai stregato!»

[...]

Ma dov'era?

Non lo aveva trovato in camera, né nella sala da pranzo, né in salotto [...].

[...] Accoccolata per terra aveva singhiozzato e pianto una intera nottata, quando le era stato annunziato: «Domani te n'andrai a casa tua, per l'occhio della gente. Vi sposerete fra un mese!». Erano passati quasi tre anni, ma in quell'istante le pareva di vedere in quell'angolo un'altra se stessa e ne sentiva immensa pietà.

Ah! Si sarebbe buttata di nuovo per terra, dandosi pugni su la testa, a sfogarsi a piangere la sua mala sorte anche ora!...

Dov'era? Come non lo trovava?[1224]

Affiora liricamente il sentimento amoroso di Agrippina, ma anche la sua frivolezza e vanagloria, con il rimpianto dei giorni, ormai perduti, in cui lei spadroneggiava nel palazzo signorile, obbedita dagli altri famigli. Si combinano, con la dialettica della *dual voice*, la psiconarrazione («pensava al marchese», «il cuore le batteva con violenza», «sentiva un turbamento profondo», «si rivedeva occupata a guardare la biancheria») e il monologo narrato («Ma dov'era?», «Dov'era? Come non lo trovava?»); procedimento di cui Capuana verista fu, per i caratteri del Quarto Stato, estremamente parco: un tratto marcato, sintomo di una distinzione elettiva. Di una gentilezza d'animo, oserei dire: ancorché sedotta e abbandonata, è Agrippina a vegliare, fino alla fine dei suoi giorni, il marchese; è lei, umile e materna, ad assisterlo, dopo che il male ha lavorato in modo irreversibile. La schiava un tempo padrona si dà a curare il malato che le ha rovinato la vita. Agrippina insiste, gli parla, implora una risposta, un qualche riconoscimento. Invano. Scoppia, da ultimo, un grido disperato, in una pagina poetica che parla di una sconfitta irrimediabile: «Figlio mio! Figlio mio! E si lasciò trascinar via da mastro Vito, senza opporre resistenza, umile, rassegnata com'era stata sempre, convinta anche lei che non poteva restare più là, perché il suo destino aveva voluto così»[1225].

[1224] *Ivi*, p. 58.
[1225] Ivi, pp. 306-307.

Conclusioni

1. Giunti al termine del viaggio, condotto per universi narrativi battutissimi e prestigiosi – ma che meriterebbe meditati approfondimenti, maturati sulla base di letture ancor più numerose ed eterogenee (onde ampliare il raggio d'azione, e individuare con più accuratezza i panorami formali medi dai quali, ma in seconda istanza, stagliare le oltranze) – è ormai tempo di tracciare un bilancio, ancorché provvisorio e parziale, iniziando dagli assunti di teoria generalissima, e trasversali a ciascuna esperienza estetica presa in esame. Indipendentemente dalle modalità empiriche attraverso cui si estende il paesaggio interiore, al di là di ogni distinguo relativo all'estrazione sociale del personaggio, pare infatti emergere, dalla ricognizione effettuata, un principio cardinale: lungi dall'essere un elemento accessorio – marginalità cui è stata a lungo relegata dal «*speech category approach*», che a stento ritagliava al tema «an *area* of interest at all»[1226] – la soggettività costituisce una chiave di accesso privilegiata nei labirinti del romanzo, un *frame* essenziale per orientarsi nella narrativa di finzione: isolando le coscienze dei personaggi (che tra loro interagiscono dialetticamente) – per seguirne le intricate ramificazioni – il lettore ha modo di maturare una posizione interpretativa: «narrative fiction is, in essence, the presentation of fictional mental functioning», affermava solennemente Palmer nel suo *Fictional Minds* (2004), in cui alla *consciousness* dei personaggi veniva attribuito, con un approccio inedito, un ruolo centrale per l'atto ermeneutico nel suo complesso[1227]; lavoro monografico dalle posizioni senz'altro controverse[1228], e per certi versi poco accademico (Palmer era al tempo un ricercatore indipendente

---

[1226] A. Palmer, *Fictional Minds*, cit., p. 2.

[1227] *Ivi*, p. 5.

[1228] L'idea di estendere la sfera dell'interiorità anche alle azioni fisiche e i comportamenti esteriori del personaggio è infatti affascinante, ma rischia di trasformare il concetto di *consciousness* in un ombrello nozionale che copre tutto ma non spiega niente.

di stanza a Londra, peraltro autodidatta), che tuttavia insisteva condivisibilmente con forza, nei suoi panoramici capitoli introduttivi, sul fatto che le menti finzionali costituiscono il punto di convergenza di aree della teoria letteraria considerate tradizionalmente come non comunicanti, o finanche illegittime, quali appunto la teoria del personaggio e la caratterizzazione[1229]. Del resto, come per prima ha ricordato Cohn (e ribadito Palmer, che raccoglie il testimone), la soggettività è fondamentale per lo studio della caratterizzazione, che nella stagione postclassica ha avuto notevoli rielaborazioni e sviluppi, su cui è qui superfluo indugiare.

Basterà una notazione in apparenza banale, ma che nei fatti non è tale, in quanto solo di rado, nella critica specialistica, lo studio della coscienza si intreccia organicamente alla teoria del personaggio: accedendo alla dimensione interiore del soggetto finzionale, il lettore ha modo di apprendere dettagli del suo carattere. Pertanto è verosimile ritenere che a un maggior numero di pensieri corrisponda mediamente una caratterizzazione più accurata: «the most real, the "roundest" characters of fiction are those we know most intimately, precicely in ways we could never know in real life», scrive la narratologa in *Transparent Minds*, riferendosi alla celebre distinzione tra personaggi «piatti» e «a tutto tondo» di Forster[1230]. Certo, non è una verità universale: è possibile che un personaggio dalla vita mentale intensa sia «piatto», e viceversa che un personaggio di cui si riportano solo atti, parole e gesti sia tridimensionale e ideologicamente rilevante (ad esempio Federico Borromeo); tuttavia, tale intuizione è un principio guida se si rivolge lo sguardo al di qua dell'*inward turn* (quando riportare per esteso – in presa diretta – i pensieri di un personaggio è atto frequentemente *marcato*), o se si considera la stagione naturalista, in cui gli scrittori rifletterono con cognizione, nei loro manifesti di poetica, sulle modalità della rappresentazione interiore. Perché se è vero che la caratterizzazione è un processo che consiste nelle successione delle operazioni finalizzate a un «continual patterning and repatterning until a coherent fictional personality emerges», allora le informazioni sulla vita interiore sono imprescindibili affinché il lettore costruisca un «convincing and coherent sense of character»[1231]. In tale contesto, bisognerebbe seriamente interrogarsi – come solo in parte mi è riuscito – anche su ciò che nei romanzi non è immediatamente

---

[1229] Cfr. *ivi*, pp. 36-52.

[1230] D. Cohn, *Transparent Minds*, cit., p. 5.

[1231] A. Palmer, *Fictional Minds*, cit., pp. 41-43.

'misurabile': sulla dimensione del non-detto e del non-espresso, su ciò che *non può* essere esteriorizzato. Quando i personaggi non dicono nulla e restano impassibili l'uno a fianco dell'altro, quando sono i loro *corpi* ad esibire i segni di un lavorìo interiore: corpi che si fanno ricettacolo di impulsi che vengono da fuori. Momenti in cui l'essenziale è nel vuoto e nel silenzio: nell'assenza di parole e di azioni.

2. Da uno sguardo trasversale alla narrativa naturalista, era parso, all'origine della ricerca, che la delega narrativa si prestasse con coerenza sistematica a una lettura politica, e che all''anima' avessero essenzialmente diritto i nobili e i ricchi, o tuttalpiù i soggetti della *middle class*. Ma l'individuazione di circostanziate eccezioni – nelle quali il ritrarsi della soggettività dell'autore corrisponde al farsi avanti, addossandosi percezioni e sentimenti e giudizi, di determinati caratteri del Quarto Stato – mi aveva suggerito di procedere con cautela, evitando di incorrere in giudizi sbrigativi e frettolose sintesi, per muovermi con sospetto sulle tracce di tali punti di discontinuità, e dei precursori di coloro che, non solo nella stagione naturalista, resero possibile ciò che si accerta facile pensando a certe narrazioni già negli anni tra le due grandi guerre – quando un'anima può averla anche un operaio. Ebbene, al termine del lungo percorso, il panorama è profondamente mutato. Sia chiaro: i presupposti non sono stati stravolti; il discrimine sociologico nell'attribuzione delle coscienze rimane un principio guida dal grande valore euristico. Ma la diagnosi classista è stata sfaccettata e sfumata. Più in particolare, il libro si impernia sulla convinzione che la rappresentazione 'seria' delle coscienze individuali non sia riservata ai personaggi altolocati in maniera esclusiva, bensì accordata, con le dovute differenze di forma e grado, anche agli uomini e alle donne del popolo; e che anzi l'emersione nella diegesi di soggettività socialmente lontane da quella dell'autore sia un aspetto essenziale senza il quale tale produzione non potrebbe intendersi appieno. Tuttavia, sono generalmente necessarie delle condizioni preliminari, che riguardano la caratterizzazione del personaggio demandato a mediare al lettore i sensi del racconto: quasi si trattasse di una legge non scritta nel sistema estetico ottocentesco, della quale gli autori tacitamente condividevano gli assunti.

Tali principi si evincono già nel primo *case study*: I *promessi sposi*, la cui costruzione del racconto – che procede lungo il doppio asse delle vicende dei due umilissimi protagonisti – è esemplificazione quasi didattica di come anche un romanzo cronologicamente 'alto' (inesauribile quanto a varianti formali) possa preludere a modalità rappresentative che si riterrebbero concepibili solo al di là della soglia dell'*inward turn*. Sebbene il capolavoro manzoniano si presenti infatti come un caso tipico di romanzo onnisciente, si rinvengono tratti più o meno ampi, nel testo, in cui la voce narrante si ritrae, affidando a un personaggio la centralità della 'visione', e riproducendone l'interiorità per mezzo di un'ampia strumentazione di forme.

Anche perché sospinto dal suo cattolicesimo, che agisce tutt'altro che come un filtro monocromatico nella rappresentazione delle passioni (come ebbe a dire Gramsci), Manzoni concesse tale privilegio ai suoi «villanucci», guardati con la massima serietà e assunti nella loro umana grandezza, in sintonia con il realismo cristiano descritto da Auerbach. Ma i casi di Lucia e di Renzo non sono sovrapponibili: per quanto il vettore semico lungo il quale procede la storia della contadina protagonista sia l'asse dei grandi conflitti morali, al personaggio è interdetto di mediare il racconto. La funzione guida del narratore è sempre fondamentale; è lo scrittore (con la sua proiezione enunciativa: il narratore autoriale) a dar senso, facendosene interprete e mediatore linguistico, alla dinamica dei sentimenti di Lucia. Se invece c'è un personaggio ne *I promessi sposi* che dà l'impressione di essere 'ascoltato' da Manzoni, questi è Renzo. È degna di nota la scelta dell'autore di assecondare per ampi tratti la prospettiva del suo 'eroe', chiamato a decodificare i segni e le complessità del reale: in questi momenti, il narratore non è un giudice né un paterno protettore, ma in piena partecipazione sentimentale ed emotiva con il suo personaggio; inoltre il protagonista è la fonte originaria da cui si finge l'Anonimo abbia desunto la storia, un *alter ego* del narratore, che Manzoni adopera per sviluppare allusivamente il tema della comunicazione letteraria. Ma Renzo, che *ab ovo* è presentato come un campagnolo relativamente agiato (un piccolo proprietario terriero, in grado di assumere braccianti), con il suo viaggio dal contado a Milano, è un primo attore del *Bildungsroman* europeo. La sua *fabula* – da montanaro a piccolo imprenditore agiato – è sintomatica di una transizione epocale dall'economia agricola al modo di produzione borghese. Nondimeno, egli non subisce un cambiamento di *status* individuale, un'acculturazione che lo estranei dal suo strato sociale d'origine e lo liberi dalla sua ingenuità.

3. È princialmente a personaggi consimili – caratteri che si rendono protagonisti di un percorso evolutivo, che incarnano l'idea della mobilità sociale (declassati, *parvenus* etc..), o ancora che *eccedono* la quotidianità

(operai intellettuali, orfani etc.), facendosi portatori, ancorché umilissimi, di una *devianza* – che gli scrittori campagnoli diedero in dote un *plot* teleologicamente orientato, la possibilità di un *destino* individuale e la storia di una coscienza; quanto ai proletari *stricto sensu*, essi di rado sono motori di trame, venendo spesso esonerati, in modalità differenti a seconda dei casi, dall'approfondimento psicologico «serio».

Tale discrimine emerge con chiarezza nella produzione a tematica campestre di Balzac, che in realtà si distanzia oltremodo dai canoni estetici del racconto campagnolo europeo. Nei romanzi di *Scènes de la vie de campagne* (ma anche ne *Les Chouans*), il popolo, osservato rigorosamente dall''esterno' da un narratore onnisciente tutt'altro che propenso all'empatia (anche nei romanzi pedagogici: *Le Médecin de campagne* e *Le Curé de village*), diviene il mitema assoluto dell'altro-da-sé: una scrittura espressionistica, che ricorre alla trasmutazione semantica tra figurato umano e figuranti bestiali, è deputata a restituire un'estraneità d'ordine sociologico. A tale classe gretta e isolata, o primitiva e selvaggia (nel caso de *Les Chouans*), è sottratta qualsiasi dignità; non per nulla, ne *Les Paysans* i contadini commettono i crimini più svariati (furto, omicidio, stupro e incesto): ad accomunarli è l'attaccamento viscerale alla terra, la resistenza passiva alla malattia, la rassegnazione alla morte e l'avarizia incoercibile che si oppone a qualsiasi legge morale. Nessuna forma di sensibilità, nessun segno di un''anima' che sopraelevi questi personaggi dalla ferinità. E gli unici casi che si sottraggono a tale trattamento impietoso sono solo in parte ascrivibili alla dimensione proletaria: la domestica Francine (ne *Les Chouans*) e la contadina orfana Péchina (in *Les Paysans*), prese rispettivamente in custodia da Marie de Verneuil e dalla contessa di Montcornet, hanno ricevuto un'educazione che le ha ingentilite, che le ha persuase della necessità di una rigida gerarchia sociale: nell'immaginario del legittimista Balzac, gli umili sono una categoria da illuminare e da tenere sotto tutela dalla Monarchia, dalla Chiesa cattolica e dalle classi dominanti *tout court*, cui è idealmente assegnata la missione civile.

Diverso il discorso per Sand, che ne *Les Veillées du chanvreur* concede a un personaggio organico al mondo rurale il privilegio dell'atto enunciativo. Ma le cose non sono così semplici: dietro la volontà di simulare senza artifici le forme di comunicazione dirette presenti in campagna, si cela una strategia diegetica elaborata, nella quale il narratore, anziché eclissarsi, rimane la figura di controllo e di raccordo tra i vari livelli narrativi. Specie ne *La Mare au diable*, il narratore popolare intradiegetico ha la sola funzione di legittimare il racconto, perché è il narratore primo, *autoriale*, a dar forma ai pensieri dei personaggi, imprestando loro una sensibilità idillica, rispondente al disegno ideologico borghese. Nella finzione strutturale, il primo episodio del ciclo si presenta infatti come la traduzione del racconto del canapaio (che narra di sé), ascoltato in prima persona dalla proiezione della scrittrice, che, affascinata della storia, decide di *mediarla* al lettore in lingua parigina. In effetti, nel concreto della scrittura (tutt'altro che tendente all'oralità), il *récit* è equiparabile a un racconto eterodiegetico tradizionale, e della soggettività del protagonista, escludendo la sezione in cui i viaggiatori si recano nelle *Brande*, non si dà alcuna traccia.

L'influsso del narratore extradiegetico permane, in forma attenuata, in *François le champi*, dove però la scrittrice conferisce una nuova centralità al narratore popolare, o per meglio dire ai due narratori interni (la serva Monique e lo *chanvreur*, appunto) che si alternano nella diegesi, raccontando la storia del trovatello François. Non che il tentativo di liberarsi dalle cattive influenze della cultura cittadina sia esente da imperfezioni (soprattutto nel racconto di Monique, il linguaggio autoriale contamina il dettato popolare), tuttavia il racconto del canapaio è linguisticamente riconoscibile; ed è a questo personaggio che Sand affida la requisitoria contro i borghesi speculatori, che impongono ai villani prestiti salatissimi, costringendoli a vivere nella miseria. Però, anziché i ceti privilegiati, bersaglio critico è il nuovo ceto borghese rapace: l'ipotesi della lotta di classe è rigettata *a priori*, e non è prospettata nessuna possibilità di cambiamento per le masse rurali.

Quanto al trovatello François, dotato a suo modo di una profondità psicologica – presumibilmente perché artefice di una *Bildung* – la sua *fabula* è rispondente al sistema morale dominante: l'emancipazione del personaggio popolare è possibile solo grazie all'intervento provvidenziale e caritatevole della benestante Madelaine. Ma attraverso il canale della soggettività emerge allusivamente il perturbante motivo edipico, che aggiunge un ulteriore livello di senso a un racconto che sarebbe ingeneroso derubricare a mera letteratura di evasione.

Anche ricco di spunti è l'ultimo episodio del ciclo, *Les Maîtres sonneurs*. Giunto alla fase conclusiva della sua esistenza, Tiennet Depardieu si mette in scena, condividendo con il lettore le esperienze della giovinezza attraverso la narrazione in prima persona. Ma il personaggio narratore non è un miserabile: si intuisce che suo padre è un proprietario indipendente, e che è acculturato. Sicché Tiennet non solo è espressione degli ideali del Berry, ma può farsene cantore (e tendenziosissimo interprete) in nome della superiorità morale e del suo *status*, giudicando dal suo punto di vista, attraverso il *suo* sistema di valori, gli eventi della vicenda.

Il modello Sand, di gran lunga prevalente, in Italia, rispetto a quello balzachiano, fu decisivo per lo sviluppo della letteratura «rusticale». Tale produzione fu gravemente ipotecata dalle cautele moderate, che si tradussero nelle forme limitanti dell'idillio. Si materializzava infatti, nel contesto risorgimentale, il bisogno di funzionalizzare le masse rurali nel quadro egemonico della borghesia, di cui questi testi erano più o meno direttamente un'emanazione. Tuttavia, nel concreto della scrittura, gli autori non si limitarono ad esternare una generica compartecipazione emotiva – di segno populistico – nei confronti dei contadini; invece, essi ne dipinsero talvolta le condizioni materiali con piglio obiettivo; e soprattutto si avvalsero delle tecniche della rappresentazione della vita psichica – mutuate per lo più dal modello manzoniano – per dare espressione alla loro soggettività: dolori, emozioni, speranze tradite...

In realtà, nella narrativa di Carcano, l'espressione del mondo interiore dei popolani è essenzialmente funzionale al messaggio ideologico (conservatore e antiprogressista) che lo scrittore intendeva propagandare. E se nei suoi racconti campagnoli, in cui gli umili sono ritratti nella loro vita ciclica e atemporale, l'analisi psicologica riconduce questi caratteri a tipologie note e rassicuranti per l'intellettuale borghese, per il romanzo il discorso è sensibilmente diverso: gli umili non possono essere motori di trame. È necessario che il personaggio sia un *estraneo* al mondo da cui proviene, portatore di una *devianza* dalla medietà proletaria: se infatti in *Angiola Maria* il padre della protagonista, educata da una nobildonna (come le balzachiane Francine e Péchina), è un fattore, in *Damiano* si narra dei casi di un operaio sì, ma figlio di un soldato dell'esercito di Napoleone caduto in povertà (condizione che incarna paradigmaticamente l'idea della mobilità sociale), e che è peraltro velatamente un intellettuale, oltre che pittore di talento. Inoltre, il popolano Rocco – che ha diritto a rilevanti momenti introspettivi – si rivela, nel finale del romanzo, figlio non riconosciuto di un ricco ed oscuro signore, da cui eredita una cospicua eredità che gli permette di mutar stato. Ma soprattutto la sua caratterizzazione è riconducibile alla casistica picaresca.

Anche nei racconti di Caterina Percoto la soggettività popolare si presta a una lettura politica; ma il pedagogismo è mitigato da un'innata pulsione realistica, che si traduce, in *Lis cidulis* e in *Un episodio di un anno della fame*, in una rappresentazione più problematica delle masse rurali.

In effetti, se nel primo racconto l'esigenza di dar espressione definita alle psicologie popolari conduce la scrittrice ad esperire soluzioni che sarebbero divenute canoniche nella seconda metà del secolo – con le quali, assecondando il punto di vista del «legnaiuolo Giacomo» viene tematizzata la condizione precaria degli esponenti del mondo contadino –, in *Un episodio di un anno della fame* Percoto si smarca dalla topica idillica, con la descrizione di una tremenda carestia che nel 1816-1817 si abbatté con effetti nefasti sulla comunità campagnola. Nonostante il racconto sia infatti a netta dominante 'autoriale', la scrittrice non si preclude, nei momenti centrali dell'intreccio, di affidare la centralità della visione a Pietro (un umilissimo bracciante), che rende pertinente la disumana condizione in cui versa il Quarto Stato, denunciando le diseguaglianze e la prevaricazione di classe. Sicché il racconto si presenta come «una formazione di compromesso»: il bisogno di Percoto di empatizzare con i contadini convive problematicamente con l'esigenza di preservare gli equilibri sociali.

A dispetto del fervore democratico dell'autore (e la sua poetica dalla marcata connotazione civile), l'esperienza rusticale nieviana è nel complesso meno innovativa di quella di Percoto, e, se rapportata al caso di Carcano, a tratti persino più capziosa. Del resto ne *Il Conte pecorajo*, l'unico autentico romanzo «contadinesco» della letteratura preunitaria, sono sostanzialmente riproposti i consueti schemi di forze contrapposte; l'emersione del mondo interiore della protagonista Maria – che non è propriamente una contadina, ma una declassata che compie un percorso formativo – è finalizzato all'assolutizzazione della subalternità delle masse rurali.

Più innovativa è *La nostra famiglia di campagna*. Oltre alla descrizione materiale della condizione sociale nelle campagne (condotta con inedita presa realistica per la stagione campagnola), tale racconto costituisce infatti il primo tentativo di spostare l'istanza narrativa da un personaggio borghese (più o meno autobiografico) a un narratore popolare. Ancorché interpolato dalle divagazioni narratoriali, il viaggio sentimentale di matrice sterniana si articola infatti in una serie di incontri con i personaggi del mondo rurale, interagendo con i quali l'*alter ego* dello scrittore confuta i convincimenti del recalcitrante compagno. Tuttavia, i vari narratori che di volta in volta prendono la parola non sono personaggi del Quarto Stato. E quando il narratore testimone si imbatte in un «contadino-artigiano», questo personaggio è osservato immancabilmente dall'esterno'; oltretutto, il giudizio dello sfruttato sui suoi aguzzini è assolutorio, la prevaricazione di classe è introiettata acriticamente dal ceto subalterno.

La transizione verso i moduli dell'oralità popolare si compie definitivamente ne *Il milione*, in cui Nievo delega il *récit* a un bifolco, che in prima persona esprime le rivendicazioni del suo ceto, sebbene anche in questo racconto le ragioni della propaganda si insinuino scopertamente nel racconto: lo scrittore si serve della *voce* di un marginale per portare avanti i valori della propaganda borghese. Peraltro, tale carattere si distingue dalla medietà proletaria: orfano riconducibile allo schema della *novela picaresca*, egli è a suo modo artefice di un percorso formativo, per quanto il suo tentativo di mutar stato sia un fallimento. Una volta divenuto affittuale, dilapida ingenuamente i beni accumulati con la sua prodigalità; ed egli accetta con serenità il suo destino di povertà, rifiutando categoricamente di recuperare le sue fortune. Carlone rimane organico alla sua classe, o quantomeno al modo in cui gli scrittori campagnoli intendevano rappresentarla.

La tematica picaresca serpeggia anche nel capolavoro nieviano, *Le confessioni di un italiano*. Legato al bifolco già da un rapporto di omonimia, l'ottuagenario Carlino racconta in prima persona la sua esperienza di vita; ma il narratore non appartiene al popolo minuto. Carlino diventa intendente di finanza e imprenditore e castaldo. Impara a leggere e a scrivere. E ne *Le confessioni* il quarto stato c'è generalmente poco. Nievo bada a non insistere sulle sue condizioni, e quando lo fa, con l'eccezione dei fratelli Bruto e Leopardo Provedoni (a loro volta caratteri socialmente ibridi), esso è dipinto, come nella rivolta di Portogruaro, come una bestia fagocitante, che si fa oggetto di ostilità linguistica, declinata espressionisticamente senza alcuna consolazione regressiva.

4. Nel Naturalismo francese e italiano, l'accesso alla dimensione invisibile dei personaggi è un aspetto cruciale. A partire dalla metà dell'Ottocento (e grossomodo da *Madame Bovary*), nell'arte del racconto si ebbe infatti un riassetto delle situazioni narrative, col retrocedere della situazione narrativa autoriale e il farsi avanti della situazione narrativa figurale. Il narratore tenta sempre più spesso di eclissarsi, affidando a una soggettività diversa dalla sua (o a più di una) il compito di mediare al lettore i sensi del racconto. Il retrocedere della *voce*, non più deputata a illuminare il senso della vicenda e ad esprimere palesemente giudizi sui personaggi, propizia l'emersione di coscienze altrui, che tendono a liberarsi dalle pastoie dell'autorialità. Ma tale fenomeno va inquadrato

nella complessiva tendenza, inaugurata sempre con *Madame Bovary*, a creare soggetti finzionali deboli, piatti, sgradevoli (tutt'altro che modello positivo per il pubblico), a causa dei quali il processo di identificazione tra lettore e personaggio entra in crisi, e con esso il *Bildungsroman*: generalmente, il protagonista non è più un eroe, manca di ideali e intraprendenza. L'ascesa sociale si rivela impraticabile; e si moltiplicano i sensi del racconto, da cui deriva l'indeterminatezza assiologica.

Gli scrittori naturalisti, che facevano dell'opera di Flaubert un oggetto di culto, annetterono la narrazione figurale nel dominio della loro scienza del narrare. Si parlò, al tempo, di «analisi psicologica», che fu ritenuta idonea, nella loro teoria, solo a determinati personaggi: essenzialmente borghesi, artisti o aristocratici. In realtà, nella pratica narrativa, i processi di figuralizzazione sono concessi agli esponenti del Quarto Stato; ma anche i Naturalisti reputarono necessario, nella gran parte dei casi, affidare tale possibilità ad eroi 'irregolari', a personaggi che *eccedono* la dimensione del quotidiano. Il sintomo di una difficoltà costitutiva, anche per gli interpreti della temperie positivista, nell'attribuire a un soggetto del proletariato (urbano e rurale) il privilegio estensivo della *mediacy*: nel rendere gli umili 'eroi' autentici motori di trame. Così in *Germinie Lacerteux*, dove i fratelli Goncourt, con una peculiarissima sintesi di brutalità e raffinatezze, di teratologia e impressionismo, conferiscono centralità a una declassata. Sebbene non sia «une [...] coquille vide», bensì un personaggio dotato di una sua sensibilità (con il cui il lettore è a tratti invitato a *empatizzare*), la domestica Germinie, figlia di una famiglia di tessitori caduta in povertà, è dotata di una cultura che la sopraeleva dalla sua classe (legge romanzi, va a teatro etc.), grazie all'opera pedagogica compiuta da Mlle de Varandeuil, che maternamente le si affeziona, e con la quale istaura un rapporto di comunanza. Inoltre è un caso patologico: l'emersione della coscienza è un effetto narrativo della sua ipersensibilità nervosa.

Nel primo episodio dei *Rougon-Macquart* (romanzo grossomodo tradizionale nella forma), il discorso non è molto diverso. Perché se è vero – e rilevante – che nel mondo gretto de *La Fortune des Rougon* i palpiti del sentimento amoroso sono riservati agli umili, è comunque chiaro che Miette e Silvère sono iscritti nella logica della 'devianza': *enfant trouvée* la prima (emarginata dalla comunità per l'incarcerazione del padre), sintesi ideale tra operaio e borghese il secondo. Rimasto anch'egli orfano di entrambi i genitori (e ostracizzato come l'amata), Silvère è affidato alle cure premurose di Adélaïde, da cui eredita la suscettibilità nervosa: un singolare corredo genetico, che lo induce alle astrazioni del pensiero. Non per nulla colma le sue lacune con una ricerca affannosa da autodidatta, che gli lascia in eredità una cultura d'accatto (e un nebuloso fanatismo repubblicano, causa prima della sua morte). Nondimeno, Silvère non è mera esemplificazione estetica dei pericoli del bovarismo; con l'analisi psicologica viene innescato un moto simpatetico tra lettore e personaggio: al protagonista è conferito un riscatto lirico attraverso cui è in parte riabilitato.

Anche dotati di un singolare corredo genetico, che ne amplifica la sensibilità – oltre che rappresentanti ideali della mobilità sociale – sono i protagonisti de *L'Assommoir, Germinal* e *La Terre*: Gervaise (una lavandaia che si mette in proprio, salvo poi cadere in disgrazia), Étienne (un operaio intellettuale) e Jean (agricoltore ed ex soldato) sono estranei che penetrano in un mondo sconosciuto, per scoprirne le logiche e disvelarne i misteri. La poetica dell'autore era infatti portata a privilegiare, perché la denuncia sociale fosse documentata, lo sfondo ambientale, che invadeva zone sempre più ampie del testo: da qui, coerentemente con i presupposti dell'impersonalità, l'esigenza di demandare la visione a un *terzo*. Nondimeno, tali personaggi non sono ridotti (sempre) a ricettacolo passivo di suoni, odori e visioni; invece, essi vengono approfonditi nella loro psicologia. La rappresentazione diretta delle menti finzionali – e la complessa dialettica tra moto di identificazione e repulsione tra narratore e personaggio – è un principio costitutivo dei romanzi zoliani sul popolo. D'altra parte, la delega narrativa non riguarda solo i protagonisti: ne *L'Assommoir* domina incontrastato lo stile indiretto libero. Ad assumere centralità è la dimensione del *corpo*, attraverso le cui valenze figurali si compie il rovesciamento carnevalesco delle convenzioni della classe dominante ad opera dei personaggi popolari. L'eclissi del narratore comporta l'emersione della collettività vociferante (estesa nei testi zoliani fino alla cornice) – con la mimesi spregiudicata dell'*argot* parigino, che a sua volta comporta la polifonia aporetica e la proliferazione dei sensi del racconto.

In realtà, ne *L'Assommoir* viene data priorità, con l'indiretto libero, alla riproduzione dei *discorsi*, a cui fa spesso seguito l'ironia autoriale; mentre l'affondo interiore, l'indiretto libero di *pensieri* – e dunque la possibilità della simpatia tra lettore e personaggio – riguarda esclusivamente Gervaise (e Goujet, un operaio intellettuale). Tuttavia, soprattutto in *Germinal* (il romanzo socialista), Zola attribuì ad operai umilissimi e quasi analfabeti (Vincent Maheu, Catherine etc.), anche per lunghi tratti, una profondità introspettiva autenticamente rivoluzionaria. La rappresentazione psicologica e la narrazione figurale, sebbene con delle inevitabili contradizioni, sono strumento della denuncia e delle rivendicazioni di classe. *La Terre* è invece l'episodio più conservativo: Zola mette in scena un'umanità regredita allo stato bestiale. Le fantasie liriche sono prerogativa di Jean Macquart, che a questo mondo è estraneo; ma i processi di figuralizzazione sono un aspetto essenziale per la rappresentazione del calvario di Fouan (un declassato), e in parte dell'umile Françoise: secondogenita del vedovo Michel, il più povero tra i Fouan.

Il magistero zoliano fu decisivo per la scrittura verghiana, che già in *Vita dei campi* mutuò i codici espressivi de *L'Assommoir*. L'impianto del racconto rusticale subisce un mutamento profondo: non più ricondotto alle logiche dell'idillio, il mondo rurale è chiuso ad ogni forma di riscatto, e integrato nei meccanismi della nuova etica borghese. Quanto alla caratterizzazione dei personaggi, tuttavia, *Vita dei campi* ripropone nel complesso le medesime logiche, sebbene inserite in un nuovo orrizzonte di senso: compaiono personaggi marginali, con cui il lettore è invitato (ancorché problematicamente) a solidarizzare; eroi solitari, portavoce di un credo destinato ad assumere, per contrasto con l'ambiente, sfumature melodrammatiche. È il caso di *Jeli il pastore* e *Rosso Malpelo*: racconti incentrati su un singolo protagonista, precisamente un orfano, di cui si mostrano reazioni, sentimenti e ragionamenti nel suo scontro con la società; personaggi per cui l'autore ricorre ai moduli dell'elegia per tratteggiare la loro psicologia primitiva, ferina. Più in particolare, Verga riprende il *topos* dell'*enfant trouvé*, ma lo incrina pessimisticamente: entrambi gli eroi vanno incontro a un destino tragico. Jeli nasce nella natura e si perde nella Storia: un'educazione bloccata, che rientra nella casistica del romanzo di formazione; mentre Rosso, che si trova al gradino più basso della scala sociale, assimila, con disperata lucidità, le dolorose leggi che regolano l'esistenza umana: nasce nella Storia e si perde nelle profondità del mondo ctonio.

Rosso e Jeli testimoniano lo sforzo di Verga di abbandonare il punto di vista del narratore onnisciente per approssimarsi alla visuale del personaggio; sperimentazione proseguita ne *I Malavoglia*, laddove lo scrittore, ancor più di Zola, estende la delega narrativa all'intero romanzo, in cui prospettive e voci altrui si sovrappongono continuamente. E nondimeno, le infrazioni al codice narrativo dominante – nelle quali il «coro» arretra, lasciando spazio a una singola soggettività – si registrano soprattutto nel caso dei personaggi della famiglia Malavoglia, ai quali è accordata una naturale affinità col paesaggio naturale e un ampio ventaglio di possibilità della rappresentazione interiore: nel sistema ideologico verghiano, gli umili sono i custodi dei valori arcaici, minacciati dall'irrompere della modernità; a loro appartiene la sfera dell'autenticità e della pienezza esistenziale.

A tali valori si oppongono 'Ntoni e Mena, cui è conferita una caratterizzazione peculiare, la singolarità di un *destino*. Viene narrato lo scontro di due individui contro l'orizzonte comunitario, da cui entrambi, in modi molto diversi, cercano di evadere; singolarità di cui è espressione la loro soggettività. E se è vero che il profilo di 'Ntoni è riconducibile alla logica della devianza ('Ntoni cerca fortuna lontano da Aci Trezza: una colpa da espiare), ciò non vale per Mena, che è una popolana quasi analfabeta, che nondimeno conserva un'attitudine all'evasione fantasticante. La vicenda di un'incompresa che cerca di esprimere la sua individualità nella ricerca di un amore puro e impossibile a causa delle imperanti leggi economiche.

Nelle *Novelle rusticane* la poetica dell'autore muta profondamente: i racconti mettono in scena momenti di una vita quotidiana priva di qualsivoglia luce d'ideale, e dominata dall'ossessione del guadagno, che anima i personaggi di ogni ceto. Non compaiono protagonisti dai connotati 'eroici', ma piuttosto scialbi e sgradevoli; sicché il moto di identificazione del lettore con il personaggio è nel complesso precluso, per quanto in in un racconto come *Pane nero* (palinodia de *I Malavoglia* in chiave pessimistica) la frammentazione della linearità della narrazione (più votata alla riproduzione oggettiva e al racconto iterativo) non esclude momenti in cui il narratore accede all'interiorità dei personaggi popolari. Ma lo scavo psicologico porta alla luce soltanto dolore e disperazione. Mentre il processo di identificazione è concesso in *Cos'è il re*, in cui si narra in presa diretta il dramma esistenziale di un umile lettighiere. Si tratta solo apparentemente di un racconto figurale: il lettore ha la sensazione di essere nell'*hic et nunc* del lettighiere, di sentirne le lagnanze e i ragionamenti, ma è solo un effetto, il risultato dell'omogeneità linguistica, antropologica e culturale tra personaggio e narratore, che a più riprese soccorre il personaggio con integrazioni informative o traducendogli i pensieri.

Anche mastro-don Gesualdo è ossessionato dalla «religione della roba». La sua è una soggettività ormai separata, costretta ad agire autodistruttivamente in un orizzonte capitalistico alienato, che nondimeno ha diritto alle forme dell'elegia; momenti nei quali il narratore *consuona* con il personaggio, conferendogli un abbandono sentimentale con cui il lettore è portato a empatizzare. Però Gesualdo è un *parvenu*, un carattere che Verga ha potuto, nella prefazione a *I Malavoglia*, chiamare «borghese»; nel romanzo, il popolo è presentato come coralità indistinta: i testimoni popolari filtrano ancora parecchie scene di massa. E il narratore asseconda di rado la prospettiva di un singolo personaggio popolare, immancabilmente osservato dall''esterno' o da soggettività *altrui*, ad eccezione del finale, in cui uno dei «mangiapane» del palazzo osserva dalla sua prospettiva distorta il protagonista agonizzante. In altre parole, la riflettorizzazione è funzione dello straniamento; ma di questo personaggio, come Diodata e tutti i caratteri del popolo, non sono restituiti i pensieri, non è drammatizzata la coscienza.

Al contrario di Verga, Capuana si lanciò solo di rado nell'impresa di dipingere il paesaggio interiore degli oppressi e dei diseredati. Se infatti in *Giacinta* i personaggi del Quarto Stato sono una componente accessoria dell'opera, e privati di qualsiasi approfondimento soggettivo – come peraltro in *Profumo*, in cui il popolo è ridotto a immagine balzachiana dell'alterità – nei racconti d'ambientazione paesana, che si fondano sulla strategia dell'«osservazione», i personaggi popolari appaiono nel complesso rigidi e meccanici, e spesso privati di qualsiasi forma di riscatto lirico.

L'accesso alla dimensione soggettiva è al contrario fondamentale in *Scurpiddu*, un caso esemplare della narrativa per ragazzi di fine Ottocento, di cui Capuana fu fine interprete. In tale racconto l'affondo psicologico sull'orfano protagonista (per più versi simile a Jeli) non è piegato alle esigenze propagandistiche. Malgrado la fisionomia del testo sia assimilabile a quella di un bozzetto idillico, si riscontra una tensione alla rappresentazione della realtà fattuale, con l'adozione della poetica dell'impersonalità: il racconto è a dominante figurale. Tuttavia, è certo che Capuana intendesse esemplificare, attraverso la *fabula* di questo emarginato, una parabola educativa che rispondesse ai principi della moralità borghese nascente. La storia prevede un lieto fine; il protagonista si integra nella società. Ed è la coscienza del personaggio – artefice di un percorso formativo (da orfano a *nuzzaru* a bersagliere) – il tramite privilegiato per la diffusione del messaggio ideologico.

Ne *Il marchese di Roccaverdina*, invece, il mondo rurale è confinato sullo sfondo della narrazione. Non sono fornite informazioni dettagliate sulla condizione contadina: solo sporadicamente compaiono – fra incomprensione e disprezzo – i servi della gleba, i piccoli proprietari vessati, i braccianti a giornata etc.; e le forme della coralità paesana sono di rara evenienza. Nessun approfondimento interiore singolativo, con la sola eccezione di Santi Dimauro, il contadino accusato ingiustamente per la morte di Rocco: nel momento in cui si confronta con il marchese, Capuana dà agio a questo carattere di mostrare il suo amore per la terra, espresso con un abbandono sentimentale che non è sminuito da alcuna istanza critica.

La possibilità della figuralizzazione del racconto è però accordata ad Agrippina Solmo, che incarna appieno la logica della devianza. Figlia un umilissimo raccoglitore di olive, Agrippina Solmo diviene, in tenera età, l'amante del marchese; assume una posizione di spicco nel suo palazzo, e viene rispettata come una «vera padrona». Non si tratta di un personaggio completamente negativo: oltre alla frivolezza e alla vanagloria, nelle aree riflettorizzate emerge il sentimento amoroso di Agrippina, che è tutt'altro che strumentale: è lei a vegliare maternamente, fino alla fine dei suoi giorni, il marchese in preda al delirio.

Anche De Roberto fu nel complesso restio a spingersi per introspezione in una soggettività del basso ceto, pur non precludendosi l'accesso, in pochi ma significativi casi, all'interiorità dei «caratteri dissimili», iniziando dalla stagione della novellistica sperimentale. La prima raccolta d'orientamento naturalista, *La Sorte*, presenta infatti forme di coralità autenticamente originali, in cui la visione è affidata, come ne *Il cortile*, a un *singolo* personaggio popolare (la domestica Rosa), che costituisce la guida percettiva che conduce il lettore alle beghe dei signori: una funzione testimoniale e squisitamente critica. Il narratore non conduce un ritratto interiore del soggetto finzionale, si limita alle parole pronunciate e alle percezioni sensoriali; ma l'approfondimento è invece condotto in *Ragazzinaccio*, dove la soggettività umile del protagonista (ancora un orfano emarginato) si staglia sull'orizzonte multanime del paese. Nonostante alcuni frammenti lirici (permeati da una sensibilità decadente, con cui si esprime la simbiosi panica della natura con il personaggio), prevalgono però le forme indirette della rappresentazione del pensiero; a essere pregiudicata, come in *Lupetto*, racconto espressionisticamente corale di *Processi verbali*, è la possibilità del lettore di simpatizzare con il soggetto finzionale.

I Viceré non si distanziano da tale fenomenologia. Nel suo capolavoro, delle forze popolari De Roberto dà un quadro di squallida rumorosità, che le qualificano come massa da manovra sempre succube nei confronti dei potenti. Ma capita che la collettività amorfa funga da costante punto di riferimento nel quadro narrativo: chiosando le vicende (politiche e private) degli Uzeda, o distorcendole malevolmente, o ancora facendosi portavoce – nel caso dei cocchieri, dei cuochi, dei servi di palazzo (come entità corale o per mezzo di un singolo personaggio, come il cocchiere Pasqualino Riso) – dell'ideologia predatoria dei padroni, esasperandone le idee più speciose e le menzogne più sfrontate.

Le novelle belliche rappresentano la svolta nell'approccio dell'autore all'interiorità dei caratteri del Quarto Stato. Ancorché vissuta solo da lontano attraverso la registrazione – scrupolosa e persino ossessiva – di dati e testimonianze (e un'accesa compartecipazione emotiva), la guerra rappresentò per De Roberto un'occasione per rifunzionalizzare il suo metodo di derivazione flaubertiana. Non per nulla in due di questi racconti (*La posta* e *Il trofeo*) l'emersione dell'interiorità popolare problematizza l'impianto apologetico dei testi. Sospinto con tutta probabilità dall'eccezionalità dell'evento – un conflitto di portata continentale, nel quale le masse proletarie salivano alla ribalta della Storia, combattendo in prima linea al fianco delle classi che le avevano a lungo relegate ai margini – De Roberto si sentì spinto a mettere a fuoco, come mai aveva osato fare, le sofferenze di umilissimi proletari, concedendo loro, a mo' di una medaglia al valore, un''anima' ricca e bella con cui simpatizzare.

Indice dei nomi

Il secolo lungo
Letteratura italiana / Littérature italienne / Italian literature
(1796–1918)

La collana, diretta da Claudio Gigante e Dirk Vanden Berghe, ospita testi e saggi dedicati alla letteratura italiana del secolo XIX, inteso qui nella sua massima estensione cronologica, dalla prima campagna napoleonica alla fine della Grande Guerra: che rappresenta anche il periodo in cui si compì la parabola del Risorgimento.

L'entità dei mutamenti sociali e culturali avveratisi nel corso dell'Ottocento fu tale da condizionare l'intero «secolo breve» che gli avrebbe immediatamente fatto seguito. Anche per questo, la produzione letteraria italiana di una fase così cruciale della storia moderna merita di essere l'oggetto di una collana di studi specifica, aperta ad approcci metodologici diversi ma con un'attenzione particolare alle ricerche eseguite direttamente sui testi.

Verranno accolti contributi in italiano e nelle principali lingue europee.

*

La collection, dirigée par Claudio Gigante et Dirk Vanden Berghe, rassemble textes et études consacrés à la littérature italienne du XIXe siècle, période considérée ici dans sa plus ample extension chronologique, de la première campagne napoléonienne en Italie à la fin de la Grande Guerre; ce qui en réalité coïncide avec l'ère du Risorgimento.

Les profonds changements sociaux et culturels qui se sont produits au cours du XIXe siècle ont fortement influencé le « court XXe siècle ». Pour cette raison, la production littéraire italienne d'une période décisive de l'histoire moderne mérite d'être l'objet d'une série spécifique de travaux de recherche, ouverte aux approches méthodologiques différenciées mais axée principalement sur une lecture rapprochée du texte littéraire.

La collection accueille des travaux en italien et dans les principales langues européennes.

*

The series, directed by Claudio Gigante and Dirk Vanden Berghe, contains texts and essays on Italian literature of the nineteenth century, understood here in its widest chronological extension, from the first Napoleonic campaign until the end of the first World War; which represents as well the period in whom the Risorgimento was fulfilled.

The extent of the social and cultural changes that took place in the course of the nineteenth century was such as to influence the whole "Short Century" that would have immediately followed. For this reason, the Italian literary production of such a crucial phase in modern history deserves to be the subject of a specific series of studies, open to different methodological approaches but with a focus on research carried out directly on the texts.

Contributions are welcomed in Italian and in major European languages.

www.peterlang.com